唐浩明全集

唐　浩　明　全　集

张之洞

中

精装典藏版

唐浩明 著

SPM 南方传媒 | 广东人民出版社
·广州·

目 录

第一章 试办洋务

001 · 一 为筹银钱，张之洞冒险重开闱赌
019 · 二 朝中有人好做官！张之洞派杨锐进京入朝
029 · 三 以三十万两银子上缴海军衙门为条件，换取闱赌的合法进行
042 · 四 难道是她？是那个多少年来魂魄所系的肃府丫鬟
057 · 五 陈念礽原来是桑治平的儿子
074 · 六 海军衙门和颐和园工程搅到一起了
086 · 七 醇王检阅海军，身旁跟着握长烟管的李莲英
097 · 八 世俗之礼都是为常人设的，大英雄不必遵循
109 · 九 半百再得子，张之洞欢喜无尽
118 · 十 以中国百姓第一次看见电灯的喜乐来庆贺儿子的满月

第二章 筹议干线

128 · 一 香涛兄，你想做天下第一督抚吗
141 · 二 为了一个麻脸船妓，礼部侍郎自请削职为民
152 · 三 经阎敬铭点拨，慈禧重操制衡术

第三章　督建铁厂

166 · 一　盛宣怀“官督商办”之策，遭到张之洞的否定
181 · 二　游方郎中给张制台泼下一瓢冷水：橘过淮南便成枳
214 · 三　病入膏肓的黄彭年冒死劝谏张之洞莫办洋务
223 · 四　以包揽把持在湖北建国中之国

第四章　参劾风波

236 · 一　为获取信赖，候补道用高价从书呆子手里买来一部《解读东坡》
249 · 二　归元寺状告湖广督署总文案
265 · 三　为早诞皇子，翁同龢向光绪帝献蛤鹿冷香丸
278 · 四　看到袁昶的密信后，张之洞头晕目眩虚汗直冒
290 · 五　当王之春亮出盐政账目单时，准备大干一场的李瀚章立刻软了下来

第五章　外宾访鄂

303 · 一　马鞍山乡民把洋矿师打得伤筋断骨
316 · 二　思想不羁而又心绪愁苦的贵公子
332 · 三　古老的苏格兰情歌，勾走了辜鸿铭的魂魄
344 · 四　偷情的辜鸿铭被英国商人扭送到领事馆
355 · 五　俄国皇太子将要参观汉阳铁厂，这可是一桩扬国威振民气的大事
371 · 六　在爱国之情的鼓动下，铁厂枪炮厂以高昂的热情造假
395 · 七　江湖郎中从武当山带来九截罕见的焦桐琴材

第六章　署理两江

410 · 一　亘古未有的中西合璧婚礼，在湖广总督衙门里举行
424 · 二　赵茂昌给张之洞送上一个经过专业调教的年轻女人
439 · 三　正当朝廷内外忙于为慈禧祝寿时，北洋水师全军覆没
454 · 四　复出的恭王感叹：即便贵为皇伯，也不能没有权力
468 · 五　恭王府里，败军之将一吐苦水
483 · 六　东山再起的恭王，欲以战和两手应付危局

第一章 / 试办洋务

一　为筹银钱，张之洞冒险重开闱赌

郑观应从南洋回到广州的当天下午，张之洞便丢开手头的要务，在总督衙门单独接见这位《盛世危言》的作者。郑观应双眼深陷，形容清奇，迥然别于官场上那些脑满肠肥、大腹便便的庸官俗吏，不能不令张之洞刮目相看。

四十多岁见多识广的郑观应，在这位新近立下大军功的制台面前并无半点自卑之感。他侃侃而谈自己少年去上海钱庄做学徒，后来又去轮船招商局做事的经历，当谈到他如何挤垮美国旗昌公司的时候，张之洞听了捧腹大笑，极口夸奖他的胆识和气魄。从下午到深夜，张之洞从这位涉足洋务十多年的实干家那里获得了许多新的知识。夜已深沉，郑观应告辞的时候，张之洞请他考虑振兴粤省实业的方案，郑观应欣然答应。

三天后，郑观应向张之洞提交一份长达十五页的兴粤实业方案，其中包括治水师，设水师学堂，造军舰，练陆军，办军火厂及炼铁厂和机器铸币厂等。郑观应这些建议均合张之洞的心意，他决定全盘采纳，逐年实施。

当务之急是要编练一支不同于绿营、团练的新式军队。这支军队要全部使用西洋武器，并按西洋操演之法予以训练。张之洞将此事交给熟悉西洋兵法的记名总兵李先义，规定编制二千五百人，期望它能成为广东省的一支百战百胜的军队，故而将它命名为广胜军。

随后，他在广州城北石井圹开办枪弹厂。通过郑观应从上海泰来洋行购来一批英国机器。这种机器可造毛瑟、梯尼、士乃得、诸士得四种子弹，每天可生产子弹八千粒。

与此同时，张之洞利用黄埔附近的原博学馆旧址，开设水陆师学堂。水师学堂聘请英国教师任教，其中又分轮机制造运用堂和舰船驾驶攻战堂。陆师学堂聘请德国教师任教，分为马步堂、枪炮堂、营造堂。水师陆师学堂的学生规定学期为三年，毕业后择优者出国深造，大部分留下作为水师和陆师的军事教官。又利用原黄埔船坞，设立造船厂，以便自造小型战船。

就在张之洞大张旗鼓准备在广东兴办一番强国实业的时候，一个严峻的问题异常突出地摆在他的面前，这便是“经费”二字。练广胜军要银钱，办学堂要银钱，造军舰更要银钱，一时间各种需要银钱的禀帖如雪花般地飞到总督衙门，雄心勃发的制台面对着这些禀帖，愁绪满怀，一筹莫展。

广东的藩库，早在关外大捷之前便已清洗一空，万不得已才又向香港汇丰银行借银一百万，到了越南战争停火的时候，这笔银子已用得差不多了。幸亏藩司龚易图手脚紧一些，使得藩库还存有十三四万两银子。练军设厂办学堂，这几件事一做，不到三个月，十三四万银子便又花光了。当张之洞把黄埔船厂急需二万银子购买机件的禀帖交给龚易图时，龚藩司哭丧着脸对张之洞说：“实在没银子了，不要说二万，此刻就是二千都拿不出。”

“没银子怎么买机件？”张之洞发火了，“这铁舰也不是为我张某人造的，误了事，你龚易图负得了责任吗？”

龚易图这几个月来，因为拨款的事常挨张之洞的训。他发现自从关外那一仗后，张之洞的性格有了明显的变化。过去不仅对巡抚两司这样的大员客客气气，就是对府县官员也不大发脾气，现在不同了。他对人说话都带着命令的口气，不容你提出不同的看法，甚至连解释几句也不耐烦听，动不动就用“你负得了责任”这样咄咄逼人的话来压人。龚易图听说左宗棠跟人说话就一向是这种口气，看来张之洞是在模仿左宗棠。唉，若是这样，今后得处处小心才是。

“张大人，”龚易图用近于低声下气的口吻说，“卑职知道造铁舰是为了广东的海防，您为这些事情操心费力，别人看不到，卑职还看不到吗？只是这藩库确是没有银子了，卑职既无点石成金的本事，也不能去强行搜刮百姓啊！”

“谁要你去搜刮百姓了？”张之洞没好气地说了一句，便摆了摆手，“你回去吧！”

龚易图忙起身告辞，直到走出督署大门，才长长地透了一口气。

藩库是没有多少银子了，龚易图并没有说假话。这些，张之洞心中是有数的。再逼他有什么用呢？共事一年多了，张之洞已把常与之打交道的这几个广东大员摸透了，都不是能吏干员，更谈不上大才，他们只知道按部就班，照章办事，没有人想去出点新主意。若要给他们下一个考语的话，用“平庸”二字最为贴切。

龚易图是平庸到了骨髓，再不可救药了。至于倪文蔚，除平庸外还要加上“老朽不堪”四字。张之洞真想倪文蔚能有自知之明，能自己提出致仕养老；要不，朝廷来一纸命令，调他到别的省去，哪怕是升个总督也罢，到时自己好提名一个能干的人来接替，大家也好一起共襄大业。可这倪文蔚就是赖在广州不动，张之洞也奈何他不得。无论是龚易图，还是倪文蔚，都不能指望他们想出什么法子来筹集银钱，这副重担，只有自己一人来承担了。

从哪里去弄银子呢？再向汇丰银行借款是不行了，就是你不怕背重息，但前款未还，又开口，人家也不会借呀！广东商务发达，从商人那里去敲点银子来？但凭什么叫他们出血呢！弄不好会惹出麻烦来，这条路也不能走。向朝廷开口？练军设厂办水陆师学堂，并不是朝廷要你做的事，朝廷又哪会给你拨款呢？倘若引来个“经费支绌，诸务暂停”之类的上谕，反而更不妙！你是执行，还是不执行呢？条条道路都不通，唯一的指望还是靠自己。广东还有办法可想吗？

张之洞身边最亲近的几个人桑治平、杨锐、辜鸿铭等都知道总督的这个难题，他们也在着急，但也都没有好办法。

郑观应知道了总督的难处，见众人都无法为他分忧，终于忍不住来到督署，找上张之洞。

“张大人，筹款的事，我有个想法。”郑观应坐在张之洞的面前，迟疑了一下，说：“我也不知道这个法子可行不可行，我想了好几天，又想说又怕说。看您好些天了都还没有好办法，我只得横下心来，跟您说说，行不行由您自己拿主意。”

张之洞见郑观应这副小心谨慎的模样，不禁笑了起来，说：“陶斋，你是个走南闯北见过许多世面的人，怎么也这样不爽快起来？筹款一事大大为难了我，我的确还没有什么好法子。你有什么想法你只管说，能行就行，不能行的我自然不会去做。比如你叫我去打家劫舍，像晁盖那样去取人家梁中书十万生辰纲，我自然不会干的。”

郑观应也被总督的这句话逗笑了，说：“打劫的事，我当然不会劝您去做。不过，这事，在有些人看来，也是很不光彩体面的，跟取生辰纲也差不了多少。”

“到底是什么，你就明说，别绕圈子了，说得我心里痒痒的。”

“好，我就明说吧！”张之洞的这几句话消除了郑观应的心理障碍，他放心大胆说了起来：“大人是北方人，不知南方人爱赌博的特性，尤其是闽粤两省，不论士农工商、男女老幼个个都嗜赌如命。”

张之洞笑了：“你这话说得也太过分了些吧！”

“不过分。”郑观应正正经经地说，“不但好赌，且赌的花样很多，规模很大。这赌博业就有大量的银钱在流通。”

一听到“银钱”二字，张之洞的兴趣立即高涨：“你是广东人，一定深知其中内情。你倒是要细细说给我听，让我也长长见识。”

“我先给大人说说福建的花会。”郑观应微微地笑了笑说，“这种花会以三十六个字为赌。”

“三十六个字！”张之洞插话，“哪三十六个字？”

“没有固定的，由主花会者选择，不过都是些常见常用的字，选定后公布于众。主花会者，从中挑出一字来，暗地里写好，然后用纸包紧密，高高地悬挂在屋梁上。屋里摆着一张大桌子，桌子上排列着这三十六个字。大家都可以来猜这个字。比如说有人猜，主花会者悬在梁上的字是‘郑’字，于是就在郑字上押一文钱，也可以押十文八文百文千文，随你。如果猜中了，主会者则送你三十二倍的钱。若押的一文，则给三十二文。押的千文，则可得三万二千文。”

张之洞说：“一千文钱变成了三十两银子，这不立刻就发了一笔小财？”

“是呀！”郑观应说，“故而当地有句流行的话说：一文可充饥，百文可制被，千文可娶妻。如押对了一千文钱，便可以拿赢来的钱讨个老婆了。”

张之洞说：“主会者说话算数吗？如果许多人都押对了，他又付得起吗？”

“大人问得好。”郑观应说，“这主会者必定是有钱人家，要么有田产，要么有铺面，大家信得过，才会把钱押给他。若是毫无一点家当的人，是不可能做主会者的。这是多年来传下来的老风俗，若是亏了，主会者卖田卖屋也会要付的。不付会犯众怒，他也在地方上呆不下去。”

张之洞点点头，右手习惯性地捋起胸前的长胡须，兴致浓厚地听下去。

“押字的人还可以自己不来，托人办理，主会者也会雇一批人，称作走脚。走脚走村串户，找上门来。你押什么字押多少钱，走脚给你一张收条，押中了，走脚将钱送上门，从中收取二成的脚费。如此，局面就扩得非常大，甚至闺阁中的女流也可以来押。”

“啊！”张之洞听来入神了，“福建的女人也有这种兴致。”

“女人的兴致还大些。”郑观应笑了笑说，“大人您想想，这女人平时不出门，外面的事都不知道，日子过得比男人单调枯燥得多。这一押起字来，一颗心就被字给勾住了，日子就过得比平日大不同了。左邻右舍的女人一见面，谈的就是押字，话题就多了。押不押得中不可估计，说起来就更显得有趣味。于是有的女人就吃斋求卜，有的进寺院烧香拜佛求菩萨保佑，也有的女人真的夜里就梦到菩萨来告诉她，醒来后赶紧就去押这个字，弄得神魂颠倒，寝食俱废。您看，这日子过得不就丰富多彩了？”

张之洞笑道：“是不错，平添了许多内容。”

郑观应说：“这不很好吗，闺阁中最难耐的是寂寞，有这事让她们去挂心，也就不寂寞了。”

停了一会，郑观应又说：“不过，麻烦事也就跟着来了。赢了好，押字换来高兴。输了呢，那就不妙了，丈夫打骂，公婆责备，于是瞒着家人再押，想把本赚回，结果又输，典当首饰衣物。首饰衣物当尽，则不顾廉耻了。寡妇因此失节，良妇因此改嫁，伤风败俗，莫此为甚。”

张之洞颔首说：“这就是赌博给凡夫俗子带来的祸害。别的地方只是男人赌，没想到福建的妇人赌瘾也这样大。”

郑观应说：“福建、广东一带的妇人大多吃苦耐劳，当家理事的能力往往强过男人，故而她们参与赌博的兴趣也不弱于男子。”

“说说广东吧，广东人是怎么个赌法。”张之洞暂且置筹银于一边，了解民风民俗，对于一个总督来说也是很重要的呀！

“广东人是拿乡试中式的姓来打赌，谁猜中谁赢。这叫做赌闱姓。”

“真是岂有此理！”张之洞生起气来。“乡试是何等庄重清贵之事，怎么能跟赌博连在一起！”

“于此便可见广东人好赌成癖，不管清贵卑污，什么东西都可以拿来赌，什么东西都可以赌得有滋有味。我先说几个小赌给大人听听。”郑观应端起茶杯，喝了一口，说：“比如有个人有一件很好的衣服要卖，标价三串钱，因为价太高，没有人来买。于是他拆开来，以一百文钱为一标，折成三十标，当众抓阄，谁抓了这件衣服就归谁，以一百文钱买三串钱的衣服，太划算了，故人人都乐意来参加。”

张之洞说：“三十人参加，只有一人得到，没有得到的，那一百文钱不就白丢了？”

郑观应说：“没抓到，那一百文钱是白丢了，但损失很小，若抓到了，则收益很大，碰碰运气嘛，广东人最是喜欢碰运气了。一个人的一生说穿了就是碰运气。小的事碰对了，得小运，大的事碰对了，得大运。一生得了几个大运，这一生命就好了。连曾文正公都说不信书，信运气嘛。”

张之洞慢慢捋着黑白相间的长须，默不作声，似有许多感悟一时都向心中涌来。

“民间是这样，官府也这样办。三年前，一个大商人犯了事，他的豪华宅园籍没归公，作价十万银子。没有人买得起，就将它分为二万标，一标五两，结果被城郭一个卖菜的农夫买去了。他拿这个豪宅没有用，于是减去二万，以四两一标，再卖，结果被一个秀才买去。那个秀才得了这座宅子，高兴得见人就问，你知道我是哪个吗？”

张之洞奇怪了：“他为什么要这样问？”

“他怕自己是在做梦，要别人证实一下是真的呀！”

“哈哈哈！”张之洞掀开胡须，快乐得大笑起来。

“现在来讲这个赌闱姓的事。”郑观应见总督大人这样乐意地听他讲赌博的事，自己的兴致也高涨了许多。“闱赌是广东最大的赌，遍设全省九府四州二厅，没有一处不参与。办赌的人不是票号老板，便是本地的大富家，每逢乡试之年的二月初一日开局，一直到主考进闱之日止。大姓不赌，专赌小姓冷僻姓，办赌者要把不赌的大姓，如刘、李、张、王、陈等公布出来，其他未公布的姓则可赌，以二十姓为一条。列出若干条来，或十条或十五条。每条都可以押，押金一元、二元直到十元，听便。然后再以押金多少分为十类，相同的押金为一类，一类中又分若干列，一列以千人为限，满了一千人后再开一列，故而每一条中列数不等，有的姓押的人多，列数多，有的姓押的人少，则列数少。一元类的一列则为一千元，二元类的一列则为二千元。将此分为两部分：十成取一归办赌的主人，十成取九归投标者，内中又分头标、二标、三标。头标分十成之六，二标分十成之二，三标分十成之一。头、二、三标这样分：二十姓中猜中十姓的算头标，猜中六姓之上的算二标，猜中三姓之上的算三标。”

张之洞说：“这中间的头绪还挺复杂的嘛！”

“是很复杂，我只说了个大概，内里还有许多细节，我还没说哩。一元类的头标是六百元，二标二百元，三标一百元。若是十元类，头标则是六千元，二标二千元，三标一千元。有几个人中了头标，则几个人平分，比如说，这一千人中有一百人中了头标，投的都是一元的标，则一百人分六百元，每人分六元，若投的是十元的标，则一人分六十元。因为参加的人多，所以总数很大，全省大约有二三千万的投标数。”

“慢点。”张之洞看出这中间的要害来了。他停止捋须，打断郑观应的话。“你刚才说开办的人抽十成之一，若二千万的总投标数，他就得到二百万，若三千万的总投标数他就得三百万是吗？”

“是的。”郑观应知道张之洞的心已被开办者所获取的暴利打动了。“他这是包赢不输，而且是净得，连开支费他都不出，因为这中间还有一项规定，从剩下的九成再取十分之一来作为所有的局用及脚费纸张等经费。这笔钱便转到投标者身上了，开办人是净得总数的一成。”

“那不行，官府要抽税。”张之洞的口气，听起来像是三分气愤七分嫉妒似的。

“这事行了许多年，过去都没有明文抽税，只是开办者背地给各衙门送红包。红包有大有小，大的数万元，小的三五百元不等。自从长毛作乱后，军饷浩大，藩库拿不出钱来，巡抚衙门就打起这事的主意了。咸丰三年军需局成立，便下令要先前办赌的人出血。办赌人无法，凑了四十二万银子给军需局。从那以后便成了定例，而且每次都有增加。到了同治二年，增加到一百五十万两，抽得办赌者一个个心疼得不得了。”

“有什么心疼的？这都是不义之财。办赌的交出不要心疼，官府抽了也不理亏。”张之洞仿佛一时之间断然拿定主意似的。“陶斋，你的点子想得好，我也不增加了，就依同治二年的例，一百五十万银子。乡试之年要到明年，只是我眼下急需银钱用，等不及，要前年办赌的那些人马上凑一百五十万两给我应急；不然，明年本督就不准他们办。”

郑观应见张之洞立即就决定下来，而且大开狮子之口，张嘴便是一百五十万，心里不免吃了一惊。他既佩服张之洞这种办事的魄力，又担心办赌人反对，因为十多年前的高额征税是要负担军饷，现在国内并无战争，那些贪财如命的办赌人会肯出这多血吗？起身告辞的时候，他特为叮嘱一句：“张大人，这是一件大事，你还得多听听别人的看法。特别是广东省的抚、藩、臬三台，听听他们是怎么说的。”

张之洞为此很兴奋。他给桑治平、杨锐、辜鸿铭几个人说了这件事。大家都赞成，尤其杨锐更是拍手叫好，认为这是取之于民、用之于民的大好事，何乐而不为？桑治平也觉得事属可行，只是不必定一个固定的数目，不如也来个提成，从主办者的手里提取四成或五成。张之洞认为这个建议很好，说：“就定五成吧！官府和办家对半分。就这样，他们也赚得太多了。我若不许他们办，他们一文钱也赚不到。”

张之洞已在心里将这事定了。过几天，他把广东抚、藩、臬三宪请来商量这件事。谁知，他的话才讲完，倪文蔚就连连摆手，龚易图一脸惊色，沈镕经面无表情。三大宪的反应，大出张之洞意料之外。

六十五岁须发皆白的倪文蔚急急地说：“张大人，闱赌一事禁止十来年了。那年英翰做粤督时开禁过一次，结果弹章四起，年底英翰便因此革了职，气得他一病不起，第二年便含恨去世了。张大人，英制台是前车之辙，闱赌万不可再开。”

原来，此赌早已禁止，这一点郑观应并未说明，张之洞还不知道。不过英翰革职是在同治十三年，当时正在四川做学政的张之洞知道，他是为着一桩贪污案被革职的。第二年死时，朝廷又说他与此案无关，还给他一个“果敏”的美谥。

见张之洞抚须沉吟，默不作声，一向会看脸色行事的龚易图，估计张之洞被巡抚的这几句话说得打消此念了，便壮着胆子补充：“张大人，卑职知道，您是因为设厂办学堂缺银钱，逼得无法才这样做。您这番苦心，卑职明白，别人却不一定明白，还以为大人您为谋利而不择手段。倪大人说得好，闱赌决不能开，因为这里面弊病太多，得不偿失。”

张之洞目光峻厉地望着龚易图：“这里面有哪些弊病，你说说。”

望着张之洞凶凶的眼光，龚易图生出几分怯意来。他看了一眼倪文蔚，倪文蔚忙给他打气：“龚方伯，闱赌弊病，是明摆着的，张大人来广东不久，不了解内情，你拣几条重要的，说给他听听。”

倪文蔚这种摆老的口气，几个月前张之洞还觉察不出，现在听起来很是不舒服。

龚易图略为想了一下说："这闱赌第一个弊病就是亵渎了乡试。乡试乃朝廷三年一次的抡才大典，入闱者尽皆十年寒窗苦读的秀才，他们都是功名在身的人，中试者更是将来国家的栋梁之材，怎么能容忍无知无识的愚民村妇拿他们的姓作为赌注来戏弄玩耍呢？"

龚易图的话有道理，做过两度乡试主考官的张之洞不能不赞同。

"其次，有押银元数目巨大的人，为获暴利，则拿银子去收买主考和副主考，请主考、副主考在最后圈点时，照顾他所押的那些姓。这样一来，乡试以文录取便变成以姓录取了，公正没有了，王法没有了，贻害甚大。"

张之洞心里想：考场舞弊最令人痛恨，如此说来，广东的舞弊又多了一层，的确有危害。

"第三，乡试之年，从二月初一日开局，到四月初一放榜，整整两个月，所有投标之人都为此事弄得士人无心读书，农人无心种田，工匠无心做事，商人无心经营。因投标人多，整个广东士农工商几乎都停止下来，这对广东全省有多大影响？"

张之洞心想：影响是有，要说全省士农工商都停业，说得也过分了吧！

"还可以说出好些弊病来，我看这几条就已足够厉害了。"

张之洞转脸问沈镕经："你看呢？"

沈镕经迟疑片刻答："刚才倪抚台和龚藩台的话都有道理，我看此事朝廷既然早已禁止，自然是弊病太多的缘故，应以不开禁为好。"

送走广东三大员后，张之洞对闱赌开禁不开禁犹豫起来了。

倪文蔚、龚易图的话确是有道理，倘若自己仍在京师做朝官的话，得知这样的事必定会坚决反对，因为不需要任何道理，仅将乡试与赌博连起来就觉得十分倒胃口了。可是现在，有过三四年督抚经历的张之洞，对于当年那种书生意气，已不再持全盘肯定的态度。

过去那些京师清流朋友们，自以为天下事事事关心，但就是不谈生财获利之事，几乎所有的清流都认为言利非君子之所为。今日的张之洞方才真正明白，天下实事的兴办莫不是建筑在财力的基础上，而其最终目的又莫不落脚在利益二字上。不谈财、不言利就不能有芸芸众生的安居乐业，也不能有国家的强大兴盛。就拿眼下来说，若没有银钱，则一切美好的想法都不能付诸实现。

他素来敢作敢为，并不在乎别人怎么看待的，往日无权无势的小京官尚且心高胆大，何况如今八面威风实权在握的南国总督，其他的均可置之一旁不顾，最令他犹豫不定难下决心的是朝廷曾有禁止闱赌明令。不请示，则是有意违抗朝命；请示了，则又明摆着办不成。办不成则筹不到银钱，没有银钱则一切新举措都将半途而废。

就在张之洞最为苦恼的时候，省抚台衙门的巡捕赵茂昌来到总督签押房。

“香帅。”

赵茂昌亲亲热热地叫了一声张之洞，这一声与众不同的称呼，让张之洞的心中油然生出几分惊喜来。他身为制军，可称作大帅。字香涛，按当时官场的惯例是可以称为香帅的。但还从来没有谁这样称呼他，这中间另有一个缘故。总督都可叫大帅，但对于文人出身而从来没有带过兵打过仗的总督，人们通常还是不称他为帅，人们只是将几位立有军功的总督称为某帅，时下最有名的几大帅就是曾做过两广、两江总督的岘帅刘坤一，现任两江总督的九帅曾国荃，署理过两江总督现任兵部尚书的雪帅彭玉麟，以及刚刚去世的前两广总督轩帅张树声。张之洞虽十分羡慕这种称呼，但比起刘、曾、彭、张，他自知还比不上。可是，现在就有人这样叫他了，心里虽得意，毕竟是第一次，他还觉得不太习惯。

“竹君，你不要这样叫我，我没有上过沙场，称帅总有点名不副实。”

“香帅，称你为帅是最名副其实了。”赵茂昌一本正经地说，“上沙场攻城略地，其实是将的事，运筹帷幄决胜千里，才是帅的事。您选贤任能，制定方略，提供军需，掌握全局，坐镇广州而决胜于镇南关外，这才是真正的大帅，古之张良、谢安，今之曾文正公，都没有跨马挥刀，冲锋陷阵，谁能说他们不是大兵家呢？要我说，九帅、岘帅他们还真的比不上香帅您哩！他们只是胜了自家人，您是胜了洋人，灭了洋人的威风，长了我们中国人的志气。您不叫大帅，这天下还有谁可当得上大帅呢？”

赵茂昌的马屁，拍到点子眼上，张之洞听着心里舒服极了。他想想也是：帅和将就是不同，打中国人和打洋人就更不同了，自己还真的是名副其实、最有资格叫大帅的人！

张之洞对眼前这个面庞清秀、身材匀称的文巡捕顿时生出很大的好感来，以素日少有的慈祥语气对这个比自己小二十岁的纳赀出身的后辈说：“竹君，你刚才是要对我说什么话呀！”

“香帅。”见总督如此亲切地叫他的表字，赵茂昌知道刚才这几句话甚得张之洞的欢心，遂气势旺壮地说：“我听说您这几天为闱赌一事在愁闷。”

张之洞想：这事有说能办的，有说不能办的，赵茂昌也是个明白晓事的人，何不叫他说说自己的看法呢。于是打断他的话：“这事能办不能办，你不要有顾虑，放开胆子来跟我说说。”

“卑职来广东四五年，这闱赌之事也听得多了。说不好的人大多是官府里的人，说好的大多是百姓。百姓说的是真心话，官府人说的多半是假话。”

“你这话是怎么说的？”张之洞目光锐利地望着赵茂昌。

“从表面上的大道理来说，将乡试举子的姓氏与赌博连在一起的确有辱斯文，一旦有人来攻讦，主政的人总觉得于理有亏，禁止才是理所当然的。公开场合，他们不得不禁止这种赌博。但是有此赌，于公于私都有好处，故他们骨子里并不想禁，因而说的都是假的，表里不一。”

“嗯。”张之洞下意识地点了点头。

“于公来说，闱赌能给官府带来一宗大款项，解决不少困难。于私来说，从省到府县，哪级官吏不从中得到收益？一下子禁止，大家都没有了，口里虽说好，心里却不是味道。老百姓则不一样，他们不要说什么脸面话，心里怎么想的，口里就怎么说，也不去考虑久远的得失，什么事能给他们眼前好处，他们就去做。”

赵茂昌见张之洞的眼神里满是期待，干脆直截了当地说：“香帅，您还不大清楚，这广东人天性好赌，赌能给他们带来极大的欢乐。好比说，他用气力赚来一串钱，他心里没有多大欢乐，若是用赌博赚来一串钱，他就欢乐无比。即使他为这一串钱耗费一串五甚至两串，他也会感到快乐。又如，官府要他们捐钱做公益事，他们决不肯捐，捐一文钱就如同要他们出一碗血一样。但是换一个方法，让他们花一百文、二百文去买一根签，然后凭这根签去抽号，若抽到了则可得一个价值十倍百倍的礼物，明知抽到的机会极小，他们也会乐意去做，而官府则因此获得一大笔银钱。这样做，彼此皆大欢喜，何乐而不为？”

张之洞微笑着：“这真是各地有各地的风俗，各地有各地的人性。北人质朴实在，这种投机取巧的事，大都不屑于为。”

“正是这话。”赵茂昌忙恭维。“若说我们吴人，也不会这样。吴人精明，算一算，一千人、一万人中才有几个人中彩头，自己明摆着得不到，何苦去送一百文钱？还不如拿这一百文买几个烧饼，可以填饱肚子，划算得多。”

“照你这样说，在广东开办闱赌，是于国于民都有利无弊的。”

“卑职以为是这样。”赵茂昌点头。“其实，这些年来闱赌明里是禁了，暗地里还在进行，只是不在广州，而搬到了澳门。洋人是不禁赌的，只要你照他们的规矩纳税，什么赌都可以在他那里赌。人家只重实在，才不去管那些虚文呢！”

“重实在，不管虚文。”赵茂昌这句话拨动了张之洞的心弦。他仿佛从这句普普通通的话里，顿时领悟了许多。

“香帅，眼看着我们中国的银钱，就这么白白流进洋人的腰包，这也说不过去呀！”赵茂昌见张之洞沉吟不语，知道总督是在认真听他的话，于是把这个扎眼的要害又加重了一句。

“只是这闱赌，”张之洞像是自言自语，“朝廷有明文禁止呀！”

“香帅。”赵茂昌思索一会儿说，“卑职想，这事可以先办着，不要向朝廷奏明，说不定朝廷也改变了主意。万一有人告状，朝廷追究下来，也不怕，把万不得已的苦衷向朝廷讲清楚，卑职想朝廷也会原谅的。要紧的是，由赌局上缴的这笔钱要做到账目十分清楚，一笔一笔用到哪里去了，都要明明白白，谁也不能贪污一丝一毫。另外，还要严格规定，赌局的税只上缴督署，其他过去的各种规费一概禁止。这样，办赌的省去许多打点，上缴给督署的钱就会拿得利索。香帅，依卑职看，出之于民的银钱，只要用之于民，就不怕台谏的责难，不怕朝廷的追究。”

张之洞眯起两只长大的眼睛，将赵茂昌细细地打量着。他突然发觉，坐在眼前的这个年轻后生，原来是一个有胆有识的办事之才！

“竹君，明天我跟倪抚台打个招呼。后天，你就到我这儿来做巡捕。”

“卑职谢香帅的提拔。”

赵茂昌忙起身作揖。不仅因为督署高过抚署，更因为张之洞大才高名，敢作敢为，跟着前途无限的张香帅，要百倍胜过日薄西山的倪抚台！

“闱赌一事，开禁不开禁，我还要再好好思量思量。”张之洞捋着胡须慢慢地说，“若是开禁的话，我就委托你来办这件事。你可要像刚才跟我说的那样，把这事办好，办得无任何把柄给别人拿住！”

“香帅如此信任卑职，卑职一定肝脑涂地，为大人办好这事！”

赵茂昌心中顿时惊喜万分，暗暗地想：倘若闱赌交给我来办理，只办三科，我就要让三四十万银子悄没声息地进入赵家账户！

张之洞打发桑治平、杨锐、大根等人到广州城内城外去询问百姓对闱赌的看法。询问的结果：大部分读书人不赞成重开闱赌。除开士人外，绝大部分人都赞成开禁，许多人说十来年没有办这事了，一想起来就心痒痒的，若开禁的话，要好好地赌一赌乐一乐。张之洞本人也悄悄地问过广州府里几个知县，出乎意外，这几个知县异口同声地表示，只要省里三大宪为头，他们就支持。张之洞心想：过去开赌时，广州府各个县的文武衙门可能获利最多。

官场百姓两方的查访结果，大多数人主张对闱赌开禁。经过再三权衡，张之洞决定重开闱赌。当然，他心里很清楚，倘若朝廷追查起来，所有的责任，都只有自己一人承担。为了筹集银钱办大事，他决心豁出去了！

赵茂昌果然会办事。禁止了十二年的闱赌，在他的操持下办得比以往任何一科都要大。省府县各级闱赌主办者都知道，这次赌局，是制台张大人在亲自坐镇，是他冒着革职丢官的风险，瞒着朝廷开禁的。而掌舵的，便是总督衙门的赵老爷。是赵老爷磨破嘴皮说服张大人，才同意开的禁。赵老爷同时也明白告诉他们：说不定就这一科，倘若被人弹劾，下一科就办不成了。大家都要珍惜来之不易的这一科，也要体恤张大人的苦心。

广东省大大小小的主办者、千千万万的赌徒，都以空前未有的热情参加这次闱赌，他们的心情比过任何年节都要欢跃兴奋，下的赌注也比以往的大得多。本是明年的乡试，不到三个月，便已聚集了一千二百万的巨额赌款，而且还在日日增加。主办者们欣喜无比，自动先拿出八十万两作为税款上缴总督衙门；当然，赵茂昌没有忘记自己的账户。虽说才只三十岁，钱庄学徒出身的他在这方面已有丰富的经验，手脚做得干净利索。摸着一天天膨胀的私囊，他心里美极了。

有了这笔庞大的银子，张之洞的大事真是好办多了。广胜军的洋式操练更加起劲，中气十足的口号声数里外的百姓都听得见。黄埔船厂开工了，小战船也造出来了。水陆师学堂也办起来了，一百多名学子跟着洋教师学英文，学西学，兴致勃勃的。军火厂的机器也已运来，日以继夜在安装。铁厂的厂址也在忙碌选择之中。

还剩下二十多万银子，辜鸿铭向张之洞建议，办几个为百姓谋利益的工厂，如纺纱织布、缫丝等工厂。桑治平则建议创办一所书院。因为这银子毕竟是来自乡试，且士人反对激烈，用它来办一所传经授道的书院，既可以减轻读书人的愤怒，又于心稍安，万一朝廷追究下来，也多一层申述的理由。

张之洞采纳了桑治平的建议。除桑治平所说的理由外，作为有十年学政经历的两广总督，他从心底深处更为喜爱中国固有的学术文化。泰西的学问不能不学，但那只是为富庶、致强大，至于世道的整治、人心的化育，还得靠中国的经史诗文，这才是治根本的大学问。

岭南属蛮荒之地，学术向不发达，近几十年来虽然也办了一些小书院，但与中原江浙两湖相比，还远为落后。广东省的最高学府，至今还是道光年间由阮元所创办的学海堂，然则它早已陈旧落伍了，再办一所，无论规模还是地位都要超过学海堂。新建的军队既然命名为广胜军，那么新建的书院就叫它广雅书院吧。胜，是军人追求的目标；雅，则是士人必须达到的风致。一胜一雅，堪称文武合璧。

有了钱，书院的地皮房屋设施都好办，教师也不难聘请，最难的是请一位主持教务的人。最佳者为道德文章名世的宿学，其次为两榜出身的显宦。然而目前的广东，这两方面的人物一时都找不到，张之洞为此颇为费神。

这一天，他收到姐夫鹿传霖的一封家信。鹿传霖为官处世一向稳健，官运也因而亨通。早在张之洞还只是一个小京官时，他便做了福建按察使，不久又调四川布政使。这个时候，姐夫比起小舅子来，要神气许多。孰料，张之洞突然间时来运转吉星高照，短短的几个月，便由从四品升为从二品，又外放山西巡抚。小舅子反倒超过姐夫了。到了光绪九年，鹿传霖升为河南巡抚，两人拉平。第二年张之洞升粤督，又后来居上。郎舅并世为督抚，也算是当时官场的佳话。然而，鹿、张深知宦海三昧，为不授人口实，有意避嫌，凡自己所任职省份的政务，尽量不牵扯，暗地里却常有书信往来，互相帮衬。

前些年，鹿传霖从河南改调陕西，这封书信便是从西安抚署里发来的。除了几句家事外，大段大段说的都是国事。鹿传霖告诉内弟，他和张之万都因镇南关大捷一事增光不少，所有的亲戚都因此而自豪。又说，放眼今日海内，李鸿章一误再误，威望日减，曾国荃、刘坤一日渐衰迈，后起之秀就是贤弟，过不了几年，就会超过曾、刘，直逼李相。姐夫如此颂扬的语句，过去信中还从来没有。张之洞看了心里很舒畅。接着，鹿传霖就议论起李鸿章来。说李鸿章最近在京中做了一件蠢事，弄得很不得人心。事情是这样的，翰林院编修梁鼎芬上疏朝廷：宜乘镇南关大捷的兵威，一举收复太原、河内，将越南北圻从法国人手里全部夺回来。李鸿章却借此来与法国和谈，实在是误国媚外。李鸿章这些年来与法国人偷偷摸摸多方接触，或许私自接受了法人的馈赠，以牺牲国家利益来换取法人的欢心。李鸿章秉政多年，贪权恋栈，不修私德，世间多有议论，请朝廷严查以息人言。李鸿章得知后勃然大怒，给太后皇上上折，说梁鼎芬恶意中伤大臣，干扰国家大事，可恶至极，请严惩不贷。太后批示交部严议，结果梁鼎芬被降三级使用。京师官场士林议论纷纷，都说李鸿章以宰相之尊与一个小小的编修怄气，太失身份。信中最后说，梁鼎芬近日已回广东番禺原籍守制，如此有风骨的人，可予以延见嘉奖。

番禺在广州城外三四十里地，张之洞没想到就在身旁便有一位敢于和李鸿章作对的人物。他是翰林院的编修，又有如此见识和风骨，现既守制在家，不如就请他做广雅书院的山长！他立即修书一封，打发人急送往番禺，请梁鼎芬即来广州一见。

梁鼎芬很快就来了。原来竟是一个瘦瘦的二十六七岁的年轻人。因为丁忧期间，身穿一件玄色长袍，纽扣边吊着一束白麻。待梁鼎芬坐下后，张之洞和气地说："听说足下因上疏言中法战争事，得罪了李中堂？"

“李鸿章这人，就是今日的秦桧！”梁鼎芬直呼李鸿章的名字，又将他称之为秦桧，既令张之洞惊讶也使他甚觉快意。

“大人您苦心经营，冯老将军冒死奋战，三万将士流血牺牲，得来的辉煌战果就让他轻飘飘地换了一张和约，真是气死人，恨死人。他不是秦桧是什么？怀疑他私下收了法国人银子的，不只我梁鼎芬一个人，京师持这种看法的人多着哩！”

“足下因得罪了李中堂而降职，不后悔吗？”

“不后悔。”梁鼎芬毫不犹豫地说，“莫说只是降了三级，就是革职坐牢，我也不后悔。李鸿章报复我一个年轻的编修，是他丢了面子，反倒成全了我的名声。现在京师提起梁鼎芬，哪一个人不知道？我还要感谢他哩。”

说罢，不由得笑了起来。

好！广雅书院的山长就是他了！刚见梁鼎芬，张之洞的心中尚有一丝疑虑：年纪轻轻，又只是一个编修，能孚众望吗？能压得住那些心高气傲的学子吗？听了梁鼎芬的这几句话，观其气概，张之洞很快打消刚才的疑虑，断然决定此事。他相信梁鼎芬有能力掌管一个书院。他敢斗李鸿章的骨气，他在京师士人中赢得的声望，就足以使粤省士子对他服气。更重要的是，张之洞要重用梁鼎芬，来跟权势煊赫的李鸿章唱一出对台戏。

正当张之洞几个月来一直在广州城里随心办事、恣意用人的时候，一场麻烦事很快便降临到他的头上。

二　朝中有人好做官！张之洞派杨锐进京入朝

一天下午，杨锐拿着一张邸报走进张之洞的签押房：“香帅，有人在说开禁闱赌的坏话了。”

张之洞正在批阅公牍，他放下手中的笔，并不太在意地问：“说什么坏话？”

“有人上折给太后、皇上。”杨锐将邸报递了过来。“邸报将这个折子给登出来了。”

“喔，上折子啦？”张之洞的神态显然比刚才在意多了。“给我看看。”

张之洞拿来邸报，认真地看了起来。这是一个名叫高鸿渐的御史上的折子。折子上说，近闻广东开放闱赌之禁，无识粤民踊跃参与，奸商从中操持，牟取暴利，影响所及，遍于士农工商。朝廷鉴于闱赌之害，早在同治初年便已禁止。现有人无视朝命，竟联络鼓噪，死灰复燃。请朝廷严饬广东巡抚应予制止，为首者应严加惩处。

张之洞轻轻一笑：“高鸿渐是谁，我不认识。他大概还不太知悉内情，话也说得温和，暂且不管。你给我注意近日邸报，说不定还有厉害的攻讦出来。”

果然不出所料。以后的几天里，杨锐几乎每天都在邸报上看到有言及广东闱赌的文章。这天的邸报竟然并列登出两篇措辞尖刻的奏章，都点了张之洞的名，也都说这事是张之洞一手操办的。建议朝廷立即将张之洞革职严办，刹住这股歪风，以维护朝廷抡才大典之尊严，而杜绝奸人贪婪无耻之妄念。

张之洞看那上折的人，一个是詹事府的右庶子莫吉文。此人张之洞很熟悉。他是张之洞的同年，先前两人相处很好。在张之洞做洗马时，他已是侍读，莫吉文为张之洞多年学政还屈居下僚而不平。后来张之洞晋升从二品，反而对张不满起来，说他是靠堂兄的力量走醇王府的门子而夤缘高升的，从此对张之洞视若路人。张之洞到太原后，从张佩纶的来信中知莫吉文投到李鸿章的门下，这两年迁升很快。张之洞从莫吉文的参折中看出了背景：这无疑是李鸿章在作祟，以报远仇而泄近愤。另一个上折的是都察院的易果信。此人是谁，张之洞想了许久想不起来，看来是自己离京后这几年新上来的人。易果信给闱赌列了四大害处：科场舞弊、商贾受累、奸民纵恣、赌匪横行。

“这些人很可鄙，也不到广东来实地查访一下就上这样的折子，成事不足，败事有余。”杨锐气愤地说。

张之洞想，若自己还在京师做言官的话，说不定听到这事也会上折纠弹，便笑了笑说：“从奏折上的文字来看，上折的人也无大错，风闻具奏，原是言官的职分所在，也无须到广东来查访。”

张之洞端起茶杯，沉吟起来。

“要害在哪里呢？”杨锐给老师添上水后，轻声问。

“要害在奏折之外。”张之洞指了指“莫吉文”三字，“此人是李少荃的人。”

“要害是李鸿章在为难您？”杨锐似乎明白过来。“这个易果信也是他的人吗？”

“此人我不清楚。”张之洞喝了一口茶，不再做声了。

“这个姓易的不知有没有背景。”杨锐像自言自语似的。

“叔峤，你去给我准备几样东西。”张之洞望着身为督署内文案的昔日学生，边想边说，“一个是一份禀文，把不得已而开禁闱赌的前前后后写清楚，措辞要委婉而明晰。一个是一份清单，详详细细、清清楚楚地将闱赌所收上的银钱，和这些银钱的各项去路都写上。”

“是。”杨锐已明白了老师的用意。“学生这就去安排各位文案赶紧弄出来。”

“还有一样。”张之洞慢慢抚摸着胡须。“打发一个人立即到澳门去，将这些年来去澳门办闱赌所上缴的税款弄清楚。洋人办事严谨，澳门税务局一定有这种存单，将有关此事的所有存单都录一份来。”

“学生安排一个能办事的人去。”

“办一个公函，盖上总督衙门的印信，否则，澳门税务局不会让你查的。”

“学生明白。”

杨锐出门后，张之洞将邸报上所登的这几道参折又细细地看过一遍，脑子里想了很多。

开禁闱赌，会有人说闲话，有人攻讦，甚至会有人上弹章，这些，张之洞在开禁之先都想到了，也作过充分的准备。但由邸报这样刊载出来，公之于全国，并接连几天不断，调门越来越高，而且由李鸿章在后面做主使，这些，张之洞事先还估计不足。应该采取哪些对策呢？这到底意味着什么呢？事情会如何发展呢？张之洞深深地思考着这些问题。

事情的背景和趋势一时难以看清，想好了几条应对措施后，张之洞横下一条心：一是不怕。既然敢于这样做，就敢于承担由此而起的责任。二是不管谁在背后操纵，也要跟他周旋到底，为国家办事的公心一定要剖白于天下。

过了几天，杨锐把应做的几件事都做好了。张之洞仔细审阅后，对他说："你安排人每样誊写四份，明天就带上这些东西进京。"

"到京师去？"杨锐颇为意外。

"你到京师去，主要做三件事。"张之洞缓缓地交代，"一是将这几件文字送一份给我的堂兄张之万中堂，让他先看一看。问他要不要再送一份给阎敬铭中堂，如果他说可以的话，由你去送，当着阎中堂的面还可以多说些话。你再问张中堂，应不应该送一份给醇王。若应该送的话，你就再给张中堂一份，由他去呈递。你在京中就住到我原来的院子里，这两年仁权一家住在那里。"

张之洞的长子仁权，现正在国子监读书，五年前杨锐为东乡事住京师时，曾与他见过面，年纪相差不多，也还谈得来。能与仁权住在一起谈古论今，当然是一件很惬意的事。只是他已娶妻生子，他的妻子对一个陌生的客人能欢迎吗？

"大公子一家人多，我住在那儿方便吗？"

"你只短期在京师住一住，顶多一两个月，有什么不方便！"张之洞放下茶杯，慢慢地说，"我这儿还有一封家信，两支给厚琨的小毛笔，你一起交给他。"

厚琨是张之洞的长孙，是他去山西那年出生的，已经四岁多了。

“你此番去京师，除送去这几个文件外，还得替我探听一下京师各方面对两广，特别是对闱赌的议论。我给张中堂的信里也说到了，有关这些事情，他会主动告诉你的。”

杨锐点了点头，把这些交代都牢记在心里。

“明天晚上，我安排一只小火轮专门送你出广州，一直送到厦门。你到厦门后再换上去天津的海轮，由天津进京师，大约十天可到。住京师期间，若有紧急事，仁权会告诉你怎样用电报与我联系。”

张之洞的这种安排，使杨锐顿感此行的异常重要和肩上担子的分外沉甸。

仲夏时节的一天傍晚，杨锐风尘仆仆地来到北京城，当他摸黑出现在徐绸胡同张宅时，开门的张家大公子仁权兴奋地抱住他说：“我这两天，天天在盼望，你终于到了！”

“你知道我要来？”杨锐颇为惊喜地问。

“早几天阎中堂打发人来告诉我，家父给户部电报房来了电报，说你十五日前后会到京城并住在我这里。”

原来户部已设立了电报房！杨锐心里一边想，一边跟着张仁权进了客厅。

“你这一路上辛苦了，还没吃晚饭吧，我给你去安排。”

“别，别，我已经吃过了。”杨锐忙拦住仁权。“你先看信吧！”

杨锐忙从包袱里拿出张之洞的家信来，连同两支小毛笔一起交给仁权。仁权接着毛笔，说：“厚琨下个月，就用爷爷送的毛笔来开笔吧！”

杨锐笑着说：“你比我小三岁，儿子就有四岁了，我去年才成的家，抱儿子还不知要等哪一天哩！”

“不用急。”仁权笑嘻嘻地说，“明年，你夫人一定会给你生一个大胖儿子！”

仁权虽是大家公子，或许是自小丧母的缘故，并没有娇生惯养的纨绔习气，对人一向以礼相待，因杨锐是父亲的得意弟子，故对他又较别人更为亲切。这句话说得好，杨锐高兴得大笑起来。

仁权看完信后，两个青年学子又就闱赌谈到越南战事，谈到两广的风土人情，兴致浓烈地谈了大半夜。看看将近三更了，仁权说：“明天，你先休息一天，我也做点准备。后天，我陪你一起去看伯父，我也有两三个月未去了，不知他老人家身体如何。”

仁权愿意陪着一起去张之万家，这真是太好不过的事了。这一路上海船奔波，也的确是疲乏困倦，明天是得休整下。杨锐谢过仁权的好意，在先前住过的客房里，很快便进入自离广州来的第一个安稳梦乡。

第三天在仁权的陪同下，杨锐拜访了张之万，将张之洞的信及在广州所准备的文件交给了这位年迈的协办大学士军机大臣，又详详细细地将张之洞不得不开闱赌的苦衷叙说了一遍。

张之万说话不多，当杨锐问要不要给醇王呈递一份文件时，他想了想说：“留下一份吧！”

从张之万家里出来后，仁权又陪着杨锐去拜访阎敬铭。阎敬铭认真地听完杨锐的禀报后，对仁权说：“你父亲有胡文忠公的办事气魄，胡文忠公九泉有知，当为后继有人而欣慰。你可以告诉你父亲，我会尽力想办法的。”

仁权连连致谢。

杨锐在仁权家住了下来。他要等待张之万带给他关于此事的答复。他还要利用这段时间四处拜访同乡和熟人，尽可能地多了解一些国事动态。而在杏花胡同的张之万家，七十多岁的老军机这几天一直在为堂弟惹出来的乱子思量着善后之策。

莫吉文是李鸿章的代言人，张之洞信上说的不错。易果信这个人，经过打听，也已经弄清楚了，他原来是翁同龢的学生；如此看来，翁同龢也是反对闱赌这件事的。

李鸿章与清流有宿怨，这是天下共知的事实。他示意别人攻讦张之洞，也是意料之中的事。而翁同龢也来反对张之洞，这却在意料之外，而这个翁同龢，又的的确确是不可得罪的人。想到这一层，白发苍苍的老哥真的为堂弟捏出一把汗来。

翁同龢是朝中一位非同寻常的大人物。他的不寻常，首先是他有显赫的家世。

翁同龢的父亲翁心存道光二年通籍，先后做过乡试主考和学政。后入值上书房做过咸丰皇帝和恭王、惇王等人的师傅，历任工部、户部尚书，拜体仁阁大学士，晚年又授读同治皇帝。帝师宰相，这是普天之下读书人的最高追求，翁心存都做过，可谓荣耀至极。翁同龢的长兄翁同书，官至安徽巡抚，因省垣失守而削职。次兄翁同爵，也曾做过督抚。更有趣的是，就在翁同书削职不久，其子翁曾源又高中同治癸亥科状元，这一科的探花正是张之洞。翁同龢的不寻常，更在于他自己的非同凡响的仕宦经历。翁同龢二十七岁时中了咸丰丙辰科的状元，一直在京为官，先后任过翰林院侍讲、国子监祭酒、内阁学士、户部侍郎、刑部和工部尚书。光绪八年进军机。光绪十年，随同奕䜣倒台而退出军机处。从同治六年起，翁同龢便充当同治帝的授读。一直到同治帝亲政时为止。因授读有功，被赏赐头品顶戴。光绪帝登基时，慈禧又命他进毓庆宫授读光绪帝。十年来，翁同龢与光绪帝结下亲密的情谊，朝野上下都说翁同龢与皇上，名为君臣，情同父子。故去年他虽从军机处退出，依然在毓庆宫行走。慈禧也很信任他，清朝文武都看重翁同龢与皇上的这份情谊。一旦皇上亲政，他的地位就不是任何人可比得上的。

这样一个重要的人物，谁能忽视得了！

然则，翁同龢为什么对张之洞如此反感呢？二十多年前张之洞与翁曾源同登鼎甲，因为有这层缘分，二人关系一向很好。翁同书关押诏狱时，张之洞曾两次入狱探视，翁同龢因此颇为感激。后来翁同书被判戍边，翁曾源陪同父亲出京，张之洞还为此置酒饯行，又写了一首古风相赠，诗中亟力称赞翁氏一门的学问孝悌。

什么事得罪了这位当今的状元帝师呢？张之万在书房里来回踱步，深深地思考着：是因为重开闱赌，既伤斯文体面又开世人趋利谋财的侥幸之门，出身清华的翁同龢不能容忍这种出格逾矩之事？京师中出身清华的人数以千百计，别人为什么不这样看呢？事急从权，本是昔贤名训，何况张之洞新近为国家建立了大功勋，难道不可以给他多一点权限吗？或许，翁同龢此举另有原因。

猛然间，他明白了这中间的缘故：去年翁退出军机之日，正是我进军机之时，虽然罢免恭王军机处是太后的主意，但一进一出，难免不会引起翁的嫉恨。何况没有几天，张之洞便放两广之缺，翁一定会以为这是我在中间做了手脚，恨意便更深了。如此看来，翁同龢指使门生攻讦张之洞，其本意还在为难新班军机处，斥弟的目的在于劾兄！

张之万悟出这层缘故后，更觉为张之洞化解此事渡过难关，是自己不容推卸的本分事。

他想，化解此事，唯一的途径便是联合阎敬铭一道，说服醇王，由醇王出面跟太后说情。只要太后谅解了，满天阴霾便可化为晴空万里！

张之万想到这里，提起笔来给阎敬铭写了一封信，请阎设法为堂弟弥缝此事，过几天再一道见醇王。他将这封信密封好，派家人送到阎府。

住在头条胡同一座简朴小院里的阎敬铭，这两天也为两广的事在思量。这位当年湘军中的第一理财好手、现官居协办大学士户部尚书兼军机大臣的三朝元老，并不因身份的贵重而沾染官场的虚文陋习。十多年的军旅生涯，让他悟出打仗其实打的就是粮饷的大道理：粮饷足，仗就打得赢；粮饷不足，一切筹谋都成画饼。湘军之所以超过当时所有的团练绿营而成大事，最后的落脚点便在于寻到了一条行之有效的筹粮筹饷的路数。他任职期间，凡可筹粮筹饷的事他都做，只求目标，不计手段。即使引起府县不满，百姓怨恨，他也在所不惜。最后，他以保障各路供应换取前敌战场上的成功，赢得能员干吏的美誉，一切腾怨便自动熄灭了。他由此领悟自古以来常说的“积贫积弱”四字的深刻内涵：弱乃因贫而起，人贫则人弱，家贫则家弱，国贫则国弱，要想强则先要富。富强富强，富裕之后才能强大。正因为此，他深为赞赏张之洞从理财着手振兴两广的施政方略，至于开放闱赌，尽管会招人指摘，但为了强粤大计，也是可以采取的。他相信他可以凭此说服皇太后。作为一个精明的官员，阎敬铭看出此事的最大难处，在于朝廷过去曾禁止过闱赌，又有英翰开禁而被撤职的前例。这是攻讦者所能持的最有力的尚方宝剑。倘若没有这些，那就一切都好办多了。张之万的信提醒了阎敬铭，张之洞实际上已经与新军机坐在一条船上了。“同舟共济”，才是新军机处所应当采取的措施。阎敬铭进一步意识到此事与自己的关系所在。然而，那道横在化解此事道路上的巨大障碍，要如何绕过去呢？他决定从国史馆调来英翰的档案详加研究。

世上的事情，耳听传闻与扎实详究，这二者所得的结果是大不相同的。英翰因开禁闱赌而革职的事便又是一个例证。详查英翰的旧档后，阎敬铭不仅弄清了英翰削职的经过，也弄清了广东闱赌一事的来龙去脉。

原来，粤省的闱姓之赌，朝廷并无禁止的明文，可以查到的禁赌依据，是咸丰十一年时任两广总督劳崇光关于闱赌的一道奏疏上的朱批：“粤省闱姓作赌，扰乱民间秩序，助长侥幸求利之风，应予禁止。”这道朱批的时间是咸丰十一年八月初九日。

阎敬铭看到这个日子，心头猛然一阵难受，因为正是这一天，他在武昌城里接到咸丰帝宾天的凶问。八月初九日的这道朱批，显然不是咸丰皇帝写的。二十多年后的今天，当年热河行宫那场惊心动魄的争斗早已成公开的秘密，阎敬铭心里明白，这道朱批既不是六岁小皇帝所写，也不是东西两宫太后所拟，而是那时正执掌朝廷最高主权、气势熏天的肃顺的命令。理清了这层关系后，阎敬铭心中的这块石头算是落下了八成。

肃顺禁闱赌的命令其实只在劳崇光任粤督时，认真执行过。劳崇光调走后，此风又复起。用粤省百姓的土话来说，朝廷对闱赌是开一只眼闭一只眼，英翰的革职其实并不因为开禁，而是那一年出了场大风波。

花县一个姓陈的闱赌主办者在开局的前夕拐挟赌民五百万银子，逃到国外去了。四处找不到他的踪迹后，赌民决定变卖他的房产田地赔偿。结果发现他的良田美宅早已卖给别人，剩下的财产全部加起来不及三十万两。赌民们气愤不过，对姓陈的行事查了个究竟。查出他与官府关系密切，怀疑他私下送给总督银子不下百万两，于是几个家中损失巨大的粤籍京官联名上奏弹劾英翰，罪名是私开闱赌，接受贿赂，包庇纵容奸人拐逃巨款。赌民也恨死了英翰。有的甚至投匿名帖到督署，声称要杀掉他来出气。英翰吓得不敢轻易外出。他自己上疏朝廷，说闱赌一事他禁止不力，以致酿出如此大事，请求朝廷给予处分，调离两广。

朝廷见事情闹得这样大，只得派出两员大吏来广州调查。不知是钦差受了贿，还是英翰手脚做得干净，总之，查来查去，也没查出英翰私受巨贿的真凭实据来。最后两位钦差向朝廷具折，建议禁止闱赌和将英翰免职调离。朝廷同意了这个建议。英翰便因此丢了粤督而回到北京，但不到三个月，他又谋到一个乌鲁木齐都统的美职，走马西北上任去了。两年后死在任上，饰终隆重，御祭文满篇称赞，无半句提到闱赌一案。

弄清楚英翰的这段履历后，阎敬铭心里更踏实了。

这天上午，张之万邀了阎敬铭一同来到太平湖醇王府。

三　以三十万两银子上缴海军衙门为条件，换取闱赌的合法进行

“什么好风，两位老中堂联袂而来，难得难得！”四十五岁的醇王满面笑容地将张、阎让进王府精致的内客厅，立时便有小太监端来香茶、果品。醇王才具不及恭王，对待下属却比恭王要和气得多，醇王府也不像恭王府那样奢豪森然。这是醇王高过恭王之处，也因此在京师赢得不少好口碑。

“有好些天没见到王爷了，心里惦记着，今天天气好，我约了丹老一起来看望王爷。”张之万两眼含笑地望着醇王说。醇王年纪虽不大，但一向身体单薄瘦弱，脸色常是灰灰白白的，然今天却容光焕发。他颇为奇怪，嘴里颂扬：“几天不见，王爷气色这样好，老臣心里高兴极了。”

阎敬铭也看出了这一点，忙说：“王爷精神旺盛，是天下臣民之福。”

“是吗？”醇王摸了摸自己的脸颊说，“我也觉得这些日子身体是健旺些，吃饭睡觉比过去都要香甜。”

张之万因为在醇王小时便教过他的诗文，彼此关系较为亲切随便，为把今日的气氛营造得更热络些，便开着玩笑说：“想必王府来了高人给王爷开了好秘方，王爷拿出来给我们瞧瞧，也让我们这两个老家伙回去吃几剂，调调神，多活几年！”

说罢哈哈大笑。

“张中堂取笑了。”醇王笑着说，“哪有什么秘方，真要有的话，一定会公之于众，让诸位同享。只是二位今天来得正好，有一件大事，我还没有跟礼王他们说，先听听两位老中堂的意见。”

“什么事？”阎敬铭肃然直起腰杆，全部注意力立即集中起来。

“请王爷说说。”张之万也放下手中的托杯。

“前几天，太后召见我，跟我说起办海军衙门的事。”

“办海军衙门？”两位军机大臣几乎异口同声地反问了一句。

“是的。”醇王继续说，“海军衙门，这四个字是太后亲口说的，我当时也没想到太后会有这个想法。”

“这是一件好事。”阎敬铭立即予以肯定。

“太后具体怎么说的？”张之万暂时压下堂弟的事情。跟办海军衙门比起来，广东的闱赌当然是小事一桩。

“太后说，李鸿章跟她讲，马尾江战役把福建海军的弱点都暴露出来了。当初左帅创办马尾船政局，原是想利用该局造舰办学，培育人才，为大清的海军打下一个基础，不想辛辛苦苦办了二十年，耗资几千万银两，瞬息之间便被法国人毁掉了。检讨福建海军的这个结局，一是因为舰艇太差，被法军击毁的十一艘舰艇，一半是我国自己制造的，一半是从西洋买来现成的。自己造的舰小、炮力弱，远不是法国人的对手。不是他们不知道自己的舰艇不行，也不是他们不知道洋人有好舰，他们是没有更多的银子去购买。二是监督不严格，人才缺乏。张佩纶、何如璋固然不懂海战，其实他们更是命不好，倒霉而已。历届船政大臣都和他们一个样，发生在谁身上，结局都是一样的。针对这两个方面，李少荃向太后提议，由朝廷来办海军，设一个海军衙门，专门办这件事，集中全国的银两来买舰艇，就可以购买最好最新的洋舰，由朝廷出面聘请最能干的洋员来经办。如此，我们大清也可以建立起一支世界上最强的海军来。”

“这个提议不错。”张之万轻轻地点了点头，心里想着：李鸿章这人就是乖觉，心计多，马尾江的败仗，普天下的人都知道，将近一年来，骂张佩纶的话洋洋盈耳，弹劾的奏章也积案盈箱，就没有哪个记得张佩纶曾经有过建水师衙门的折子，这海军衙门不就是水师衙门吗？还是李鸿章这人聪明！

“但是，太后没有同意，说由朝廷出面办一个海军衙门好是好，但说到底还是要银子呀，朝廷一时哪里拿得出这么多银子来买炮船呀。”

“太后考虑的有道理。”身为户部尚书的阎敬铭深知国库的空虚，他皱着眉头说，“自从长毛作乱之后，朝廷是一空如洗，至今元气还没恢复过来，哪里拿得出大笔银子来呢！”

张之洞的事情，归根到底还不是因为银子短缺的缘故吗？正是一码事呀！张之万赶紧补充：“丹老说得很对，国家当今第一大难题便是缺银钱。太后当一国的家，为一国的银钱忧虑，督抚当一地一省的家，则为一地一省的银钱忧虑。”

说罢望了一眼阎敬铭，阎敬铭懂得他目光中的意思，说：“太后有太后的难处，督抚有督抚的难处，越想办大事，困难就越大。”

醇王则不明白两个军机的话中之话，依然沿着自己的思路说下去。

“银钱艰难这点我也清楚，别的不说，就说为太后造园子的事吧，进展不快，也就是银子跟不上来。皇帝都眼看要亲政了，太后还没有一处地方颐养，我能不着急吗？”说话间醇王特地看了阎敬铭一眼。

醇王所说的造园子的事，内中也的确有些曲折。

光绪六年，醇王亲自为慈禧踏勘清漪园旧址，将修复清漪园的计划定了下来。但管事的恭王仍像同治年间一样，以帑藏紧缺为由将计划搁置一旁不理睬，慈禧心中大为不快。甲申年撤换恭王全班军机，近因是越战失败，远因则是这桩事。

新军机上任后不久，醇王便旧事重提，没有恭王这个障碍，事情好办多了。但那时越南的战争正打得紧，大兴园工，无论从气氛上说，还是从经费上来说都不是时候，于是醇王便先以修理三海来暂时讨得慈禧的欢心。三海即北海、中海和南海，本是皇家的行宫，它挨着紫禁城，出入方便。

夏日三海水波荡漾杨柳成荫，较之宫禁来说，自然凉爽清幽，故帝王后妃们夏天常来三海游憩。自元代定都北京来，三海便不断拓建。到了清代，三海是宫殿成群楼阁相望。康熙、雍正、乾隆几代皇帝，不仅将此当作游乐之地，而且在此宴请王公大臣，并在勤政殿等宫殿里召见官员，处理国事，接见进京朝觐的外藩国使臣，欢迎得胜回朝的出征将士。三海里的水时常疏浚，保持一年四季的清亮洁净，又特为种了不少莲藕。每到三夏时节，一眼望去，三海之上碧叶田田，莲花盛开，真正是“映日荷花别样红”，那景况的确是清雅至极！

可慈禧却还嫌它不够气派，不够豪华，于是醇王下令，将三海所有亭阁楼台重新漆过一遍，又特为将连接北海和中海的宏伟大桥——金鳌玉蝀桥加以包装，将数以万计的黄金、白银熔成水液涂饰其上。三海气象果然一新，慈禧心中自然欢喜。

光绪八年初阎敬铭出掌户部后，开源节流，精打细算，到了年终报账，他又将闲款与正款一齐上报，比前任多出三四百万两银子。慈禧对阎敬铭的能干甚为称赞。晋协揆，入军机，便是对他的奖赏。这两年修三海，用的就是阎敬铭上报的闲款。

户部的闲款大致包括抄查犯罪官员的家产等各种罚款，以及变卖之款等等。历任户部尚书都不将这笔闲款上报，一来怕来年正款有亏，好以此补缺，二来户部留下这笔银子也好自己办些事情：或是上下官员们沾润沾润，或是年节之时用来向王公贵戚们送礼，还有各省抚藩们到京城来办事，送来百两银子的礼物，尚书侍郎们收下后，也得回送十两八两的。所有这些，都要有一笔银子摆在这里才好办呀！

阎敬铭不需要这种小金库，他统统上报。后来得知这些银子全部用在三海上去了，他又有点心疼。

光绪十年底，正款、闲款加在一起，比上年多出五百万，慈禧看到户部这份结算单后，高兴地对醇王说：“阎敬铭真是一个理财能手，每年都能多出几百万两来，比翁同龢要能干多了。今年居然增加了五百万，明年要再增加五百万就是一千万。你前些年说的修复清漪园子的事，我看可以动手，有这一千万两银子，大概也差不多了。”

醇王本拟将这五百万银子做点别的事，听慈禧这一说，主意就改变了。他想：三海毕竟近在咫尺，还是要将清漪园修好，让她搬得远远的，彼此都可省心。

“清漪园的事臣已筹划好些年了，现在，冯子材在越南打了胜仗，阎敬铭又在户部筹集了款子，这都是托太后的洪福。明年春上就动手，两到三年工夫也就修好了。”

醇王把这事跟阎敬铭一说，阎敬铭的脸就沉下来了，说了许多不能挪作园工的道理，特别强调万一又打起仗来，这笔银子还得用作军饷。醇王好说歹说，才勉强地说动这个倔犟的陕西老头，同意从户部拨出了二百五十万两。

阎敬铭虽然拨了银子，但心里老大不情愿。时隔不久，内务府又为园工的事向户部要银子。阎敬铭压下不理，内务府再次具文，阎敬铭又不批。无奈，内务府只得请醇王出面。醇王看了内务府禀报，竟然开口要八十万，他心里吃了一惊：刚提的二百五十万，怎么又要这么多！禀报后面附了一页清单，上面详详细细地开列了二三十个项目，每项多少多少，汇总起来八十万还出了头。醇王也不知道哪项该要哪项不该要，更弄不清楚这种材料的行市怎样，只得照批给户部，要户部速拨银八十万。

三十年前的户部主事深知宫中用工的弊病。宫中用工，比如修缮殿堂、整治道路、调理花园等等，开出一万两银子，用到工程上的有三千两就不错了，这其间的七千两银子便被监督、工头、采买、工役等人层层贪污中饱了。至于日常的吃饭穿衣用药等开支，则更是公开地滥报冒领。道光帝是个知道节俭的皇帝。有一天吃饭时，他指着一碟韭黄炒肉丝问御膳房的太监，这碟菜要多少银子，太监答十两。第二天他召见一位大臣。国事谈完后，他顺便问一句，一碟韭黄炒肉丝得要多少钱。那位大臣答，十文钱左右。十两与十文，有着千倍之差，道光大为恼怒。他召来御膳房太监，问这是何故？谁知这位太监并不恐惧。他平静地告诉皇帝：民间炒一盘菜，的确十文便可以，但宫中炒出这碟菜，非要十两不可。接着便详细说明：这菜里的肉取的是猪背正中的一块肉，一头猪只能取够炒一碟的肉丝，故肉要算一头猪的钱。这头猪由专人喂养，从生下来起就吃的白米稀饭，喂这头猪出来要六两银子。韭黄是来自丰台专为宫里供菜的暖棚，这暖棚从入秋起要生炭火保温，一直到来年春末，施的肥料是专门用黄豆麦片沤烂而成的。一碟韭黄则要从一百斤韭黄中一根根地精细挑出。这碟韭黄要花费二两银子。另外，要用燕山的豹子油，夹皮沟的蘑菇，木兰围场里的山鸡汤，渤海的鱼粉等等做佐料，这些耗费要在二两左右。用十两银子，还未计厨房里的工钱，若将工钱加进去，尚不止十两哩！道光帝听了，觉得有道理，便不再追究了。其实，这位御膳房的太监说的全是骗人的话。内宫里每一样从宫外买进的东西，都有一套这样的离奇来历，太监们一代传一代，编得滴水不漏，皇帝妃嫔都被他们这样糊弄过去。这样一道韭黄炒肉丝，他们至少要从中贪污八九两。这批内务府里的大小蛀虫们就这样上下包庇内外勾结，将国库里的银子化为他们囊中的私物。这中间的弊病，惟户部最为清楚。但户部的堂官和司官，或不敢得罪，或与内务府狼狈为奸沆瀣一气，至于部里的那些小官小吏，也多多少少得过其中的好处，大家便都两眼一抹黑，任它如何伤天害理，也不去理睬。阎敬铭的心里当然最有数了，每一想起此事便心情郁闷。但他已是六七十岁的人，真要认真调查起来，哪有这个精力？何况部里几乎无人支持。他实在不愿在这种两难处境中呆得太久，东山复出尚只有三四年，便又萌生了回解州书院养老的心愿。因为有此念头，他也便不想曲意阿附太后和醇王。要拨出八十万来，除非把别的都压住。但救苦救难，赈灾抚恤，总比修园子来得重要吧！阎敬铭勉为其难地分出三十万来，也学醇王的样子，附一张表，详载近两个月来哪个省灾荒拨出若干，哪个省瘟疫拨出若干。醇王看后嘴里不说什么，但心里不悦。刚才这几句话便有这个意思在内。

阎敬铭明知醇王话中所指，也不辩解，闭着嘴巴，面露微笑地听着。

“我对太后说，西洋那些强国，都有海军衙门，我们大清国海岸线有好几千里，若没有强大的海军则守不住。这次马尾江之役便是很大的教训，朝廷设一个海军衙门还是有必要的。不过李少荃提出同时建北洋海军、南洋海军、福建海军，这个规划也太大了些。太后说的有道理，经费拮据，一时也不能把摊子铺得太宽。我看先办北洋海军，等过几年朝廷富裕后，再来办南洋和福建的。太后想了想说，按理说吧，咱们大清也是该有个海军衙门，既然你和李鸿章都有这个兴趣，就试试看吧！衙门的主儿也不交给别人了，干脆你自己出面来当这个家，李鸿章做你的副手，再找几个靠得住的人一起来张罗。就按你刚才说的，先办北洋海军，再办南洋、福建海军。一则是银钱缺，另一个嘛，也是先办办看，积累点经验，学点儿见识。老百姓说，不能一口吃成个胖子，我看就是这个理儿。我赶紧答应下来。要说我这几天气色好哩，就是遇到这件好事。人逢喜事精神爽，这话说得不错。”

原来是这档子事，对于国家来说，这无疑是桩大好事。作为熟知醇王脾性的老中堂，张之万更知道，此事之所以令醇王如此兴奋异常，还有它重大的深层原因。

身为皇帝的父亲，醇王本应处于太上皇的地位，国家大权理应握在他的手里，但其实不然。无论朝廷大臣，还是草野小民都知道，大清帝国至高无上的权力并不属于他，也不属于皇帝，而是属于那位宫女出身的西太后。爱新觉罗氏用血汗生命打下来的这座江山，已让此人坐了二十四五年，上上下下里里外外已全是她的人马在控制掌管。醇王本人自然更为清楚，自己的儿子尽管是太祖太宗的黄金血胤，但若不是出自她妹妹的腹中，也是绝不可能坐上今天这个位置的。出自这个原因，醇王对这位太后嫂子，是既畏惧又感激的。他并不想与慈禧争夺权力，他也知道是绝对争夺不过的。他只是希望，过两年儿子亲政后，慈禧能一心一意地到清漪园去颐养天年，将权力全部地毫无保留地交出来。但是，热衷于最高权势已久的她，能做到这一点吗？醇王心里很没把握。这些年，醇王一直在暗中努力培植自己的势力。从恭王手里夺来军机处，便是这一努力过程中的最大收获。不过，军机处的领班名义上仍然不是他，况且军机处地位太崇隆、太重要，太后一直紧紧地把它抓在手中，要想借它扶植更多的私人力量并不容易。好了，现在有了海军衙门这个从名义到实际都属于自己的领地，今后真可以大有作为了。

用铁骑征服汉人的努尔哈赤的后裔清楚地知道，刀枪兵马才是夺取权力和保护权力的至关重要的根本。而恰恰就是在这一点上，醇王深感自己的基础薄弱，那些将军都统几乎没有一个是他的心腹。海军衙门一旦建起，事情就会来一番大的改变。当今的世界，舰艇取代铁骑，大炮取代刀枪，军务重心已转移到海军上来了。醇王心里有数，谁是大清国新兴的海军的最高统帅，谁就是大清国最有力量的军事统帅。现在就拿太后所授予的名正言顺的权威，组建一个完全是自己人的团伙，调拨千万两银子购买几十艘炮船，筹建一支名为朝廷实为自己所统领的海军。那时的醇亲王便手握真正的权柄，太后即便不甘寂寞，也将力不从心，自己的儿子便可以坐稳这座危机四伏的江山，自己也便成了名副其实的太上皇！这怎么能不令醇亲王异常激动，异常亢奋呢？怪不得这段时期气色这样好，精神这样旺！

张之万是巴不得醇王早日握有实权的，他出自内心地喜道：“恭喜王爷，贺喜王爷，王爷是我们大清国也是有史以来中国第一个海军大臣。有王爷来亲自执掌，大清海军将必定可与西洋列强抗衡，保卫我万里海疆，永不遭受外人的侵扰！”

阎敬铭也高兴地问：“王爷准备召集哪几个人来办这事？海军衙门何时挂牌？”

醇王说：“这些事，正是我要跟礼王和军机处诸位一起商量的事。你们帮我物色物色，选几个特别合适的人出来。”

张之万一边抚摸着灰白而稀疏的长须，一边缓缓地说：“海军衙门是自古以来没有过的新衙门，也是我大清今后最为显赫的第一大衙门，几个主要办事的人员非得要德才兼备众望所归者不可！”

醇王点点头说：“我也是这个意思。”

张之万说：“李少荃是太后点的名，当然没话说了。此人能干是能干，但揽权谋私也是第一。王爷今后要防着点。”

醇王点了点头，没有吱声。

“至于其他人选嘛，这要慎之又慎。”张之万沉思片刻后说，“眼下只有一个人挺合适。”

“谁？”醇王眼睛盯着张之万。

阎敬铭也凝神谛听。

“曾纪泽。”张之万郑重其事地说出一个人名来。“二十年前，文正公在江宁做两江总督时，他在督署住过一段时期。我去江宁会文正公时，总要和他聊几句。当时我便对文正公说，你这公子笃实勤奋，日后必为国家的栋梁。现在看来，我的眼光不错。这些年来，曾纪泽一片公忠为国家办事，是阖朝有目共睹的。我之所以要荐他进海军衙门，除他的人品行事有乃父之风外，更主要的是看重他有多年出洋做公使的经历，又懂洋文会说洋话。王爷，这海军衙门不像别的部院，以后跟洋人打交道是第一件事，必须要有一个熟谙洋情的主办人才行。”

醇王不仅不识洋文不懂洋话，就连英美法这些西洋大国的基本知识，他也所知甚微，曾纪泽这样的人才是太重要了。他连连点头：“曾纪泽这个人提得好，海军衙门非他不可，他这一个就算定了。明儿个让总署发急电催他回国。”

说着转过脸问阎敬铭：“丹老，你看还有谁合适？”

阎敬铭说：“张中堂说，人选要慎之又慎，这话说得很对。海军衙门我还是刚才听说，一时尚没有适当的人，提不出。只是，”犹豫片刻，阎敬铭还是直爽地说了出来，“户部的银子都用到园子里去了，办海军衙门的经费从哪里来？户部留点银子，原是为着国家的不时之需，所以我不主张修清漪园。王爷您看，现在不就等着要银子用吗？”

醇王笑了笑说：“太后为国家操劳几十年，修座园子让她好休养休养，也是应该的。至于海军衙门的钱嘛，我会另想办法，不从户部拿。”

阎敬铭说：“只要不从户部拿银子就好，否则我这个户部尚书就是砸锅卖铁，也凑不出这笔银子来。”

“银子嘛，慢慢来想法子。”醇王说着说着突然提高了嗓门，“两位老中堂，你看我人未老就先糊涂了，现存着一笔名正言顺的银子，我都没想起拿来用！”

“王爷说的哪笔银子？”阎敬铭被醇王这句话弄得一时摸不着头脑。

“海防经费呀！”醇王兴奋地说，“朝廷过去每年都从海关关税中抽出四五成拨给直隶、两江、福建、两广等省办海防，现在成立海军衙门，这笔银子理所当然地归海军衙门了。”

阎敬铭忙说：“王爷说的极是，这每年的海防经费今后自然应当交由海军衙门来经理。”

经醇王的提醒，张之万又想起张佩纶的折子来。他说：“海防经费归海军衙门管，这是再恰当不过了。还有，早在前年，张佩纶建议办水师衙门的时候就提出一个设想：全国十八行省每年协济朝廷四百万银子办水师，按大小贫富不同分摊。我看，海军衙门建立后，就按张佩纶这个设想叫各省协济。”

醇王说：“张佩纶这个设想好是好，但各省都告穷不已，当时他的设想就没有得到一个省的响应。现在再提出来，也不知各省的反响如何。”

这时，张之万猛然来了灵感，寻到一个为堂弟说情的好机会。“王爷，这种钱哪个省都是能躲则躲，能推则推，不会心甘情愿主动出的。这要采取两个措施。一是朝廷下严旨，出也要出，不出也要出。二要有一两个省份的督抚带头，他们一带头，别人也就不好不出了。”

醇王微笑着说：“就叫令弟在两广带个头如何？”

“我也正是这个想法。”张之万将身子向醇王那边移了移，口气明显地亲热许多。“王爷，张之洞最近有一笔收入，老臣可以跟他商量，要他拿出二十万来协济海军经费，为各省带一个头。”

“张之洞的这笔收入是不是闱赌的钱？”

张之万、阎敬铭的心都顿时怔了一下，他们听出醇王的口气似乎有点不友好。

“正是这笔钱。”张之万的声调不自觉地低了下来。“马尾江之役福建海军的全军覆没，法国人在越南的强梁称霸，这些给张之洞很大的刺激：法国人之所以如此嚣张，全凭着他们的军事实力。托太后、皇上的如天洪福，托王爷的大才经纬，镇南关取得大捷之后，张之洞下定决心要在粤省设厂制造炮弹船舰，办洋学堂。要办这些大事，最缺的就是我们刚才谈论再三的银钱二字。万般不得已，他才采取从闱赌中抽取税款的下策，至于他自己和粤省各级文武衙门，则绝对不敢从中牟取一丝一毫的私利。张之洞日前托人送来一份关于不得不办闱赌的陈述，及所收款项的明细账目，老臣正要呈报王爷过目。”

说罢，从左手袖袋里取出早已准备好的一份双手递给醇王。

醇王接过张之万递过的一沓厚纸，望了望阎敬铭说：“看来，两位老中堂今天是特为此事约好一道来府的。”

阎敬铭说：“近来连续有人给太后、皇上上折子，说张之洞办了一件很坏的事，朝廷应将他撤职查办。张之洞受了一肚子委屈，没有办法了，只得托我们把实在情况禀报王爷，请王爷为他主持公道。”

醇王把手中的纸略微翻了翻后，将它放在茶几上。“张之洞这次做得是有点莽撞，太后对此事也有看法。”

张之万、阎敬铭心里又紧张起来，悚然谛听下文。

“初七日上午，太后召见我时，特为提到这件事，说高鸿渐、莫吉文上了折子。还说到翁同龢为此很气愤，骂张之洞公然冒天下之大不韪，用新举人的姓来打赌，亏他自己还是两榜出身、做过几任乡试主考的人，真正是有辱斯文。”

张之万的心骤然一阵寒冷，果然没有猜错：易果信的背后就是翁同龢。只是翁同龢也太狠了些，在太后面前说这样的话，岂不要置张之洞于死地，全然不顾侄儿同年的一点情面！

阎敬铭问：“太后对这事作了圣裁吗？”

“还没有。”醇王说，“太后对我说，张之洞是为国家立了大功的人，此事的处置要慎重；广东闱赌的事情，先帝既然早有禁令，先让吏部派人去两广调查清楚，违令是不对的。不管如何，得先把此事停止才对。”

听了这话，两位老军机才略为放下心来。

阎敬铭说：“咸丰十一年，当时两广总督劳崇光关于禁止闱赌一折上是有一道朱批。只是这道朱批的日期是八月初九日，文宗爷是七月十五日龙驭上宾，这道朱批出自谁的手，王爷比老臣更清楚。”

醇王听了这话，眼前忽地一亮：“丹老是说，禁止闱赌的朱批的日期是咸丰十一年八月初九日？”

“是的。”阎敬铭以极为肯定的语气说，“为核实此事，老臣亲自从国史馆档房调出旧档，军机处录副上清清楚楚地写着八月初九日。”

二十四五年前，那场惊心动魄的变局顿时浮上了醇王的脑海。他知道慈禧对肃顺的深恶痛恨，直到今天也未减轻一丝一毫。他更知慈禧的为人：仇敌所做的事，她要坚决反其道而行之。禁止闱赌的朱批不是咸丰而是肃顺之所拟，她绝对会毫不犹豫地斥责为伪批。那么，违背伪批的张之洞自然就没有过错了。

醇王不把这层思考说出来，只是点了点头说：“好，好，只要丹老说的这个日期确实没错就好。”

阎敬铭斩钉截铁地说：“绝对没有错，我可以将这件军机处录副送来请王爷过目。”

“行。”醇王说，“明天打发人送来我亲自看一下。”

张之万极为佩服阎敬铭的精明老到：“丹老澄清了一件大事。八月初九的朱批，无疑不是出自文宗爷之手。更何况，二十多年来粤省的闱赌名禁实未禁，一直在民间暗中进行着。英翰革职之后，闱赌则转到澳门去了，洋人从中获取高额税利，本属于中国的银钱反而流到了洋人的腰包。”

“还有一点，要向王爷说明的。”阎敬铭补充，“英翰的革职是因为有人卷款外逃，牵涉到官府，英翰本人又涉嫌收受巨额贿赂。关于这件事，老臣也详细查明了。”

醇王认真听着两位军机大臣的话，心里在默默地思量着：以新举人的姓为赌博，真正反感的也只有翁同龢这样的书呆子，要说这犯了多大的罪过也说不上。粤省的百姓既然乐意赌这个，赌赌又何妨？最主要的是可以从中抽税。平素要百姓出一个子儿，好比割他们身上的一块肉，用这个办法来抽税，他们倒情愿捐输。现在筹集银钱太难了，也怪不得出此下策，眼下办海军衙门第一件难事不就是银钱吗？张之洞这样做，要是我做粤督说不定也会这样做，至于太后，也不会把几个举人的姓看得那样重，不赞成闱赌，无非是有先帝的禁令在罢了。既然那不是先帝的朱批，而是肃顺的伪冒，太后脑中的怒火还不知如何烧哩，她哪里还会去计较什么斯文扫地之类陈词滥调！不妨卖个面子给这两个老头子，让他们去监督张之洞每年带头捐银子是挺重要的。想到这里，醇王态度持重地说：“张之洞用抽闱赌的税来办自强大事，居心虽好，但手法却嫌卑下了点，怪不得引起不少的纠弹，太后也不太赞成。我能知他的心情，也想成全他这番苦心，情愿冒犯太后一下，也要去替他说说情。只是方才张中堂说的，张之洞今后每年捐献三十万给海军衙门，为各省带个头，这件事他一定要说到做到。”

张之万心里想：我刚才明明说的是二十万，醇王怎么说三十万呢？是听错了，还是借机多要十万？他也不敢提出来纠正，生怕醇王不高兴，多十万就十万吧，只要这事能让张之洞去做就得了！

张之万忙说：“张之洞一定会感激王爷成全他的大恩大德，至于每年捐三十万，老臣想他一定会做到的。这三十万留在广东是办自强大事，捐给海军衙门，不更是自强大事吗？这个道理，张之洞是会明白的。”

“正是这个话。”

说着，醇王站了起来，张之万、阎敬铭见目的已达到，也赶紧起身告辞。

四　难道是她？是那个多少年来魂魄所系的肃府丫鬟

慈禧得知禁止闱赌的朱批是肃顺的代笔真相后，立即改变了对此事的态度，高鸿渐、莫吉文等人的折子也便悄无声息地淹没了。其他一些善观风向伺机而动的台谏言官，见高、莫等人的折子没有引起什么反响，拟好的纠弹奏章也不再上了。一场即将掀起的滔天风浪，也就这样转眼间平息下来。

一个月后，杨锐圆满完成任务回到广州。虽说离京前，由张仁权通过户部电报房，已将京师的情况告诉了张之洞，但在杨锐抵穗的当天下午，他们还是立即见了面。张之洞需要从学生的口中得知更为详细的内容，尤其需要杨锐谈谈与张之万、阎敬铭及通过两位军机转述的醇王的一切言谈。他还想了解杨锐所感受到的京城里的其他种种。

杨锐将自己在京师近一个月的全部活动，向老师作了禀报，又特别将两位老中堂的临别之话作了复述。张之万要杨锐告诉堂弟：开闱赌虽出于万不得已，然此等易招谤讟的事还是以少做或不做为好。此次倘不是阎丹老查出朱批的真相，即便醇王有意护卫，太后那一关也不易过。用三十万两银子买醇王的大驾，代价虽然大了些，但闱赌每年可收入九十余万，除去三十万，尚可余六十余万，划得来。且海军衙门一旦办事，“各省协饷”必定逃不脱，不如主动带头，在太后、醇王面前博得好感，在朝野上下赢得好名声，权衡之后，当知利大于弊。

老哥的这段告诫引起了张之洞的重视。前几天得知闱赌风波平安度过后，赵茂昌又兴致勃勃地向张之洞提出另一条生财之道。

海外吕宋国盛行一种赌博，这种赌博的名称叫买白鸽票。白鸽票分为全票、半票、小票等多种，全票一张六元，共卖出四万张，得二十四万元，国王从中抽出四万八。半票一张三元，也卖四万张，得十二万元，国王从中抽出二万四。小票一张一元，也卖四万张，得四万元，国王从中抽出八千。国王每次从全、半、小票中共净得八万元。每月初一卖票，三十日开彩。国王亲自主持，文武大臣分列两旁。国王座位左右两边各置一大桶，每个桶内有四万张筹码，内中载明头彩、二彩、三彩一直到十彩。其中全票头彩一人，中者得六万元，二彩一人，中者三万元，三彩一人，中者一万元。以下各彩依次递减，中彩人员也增多，到最末等人员最多，中者得钱最少，为十元。半票、小票也一样，只是得钱分别为全票的一半及六分之一。吕宋国王每月从彩票得银八万元，一年得银九十六万元，成为全年收入中的一大宗。福建有商人专做这种生意，从吕宋国贩票进来，在福建城乡卖。若有得中的，商人取去十分之二，十分之八归买主。近来，此风已蔓至山东、江苏、浙江等沿海省份。赵茂昌建议，广东可以将吕宋国这种彩票照搬过来，不成问题。赵茂昌这番话说得张之洞心动了。

听了杨锐转达过来的老哥的告诫后，他决定白鸽票之事至少暂时不能启动。闱赌毕竟是一桩在粤省流行多年的旧事，且办理的人是商人，官府不过抽税而已；若按赵茂昌所说由粤督出面主办白鸽票，那我张之洞不将成了专办赌局的总督，授人的口实就大了。这事且待以后再说吧!

杨锐还转达了阎敬铭的一番话。阎敬铭说，自强实业是一桩大好事，这正是曾文正公、胡文忠公生前想办而没有办成大结果的事业。现在李少荃、刘坤一等人正在继承着，但也尚未见大成效。办自强实业一靠实力、二靠人才，李少荃这些年来之所以做得像模像样，就是靠的这两个方面。当年曾文正公手下有个奇人，名叫徐寿，安庆内军械所造的第一艘汽轮机“黄鹄”号就出自此人之手，且人品操守也好，极受曾文正公的器重。徐寿有个儿子叫徐建寅，其才不亚于父亲，又出过洋精通洋文。本拟请徐建寅去两广幕府，但他正守父丧，不宜办公事。徐建寅推荐他的一个朋友蔡锡勇。蔡锡勇同治十三年在广州同文馆肄业。光绪元年由总署咨送广东差委。不久，由出使大臣陈兰彬携带出洋，派充驻美翻译，又升任驻日参赞。光绪八年，因父死回福建原籍守制。蔡锡勇人品端方，西学精湛，正当盛年，是个不可多得的洋务人才。上个月三年守制期满，正在漳州府等待复出。望迅速派人去漳州，用重金聘过来。阎敬铭还语重心长地叫杨锐转达一句话：世上一切事情，都是人做出来的。所以，事业的成与否，千条原因，万般机奥，最后都落在“人才”二字上。曾文正公、胡文忠公之所以成就了一番大事业，归根结底，也就是在会用人这一点上强过别人罢了。

阎敬铭的这番话更给张之洞以重大启示。他当即要杨锐休息几天后，即赴福建漳州，不管有多大困难都要克服，不管蔡锡勇提什么条件都满口答应，一句话，务必把此人请到广州。

杨锐为老师的这番爱惜人才的激情所感动，说：“我年纪轻轻的，不需要休息，明天做点准备，后天我就去吧！”

半个月后，杨锐果然将蔡锡勇带到两广总督衙门。张之洞见蔡锡勇端端正正的五官、文文雅雅的举止，满心欢喜。简短地交谈几句后，他知道蔡锡勇字毅若，今年三十五岁，有一妻一子和一位七十余岁的老母，现都暂住漳州府老家，待这里安顿下来后再来广州。又知蔡锡勇精通英文和日文，对机器制造、采矿炼铁等学问都有研究。张之洞高兴地说："我这里有一位辜鸿铭是你的同乡，他也懂得好几国洋文，对洋学问也有研究，你们今后可以用洋话讨论洋学问，彼此都不孤寂了。"

蔡锡勇说："早就听说福建出了奇人辜鸿铭，只因他一直在南洋，不能见面，想不到也在大帅的府里，真是难得。"

张之洞笑着说："我这里不仅有懂洋文的辜鸿铭，还有对老祖宗传下的学问钻研深透的梁鼎芬，更有胸怀绝学才可济世的桑治平，还有能办事的赵茂昌。接你的杨锐年纪虽轻，你也不能小看他，日后也是国家的栋梁之材。"

说得杨锐在一旁不好意思起来："恩师言重了，我哪里是栋梁之材。中国的学问，只略微懂一点，洋人的学问一窍不通。蔡先生、辜先生才是真正有用的大才哩！"

张之洞说："洋学问重要，中国的学问也重要。只是眼下懂中国学问的多，懂洋学问的人少罢了。我们要有十个八个毅若、汤生这样的人，办起自强实业就顺畅多了。"

"这个不难。"蔡锡勇说，"我认识一些有真实学问的洋人，可以通过他们招聘一批洋技师来，马尾造船厂里就有五六个法国技师。"

"行。"张之洞说，"确有真才实学，薪水高点也不妨。"

"大人，还有一条招致人才的路子。"

"什么路子，你说说。"张之洞以极大的兴趣听着。

"大人，若论办洋务实业，广东较之于其他省来说，最是得地利之福。"蔡锡勇操着一口福建官话，慢条斯理地说，"广东地处南海之滨，是我国最先与西洋诸国打交道的省份，加之后来香港、澳门租让给英国、葡萄牙，更使得广东省有与西洋比邻而居的味道。故而广东民风受洋人的影响很大。这点，不仅陕甘、四川、两湖这些内陆省份不能比，就是江浙等沿海省份也不能比，连我的家乡福建，虽然很早以来便有漂洋出海的传统，也不能与广东相比，因为福建没有香港和澳门这样的洋人租借地。当年容闳奉曾文正公之命，选拔一批少年出国留学，在其他省份找不到人，但他一回到家乡广东来招，便立刻招满了。道理就在这里。”

蔡锡勇说的是十多年前的事。同治十年，曾国藩和李鸿章联名上折请选派聪颖子弟留学西洋，学成后报效国家，为徐图自强大业培植人才。那时张之洞正在湖北做学政。这道有名的奏折他在邸报上看过，当时满脑子清流，并没有把这道奏折看得很重。当然，他更不可能意识到，就是这道奏折给中国日后的发展带来了划时期的变化。今天，将两广富强置于自己双肩的粤督，突然发现，十五年前的这个亘古未有的设想和不久后付诸实施的行为，实在是一桩极富预见的贤哲之举。

“你是说，广东有不少懂洋务的人才？”

“是的，大人。”蔡锡勇说，“容闳从同治十一年起，曾先后组织四批共一百二十个少年，远渡重洋去美国留学。他原本按着曾文正公的设想一批批地招下去，但后来一些有力者对此事颇为不满，故只招四批就停下来了。在美国留学的幼童，也陆续回国，回国后多不受重视。因为他们是广东人，所以很多至今还在广东老家。广东可以说是洋务人才的藏龙卧虎之地。”

“毅若，你知道这一百多个幼童，在美国到底学得怎么样吗？”

“据我所知，在美国不好好读书，沾染洋人恶习的人是极少数，绝大多数都勤奋学习，洁身自好。他们一来资质聪颖，二来多为清贫家庭出身，读洋书不唯替国家出力，也是为自己谋一条进身之路。一二批基本完成了学业。三四两批尽管没读完，但他们洋话洋文都很好，洋学问的基础也打下来了，与那些未放过洋的人毕竟有天地之别。只要把他们放在洋务局厂，他们立即就可以随着机器的运转而将自己的才能发挥出来，即使过去没有学过，看看摸摸，要不了三五个月，也便成为行家。”

“好，好！”张之洞满心欢喜。“把他们都招聘来，让他们在我这里都学以致用，发挥长才。你看如何把他们招来？”

杨锐问：“你过去与这些人有过交往吗？”

“也认识几个。”蔡锡勇说，“不过，认识的这几个人都不在广东，或在京师，或在上海，或在天津。他们算是这些人中运气较好的，有事让他们做，所学也能用上一些。”

“我有一个主意。”杨锐兴奋地对张之洞说，“可不可学学古人的办法，张贴招贤榜，把藏卧于草泽林间的龙虎招出来。”

“行！”张之洞被学生的这个想法激动起来。“就以两广总督衙门的名义颁发一个招贤榜，不局限当年的留美幼童，凡对洋务实业有一技之长之能人，我们都欢迎他们前来毛遂自荐。把这个招贤榜张贴于广东各府县，让全省士绅百姓都知道我们正在招纳四方贤俊，共襄广东富强大业！”

“太好了，太好了！”蔡锡勇连声称赏。杨锐则快乐得几乎要蹦跳起来。

“叔峤，招贤榜这个点子，是你提出来的。这个榜文，就由你来拟。我们求的洋务之才，别的可忽视，不管出身、资历、品性如何，只要有洋务一技之长，都可报名。你用心写好，要写得像《求贤令》、《举逸才令》那样，既有文采，又标新立异，争取流传下去。”

杨锐说：“我一定努力写好，但恩师期望太高了。《求贤令》、《举逸才令》上下几千年，也只有这两篇，况且也只能出自集英雄和奸雄于一身的曹孟德之手，别人写这样的文章，不被唾沫淹死才怪呢！”

张之洞哈哈大笑起来：“叔峤呀！你的气魄太小了，不是做大事的胸襟。要做大事，就得有曹孟德那样的气度。怕什么别人的唾沫？大业成功了，唾沫自然没有了！你大着胆子写去，这不是你杨锐在招贤，是我张某人在招贤。五千年的中国历史，难道只许出一个曹孟德，不能多出个张之洞吗？”

杨锐也受了感染：“我放开来去写，说不定也写得出。”

张之洞对蔡锡勇说：“辨才识才一事就交给你了，你就充当这次广东洋务乡试的主考。我还给你请一个副主考。”说到这里，张之洞停了一下，“就是我刚才说的桑治平。他是我的老朋友，等会儿，我带你去认识认识他。他久阅人事，历练丰富，给你当助手。若是既有洋务之才，又懂中国学问，品行又好的全才之才，本督将亲自接见委以重任，破格提拔，为粤省士人树立新的楷模。”

几天后，盖有“两广总督关防”紫花大印的招贤榜在广东省九府四厅六十余县的城乡关隘、道口码头、集市墟场、驿站客栈到处张贴。老百姓只是在茶馆书肆里、戏园舞台上知道古时曾有过招贤榜，却从来没有在现实中见过这类东西。现在，由粤省最高衙门所颁发的招贤纳才之告示，不就白纸黑字地贴在眼前吗？而且招的是洋才，真正是又稀罕又有趣。工商农人看稀奇，乡绅读书人在感叹。贤才尚未招纳，实业尚未启动，招贤榜就已引起了千千万万人的议论纷纷。当然，主事者更是做梦都没有想到，这道招贤榜还引出了世间一段动人心弦的爱情故事。

一两个月来，设在督署旁边的招贤馆，成了广州城里最为热闹的场所。它不仅引来四面八方跋山涉水前来投考的人，也吸引更多看稀奇的游手好闲的市民。

前来应招者各式各样的人都有：有会几句洋话的，有对西洋数理之学略知一二的，也有在香港澳门洋人办的工厂里做过工的。这些人通过蔡锡勇的当面测试，都一律登记上册，告诉他们听候通知。当然也有些油滑劣佞之徒，试图来此浑水摸鱼。这种人，桑治平只要略问一二句，把戏便被戳穿，在围观市民的哄笑之中鼠窜。

这段时期里，也真的招来了十二三名当年随容闳去美国求学的幼童，这些人中年岁大的早已过而立，最小的也有二十四五岁了。有的回国已七八年，光绪七年最后一批回来的，也有四五年了。回国后景况都不佳，在美国所学的知识技能毫无用武之地。这些年都靠做点别的小事谋生糊口。想起自己辛苦所学一无用处，心里常常痛苦不已；看看自己的国家与美国相比，一切都如同天地之差，更是悲伤失望。这些人大都情绪激动，对两位主考表示：不求高薪，不求美宅，只要将当年所学的能在自己国家派上用场，就心满意足了。桑治平听着这些话，心里很感动，常会从这些人的身上看到自己的影子：当年自己不也是这番热血吗，后来不也是伤心失望吗？而他们毕竟比自己幸运，能在青春尚未逝去的时候，碰上一个这样的好总督，还能有才能施展的一天。摸摸鬓上的霜花，将近五十的桑治平不免心头怆然起来。

这天上午，招贤馆里又走来一个应招者。桑治平第一眼看见这个人，心里便有一种异样的感觉。他自己也略觉奇怪，定定神，又将此人仔细地打量了一番。这是一个刚过弱冠的年轻人，与通常广东青年男子相比，他有不少不同之处。广东青年男子，大多黑瘦矮小，脸上颧骨较高，眼睛略显下陷。这个年轻人，高挑，白皙，五官清秀，没有让人产生凹凸错位的感觉。步履稳健，举止文雅，尽管衣帽并不讲究，但一眼便看得出是一个受过良好教养的人。

因为是招聘洋务人才，都由蔡锡勇先接待，桑治平则在一旁静静地听着，悄悄地打量。

“小伙子，你是看到招贤榜后才来的？”蔡锡勇面带微笑，温温和和地问。

“是的，我是看到招贤榜后才到广州城里来的。”小伙子坐在蔡锡勇的对面，平静而大方地回答。

桑治平听出来了，这小伙子的口音明显不同于大多应聘者的粤腔十足的广东官话，而是带有中原地域的腔调。他不是广东人。桑治平由此证明了刚才的直觉。

“招贤榜张贴出去快两个月了，你怎么今日才到广州应聘？”

“我这半年在澳门一家报馆做事，十天前才回的家，看到榜文后，即刻就到广州来了。”

蔡锡勇点点头，继续问：

“你叫什么名字？”

“陈念礽。耳东陈，怀念的念，示字旁加一个乃字。”

陈念礽一字一顿地报着自家姓名，以便让执笔书写的主考不至于写错。

蔡锡勇一笔一画地在登记簿上写着。一旁的桑治平在心里默默地想：这个小伙子的名字竟与我的本名共着一个“礽”字。这“礽”虽也是一个好字眼，但一来较偏冷，二来因为康熙皇帝的废太子叫允礽，所以用这个字为名的人不多。默想之间，桑治平又将眼前的陈念礽多看了几眼。

“多大了，哪里人？”

“今年二十四岁，本省香山人。”

“你父亲做什么事？”

“我父亲曾在京师做过内阁中书。我五岁时，父亲便去世了。”

桑治平插话：“你父亲叫什么名字？”

“陈建阳。”桑治平搜寻着脑中的记忆，找不出有关此人的一点痕迹。

蔡锡勇继续询问：“你懂洋文吗？”

“懂！”

“英文，法文还是德文？”

“我懂英文，也略懂一点法文。”

“你的英文是从哪里学来的？”

“我在美国住了整整八年。”

这句话立即引起两位考官极大的重视：莫不又是一位当年留学美国的幼童？

“同治十三年，我随容纯甫先生去美国留学，光绪七年回的国。”

果然是的！两位主考的眼睛里立刻射出惊喜的光芒。

“这么说来，你是第二批赴美留学的幼童？”蔡锡勇的问话中分明带有几分羡慕和企望。

“是的。我是第二批。”陈念礽也因蔡锡勇这一问而兴奋起来，“第一批比我们先一年，比我们后一年的是第三批，再后一年是第四批。一共仅派出了四批，每批三十人，以后再也没有派了。”

“那你认不认识梁金荣、方伯梁、梁普时？”

“认识，认识，他们跟我一批的。”陈念礽更加兴奋了，“当年我们一起坐轮船去的美国，在船上整整坐了两个月，一天到晚在一起。到美国后就分开了，回国时没有一起走，我好多年没有见到他们了。先生，你怎么认识他们的？”

蔡锡勇笑了笑说：“他们也是跟你一样，看到招贤榜后到我这里来的。”

“他们也来了，太好了，我可以见到他们了！”陈念礽激动得红光满面。“梁普时有个弟弟梁普照，也是一同去美国留学的，他来了没有？”

“没有。”蔡锡勇摇了摇头。

看到陈念礽由谨慎稳重突然变得如此活跃欢忭，完全露出一个大孩子的聪明灵动本色，一股长者的慈爱之心立时涌现在桑治平的心头。他笑容荡然地问：“你刚才说二十四岁，那同治十三年，你不只有十二岁吗？这么小，就离开母亲漂洋过海，你不怕，不想家吗？”

其实，前面在此应招的十来名留美幼童，都是这种经历，为什么对他们没有发出这样的问话呢？话一出口，桑治平就觉得自己仿佛对这个年轻人有着不同的感情，是第一眼就有一种亲切感的缘故，还是因为他与自己同名的缘故呢？桑治平自己也不清楚。

“也害怕，也想家。”陈念礽实实在在地说，“刚到美国那一阵，天天巴不得回国，直到一两年后才定下心来，立志好好读洋书，学本事。”

桑治平问：“你们到美国后是怎样生活、读书的？”

陈念礽答：“到了美国后，我们就分散住在美国人的家里。每三个月，容监督来看我一次，检查我的功课：有美国的功课，也有中国的功课。”

“还给你们布置中国的功课？”桑治平问。

“是的。我们也要读‘四书’‘五经’，读《史记》、《汉书》、李杜诗篇、韩欧文章。”陈念礽答话的神态显得颇为自豪。

桑治平很有兴致地问：“在美国那个环境里，吃面包喝牛奶，读中国的古书，能提得起兴趣吗？”

“是有许多人不想读，但我却有兴趣。”

“为什么？”

“因为我是中国人。我母亲总在信中告诫我，不管在美国住多久，始终不能忘记自己是中国人，学成后一定要回来报效自己的国家。我牢记母亲的话，即使住美国，也努力读中国的书，读中国的书使我时刻不忘我的国家。”

桑治平和蔡锡勇互相交换了一下目光，这个回答使他们十分满意。桑治平更对陈念礽的母亲产生几分敬意。一个女人，能有这样的见识，难能可贵！

蔡锡勇问：“在美国上了大学吗？”

“我在耶鲁大学读了两年。”

“学的什么？”

“学的机械和冶金。”

“最好，最好！”蔡锡勇连声称赞，又问：“我来考考你，中国最早的机器制造厂是哪家？”

“中国最早的机器制造厂是咸丰十一年曾文正公在安庆办的内军械所。安庆内军械所以造洋枪洋炮为主，实际上是我国第一家兵工厂。”陈念礽回答得很流利。

“目前中国最大的机器制造厂是哪家？”蔡锡勇又问。

“江南机器制造总局。”陈念礽应声答道，“同治四年，曾文正公和李中堂在上海建造的。它的机器来自三个方面，一是安庆内军械所，一是美国旗记铁厂，一是容监督从美国买回来的新机器。江南机器制造总局规模很大，比较接近于欧美等国办的机器厂。”

蔡锡勇很满意，又问：“你能说得出几个国内有名的机器厂吗？”

陈念礽想了想说：“要说机器制造厂，除安庆内军械所、江南机器制造总局外，还有李中堂创办的金陵制造局和左侯创办的福州船政局，可惜，去年此局被法国人破坏惨重。除这两个局外，就我所知道的，还有兰州机器局、天津机器局，广东、山东、湖南、四川等省都有机器制造局。不过，这些局大多规模不大，所出的产品也不多。”

“行了，可以了。”蔡锡勇又问：“张大人打算在广东办一些洋务实业，你看，最急务的当是什么？”

陈念礽低下头，沉思一会，说：“当年曾文正公请容监督去美国购买机器，立脚点在自己造机器，故买的是机器之母，即凭在美国所买的机器，造出新的机器来。一时间，机器二字盛行中国。所以，这几十年来，中国所办的军工厂莫不以机器局命名。我记得还是我们初到美国不久，容监督有次跟我们说，钢铁是构成一切机器最主要的材料。中国现在没有钢铁，要造机器，得向美国或欧洲一些强国买钢铁，成本昂贵。其实，中国矿藏很多，完全可以自己采矿冶炼，自己来造钢铁。这样，不但可以解决自己的用材，还可以将这些钢铁卖给外国，赚大钱。在容监督的启发下，我在美国就选择了机器制造和冶炼这两门功课。故以我之见，当务之急是在广东办一座钢铁厂，自己采矿炼铁炼钢。”

蔡锡勇满脸绽出笑容。他站起身，然后握着陈念礽的手：“你这个想法跟我不谋而合，我们是英雄所见略同，恭喜你被录取了。今后，广东的洋务实业要多多借重你。”

陈念礽很高兴地说：“我只是学了点书面知识，没有具体做过事，今后只能是边干边学。”

桑治平也起身，问：“你住在哪里？”

“我住在榕树街鸿达客栈。”

蔡锡勇说：“还委屈在那里多住几天，不要挪动了。过几天我再为你寻一间好房子，到时我派人来鸿达客栈接你。”

晚上，桑治平又想起了陈念礽。他发现自己是从心里喜欢这个小伙子。他甚至还觉得小伙子有点像他年轻时的模样，举手投足之间，依稀可见二十多年前自己的影子。他有一种想和陈念礽聊一聊的冲动。次日下午，桑治平早早地吃了晚饭，便径直去了榕树街。鸿达客栈是一个很不起眼的小旅店，经过多次打听，才在榕树街的一条小巷子里找到正在灯下攻读的陈念礽。见是昨天的大主考亲自下到这里来找，他显得又激动又紧张。忙将小房间唯一的一条小木凳让给客人，自己坐在床沿上。

“读的什么书？”桑治平随手翻着陈念礽刚才读的书问。

“从美国带回的《采矿学》，随便翻翻，温习温习。”陈念礽的答话有些拘谨，不像昨天那样大方，主考的亲自拜访太出乎他的意外了。他很客气地说：“老爷光临鸿达客栈，我真没想到。我家里清贫，住不起大旅馆，这里太简陋，无法招待你，我很过意不去。”

桑治平爽朗地笑着说：“不要叫我老爷，我叫桑治平，你叫我桑先生吧！我是穷苦书生出身。像你这样年轻时，我能住这样的旅店就算很好的享受了。”

桑治平说着拿起桌上那本《采矿学》，指着书上的英文，笑着说：“你真了不起，能读它。在它的面前，我可是一字不识的睁眼瞎呀！”

说着又哈哈大笑起来。

望着桑治平脸上那灿烂的笑容，陈念礽心里的拘谨和紧张完全消除了。

“刚到美国时，听美国人叽里呱啦地说话，看他们书报上那些歪歪斜斜的文字，我心里很害怕，不知自己今后有没有本事听得懂他们的话，认得他们的字。后来慢慢地也就习惯了，不知不觉间也就能说能看了，也真奇怪！”

“这就是俗话所说的，在山识鸟音，在水识鱼性。身临其境，很快也就会了。”

桑治平放下《采矿学》，笑微微地又将坐在对面的小伙子细细打量起来，心里惊道：这小伙子真的是有几分像我！

“念礽，我今夜来此看你，没有别的事，想和你随便聊聊家常。”

陈念礽点头笑笑，他觉得这位主考老爷很亲切平易。

“昨天你说，你父亲在京师做内阁中书，你又是怎么到广东来的，祖籍香山吗？”

“是的，我家祖籍香山，父亲在京师做中书。五岁那年父亲病故，全家就迁回香山老家了。”

桑治平心想，照这样说来，他是真正的广东人，怎么会与一般广东人的长相差别很大呢？遂问：“你母亲也是广东人吗？”

“不是，母亲说她娘家是河南的。我回香山后，常听到的也是母亲的中原口音，十二岁以后又离家到美国，所以我的口音与香山腔调有很多不同。桑先生问我母亲的籍贯，是不是也发现了这个与别人的不同之处？”

陈念礽两只圆而黑亮的眼睛里闪烁着招人喜爱的灵气，桑治平看着这两只眼睛，又一次觉得似曾相识；认真地看时，又仿佛轻烟淡云似的摸不到实处。他在心里轻轻地遗憾着。

“是呀，我听你的口音，就不像是地地道道的广东腔。”桑治平有意接过他的话，“你有几个兄弟姊妹？”

“我有四个姐姐，但不是同母的，同母的还有一个弟弟，比我小两岁。”

“哦。”桑治平点点头，又问：“你弟弟叫什么名字？”

“陈耀韩。”

“你为什么不叫陈耀什么的，或者是陈什么韩的，而与令弟的名字完全不同？”

陈念礽活了二十多岁，还从来没有一个人对他的名字这般寻根究底地问。他感到奇怪又有趣：“我原来的名字不叫念礽，而叫耀朝，朝廷的朝，与我的弟弟的名字只差半个字。”

“什么时候改的这个名？”

“在我去美国留学的前夕，母亲对我说，你改个名吧，不叫耀朝，叫念礽吧！我问母亲为什么要改这个名，母亲沉默了很长一段时间，才对我说，念礽就是怀念礽，礽是一个人的名字，他一直留在妈的心坎里。妈让你改这个名字，你就改吧，不要多问了。我当时觉得母亲的心里深处好像藏有什么秘密似的，但我那时年纪小，也不想多问。到了美国后，我便改叫念礽了。回国后，也没有再改回来。”

小伙子没有想到，他这一番平平实实的叙述，早已让他的主考桑先生终于在一片模糊中寻到一丝线索。“我母亲是河南人”，“礽是一个人的名字，他一直留在妈的心坎里”。一个久已不再想起、却又永远不会忘记的人，已经慢慢地越来越清晰地浮上了他的心头。难道是她？是那个在他的生命历程中，第一个拨动他的心灵情弦，进入他的情感天地里的，多少年来令他念念不忘的那个肃府丫鬟？世上真有这样的巧遇吗？

“念礽，我冒昧地问你一句，你母亲叫什么名字？”

聪明的陈念礽终于明白：为何桑先生要亲自来旅店看我，为何要寻根究底地问我的名字、家世，看来他是在打听一个人；难道他要打听的，竟是我的母亲不成？念礽换了一种眼神，看着眼前的这位身份和地位都不平凡的主考：两鬓虽已可见白发，然精神仍然健旺抖擞，仪态虽严肃庄重，两眼却充满慈祥和善。

“我母亲没有名字，别人都叫她陈姨娘。”

桑治平一阵失望，但他仍不甘心，又问：“你母亲今年多大年纪了？”

“我母亲今年四十三岁。”

年龄是吻合的。桑治平又问：“你见过你母亲娘家的人吗？比如说舅舅、姨妈等。”

陈念礽摇摇头，心想：桑先生莫非是我母亲娘家的亲戚？他犹豫一下后问：“请问桑先生，您是河南人吗？”

“是，我是河南洛阳人。”

“你和我母亲是老乡！”陈念礽兴奋起来。

一个念头突然强烈地在桑治平的心间涌出：香山离广州不远，我何不去陈家看看呢？即便不是她，实地看看他的家风也是件好事呀！

“念礽，明天你陪我回香山去，我看看你的家。”

“桑先生要去我家！”陈念礽惊喜地站起来，连连说，“好，好！”

五　陈念礽原来是桑治平的儿子

香山县城北距广州约二百里，南离澳门约一百里，东傍珠江口，西临西江岸，位于广东南部一块富庶的宝地上。此地在明代乃是一个晒盐场所，逐渐发展成为一座盐商聚集的城镇。它因气候温暖而农产丰富，因海盐交易而经济发达，更因地临南海靠近澳门而早得西洋之风的感染。现在，诞生在此地的一位伟男子已经二十岁了。他在南洋求学，将要迈开他光辉人生的重要第一步，一个崭新时代的帷幕正在等着他去揭开。四十年后，人们为了永久纪念他的不朽历史功德，他的家乡香山也因此改名为中山。香山之所以诞生了这位伟人，不是偶然的，它的地理环境和人文习尚为之准备了厚实的基础。

早在道光初年，此地就出生了一位开风气之先的人物，他就是容闳。容闳十二岁入澳门的教会学堂，十九岁留学美国，取得耶鲁大学的学士学位，加入美国籍。二十七岁回国时，正碰上遍及长江中下游一带的内战。作为一个基督徒，他首先看中的是拜上帝会，他向太平天国的领导提出一系列富民强国的构想。然而，当时正在忙于夺取政权的天王顾不上他的这一套，却不料天王的对手曾国藩很赏识他，几次三番地予以约见。容闳终于在安庆见到这位湘军统帅时任两江总督的曾国藩，二人相谈甚欢。容闳的那套宏伟的设想大受曾国藩的赞扬，立即拨出六万两银子，委托他到美国去为中国购买机器。后来，容闳又担起负责中国幼童留学美国的重任。

当时，中国士人的正统出路仍然是科举一途，留洋攻西学不为人所重视。容闳在京师及中原一带招不到合格的子弟，目光便转到他的家乡香山。果然，在这里他选派了不少优秀少年，而这批人才日后又为香山的进步起了很大的推动作用。香山，就这样地成了近代中国一个具有特殊地位的小县城。

陈念礽的家在县城西北角，此处较为冷僻。一座接一座的砖瓦房，比起县城中心那些宅院来，显得陈旧、灰暗。陈念礽把桑治平带进了一扇油漆剥落的门边，说："这就是我的家。"

开门的是一个和念礽面相相差甚大的年轻人。他很高兴地叫了声："哥，你回来了。"

念礽对桑治平介绍："这是我的兄弟耀韩。"又对弟弟说："快叫桑先生，他是我的主考大人。"

耀韩怯生生地叫了声"桑先生好"后，便赶紧先进了屋。

在简陋的客厅里刚坐下，便有一个二十岁左右的小媳妇端了两杯茶出来。念礽对桑治平说："这是我的弟妹。我去美国的时候，弟弟十岁，母亲带着他过日子，家里人口少，孤单，弟妹家人多，穷。第二年母亲便把她接到家来做了童养媳，去年完的婚。"

桑治平笑道："你订了亲没有？"

"没有。"念礽的脸红了一下，很不好意思似的。

桑治平说："哥哥未娶亲，弟弟倒先娶了。"

念礽说："在中国算少见，在美国，这是很常见的事。"

耀韩端上一盘南国水果放在茶几上，笑着插话：“哥见过大世面，眼界高，他的亲难订。”

念礽说：“不是眼界高难订，我是因为事业无着落，不想订。”

桑治平说：“现在事业有着落了，可以订亲了。”

耀韩欣喜地对哥哥说：“招上了？”

念礽点点头。

耀韩快乐地说：“我赶紧去告诉妈。”

“妈在哪里？”

“李八奶今天过七十大寿，在她家帮忙。我这就去叫妈回来，妈可高兴死了！”

说着，一溜烟跑出了门。

小客厅里，念礽陪着桑治平说话。桑治平嘴里应付着，心里却翻腾起一阵阵的浪花。

念礽的妈真的就是她吗？他下意识地摇摇头。京师肃府里的那个柔弱温顺丫鬟，无论如何也难以与眼下这个天涯海角的小县城联系起来。当年踏破铁鞋寻遍京师，走访河南，一点消息都没得到，难道真可以相逢偶然，得之于全不费功夫吗？这种事，只能是戏台上见书中写，却是人间少世上稀。这种稀罕之事就可以让我桑治平碰上了，真的是精诚所至金石为开吗？桑治平在心里悄悄地笑了起来。要说全不可能，也未见得。桑治平相信自己的直感，那一对大大的圆圆的、亮亮的饱含着无限深情的眼睛，如同两枚融汇着灵慧与机敏的黑色和阗玉棋子，如同两只在水天一色中上下飞翔随波起伏的海鸥，如同两孔幽静清澈、深不见底的泉井，二十多年来，一直深深地驻留在他的心田上，铭刻在他的记忆中。这些年里，桑治平见过多少人，注视过多少双眼睛，还从来没有哪双眼睛能使他感到如此亲切，如此可爱，如此一见便怦然心动，如此能唤回他那无限甜蜜的记忆。

他再次认真地看了一下坐在对面的念礽。猛然间，他为小伙子的这双眼睛找到了答案，那飘飘忽忽的影子不就是她吗？

就在桑治平这样遐想乱思的时候，只见念礽冲着门外喊了一声：“妈，我回来了。”

门外传来欢快的声音：“听耀韩说，你被招上了！”

正说着，一个中年女人走进屋来。念礽忙站起，指着桑治平说：“这是我的主考桑先生，他特为从广州到我们家来。”

“啊！”中年女人十分欢喜地说，“贵客，贵客。”

她走到桑治平的身边，道了一个万福，说：“主考大人，谢谢你招收了我的儿子，他从美国回来荒废四五年了。你是我们家的大恩人。”

桑治平起身，微微地笑着，一边仔细打量着她，一边说：“念礽是官府培养出来的人才，官府应当用他，让他发挥自己的才干。”

“谢谢，谢谢。念礽，你好好陪主考大人说话，我帮着春枝到厨房里去做饭。”说着又转过脸来对桑治平说，“主考大人，你先坐一会儿，我去准备晚饭。”

望着她的背影消失在门外，桑治平一时间热血奔流，万千情绪顿时涌上心头。正是她，正是二十多年来久隐梦魂深处的那个女人。

她明显地老了。眉梢眼角间爬上了皱纹，皮肤粗黑了，头发也没有先前的黑亮了，步履显得重慢了，说话的声音也变得有点沙了，粗了。

当年那个白嫩、鲜丽，走起路来轻盈婀娜，说起话来清脆响亮的她已不复存在了，唯一没变的就是那双眼睛，还是那样大而圆，还是那样幽深明净！她没有看出自己来。是的，二十多年来，功名困顿，事业受挫，岁月打磨，时光无情，昔日那个清秀倜傥、风度翩翩的美少年早已消失得无影无踪，在她眼前竟是这样一个尘满面、鬓如霜的半百汉子，她怎么可能认得出！何况她压根儿就不会想到，当年肃府的那个西席会出现在香山县城，会与她的儿子联系上来。毕竟世界太大了，光阴太快了，机缘太少了，人生太匆促了。她一个弱女子，怎么可能会对命运存那么高的奢望！

那么，相认，还是不相认？寻找数千余里，相思二十多年，特为赶来见面却不相认而回，无论如何都说不过去。相认，怎么个认法？桑治平希望过会儿一起吃饭时，她能把他认出来，那将是一个多么喜人的场景！

到了吃饭的时候，只有念礽兄弟俩陪着，婆媳俩都不见了。桑治平问念礽："你的母亲和弟妹呢？"

念礽说："因为你是贵客稀客，她们都不上桌，在厨房里吃。"

桑治平说："我去请她们。"

说完走到厨房边，见婆媳俩正在收拾灶台，桑治平急切地说："嫂子，听念礽说，你是河南人，我也是河南人，我们两个河南人在广东见面太不容易了，请你和你的媳妇一起上桌，我们唠唠家常吧！"

念礽的母亲抬起头来，笑着说："主考大人，您也是河南人？"

"是的。"桑治平换成一口纯正的河南话说，"俺是河南人，听说嫂子也是河南人，俺们是乡亲。"

这熟悉的声音像是突然召回了她的记忆。她瞪大两只眼睛，凝神望着眼前这个高大壮实的主考大人，笑意在她的脸上悄悄消逝，疑惑在她的双眼中渐渐涌现。多么眼熟的一个人，他是谁呢？

"好，好，俺是好多年没有遇见过娘家的乡亲了。"她的心里无端生出几分慌乱，拉着媳妇的手说："春枝，和娘一道陪主考大人上桌吃饭吧。你哥招上了，这是俺家的大喜事！"

饭桌上，念礽兄弟一个劲地向桑治平敬酒劝菜。桑治平几次想和她聊家常，都被两兄弟热情的举杯给打断了。她低着头，一声不吭，默默地吃饭，分享着儿子的喜悦，只是常常不由自主地将目光向对面投去，趁着儿子们热情敬酒的时候，将主考大人仔细地盯了一眼又一眼，她的心绪越来越乱了：开始还只是微风吹拂，一池秋水上荡起细细的波纹，接着便是风雨袭击西江、浪花飞溅冲刷两岸，现在则好比午夜时分，南海潮涨潮落，轰然撞击着水中的礁石、岸边的坚岩。

儿子跟主考大人在说些什么，她仿佛一句都没听进，只是那令她亲切的中原乡音，将那些久已淡泊的童年和少女时代的意念，从脑中一丝一缕地勾出，而勾出来的又总是一种苦涩的、辛酸的、怅惘的况味。然而，就在那艰辛的少女生涯中，也曾出现过一段短暂的亮色。那色彩是粉红的、温馨的、暖融融的，永远是她苦难生命中的甜蜜，平凡岁月中的珍稀。之所以有那段色彩，则是因为有了他。这位主考大人是多么的像他呵！那双炯炯有神的眼睛，那道正直挺拔的鼻梁，尤其是那满脸灿烂善良的笑容。正是他，没错！尽管离别整整二十五年，他的脸上有了皱纹，腰子也比过去粗圆，但大体上没有太多的变化，应该是他！只是天底下相像的人很多，京师距香山有四五千里路途，时隔二十多年了，难道真有这等共处一室同桌吃饭的巧事吗？

在她四十余年的日子里，命运几乎没有给她什么优待，她不相信人到中年还会有这等喜事降临自己的头上。这时，突然有一句话传进她的耳朵："念礽，我在你这个年纪时，你知道我在做什么吗？我在京师一个协办大学士家做西席。后来，东家出了事，我也做不成西席了，便漫游天下，为的是寻找我的所爱。"

好比一声春雷，猛然间将她心中的所有雾霾都炸开了。就是他！实实在在、千真万确的就是他！老天爷，你真的有眼，竟让我在有生之年能圆这个梦。一行清泪从她的眼眶里汩汩流下。她赶紧起身，悄悄走进厨房，蒙住脸，让泪水尽情地流着流着……

桑治平将这一切都看在眼里，他多么想冲进厨房，把她抱在怀里，为她抹去脸上的泪水，暖热她的心窝。但是他却站不起来，移不动身子。时光已过去了二十五年，二十五年后的今天，他们都不再是热血奔涌的少男少女，而是为人父为人母的长者，在儿女面前，他们需要庄重，需要克制。

吃过晚饭后，桑治平被安置在念礽的房间里休息。他的一颗心，如何能安静得下来！二十五年前那个初秋月夜的情景，又鲜明而灼热地显现出来。二十五个年头，九千多个日夜，桑治平曾无数次地为那夜的孟浪而自责而痛悔。他做梦也不会想到，短短的两个多月里，世事便会发生那样天翻地覆般的变化，原先的一切美好憧憬被彻底摧毁，毁得连一点残片都拾不起来。人家一个好端端的姑娘，今后如何嫁人？如何安身？你不该活活地坏了她的一生。罪孽呀罪孽！每每想到这里，桑治平便禁不住狠狠地抽打自己的耳光：都怪当初年少不更事，都怪一时冲动而不能自制！

此时此刻，桑治平心里冒出的第一个念头便是要向她负荆请罪。尽管流逝的岁月不会重返，失去的生活不可再得，一句请罪的话与二十五年的生命相比较，何其渺小轻微！但桑治平仍想当着她的面说这句话。只有这样，才能使自己心灵上的重荷略为减轻点。

桑治平辗转床上，无论如何不能入眠。他凝望夜空中的皓月，想起了古人的名句："年年岁岁花相似，岁岁年年人不同。"是的，花只是相似而已，与人一样，也不可能岁岁年年相同，要说不与年岁推移而改变的唯有天上的这一轮明月！又是一个秋夜，又是一轮秋月，二十五年前的那个夜晚，月色不也正是这样的吗……

半夜时分，秋菱从床上起来，她要离开载礽回自己的房间了。载礽依依不舍地送她出房门，二人携手来到中庭。此刻，一轮明月，如同清水中捞出的玉盘，高高地悬挂在一尘不染的星空，溶溶的清辉流泻在肃府宽大而豪华的宅院里，给白日里火红的石榴、墨绿的虬松、浅灰的汉白玉栏杆、橘黄的琉璃瓦，披上一袭薄薄软软的轻纱，笼上一层飘飘渺渺的淡雾。人间万物都进入了一个空蒙蕴藉的意境之中。天上升起一轮明月，世间就立刻美了；身边有着一个秋菱，生命也就立刻美了。载礽终于按捺不住心中火一般的激情，再次将秋菱搂在怀中，口里喃喃地念道："秋菱，我真舍不得离开你！"

"皇上不会在热河住得很久的，顶多还有两三个月就会回京师，那时我们就又在一起了。"秋菱再次被巨大的幸福包围着，胸口急跳，两颊通红。

"两三个月也是一段很长的日子呀！"

“要是肃中堂叫我也去热河就好了！”

“我们明天一道去热河吧！”

“那哪儿成！”秋菱小声地笑了起来。

“秋菱，你一定得嫁给我！”

秋菱脸涨得更红了。她低下头，好半天才低声说着：“我已经是你的人了，不嫁给你嫁给谁？”

“好，就这样定了！”载礽托起秋菱的脸颊来。月光照在她端正秀丽的面孔上，比起白日来更显得妩媚可爱！

“秋菱！”

载礽轻轻地呼喊着，将怀中的女人搂得更紧了。月亮躲进了云层，它有意让这对情人放心大胆地长久地吻着……

唉！二十五年前的月亮与今夜一个样，不曾多一分，少一分，也不曾亮一点，暗一点；可是，人却大为不同了。对面而坐，却不能像当年那样谈笑依偎、拥抱深吻！

今夜的她，还记得当年吗？还记得销魂蚀魄的那一夜吗？

不能这样呆着！往昔曾费了多少工夫踏遍山山水水去苦苦寻找，今日怎能失之交臂，当面错过！桑治平披衣走出门外。小小的香山县城早已万籁俱寂，简陋的陈家小院也已进入梦境，唯一的一盏昏暗的油灯，在东厢偏房的窗纸上跳动着。桑治平知道，这一定是念礽母亲的住房。今夜，她和自己一样，同是长夜不眠人。犹豫了一会，桑治平终于鼓起勇气，走了过去，轻轻地敲起窗棂。

“谁呀！”房间里传出的声音轻细而温婉。

“我，念礽的主考桑……不，我是载礽。”

门轻轻地打开了。

桑治平的心上上下下在急剧地跳着。他快步走进屋，只见她站在油灯旁，两只眼睛热切地望着他，如同二十五年前那夜一样的激动兴奋，一样的动人心弦。

“秋菱！”桑治平不顾一切地奔过去，将秋菱的双肩紧紧地抱着。

“真的是你吗？”秋菱仔细端详着桑治平，两行热泪滚滚而下，好半天，才颤颤地说，“这不是做梦吧！不是做梦吧！”

“不是做梦，秋菱，这不是梦。”桑治平又把秋菱搂入怀中，轻轻地替她抹去眼泪。秋菱的脸滚烫滚烫，犹如发着高烧。“秋菱，我们又相见了。你还记得那一夜吗？那也是这样的一个秋夜，在京师，在肃府，月亮也和今夜一样的好看……”

桑治平的心里藏着许许多多的话，他恨不得一股脑儿全部倒出来，对心中的所爱倾诉个痛快！

不料，他才开了个头，秋菱已双手蒙住脸，嘤嘤哭泣起来，桑治平赶紧住口。秋菱还在哭。桑治平将她扶到床沿边，让她坐下，自己随手拉过来一条凳子，坐在她的对面。二人对坐好长一会儿，桑治平沉重地说：“秋菱，我知道你的心里有许多苦楚，是我伤害了你。尽管我是真正地爱你，要娶你为妻，尽管后来的变化是我万万不可料到的，但这二十多年来我时时刻刻都在痛责自己，是我的一时冲动给你一生带来了永远不能抹去的痛苦。我今天，在认出你的那一刻，我第一个念头便是要向你请罪。你打我两个耳光吧，把你二十多年来积压的苦楚散发出来吧！”

桑治平说着，把头朝秋菱伸了过去。秋菱的双手依然蒙在脸上，但哭声已慢慢停止了。四周静得一切似乎都凝固了，只有桌上的那盏小油灯的晕黄火苗，还在一闪一闪地跳跃。片刻之间，两个人仿佛两座石雕似的呆着。突然，秋菱的双手伸过来，紧紧地抱住桑治平的脖子，把脸贴在桑治平的额头上，又嘤嘤地哭了起来，一边说着：“二十多年了，你到哪里去了，你怎么不给我一个信？”

泪水顺着秋菱的脸颊流到桑治平的脸上，又从桑治平的脸上流到秋菱的手上。桑治平被秋菱的这一片深情所打动，从不落泪的汉子也忍不住热泪奔涌。

好半天，两人才从这相拥而泣的状态中解脱出来。秋菱起身，拿来一块毛巾递给桑治平，又给他倒了一杯茶。

桑治平的心平静下来："秋菱，是我伤害了你，你受苦了！"

"唉——"秋菱重重地叹了一口气。这口气好像是从她的五脏六腑深处涌出，随着这声叹气，二十多年来心中的郁积仿佛顷刻间消散多半。"不说它了，这一切都是命。我知道，这些年你心里的苦楚也不会比我少。"

这一句轻轻的话，如同一把利斧似的，把套在桑治平身上的无形枷锁一下子全给劈了，他有一种获释之感。

"秋菱，为打听你的下落，我在西山住了一年多。为了寻找你，我走遍了河南。河南找不到，又寻遍大江南北。二十多年来，我时时刻刻都在想念着你，却不料这次有幸能见到你的儿子，他将我带到香山，终于在这里见到了你。苍天有眼，想不到今生今世，我们还有相见的一天。"

"你的儿子"这几个字，猛烈地撞击着秋菱的心房。她再次凝望着眼前这个无数次出现在梦中的男人，嘴唇嗫嚅好久后，终于开了口："念礽是你的儿子！"

"我的儿子！"桑治平睁大眼睛，看着秋菱，他怀疑她是一时情绪激动说错了话。

"是的。"秋菱的心绪已平静下来，将刚才的话重复一遍，"念礽是你的儿子！"

念礽难道就是那夜所种下的根苗？桑治平的脑中瞬时间闪过这个疑问，但又觉得不大可能。他拉过秋菱有点发凉的手，急切地问："这是怎么回事，你说清楚点！"

"你走后两个来月，我开始觉得自己身体有些不大对劲，浑身无力，贪睡，作呕，厌食，不明白得了什么病。有一天，我终于跟刘姐说了。刘姐，就是厨房里那个做杂事的大姐，你应该还记得。"

"记得，记得！"桑治平点头之际，一个二十四五岁的年轻女子的模样出现在眼前。她是个丧夫的小寡妇，婆家将她卖到肃府。刘姐心地善良乐于助人，又因为年岁稍大，历事稍多点，成了肃府那些小丫头的大姐姐。她们有什么事都愿意对刘姐讲，桑治平也知道她是一个苦命的好女人。

“刘姐听了我的叙说后，怔了好半天，才悄悄地附着我的耳朵说，你对姐说句实话，你有没有相好的男人？我一听这话，满脸通红，直羞到脖子根下了。刘姐见我这样子，心里一下子明白了。她沉下脸说，姐是过来人，这种事经过，我实话告诉你吧，你这病八成是怀娃了！我一听，眼前发起晕来，泪水禁不住滚珠似的流下，两手抓住刘姐的手不放，一个劲地对刘姐说，你说的是实话吗，是实话吗？刘姐满脸肃然地说，姐怀过两个娃，都有这毛病，特别是怀第一个娃时，与你说的丝毫不差。你是个没男人的人，这事姐怎么可以诳你！我顿时吓得六神无主，浑身发软，两手一松，倒在刘姐的怀里。”

桑治平心里难受极了：一个未婚的女子怀上娃，这是一桩多么丢脸的丑事！古往今来，凡有这种丑事的女子十之八九自寻短见，死了之后，还要被人唾骂诅咒！连娘家人都抬不起头来。桑治平呀桑治平，你怎么可以做下这等造孽事！桑治平心头上的血在一滴一滴地流！

“刘姐对我说，你告诉姐，这人是谁，姐再帮你拿主意。到了这个时候，我不得不说实话了。不料，刘姐听后，反而笑了，说原来是颜先生！这样的话，姐倒要恭喜你了。颜先生学问好，今后必有大出息。你跟着颜先生，这是你的福分。听说肃大人很快就要回京师了，等颜先生回来后，你就赶早办了大事，明年堂堂正正地生个小子出来。刘姐这一说，我的心宽了许多。不去想别的，一心一意地等着你回京师。”

桑治平的心却并没有宽松，因为这以后所发生的，完全不是秋菱和刘姐所期盼的。

“过些日子，尔盛从热河回到府里，说肃大人过几天就要回京师了。阖府上下都忙着准备迎接肃大人回府，我心里更是高兴，急着要把这事告诉你。谁知喜事没有到来，到来的却是肃府的大灾大难。一天清早，突然来了一两百号兵丁，将肃府团团围住，一个人也不准外出。我懵懵懂懂的，不知出了什么事。一会儿，刘姐告诉我，肃大人犯了谋反大罪，肃府抄家了。我吓懵了，一时心慌意乱，不知如何是好。我也不知道肃府抄家后会将我们这些丫鬟如何处理，我最担心的就是会和你失去联系，我以后到哪里去找你呢？我那时想，要是晚几天你回来后再抄家就好了，有你在身旁，我就什么都不怕，我跟着你走就是了。唉，偏偏就在那时出了事。”

秋菱又重重地叹了一口气，桑治平本想讲讲热河行宫里那些惊心动魄的权力争夺，他怕打断秋菱的思绪，没有插话。

“我在屋子里干坐了三天。第四天，我们一群年轻的丫鬟被单独押到一处，刘姐也夹在我们一堆里。一个满脸横肉的把总走到我们面前吼道，你们肃家的丫鬟也都有罪，看在你们是女人的分上，不治罪，把你们统统都卖掉，都是一样的价，一个人一百两银子，都有买主了。买家是戍边的犯官，还是京师里的老爷，买去是做小妾，还是去做丫头，这要看你们的命了。说完，一个小兵拿了一个竹筒，竹筒里插着二十来根竹签。那个把总又吼道，每人抽一支，抽到哪一支就哪一支，不能抽第二次，抽完后收拾行李，送你上那家去。”

桑治平听到这儿，心里又痛得像刀扎似的：想不到几天前还是高贵显赫的肃相府，一下子落到这般地步，可怜的肃府丫鬟们顿时沦落为任人买卖的货物。心爱的秋菱，等待你的是什么命运呢？

“捧竹筒的小兵挨个儿从排成一排的丫鬟面前走过，每个丫鬟都从竹筒里抽出一支。有瞪着眼睛将竹筒盯了半天后才下手的，也有闭起眼睛毫不犹豫就拿起一根的。拿到竹签看过一眼后，多数丫鬟紧闭嘴唇，面无表情，也有突然放声大哭的，房间里的气氛又紧张又压抑。我只觉得浑身发冷，抖抖嗦嗦的。眼看那个小兵慢慢走近了。我的左手边坐着刘姐，她的手颤抖了好一会，才从竹筒里抽出一支竹签来。她不识字，要我帮她看。我看那竹签上贴的纸条写着：内阁中书陈建阳小妾一名。刘姐铁青着脸没有做声。轮到我了，我闭着眼睛随手抽出一根，一看：大行皇帝万年吉地洗衣妇一名。

“刘姐轻轻对我说，洗衣妇好，比做妾强。我刚暗自欣慰一会儿，立刻便恐怖得不得了：要不了三四个月，这肚子便会被人看出来，那时怎么办？再过六七个月，孩子就要出来了，岂不更骇人？我抓紧刘姐的手，哭着说，洗衣妇对别人是好事，对我却不好！刘姐马上明白过来，说是呀，过不了多久，你就要现怀了！突然间，有了一个想法：跟刘姐换！这念头一出来，我否定了：给别人做小妾，怎么对得起礽哥？再说已坏了身，别人不嫌吗？转过来又想，若去做洗衣妇，母子命都不能保，给人做妾，至少暂时可以遮丑，想必礽哥可以体谅我这番苦心。脑子里这样斗来斗去，到头来，我终于狠了狠心，对刘姐说，我们俩换一下竹签吧，你也好，我也好。刘姐点了点头，趁着小兵给别的丫鬟抽签的时候，我们赶紧偷偷地换了。出了肃府，她去大行皇帝的陵寝地，我则到了陈家。”

桑治平听到这里，流血的心突然被搁到冰窖似的，里里外外全都冷透了。

“内阁中书陈建阳原来是个快六十的老头子，家里有一个年岁与他差不多的老妻。老妻为他生了四个女儿，就是没有儿子，陈建阳买妾是想要个儿子。知道这个情况后，我决定对他说实话。我说，我已有两个多月的身孕了。老头子大吃一惊，脱口问，是肃顺的？我含含糊糊点了点头，不料老头子反而高兴起来，说，肃顺是天潢贵胄，你把他的种子带进我家，日后若生了儿子，必定大有出息。我顺着他的话说，若有出息，也是你陈家的光耀。老头子忙说那是那是。我心里好受多了，说，那就请老爷你在太太面前替我保密，只说孩子是早产儿。老头子说，这事只你知我知，再不能让第三人知道。我一听这话，便跪下给老头子磕头，说，若这样，你就是我的救命恩人，我一世做牛做马服侍你。从那以后，我天天给菩萨上香叩头，求菩萨保佑我生个儿子。果然，七个多月后，生了个男孩，老头子高兴得不得了，给他取名叫耀朝，意思是日后可以光耀朝廷。她的太太居然一点也没有怀疑，跟着高兴。”

到了这个时候，桑治平的一颗心才又回到自己的胸腔，感觉踏实多了。

“过了两年，我又生下老二耀韩。到了耀朝五岁时，老头子突然得病死了。他是广东香山人，那时四个女儿都已出嫁，太太带着我们母子就这样来到了香山县城。陈家并没有什么家产，县城里只有这一栋旧院子，乡下只有十亩水田。到了香山第二年，太太去世，为办丧事，卖了四亩田。结果留给我们母子三人的，仅只这栋房子和六亩田了。”

桑治平插话：“三口人，六亩田，这日子怎么过？”

“苦是苦，也这样过来了。田租给别人种，每年给我们二十石谷，菜自己种，我再帮别人缝缝补补，也绣点花，赚点小钱，供他们兄弟俩发蒙读书。”

“秋菱，你是一个有见识的好母亲，日子这样艰难，还能让儿子读书。”

“这要感激你，是你当时教我识字的。识了字后，就大不相同了，何况他们兄弟俩是男孩，更不能做光眼瞎子。”

说到这里，两人都感觉到轻松多了。桑治平问：“后来，念礽怎么去的美国？”

秋菱理了理头发，说道：“那年他十二岁，容先生回到老家来招留美幼童，见他聪明可爱，有意招他。来到家里，问我愿不愿意。我先问他自己，这孩子一口就说愿意。你知道，香山这地方华侨多，华侨们在南洋在美国做工，到老了，也有回到家乡来的，所以这里的人对美国不生疏，都知道美国比我们这里好。孩子的爽快答应帮我定了决心。我想，家里穷，也无势力，孩子留在香山，也不会有大出息，让他出国闯闯也好，于是就答应了容先生。临走前，陈家叔伯兄弟们知道了，坚决反对。我说，孩子是我生的，我有权为他做主，你们也从没给过他一文钱，你们有什么资格反对！”

先前在肃府，秋菱在桑治平眼里始终是一个柔弱的小女子，不料她也有这等魄力。正是应了一句古话：女子本弱，为母则强！

“送孩子上船的路上，我对孩子说：你改个名字吧，叫念礽。孩子问我为什么要改名。我说，妈在年轻时，曾遇到一个名叫礽的好人，他于妈有恩，妈一直怀念他。孩子懂事地点点头，也没再问下去。从那以后，孩子就用了这个名字。”

桑治平身上的血一下子又奔涌起来。他抓住秋菱的手，激动地说：“叫我怎么感谢你呢，秋菱！你忍受着委屈痛苦，保留了这个孩子，又把他送往美国，学成回国。他即将成为国家的有用之才，我心里真是高兴极了。明天，我就去认了他，让他归宗，改叫颜念礽吧！”

秋菱默默地听着，没有做声。两只手从桑治平的手中慢慢抽出，好半天，才轻轻地说：“念礽终于能到自己亲生父亲的身边，这是天意，我欢喜无尽；你认他，这也是正理。但我仔细想了想，以为还是不认他，不让他归宗为好。”

桑治平急道：“认祖归宗，这是大好事，为何你不同意？”

秋菱说：“念礽这孩子毕竟是我们未婚所怀的，这事只有你知我知，还有耀韩的父亲知，除此之外，再没有第四人知道。你将他归宗，这不是搅得沸沸扬扬，大家都知道，叫我在这香山如何做人？以后嫂子知道了，对你多少也会有些怨恨。”

桑治平连连点头：“你说得有理，有理。”

“还有一点，能让念礽平安生下来，长大成人，能让我还有今日与你团聚的一天，这靠的是谁，还不是耀韩的父亲吗？我们不能过河拆桥，忘掉了他的大恩大德。念礽可以改名，但却不能改姓，这一辈子就让他姓陈姓到底吧，也算是我对耀韩父亲的感激。”

桑治平忙说：“秋菱，你说得很对，刚才是我喜极而懵了。我只有一个女儿，多年来极想有个儿子，现在猛然听到自己有个这么卓异的亲生儿子，你说我该有多高兴！我再不说什么认祖归宗的话了，一切照旧，念礽依旧是陈家的长子。”

秋菱脸上泛出一丝笑容，说：“我倒有个主意，明天我对两个儿子说，我们昨夜聊家常，才知道原来是表亲，让儿子叫你表舅吧。如此相称，日后你也好多管教他关心他。”

桑治平似乎忽然之间对眼前这个女人有了更多的认识。若说二十多年前，他对她是一个热血青年对一个多情少女的爱恋；二十多年后的今天，则是一个中年男子对一位饱经坎坷的成熟女性的敬慕。

桑治平动情地说：“秋菱，若不是有你嫂子的话，我真想明天就将你娶过门，我们堂堂皇皇拜天地，体体面面做夫妻。”

秋菱脸上顿时飞过一片红霞。“堂堂正正拜天地，体体面面做夫妻”，多少年来，这一直是秋菱的梦想和追求，但如今梦中人真的来到身边的时候，却又时过境迁，往日的憧憬倒反而变得飘渺起来了。

她充满柔情地说：“说说嫂子吧，说说你的女儿吧。这些年来，她们才是你最亲的人。”

是的，也应该向秋菱说说这二十多年来自己的经历。于是，桑治平将自己如何改名换姓隐居西山到漫游天下，到古北口成家，到入张之万幕，一直到跟着张之洞从山西来广东的过程，细细地告诉了秋菱。秋菱静静地听着，脸上看不出多少反应，而胸中却如一锅沸水似的翻滚不停。她从桑治平的叙说中，时时能感受到一个男人真挚而深沉的情和爱，一个志士博大而执着的事业心。她为自己当年慧眼识人而欣慰，更为儿子今后的前途有望而舒畅。

“哥，”依旧是当年肃府时的称呼，它将桑治平全身的热血直唤到脑顶。“我给你看样东西。”

秋菱起身，从床底下移出一只黑漆梓木箱子来。桑治平把桌上的油灯挑亮，他要把秋菱让他看的东西看个仔细。秋菱站在木箱边，定了定神，桑治平见她的脸色渐渐泛红，隐隐约约地感觉到她的心在急速跳动。这情景又使他想起了当年去热河前夕，秋菱刚进书房那一刻的神态。

她把木箱打开，箱子里整整齐齐放着几件旧衣服。她把衣服拿开，露出一大堆男人穿的棉鞋来。秋菱拿出其中的一双递给桑治平。这棉鞋，跟二十五年前秋菱送给他的那双一模一样。秋菱重新坐到桌子边，眼睛盯着桑治平手里捧着的棉鞋，好半天，她才开口说话，语调缓慢而凝重："这箱子里一共有二十四双棉鞋，二十五年来我对你的思念都在这里面。"

桑治平的心陡然一惊，手中的棉鞋忽然变得异乎寻常的珍贵而沉重起来。他又向木箱那边看了一眼，那一排排堆放的棉鞋，也突然在他的眼中有了异样的感觉。他很想说话，却又不知说些什么，呆呆地望着手中的鞋子，犹如当年捧着秋菱送的那双鞋子一样，激动得全身热血奔涌。

"你那年陪着肃大人去热河的时候，院子里的海棠树开始飘叶了。第二年京师海棠树再次飘叶的时候，我却做了陈家的小妾。我不知道这个时候你在哪里，也不知道你脚上的棉鞋穿坏了没有，我想我应该为你再做一双。于是我拿起针来，一针一针地纳鞋底。边纳边想，那一针一针地上下抽纳，就好像在跟你一句一句地说话，满肚子的心事，满肚子的苦水，吐了出来，心里就好受多了。"

月亮早已不知去向，夜已经很深很深了，四周是一片浓重的黑暗。远处零丁洋的海浪拍岸声，似有似无地传进陈家旧宅，更使人感到长夜的冷寂。

"从那以后，每年秋风起的时候，我便开始为你做一双棉鞋。我把这一年来的思念之情，用这一针一线，把它纳入鞋中。平时，拿起这些鞋子来，往日的桩桩旧事便会一一浮现在我的眼前。从北京到香山，从背着念礽兄弟到他们成人，就这样，二十五年来，我为你做了二十四双棉鞋。每次做鞋的时候，都想到什么时候能让我看到你亲自穿上它就好了。前几年我还抱着一线希望，近几年来随着年纪老了，精力衰弱了，我也不再抱希望了。不料，上苍有眼，还有我们重逢的一天。我真的可以亲眼看到你穿上我做的鞋子的时候了！”

秋菱眼中的泪水顷刻间决堤而来，她不再说话。二十五年里积压的无穷无尽的思念幽怨、郁闷冷寂，今天夜里，都要借这悲喜交集的泪水来彻底洗刷荡涤！

零丁洋的海浪，似乎翻卷得更高，撞击得更响了；一声一声递进，比起刚才来，显得清晰可辨。它是在为她苦难的身世而哀哀哭泣，还是在为安慰她而絮絮轻语？茫茫无垠的星空，浩浩无边的大海，今夜，你们听到的是一个平凡女子的来自情感最深处的声音。在天长地久亘古不息的宇宙看来，人类实在太脆弱，太无能，人的一生实在是太渺小，太短暂。这脆弱渺小的人类，好不容易拥有一个生命，为什么不好好享受，偏要生出这么多自身造成的灾难，制造出这么多美与恶的争斗，情与仇的纠缠？这个当年卑微的肃府小丫鬟，用她整整二十五年的相思之情，纳成的这二十四双浸泡着泪水的棉鞋，是情到深处的美丽，还是情到痴处的迷误？是人性的光辉，还是人性的悲哀？这实在是一个说不清道不明的话题。不过，无论外人怎么评说，对面的男人，却实实在在地被这一腔深情厚谊所打动，所震撼！

桑治平放下棉鞋，将秋菱的双肩再次抱紧：“秋菱，你那年送我的那双棉鞋，我一直没有穿，我走到哪儿，都把它带着。看着它，就如同看到了你。这二十四双鞋，寄托了你二十五年的情意，我会用我的全部生命来珍惜它。”

“我知道。”秋菱幸福地望着桑治平，温存地说，“回房去睡吧，念礽从今往后就交给你了！”

六　海军衙门和颐和园工程搅到一起了

第二天吃中饭的时候，秋菱当着桑治平的面告诉两个儿子和媳妇：主考大人原来就是失散了三十年的表哥，想不到在香山居然亲戚重逢。秋菱叫他们一齐向表舅磕个头，认了这门亲。念礽听了，喜从天降。他对桑治平正是感恩不尽的时候，不料这位恩人竟是母亲的表兄，从此恩人和表舅合为一人，更是情上加亲了。耀韩觉得很是稀奇，好像正应了“天下之大无奇不有”的古话似的，奇事眼睁睁地就在自家出现了。只有儿媳春枝心存几分疑惑。昨天吃饭的时候，她就发现婆婆的神色不大一般，特别是婆婆突然流泪离席，这个举动也很特别。夜晚，她隐隐约约听到婆婆房间里整夜都有人在说话。这些加起来，凭着女人的直感，她觉得这位主考大人与婆婆的关系决不会如此简单；但这事非同小可，不能乱怀疑，况且婆婆一向对自己很好。婆婆年轻守寡，这些年来春枝眼见婆婆规规矩矩、清清白白的，无一句闲话给别人说。春枝没有对丈夫说出自己的怀疑，而且告诫自己，今后永远也不能说。

于是，念礽、耀韩夫妇一齐起身，然后跪下，喊一声表舅，再向桑治平磕了一个响头。

桑治平再一次细细端详念礽的时候，觉得除开那双眼睛像秋菱外，其他的一切，都像二十多年前的自己。凭空添了一个亲生佳儿的桑主考，一时间真有此生再无所求的满足感。

磕过头后，大家是一家人了，一顿饭吃得热热火火、团团圆圆。桑治平在陈家一住五天。五天里，他和秋菱互相说了许多别后的经历，两颗深受重创的心都得到了弥补，彼此都有一种青春重返的感觉。一天下午，念礽和耀韩夫妇都不在家的时候，桑治平叫秋菱把那二十四双棉鞋都拿出来。在秋菱的面前，他将每一双鞋都在自己的脚上穿了一下，在屋子里走了几步。秋菱坐在床沿上，看着桑治平来来回回地走着，心里得到极大的安慰。

桑治平说：“这二十四双鞋我都背回广州去，慢慢穿。”

秋菱想了一下说：“不要带走了，就让它们一直留在我身边吧！既然每一双你都穿了，我的目的也就达到了。说实在话，这鞋子穿不穿都不要紧，只要你知道我这些年来的心意就足够了。”

“正是因为这是你的心意，我是一定要带回去的。”

“听我的，不要带。”秋菱淡淡一笑，“你一下子带回这多棉鞋，嫂子会觉得奇怪。何况广东暖和，隆冬季节也不要穿棉鞋。知道离别后，你想我念我，四处寻找我，我就心满意足了。我的心思没有白费，鞋子放在你那儿，还是放在我这儿，都是一样的。仔细想想，还是不拿走好些。”

“好。”桑治平理解秋菱的良苦用心，说，“那我就带一双回去吧。”

第六天一早，桑治平带着一双棉鞋，与念礽一道离开了秋菱和耀韩夫妇，坐着小火轮，当天晚上便回到广州。

招贤榜为两广总督衙门招来六十余名各种洋务人才，陈念礽和他的几个美国留学同学，协助蔡锡勇将这六十余名人员按其专业特长予以合理安排。有了这批人才进去后，黄埔造船厂、广州机器局、广东水陆师学堂都大有起色。陈念礽向张之洞建议，在广东兴办一个炼铁厂，自己冶炼钢铁。张之洞欣然赞同，要蔡锡勇、陈念礽拟出详细计划出来；又拨出专款，让他们从美、英等国购买器械。

这时，京师海军衙门正式成立，醇亲王奕譞以皇帝本生父的尊贵地位出任中国第一任海军大臣，名曰总理海军事务大臣。海军衙门的主要官员们，根本无需奕譞煞费脑筋物色，慈禧早有安排，奕譞提供的会办大臣名单不过供她参考而已。由军机处发布的名单是：庆郡王奕劻、直隶总督李鸿章、正黄旗汉军都统善庆，至于奕譞本人所推荐的曾纪泽，则排在海军衙门大臣中的最后一名。

奕劻乃乾隆帝第十七子庆亲王永璘的孙子，父亲绵性为永璘第六子。绵性的侄儿奕绥因服中娶妾被革去郡王爵位，绵性欲以行贿来袭爵，事发，被流放盛京。绵性自知再无出头之日，便把儿子奕劻过继给无子的绵为。过了几年奕绥死了，因无弟无子，奕劻被幸运地转房承袭爵位，初封辅国将军，继封贝子。咸丰十年加封贝勒。因为家里失了势，奕劻年轻时也便认真地读了几年书，也能画几笔水墨画。他家离慈禧的娘家方家园承恩公府近，便常往承恩公府里跑，想尽办法博得了承恩公桂祥的欢心。又常替桂祥给慈禧写信，慈禧因而知道了奕劻。到后来奕劻又与桂祥结了儿女亲家，于是变成了慈禧的娘家亲戚，因而承袭庆王留下的爵位。以宗室子弟靠走慈禧娘家的门子而发达的人，奕劻是一个代表。奕劻傍着慈禧这个大靠山，以后升亲王，兼军机处领班大臣，直至新政时期的内阁总理大臣，权倾一时。此人有小机巧而无治国大才，更由于他的贪财好货而将国事政局弄得一塌糊涂。这些都是后话。眼下慈禧起用他做海军衙门会办，便是上监督奕譞，下监督李鸿章，将海军衙门完全控制在自己的手里。而善庆，则是慈禧为奕劻所安排的助手，操纵海军衙门的实际事务。

海军衙门成立后发出的第一道公文，便是要各省捐款共襄海军大业。张之洞有言在先，不便食言，便带头捐款三十万，但其他各省并不踊跃。此时，清漪园已由慈禧亲赐颐和园之名，在内务府大臣恩良的掌管下，大张旗鼓地开工了。奕譞对恩良说，光绪十五年元旦皇帝亲政，颐和园务必要在光绪十四年秋天完工，以便太后归政后住到园子里颐养天年。太后有个舒心的地方住，皇帝才能安心治政。恩良领了这道旨意，加紧督办园工也便有了更充足的理由。

就这样，中国近代史上最有名的两大工程——海军和园工便搅在一起了。于是，一桩桩关于海军和园工之间经费模糊不清的传闻，便由京师传到广州，传到各省，令张之洞和所有关心海防的封疆大吏们愤懑焦虑，忧心忡忡。

受命海军会办大臣之初，李鸿章很有一番壮志。自从同治九年以来到今天，李鸿章在直隶总督的位置一坐二十个年头，成为有清以来督抚任期最长的封疆大吏。直隶为京师所在之地，向为全国疆吏之首。因而实际上，李鸿章做了二十年的督抚领袖。以淮军起家的李鸿章既深知兵权于人臣之重要，也深知军事于一国之重要，作为担负国家对外防务重责的大臣，在塞防与海防之辩中，鉴于西洋诸国多以船炮强行攻破国门和东洋日本日渐崛起的局面，李鸿章认为海防重于塞防，主张大力加强沿海防务。直隶所属的渤海湾有被英法联军野蛮闯入的惨痛教训，故而李鸿章对北洋水师十分重视。沈葆桢任两江总督兼南洋大臣时候，曾提出一个每年各省协济海防四百万的计划，他生前未及看到此计划的实施。前年曾国荃出任两江总督，在李鸿章和曾国荃的强烈要求下，此计划开始实行。北洋历来重于南洋，南洋又重于福建，故这四百万银子，北洋占了一半，南洋又从剩下的一半中提取三分之二，其余的则归于福建。李鸿章又从直隶藩库中挤出一些银子来，连同这二百万一起都投入了北洋水师。他向西洋订购铁舰，又高薪聘请洋人做海军军官和技师。他一心想把北洋水师建成世界一流的海军，但苦于银钱短缺，眼睁睁看到德国、英国造出了时速更快、战斗力更强的军舰，但北洋却无力购买，只得望洋兴叹。

现在好了，太后同意办海军衙门，可以借此大好机会，多要点银子为外海水师，尤其为北洋水师多置些装备。李鸿章把他的北洋水师中的中外舰长技师们召来，花了七八天时间拟就一份详细计划，其中包括购买最新铁舰十五艘、钢炮三百座、炮弹六千发，聘请洋技师一百名，修筑炮台十座，在大沽建渤海水师学堂等内容，共需白银五千万两。

醇王看了这个计划后，连声叫好。他想，让李鸿章去努力办，一旦办成，中国海军便是世上最强大的海军，本王便是世上最有力量的海军大臣。有这样一支海军掌握在自己的手里，还怕谁敢跟我过不去？

奕譞兴冲冲地将这份计划呈给慈禧。慈禧看后，冷笑一声：“李鸿章的胃口也太大了，一个单子就五千万，户部一年收多少银子？园工又停了，阎敬铭说户部拿不出一两银子来。你自己瞅着办吧！”

奕譞碰了这个钉子，头上直冒汗，说出的话都不太连贯了：“是，是，五千万，拿不出，那就分年办，或者年年办，慢慢办。”

慈禧见奕譞这个样子，又好气又好笑。她也觉得拿园工和海军比，又会让那些台谏清流做文章有把柄了，于是将语气缓和：“当然，李鸿章也是好心，急着把海军办好，但国家哪有这么多银子呀。

你告诉他，一口吃不成个胖子，慢慢来吧。”

“是，是！”

奕谖不敢再多说一句话，急忙退出。他总算把太后的心思摸到了：太后原来并不急于建海军，她心里装着的急务是园子！下午，回到王府的海军大臣，与上午出门相比，十分兴头已去了六七分！

五千万的计划，原封不动地又回到李鸿章的手里，带来的只有一句话：“朝廷拿不出这么多银子，慢慢来吧！”

会办大臣的壮志也从此消失多半。

不久，海军衙门的牌子在一片鞭炮声里，裹着大红绸子高高地悬挂起来。奕谖、奕劻、李鸿章只在开办的那天去过一趟，以后再没有踏过衙门的门槛，三人都说太忙不能多照管，而将衙门日常事务交给两位帮办大臣。帮办大臣之一的曾纪泽此时尚远在英国伦敦做公使，于是堂堂大清帝国海军衙门的一切权力，便落到另外一位帮办大臣善庆的手里。

这位满人都统对此则是欢喜至极：独掌海军衙门，真乃求之不得的大好事。在众人的眼里，海军衙门是朝廷的第一大衙门，这里必定权力大无边际，银子多如海水，能进这里来，是福星高照，财源滚滚。一时间善庆府门口车水马龙，除开贺喜的巴结的之外，更多的则是投靠的荐举的。从挂牌办事的那一天起，手握实权的善庆便决心把这个朝廷的官署办成他自家的作坊。他的堂兄堂弟侄儿外甥，一个个联袂而进。他的拜把兄弟、酒肉朋友也后脚接前脚地跟了进来。各大衙门之所荐，三朋四友之所举，凡他认为将会对自己有利的人员也逐个儿安插。几个月过后，海军衙门正事没办成一桩，近百号人员却已全满了。这些人三成有二成是善庆的沾亲带故，清一色的纨绔子弟、游手哥儿，没有一个人识外情懂洋务。自然有人看不惯，闲言杂语也便随之而起，间或也有几句传到慈禧的耳朵里。

“海军衙门办起快有半年了吧，办了几件事呀？”

在一次叫起将要结束的时候，慈禧问海军事务大臣。

奕譞奏道："回禀太后，衙门各员近日才到齐，正在商量着今年要办的事。"

"各省的海军协济，户部已上了折子，今后就都由海军衙门来安排吧。"

"太后处理得极是，海军衙门要很好地使用这笔银子。"

"衙门的事，你也要常过问过问，要是各省督抚问起来，协济的款子都做了些什么呀，你总得有个交代吧！"

回到王府，奕譞有点着急了，恰好打帘子军机孙毓汶跟着他的轿子后面进来，他把慈禧的话告诉这位醇王府的常客。孙毓汶摸着尖尖的下巴，想了好长一会，终于有了个主意。

"前几天，天津电报局的督办盛宣怀来京办事，在我家里坐了一会。闲谈中他说，李中堂去年跟德国订购的三艘军舰，已于近日从不莱梅港起航，开往大沽口交货，估计下月中旬可到，何不就此做点文章。"

"这是李少荃以北洋大臣的身份在去年买的，与海军衙门搭不上界呀。文章怎么做？"奕譞一时还不明白孙毓汶肚子里的算盘。

"王爷，这事可以做大文章。"孙毓汶阴阴地笑了一下，说，"您可以率海军衙门各位会办、帮办大臣一道去天津，一来验看北洋新买来的这三艘军舰，看合不合格。二来命令北洋所有舰队在海面上实地操演，您和各位大臣予以检阅。三，您带着各位大臣巡查渤海湾沿海炮台修筑情况。这三篇文章都是海军衙门成立以来的新作，到时将它做得轰轰烈烈，必是花团锦簇的大好文章。"

"行，你这个想法不错。"孙毓汶这一段话，说得奕譞大为开心，这真是一件很风光很露脸的大好事情，亏得他指点。稍停一下，奕譞笑道，"莱山，这文章还可加一段：曾国荃去年向英国买了三艘快船，叫他命这三艘快船到时也赶到大沽口，干脆来个北洋南洋大会操！"

奕譞毕竟也是个聪明人，孙毓汶这一提醒，他立即意识到这是个显示海军衙门办了大事的好机会。但孙所说的，依然还只局限北洋的范围，这些事，李鸿章都可以北洋大臣的身份来做；若将南洋的快船调来会操，却就大不相同了。不是海军衙门的命令，北洋能调得动南洋，曾老九能听李鸿章的？谁说海军衙门没有做事，这不在做大事吗？

孙毓汶听了这话，也从心里佩服奕譞的这个补充，忙说："王爷，您这段文章真是绝大手笔，天底下再没有第二人可以想得到，做得出了。今年来个北洋、南洋大会操，明年等福建水师的那几条船修好了，再给他们配两条洋船，我们就来个北洋、南洋、福建三支水师大会操，那可就是大清开国以来最大的军事盛典了。到时把太后、皇上都请来检阅，王爷，您就成为咱们大清海军的万世功臣了！"

孙毓汶这马屁拍得恰到好处，一丝不偏地拍到点子上，一连几天，奕譞一想起"大清海军万世功臣"这句话，心里就美得喜洋洋、暖融融、兴冲冲的。

奕譞也不再与奕劻商量，立即给李鸿章拍了一封电报，将北洋南洋会操的设想告诉他，然后要他出面以海军会办大臣的身份奏请太后、皇上。

李鸿章接到这封电报，一眼就看出了醇王的用意，但他欣然赞同。因为这事说到底是在看北洋水师，这出戏的真正主角是他李鸿章，他正好借此机会向太后、皇上，向全国乃至洋人展示北洋水师的实力。因五千万计划遭驳而心情郁闷的李鸿章，顿时开朗了许多：不管如何，凭借海军衙门这个招牌，总能有所作为，至少可以借这个检阅之机大大渲染一下北洋水师，今后利用海军衙门统一安排海军款项的权力，再大力将它扩充。李鸿章拜发奏折后即刻下令北洋水师各队各舰各炮台，做好迎接朝廷检阅和两洋会操的准备。

这种视表面热闹为事业成就的心态也正是慈禧的性格。听完李莲英读的这道折子后，慈禧笑着说："这是谁给老七和李鸿章出的点子，看来海军衙门里还真的有几个能干人！"

李莲英忙恭维：“太后洪福齐天，玉皇大帝把天上文曲星武曲星都打发下来，辅佐咱们大清了。”

“好，这件事就依了他们。”慈禧斜靠在松软的黄缎躺椅上，两个宫女正在轻轻地为她捶着大腿。

李莲英忙把手中的奏章递给慈禧。慈禧接过，右手拇指在奏章的左下角用力掐一下，绵软宣纸上留下一道深深的指甲痕。李莲英又从慈禧的手中把奏章接过来，立即就有内奏事处的小太监过来，将这道奏章转给外奏事处。外奏事处的官员以及军机处和内阁的大臣们，都熟知慈禧的这个处置方式：凡无指甲痕的奏章都是不同意的，凡有指甲痕的都是赞同的。他们甚至还能根据指甲痕的大小深浅，印在纸上的位置等等不同的情况，来判断慈禧对此折是欣赏、同意或是勉强同意等不同的态度。他们的判断大抵不会错。这一套内廷学问，也亏得这班官员能研究得出来，真正不容易。

“念下一份吧！”

“嗻。”

李莲英躬身答应一声，打开了另一份奏章。这是内务府大臣兼颐和园工程总办恩良的折子。折子里说的是德和园建大戏楼的事。这德和园便是那年奕譞第一次查看清漪园时，特别看重的怡春堂。就是他亲自向慈禧建议，在这里修建一座“前代无双本朝第一”的戏台。慈禧对这一建议大加赞赏。慈禧识字不多，也没有读书吟诗的兴趣，她政余的最大爱好便是听戏，尤好皮黄。她对前代历史的那点知识十之八九来自舞台。慈禧常召一些皮黄名角进宫来演戏，其中她特别赏识杨月楼、谭鑫培的唱工武打，特许他们入升平署做内廷供奉，每月发给定银，使得杨月楼、谭鑫培在京师梨园界享有崇高的声望。慈禧对拟建戏台的怡春堂特别在意，将清漪园改名颐和园的同时，也将怡春堂改名德和园。

恩良也深知慈禧的这一爱好，故而对德和园戏台下的功夫最大。他请京师最有名的工匠首领景矮子按照“前代无双本朝第一”的意思，设计了一座前无古人的大戏台。戏台分前后两部分，前台在正面，有三层，后台在背面，有二层，前台有六丈多高，第一层舞台最宽，有五丈多，最上一层的舞台也有二丈多宽，上中下三层舞台用一个名曰天地井的通道相连。在下层舞台的底下还有一个地下室。地下室的正中有一口小井，四周有四个方形小池。当演水漫金山寺这样的水戏的时候，小池可以喷出水来，戏台上好像真的在打水仗。若是演鬼怪土遁的场面，艺人还可以从一层戏台钻到地下室，让看戏的人仿佛眼看着他忽然消失了似的。要是碰到演神仙一类的戏，便可以通过天地井里的绞索，将艺人从一层升到三层，或从三层降到一层。真个是上天入地，均可随心所欲。慈禧对这个戏楼的机心巧设甚是满意，一再叮嘱一定要照这个设计精心造好，不能打折扣。在大戏楼的对面还设计一个看戏的场所，正中有一个大厅宽敞明亮，太后一人独坐，旁边有两厢侧房，可让后妃及王公大员家的女眷坐，以便陪伴太后，侧房左右再建两条长廊。这两条长廊也可安置座位，让那些奉慈禧特许一同观赏的王公大员坐。慈禧对这一安排给予赞赏，特为赐名颐乐殿。

这两大建筑全部完工需银六七十万两。慈禧特谕，别的工程或可节省，德和园的大戏楼和颐乐殿非建好不可。

恩良的折子讲的就是这件事，说万事皆备，只欠东风。这东风就是银子，第一期工程需拨三十万两银子，否则难以开工。

慈禧听完这道折子后，面色十分不悦："阎敬铭那倔老头，早几天才让我训得勉强拿出五十万两银子。现在又叫他拿三十万，这不又要他割肉吗？"

慈禧像是自言自语，又像是说给李莲英和两旁捶腿的宫女听。

李莲英听慈禧这样说，不敢把折子递过去，仍旧两手捧着，十分真诚地说："唉，太后打长毛，平捻子，保住了祖宗江山，辛辛苦苦为国操劳二十多年，把两位万岁爷从小拉扯大，到头来，连个安生居住的地方都没有。莫说皇上、王爷过意不去，就连奴才们看了，也心里挺难受的！”

不知李莲英说这话时是真难受还是假难受，慈禧听了这话后，倒是真正地难受起来：李莲英说的一点不错，归政后有个园子住下来，听听戏，散散步，这总不能算过分吧！今后九泉之下见了列祖列宗的面，也都说得过去。奕谖、阎敬铭，这些人怎么就这么不体贴呢？她由难受而变得恼怒起来，气得说道：“这三十万是非拨下去不可，哪怕从各省海防协济款里借也要借出！”

李莲英心疼地说：“太后，这大清天下哪样东西不是您的，这协济款里的银子还要借吗？海军衙门若是要太后还的话，他们可真没有天理良心啦！”

李莲英这句真心话，倒反而使慈禧心跳了一下：借海军款项去修园子，这话传出去，不会说我皇太后动用军饷来为自己谋私利吗？这有多难听呀，万一被那些舞文弄墨的人再添油加醋，写进什么私家史乘中去，我慈禧太后岂不成了一个历史罪人！慈禧想到这里，马上坐起来，神色严肃地对李莲英说：“我刚才不过说句气语，你就当真了，再没钱修园子，也不会向海军衙门去借款呀！”

今儿个是怎么啦，从来说一不二的皇太后，竟会说自己的话是“气话”？李莲英略一思忖，立即就明白了：原来这老太婆是又想要海军衙门的银子，又怕别人说！他满脸笑容地走前一步，说：“太后克己奉国，奴才是又仰慕又难受。太后当然不会借海军衙门的银子啦，不过，奴才想，李中堂也是，太后这么抬举他和北洋水师，他也应该孝敬孝敬太后呀！若太后不同意，海军衙门能办吗？南北两洋会操能操得起来吗？他李中堂能有这个脸面吗？”

刚一说完，李莲英就意识到自己今天这话说多了说过头了。海军衙门，两洋会操，这是多大的国事呀，能轮得上我李莲英来插嘴吗？李中堂是国家的顶梁柱，我李莲英有什么资格说他！这些话，若是在乾嘉道咸时期，哪个太监敢稍稍言及，脑袋早就搬了家。虽说太后宠爱，有时也能偶尔谈两句国事，但从来没有这样放肆过呀！李莲英不由得出了一身冷汗，忙跪在慈禧的面前，狠狠地抽了自己两个耳光，连连叩头说：“奴才该死，奴才今儿个话说多了，老佛爷您处置我吧！”

慈禧太后面无表情地看着李莲英的这一番表演，心里想：李莲英的这个主意还真的不错，就让他将这番话对李鸿章说一遍，要他为园工捐献上一点银子。李鸿章当了二十多年的直隶总督，办了二十年的北洋水师，前些年又办了电报局，据说那是个很赚钱的买卖。他随便从哪里挪动一下，从哪个指头里抠一点，拿个百儿八十万银子是不为难的。直隶总督这样做了，别的督抚也会学样呀，颐和园的银子不就有了吗！这话朝廷不能说，还只有李莲英去说才最合适。但李莲英又哪有机会去跟李鸿章说呢？慈禧想了想，脑子突然开了窍。

“李莲英，四月份检阅北洋水师的时候，你去侍候醇王。”

“奴才去侍候醇王爷？”李莲英简直不敢相信自己的耳朵。太后不但没有斥责，反而派出宫外侍候醇王去检阅北洋水师，这可真是大清开国以来从没有的事呀！我李莲英的祖上哪辈子积了这样的大德，让我这个阉人来出这种光宗耀祖的风头？李莲英转念又一想：兴许是太后在试试我？“奴才从来没有侍候过醇王爷，奴才不敢领命，奴才还是在宫里侍候着老佛爷。”

慈禧沉下脸说：“你不侍候醇王，你怎么可以去见李鸿章？”

我怎么可以去见李鸿章？我又有什么必要去见李鸿章？李莲英下意识闪过这个念头后，立即大彻大悟了：原来太后同意了我刚才说的那番话，要我借侍候醇王爷的机会去天津见李鸿章，把带头为颐和园捐银子的话当面与李鸿章去说。李莲英赶忙重重地叩了三个响头，口齿麻利地说：“奴才领旨，奴才一定不辜负老佛爷的大恩大德，把醇王爷侍候好！”

七　醇王检阅海军，身旁跟着握长烟管的李莲英

四月中旬，正是京津一带最为宜人的初夏时光，天气和暖，熏风陶醉。杨树、榆树、柳树早已枝繁叶茂，燕儿、雀儿、莺儿成天歌舞飞翔，连渤海湾的水也从冬天的冰冻中苏醒过来，如今已是洗手洗脚都不觉得冷了。

宏阔壮丽的渤海湾，一天到晚水蓝如染，波平如镜。打鱼谋生的渔民，运货赚钱的海船老板，当兵吃粮的北洋水手，哪个与海面打交道的人，不喜欢眼下这如母亲般兼柔情与博爱于一身的渤海湾！

北洋水师前年秋天定购的三艘德国兵舰，两个多月前从不莱梅港下海，由北海进入大西洋，经印度洋到太平洋，十天前已停泊日本长崎，将顺带的货物在长崎港卸完后，再开渤海湾，在旅顺海口接受中国政府的验收。之所以选定在这个时候交接兵舰，是因为初夏时光，乃渤海湾的最好季节。

李鸿章这一个多月来既忙碌又兴奋。他一向精力充沛，越办大事越有精神。事情虽多而繁杂，但在他的设在天津的北洋通商衙门的指挥下，一切都在有条不紊地进行着。北洋水师现有四十余艘大小海船，这次从中选出十五艘来，分为左、中、右三翼，在北洋水师提督丁汝昌的率领下操练，力求为全国海军做出一个榜样来。昨天上午，两江总督南洋大臣曾国荃派出的三条快船，由六十八岁的老将长江水师提督黄翼升率领，开进了大沽口。早在咸丰年间，身处曾国藩幕府的李鸿章，便与那时已为水师总兵的黄翼升认识。二十多年过去了，这位长沙籍老资格湘军虽然须发皆白，却依然精神抖擞。老友重逢，李鸿章心里高兴。下午，官方迎接的隆重仪式之后，两位沙场老友又亲亲热热地畅谈了好一阵子。

“明天中午，醇王爷到天津，一清早我们一道进城去。”

“好，我陪你这个会办大臣一道去接督办大臣。”黄翼升笑了笑说，“跟着醇王爷来的还有哪些人？”

“曾劼刚还在英国来不了，庆郡王说是身体不适不来，海军衙门的大臣中跟着来的就只有善庆了。”

“善庆这人我没见过，过去听说老打败仗，究竟有没有点本事？”

“此人过去一直跟着胜保。胜保是有名的败保，他手下会有能人吗？”李鸿章冷笑两声，“你说他一点本事都没有，也冤枉了他。醇王爷是不管事，庆王爷老有病，曾劼刚在英国，我在天津，这海军衙门就成了他一人的天下，据说他把自己的人马将衙门上下都安插遍了。”

黄翼升愤愤地说：“朝廷怎么叫这种人来呢？”

“唉，都别提了！”李鸿章摆摆手，轻声说，“还不是命好！生在正黄旗，就是一个傻子，也是天生的靠得住的自己人呀，何况他还有军功，做过杭州将军哩！”

“少荃！”黄翼升也压低了声音，“这么看来，善庆说不定是太后特为派到海军衙门来的，你今后还得提防点才是。”

李鸿章点点头，没有做声。

第二天一早，天津北洋衙门便张灯结彩，披红挂绿，鼓乐不断，鞭炮齐鸣。在衙门一里外的地方，又专门搭起一座牌坊和几间棚架。牌坊和棚架扎得气派宏大，上面挂满红黄彩绸，又特为安排一队排场齐全的吹鼓手。李鸿章和他的老师曾国藩不同。曾国藩事事节俭，李鸿章处处讲阔绰、摆脸面，何况，今天所迎来的人非比一般。北洋通商衙门前身是三口通商衙门，同治九年将“三口”二字换“北洋”二字，故而北洋通商衙门挂牌以来到今天不过十六七年历史。醇王乃是这个衙门十六七年间迎来的最高位的人。醇王不仅有着皇上本生父的崇高身份，更加上一贯深居简出，轻易不离开京师，倘若不是兼着总管海军事务大臣这个职务，他才不会到天津来，更不会出来冒海涛风波之险哩！

作为北洋通商衙门大臣，醇王此次的下榻，也是给李鸿章一个极大的脸面，所以他要以最高的礼仪来迎接。

正午时分，在天津道府县三级长官的郊迎下，醇王一行庞大而豪华的队伍缓缓进了城门，逶逶迤迤地直向北洋通商衙门走来。远远地看着旌旗飘舞，彩牌高举，十几匹高大骠壮的战马在前面开路，李鸿章知道醇王来了，便领着北洋水师统领丁汝昌、长江水师提督黄翼升以及一批舰长等高级武官，齐刷刷地跪在牌坊下等候。

“李中堂，快请起来。”奕譞笑容可掬地走出杏黄大轿，来到李鸿章等人的身边。

李鸿章起身，抬起头来望着奕譞说：“王爷以万金之躯，亲来天津检阅海军，老臣及所有北洋水师官兵能在此躬迎王爷，实三生之幸！”

“李中堂，辛苦了！”奕譞指了指牌坊和棚屋说，“你何须如此花费，快请上轿，咱们一道进衙门吧！”

“王爷请先上轿！”李鸿章弯着腰，伸出右手做一个姿势。杏黄大轿移动了两步，来到了奕譞的身边。

“李中堂，奴才向您请安了！”

李鸿章这时才发现，杏黄大轿的左边轿杠边，正有一个中年太监，在一腿单弯，一手向前甩，向他做了一个请安的架势。这不是李莲英吗？他怎么来了！李鸿章大吃一惊，眯起老花眼定睛再看一眼，不错，正是李莲英：没有穿平时常穿的四品官服，而是穿了一身普通太监的灰布长衫，没有甩动的那只手里拿着一杆足有三尺长的浑身闪光发亮的长烟管，手腕处悬着一只绣有二龙戏珠花纹的明黄大荷包，他请好了安，跟在轿杠边，对着李鸿章发出极为谦卑恭顺的笑容。

“李总管，你也来了！我是老眼昏花，竟没看见您，真不中用了！”李鸿章一边说，一边上前去也向李莲英弯了弯腰，以地主身份表示迎接。

“李中堂，快莫这样，折杀奴才了。”李莲英忙着又连连给李鸿章请了两个安，走到李鸿章的身边，悄悄地说，“醇王爷身边装烟的老太监病了，别人干不好。老佛爷叫奴才来替代，这不，”他指了指烟杆和荷包，“奴才跟着来天津就为了装烟点火，专门侍候王爷吸烟的。”

“难为李总管了。”

李鸿章笑笑地和李莲英说了几句后又跟善庆打了声招呼。大家重新都上了轿。李鸿章的墨绿大轿紧跟在醇王的杏黄大轿后面，看着前面一手扶着轿杠，另一只手握着烟管，迈着方步紧套轿夫的步伐亦步亦趋不紧不忙地向前走着的李大总管，直隶总督、海军衙门会办大臣李鸿章深深地纳闷着：李莲英怎么会跟着醇王到天津来了呢？当然，他必定是太后指派的，但太后为什么要派他来呢？这实在是一件极不一般的事情。它首先是大为反常。李莲英名义上是大内太监的总管，其实只为太后一人服务。他一天到晚不离太后左右，现在居然离开太后好些日子来为醇王装烟点火。从来没有哪个大内总管出宫伺候一个亲王的先例，作为太后的宠奴李莲英本人也从来没有过离开太后外出的先例，这两者都是反常的。

反常之事背后必然藏着反常的企图。那么他的企图是什么呢？醇王来天津是检阅海军，可以算是一个军事举措。翰林出身的前淮军首领立刻想到了“监军”这两个字。

皇帝派出宠信的太监代表他本人，到前线去慰劳军队，甚至长期住在军营，借以掌握前敌情况，监督前敌军事统帅的行动，这就是中国历史上屡见不鲜的“太监监军”。太监监军是中国政治的特有产物，成事不足败事有余。唐代宗时期的鱼朝恩，明神宗时期的高起潜，都是恶名昭著的太监监军的代表，稍有点才能和血性的前敌统帅，都讨厌这种挟天子令骄横霸道却又一窍不通的监军太监。至于言官史家、街头巷议，更是从来没有对此恶政有一言之赞的。鉴于前代教训，清朝立国之初，便严禁阉寺干政，至于派太监出京监军，更是从来没有过的事。不过表面上，李莲英的确不是监军，是随同醇王来的，要说监军，只能是醇王，而不是他。其实醇王也不是监军，他本人便是这次检阅的最高统帅。监军、监军，监督前敌的最高统帅，这么说来，李莲英是以装烟为名来监视醇王的？李鸿章想到这里，背上直冒冷汗。要说太后不完全相信我李鸿章，还可以说得过去，我是汉人，我手里有淮军。但醇王是什么人？他是太祖太宗一脉相传的嫡系子孙，他是当今皇上的亲生父亲，对他还能不相信吗？何况他手里还并没有军队哩！

只能这样认为：醇王虽不危及大清江山，却有可能危及太后本人的权力；醇王尽管过去没有军队，但现在是海军大臣，有可能借此检阅会操的机会培植自己的亲信，今后就有可能掌握最有力量的军队，所以要派李莲英出来监视，以便防范？太后呀太后，你已六十多岁了，马上就要归政颐养了，你何必还要如此煞费苦心？李鸿章刚刚在心里冒出这句话后，突然又想到，说不定李莲英的监军，不是监醇王，而正是监督李某人我呢？他发觉左腿已发麻了，原来右腿压左腿压得太久。他换了一下，将左腿压在右腿上，然后靠着松软的后垫，在略有点晃动的轿子里又闭起眼睛思考起来。

太后怕我跟卖船的德国人有什么交易？还是怕我在南北会操中兜售私货？或者是担心我会跟醇王在这次检阅中结成朋党？

对了，李鸿章轻轻地拍了一下左腿：一定是这种可能，担心我与醇王结朋党，所以派李莲英出来，既监视醇王，又监视我，二人一道都在监视中。想明白了后，李鸿章也就宽心了：我李鸿章对太后从来没二心，醇王也只有这大的能耐，我也不想与他结党营私，你监视就监视吧！

李鸿章没有想到，他的这一番思虑，这些天在醇王的脑子里也同样有过。

离京前夕，奕譞陛辞太后。太后的脸上露出很和善的笑容，这种笑容在她的脸上很少见到。他正有点奇怪，只听见太后说话了：“七爷，听说王府里给你装烟的老哈头病了，你这次去天津，他不能陪你去，你身边也不能没有一个人照应。我看，就让李莲英侍候你几天吧！”

奕𫍽听了这几句话，人木了好一阵子：这是怎么回事呀，老哈头一点病都没有，太后怎么说他病了？再说，太后又怎么知道，王府里有一个专为我装烟点火的老哈头，难道是福晋聊天时跟他说起过？退一步说，即使老哈头病了，也没有太后身边的太监出宫侍候我的道理，何况这个太监现领着大内总管的职务哩！

奕𫍽忙说：“太后恩德，臣领了。臣身边有人照料，不麻烦李莲英了，太后身边也一天不能缺他呀！”

慈禧依旧微笑着：“七爷，你不知道，李莲英可会侍候人啦，装烟点火更是他的一绝，侍候我抽烟十多年了，这两年调教出了一个小谭子，居然也有几分像他。你身子骨不好，好多年没有当过这差了。这回到天津去，还要受海涛颠簸，我不放心，就让李莲英去侍候你吧，也省得我天天在宫里牵挂。再说，李莲英侍候人，那是再也找不出第二个来的。你就享几天福吧！”

太后这么说，奕𫍽还能再推辞吗？他只得带着满腹狐疑接受下来。回到王府，一宿没睡好。第二天清早，李莲英便在两个小太监的陪伴下来到醇王府。这两个小太监就是平时服侍李莲英的，他带着他们一道去天津：白天，李莲英服侍醇王；夜晚李莲英歇下后，这两个小太监又来服侍他。

一路上李莲英对醇王照顾得无微不至。他总是穿一件半旧的灰布长褂，一手握着醇王十分喜爱的那杆镶金嵌玉的特长烟管，另一只手的腕下则是悬挂装着特种烟丝的荷包。旅途中，他总是紧靠在醇王的轿旁，一手扶着轿杠；休息时，他总半哈着腰站在醇王身后，随时听候命令。他不仅对醇王谦辞卑容，即便对善庆乃至海军衙门里的其他中小官员也一样的客气有礼。这一些人都不曾见过李莲英，但几乎都听说过这个人。传闻中的李莲英是如何的狐假虎威，如何的气焰熏天，如何的令人嫌恶，但几天下来，他们亲眼所见的这个大总管却又不是所说的那样。这是怎么回事？大家觉得稀奇。不管是醇王面前，还是在别的官员面前，李莲英从不多一句嘴，至于军国大事，他更是不闻不问。尽管如此，奕譞还是对李莲英心存戒备。白日在轿中，他也总在琢磨这个题儿：太后为什么要让他跟着我，是太后不放心我，让他监视？或是太后自己有什么私事要在天津办理，如同当年派安得海出京一样？抑或是太后让李莲英代她看一看京津一带的民风民情，兴许也是让他借此机会代她瞅一瞅北洋水师官兵的举止言行？

从北京到天津，一路上，奕譞就是这样琢磨来琢磨去，到底也没有琢磨个名堂出来。只是有一条他给看准了：李莲英此行绝不是只在装烟点火，他一定负有太后交给他的特殊使命。对这个人身卑贱到了极点，所处位置又高到极致的角色决不能掉以轻心！

醇王由北京带出的这支办正事的二三人、随从的服务的三四十人的浩荡队伍，在北洋通商衙门安排的二百多人的精心照料下，吃得好睡得好住得好。傍晚时分，待醇王饭后休息了一阵子后，在驿馆外便房里等候多时的官员，便开始递牌子请求接见了。他们有天津道府县各级官员，有朝廷特派驻津衙门的官员，也有像盛宣怀这样新兴的洋务局厂官员，还有从江宁城里跟着三条快艇来到天津的两江督署衙门的官员。人人都知道醇王地位的非比一般，人人都知道这是一个难得的巴结机会，人人都想得到醇王的召见，以便和他说上一两句话。这一面之见，几句话之赐，说不定在今后的仕途中一生享用不尽！

奕譞慢慢地翻看着由王府长史带进来的一大沓名刺，一张张地仔细阅读，将这些人的姓名、字号、官职、籍贯一项项地用心记住。他难得出京，也难得与道府以下的官员接触。他想借此机会召见他们一下，跟他们随便聊聊，以示恩宠，保不定，就因这短短的一次召见，他们一辈子都会成为忠心不二的家臣。但就因为有李莲英随侍在侧，就因为弄不清李莲英此次究竟是为了啥，奕譞犹豫了半天，还是决定一个都不见。

醇王府的长史奉命传话：王爷旅途劳累，要早点安歇，各位心意王爷领了，请各位回府吧！

所有等待召见的官员莫不大为失望，但又无可奈何，只得扫兴离开驿馆。

这些人刚走不久，李鸿章匆匆赶来，奕譞正在李莲英的服侍下准备就寝。

“王爷，从德国买回的三艘铁舰，昨天已从日本长崎开到旅顺口了。老臣不想让那些护送铁舰的德国海军军官看到我们大沽一带的防务，叫他们停泊在旅顺口，在那里验收完毕后，就将除技师工匠外的德国人全部打发走。”

“你这个安排不错。”奕譞插话。

“谢王爷。”李鸿章继续说，“老臣想明天就出海到旅顺口去，不知王爷想不想去。”

奕譞早就听说坐船出海是件很苦的事，最苦就苦在晕船上。船到海中，风浪一起，便左右晃荡。晃得你眼花心慌，头昏脑胀，就是睡在船板上，也要让你五脏六腑的位置错乱，肚子里的东西全部呕出来；没有东西呕了，连胆汁都要流出。奕譞是个从小就养尊处优惯了的人，怎受得起这种折磨。再说，自己身为皇上本生父，也不能当着臣子的面前呕吐失态呀！他说：“听说出海要晕船的，我就不去了，你和善庆一道去！”

李鸿章知道奕譞怕苦不去，也不再劝。正要告辞，一眼看到李莲英正在给烟管头上的小铜锅装烟，灵机一动，走了过去，亲热地说：“李总管，明天和我们一起去旅顺口玩玩吧！”

“岂敢岂敢！”李莲英连连摇手，“老奴是专为来服侍王爷的，王爷不去，老奴岂敢去旅顺？李中堂，您千万别害老奴了。老奴还要留下这副贱体服侍老佛爷、王爷几年哩！”

李鸿章笑道：“总管硬硬朗朗的，哪个想折你还折不了哩！”

出了驿馆，李鸿章放心了：看来李莲英不是来监督我的！

第三天下午，李鸿章乘着刚验收过的德国新军舰，从旅顺口回到大沽口。他连夜进城，禀明醇王。

“这德国人造的船叫什么名字来着？”奕譞听了李鸿章的禀报以后，满脸笑容地问。显然，他对这几艘洋船有很高的兴致。

“这三艘铁舰还没有命名，王爷，您给它们取个名吧！”

其实，两个多月前，当知道舰已下水，正在向中国开来的时候，李鸿章已为这三艘新军舰想好了名字。好在还没有公布，正好把此荣誉送给这个爱虚荣的王爷。

“好哇！”果然，奕譞很高兴。在他看来，给这三艘新买来的军舰命名，就意味着他是这三艘军舰的当然主宰者。“让我好好想想。”

清朝对皇子的教育历来都很重视，他们的师傅都是饱学之士。奕譞小时候也曾在南书房里规规矩矩地上过十年学，书读得不少。

“想是想了三个名字，不知行不行。李中堂，你是翰林出身的大学士，若不合适，你帮我改一改。”花了一袋烟工夫，翻来覆去地比较十几个名字后，奕譞终于看好了几个。

“谁不知王爷是当年阿哥中的大才子，取的名字一定好，快说出来让老臣开开眼界。”

李鸿章摆出一副很诚恳的样子催道。其实，当年谁也没有说过七爷是阿哥中才子的话，反正这种话无法对证，不过是说者顺口、听者顺心罢了。

“李中堂，我想这三艘铁舰来自遥远的西洋，他们的名字中都可以有一个‘远’字，这好比我们中国人兄弟的辈分一样，他们是远字辈。”

果然，醇王不是愚鲁之人，这种想法便新奇而贴切。

“好！就用‘远’字辈，真是妙极了！”李鸿章两只手掌轻轻地击了一下，他是从心里佩服这个设想的。

李莲英恭敬地站在一旁，没有说话，但从脸上流露的笑容里看得出，他一直在仔细地听。

“远字辈三兄弟，既然买过来了，便是我们的武器。我要用它来对付洋人，镇压外敌，这第一艘便命名镇远。我也要用它来安定海疆，安定人心，这第二艘便命名为定远。我还要用它来救危济难，同舟共济，这第三艘便叫济远。李中堂，你看这三个名字取得怎样？”

“好极了！”李鸿章再次击掌。“镇远、定远、济远，这三个名字实际上寄托了王爷对我们未来海军的殷切期望。请王爷写下这三个名字，明天，我就叫漆工把它们漆在船头上。今后，这威镇外敌、安定海疆、救危济难，便是我们大清海军昭示全世界的口号！”

李鸿章这一发挥，让奕譞格外高兴。

“李中堂，还是你讲得好，我们要把这三句话昭示全世界，也要让全体海军官兵奉为练军宗旨。”

李鸿章兴奋地说：“王爷，检阅一事，我看后天就可以开始了。我想安排这样三个项目：首先，来一个新购铁舰的命名大会。这个会就在镇远号开。开完会后，北洋、南洋实地操演。次日，我陪王爷巡视沿海几个炮台。巡视完后，王爷在天津安静休息两天再回京城。您看怎么样？”

“行，就这样吧！”奕譞对李鸿章的安排很是满意。他也想不出什么补充，便说：“你去安排吧，明天准备一天，后天正式开始！”

一轮红日从遥远的海平线上冉冉升起，渤海湾迎来了它又一个风平浪静的夏日。今天是渤海湾一个不平凡的日子，中国有史以来的第一次海军检阅就将在这里举行。前天才进港的三艘新军舰一字儿摆开，平整地浮在海面上。这三艘军舰高大雄壮，气势宏伟。雪白的舰身，高高的桅杆，粗大的烟囱，黝黑的钢炮，这一切都在朝阳的照耀下闪闪发亮，给人以仪表堂堂威风凛凛的感觉。

奕譞亲自书写的舰名：镇远、定远、济远，已被分别油漆在三条新舰的船头船尾上。正中镇远号舰艇是命名大会暨阅操典礼的主席台，高高的桅杆上从上到下竖挂着三条大红绸带，依次写着“威镇外敌”“安定海疆”“救危济难”三句话。大红绸带下摆着一长条铺着白布的桌子，桌面上满是鲜花、时果、杯碟等物。

上午十时，奕譞、李鸿章、善庆等一班海军衙门的大小官员，在北洋通商衙门和北洋水师提督衙门的官员们陪同下，踏过长长的跳板，从大沽码头登上了镇远号炮舰。就在这时，三艘新舰同时拉响汽笛。顿时，巨大的“呜呜”鸣叫声划破海波，响彻碧空，把万千人的注意力都吸引过来了。汽笛声刚一停止，安装在舰艇后部的尾炮开始鸣炮。三艘舰共有尾炮十八座，每座炮发三炮。只见轰隆一声炮响后，空中出现一团耀眼的火光，立即就见海中飞起数丈高的一堆浪花。五十四声轰鸣，五十四团火光，五十四堆浪花，使得有史以来的第一次海军检阅，便以空前未有的壮观场面拉开了帷幕。奕譞虽处皇上本生父的尊贵地位，却也是生平第一次经历着这样宏大的场面。这种以西式礼仪为主要内容的典礼，使他大开眼界，大享风光。这位过去对洋人仇恨至极，对洋人的一切发明创造都视为奇技淫巧的醇亲王，似乎从此刻起，开始彻底与过去的旧观念告别，立誓要做一个精通洋务、融入世界的大清海军大臣。

他在李鸿章等人的陪同下，在一排排身着簇新军装持刀挺立的水兵面前走过，兴致百倍地欣赏镇远号炮舰。这是他生平来第一次见到大海，第一次上炮舰，第一次见到水兵，第一次听到诸如时速、吨位、浬等古怪的名字。他新奇无比，兴奋无比，当然，他什么都不懂，好坏优劣如何，他一点也查看不出。但他是大清朝海军的最高统帅，所有北洋水师官兵，所有专家工匠，从李鸿章到管带到普通炮手，都在聆听他的对海军炮舰外行到类似白痴的言谈，都在恭维他字字正确，句句英明，只有那些懂得中国话的洋匠们在一旁窃笑不止，尤其对醇王身旁那个握长烟管、悬大荷包，半躬着腰，亦步亦趋的太监更是又嘲笑又纳闷。他们不明白，海军大臣巡视炮舰，为何要带上这样一个怪物！

巡视完毕，命名大会召开，奕譞、李鸿章、善庆等一班人端坐在铺着白布的长条桌边，甲板上站满将要在这三条舰上服务包括管带、副管带、轮机手、炮手、伙夫在内的所有人员。

奕谖端坐在大靠背椅上，将命名训词念了一遍。这训词是昨天由李鸿章衙门里的文案写的，训词通篇骈文，四六对仗工稳，引经据典确切，捉刀者还十分注意声调、文气，力求做到抑扬顿挫，铿锵有力，存心要将这道训词做成一篇流传百世的文章范本。可惜，奕谖事先看也没看一遍，便拿来朗读，因而读得很不流畅，很不贯气，作者精心营造的韵味一点儿也没读出来。那位混在人群中聆听的文案，直气得跌足长叹。好在全镇远号只有他一个人在听，包括李鸿章、善庆在内的数百号人，没有一个在意醇王的朗读。抑扬不抑扬，铿锵不铿锵，在他们看来，全是一回事！

奕谖的朗诵结束后，按事先的训练，三条舰上的所有人员在丁汝昌的统一指挥下，齐声高呼："谨遵王爷训令：威镇外敌，安定海疆，救危济难，永固大清！"

一连三次，整齐有力，响彻海空。奕谖对此甚是满意。

命名会结束后，李鸿章以主人的身份，在镇远号的豪华餐厅里摆开了一桌十分丰盛的西餐。餐桌上摆满牛排、乳猪、烤羊、熏鱼、奶酪、面包及各色小菜，还有威士忌、白兰地、啤酒等各种美酒，殷勤款待奕谖等一班京师来的要员，其他的人则上岸吃饭。饭后，这次检阅的主要内容——北洋南洋大会操开始了。

八　世俗之礼都是为常人设的，大英雄不必遵循

镇远号开出港口，来到深海，以便让坐在检阅桌边的奕谖等人观看舰艇的操练。按照先宾后主的传统礼数，远道从吴淞口开过来的南洋快艇先做表演。这三艘快艇，分别为开济号、南琛号、南瑞号，是两年前从英国买进来的。这三艘快艇规模不及刚从德国买来的远字号三艘，但它们速度快，行动轻巧。黄翼升身穿从一品武官袍褂，前胸挂着一块方方正正的绣獬补子，挺直腰板，站在指挥舰——开济号船头上，手里高举一面黑底黄边海牙滚龙旗，远远地向镇远号开过来，

身后紧跟着南琛、南瑞两艘快艇。

开济号开到离镇远号一箭远的海面上，黄翼升弯腰向醇王行了一个鞠躬礼，同时口里喊道："长江水师提督兼南洋水师大臣黄翼升参见王爷！"

抬起头后，他将手中的指挥旗一挥舞，开济号便箭一般地飞驰起来，南琛、南瑞也同样全速运行。一望无际的海面上，三艘南洋快艇一会儿成品字形，一会儿成一字形，一会儿成川字形，不断地交换位置。队形表演后，接下来是实战演习。黄翼升手里的指挥旗在不停地挥舞着，一发接一发的炮弹，从船头船尾不断地射向天空，然后落在远处的海面上。三艘快艇表演一个多小时后，再次聚集在镇远号船头的海面上。黄翼升伫立向奕譞报告："演习完毕，请王爷指示。"

奕譞很高兴，连声说："好，好！"并让身边的一个大嗓门北洋管带传他的话："王爷说，南洋快艇操演得好，有赏！"

奕譞转过脸对李鸿章说："黄翼升本是湘江上一个一字不识的船老大，想不到六十多岁的人，居然能把洋船指挥得这样好，实在不容易！"

"不容易，不容易！"李鸿章忙点头附和。其实他心里清楚，黄翼升根本不懂指挥洋船，他只是做个样子而已，真正的指挥者是他身后那个红毛蓝眼的英国佬。曾老九以二万银元的年薪将他从利物浦聘来做南洋水师的教头。

接下来是主人北洋水师的表演。北洋水师不愧为三大水师中的龙头老大，二十年来，在李鸿章的苦心经营下，无论舰艇的数量质量，还是水师官兵的才能待遇都要明显地优于南洋和福建。参加这次操演的十五只舰艇，更是集中了北洋这两方面的优长。当丁汝昌将这十五只舰艇齐刷刷地开到镇远号面前时，奕譞和所有检阅者立即眼睛一亮：这的确是一支实力强大的舰队！

北洋因为有十五只舰艇，故他们的队形操练，较之南洋的三只远为壮观、复杂和多变。首先是全队出动。他们或作一字长蛇，或作方形矩阵，或作三角连环，都有一种劈波斩浪、势不可当的巨大威慑力。在辽阔的海面上，将平静的渤海湾扰得波涛汹涌，上下翻腾，倘若真有龙王和海底龙宫的话，这个下午必定是他们恐惧不安人人自危的时候。

队形操完后，北洋的实战演习更为精彩动人。他们的火炮不是空对空，而是真打实轰。辽远的海面上，突然出现一排张满白色风帆的大木船，在海风吹拂下，不停地左右摆动。为了让检阅者看得清楚，李鸿章在奕譞、善庆面前摆了两只单筒望远镜。奕譞拿起尺把长犹如楠竹竿似的望远镜来，远处鼓着白帆的木船立时显得清清楚楚了。只听见一声炮响，一只木船应声倾斜，船身着火，布帆被烧，很快这只船便沉没消失了。

“好！”奕譞不觉叫了一声。放下望远镜，他关切地问身边的李鸿章：“船上的人呢，他们不被炸死了吗？”

李鸿章笑着说：“王爷，船上的人早就走了。操练时拿人的性命来玩，那我李鸿章不要短阳寿吗？”

正说着，又是一声炮响，远处又有一只木帆船着火。善庆和其他人一齐叫起好来。

奕譞重又拿起望远镜，聚精会神地看起来。炮弹一发接一发地射出，木帆船一只接一只地消沉。一个小时后，海面上的白帆船全部消失殆尽。

奕譞放下望远镜，升起大拇指对李鸿章说：“弹无虚发，百发百中，北洋炮手尽皆纪昌、养由基！”

正说得高兴，不料渤海湾顿起狂风，镇远号突然间左右摇荡起来。奕譞和众人一样，在座位上不停晃动，李莲英赶紧双手扶着。但李莲英自己也站不稳，一边扶着奕譞一边自己也在摆动。奕譞本来身体弱，又加之中午吃的西餐，吃时味道很好，过后腹中便觉不对劲了，加之没睡午觉，经不住这几次摇摆，他已觉得肚子里像打翻了五味瓶似的难受得很。又一股狂风吹来，镇远号剧烈地摇动一下，奕譞终于忍不住了，“哇”地一声吐出一口酸水来。接着又是一连串的呕吐，中午吃的牛排、喝的牛奶全部从肚子里跑了出来，弄得一身脏兮兮的，吓得李鸿章等人不知如何是好，只得赶紧叫来几个人把奕譞稳住，由李莲英背着进了船长室，将衣服脱下让他平躺在床上。

躺了一会儿后，奕譞觉得好多了。李鸿章这才命令将镇远号向港口开去。舰艇以最慢的速度缓缓地开着，奕譞睡在装有弹簧的西式床上，感觉越来越好，不知不觉间，安然入睡了。李莲英想：往日在驿馆，想说话一直没有机会，今儿个在镇远号上，正是天赐良机。

到了港口边，天色已近黄昏，李莲英悄悄地拉了拉李鸿章的衣角：“李中堂，王爷睡得正好，让他睡一会儿，醒了后再扶他回驿馆。您让船上的人该回去的都回去，您和我两人陪着王爷坐一会儿，行吗？”

一直在戒备李莲英的李鸿章一听这句，便知道这位大内总管今天一定有事了。他马上心领神会，让善庆和所有检阅官员以及其他人员都下船，只留下管带、轮机手、厨师和自己随身的跟包，一共不过七八个人。半个钟点后，喧闹的镇远号安静下来，管带将船上的电灯全部开起。在夜色的笼罩下，日间那个铁血壮士似的炮艇已不复存在，灯火明亮的镇远号宛如一位雍容风韵的阔太太，流光溢彩，美丽多情。

见床上的奕譞正在匀称地发出鼾声，李鸿章对侍立一旁的李莲英轻声说：“王爷睡得很好，这里暂时让我的家仆代为照料一下，李总管请去餐厅吃晚饭吧！”

“多谢中堂的美意。”这一安排正合李莲英的心思。

在管带的带领下，李莲英跟在李鸿章的身后，来到另一间小房子，这是舰艇专为管带、副管带设计的小餐厅。这里完全按西式餐厅布置，虽狭窄一点，但精致、协调，氛围很好。

管带亲自送上全套中国饭菜酒水，然后把门带上，悄悄地退出去了。

“你以前在海船上吃过饭吗？”李鸿章亲自为李莲英倒了一杯酒，递过去。

李莲英赶紧双手接过，连连说：“中堂大人为奴才倒酒，这哪里是奴才所能承担得了的。奴才平生第一次坐海船，在海船上吃饭，也是平生第一次。”

“今天我们以朋友身份一起喝酒吃饭，不要拘礼节。李总管。”

“您还是叫奴才李莲英吧！这样叫，奴才反倒心里自在些！”李莲英打断李鸿章的话。

“哪儿的话！你到天津来，就是我的客人，哪有直呼其名的道理！”李鸿章的态度似乎很诚恳。“你平日在宫中见到我，以为我很讲礼数。其实，我是一个最不讲究礼节礼仪的人了。”

“中堂大人是大英雄。世俗之礼都是为常人设的，凡大英雄都不必遵循。奴才也听说过中堂大人平常洒脱大度，奴才是从心里敬佩中堂大人这样的大英雄。”

李莲英这几句话并非全是客套，朝中像李鸿章这样文武兼资的大臣，倒真是凤毛麟角。他一向都对李鸿章另眼相看。

“你这话真说到家了。”李鸿章心想：李莲英还知道说“大英雄不必循世俗之礼”的话，可见此人是有些见识。

“来，再喝一杯！”

“奴才一向不喝酒，中堂大人，请您宽恕奴才。奴才慢慢地把这杯酒喝完。”

李莲英的脸色已泛红，看来是真的不善饮。李鸿章怕奕譞很快醒过来，他不想再跟李莲英多说废话了，必须抓紧时间说点有用的话。

“李总管，你看今天北洋水师操演得如何？”

“精彩，精彩，大人统领下的北洋水师真是天下雄师！”李莲英恭维道。

李鸿章对今天的操演很满意，笑着对这个名为醇王奴仆实为太后特使说：“北洋水师能有今天，全托太后、皇上的洪福。”

李莲英也不想转弯抹角，他也要趁着这个好机会完成太后交给的重任。他是个很有心计的人，平时尽管从不过问国家大事，看起来像个本分太监，其实他对官场最高层的举动都看在眼里，记在心里。因为平时读折和旁听的缘故，他知道许多别人所不知的事情。为了让李鸿章就范，几天来他使尽脑汁在想主意，终于让他找到了一个缺口。他若无其事地问："中堂大人，这三艘从德国买来的炮舰花了多少银子？"

"六百五十万。"李鸿章随口答道。

"三艘六百五，一艘二百多。"

李鸿章说："镇远号贵一点，二百四，定远号二百一，济远号二百，一共六百五。"

一直挂在李莲英脸上的谦卑笑容不见了，他有意轻声问："中堂大人，这事是谁在中间牵的线？"

"天津电报局的督办盛宣怀。"

李莲英把头伸过去，做出一副很关心的神态来："中堂大人，盛宣怀可能在这中间玩了手脚。"

"怎么啦？"李鸿章显得颇为惊奇，疑惑的目光盯着李莲英那张一旦不笑便很难看的脸。"你是说，这三艘船没有六百五十万，盛宣怀从中贪污了？"

"有可能。"李莲英的脸色仍然不好看。"去年，德国公使陛见老佛爷。老佛爷问他，买一艘德国造的最新式的军舰要多少银子。公使答，目前最新式的炮舰，如果买法国的要二百五，买英国的要二百四，如果买德国的，同样性能，只要二百万，如果是卖给中国，看在太后的圣面上，还可以再优惠。镇远号用了二百四，是花英国的价买来的，吃亏了。"

李鸿章听了李莲英的这番话，心里暗自吃惊。李莲英过去在他的印象中，只是一个贪钱财会逢迎好使两面手法的小人而已，没料到此人如此精明强识，而且如此准确地选择要害之处下手，厉害！北洋有购洋船的打算，盛宣怀立即向他推荐德国船，说同样性能的船，德国造的可便宜二十万。李鸿章本是一个精明人，容不得别人在他面前玩手脚。他不轻信盛宣怀，暗中打发人直接询问法、德、英三国船商，证明盛说的不假，便委托盛去办。不久，盛办成了此事，悄悄地对李说，三艘船明价六百五十万，这个价和法国、英国差不多，用来向户部报销；实际收钱六百万，那五十万作为回扣。另外，三家船厂的船主感谢中堂的惠顾，另外凑了三十万送给中堂个人，请以后再多多关照。盛宣怀还十分恳切地说，北洋要办的事很多，中堂个人要办的事也很多，都要银子，务请把这八十万全数收下，不要对户部说起。他也决不会跟谁说起。李鸿章觉得盛宣怀会办事，于是就这样定了。三个月前，盛宣怀前往德国，办妥了这件交易，真的把八十万银子打到李鸿章私人账户上去了。李鸿章于是从中拿出十万奖励盛宣怀。听了李莲英这番话后，他明白，凑给他三十万这件事，其实是船主自愿做的，说不定盛宣怀促成了这笔生意，那三家船主也凑了三十万给他。但此事绝不能让这个太后的耳目获得任何把柄。

他灵机一动，嘿嘿笑了两声说："德国公使对太后说的话不错，我们这三艘船，买船的价的确只用六百万，那五十万是用在火炮上去了。一是三艘船共增加八座炮，另外，所有的火炮都用的克虏伯厂的最新造出火力最大的钢炮！故而多花了些钱。不过，李总管，你提醒得很重要，说不定这些炮不值五十万，盛宣怀那小子在中间玩了手脚，我要好好地查查账。"

李莲英一边听，一边在心里盘计着：人说李鸿章厉害，果然不错！他在大炮上来糊弄朝廷，倒也不失为高招。但思忖半天才回我的话，不明摆着在思考对策吗？"不过"后面的话，就是明显的心虚表现。

他也干笑了两声说："哦，原来这三艘船多装了八座炮，这一点奴才没想到。不过，这事中堂大人今后还得专门具个折禀告老佛爷，万一被哪个小人先告状，反而不美。老佛爷是宁肯亏自己，也是舍得拿大钱用于海防的。若是她知道受了骗，心里自然不舒服。”

李鸿章品出了这话中弦外之音，马上说：“李总管说得很好，这是对北洋水师的爱护。过几天，我再上个折给太后，把添置火炮的事说说。总管刚才说太后宁肯省自己，是不是颐和园的工程又要节省了。”

“是呀！”话说到这里，才说到正题上。李莲英说：“为德和园戏楼的事，老佛爷很难过了一阵子。”

“谁让太后难过了？”李鸿章表现出极大的关切。

“还有谁，户部呗。”李莲英推开酒杯，那情形，就像心里堵得连酒也喝不下去的样子。“戏楼要开工了，恩良上了折要户部提出三十万两银子作前期费用。老佛爷看了折子后，叹了一口气说，户部近来很紧，哪里拿得出三十万银子出来，戏楼别修了吧！那天吃饭，老佛爷只喝了两口汤就不吃了。奴才知道，老佛爷是为德和园戏楼的事哩！果然，饭后遛圈子时，老佛爷跟奴才聊天说，小李子啦，咱们今后就不看戏了，实在闷得慌，你叫杨月楼、谭鑫培他们到园子里来两段清唱好了。奴才听了这话，直想掉眼泪，说，老佛爷快别这样说，这话让皇上和内外大臣们听了，还不知有多难受。唉，老佛爷为国家操劳二十多年了，归政后有个园子住住，建个戏楼看个戏，到哪儿说都不过分呀！户部每天拨到各地的银子少说也有一两百万，就不能匀点出来吗？老佛爷说，那都是救急救难的银子，不能匀。奴才又说，听说北洋买船，户部一次就是六百多万哩，办事的人稍微节省点，三十万就出来了。老佛爷说，那是买船守海疆哩，也不能省。”

李鸿章听到这里，觉得凳子上突然长出许多钉子来，一只一只地都在刺着他。六百多万银子买船的话，不是说明李莲英早就知道船价了吗？那么刚才的话是明知故问，是敲山震虎。这个可恶的不男不女的李四！

“老佛爷的这份心真让奴才感动得不知说什么是好，奴才实在忍不住了，冲口说，天下所有的官员，哪个不是老佛爷您放出去的？老佛爷于他们的恩德比生养他们的父母还要重。父母缺钱用，做儿子的理应拿出。现在老佛爷缺银子，天下的官员都应该从自己腰包里掏出钱来捐献，这是儿子对父母的孝顺呀，是理所当然的。老佛爷笑道，现在的儿子都不孝顺父母了，有几个你李莲英这样的孝顺儿子呀！”

李鸿章终于彻底弄明白了，李莲英此次来天津的目的，乃是为老佛爷化缘。他来找我这个天下第一督抚化，然后再以我为榜样，让所有朝廷命官所有食皇粮的人都来向太后尽孝心，为她的颐和园捐款纳银。我拿出几十万银子出来不要紧，只是我这一带头，必将给其他人出了难题，不捐不行，捐了又不情愿。我李鸿章立时就将被天下命官所咒骂所怨恨，“千夫所指，无疾而终”，这样一来，我的阳寿也折了。不好带这个头。但不拿银子看来是不行的。你看他一出言便抓住船价的事，做好做歹的，分明是怀疑此中有中饱情事。事实上，李鸿章此事也是过不了硬的。德国船厂的回扣五十万、礼金三十万，除分了十万给盛宣怀外，剩下的七十万，他全部入了自己的金库。李鸿章口口声声以老师为榜样，实际上，他的行为与老师有很多的不同之处，其对银钱的态度便截然相反。非分之钱哪怕一丝一毫，曾国藩都不要，但李鸿章对到手的银子却从不推辞。就这样，二十年直督，他为直隶省创造了财富，也为他李家聚敛了万贯家财。

一个难题摆在他的面前：银子拿也不是，不拿也不是，怎么办呢？李鸿章死劲地在脑子里想着，蓦然间，他想起了一件事。

那是一个月前，杨宗濂深夜进了北洋通商衙门，拜访李鸿章。杨宗濂的父亲是跟李鸿章一起创建淮军的功臣，后来官至记名提督，在一次与捻军的战斗中重伤而死。临死前夕，杨父将独子宗濂托付给李鸿章。李鸿章珍惜这种战场上的生死情谊，对杨宗濂格外照顾。杨家有钱，先为杨宗濂捐了个监生的功名，后为他买了个候补道员的官衔。那时李鸿章的兄长瀚章在湖北做湖广总督，杨宗濂就跑到武昌投奔李瀚章。李瀚章对他也很照顾。清末官场混乱，用银子买来的候补官多如牛毛。过去有个成语，叫做群盗如毛，现在人们将“盗”换成

“道”，群道如毛，反而更贴切。湖北一省候补知县、候补知府、候补道员便有二三百人，通常要候补一两年才能得一差，有的十年八年也得不到一差。因而候补官员中穷困潦倒的不少，病饿而死的也屡见不鲜。杨宗濂一到湖北，便立即委以汉江河工的美差。谁知杨宗濂不争气，领了这个美差事不好好干，听任属下偷工减料，贪污挪用，中饱私囊。他自己整天花天酒地，吃喝嫖赌。结果耗费百万巨款修筑的堤防一点用也没有，次年大水一发，处处崩溃，汉江两岸数十万百姓流离失所，淹死好几百人。

铁面御史邓承修为此上了一折，请朝廷严惩渎职者。湖广总督李瀚章为他说情，将责任推在几个具体办事人身上。结果杨宗濂只受了降二级处分改调直隶交李鸿章委用。湖北人不服，纷纷上书。于是太仆少延茂、御史屠仁守再上劾折，朝廷将杨宗濂革职永不叙用。杨宗濂向李鸿章求情，李鸿章也为此给吏部尚书打过招呼，但吏部尚书怕言官再上弹章，不敢答应。此事一拖就是半年。

“少叔，”杨宗濂亲热地叫了一声李鸿章，“侄儿不肖，有负少叔、筱叔的器重，革职查办，是罪有应得，侄儿并无怨言。只是家母因侄儿之事气病在床，已奄奄一息了。侄儿不忍心让母亲死不瞑目，宁愿捐出一笔银子来，请求开复。侄儿只是想求个名分，让母亲安心远行，并不想当官掌权。海军衙门买船买炮，经费必定会不够，侄儿愿捐出两万银子出来，恳求少叔帮侄儿一把。”

李鸿章心里想：这个办法不错，海军衙门正缺的银子，一纸撤销处分的部文便换得海军的二万两银子，是一件很好的事情；若有十个杨宗濂这样的人，就一下子得了二十万。过去湘淮军创建之初，不就是靠卖空白执照卖军功牌来换饷银吗？海军创建之初，也不妨如法炮制。

“好，我试试看。”

打发杨宗濂走后，李鸿章便忙于北洋南洋大会操的事，杨宗濂的事搁了下来。现在何不把这笔钱换一个名称，将海军捐银改为园工捐银呢，孝顺太后，换来取消处分的部文岂不更方便些吗?

“李总管，太后耿耿为国为民之心，实在让我们做臣工的钦佩不已。按理说，做臣工的捐出自己的俸禄为太后修园子，这是分内的事。但我想，太后可能会为此不安。”

李鸿章看到李莲英的脸色依然绷得紧紧的，知道他是铁了心不拿到银子不罢休的。“我有一个办法，既可以得到银子，又不让太后心不安。”

“什么好办法，中堂大人说给奴才听听。”李莲英的脸色有了松动。

“是这样的。”李鸿章把杨宗濂谋求开复的事简要说了一下。

“这个办法是不错。”

生于河北乡间，从小吃苦受罪，九岁净身进宫的李莲英，在他的脑子里，衡量世界，只有一个标准，那就是金钱利益，至于礼义廉耻、道德操守之类空泛的一套，他从来不去管它。在他看来，卖官鬻爵，与卖米卖盐也差不了多少，同是在做一手交钱一手交货的交易，曾国藩、李鸿章等人将此作为不得已的权宜之策，李莲英却认为这也是公平买卖，无所谓“不得已”之类的于心不安。李莲英想，这事谁去跟吏部说呢?老佛爷当然不能去说，自己出面也不方便，若由醇王去跟吏部说，则较顺理成章。“中堂大人，明天，您去跟王爷说说，请王爷跟吏部打个招呼。只是，一个杨宗濂的二万还不够，还得多一些人才行。依奴才之见，海军衙门真的要向老佛爷献孝心不难，大沽港口停泊的北洋水师舰船少说也有四五十只，新近又买进三艘最先进的德国炮船，还有南洋的船也很好。就现在这个样子，在世界上也算很强大的海军了。奴才愚见，海军衙门这两三年可以不再添置新船，省下来的一千多万两银子，可以拿出一半捐给园工，另一半委托户部去放息，息钱给园工，本钱仍是海军的。两三年过后，颐和园建好了，老佛爷安心了，海军衙门尽可以再去添船买炮。李中堂，你说行吗?奴才是个蠢人，不懂国家大事，只是看着老佛爷吃不下饭睡不好觉心疼，也知道中堂大人想尽孝心而摸不着门路，胡乱说几句罢了。今夜奴才有幸跟中堂大人在海上共享晚餐，有一句话怎么说的，”李莲英敲了敲脑袋后说，“想起来了，叫做海外奇谈。奴才刚才说的也都是海外奇谈，好在没有别人在场。行不行，中堂大人自己斟酌，若不行，就当奴才没说。我们快吃饭，王爷还得等奴才去侍候呢！”

海军衙门不再添船买炮，拿海防银子去修园子孝敬太后，这真是匪夷所思的事情。这种馊主意，除开李莲英外，别人大概难以想得到。海军会办大臣听了这话后，怔了好长一会。忽然他想到，莫非这主意就是慈禧本人的意思，特意让李莲英到天津来说给我听？对，一定是这样的！唉，太后呀太后，这大清江山是您的，您自己都不爱惜，我们还苦心经营个什么呢？您实在要这样做，我们也只得听命了。转念他又想，只有两三年的时间，海军的兴建暂时委屈一下，也不是什么大不了的事。再说，自己的那份家产也不明不白，真的得罪了那个说得出做得到的老太婆，说不定哪天一张封条就全给封了。李鸿章想到这里，遂放宽了心，认真地对李莲英说：“李总管的想法有道理，我明天就去跟醇王爷商量。”

“好吧！忙碌一天了，吃完饭，中堂大人也要早点安歇。”

李鸿章转过脸看了看窗口。

窗外，早已是夜色深沉，无边无际的黑暗罩住了镇远号，也罩住了渤海湾。没有月亮，连星星也看不见，只有一阵接一阵极有节奏的海浪在拍打着岸边的石头，发出沉闷的响声。李鸿章的心里蓦地生出一丝不祥之感来：这海军衙门刚刚建起，太后便向它伸手要钱，开了一个极坏的先例，今后难免不会有人再向它打主意。五千万银子得不到，看来今后每年协济的四百万银子也难以全部用于海防上。海军呀，大清的海军，你的前程怕也会像眼前的渤海湾一样茫茫黑暗，风险难测！

九　半百再得子，张之洞欢喜无尽

第二天，李鸿章将昨夜与李莲英的谈话向奕譞说了。这同时也解开了奕譞心中的疙瘩：原来李莲英是来向李鸿章要钱的，并不是来监督自己的。奕譞一下轻松了，并因而生出一份对太后莫名其妙的感激来。

他热情地帮助李鸿章修改捐献方案："杨宗濂的银子不能捐到园工去，这会使太后蒙受不佳的名声，只能说是捐给海防，并且鼓励像杨宗濂这样的人向海防报效，海军衙门单独为这一报效立册。然后，再将这笔银子如数转给颐和园工程。海防费用这两年暂时压一压，支援一下太后，也是好事。过两年园子修好了，太后归政了，我们再大办不迟！"

由李莲英提醒，经慈禧默认，再借检阅海军的机会由李莲英私自向李鸿章提出，最后奕 拍板。这就是中国近代史上最大的一桩经济案子的全部策划过程。从此，由内务府掌管的颐和园工程处，便名正言顺、肆无忌惮地向海军衙门索款。后来又将海军学堂的牌子挂在颐和园大门口，说是昆明湖可用来操练海军。小小的昆明湖能让万吨铁舰纵横驰骋吗？这岂不是笑话！其实，这是在遮掩世人耳目，为的是将园工与海防绑在一起，从而可以更方便地调拨海军衙门的银子。据历史学家统计，从光绪十二年海军衙门正式办公起到甲午年北洋水师消失，九年间，颐和园共挪用海军二千万两银子，占各省协济海军款的三分之二。另外，尚有六百万两银子长期存入户部起息，其息银也用之于颐和园。由于存的是死期，海军衙门后来连修筑炮台都不能从户部提取这笔钱。外加上海军捐报效银四百万，也全部给了园工。故而，颐和园工程大约用去海军银子二千五百万。按照当时宫中用工三七开的惯例，实际用于工程上的只有七百五十余万，而一千七百多万的大头则流入各级人员的私囊了。这九年间也即自有海军衙门以来，中国海军就没有再新添一只军舰，致使本来实力已不差的海军后来大大落伍，终于在甲午年被后来赶上的日本海军打得全军覆没。经济上的腐败，导致政治上的失败，最终使得政权彻底垮台。这就是历史留给后人的教训。

奕譞匆匆看了几座大炮后，便立即打道回京。回京以后，向太后上了一道禀报北洋、南洋会操盛况，请太后给有功人员以重赏的折子，然后给吏部打了招呼。很快，杨宗濂便接到部文，开除处分，交北洋委用。杨宗濂用二万银子报效海军赎罪的事在官场上引起很大的反响。于是，许多革职官员多方筹措银两，来到海军衙门，请求报效，海军衙门全单照收，这些革员也都重新得到委任。又有许多想很快迁升的在职官员，也带着巨额银子来到海军衙门。不久，他们便主事的得升郎中，郎中的得升道员，道员的得升两司。真可谓银到官到，立竿见影。本来就已溃烂的官场，从此更烂得不可收拾。

京师又有不少爱抓把柄做文章的言官谏官，他们对李莲英出京参加天津检阅海军一事大为不满。内中有一个不怕死的御史，居然直接给慈禧上折，指名道姓地批评这桩事，又翻出十多年前安得海擅离京城，而被杀头的旧事来，提醒慈禧万不可重用宦官以致自乱朝纲。

这个名叫朱一新的御史像吃了豹子胆似的，竟然敢捋虎须逆龙鳞，惹得慈禧大为恼火，抓住朱一新折子里一句无法证实的话，将他贬为礼部主事。朱愤而辞职，欲回浙江老家终老林下。

敢于纠劾老佛爷，这实在是一桩骇人听闻，也令人敬仰的举动。朱一新的奏疏尽管邸报不敢登载，还是不胫而走，风行海内。张之洞在广州读到这道奏疏后，不禁拍案叫好：“好多年没有读到如此文章了，有一朱一新，可见京师清流之风未绝！”

他立时心情激动起来，对一旁的杨锐说：“你以我的名义写封信给他，叫他不要回浙江了，就到我这里来。我聘他为广雅书院主讲，把他身上这种浩然之气带到南国来。”

杨锐满口答应，正要握笔作书，赵茂昌提醒张之洞：“香帅，朱一新得罪了太后，您把他聘来广州，岂不惹太后生气？”

刚才是清流旧习一时激发，经此提醒，张之洞猛然省悟：“竹君说得有道理，只是人才难得，广雅书院失去此人，太可惜了。”

“我看这样吧，”赵茂昌建议，“让梁节庵以朋友身份写封信给他，请他到广州来玩玩。如此方不露声色。”

“也好。”张之洞点点头。

不久，朱一新受梁鼎芬之邀，来到广州城，住进广雅书院。张之洞悄悄地到广雅书院看望朱一新，对他的奏疏赞赏不已，并请他主讲广雅。朱一新欣然接受。张之洞为网罗了朱一新这样的人才高兴了好些天。

这天午后，大根满脸喜气地推开签押房门，高声说：“四叔，恭喜贺喜，姨太太生了一个儿子，母子平安！”

“这么快就生了，不说要到半夜吗？”张之洞欢喜无尽地说，“我去看看！”

“四叔，过会儿去吧，房子里都是血腥味，要伤运气的！”大根劝阻道。

“不要紧，我一身堂堂正气，什么血腥味也伤不了我！”

张之洞急忙走出签押房，三步并作两步地向后院奔去。

张之洞已有两子一女，长孙都已五岁多了，照常理来说，他似乎不必如此的欣喜激动，犹如初为人父似的。这是因为一则出于对佩玉的爱，二则他由此更对自己充满了信心。

佩玉嫁给他三四年了，先前一直没有怀上孩子。佩玉焦急，他也为此不安。这几年来，佩玉以她特有的贤淑，温暖着张之洞那颗在情感上备受挫伤的心，尤其是佩玉的琴声和对准儿的疼爱，更使张之洞时时感受到女性的温馨和柔情，为他繁忙而枯燥的宦务增添了生活的亮色和家庭的情趣。在张之洞略有闲暇、心情宽松的时候，佩玉常常会为他奏几曲。佩玉此时的琴曲，常会激起他青少年时代那种吟诗作赋、临池挥毫的情怀，也同时又让他生出簿书堆积、雅兴殆尽的感叹。在张之洞公务不顺、心情抑郁的时候，他也会叫佩玉弹弹琴。佩玉清清幽幽的琴曲，常能为他引来一泓化外清泉，洗去心头的尘俗和郁结。有一次，佩玉为他弹了一个曲子，那琴声幽冷清越若旷世遗音。张之洞半躺在床上微眯着眼睛，面前渐渐浮现出一幅高山深涧、泉水清冽、冷月高挂、猿啼古松的图画来，沉寂多年的创作欲望突然在胸间涌动。

他问佩玉："这曲谱有歌词吗？"

佩玉答："这是一首很古老的曲谱，我父亲教给我的。父亲说，教他的师傅说过，这曲谱原是有词的，几百年前失传了。"

张之洞从床上一跃而起："我来为它配上一首新词。"

他走到书案前，一边磨墨一边凝思。佩玉放下琴过来观看，只见张之洞在纸上写出三个字来：幽涧泉。佩玉问："这是词名吗？"

"是。"张之洞说，"我想这一定是古时一位怀有绝大志向绝高学问而遁逸山林的隐者所作。他借幽涧流泉来象征自己遗世独立的高尚人品，我现在就来模仿他的心绪作一首词。"

随着一行行字的出现，佩玉轻轻地念道：

> 幽涧泉，千尺深，长松磊砢，生乎南山阴。中有美人横素琴，轸有美玉徽有金，清商激越生空林。　　元霜杀物兮萧森，素月默默兮青天心。哀猿为我啼，潜虬为我吟。牙旷千载，忧思钦钦。抚兹高张与绝弦兮，何怨乎筝阮之善淫，唯有幽涧流泉知此音。

"好凄美的一首词。"佩玉赞道。"我弹这琴曲的时候，脑子里也隐隐约约地有这种意境，经你用文字这一描摹，就变成可触摸的实物实景了。我想你这首词与那首失传的古词大概八九不离十。"

张之洞喜道："认准了就好。你边弹边唱一遍给我听听。"

佩玉念了几遍之后，已记在心里了，于是重新坐在琴架旁，一边抚弄琴弦，一边轻轻地吟唱起来。果然，词与曲交融，意境更臻绝妙。从此，这首琴曲便为他们两人所共同喜爱，常弹常唱，弹者不倦，听者不厌。

在佩玉的悉心指教下，准儿现在也能弹得一手好琴，这尤使张之洞欣慰：母亲的琴艺，如今张家终于有人能够传承了，母亲的在天之灵，应可得到些许安慰。佩玉为他做了这多奉献，但佩玉始终是个姨太太，倘若不生儿子，她在张家就没有地位。佩玉还年轻，自己一定会走在她之前，没有儿子的姨太太，处境是很悲凉的。在为佩玉焦急时，他也对自己的生命力产生怀疑。佩玉这么久不能怀上孩子，这无疑证明自己的生命力已大不如先前。事业才刚刚开始，多少宏伟的设想尚在等待着去一一付诸现实，强健的体魄，旺盛的精力，才是事业成功之本。家有年轻的姨太太，却不能让她怀上孩子，这说明什么呢？张之洞每每想起这事，一丝悲哀便会压抑不住地油然而生。现在好了，佩玉生养了，而且还是一个儿子，她的焦虑可一扫而光，张之洞的自信心也顿时增加十分！

当张之洞来到后院时，上房门前围满了人，几个女人匆匆忙忙地端盆捧巾地进进出出。大家看到张之洞时，忙不迭地贺道："恭喜，恭喜！""大人，又得贵子！这是大喜事！"张之洞也破例的双手抱拳，对各位笑道："谢谢，谢谢！"说罢就要进门。刚好佩玉的母亲捧着一堆血布出来，见到张之洞，吓了一跳，随即满脸堆笑："大人，请暂勿进去，要看儿子，过会儿包扎好后抱他出来。"

张之洞说："不要紧的，我要看儿子，更要看佩玉。她还好吗？"

佩玉娘听了这话，很是感动，连声说："好，好，佩玉没事，托大人列祖列宗的保佑，母子平安。"

说话间，张之洞已走进了屋，春兰和新雇的小丫头蕉儿在床边检检弄弄。接生婆已给婴儿穿好了衣服，佩玉脸色惨白地躺在床上。接生婆见张之洞来了，犹如献礼似的忙将手中的婴儿递过去，咧开大嘴笑道："张大人，看看你的儿子，大头大耳，满脸红润，这鼻子眼睛跟大人您一个样，没差一丝一毫。”

大家听了都笑起来，佩玉见张之洞不管产房的血气脏乱，这么快就进来了，心里欣慰至极，脸上泛出甜蜜的微笑。张之洞接过儿子，心里真是乐开了花。他仔细地端详着还没睁开眼睛的小脸蛋，舒心地笑了：“说是像我，但更像他妈。他的这张脸长大后，一定比我的脸丰满，不会像我这样尖嘴猴腮的。”

平时满脸威严的张制台，今天这样当众戏谑自己，大家知道他此刻真的是开心，于是也都放心地大笑起来。张之洞将儿子还给接生婆，坐到床沿边，望着笑意荡漾的佩玉，温存地问：“这会子好些了吗？”佩玉点点头。“都说要等到半夜才生哩，没想到小家伙等不及，赶早就钻出来了。”

张之洞一句笑话，又把大家逗乐了。

张之洞将佩玉枕边的被角压了压，说：“女人生孩子，好比从鬼门关口打了一转回来，母子平安，真是天大的喜事。这几天就在床上好好躺着，叫你娘吩咐春兰和蕉儿多做点活血提神鸡汤肉汤，多吃点，尽早复元，第一千万不要伤风受凉。产后空虚，好比一根头发丝点的灯，最是要提防……”

说着说着，王夫人当年难产丧命的那一幕又浮现在眼前。多么贤惠的夫人呵，多么使人高兴的添丁加口的好事呵，孰料转瞬之际，便化为人间最惨痛的悲剧。王夫人含恨离世六年多了，六年来，只要一旦想起，张之洞就会痛责不已，仿佛是他夺去了夫人年轻美丽的生命似的。现在又一次地面临这样的大事，幸喜生产顺利，而产后的调理也万不可轻视。经历过三位夫人生产、年过半百的张之洞，感到有许许多多的经验，许许多多的叮嘱要对佩玉细说。

佩玉娘从外面进来，见张之洞还在娓娓不断地说这说那，她很惊讶：从没看到这个八面威风的冷面半老男人，竟然还有如此脉脉温馨、款款深情的一面！

她走到床边，从接生婆手里抱过小外孙，问张之洞：

“大人，儿子的名字给取好了吗？”

“还没想好哩。”

佩玉娘亲了亲小外孙，充满着对女儿和外孙的无限爱意，说：“大人，你年过五十，再得一子，真是一桩天大的喜事。佩玉嫁到张家四年了，才生下这个儿子，也是望穿了眼睛。大人，儿子满月时，可要好好办几桌酒，庆贺庆贺。”

张之洞高兴地说：“那当然，当然。”

佩玉娘对张之洞的这个答复很满意，她把小外孙放进女儿的被窝里，让他跟妈妈并肩睡觉，然后摸着婴儿红扑扑的脸蛋说：“小乖乖，跟妈妈睡觉，父亲大人已答应了，满月时给你摆大脸！”

佩玉把儿子紧紧地抱着，沉浸在巨大的幸福中。眼看着这一幅母子连心图，张之洞心里也格外觉得温馨平静。闲暇时读读好的诗文，欣赏古玩古画，或是登山临水融于造化之中的时候，他的心里也往往有一种平和的感觉，但那是外界的引发，而此时的这种感觉，却是从心灵深处所发出。细细地品味，这中间有很大的不同。是的，这是人类对新生命的欢喜接纳，这更是人类对自身生命延续的一个本能企盼的满足。人的生命的价值，岂是无血无肉的外物所能比拟！这宇宙万象、世间万物，一旦离开了人的生命，又有什么意义可言？

一晃半个月过去了，为越南战争结束后的遗留问题，如冯氏父子的赏赐授职及所募十八营团勇的奖恤遣归，刘永福与黑旗军的妥善安置，为远道来粤的湘、淮军的遣散，为广州城几家洋务局厂的早日开工等等一系列大事小事，张之洞忙得一天到晚团团转，竟把为儿子办满月酒的事丢得一干二净了。

这天晚上，当佩玉再次提起的时候，他才恍然大悟。佩玉并不是一个很俗气的女人，她赞同母亲的意见，希望丈夫热热闹闹办满月酒，除开对儿子的疼爱外，也想借此为自己赢得脸面。受过诗书教育的佩玉，孀居之后，仍然抱着宁愿为人清贫之妻不愿做人富贵之妾的素志，当初纯是出于为张之洞挚爱琴艺之心所感动，做了张府的姨太太。尽管上面并没有正室在堂，她实际上是督署后院之主，但因为名分上始终只是姨太太，她的心态总免不了有失衡之感。她希望能有一次风光的机会，让她扬扬眉，摆摆脸，真正以一个女主人的姿态接受众人对她的恭贺，对她的祝福。自从得知怀孕之后，她便想到孩子做满月是个好机会。倘若生个女儿，只在督署里办个三五桌就行了；倘若是个儿子，她巴望丈夫能在广州城里的酒楼上，开它二三十桌筵席，让全城的人都知道，她李佩玉生了个儿子，张制台又添了一脉香火。

“佩玉，我想我们不办满月酒算了。”

张之洞用手指头轻轻碰了一下儿子的脸蛋。儿子的名字在三朝时给取定了，叫仁侃。小仁侃瞪着乌黑发亮的眼睛，望着眼前这个留着尺来长黑黄胡须的半老头儿的脸，眨都不眨一下。看着儿子这副粉饼肉团似的模样，张之洞舒心畅意地笑了。

“为什么？”佩玉大感意外，心里已有几分不快，“是因为他是小妾生的，就不摆酒了？我的身份虽贱，他却是你的亲骨肉！”

佩玉越说越委屈，竟然止不住流下眼泪来。

“你想到哪里去了，佩玉。”张之洞拿起枕边的绸巾，为佩玉拭去眼泪。“我什么时候把你当妾看待了，整个家务钱财不是都交给你了吗？除开名分外，你和哪家的正室夫人有一点区别？快别哭了，你在坐月子，女人在月子里一身骨头都是散的，千万别伤着身子。”

这几年来，张府的家务一直是佩玉在主持，油盐柴米，雇人用钱，都是佩玉说了算，连仁梃、准儿兄妹的吃穿零用钱也都是由佩玉来安排。应该说，佩玉是个有职有权的主妇。想到这里，佩玉的怨气消了许多，说话的口气和缓下来：“那是为什么？”

“佩玉，我告诉你吧，仁权是头生子，他都没办满月酒。为什么，因为那时清贫，我虽是翰林，但是有名的穷京官，办不起酒。仁梃满月说是办了几桌，但那是在臬台衙门他外公家里办的，自己家其实也没办。他们都是太太生的。”

“正因为是太太生的，不办可以。”佩玉插话。“仁侃是姨太太生的，若不办，会有人说闲话。”

“闲话不闲话，不要去管他，倒是那天你母亲说办满月酒，我是满口答应的。不只是为儿子，更主要是为了你，我是想好好地为你祝贺一番的。”

这几句话，说得佩玉心中的怨气已减去了八成。

“但是，我仔细想了想，还是以不办酒为好。”

佩玉凝神望着丈夫，没有做声。她在认真地听着。

“这没有别的，不是因为你和仁侃，而是因为我，是我不该做着两广总督。”

张之洞离开床沿，在屋子里一边慢慢踱步，一边缓缓地说道：“在广州城里，有多少官吏怕我畏我，又有多少官吏想靠近我巴结我，更有多少商人想讨好我买通我，假若我张某人为儿子做满月酒的口风一传出，广州城数以百计的衙门、数以万计的官吏、数以千计的商行、数以十万计的商人中那些怕我畏我、想靠近我巴结我买通我的人，都会借此机会送重礼以达到他们的目的。官吏们拿的是民脂民膏，商人们拿的是敲诈盘剥，这样的礼物送到总督衙门，即使不是为了某种目的，我也是不敢拿不愿拿的。上有神明，下有祖宗，我张之洞拿了心里不安呀！”

穷苦塾师家出身的佩玉，深以丈夫的这番话为然，她已在心中点头赞同了。

“官吏中也有清官廉官，商人中也有正经买卖人。我若办满月酒，他们要是送礼，又于心相违，若不送，怕我对他们有别的看法。”

佩玉对这几句话很有同感，因为他的父亲便是这样一位耿介的穷书生，时常为世俗的礼节而烦愁。

“更重要的是，广州城里，还有上百万的黎民百姓在瞪大眼睛看着我。眼下贪官污吏遍布全国，他们利用各种机会巧取豪夺，中饱私囊，借升官调迁、祝寿吊丧、生子添孙、娶妇嫁女等大办酒席，广敛钱财，这种手法比比皆是，形同公开。假若我张之洞办满月酒，即使申明不收人一文贺钱，又有谁会相信呢，我半世清名岂不毁于一旦？这尚在其次。更重要的是我今后在两广想再要整饬官场，廉洁官风，那就没有人听了。我这个两广总督，岂不成了一个尸位素餐、形同虚设的木偶？”

佩玉心里下意识地打了一个冷颤，丈夫说得有理：为了一个小小的虚荣，将会给他带来多大的不利！佩玉呀佩玉，你真的是一时糊涂了。

“所以，我张某人生长子、次子时，没钱不办满月酒，生三子时，有了钱也不办满月酒。佩玉，望你能体谅我，成全我。”

“你想得周到，仁侃这个满月酒就不办了。”佩玉诚恳地说。

“你真正是我的贤内助！”张之洞为佩玉的深明大义而感动，重新坐到床沿边，满眼含情地望着佩玉在亲吻儿子的脸蛋，心里充满浓浓的天伦之乐。

过一会儿，他又对佩玉说：“你这样贤惠，令我钦佩，这几年来操持家务，也很辛苦，现在又生了仁侃，为张门添丁，我理应表达我的一点心意。我还是要让你母子热闹一番的。”

“哦，那太好了。”佩玉又兴奋起来，“你有了别的好法子？”

张之洞笑着说：“你等着那一天看吧！”

佩玉也不再打听，存了这个心，从第二天起便仔细观察，看张之洞如何让他们母子热闹一番的。

十　以中国百姓第一次看见电灯的喜乐来庆贺儿子的满月

这一天清早，佩玉见大根装束停当，像要出远门的样子，便问：

“你到哪里去？”

大根答：“到黄埔港去买松树。”

“到黄埔买松树做什么？”

“四叔说，他那年去黄埔看张轩帅，见北岸牛山上有一片好松林，他当时尚未在意，这些年来却发现广州城里几乎见不到松树。四叔说，他平生最爱松树，要我去黄埔牛山买两株好松树来，栽到督署衙门空坪里。”

当年晋祠内松柏森森，一派肃穆景象，令佩玉怀念不已。眼前的确是不见松柏，经大根一说，佩玉倒真觉得是一个遗憾。“四叔跟你说过，要买什么样的松树吗？”

“四叔说，不要弯弯曲曲奇形怪状，也不要稀罕少有、品种名贵的，要选两棵主干粗直，形体端正，让人看着觉得有一股堂堂正气就行了。”

佩玉听了很高兴，这种选材主张也合她的心意，又问：“买大的还是买小的？”

“四叔说，尽量买大的，大的气派足些，但一要考虑到容易成活，二要考虑到好搬运，要我跟当地农民好好商量。”

“好，你去吧！”佩玉心想，老爷子一天到晚忙忙碌碌的，今儿个倒有闲心来美化环境了。看来，仁侃的确给他带来一份好心绪。

下午，赵茂昌领着几个木匠和泥灰匠来修缮幕友堂。幕友堂在督署大院的西侧，中间一个大厅堂，四周有十余间小房，这里是两广总督衙门的幕僚办事之处。幕僚原本是古代将帅用兵打仗时，随军住在帐幕中的军事参谋、书记等人的通称。后来，地方大员因衙门属官定制有限，忙不过来，便把将帅们的做法学过来，聘请一些人办理文书、刑名、钱谷等事务。因为是学的军营一套，名称也便跟着叫幕僚。这些人不属朝廷命官，是衙门主人请过来的，合则留，不合则走，类似朋友的关系。所以主人都客气地叫他们为幕友。清代末年，内乱频繁，地方大员担负着繁重的军政责任，故聘请幕友之风大盛，各省督抚都有一个庞大的幕友队伍。此中最为有名的当然要属曾国藩的两江督署的幕僚班子了，那里集中着数百名行政、军事、理财、科技等当时的第一流人才，号称天下人才渊薮，甚至还有朝廷人才不及两江的说法。

两广地处中国南大门，近几十年来又是与洋人打交道的冲要之地，故两广督署的幕僚也不少，各色人等加起来有三四十号。由于桑治平与张之洞的特殊关系，来到广州后，他实际上成了幕僚长。前一向他和蔡锡勇用招贤榜的方式招来了六十余名洋务人才，这中间绝大部分到了局所，只有陈念礽等五个从美国留学回来的留在督署做幕友。过去的幕府科房都以朝廷六部命名，即吏科、户科、兵科、工科、刑科、礼科，现在这六科外再增加两科，即以蔡锡勇为头包括陈念礽等五人在内的洋务科，以辜鸿铭为头的翻译科。

赵茂昌将这些幕僚们暂时安置到别的房屋里办事，指挥工匠们将幕友堂全部修整粉刷，又特别从中挑选一位手艺高巧的细木工匠，要他按照张制台的墨迹为幕友堂做一块横匾。

过几天，佩玉又看到督署里来了一位怪人，和辜鸿铭差不多，粗看起来像是一位普通的师爷：瓜皮帽，长袍马褂，细看却又像个洋人：高鼻梁、白皮肤，瓜皮帽沿露出的竟是金色的头发。但又听他一口纯熟的中国话，和张之洞边走边亲热地交谈着。佩玉心里很纳闷，这是个什么人？

刚好桑治平到后院来找他的太太柴氏——这段时间，后院事多，柴氏常来帮帮佩玉——佩玉便问他。桑治平说："那是个英国牧师，名叫李提摩太。早在山西时，制台便和他成了朋友。前几天到了广州，特为来看望老朋友。他向制台推荐一种机器，制台很高兴，立即委请他到香港去买。"

"什么机器？"

"电灯机。"

电灯机是什么机器，做什么用，佩玉弄不清楚，她也不好意思再问下去。

再过几天，便有马车拖来又大又沉的铁制机器，连同一卷一卷细长的绳子。跟着机器来的，除李提摩太外，另有两名洋匠。三个洋人在衙门里住下来，足足在幕友堂里里外外忙碌了四五天，有时又传来一阵阵“叭叭叭”的响声。佩玉因身子尚未完全复原，也没过去看。接着大根买的两棵松树也运进来了，遵照张之洞的吩咐，这两棵松树栽在幕友堂大门前左右两旁。

又过几天，眼看明天就是满月的正日子了，究竟怎么热闹一番，张之洞仍未透露。夜里，佩玉忍不住问丈夫。张之洞笑着说：“明天晚上，我要让你看一样你出生以来从未见过的东西，让你有许许多多的惊叹和兴奋。”

会是什么东西呢？会给我送一个稀世珍宝，一套华贵衣服，或许是给侃儿送一个世所罕见的玩具？这些都有可能使观者惊叹和兴奋。佩玉想了很久，到底没有想出个什么东西来。

第二天上午，幕僚们搬进了修缮一新的幕友堂。只见门窗都油上了新漆，墙壁被石灰刷得洁白如雪，地面全都嵌上一色青砖。众人站在案几边，环顾四周，立即生发出一种舒适清爽之感。

尤其是大门口的那两棵新移来的松树，约有二人之高，合抱之粗，虽不很高大，却主干挺直，侧枝劲秀，针叶茂密而深绿，给幕友堂平添一股雄壮之气、威严之姿。幕僚们人见人爱，人见人喜。

到了下午，桑治平对众位幕友宣告：吃了晚饭后，各位还请到幕友堂来一下，晚七时，张制台将亲自主持幕友堂挂匾仪式。到时备有茶点，还将请大家看一样洋玩意儿。

幕友堂，是衙门内人员对幕僚们办事处所的称呼，并不是一个规矩的名称。张制台亲自主持挂匾仪式，看来这个匾额是他亲题的。他会题几个什么字呢？幕僚们都在猜着。于是大家恍然大悟了，原来修缮房间，移栽松树，都是为了今晚的挂匾，而洋玩意儿又是什么呢？

虽是初秋时节，但广州的夜色来得却比北方迟。吃过晚饭，众幕僚都穿戴整齐来到幕友堂时，天色仍未黑下来，大家喝着茶，聊着天，心情都显得有点亢奋。

将近七点时，张之洞来了，后面还跟着几个工役，其中两个抬着一块用红绸包好的大木板。这木板约有四尺长二尺多宽，幕僚们都知道这一定是幕友堂的匾了，都好奇地围了过来，却看不见上面的字。这时有人搬来了一个竹梯，一个年轻力壮的工役竖抱着木板，登上了梯子，将木板挂在预先钉好的钉子上，红绸依然裹着，一根长长的绳子一头连着红绸，一头垂到地面。

眼看天色渐渐暗下来，张之洞对大家招了招手，大声说："诸位幕友们，大家辛苦了。"

三十多号幕友除几个暂时告假养病或回家省亲的外，差不多都来齐了，听到东家已道出开场白，便纷纷走过来。

"各位看得起我张某人，从四面八方来到两广总督衙门，帮助鄙人料理各项繁杂的事务，事情多，薪水少，再加之鄙人一向为人粗疏，不会嘘寒问暖，各位没有怨言，尽职尽责。诸君都是十年寒窗的饱学之士，还有乙榜出身的，还有从西洋留学回来的，之所以能如此，我想主要不是为了赚钱养家糊口，而是为了施展自己的平生所学，上报朝廷，下为庶民。"

张之洞这几句话，慕僚听了舒服。其实，这些幕僚，绝大多数都是奔着衙门优厚薪水而来的。幕僚月薪，视出身、能力、资历及所担负事务的不同有高低之分，通常最低的也不会低于二十两银子，高的甚至可达四十多两。当时一个七品县令的年薪不过四十五两。到了年底，一切事故都没出，平平安安过了一年，则可以得养廉费一千两，按每月摊下去，月薪不过九十多两。身为县令，有许多排场应酬，又有许多穷亲戚来打秋风，所以，一个不贪污的清白县令，以其正当收入来过日子，并不算太宽裕。至于一个通常塾师，月薪不过五六两而已。读书人若命不好，做不了官，便只有做塾师的分。一旦来到总督衙门做师爷，就可以得到半个县令七个塾师的收入，这是一项多么令人垂涎的好行当！但是，他们这些人都是读着孔孟长大的，从小起一个个都有经世济民的宏大抱负。许多人明知今生永远与经世济民无缘，但在嘴巴上，总喜欢这样说说，或许是眷恋太深，或许是画饼充饥，也或许纯粹是为了赚取别人的尊重。总之，都喜欢说说“一展抱负，为国为民”之类的大话。现在总督大人肯定他们，赞许他们，他们何尝不感到心里暖融融的！

“但是，鄙人身为主人，心里总觉不安，所以这次下决心将诸位办事的场所来个修缮粉刷一番，让大家有个舒舒服服的环境，一天的疲劳也可减轻一点。另外，我又特为从黄埔移来两株松树。”

大家的眼光都不约而同转向门前的两棵松树上。

“不瞒诸位幕友，鄙人平生最喜爱的草木便是松树。爱它雄壮伟岸的躯干，狂风吹不倒，大雪压不垮。爱它顽强的生命力量，元气充沛，虬枝针叶，千年不衰。更爱它四季常青，哪怕隆冬严寒，依然青青翠翠，昂然居三友之首。故而圣人称赞它，岁寒而后知松柏之后凋。将这两株松树从黄埔移到幕友堂前，不但为自励，也为激励众位朋友们，将它看做是两个畏友，天天面对着我们，逼我们自省，逼我们奋进。”

幕友堂前，刚才还有点小小的私语声，这会子完全静寂下来。夜色中，依稀可见幕友们大都神色庄重，表情严肃，有几个年纪较大有点倚老卖老放任自流的幕友不免面有赧色，心生愧疚。

“趁着幕友堂装修的机会，我为它题了个堂名，并制成一块竖匾挂上去了。各位朋友们可能都在想，张某人会给它题个什么字呢？等会鄙人扯下这块红绸，大家就可以看到了。”

随着张之洞的手势，大家又都不约而同地抬起头来，向大门顶部望去。可惜，天色已经黑下来，包着红绸的竖匾模模糊糊的，很多人都在心里说：就是扯下绸子，也看不清上面题的什么字呀，为什么不选在白天挂匾呢？要不，门口上多挂几只灯笼也好呀。就像听到了众人的腹议似的，张之洞笑了笑：“大家一定都会说，黑灯瞎火的，这匾怎么个看法哩！各位不要急，鄙人会给你们借火来的。”

他转脸对站在旁边一直在待命的赵茂昌说：“你叫他们把机器发动起来吧！”

“是！”

赵茂昌很快走进厅堂，只听见一阵“噗噗噗”的响声过后，众人冷不防眼睛一花，忽见堂里堂外顿时明亮起来，犹如瞬时间点燃起千万支蜡烛，又以为黑夜中的闪电被长久地留在天空。大家正在惊疑四顾的时候，几个留美的年轻人一边指指点点，一边大声地叫道：“电灯，电灯！”众幕僚这才发现，突如其来的雪白光亮，原来是从一个拳头大的白玻璃泡里发出来的，并且又很快发现，不但大门上悬着这样的玻璃泡，而且厅堂内，各个小房间里都悬挂着好些个这样的小灯泡，有人在数着：“一个、两个、三个……”有人则大声地说：“我已数清了，整整一百个。”又有人说：“你们看，松树上还有哩！”

大家又都看松树了。可不是吗，两棵松树，每一棵上也都吊了七八只白玻璃泡。松树躯干上的树皮，本来就有着龙鳞似的裂纹，此时在灯光的照耀下就更像一条挺立着的龙身，它的头就藏在松树叶中，而尾部则埋在泥土里。

除开辜鸿铭、蔡锡勇、陈念礽几个喝过洋水的人，以及像赵茂昌等极少数几个进过公使馆和洋行的人外，今夜，幕友堂前数十号幕友及衙役和后院眷属仆人，打从娘胎出来，还是第一次看见这种不可思议的神奇现象。一个小小的玻璃泡怎么会发出如此耀眼的光亮来？泡子里面装的是什么？有的人还怀疑，这玻璃泡里是不是事先捉进了许许多多的萤火虫？不过他们又想，萤火虫不可能这样听话，说亮就都亮了，再说萤火虫的亮光是一闪一闪的，这光它并不闪呀！

借着灯光，彼此都发现对方的眼睛里全射出惊喜不止的目光，脸上都流露出喜气洋洋的神色，陈念礽终于忍不住呼喊起来：“张大人，你把电灯牵到衙门里来了，你真伟大！”说着说着，不由自主地鼓起掌来。梁普时等几个留美学生也高呼："张大人伟大，伟大！"跟着也鼓掌。

众幕僚也学着鼓起掌来，他们不习惯叫"伟大"这个词，但一时又想不起别的合适颂词来，只好呼喊："张大人，张大人！"二百多年了，自有两广总督衙门以来，似乎还从来没出现过这样热烈喜庆、兴高采烈的场面。

待大家的情绪稍稍稳定下来后，桑治平站在大门口，高声喊道："现在，请张制台为幕友堂揭匾！"

张之洞走到竖匾下面，拿起绳索悬下来的一头，轻轻一拉，红绸飘落下来，门楣上的竖匾露出了它的真面目：乌黑发亮的漆面錾着三个上了石绿色彩的大字，在雪亮的灯光照耀下，这三个忠实体现张之洞书法的字，笔画刚劲，结构严谨，转角勾折之处，硬直中流动着秀美的灵气，大家几乎异口同声地喊起来："广益堂！"

张之洞高兴地说："广益，既有集思广益之意，也有诸位多多献策，使两广获益之意。为了使诸位更好地办事，在英国朋友李提摩太的帮助下，我们从香港买来了一个发电机。发的电只能装一百个灯泡，这一百个灯泡就全部装在广益堂。下次我们再买一个，为签押房那边再装上灯泡。那时我们两广衙门就在一片光明中办文案，理公事。愿这一片光明带给我们诸位光明磊落的心地，办光明干净的公务，为两广百姓谋光明灿烂的前途。"

幕友房总文案蔡锡勇代表众幕僚诚恳地说："您这样厚待幕友，大家都很感激。大家都说，您文治武功，彪炳于世，这都是您自己的才干所致，幕友们并没有帮上什么忙。如今督署装电灯，先不装你的签押房，也不装后院上房，而先装广益堂，大家都觉得受之有愧。"

为祝贺儿子满月而设置的这一热闹场面，获得了众幕僚的衷心感激，张之洞为此而十分满意。蔡锡勇刚才"没有帮上什么忙"的谦虚话，使他突然想起野史上的一则故事，一时高兴，竟忘乎所以了。张之洞拍了拍蔡锡勇的肩膀，笑着说："众幕友都帮了我张某人的忙，这不消说了，有些事，是用不着帮忙出力，也可以心安理得享受好处的。我说个笑话给你们听。”

总督大人要说笑话，这可是难得的事，大家都围拢过来。

“话说当年东晋元帝司马睿的宠妃生了一个儿子。元帝很高兴，不仅重赏他的宠妃，而且遍赏文武百官，每人加升一级，真正是皇恩浩荡，皆大欢喜。大臣殷洪乔出面代表百官感激元帝。这殷洪乔是个老实人，说的也是老实话。他说，皇上喜得皇子，这是普天同庆的好事，只是我们并没有出什么力而得此重赏，心里都过意不去。元帝哈哈大笑，说，我生儿子，当然不要你们出力，你们哪个若是出了力，那还了得！元帝说的也是大实话。这两段大实话加在一起，便成了一段大笑话，很快便传出宫外，全国官民听了，都捧腹不已。”

张之洞刚一说完，众人都哄堂大笑起来。最爱抢风头的机灵鬼辜鸿铭最先反应过来，他大声说道：“香帅中年得子，我们蒙电灯之赏，虽没有出力，心里也不会不安！”

经辜鸿铭这一点破，大家恍然大悟。是的，上个月张府添了一位公子，今天莫不是小公子的满月！原来大家都在与张制台分享他的儿子满月之喜。霎时间，广益堂内外沸腾起来。

这时，张之洞看到佩玉坐在稍远处的回廊里，正望着他，脸上满是幸福的笑容。

张之洞高声对大家说：“好了，揭匾仪式完结了，诸位都进去，到各自办公室的房间里去瞧瞧吧，看看光线够不够。为庆祝今晚这个大喜事，厅堂里还摆有瓜果糕点，大家边吃边看边议论。”

于是，众幕僚、衙役和仆人都雀跃般涌进厅堂，兴致万分地在小小的玻璃泡前，久久地伫立着，笑谈着。两广总督衙门，度过它有史以来第一个最为光亮的不眠之夜。

第二天消息传出，巡抚衙门、藩司衙门、臬司衙门以及广东提督衙门、广州知府衙门等各大衙门都来打听。张之洞意识到这是一个宣传普及洋务最有说服力的例子，于是请幕僚们半个月内夜里暂不在幕友堂办事，这段时间每天夜晚从七时到十二时，开亮所有的电灯，让各大衙门的官员、各大商号的老板、各大书院的学子，乃至广州城里的普通百姓前来参观。这个决定做出后，每天晚上，两广总督衙门前便排满数以万计的参观者。人们怀着兴奋的心情，纷纷前来一睹这亘古未有的新奇。许多人看后都叹道，不料夜明珠真有其物！更多人反驳道，哪里有什么夜明珠，那都是骗人的鬼话，这电灯是洋人的聪明才智制造出来的；我们再不要夜郎自大了，要放下架子向洋人学习。也有人说，我们不要妄自菲薄，洋人的技巧我们也可以学过来，今天督署点上了，往后我们老百姓家里也可以点上。

光绪十四年，广州城内，张之洞成了第一个将电灯引进官署的中国人。第二年，广东商人黄秉常在张之洞的支持下，在广州开办中国第一个民办电灯公司。从此以后，电灯走入神州大地的千家万户，给茫茫长夜带来如同白昼的光明！就在这个时候，近代社会的另一个重要标志——铁路能否引进中国的问题，正在大清高层官场上激烈地争论着。

第二章／筹议干线

一　香涛兄，你想做天下第一督抚吗

自古以来，中国的交通运输，陆路靠的车马，水路靠的舟船，虽然史书上有诸葛亮造木牛流马运粮食的记载，颇有点自动化的味道，可惜千余年间，无数绝顶聪明的人按照书上所说的尺寸规则，无论怎样摆弄来摆弄去，也不能让拼出来的牛马开步行走；改变尺寸另辟蹊径，也一样的没有成功。于是，仍然只能沿用人力畜力水力和风力来减轻人的劳累，至于以转换其他能量来作为代替的设想，却很少有人想过，更没有在现实中实验过。

十九世纪，蒸汽机的诞生，使人类获得一个能量转换的有效途径。它的广泛应用，更改变人类在许多领域内的生存方式。轮船和火车的出现，使得人类在水陆交通上找到比舟船、车马强过许多倍的运输工具。

对于以五千年悠久文明自夸于世的中国来说，用蒸汽船取代人工船的过程，似乎没有遇到多大的麻烦。同治元年正月，正是江南战事最激烈的时候，经朝廷批准，由曾国藩出面购买的第一艘洋人制造的蒸汽机船，开进了安庆港码头。半年后，华蘅芳、徐寿所设计制造的第一艘中国人自造的蒸汽机船在安庆江面试航成功。曾国藩为此在日记中写下一句颇为自得的话："窃喜洋人之智巧，我中国人亦能为之，彼不能傲我以其所不知矣。"

然而，火车的引进中国，则远不是这样的一帆风顺，这段历程的曲折复杂，实在令人可悲可叹！

几乎在购进洋船的同时，以怡和、旗昌为首的英美等二十七家洋行，便向时任苏抚的李鸿章建议，兴建一条由苏州至上海的铁路。因主权问题，遭李鸿章拒绝。次年，英国工程师斯蒂文生来华，又向清廷提出兴建六大干线，即汉口至上海，汉口至广东，汉口至四川，上海至福州，镇江至北京，广东至云南的建议。也因主权问题被拒绝。同治四年，美国商人在北京宣武门外修建了一条一里多长的铁路，欲作为样品来引起朝廷的重视，结果因为中国人从来没有见过这种怪物，被其吼叫声和运行时的强烈震动所吓倒，没有几天便让步军统领衙门给拆掉了。到了光绪元年，怡和洋行修筑了一条由上海至吴淞的铁路。火车在铁路上行驶仍然引起官府民间的一致反对，终于借火车轧死一个士兵的理由，勒令停止运行，不久又用二十八万两银子买下拆毁投入海中。第二年直隶开平矿务局成立，为方便运煤，李鸿章向朝廷奏请兴建一条运煤的铁路，但遭到朝廷许多大臣的反对，事未果。直到光绪六年，李鸿章再次奏请，并特别声明不用洋机车头，而用驴马拖拉，才得到朝廷勉强同意。一年后，由中国人自办的第一条铁路在中国建成了。这条铁路起自唐山，终止胥各庄，全长只有二十二里，由驴子和马拖着车厢在铁轨上走。这在世界铁路史上，可谓独一无二的创举。再过一年，英国工程师金达利用旧锅炉进行改造，终于造出中国的第一台蒸汽机车。这台蒸汽机车的牵引力只有一百余吨，全长一八点八英尺，每小时只能行走五公里，尽管各项指标都小得可怜，然而它却是第一个中国制造的有着完整概念的火车。

与唐胥铁路诞生的同时，一场关于铁路兴建与否的论争也在展开。

光绪六年，前淮军大将刘铭传上了一道名曰《筹造铁路以图自强折》，向慈禧太后详细说明修造铁路的重要性和必要性。刘铭传指出其重要性首先体现在军事上，可以迅速调兵运饷，保卫边疆，同时也有利漕务、赈务、商务、矿务、行旅者，并提出兴建南北四条干线，即北京至奉天，北京至甘肃，汉口至河南，清江至山东。考虑到四条干线同时并举，资金短缺，可先修北京到清江一条。若银钱不够，可举借洋债。这份奏折，道理充足，规划详尽，言辞恳切，引起慈禧太后及军机、内阁大臣的重视，下发交朝臣疆吏们讨论。

内阁学士张家骧首先发表反对意见，批评刘铭传是无事生非，莠言乱政，指出兴造铁路有三大弊病：一招致洋人觊觎，二坏沿途坟墓田园房屋，百姓不满，三与轮船争利。

时任直隶总督的李鸿章态度鲜明地支持刘铭传的意见，详细分析兴建铁路有保卫京师、筹办海防等九个方面的利益，并逐条驳斥张家骧的诘难。

李鸿章的折子刚递上，即遭到另一批人的猛烈攻击，这批人中最有代表性的是通政司参议刘锡鸿。此人曾经做过中国首任驻英公使郭嵩焘的副使。他虽然和郭嵩焘共事，却对郭氏的一套全持反对态度，后来又向朝廷密劾郭氏在外的种种不是，终于使得郭嵩焘被撤职查办。刘锡鸿因此赢得朝野守旧派的称赞。刘锡鸿坚决反对修铁路，说火车虽在西洋通行，但中国断不能仿效。刘锡鸿以一个见过世面的副使身份出面反对修造铁路，很有说服力。于是，刘铭传的建议以“着庸毋议”搁置一旁。

但是，事实胜于雄辩，不少顽固守旧的人逐渐在事实面前清醒过来。这几年间朝廷中有一位举足轻重的人物也终于清醒过来了，此人便是醇王奕譞。通过中法战争，尤其是做了海军衙门督办大臣亲自检阅海军、主持南北海军大会操的盛典之后，奕譞对洋人和洋务的看法有了根本性的改变。

在一片反对声中，奕譞支持李鸿章将唐胥铁路延伸至芦台，并同时组建开平铁路公司。光绪十三年，延伸段完工，整个铁路更名为唐芦铁路，又继续再延伸到天津。由于奕譞的原因，朝廷同意了这一计划。趁此机会，李鸿章将开平铁路公司改名为中国铁路公司，俨然以中国铁路的总督办自居。光绪十四年，全长二百六十里的唐津铁路建成。这时，一个广东商人表示愿意接造天津至通州的铁路。经奕譞奏请后，上海报纸很快便刊出中国铁路公司为津通铁路招集股金的广告。消息传出，又招致一班人的激烈反对。

这一班人以新任户部尚书翁同龢为代表。原来，阎敬铭已在一年前就离开了户部。自从颐和园开工后，阎敬铭便因拨款事数次与慈禧相抵牾，惹得慈禧老大不快。于是借故将阎敬铭革职留任。户部尚书崇绮知趣，干脆绕过留任的阎敬铭，源源不断地将款子拨给园工，弄得阎敬铭十分恼火。年过古稀的倔老头终于对官场彻底厌倦，第三次奏请开缺回籍。慈禧是个既专断自用的皇太后，也是一个恩怨分明的女人。她既对阎敬铭于园工持不合作态度甚是不满，但也对咸丰年间帮她渡过难关的老臣始终怀一分眷顾之情，特别是阎敬铭，是她将他再次起用，而他这几年也的确为整饬户部丰富国库做出极大的贡献。故而当慈禧接到阎敬铭的开缺折后，心中不免有一丝伤感。她一面接受他的恳请准予开缺，将闲置三四年的翁同龢补授户部尚书，一面又劝他暂勿回籍，在京师里宽住一段时日，由太医院风疾圣手萧长治给他诊治，待病好再回解州不迟。阎敬铭为风疾苦了二十余年，这几年在京师，早就听说太医院的萧长治极擅长治风疾。阎敬铭是个拘谨的人，尽管京师也有达官显宦私下里用重金请御医治病，但他不愿意这样做。没料到太后逾格示恩，阎敬铭感激之余，遵命在京城赁屋住下。至于户部的大小事情，他决不过问。翁同龢联合内阁学士文治、国子监祭酒盛昱以及礼部尚书奎润等人上书，说铁路为开辟所未有，祖宗所未创，又将太和门近日失火联系起来，认为这是天象示儆，应将李鸿章的误国误民之举立即停止，以弭国患。

以两江总督刘坤一为代表的一批督抚则全力主张在中国大办铁路，将铁路视为千万人之公利，万世之大利，是安内攘外刻不容缓的急务。

一向以经营八表自命的两广总督张之洞，自然十分关注着这场激烈的争论。今日的张之洞，已经是一位底气甚足眼界更宽的政坛后起之秀。天下督抚，在他的心目中，已没有几个可与之比肩了。靠几十年的积资逐级而上的，多平庸老迈，已成渐薄西山之夕阳，自然不必理论。就是那几位以战功起家的中兴功臣如刘坤一、曾国荃、刘铭传、刘锦棠、岑毓英等，早些年张之洞对他们尚有三分敬畏，现在，这种敬畏已不复存在了。他们的战功，只不过是对神神鬼鬼的长毛和乌合之众的捻子而言，能跟打败拥有世上最强大的舰炮武器的法国人相比吗？张之洞有时想，倘若自己早生二十年，说不定还不会让长毛捻子猖獗那么久；那批所谓大帅名将中，究竟有几个真正会用兵的人，真是天晓得，也不过是时运际会罢了！世无英雄，遂使竖子成名。抹去这些人的武的光环后，他们的文的一面就简直提不得了。走私盐枭刘铭传、邱八刘锦棠不说，就是号称读书人的刘坤一、曾国荃、岑毓英等人，也没有一个得举人功名的，要他们不假人手，自己作一篇赋吟一首长诗都不行。探花出身的张之洞一想到这一层，便自觉比他们高出一头地。

中兴名臣这批人中，张之洞真正崇敬的还是他的恩师胡林翼和曾国藩、左宗棠，他们上马击贼下马吟诗，可谓文武双全。可惜，胡林翼英年早逝，曾国藩也仅寿止花甲，就连到老不改英雄本色的左宗棠也在前年去世了。

对于那个被世人公认为中兴名臣之一、领天下督抚之首达二十余年、以群臣领袖自命的李鸿章，张之洞的看法则要复杂得多。

说句实在话，张之洞对李鸿章还是佩服的。当年，李鸿章以一个清华翰林的身份，能看清天下大势，毅然离开舒适宁静的翰苑回原籍办团练，主动投入兵凶战危之地，这一举动就要高过千万个读书破万卷的儒士文人了。后来亲自组建淮军，指挥一支能征惯战的军队，直到在他的手里彻底扑灭流窜四方的捻子，也算得上有统兵之才。这些年，李鸿章能清醒地看到必须学习洋人的长处，并在直隶办机器局枪炮厂，办水师学堂，为北洋大购艇炮，继而又办电报局修铁路，在中国开一代风气之先。这办洋务一途，尤使得从清流变为督抚的张之洞更加钦佩，他不得不承认：这个曾文正公的高足确有过人之处。

但张之洞不喜欢李鸿章，有时甚至是厌恶。这种心态最初萌生于彼此间的政见不同。

作为清流党中重要人物，在对外关系上，张之洞一贯持强硬态度。但李鸿章多采取妥协的做法，主张退让、息事宁人。对此，张之洞十分看不惯，激情勃发时，他也会和清流党的朋友张佩纶、陈宝琛等人一起骂李鸿章贻误国家，与汉奸差不多。这几年来，尽管他已从清流党的狭隘圈子中走了出来，对李鸿章的某些做法有些体谅，但他还是认为徐图自强和对外强硬并不矛盾。

张之洞不喜欢李鸿章，还因为他对李鸿章的人品有反感。他认为李鸿章的为人，一喜拉帮结派，二喜聚敛财货。李鸿章用人，最看重两个背景，一是不是出身淮军或与淮军有渊源，二是不是安徽人。若有这两个背景，又有本事，他则重用；即便没有本事，他也会优予看顾。安徽人尤其是庐州府的人去找他，他都吩咐手下人好好接待，能安置的尽量安置。他有一句名言："咱两淮人历来生计艰难，好不容易如今混出一支军旅、出息了这么多人物，父老乡亲来依附你，找碗饭吃，你能让他失望而归吗？"这句话，让千万安徽人听了心暖，却也因此而坏事。李鸿章和他的袍泽们所管辖的地方，无论官署还是军营，都是良莠不分，鱼龙混杂，常常使得英雄气短，志士灰心，最后终因甲午海战大败而坏了他的一世英名。李鸿章在钱财上不检点。

他本人是来者不拒，他的兄弟子侄则更是放肆聚敛。他们人在外面做官，家中则良田无数，美宅无算，合肥李氏家族是安徽最大的财主。当时有句民谣："宰相合肥天下瘦。"对他讽刺挖苦是既辛辣又绝妙。

这两点素为中国传统操守所抨击，也是清流党人敢于与李鸿章作对的所恃之处。李鸿章以乡情和银钱来网罗收买世俗间鸡鸣狗盗之辈，成就了一番英雄豪杰的事业，也因此得罪天下清高之士，招致生前身后洗刷不去的骂名。这原是自古以来，凡做世俗大事的人都不可避免的无奈。"求仁得仁"，就李鸿章本人来说，以他豁达大度之胸襟来看倒也没有什么，但要堵住世人悠悠之口，让人对他有发自内心的敬重，却也是做不到的。

张之洞就是这群人中的一个突出者，即使当年身为洗马一类的小京官，辈分上足足低了一辈，他也敢对李鸿章不恭，甚至指名道姓地骂。

如果说这两个方面，在先前尚未构成直接利害冲突的话，那么在中法之役中，张之洞则实实在在感受到了李鸿章对他的祸害。按照张之洞的想法，是要趁着谅山大捷的大好时机来一个"直捣黄龙府"，将法国在越南北部的势力一扫而光。此事一旦成功，对国家来说，将可长保滇桂一带的安宁，大大提高在世界上的声誉。对他个人来说，则可以建立更大的功勋，留在史册上的这页记载也将更光彩。可惜，李鸿章却害怕因此而打乱他的和局战略，见好就收，最后反而出现战胜国向战败国求和的咄咄怪事。张之洞深怨李鸿章这样做，使国家蒙受了耻辱。李鸿章则多次指责张之洞是矜能自诩，好大喜功。

张之洞从此与李鸿章结下个人仇隙：李鸿章不但误国，也误他张某人！他决心要与这个四朝元老较量较量，让此人感受一下后来居上者的压力。

张之洞和他的幕友们无疑是铁路兴建的热烈支持者。至于如何办，他安排洋务科拿出具体的方案来。

主管蔡锡勇集合陈念礽等人搜集欧美等国建造铁路的历史资料，根据本国的具体情况，提出三个阶段的设想：第一阶段全力支持李鸿章建立中国铁路公司，并成立招商股份公司，先把津通铁路建好。第二阶段兴建上海至南京的沪宁铁路和上海至杭州、宁波的沪杭甬铁路。第三阶段，则为兴建北京到汉口的京汉铁路。这条铁路直贯中国的腹心地带，好比人身上的一根主动脉，对于国家各方面关系重大。但因为线路长，施工难度大，耗资浩大，技术和财力一时都跟不上，故宜摆在第三阶段，待津通、沪宁、沪杭甬三条铁路相继完成后再考虑。

蔡锡勇向张之洞禀报这个三步走的设想后，特别提出："这是洋务科全体幕友将中外情况反复研究比较后，提出的一个慎重而又可行的计划，希望香帅能采纳并据此上奏。"自赵茂昌首开"香帅"的称呼后，没有多久，除桑治平和杨锐等极少数几个仍沿用旧称呼外，其他人都一律尊称张之洞为香帅。张之洞也乐于听人家这样叫他。

张之洞没有表示态度，只让蔡锡勇把所有的有关资料存放在他的签押房里。

过两天，翻译科主管辜鸿铭对张之洞说了该科几位幕僚的看法。他们认为不必分三个阶段，铁路于中国太重要了，要迅速地大规模地把铁路建起来，因此他建议先建北京至汉口的京汉铁路。这条铁路一建好，立即就建武昌至广州的铁路，可称之为粤汉铁路。两条铁路建好后，从北到南，从燕赵到湘粤，贯穿一气，中国的大脉络就顺畅了，中国的元气便会很快复苏。辜鸿铭的话，张之洞听了颇为心动，只是这的确是一个旷古未有的大工程，其艰难程度不亚于秦始皇修万里长城、隋炀帝开大运河，眼下能动这样的大手笔吗？

桑治平这些日子来，也一直和陈念礽在讨论铁路事。陈念礽来两广总督衙门洋务科已经两年多了。这两年多里，他不仅为事业有成而兴奋，更为表舅父亲般的疼爱而深感温暖。念礽从小就失去父亲。在过去二十年的岁月里，尤其在艰辛困顿、委屈痛苦面前感觉到自己脆弱乏力的时候，幼小的念礽是多么渴望一个坚强有力的父亲的呵护和支撑，然而他没有！一切都靠自己挺起肩膀扛着，硬起头皮顶着，咬紧牙关忍着。人前从未低过头，母亲面前他也从未哭诉过，弟弟面前他更要敢于担当。可是，在那些个不眠之夜里，小念礽独自流过多少心酸的泪水！他万万没有想到，二十四岁之后来到广州，却遇到这样一个表舅。表舅对他的关怀和照顾，足以填补这二十年来父爱的缺失。

念礽哪里知道，填补这个缺失正是桑治平这段时期来从心灵深处所爆发出来的强烈愿望。桑治平为亏欠念礽母子太多而内疚，也为半百之后突获亲子而欣喜，他把自己满腔的父爱全部倾注在念礽的身上。他给念礽买来七八套新衣服，又为念礽购置全套新家具。每天夜晚他都会去念礽的房间里说话，对念礽所说的一切都有着极大的兴趣。尤其喜欢听念礽谈美国，无论是美国的实业还是美国的政体，也无论是美国百姓的生活习俗，还是上层社会的名流交往，这些从念礽口里说出来的话，都给桑治平带来很大的乐趣。有时念礽睡着了，他也会盯着那张越看越像自己的脸庞，很久之后才悄悄离开。休沐之时，他或是陪着念礽游五羊城，登越秀山，或是带着念礽到自己家里，置办丰盛的酒食招待他。这段日子里，他给仁梃讲《资治通鉴》。为让念礽也能听课，他对张之洞说，辜鸿铭、陈念礽都是西学好而中学欠缺，必须让他们补上这一课。经史子集有的可不看，中国历史却不能不知，应让他们二人与仁梃一起读《通鉴》。张之洞很赞同。于是辜、陈天天下午与十八岁的仁梃听桑先生的课。在桑治平与陈念礽每天晚上的对话中，桑多说的是中国学问，陈多说的是西方见闻，二人互补不足，都有很大的提高。

从陈念礽的谈话中，桑治平知道在欧美各国，铁路纵横交错，与机器、船炮一道是国强民富的重要条件。中国幅员辽阔，更需要铁路作长途运输，未来中国最大规模的洋务工程，应该是铁路，谁执铁路牛耳，谁便执洋务牛耳。

笃信管桑之学的桑治平，从陈念礽的无意言谈中悟出一个深刻的大道理：如果说两千多年的管仲、桑弘羊以农商来求富国强兵的话，处当今之世，欲求中国富强，舍洋务之外，别无他途，而眼下最大的洋务在铁路。一个构想电光石火般地在他的脑子里闪现。倘若这个构想付诸实施的话，对张之洞而言，可成就一番绝顶大事业，对自己而言也可酬谢知遇之恩。

几天来，他为这个构想的完善而日夜思索着，也因而心情亢奋着。

这天吃完晚饭后，他约张之洞在衙门签押房里密谈他的构想。

“香涛兄，你想做天下第一督抚吗？”桑治平这句横空出世般的话，给张之洞罩上满头雾水。

“你这话怎么讲？本朝有明文规定，直隶总督才是疆吏之首，我即便想做天下第一督抚，若不取李少荃而代之，一个两广总督，人家也不承认你是老大呀！”

桑治平笑了笑，说：“直督为疆吏之首，是不错，但这只是表面的具文，真正的天下第一督抚不在表面，而在内里的分量。比如说，曾国藩做两江总督的时候，天下第一督抚是那时做直督的刘长佑呢，还是曾国藩呢？答案是很明白的，当然是曾国藩。这是因为曾国藩当时正在做削平长毛的天下第一大事业。又如林则徐做两广总督的时候，天下第一督抚是那时做直督的琦善吗，当然不是，而是林则徐，因为林则徐当时也在做天下第一大事即禁烟。所以，依我之见，天下第一督抚不是属于直督的专利，而是属于做当时天下第一大事业的督抚。”

张之洞恍然大悟：“你指的是这种第一督抚，那我张某人当然想。若不是李少荃胆小怕事，鼓动朝廷匆匆谈和，我让冯子材、刘永福他们军队长驱顺化，将法国人彻底赶出越南，按你的说法，那我早就是天下第一督抚了。”

桑治平晃了晃头：“即便如此，也只是立功异域，在中国国内，你还是取代不了李少荃的地位。”

张之洞说：“这都不行的话，那依你看，凭什么可以取代李少荃而做天下第一督抚？”

“眼下就有一桩天下第一大事，谁把这事办好了，谁就将有可能成为天下第一督抚。”

张之洞思索片刻后说：“要说眼下国家的第一桩大事，就是修铁路了。李少荃要修津通铁路，醇王和一批疆吏支持，翁同龢等人反对，还不知道太后倾向哪一边。不过，即便太后同意修津通铁路，那也是李少荃的功劳，轮不到我张之洞的头上。话又说回来，修好一条津通铁路，也算不上建了天下第一功呀！”

“香涛兄呀，香涛兄！”桑治平哈哈大笑起来，“人人都说你目光远大，你也常常以经营八表为志，可惜，你是百尺竿头，尚欠一步。”

张之洞被桑治平笑得不好意思起来：“你说说，欠了哪一步？”

桑治平的上半身向着张之洞移了半步说：“津通铁路不过二百多里，自然算不了很大的工程，但蔡锡勇、辜鸿铭他们提出的芦汉铁路全长三千二百里，粤汉铁路二千四百里，这两条铁路加起来五千六百里，按修二里一万两银子计划，共需银子二千八百万两。五千六百里线路二千八百万两银子，这样的工程算不算天下第一大事？”

张之洞说：“芦汉、粤汉这两条铁路是蔡锡勇他们提出的，等津通、沪杭甬等路建好之后再考虑，辜鸿铭认为可以先建芦汉铁路。我想，这好比历史上的长城、运河一样的大工程，朝廷会有如此魄力接受吗？”

桑治平点点头说：“你的顾虑极有道理，但铁路不是一年就可建好的，假定一年建四百里，八年建好芦汉，所耗的一千六百万两银子，每年只需二百万。二百万只要愿意，户部是提得出的。依这个速度六年再建好粤汉铁路，十四年后两条铁路就可建好。谁若主持办好这事，谁不就为天下立了第一大功？身为督抚者，岂不成了天下第一督抚？”

这话说得张之洞笑起来：“仲子兄，听你的口气，是要我张之洞来做这天下第一事。姑且还不知太后同意不同意芦汉铁路这个规划，即便同意了，我在广州，也与这条铁路搭不上界。这天下第一督抚，我是可望而不可即呀！”

桑治平郑重地说：“先看你想不想做这事，若是有意为之的话，再来办第二步第三步。”

张之洞笑了笑说：“有意为之又怎么样？”

“那我们就先上一个折子给朝廷，把李少荃修津通铁路的设想给打掉，让朝廷接受粤督所提出来的芦汉铁路的构想，这是第一步。”

张之洞认真听着，没有做声。

“第二步，请朝廷将你由粤督改调湖督，主持芦汉铁路的兴建，同时作粤汉的规划。湖北居这两条铁路的中枢，你今后坐镇江夏，稳建这不世之功。上可接林文忠公的徽光，下可承胡文忠公的遗绪。”

张之洞拊掌喜道：“这当然好极了。只是这同意建芦汉铁路和平移湖督，都得由太后圣躬独断。自古说天意从来高难问，如何能让太后的心思随着我们的意愿转呢？”

桑治平说：“事在人为。有些事看起来像是极难做到，其实若深入其间，也并非想象中的难；在于去做。”

“如何去做呢？”

“这事在广州不能做，要到北京去。你给我两个月的时间，一个月的旅途，一个月在京师的活动，到了京师后再相机而行。”

张之洞说：“到京师后，当然你可以去找子青老先生，还有阎丹老。可惜丹老现在只是京师一寓公了，不妨也去和他商量商量，听听他的意见。”

“张中堂、阎丹老我都会去拜访的，另外也还可以找仁权，看看他有些什么朋友可以帮得上忙。”

“仁权这孩子老实过头了，没有多大的用。”张之洞摸了摸脑门说，“倒是杨深秀你可以去见见他。他去年中的进士，分发在都察院。杨深秀能干会办事。”

“是的。”桑治平点点头。“有三四年没有见到漪邨了，到了京师，自然应该去看看他。”

“还有一个人，你和他也有过一面之交，进京后你也去看看他。”

“哪一个？”

“王懿荣，准儿的亲舅。他在翰林院做侍读。”

“哦，王廉生！”桑治平高兴地说，“他过去是你们清流党的尾巴。据说这几年用心研究古文字，在京师很有点名气，我也很想去拜访他。”

因为王懿荣和清流党，桑治平的脑中突然又冒出一条路来。

“仲子兄，你去看望子青老哥，顺便帮我带件礼物给他。”

很少见张之洞给人送礼，桑治平觉得新鲜。

“梁节庵前些天对我说，赵王街有家端州人开的砚铺，铺子里收藏了一方明永乐年间五蝠献珠砚。你和节庵一起去，把这架砚台买过来。子青老哥平生好砚，把这台砚送给他，他一定喜欢。”

端砚产在广东肇庆府端州，与宣纸、湖笔、徽墨号称文房四宝中的佳品。粤督送明永乐端砚，自然是件既合身份又名贵的礼物。

“阎丹老有风痹，你的老朋友李提摩太与广州洋药行熟，请他代买一些治风痹的洋药。你忙，叫辜汤生去找李提摩太。辜汤生常埋怨无人跟他讲洋话，怕把洋话给丢了，叫他与李提摩太说一天的洋话，让他过足瘾。”

张之洞这样细心地给两位大老安排礼物，足见他对这次进京的重视，同时也给桑治平以启示。他想起此次要见的另一拨人，他们或许比张、阎更需要外官的敬奉。

“香涛兄，你给张万两银票给我。我去相机行事，有的人是很需要这东西的。”

张之洞立即明白了桑治平的用意，带着歉意地说："是我考虑不周，带上银票是很重要的。你再细细检索下，一万两够不够，要不干脆带一万五吧！"

桑治平说："一万两够了，这也是民脂民膏。"

"一万也好，一万五也好，都是我本人的私蓄。这些开支不会动用公款的，你放心好了。"

张之洞如此公私分明，令桑治平感动："这笔银子，说到底不是为私，而是为公。你作为私款开支，自然更好。既是私人积蓄，我更要精打细算了。具体开支，眼下也说不清，从京师回来后，我再给你一个明细表。"

"将在外，君命有所不受。一切由你做主。"张之洞抚着桑治平的双肩说，"祝你成功！"

待桑治平刚转身出门时，张之洞又把他叫住："带嫂夫人一道去京师，让她回古北口去住些日子，与亲友叙叙旧。"

二　为了一个麻脸船妓，礼部侍郎自请削职为民

在两广总督衙门洋务科众多幕友集思广益的基础上，由桑治平、杨锐起草，经张之洞字斟句酌的审核，一道长达三千余字的《请缓造津通铁路改建腹省干路折》，三天后在督署辕门前放炮拜寄。同日下午，桑治平带着夫人柴氏在临海码头登上火轮。他们取道水路，经厦门、上海、烟台，半个月后在天津塘沽上岸，再由陆路雇骡车进京。将夫人送到古北口后，桑治平回到城里，在南横街一家小旅馆住下，展开紧张而不露声色的活动。

第一个去拜访的，是位居体仁阁大学士的军机大臣张之万。这一对主宾在京师分手已经八年了，再次相晤，张之万已到望八之年。晚景的大红大紫，使得张之万虽老而不衰，红光满面，步履稳健，配着白发雪须，真有点鹤发童颜之状。张之万见桑治平年近五十，却依旧

挺拔矫健，精力饱满，也深觉事业对人生的激发力之大。两人见面，都备觉欢喜。桑治平将张之洞的永乐端砚送上，果然，这位丹青老前辈激赏不已。寒暄之后，桑治平谈起了他此次进京的意图和打算。

“八年来，与香涛相处甚得，我常觉对他贡献太少，有负中堂当年的推荐和他的一番殷殷相聘的诚心。故毛遂自荐，进京办这桩事，算作一种酬谢吧！”桑治平款款说道，“我想借重老中堂的力量，让朝廷接受香涛所上的折子。”

“这道折子已到了北京。”张之万插话，“三天前，我就在外奏事处的登记房里看到已收到的记录。”

“第二，能让朝廷将张香涛从粤督平移湖督，以便由他来主持这桩天下第一大事。”

张之万半躺在软椅上，仔细地听着。听到“平移湖督”这句话时，他缓缓坐起来，摸了摸胸前稀疏的长须，慢慢地说：“各省关于建铁路的折子，遵照太后旨意都先到军机处过堂。军机处议事时，我自然会替香涛说话，礼王爷那里，我也可以先去打个招呼。但督抚迁徙这种事，若不是太后特为叫军机处发表意见，照例军机处不敢多嘴。这是太后筷子下的一碟特菜，别人是不能下箸的。”

“这我知道，但可以造出一个机会来，让一位太后极信任的人来点一点。而且，我已想到了能打动太后的要害之辞。”

“打动太后的要害之辞？”张之万笑了笑，“你从没与太后打过交道，你知道什么言辞能够打动她？”

桑治平也笑了笑，从容答道：“太后这个人，我虽没与她直接打过交道，但她的脾性，我还是略知一二的。我曾经对她的驭政之道作过用心的研究。老中堂，我给你说点心得吧！”

身为太后的重臣，张之万自觉对这个心计甚深的女人都难以捉摸，桑治平这个布衣远客，居然对她研究有得：是旁观者清，还是隔靴搔痒？体仁阁大学士敛容细听。

“这是二十多年前的事了。咸丰十年，文宗爷命左宗棠自立一军，协助曾国藩办理江南军务。第二年文宗爷去世，太后秉政。这年年底，太后简授左为浙江巡抚，以一四品京堂越级升为从二品疆吏，本已属破格隆遇。不料仅隔两年，又擢升左为闽浙总督。四年前左宗棠还只是一个避难曾国藩幕中的食客，转眼工夫便与他平起平坐，而且左的楚军也由六千人扩大到三万余众，成为别于湘军的一支劲旅。左宗棠为什么能得到太后的这般重用，迁升得如此之快？仅仅是因为他的才高会打仗吗？”

张之万被这一问给镇住了。作为曾、左时代的人，那个时候他也已进入高级官员一流了，对于左宗棠三四年之间的飞黄腾达，他的解释与朝野普遍的看法是一样的：左宗棠会打仗，朝廷急需这种人平叛复国。看来这位过去的幕友另有高见，且听他是如何说的。

“要说能打仗，李鸿章并不亚于左宗棠，且出身翰林，也不过只升到巡抚而已，直到同治六年才正式做湖广总督。为何左宗棠独独这样受到太后的眷顾呢？依我看，同治二年时，江南军事大势已定，朝廷的第一要务并不是对付长毛，而是对付在与长毛作战中迅速膨胀的曾国藩和他的湘军势力。但又不能采取削弱实力的做法，而只能采用帝王学中的另一招——制衡术。左有本事有实力，又一向不服曾国藩，尤其这‘不服’二字使得左成了最好的人选。于是将左迅速提拔起来，与曾国藩相当，分庭抗礼，形成一股在长毛削平之后，稳定政局的极为重要的制约力量。相反，李鸿章是曾的学生，便不能擢升太快。太后那时秉政不久，年纪尚轻，不可能有如此的深谋远虑，不知谁为她出了这个主意，那人是大清朝的一大功臣。此人对同治中兴所起的作用，当不在曾、左之下。太后接受这个主意，也足见太后的智慧不低。从后来她用醇王来制约恭王，用清流党来制约当权派，都可见她已深知其中三昧。”

仿佛真有点说破英雄惊煞人的味道。二十多年前江宁打下后大裁湘军，抑曾氏兄弟抬左宗棠、刘长佑叔侄的一系列反常举措，以及这些年来朝廷内部权势斗争的此消彼长，经桑治平拈出“制约”二字来，在官场中从青年混到白头的张之万，顿时有廓清一切之感。

他不断地点头说：“你看得很准很透，太后是在时时用这个办法。就拿前几年办海军衙门来说吧，既叫醇王做督办大臣，又要派个庆王来做协办大臣。一个是皇上的本生父，一个是她方家园的亲家，这不也是用庆王来制约醇王吗？”

“正是这样的。”桑治平接着说，“依我看，太后这些年面对着以李鸿章、刘铭传为首淮军势力的炙手可热，和以曾国荃、刘坤一为首的湘军势力的倚老卖老，总在设法寻找一个非淮非湘，而又能独当一面的人来培植，以便制约湘淮两股力量。以我冷眼观察，这个人便是张香涛。”

堂弟这些年的迁升速度确有当年左宗棠飞黄腾达的架势，但作为湘淮力量的制约人，张之万倒没有从这个方面想过，经桑治平这一提醒，他有点恍然大悟似的。

“香涛这些年也还争气，尤其是镇南关那一仗，打得太漂亮了。你不知道，战前我还真为他担心，生怕他成了第二个张树声。祖宗保佑，他没有给张家丢脸。”

“所以，我以为在今后的年月里，张香涛将作为文武兼资的社稷之臣受到太后的器重。故而，当有一个太后信得过的大臣向太后点明，兴建铁路尤其腹省干线乃是国家的第一等大事，这桩事若让湘淮两个圈子里的任一个人来做，都会因此而更助长他的声望，从而使得重量倾向一方。只有让张香涛来做，才能让他挟此事功，成为真正能制约湘淮的第三大力量。若能如此，大清江山将可厝于磐石之上，至少二十年内可保平衡。”

张之万离开软躺椅，一边踱着步，一边说：“你这话是计虑深沉之言，只是得由谁去向太后挑明呢？我是他老哥，自然不合适。醇王爷格于他的身份，不宜讲这等话。其他人，有能和太后做这种谈话的，太后未必信得过他；太后信得过的人，又未必有这个机会。”

“有一个人，太后信得过，他也会乐意为张香涛去当说客，但眼下缺少与太后见面的机会。”

“哪一个？”

“阎丹老。”桑治平答。

“要说太后对阎中堂，虽然也有过不愉快，但我知道，从心里来说，太后是很敬佩他的。接受他的致仕请求，却又挽留他住京师，每个月派御医登门两次为他拿脉诊病，从太医院那里给他取药，本朝尚无先例。只是他既不在军机处，要见太后就十分之难了，怎么能有进言的机会呢？”

桑治平说：“张香涛知他风痹严重，特为从洋人那里购来了最新的治风痹良药。明天我去拜访他，先把药给他送去。”

“也好。你先去看看他，了解下他的近况。过几天，我亲自去见见他。若有可能的话，我们两个老头子为香涛来谋划谋划。”

第二天，桑治平由张府仆人带路，来到猫耳胡同阎宅。

猫耳胡同是一条很小的胡同，胡同里只有十几座老旧的小四合院，阎敬铭所住的院子就是其中的普通一座。不但外面不起眼，里面也一样的灰暗逼仄，若不是张府仆人导引，桑治平寻遍京城，也不会想起会在这种胡同宅院里，找到一年前还是协办大学士户部尚书军机大臣的阎敬铭。八年前去解州书院拜访的那一幕又重现在眼前，对比数百步外的豪宅大院高车驷马，桑治平禁不住感慨唏嘘。

“去年当然不是住在这里，那院子宽大些，胡同也大些，因为一天到晚有不少人来，主要是方便客人。现在不在位了，也没有几个显贵的客人来了，要那大院做什么，这也就足够了。”当桑治平疑惑地发问后，阎敬铭平淡地解释。

一个三十余岁不脱庄稼人本色的黑瘦汉子过来冲茶，桑治平认得，这就是那年陪着进京的阎敬铭的侄孙。阎敬铭指着侄孙说：“过去的男女仆人也全都打发走了，只剩下他们两口子跟着我，做点茶饭浆洗的杂事。”

京城哪一位退下的大员不依旧是钟鸣鼎食奴仆成群，阎敬铭如此不合时宜，怪不得在官场里混不长久！桑治平在敬佩之余不免生出几分怜恤来。

“你这次为的啥事进京？张香涛还好吗？”阎敬铭仍然是一口带着浓重鼻音的陕西口音。桑治平心里想：他这样瓮声瓮气地说话，慈禧听了不烦吗？嘴上忙答道：“我来京师，是为两广办点公务的。张香涛很好，他常惦念着您，知您有风痹，特为从洋行里买了些西药，叫我送给您。您试着吃吃看。”

说着，打开随身带来的布包，将一个尺余长宽印着几排洋文的白纸盒递了过来。阎敬铭接过，打开纸盒盖，里面整整齐齐排列几十个雪白的玻璃小瓶，取出一个小瓶子看时，内里装着百十颗黄豆大的小丸子。

“怎么个吃法？”

“每天早晚各一次，每次四粒。一个瓶子一百粒，可吃十二天，这里有二十四瓶药，差不多可吃一年。”

“劳香涛费心了。”阎敬铭笑了笑说，“萧太医很怕洋药，看来这个药还只能偷偷吃，不能让他知道。”

叫侄孙收好药后，阎敬铭笑眯眯地问：“你来京师办什么公事，机密吗？”

桑治平答：“也不是什么机密事。眼下为着要不要修铁路的事，各省都在发表自己的看法，张香涛集合衙门幕友也在探讨这个事。大家都说，铁路是致中国于富强的大好事，并且提出一个大胆的设想，为此专门上了一道长折给朝廷。”

“大胆的设想？”阎敬铭微笑的脸上布满皱纹和褐色老年斑。“设想什么呀？”

“张香涛和粤督衙门的幕友们认为，中国有一条大铁路要修，即从北京到广州，把这条大铁路修好了，中国南北就通了。京广铁路好比人身上最大的一条主血脉，这条血脉一通，人就生龙活虎了。”

“好！”阎敬铭昏花的老眼里突然射出光亮来。“这真是一个石破天惊的大设想，张香涛为朝廷出了一个好点子！”

不待桑治平点明，阎敬铭已明白他此次进京的意图：“我知道，你此次是负着张香涛的重托，来京师游说当路者，让他们为这个设想说话。”

“正是的！”桑治平兴奋地说。

“可惜，我已不当路了。”阎敬铭边说边用手按压着大腿，显然是风痹的原因：因坐久了大腿发胀。“不过，我可以为你出个主意。”

桑治平忙说：“请丹老赐教。”

阎敬铭说：“据我看来，太后表面上讨厌洋人，心里其实很看重洋人，洋人说的一句话，抵得上文武大臣的十句百句话。修京广铁路这样的大事，若仅张香涛一道折子，太后很可能会被建这条铁路的困难所吓住，不会同意。若有几个洋人，尤其是英、法这些强国的洋人也说中国宜建这条铁路，太后就会心动了。据说张香涛的幕府中有好些喝过洋水的人，叫这些人用洋文洋名在几家外国报纸登几篇文章，那就起大作用了。”

“用洋文洋名”，这不是明摆着叫中国人冒称洋人吗？这不是与圣贤“诚实不欺”之教大相径庭吗？倘若这句话，从时下的一般官员口中说出，自是毫不足奇，但却由这位丹老口中轻轻松松地说出，却令桑治平颇为吃惊。然而也就在这一刻，他突然意识到，自己对这位传奇式三朝元老的所知，或许仅只皮毛而已！

“丹老，外国报纸上的文章，太后是怎么知道的？”

阎敬铭微笑着说：“总署里有一个翻译馆，馆里也有十几个深懂洋文的译员。这些译员什么事都不做，天天读外国的报纸，遇有议论中国的事则译出来，送给总署大臣，再由总署大臣拣大的送给太后亲自过目。太后每天上朝之前要看一个小时总署送来的译文。”

啊，原来慈禧并不蔽塞寡闻！

看到阎敬铭再次按压大腿，桑治平不敢久坐了。他起身告辞，急忙奔到仁权家，要仁权将阎敬铭的建议用电报发往广州。

将拜访阎宅的情况禀报张之万后，在仁权的陪同下，桑治平看望了王懿荣。

这个未来的甲骨文之父至今仍屈居于中下级京官之列，翰林清贫，加之他两年来身患腹胀之病，药资耗费不少，家境颇为萧条。桑治平拿出五百两银票来，说是妹婿所赠。妹子已去世八年了，妹婿还念及旧情，重金相赠，王懿荣很感激。因为是至戚，桑治平将进京的意图毫不隐瞒地告诉王懿荣，并坦率地对他说，希望借助当年清流的力量，为张之洞谋求支持。

王懿荣沉吟片刻后说："好！今天天晚了，明天一早，我们雇个骡车到西山去一次，我陪你去看一个当年清流中的重要人物。"

"谁？"

"明天在车上我再跟你说吧！"

王懿荣有意卖了个关子。吃完晚饭，仁权回家去了，桑治平则和王懿荣闲聊京师官场士林。夜里，桑治平躺在王家书房的单人木床上，将往日清流名士们排了个队，却始终拿不准眼下住在西山的是哪一个。

第二天，是北京秋日的一个好天气，阳光和丽，蓝天高爽，想起西山此刻正是红叶浪漫的时节，桑治平便欢喜难耐，转念又想：这位翰林老弟怕是借看人为由，邀我秋游西郊？坐上骡车后，王懿荣笑着问："你想得出，我今天带你到西山去看谁吧？"

桑治平摇了摇头。

"当年与四爷齐名的翰苑四谏之一的宝廷。四爷放外晋抚不久，他也擢升为礼部侍郎。"

啊，原来是满洲第一才子宝竹坡，当年京城赫赫有名的清流党，桑治平怎会不知，只是没有见过面罢了。

"他在礼部做侍郎，为何又住在西山？是不是西山有别墅，他这段时期在西山养病？"

王懿荣笑道：“哪里养什么病，他早已不是侍郎，隐居西山两三年了。”

“这是怎么回事？”

“你听我慢慢地说吧！”

于是，在通往西山的古道上，在骡车清脆的铜铃声中，王懿荣为远道客人讲述了一段清流党人中的风流故事。

三年多前，黄带子宝廷以礼部侍郎的身份出任福建乡试主考。乡试完毕，宝廷离开福州北上回京。这一天，来到浙江衢州府江山县。江山县风景秀丽，尤其是流经境内的衢江两岸更是山清水秀，风光如画。载舟泛衢江，便成为江山县的一大特色，向为文人雅士所称道。船家为了揽客，常以年轻的女人作诱饵。这些女人打扮得漂漂亮亮的，都能唱几曲歌子，弹两手琵琶。她们卖唱也卖身，多花几个钱，大白天里也可在乌篷盖着的舱里陪游客睡觉，故而好色之徒趋之若鹜，江山船妓也便艳帜高张。这宝廷本就是一个极好女色的文人，早闻江山县有这等美事，遂有意在这里玩乐玩乐。他悄悄吩咐贴身仆人，去寻找一家有着最美女人的船户，不管他开价多少，都可以。仆人很快便给他找了一只船，船上有一个能歌善舞的美女，白天陪他看两岸风光，晚上在船舱伴宿，一天一夜收白银三十两。宝廷主考福建，放榜后新举人们合伙凑了一千五百两银子送给他作程仪，三十两不过区区小数，他满口答应。

第二天一清早，宝廷带着仆人上了船。这个船比别的船都大，船板船舱都像新油漆过似的光亮亮的。船上的各种器具也都整齐干净，驾船的是一对五十开外的老夫妻，对这个舍得出大价的游客兼嫖客十分殷勤。自然，最令宝廷开心的，是那个浓妆艳抹、打扮时髦的船妓。这女人大约二十五六岁，高挑而丰满，美丽而妖冶。特别是那一对三寸金莲娇娇小小，托在手掌里都嫌纤弱。宝廷是满人，家里的福晋也是满人，满人不裹脚，故而在宝廷的眼里，小脚更显得可贵。那女人边弹边唱，琴声婉转歌喉甜美，说起话来，一口软绵越语，又温又柔，如糖似蜜。宝廷完全被这女人给迷住了，哪有心思去看两岸的风景，一双眼睛总盯着船妓眨都不眨一下。天色尚未断黑，便拥着那女人进了舱，一夜颠鸾倒凤，销魂荡魄，宝廷似乎平生没有这样畅快过。他决定将她买下来，带回京城去。

“姑娘，我是当朝的礼部侍郎，圣祖爷的后裔，你愿意跟着我吗？”

姑娘被吓懵，瞪着一双大眼睛借着闪来晃去的豆油灯，将眼前这位年过半百的单瘦嫖客，从头到脚仔仔细细地看着，心里想：礼部侍郎，圣祖后裔，这可能吗？这大的官，这尊贵的身份，他会来江山县嫖船妓吗？她惊疑万分地摇了摇头。

“你是不同意，还是不相信我说的话？”

宝廷平静地笑了笑。那姑娘还是只瞪眼看着，不说话。

“我给你看样东西。”

宝廷从随身带的蓝布包里取出一段三寸长一寸宽厚的铜柱来，悄悄地说：“这是朝廷颁给我的福建正主考官铜印，不信，我盖一个给你瞧瞧！”

说着，又从蓝布包取出一团印泥来，将铜印在印泥上擦了擦，看看左右找不到盖印的纸张，突然他灵机一动。“姑娘，伸出你的手臂来。”

船妓不知他要做什么，顺从地将手臂伸过来。宝廷卷起她的袖子，将铜印往她的手臂一压。立时，姑娘雪白的手臂上现出几个鲜红的字来。姑娘识得一点字，看那上面果然印着“钦命福建乡试正主考关防”十一个字。

果然是一位贵人！这船妓从十六岁开始便做皮肉生意，她做梦都不敢想在这种场合上能遇到如此贵人，真是可遇而不可求呀，老天爷送来的好运，岂可让它失掉。姑娘忙磕头说：“若大人不嫌我卑贱，我一世做牛做马侍候你。”

宝廷笑道：“不要你做牛做马，要你做我的姨太太。”

姑娘欢喜无尽地说："能给大人做姨太太，是我三生修来的福气！"

宝廷摸着姑娘的脸蛋说："船上老两口是你的父母吗？"

"不是，我八岁上被人卖给了他们。"

"你看，我从他们手里买下你，会要多少银子？"

姑娘愣了一下说："这个我不知道，他们一定会要大价钱的。"

宝廷没有做声。

姑娘急了，忙说："如果他们要价太高，我会帮大人说话的。我死活要跟你走，他们说不定会把价降下来的。"

宝廷笑了笑说："难得你一番好意。"

第二天清早，宝廷就向船主提出要买走姑娘。

船主问："她本人同意吗？"

"同意。"宝廷答。

船主想了想说："你拿一千五百两银子来吧，一手交银一手交人。"

仆人在一旁听见，吓了一大跳，忙把主人拉到一边，偷偷地说："大人，你不能买这种女子，以后让人知道了，多不好！"

宝廷一本正经地说："买妾是常事，有什么不好？青楼女都可以买，船家女就不能买？"

仆人又说："即便要买，也要还个价呀！一千五百两，这价出得太高了。"

宝廷笑道："你不知道，这女子是无价之宝，一千五百两不贵。我主考一次福建，都得了一千五百两程仪，她还比不得我一次主考吗？退一万步，就算没放这个差，我没得这一千五百两程仪嘛！"

仆人无奈，只好不做声了。宝廷痛痛快快地交给船主一千五百两后，高高兴兴地带着船妓继续上路。途中的某一天大清早，他突然发现，刚洗好脸未及化妆的船妓脸上长着十多颗浅麻子。那女子见宝廷看出了她的毛病，十分羞愧。宝廷却不以为然地说："你这麻子浅，多搽点粉就行了，我与你相处十多天了才看出，别人谁会知道我娶了麻女？”

后来宝廷刻印自己的诗集，命名为《一家草》。因为江山县的这种船业以九家船户最为著名，浙江人称之为江山九姓。于是有好事之徒以此作联：“宗室一家名士草，江山九姓美人麻。”

宝廷并不在乎别人的讪笑，将这个麻美人当作无价宝看待。到了京师后，先在西山买了三间房子，让麻美人住，自己常来西山与她相会。后来此事终于被人发现，京城里弄得沸沸扬扬的。宝廷于是干脆上了一道自劾折，说身为宗室侍郎，在奉命主考期间嫖船妓，又买之为妾，实属有违圣命，有辱斯文，请朝廷准予辞职为民，以肃言箴以惩来者。慈禧也深恨宝廷太不争气，便真的将他削职为民。福晋和两个翰林儿子也以他为羞，于是宝廷索性离京长住西山，与麻美人厮守在一起，这一住便是三四年了。

“真正难得的一段风流佳话！”桑治平听完王懿荣的故事后快活地大笑起来。“想不到张香涛当年的清流朋友里还有这等性情中人，想不到宗室中还有这样不爱高官爱美人的风流名士！如此有趣的人，我真想结识结识他。”

王懿荣也很高兴地说：“马上就要到了，你可以在西山多住几天，和他说个透！”

三　经阎敬铭点拨，慈禧重操制衡术

说话之间，骡车拐进了山村小道，四周尽是黄黄红红的树叶，连茅草也被映得火亮亮的。西山，果然已被它独特的秋景所包围，与尘土飞扬人声喧嚣的市廛相比，眼前的西山真是神仙居住之处。

王懿荣指着前面的几间简朴的泥木房说：“宝廷和他的麻美人就住在这里。”

他们刚下骡车，就见屋子里走出一个面容清癯的半老头子来，一身布衣布履，头上戴的也是一顶布帽子。他朝骡车看了一眼后高声招呼：“稀客，稀客，我听见骡铃声，知有客人来了。原来是你王廉生，你可是难得来的呀！”

王懿荣也笑呵呵地说：“你是西山之主，这么美的西山红叶，也不发个帖子请我们来玩一玩。”

说着走近了，王懿荣指着桑治平介绍：“你知这位是谁吗？他就是这几年协助张香涛成就大业的桑治平桑仲子先生！”

宝廷满脸笑容地说：“早就听说张香涛身边有个了不得的桑先生，今日能在西山与您相见，幸会幸会。也不必进屋了，就在这坪里坐吧！”

桑治平也笑道：“久仰竹坡先生大名，有缘得见，足慰平生。这坪里最好，一边畅谈，一边欣赏西山秋景。”

坪里摆放着几把木桌木凳，大家坐下。一阵山风吹来，夹带着几声雀儿啼叫，顿觉心旷神怡，浑身清爽。

宝廷朝屋里喊道：“水妞，来贵客了，快端茶点上来。”

王懿荣悄悄地向桑治平使了个眼色。桑治平明白，这水妞就是刚才说的江山船妓了。

水妞出来了，手里端着一个大木盘，盘子上放着茶杯、果点等。桑治平仔细地看着这个女人：丰腴匀称，五官端正，脸上笑意盈盈，或许忽闻客至来不及化浓妆的缘故，当她走近桌边时，明显可见脸上的麻子。桑治平心想：即便除开麻点不论，要说这个女人多么美艳迷人，似乎过分了点，这种女人多的是。她到底凭借什么将宝竹坡迷恋到神魂颠倒，以至于连官位家室都不要了呢？想到这里，桑治平越发觉得眼前这个宗室可爱起来。在许多人看来，此乃典型的不足为训的放浪行为，可他却能顶得住压力，受得了寂寞，守住这个麻女怡然自得地生活着。这种与世俗为敌的勇气和耐力，显得多么难能可贵！桑治平想起张岱说的两句话来：“人无癖不可与交，以其无深情也；人无疵不可与交，以其无真气也。”这话虽被视为惊世骇俗的怪诞之言，然衡之于世人，又的确如此。这位宝宗室可谓癖恶疵大，然而却又是真正的有深情有真气的人。桑治平的确乐意与他做朋友。

“仲子先生，这里不比城里，没有好东西款待，将就吃一点。”正在桑治平神思遐想的时候，宝廷给他递上一片野梨。

桑治平接过，顺口问：“竹坡兄这几年过得还好吗？”

“马马虎虎也还过得下去。”宝廷一边嚼着野梨一边说，“我就好喝酒，这个毛病到死都改不了，故而日子过得拮据。”

桑治平想起随身带的银票，便摸出一张来递给宝廷：“这是一千两银票，是张香涛送给你的。他说他做督抚七八年了，从来没有对过去的朋友有过丝毫资助，心里有歉意。竹坡兄，看来你正需要它，你就收下吧！”

宝廷并不推辞，立时接过说：“这是张香涛送给我的银子，我有什么收不得的？何况我这几年缺的就是这东西。”

说着又掉过头对里屋叫道：“水妞，张香涛送银子给我了，你出来一下。”

水妞又出来了，笑吟吟地从宝廷手里接过银票，向桑治平深深地道了一个万福后，捧着银票又款款地进了内室。

看着水妞左右摆动的细长腰肢，桑治平看到了这个女人与众不同的风韵，他似乎突然明白宝廷被她迷住的奥妙所在。

桑治平不由得赞叹：“竹坡兄，你真好艳福，有个这么年轻漂亮的太太。”

“不是太太，是姨太太。”宝廷大大方方地纠正。

王懿荣笑着说：“在来的路上，我把你们两人的故事说给仲子听了。他高兴得不得了，连连称赞你是性情中人，真名士，愿意与你做朋友。”

宝廷喜道：“看来仲子也是个性情中人，我很乐意有你这样的朋友。我跟你说句大实话，你别看张香涛是个八面威风的总督，于性情中事，他比我决不逊色！”

说罢，自个儿哈哈大笑起来。桑治平、王懿荣也跟着笑了。王懿荣说：“竹坡，我问你一件事，你要对我说实话。”

“什么事？”

“你那年带着姨太太回京师，为何一定要自劾，而且自己提出要朝廷准你削职为民。无论宗室里，还是卿贰一级的官宦中，买妓做妾的都大有人在，让人说说议议一段时候，兴头一过自然也就风平浪静了，有的人干脆来个不承认，反说人家诬陷大臣。你怎么这样胆小怕事，难道你真的认为自己是有辱朝廷吗？”

宝廷笑着说：“你看我像个胆小无主见的人吗？”

王懿荣说：“就是看着不像，我才有这个疑问。”

宝廷收起笑容，过了好一刻才开口：“你是我过去的清流朋友，仲子和我一样是个性情中人，当着你们真人，我不说假话，我对你们说实话吧！”

宝廷端起手边的茶杯来，喝了一口，对着两个聚精会神的听众继续说：“我原本也并没有想为这件小事自劾的。带着水妞走到山东的时候，突然听到张幼樵充军新疆的消息，心里大吃一惊。到了通州，又听人说陈弢庵降五级处分，已回原籍福建去了，心里好一阵难过。回到家没几天，又听说吴大澂与俄国人勘定边界受辱而回，京中官场对他倍加奚落。这一连串的坏消息，使我突然醒悟过来。我自思前些年也爱放言高论，得罪过不少人，张、陈、吴都是被人诱进圈套，跌到陷阱里去了。看来，这不仅仅只是对他们三个，而是对清流党的算计。李中堂、潘部堂都不在军机处了，保护伞已失去，说不定哪天自己也会糊里糊涂地进了别人的圈套而不自知，何不索性借这事来跳出是非圈。两位，实话告诉你们，我宝竹坡用的是苦肉计，以自污来免祸，苟全性命于乱世。”说罢苦笑起来。

王懿荣说：“原来如此！看到这几年清流凋零的现状，我也猜到几分，只是不能坐实罢了。”

宝廷说得兴起，指着不远处一个棚子说：“你们看那是什么？”

桑治平顺着手势看去，茅草棚里放着一个大木器，像是棺材，却又比通常的棺材大得多。

王懿荣也不知道那是什么。

“告诉你们吧！那是一口可装两个人的棺材。”宝廷爽朗地笑道，“这全是黄体芳那促狭鬼害的。”

黄体芳现为通政使，早些年也是清流中的一员干将。王懿荣和他很熟，桑治平也知此人。

“黄体芳说，你每次弹劾别人，都声言不畏死，并曾买过一口白木棺材寄在龙树寺，这事太后早已知道。说不定你这次自劾，太后会赐你自尽。你为船妓而死，船妓自不当独存，故要死就会同时死两个，不如干脆先定做一个可盛两尸的大棺材。过去你是为义而不畏死，而今是为情而不畏死，普天下都仰慕你是个汉子。我听信黄体芳的话，果然做了这口可盛双尸的大棺材。不料太后并没有叫我死。我拿这口大棺材真没办法。要卖出去吧，哪家会买这样的棺材，准备一天死两人？要劈掉当柴烧，大清律有规定，劈柩有罪。只好供在这里，今后唯有慢慢让它腐烂好了。”

说罢又纵声大笑起来！

世上居然有这等胸襟的人！桑治平望着这位满洲绝无仅有、天下罕见其双的名士，不觉从心里爆发出酣畅淋漓的笑声来。

三人快乐地大笑一阵后，宝廷说：“不说我的那些无聊事了，仲子，谈谈张香涛吧。你从广州到京师，又从城里来西山，想必有大事，说说你们的事吧！”

在这样胸无城府、旷达脱俗的人面前还有什么可隐瞒的，桑治平将他心中所想的一切毫无保留地全部掏了出来。

宝廷平静地说：“自光绪二年张香涛从四川回京，到光绪十年张幼樵、陈弢庵获罪，这八九年间是京师清流最活跃的时期。那时国有大事，清流必集会商讨；参折朝上九重，犯官夕入诏狱，是何等的风光！但后来，香涛外放，潘伯寅、李高阳相继出军机，再到张、陈贬谪，我宝某人隐居，邓铁香病归，这几年来，风流云散，人去楼空，京师不闻清流之名已久矣。”

宝廷这几句话说得桑治平心里沉重起来，是呵，今非昔比，先前震慑朝野的清流还可以借重吗？

“尽管清流辉煌不再，但余韵尚存。”宝廷的语气显然转变了。“李中堂现仍做着礼部尚书，潘伯寅在家养病，国家大事他还挂念着。黄体芳做通政使，他的侄儿黄绍箕在翰林院做侍讲，这小黄比老黄更敢作敢为，日后前途无量。此外，还有我们这个大学究王廉生在。张香涛是清流的骄傲，他现在有事求大家帮忙，众人岂能袖手旁观？这事交给我好了，我来做串通人，五六年没有集过会了，不妨借这个题目大家再聚一聚，议一议，也让官场士林知道，清流还在，大家做事还得留神点。”

桑治平刚要变冷的心立时被宝廷这番话烧热了：原来这个退出官场的隐士还依然热情如故！此时他才明白，为什么王懿荣要带他上西山来会宝廷。正在高兴时，一个顾虑冒了出来。

“竹坡兄，这修铁路是大洋务，据说当年的清流们是以谈洋务为耻的，他们会对铁路热心吗？”

宝廷哈哈笑道：“仲子，你这是老皇历了，经过甲申年跟法国人这一仗，大家都看出洋务的重要了。徐桐、崇绮等视洋务为仇的老顽固没有几个了，即便翁同龢等人反对修铁路，也是别有用心，并不是反对洋务。”

“好，这就好了。”

桑治平放下心来，开始和宝廷、王懿荣细细研讨每一个环节。黄氏叔侄也属清贫之列，依王懿荣例，赠五百两银子。李鸿藻是个清高之人，绝不收银，这几年他一直遵照当年龙树寺方丈通渡所说，服饮龙树寺代为炮制的丹皮茶。于是决定送三百两银子给龙树寺，寺里每三个月给李府送去五斤丹皮，直到将三百两银子用完为止。宝廷说至少可以用十年，老头子今年六十九岁了，还不知活不活得了十年。潘祖荫也是个不收银子的名士，他一生爱的是鼻烟壶。就叫精于鉴别的王懿荣到古董铺给他买一对极品鼻烟壶，再贪心的古董商，喊出二百两，也是天价了。

送银送礼请帮忙的事，都由眼下无任何职衔在身的宝廷去办，可以不露声色，不着痕迹。众人收下银礼答应后，桑治平再一家家去走访，代张之洞去看望他们。宝廷建议："在萃华楼置一桌酒，大家一起见见面，聚一聚。"王懿荣认为现在已不是八九年前的情形，清流们还是宜散不宜聚。桑治平也以不聚为好，免得招来闲言碎语。

就在宝廷与众清流联系的时候，阎敬铭也为此事做出一个重大的决定。

一连服用十天洋药后，阎敬铭感觉风痹痼疾有了明显缓解：可以拄杖在胡同里来回走上三五次，腿脚不胀痛了，右手也可以握管作字了。号称风痹圣手的萧太医开的单方，吃了一年多，并没有大的效果。看来这洋药是真的好。老头子因病情的好转，这几天里心绪很好，故而当张之万来看望时，两个老搭档兴致勃勃地说了一个下午的话，趁谈话投缘之际，张之万将桑治平的那番话婉转地说了出来。送走张之万后，阎敬铭躺在床上思索良久。自己一个无官无职寓居京师的衰老头子，又如何能将那些话上达天听呢？即便想出个法子，那些话又如何既含蓄又不致很费解地来表述呢？琢磨来琢磨去，阎敬铭觉得最好的方式是面见太后。如今要面见只有一个借口，即要离开京师回原籍了，请求陛辞。不是在任要员，太后能拨冗召见吗？没有别的路可走了，且试一试，太后实在不肯召见，那也只能归之于天意了。

寓居京师，原是为了治病，现在萧太医既然治不好，而张之洞送来的洋药却有效，不如回解州去专吃洋药好了，滞留京师已无必要。倘若因此而成全张之洞的好事，也算酬谢了当年他的推荐之德，于人有利，于己无损。临天亮时，阎敬铭终于拿定主意。他用心口述一篇情意殷切的折子，叫侄孙记下封好，递交给午门侍卫，由午门侍卫代送到宫中外奏事处。

出乎阎敬铭意外，慈禧在看到阎敬铭的折子后，立即传令，次日上午在养心殿召见。这一年多来，慈禧多次从萧太医的嘴里听到阎敬铭居所是如何的卑陋，自奉是如何的简朴，也多次从户部堂官口里听到阎敬铭留下的账目是如何的明白清晰，与部属的交往是如何的公私分明。慈禧对这位致仕大吏有了更深的了解。

不要因慈禧日食万金、挥霍数千万两银子修建颐和园，就以为她也赞同别人奢豪靡费；不要因慈禧用卖官鬻爵笼络收买等手法来驾驭臣工，就以为她也希望别人贪污中饱、拉帮结派，恰恰相反，历朝历代的专制者，从来都是将他本人与律令法规分开的。国家律令、祖宗成法都只是对臣下而言的，他本人决不在其管辖约束之中。他本人可以穷奢极欲，却要求臣下越节约越好；他本人可以无端猜忌，却要求臣下忠贞不贰；他本人可以培植私党，却要求臣下决不能朋比结伙。古往今来，凡专权擅政的帝王，莫不如此。慈禧就是这类人中的一个。阎敬铭不贪不欲，是难得的好官，过去的不满早因他的致仕而消除，如今对他施行格外的优渥，正好为文武大臣树立一个典范。

“阎敬铭来了吗？”第二天上午，慈禧带着光绪，刚在养心殿东暖阁炕床上坐定，便问当值的端王载漪。

“阎敬铭已在朝房恭候多时了。”载漪恭恭敬敬地回答。

“你去把他叫来。”

“嗻！”载漪没想到第一个叫起的便是阎敬铭。

一个钟点前，朝房里便坐满了等待召见的大臣。今天共有五起，有军机处的，有刑部的，还有外省进京的督抚。因为知道阎敬铭是个致仕回家的人，这把年纪了，也不会再有起复的可能，对官场而言，已是个没有用的废物。载漪只对阎敬铭不冷不热地打个招呼后，便热情地与那些现任军机督抚谈天说地聊家常，再不理他了。这么多肩负重任的人等着要见，为何第一个召见他呢？载漪不明白太后脑中的机奥，来到阎敬铭的面前，脸上略有点笑意：“阎大人，太后叫您哩！”

太后第一个召见一位致仕回籍的革员，这是件稀罕的事，满屋大臣都用惊异的眼光望着阎敬铭。七十三岁的阎敬铭确实已经衰老了。他的须发已全部变白，而且白得哑暗没有一点亮光，面孔瘦削，本来就粗糙多皱的皮肤上又增加了密集的老人斑，更显得老态。他慢慢地站起来，步履沉重缓慢，略带有点颤巍巍的样子，好像两条细长的腿已没有足够的力量支撑起整个身躯了。

来到养心殿东暖阁，按照规定，阎敬铭向太后和皇上行了跪拜礼。慈禧指着旁边的一个尺把高铺着西北毛毯的四方木墩，对阎敬铭说："起来吧，坐在这儿说话。"

"臣不敢。"阎敬铭坚持要跪着。

"阎敬铭，你七十多岁了，又是先帝简拔的重臣，今日陛辞，非比平时奏事，坐着说吧，也算是我和皇帝为你送行了。"

慈禧的出格礼遇使阎敬铭颇为激动："臣谢太后和皇上的恩赐。"

他站起身，双腿似觉麻木，赶紧坐在木墩上。

"一年多不见了。"慈禧望着阎敬铭显得龙钟的身态，关心地问，"病都好了吗？"

"托太后、皇上洪福，这一年来，多亏萧太医的精心诊治，风痹宿疾已好多了。老臣准备离京回籍慢慢调理。老臣这一去，便再无觐见之日了。天恩高厚，粉身碎骨不足以报答，故恳请能再见一次太后、皇上，以表老臣依恋感激之心。"厚重闷实的陕西腔，从这位土得像黄土高坡上的农夫，老得像华山深处的百岁道长的前协办大学士口中吐出，显得格外的质朴诚恳。

慈禧听了这话，也颇为感动，以难得的和蔼问："你离京以后，是回朝邑本籍，还是回解州书院？"

"臣本籍朝邑已无房屋，故打算先回朝邑，借亲戚家住几个月后，依旧回解州书院去住。"

"再给士子们讲点书吧，为国家培育人才，是一件好事。"

“怕不行了。”阎敬铭凄然地笑了一下。“臣这一年来精力已大不支了。”

慈禧听了这话，心中怃然：“莫说你已七十多，我才过五十，便常有精力不支之感。好在皇帝已成年，过几个月就亲政了，今后我也不再为他操心了，国家大事就让他自己做主。”

说罢，特意看了光绪一眼。平时，光绪陪着慈禧召见臣工，向来不说话。一则因为马上要亲政了，二则出于对三朝元老的敬重，光绪问了一句：“阎相国你就要走了，国家大事上，你还有哪些要对朝廷说的？”

阎敬铭正愁无法切入正题，光绪这句话，恰好帮了他的忙：“老臣自离开户部、军机处后，就不再过问国事了，太后、皇上英明圣睿，国家大事，桩桩件件都允洽天意民心，老臣也实不能置喙。老臣只想说一句话，眼下铁路一事，依老臣愚见，应当修建。”

两天前，军机处将张之洞的折子呈递给了慈禧，慈禧对张之洞的建议也有兴趣。阎敬铭既然说到这桩事，不妨听听他的看法。慈禧问：“李鸿章建议修津通铁路，张之洞建议修腹省干线。你看先建哪条为宜？”

阎敬铭答：“从对国家的作用而言，腹省干线要远远大于津通铁路，老臣以为当先修腹省干线。”

慈禧说出她的顾虑：“从京师到汉口，有三千里，需银一千六百万两。张之洞提出分八年修造，每年提二百万。你是做过多年户部尚书的人，你说说，户部每年二百万提得出吗？”

“提得出。”阎敬铭不假思索地回答。

这两年来，颐和园工程因有海军衙门的资助款子，正在大张旗鼓地兴建。慈禧对此虽然很满意，但也常听到一些闲言闲语，有些言官的折子中也会旁敲侧击地点到此事。慈禧希望能有一项大的工程，转移大家对园工的视线，让他们看到，朝廷并非只注意太后的住宅，更注重国计民生。她心中也倾向建一条大铁路，但她被户部叫穷叫怕了，面对这样一件大事，她心里没底。阎敬铭坚定的回答使她一时突然感到，朝廷真的不能缺少阎敬铭。他这一走，户部今后还可以每年拨得出二百万吗？

“阎敬铭，这些年来你实心为朝廷办事，我和皇帝都是知道的。你走后，我以后会想起你的。”

慈禧这两句充满感情的话，使阎敬铭很觉温暖。他本来想就修铁路的事再多说几句，并借这机会推荐张之洞做这桩大事。但现在不宜再说这种话了，于是说：“七年前，蒙太后、皇上不弃，召老臣来京师，这些年又得以入军机，晋相位，享尽人间的至高尊荣，老臣肝脑涂地，不能报太后、皇上之恩于万一。为朝廷办事乃臣子本分，只是老臣禀赋愚钝，性情憨直，办事多有不中意之处，尚请太后、皇上宽谅。臣走后，请太后多多保重玉体，天下臣民都仰仗太后的庇护。”

这后一句话，最使慈禧听了舒心。慈禧最担心的便是一怕皇帝亲政后全不把她当一回事，大事小事，都自己说了算，心目中已不再有她这个圣母皇太后了。二怕文武大臣们的心全都转到皇帝那边去了，不记得是她给他们带来如今的荣华富贵。三怕今后住到园子里，没有国事要办，再也看不到百官匍匐在她面前唯命是从的场面了，那日子将怎么打发？一句话，即将交出最高权力的慈禧心里有一种隐隐的失落感。“天下臣民都仰仗太后的庇护”，这句话说得有多好！她突然发现，阎敬铭是真正忠于她的大忠臣，悔不该去年接受他的辞职。慈禧这样想过后，立即意识到，应该在此时听听他这方面的想法。

“过了年后，我就再不管国事，都由皇帝自个儿处置。他也长大成年，我也放心了。”

“孩儿不懂事，还请皇额娘多加训诫。”十八岁的皇帝深知太后这话背后的潜台词，不顾有外臣在旁，赶紧接话。

慈禧笑了笑说：“阎敬铭，我一向知你刚直公正。你要走了，我也要歇息了，你给皇帝荐举几个人吧。”

提铁路的事，就是要将太后的思路引到用人这个点子上来。但这话要怎么说才能得体呢？他迅速将昨夜的思索回忆一下后禀道：

“皇上天禀聪明，有太祖太宗之风，十多年来，又得到太后的精心培育，大清将会一天天强盛兴旺，这是老臣和中外文武所意料之中的事。向朝廷推荐人才，这是本朝二百年相沿的良法，臣蒙三朝特达之恩，又曾忝列内阁军机，自是更有义不容辞的责任。得太后圣睿的启发，老臣于此也有过一些心得。”

慈禧心想，这个倔老头子得到了我的什么启发？遂认真地听。光绪则听得更加聚精会神。

“臣年轻时好读史书，对前代治乱之世都极有兴趣，然终不甚明了治世何以治，乱世何以乱，为人君者其应世之方，处世之术，又何以有高低之别。咸丰十年文宗爷擢湘军统领曾国藩为江督，同治二年太后擢楚军统领左宗棠为闽督，尔后又擢李鸿章为湖督。从此，湘淮楚三军鼎足于世，互为激励，收长毛、捻子于彀中，固祖宗江山如金汤，老臣终于茅塞大开，佩服太后御政之高明。这治与乱，一字之差，全在于为人君者的如何制衡。”

阎敬铭说到这里，有意停了下来。为了这几句话，他昨夜很费了一番心思。桑治平所挑明的“牵制平衡术”，的确是慈禧太后从执政之初便采取的成功手腕。但这种手腕只可由她本人做，却不能容忍旁人说。如何来表述，既让她知道，又不使她不快呢？阎敬铭左思右想了许久，最后，他想一是还得说，二是点到为止，神明保佑她明白才好。倘若她明白不过来，那也无可奈何。其实，阎敬铭太过虑了，这几句话尽管年轻的光绪根本听不出个味道来，但慈禧已很快明白。她不希望阎敬铭说得太透，幸好，也还未说透，且看他的落脚立在哪里。

“臣以为大清要在二十年内确保安宁，内当重用翁同龢，外当重用张之洞。至于夷务，李鸿章老成持重，自可依畀。李、翁、张共同辅佐皇上，就像当年曾、左、李中兴同治朝一样，可无惧洋人之骚扰，长保海内之太平。”

翁同龢是光绪帝的师傅。光绪五岁时，翁同龢便为他启蒙授书，十三年来师徒之间有着父子般的情谊。光绪正寻思着亲政后要重用翁同龢以谢师恩，听了这话，忙高兴地说："阎相国说得对，翁同龢当重用。"

光绪皇帝的表现，很令慈禧不悦。她心里想：都十八岁了，怎么还这样不懂事！身为皇帝，须有人臣不能测之威仪，用人大事，哪有臣子奏对时便立即表示态度的？大清这万里江山交给他，如何能放得下心呀！

慈禧已知道阎敬铭所推荐的人选了，她不愿看到皇帝再有什么失态，必须立即结束这次召见。

"阎敬铭，你的意思我已明白了，下面还有几起等着召见。这天气眼看就要凉了，你回籍途中要一路保重，多穿点衣。送你人参六两，银一千两，礼不重，也算是朝廷对你的一点酬劳。你跪安吧！"

"臣谢太后、皇上的恩赏，到籍后，臣再上折请安。"

阎敬铭走出养心殿时，周围院墙上反射过来的强烈阳光，刺得他睁不开眼。他一边揉着昏花的双眼，一边暗暗想着：太后听懂我的话了吗？

阎敬铭的担心是多余的，工于心计的慈禧已听出他的弦外之音。洋人也说中国宜在中原省区内兴建从北至南的大铁路，其看法与张之洞不谋而合。就连沉寂多年的李鸿藻、潘祖荫、黄体芳等人居然也上折大谈修建铁路的好处，而且主张修大铁路，不仅要利国，而且要利民。而湖广总督裕禄却依旧脑瓜不开窍，拼死反对架电线修铁路。不仅奕譞骂他顽固，就连慈禧也嫌此人太不通时务了。

光绪十五年秋天，一道改授张之洞为湖广总督、督办腹省干线南端的圣旨递到广州。张之洞如愿以偿。他欣然接旨，立即离粤北上。此刻，张之洞或许没有料到，他从此便在江夏古城最高衙门里，一坐便是十九年，开创有清一代湖督任职时间最长的记录。他或许更没想到，近世史册也从此将"张之洞"三字与湖广总督紧密联系起来。百余年来，历史老人仿佛将一个错觉刻意留给后人：一提起湖广总督，便是在说张之洞；一说起张之洞，便想到“湖广总督”在中国近代洋务史上的特殊地位。

一个人能与一个职位如此紧密地联系在一起，能给一个空洞的官职填上如此充实而传之久远的内容，在中国两千余年的官场史上极为罕见。且让我们来看看张之洞是如何将湖广总督做得这般色彩斑斓、不同凡响的。

遗憾的是，张之洞踏进湖督辕门的第一天，接到的便是一份措辞严厉的训谕。

第三章 / 督建铁厂

一　盛宣怀“官督商办”之策，遭到张之洞的否定

张之洞一行取道海路，沿着广东、福建、浙江的海运航线北上。他素来厌恶官场的无聊应酬，何况在他现在的眼睛里官场上更没有几个人可以值得晤谈，故而沿途各级地方官员的盛情邀请及登船拜访等等，他一概谢绝，甚至连闽浙总督卞宝第的面子也不给。船至闽江口，福州府近在咫尺，他既不上岸进城去看卞，也谢绝卞上船来看他的好意。

张之洞的此种举动，为官场所少有。有说他不近人情的，有说他清高的，也有说他居功骄傲的，他都充耳不闻，我行我素。佩玉劝他不必如此固执，像上海道、浙江巡抚、闽浙总督，这些官员地位既重要，资格也老，不妨见见聊聊，只有好处没有坏处。

张之洞冷笑道：“什么地位重要资格老，尽是些尸位素餐之

辈！”

桑治平将这一切看在眼中，心里想：他这是在高标耿介绝俗的为官操守呢，还是因成功而滋生了目空一切的骄慢习气？不管如何，张之洞的待人接物已明显地发生了变化。

张之洞充分利用这段难得的空闲，大量阅读有关湖北湖南两省的书籍。从历史沿革到近世建制，从文化源流到风俗物产，从江汉荆襄往日的大事名流到晚近湖湘人物的风云际会，他都一一装在胸中。在他看来，这些湖广省情要远比言不由衷的客套话、别有所图的殷勤款待重要得多。唯一中断的一次是在得知彭玉麟病死衡阳的讣闻时，他整整半天伤感不已，并亲笔写了一封悼函，寄给老将军的亲属。

从广州到武昌的数千里航程中，张之洞只接见了一个人。

那一天，船在上海黄埔港刚刚停泊时，一个衣着阔绰态度谦卑的人，自称是上海电报局的局员，有一封重要信函请转交给新任湖广总督张大人，希望立刻得到回音。大根对来人说：“我家大人很忙，说不定他这会子还没有工夫看你的信哩。你不要在这里等，回去吧！”

那人说：“我在这儿等一个小时，一个小时若无回音，我就回电报局。”

大根拿着信走进船舱时，张之洞正在吃午饭。大根不想打扰四叔，正要退出，张之洞叫住了他。他只好把信递上去。张之洞便放下碗筷将信笺抽出。匆匆看过后，便要大根告诉在岸上等候的送信人：晚七时，在轮船上接见。

大根大出意外，兴冲冲地快步下船来到岸上，对电报局的人说：“你家主人是个什么角色？一路上的巡抚总督，我家大人都一概不见，走了几千里，你家主人还是第一个得到召见的人。快回去告诉他，做好准备，晚七时来轮船上拜见我家大人。”

电报局局员听了这话，喜滋滋地回去复命了。

此人是谁，他怎么会有这大的面子？这位使得张之洞破例召见的人，正是官居山东登莱青兵备道兼烟台东海关监督，现任中国电报局、轮船招商局督办的盛宣怀。

得知张之洞走海路赴任的消息后，盛宣怀特为从天津赶到上海，住在电报局的上海分局，等候拜见张之洞。盛宣怀为何要花这大气力，请求与这位一路倨傲的新任湖督会面呢？是成心要巴结打败洋人的英雄制军吗？巴结之心固然有，但更主要的，是另有一番宏图存于他的心中。

原来，这个天字第一号的长袖善舞者，正要借助于新一任的湖广总督，来办成他在湖北经营已久的一项大事业。他的好朋友郑观应此时正在上海办织布局。他知道郑观应与张之洞熟，请郑观应陪同他一道前去黄埔港。郑观应满口答应。

盛宣怀拿出他从天津带来的两件价值昂贵的礼物：一个镶金嵌玉、逢时奏乐并加上洋妞旋转的三尺高英国造座钟。一个布满一百零八颗珍珠的和阗墨绿玉如意，问郑观应："这两件礼物，一是西式，一是中式。你帮我参谋参谋，送哪件合他的胃口，或是两件都送。"

郑观应笑了笑说："你今天若是拜访两江总督曾国荃，则送中式的，若是拜访闽浙总督卞宝第，则送西式的。只不过，今天拜访的是清流出身湖广总督张之洞，依我看，西式中式都不要送。你送他重礼，他反而会怀疑你对他有非分之求，破坏了晤谈的气氛。不如什么都不送，彼此都轻轻松松，反而可畅所欲言。"

"好，就依你的看法。"

正当盛宣怀在郑观应的陪同下，乘着电报分局考究的黄包车，穿过十里洋场一条条繁华街巷，向黄埔港奔去的时候，粤秀轮甲板上，辜鸿铭握着一张洋文报纸，兴高采烈地从自己所住的二等舱向头等舱快步走来。

"香帅，极好看的花边新闻，你看看吧！"辜鸿铭冲着一身便服斜躺在软皮沙发上的张之洞大声说着。

张之洞放下手中的《荆州府志》，笑着说："什么好看的花边新闻，让我看看解解闷。"

“醇亲王得了梅毒病，已病得不轻了。你看看这个。”辜鸿铭将手中的《泰晤士报》递了过去。

张之洞接过一看，见是满纸洋文，心里不悦道：“哪里捡的一张垃圾纸也来蒙我，你这是欺负我不懂洋文是不是！”

辜鸿铭见状忙说：“香帅息怒，我哪敢欺负您，我是一时高兴得忘记这是一张洋文报纸了。但这报的的确确不是垃圾纸，这是我刚在码头上散步时和一个英国人聊天，他送给我最近出的《泰晤士报》。”

见到花边新闻便高兴得忘乎所以，一定是个好色之徒；不过，他毫不掩饰自己的内心想法，也坦率得可爱，比起那些又要做婊子又要立牌坊的伪君子强多了。想到这里，张之洞脸色平和下来：“到底是怎么回事，你说给我听好了。”

辜鸿铭笑嘻嘻地说：“报上是这么说的，英国公使馆里一个医生，前不久应醇王府之请，进府来给醇王瞧病。医生仔细诊断后，明确告诉醇王得的是梅毒病。醇王大惊，说他压根儿就没有逛过妓院，哪来的梅毒病。英国医生说，病是梅毒，这是确凿无疑的，若不是外面惹来的，便是府里的姨太太传染的。醇王说，别胡说了，我的侧福晋都是规规矩矩的女人，她们怎么可能得这种恶疾。英国医生说，除开姨太太外，王爷还喜欢过府里别的女人没有。这句话提醒了醇王。他想起身边新来的一个丫鬟。一个月前，庆王盛情邀请醇王到他的王府做客。席间，一个特别妩媚妖艳的女人，将醇王勾引得目不转睛，魂不守舍。庆王笑着说，王爷喜欢她，就带回府去吧！醇王很高兴地接受这个礼物，当夜便带回王府。一个月来这个丫鬟夜夜陪他睡觉，把他服侍得心花怒放。莫非是她带来的病？醇王把这个丫鬟叫来，让英国医生一检查，果然毛病出在她的身上。醇王气得痛打这个丫鬟一顿，叫她从实招来。丫鬟于是招供，她本是八大胡同一个妓女，被庆王府买去的第二天便被送到醇王府。醇王听后大吃一惊，心里想：庆王为什么要这样害我呢？后来用重金买通一个常在太后身边的小太监，才知原来是慈禧叫庆王这么做的。于是醇王知道自己必死无疑，从此不再请洋医生看病了。”

“胡说八道！”张之洞生气地说，“这一定是下三流洋痞子编造出来的！醇王府里即便有这等事，他怎会知道？再说，太后为何要这样害醇王？醇王是个老实人，又不碍她的事。”

辜鸿铭依旧笑嘻嘻地说：“这事不可全信，也不可不信。《泰晤士报》是家严肃的大报纸，不比那些无聊小报，没有根据的事它不会登的。为醇王瞧病的汉姆是个名医，他也不会瞎说。香帅，你不要说醇王就全不妨太后的事，你还记得吴大澂上表为醇王加尊号的事吗？”

这就是不久前发生的事，怎会不记得！

前清流名士现任东河河道总督的吴大澂给朝廷上了一道奏疏。奏疏上说，本朝以孝治天下，普通百姓尚且以本身封典貤封本身父母，何况皇上之父母，应更有尊崇之典礼。当此归政前夕，请太后饬下廷臣会议醇王称号典礼，以满足皇上和百姓之所望。奏疏又提到历史上最为有名的宋代濮议和明代大礼议两个典故。并以乾隆的批示为依据，肯定了明代大礼议，即明世宗尊其父为兴献帝、庙号睿宗的做法是对的。吴大澂的意思很明确，请封醇王为太上皇。过几天，一道圣旨下来，说早在光绪元年正月，醇王便有奏折上禀两宫太后，永不接受尊封，如日后有援明世宗之例说进者，务必目之为奸佞小人，立加屏斥。并附着醇王当年的这道奏折。

此事在朝廷内外引起很大震动。有人说，吴大澂一贯以清流自居，常常拿“群居闭口，独坐防心”的自撰格言送人，看来是一个典型的伪君子，一个善拍马屁的奸佞小人。不料这次马屁没拍到点子上，惹得太后恼火。

但更多人却认为所谓醇王光绪元年的奏疏很可能是临时伪造的，一则先前为何从未听说醇王有过这样的奏疏，二则这道奏疏字字句句都是针对吴奏来的，就连所举的前代事例，也是濮议和大礼议，难道十五年前醇王就知道吴大澂会要上一道这样的说进折吗？不久从内宫传出消息，说太后对此甚为恼火，怀疑醇王想以太上皇的身份取代她这个已归政颐养的太后，吴大澂是奉醇王的旨意而上折的。太后与醇王之间的嫌隙，为朝廷政局罩上了一丝阴影。

难道说，太后因此要除掉醇王？但用这种手段却未免太出之卑下了。太后会这样做吗？

正在这时，杨锐进来禀报："盛宣怀已到码头边，等候接见。"

张之洞说："叫他上船。"又转脸对告辞的辜鸿铭说："洋报上的这段花边新闻，万不可再对人说起。"

盛、郑二人上了船。杨锐先进去禀道："香帅，盛宣怀、郑观应在舱外等候接见。"

"陶斋也来了！"张之洞放下手中的《荆州府志》，"叫他们进来吧！"

郑观应走前半步，盛宣怀紧跟在后面，二人欲行大礼。张之洞说："都免了吧。"

说着指了指对面的沙发。

郑观应说："大人荣调湖广，杏荪特为从天津赶来，向大人表示祝贺。我也有两年未见到大人了，沾他的光来拜见拜见。"

盛宣怀忙说："职道久仰大人威名，多年来渴望拜谒。今日能蒙大人拨冗赏脸，实荣幸之至！"

"哦，你就是盛杏荪，我也久闻你的大名了。坐吧，坐下好说话。"

趁着盛宣怀落座的时候，张之洞将他认真看了一眼。只见盛宣怀四十多岁年纪，不仅身材矮小单薄，而且头脸也小，眼睛细细的，下巴尖尖的，浑身上下，就像一只猿猴似的。张之洞尽管自己长得丑而矮，却不喜盛宣怀这等长相，心里想：难怪许多人说他是个嗜利小人，看这模样，真的不像个大人君子。先自有了三分不悦，转念一想：张树声称赞他十个尚侍也比不上，必定有些真本事，自己不正是冲着这点决定见他的吗？想到这里，张之洞换上笑脸对盛宣怀说：“张轩帅可是大大地称赞你，说你是洋务奇才。我张某人，别人可以不见，岂能不见你？”

盛宣怀颇有点受宠若惊地说：“轩帅言重了，当年他要我到两广去帮他架电线。我没有去得成，心里一直觉得对不住。没想到他不久就过世了，我难过好长一段时期。”

郑观应插话：“轩帅是给法国人气死的。香帅打败了法国人，为轩帅报了大仇。”

“是的，是的。”盛宣怀忙说，“自从与洋人交战以来，还没有人打败过洋人，香帅不仅为轩帅报了大仇，也为我们大清国长了大威风。”

郑观应、盛宣怀的这几句话，说得张之洞甚是高兴。这两年来，张之洞最喜欢听的就是别人恭维他打败洋人的话。“文澜不取归熙甫，兵略时同魏默深”，年轻时他便以文武兼资自许。文章倒的确已为世所公认了，多少年来，他一直盼望兵略也能为世所认可。现在有了镇南关外大捷，这兵事上的谋略，谁敢有目无睹？五十出头的张之洞，尽管口里不说，心里早已认定自己是天下第一臣了！

“盛道，你从天津千里迢迢赶到上海来见我，究竟有什么大事？”

“职道来上海，一来是想见见大人，二来听说大人要将为广东购买的铁厂机器运到武汉来，在湖北建立一座炼铁厂。因为此事，职道要向大人禀报一些情况，或许于大人有点作用。”

“你是怎么知道炼铁厂的机器要运往湖北的？”张之洞盯着盛宣怀两只绿豆大的眼睛。

原来，仍被朝野公认为第一臣的李鸿章，对张之洞一向抱有成见，即便张之洞在越南的战争打赢了，李鸿章也认为不过侥幸获胜，并不因此改变对张的看法。李鸿章知道广东无煤铁，对于张之洞在广东建铁厂的想法他以冷笑待之。当他得知李瀚章要从漕督移督两广，便对胞兄说，张之洞这个人好大喜功，在广东所办的事都要细细审查，不合时宜的要坚决停办，铁厂不能接受，要他迁到湖北去。

李瀚章虽为李家老大，却素来惯听老二的话，因此人尚未到任，便有急函给张之洞。离穗前夕，张之洞接到李瀚章的信。他正为铁厂不能带到湖北而遗憾，此议恰合他的心意，忙回函李瀚章，表示同意。这事只有他和李瀚章两人知道，盛宣怀怎么这样快就获知了？

“前几天，职道在北洋衙门看望李爵相，爵相对职道说的。”

哦，张之洞顿时明白了，盛宣怀不是李鸿章一手提拔的人吗？怎么忽视了这一层！因为不满李鸿章，张之洞又对眼前这个容貌不起眼的李氏家仆生出反感来。

“筱荃嫌铁厂是个麻烦，这事是我张某人干的，烂摊子也只能由我张某人收拾，我不把它带到湖北又如何呢？”

机灵精明过人的盛宣怀，已从这话里感受到张之洞态度的冷淡，他不敢说“铁厂办在广东不合适”的话，怕触犯了大帅的虎威。“香帅，把铁厂带到湖北，实在是极为英明的决定。职道认为，在湖北办铁厂，比广东强过十倍二十倍。”

“为什么？”张之洞用一种怀疑的眼光打量着这个电报局兼轮船局督办。

“铁厂的原料一是铁矿二是煤，这两样东西湖北的蕴藏量最多。”

“哦！你有确凿的根据吗？”张之洞的兴致明显有了提高。

“香帅，”郑观应插言，“杏荪在湖北办了好几年的矿务。”

张之洞的双眼里亮出几分喜悦的光彩，望着盛宣怀说：“难怪你对湖北的矿藏清楚，你是办的铁矿还是煤矿？”

“煤矿。”盛宣怀答。

“你细细地说说。”张之洞跷起二郎腿，向沙发垫背靠过去。

“家父在湖北做过多年的官，先是在胡文忠公幕府里做事。”

“令尊叫什么名字？”张之洞打断盛宣怀的话。

“家父叫盛康。”

盛康，张之洞努力回忆在胡林翼巡抚衙门所呆过的短暂时期，盛康这个人既没见过，也没听胡林翼说过，大概是个地位不高的幕僚。

盛宣怀期待张之洞的热烈回答“哦，我认识”，或者是“哦，我听说过”。但张之洞什么也没说，干等了一会，盛宣怀继续说下去：“后来做了湖北盐法道。同治六年，职道在武昌盐道衙门住过一段时期，在家父签押房里见过广济县禀禁止开挖武穴煤山的公文。此事一直存在职道的心中。”

“你那时多大？”

“二十四岁。”

张之洞心想：通常的官家子弟，这种年纪或是在书斋攻读举业，或是在酒楼妓院里花天酒地，很少有人去关心百姓生计的，盛宣怀确有不同常人之处。“你那时还很年轻，怎么会注意些这样的事？”

“香帅不知，职道二十余岁才中秀才，后来几次乡试都未中。或许是职道生性愚钝，但平心而论，职道从年轻时就不乐于举业，一向对经济之事极有兴趣。”听出张之洞的话中带有肯定的语气，盛宣怀的情绪比刚才好多了。

郑观应说：“杏荪多次跟我说过，做事要做对国家有实在利益的事，当今对国家大有实益的事便是办实业，办洋务。”

张之洞点了点头，微笑着望着盛宣怀。

得到鼓舞，盛宣怀开始滔滔不绝地说下去了：“职道在轮船招商局做会办时，深以洋煤价格昂贵，所费太多为虑。心想，我们中国有的是煤，为什么还要买洋人的呢？别人告诉我，中国的煤质不好，又少，不够用，所以要买洋煤。我又问，我们中国这样大，就找不到好煤吗？属员说，好煤在地层深处，中国土法挖不到。如果买进洋人的机器来，用洋法开采，既可得好煤，又可大量生产，两个问题都解决了。”

郑观应插话：“十多年前，中国用洋法采煤的地方只有两处，一处是直隶的开平，一处是台湾的基隆，都是英国人办的。”

“听了这些话后，我在心里盘算着：若是我在湖北办一个洋式采煤的矿，不仅自己轮船公司不再买洋人的煤，而且还可以卖给别的轮船用，甚至还可以卖给在中国的外国轮船。于是我请人先行查勘，最后看中了广济一带。为确定准确位置，特为聘请一个洋矿师，英国人，名叫马立师。”

张之洞半眯着眼睛望着盛宣怀，问：“这个英国矿师本事如何？”

“这个洋人徒有虚名。”盛宣怀苦笑，“他闹腾了三个月，还没有找到好煤层。跟我说，再给他三个月时间，他一定可以找到。我看他银子花了三万，一点成效都不见，不知他是本事不高，还是根本就没本事，纯是骗局，我没有答应，让他走路。”

张之洞点点头说：“跟洋人打交道，要多存几个心眼。我在两广这几年，就积了这个经验。好多洋人，就仗着红毛绿眼睛会叽哩哇啦地说洋话，便在我们中国人面前耀武扬威，自以为了不得，其实大多没有什么本事。有的是在本国混不下去了，到我们中国来浑水摸鱼，有的很可能就是他们国家中的流氓、痞子、偷儿、乞丐之流。在本国只是做孙子的角色，到我们这里来却要做大爷！”

郑观应听了这番话，哈哈笑起来。盛宣怀心想：别看他张香涛现在要办洋务了，骨子里还是过去那一套；把来中国的洋人如此奚落，也太刻薄了点。嘴里却说：“香帅说得对。跟洋人打交道，是得多存点心眼，后来我就谨慎多了。我知道赫德这个人值得信任，又知他推荐的一个矿师在台湾基隆煤矿办理矿务有条有理，于是请赫德推荐。不久，赫德推荐了英国矿师郭思敦。郭思敦有本事，又舍得干。经过半年的实地考察，他认定兴国、广济、归州、兴山等地均无好煤，湖北的好煤在荆门、当阳之间观音寺窝子沟和三里冈一带，这里的煤层有二尺来厚，蕴藏量为二百万吨。”

“二百万吨，何为吨？”张之洞打断盛宣怀的话。

“吨是洋人的叫法。”郑观应解释：“一吨为二千斤，一万吨为二千万斤，二百万吨则是四十万万斤，即四十亿斤。”

“而且煤质好，可以和美国的白煤相当。郭矿师说铁矿也很好，蕴量大约五百万吨；含铁成分也很高，一万斤铁矿石里含铁十二斤，可以炼出上等好铁。”

“大冶应该是有好铁。”张之洞摸着下巴下浓密的半尺余长胡须说，“好几部书，比如《太平寰宇记》《方舆纪要》都记载过大冶附近有铁山。从三国吴王孙权起便在此地设炉炼铁，一直到明代都不断地有人采矿炼铁。岳飞在此地锻造了一批极锋利的剑，被称之为大冶之剑。大冶之剑，是当时的宝剑。我看，在孙权之前肯定有人做过这种事。大冶之名从何而来？当然是源于此地曾有过大规模冶铁之事嘛！”

两位偏重于实业而读书不多的洋务家，对总督的博学强志很佩服。

“制台说得对。大冶大冶，必与冶炼有关。职道先前倒还没有这样想过。”盛宣怀连连点头说，“荆当煤矿和大冶铁矿找到后，职道决定开采，但难题也便接踵而来。”

“银钱不够充足？”张之洞问。出任督抚以来，他才深刻地懂得，办任何一件实事，最先面临的便是银钱二字，而银钱的筹集，真正千难万难。

“正是。”盛宣怀说，“职道和郭矿师初步筹议，开采煤矿与铁矿添置机器，需二十万两银子，还须修建一条铁路从煤矿到长江边，需银三十万两，两项加起来，为五十万两。当时，职道领取的银子不足二十万两，且前期查勘已用去了十万。经报请李爵相同意后，采取招集商股的办法来筹钱。”

以发行股份的方式来集聚商人手中的银钱，用以办事，在广东，并不是新鲜事，但张之洞认为官府办事不能这样做。官府办事，目的在为民造福，商家办事，目的在获利。官府如果与商家纠合在一起，就会将造福变成了获利，官府在百姓的眼中便没有了地位。自古以来，官府做官府的事，商人做商人的事，从来没有官商结合办事的。官商勾结，这成何体统？

“原拟发一千股，一股一百两银子，结果只发了五百股，招银五万两，机器无法买了，只得用土法采煤。”

张之洞说：“商人是要赚钱，他没有看到有七八成赚钱的可能，他就不会把银子拿出来的。万一亏损了，他的银子怎么办？官府办事用这种方法不妥当。”

盛宣怀听张之洞这样说，心里愣了一下，略停片刻，他硬着头皮，继续说下去：“因为缺乏资金，又因为管理方面的一些问题，结果煤矿亏损厉害，不到一年，矿务局便关闭了。”

张之洞心想：张树声把盛宣怀抬得那样高，看来也不过如此。但这次他要见我的目的是什么？专程从天津来上海，总不是就为了向我禀报矿务局关闭的事吧！

“盛道，矿务局关闭这几年来，那里还有人在采煤吗？”

“当地的百姓仍在那里用土办法挖煤。因为没有机器，采不到底层的好煤，而且没有官府的监督，也就没有章法。老百姓顾自己的眼前小利，把矿区破坏得很厉害，给今后的开采带来很大的麻烦。我知道这事后深为可惜。”盛宣怀以热切的眼光望着张之洞说，“香帅，职道这次之所以来打扰您，就是为了这湖北的煤矿事。我想请香帅到了湖北后，立即下达一个命令，就如当年湖北巡抚衙门的禁令一样，严禁荆门、当阳一带老百姓擅自开挖煤矿。香帅，职道这个建议，纯是为了国家为了湖北。那样好的煤区，据说现在已糟蹋得不成样子了，若再挖几年，就会全部毁掉。”

从盛宣怀的神情上，张之洞看到一种发自内心的诚意。这种诚意源于一个人对自己的所爱而生发的珍惜之心。好比说一个古董爱好者，看到一件珍稀古董被破坏，尽管这件古董不是他的，他心里也很痛惜。又如一个塾师，看到一个聪颖的孩子不能上学，心里也很痛苦，与这个孩子跟他之间的关系无干。张之洞是个古董爱好者，也做过多年的学政，他常有这种心情的产生，因此很能理解盛宣怀的这种情感。他相信盛的话不是做作的。

“你放心好了，这件事，我到武昌便可以做，而且我很快会把这矿务局恢复起来。要办铁厂，先得要有铁和煤，恢复矿务局还得先行一步。”

“香帅说干就干，真是雷厉风行。”盛宣怀高兴起来。“郭矿师是个很优秀的人，他早已回英国去了。如果香帅需要的话，我可以写信请他再来中国。”

“好。”张之洞爽快地说，“我相信你的眼光，到武昌后，我再跟湖北的抚藩臬商议商议，到时再请你帮忙。”

“职道理应效劳。”盛宣怀说，“刚才香帅说，立即恢复矿务局，实在英明。虽说当年因银钱不够，没有添置足够的机器，但还是买了一些器件，发电机、鼓风机、胶皮车等，后来都堆放在仓库里锁起来了。矿务局一旦办起来，这些就全部送给矿务局，不收分文。”

“那就先谢谢你了。”张之洞笑着说，心里想：此人器局还不窄小，怪不得这几年电报局、轮船公司都办得不错，真正有所作为的商家也不能事事斤斤计较。

盛宣怀此行的真正目的，是劝张之洞将湖北的矿业交给他，由他来实行招商集资，重操旧业。盛宣怀相信，如果这样的话，他有十足的把握能把湖北的矿业办得红红火火。这是因为第一，五年后的今天他已积累更多的经验和更多的钱财，各方面的实力雄厚了。其次，比起五年前，买股份的风气在中国更加盛行，而且也有一批发了财的商人，故前来认股的人会远比先前的多。还有更主要的一点是张之洞在湖北办起了铁厂，煤和铁矿有了固定的买主，矿务局的生意包赚不亏。这样的发财好机会，真是可遇而不可求，他怎能不抓住？

刚才对招商集股的办法，张之洞明白地表示不同意，这桩事还提不提呢？盛宣怀虽是一个最善于察言观色、见风使舵的乖巧人，但也是一个拼命追求成功的执着者，集商股的办法本就是从洋人那里学来的，中国官府要员们难得接受，是不奇怪的，关键是他们还不明白它的好处。张之洞是个明白人，若对他说清楚，他应该会支持。想到这里，盛宣怀壮起胆子说：“职道无能，在湖北办了三四年矿务而没有成功，但职道经过上次的挫折后也积累了几条经验，也算是前车之覆，可作后车之鉴吧！”

张之洞对这句话很感兴趣：“有哪几条经验，你说给本督听听。”

盛宣怀说：“这第一条经验，要慎选矿师，马立师这人因为没有选对，不仅一无所获，还害得我耽搁三个月时间，丢了二三万两银子。郭矿师则发现了埋在地下三四百丈的宝贝，这样有真才实学的矿师，不妨付给十倍八倍的俸金，因为他为我们所创造的财富当以十万倍百万倍计。”

张之洞点点头没有做声。盛宣怀继续说：“第二是慎选矿区。最好的矿区是蕴藏量大，品质优良，而且要考虑到运载的方便；运载不便，得专为修路架桥，耗资就大了。”

张之洞仍没做声，但看得出他在认真地听。

“最后我想向香帅详细禀报一下，矿务局宜采取官督商办的形式。”

“官督商办？”这个名称显然使张之洞感到陌生。他放下跷起的二郎腿，不自觉地前倾着上身问。

“是这样的，香帅。”盛宣怀解释，“官督，就是由官府来监督。矿务局的大计决策都要禀报官府，由官府定夺。商办，就是由商人来具体操办。因为开采矿藏是一桩投资巨大的事情，采取集股的办法则可以较快地筹集大笔资金。”

“盛道，”张之洞打断他的话，“集股事，你不是试过不灵吗，为何不吸取教训，还要再用这个办法？”

“香帅，”盛宣怀耐着性子说，“刚才我在说到集股事时，还没来得及说明它的另一大好处，即集股除可筹集资金外，还有更重要的优越，便是将矿业的亏损与办矿人的利益紧密联系在一起。洋人的通常做法是，凡买股的人都是股东，由一批大的股东组成董事会，由董事会推选出能干的人来经营，钱赚得多，股东们分红就多，亏损了则大家吃亏。这样，就使得他们只能赚而不能亏。如果由官府来办，钱由藩库支出，赚和亏都与经办人无关，他们就不会好好操办。”

“盛道，你这话不对。”张之洞斥责道，“由官府委派去办矿务局的，当然是选品行好、操守好的人去，藩库的银钱都是老百姓的血汗钱，一不能贪污中饱，二他应该知道要把事办好，怎么能说，赚和亏都与他无关呢？一年到头，官府要办的事很多，都是由各级衙门委派的人去办。照你说的，事事都得由董事会来推选，否则便办不好？如此，还要官府做什么？”

张之洞咄咄逼人的口气，很有点使得这个官居道员身负重任以能人自许的洋务派受不了，但为了远大的目标，盛宣怀压下心中的不悦，极力挤出笑容来辩解：“香帅，这办洋务的事，与过去官府办差有所不同。官府办差不与生财有关，且不担风险，而这不同……”

“有什么不同？”张之洞立即打断盛宣怀的话，“牙局、厘卡，不都是与生财有关吗？还不都是由官府在办，要什么董事会？”

盛宣怀被这几句话堵得语塞。张之洞本不想再理睬了，看他毕竟是远道专来拜访的客人，说的都是关系湖北国计民生的大事，于是又说了几句：

“盛道，你有没有想过，这埋在地里的煤和铁矿都是国家的财富，商人怎么可以拿国家的财产来为自己谋私利呢？开矿采煤炼铁，这样的大事，当然只能由官府来做，取之于国，用之于国，决不能让那些贪得无厌的商人们来染指。他们想利用国家的财富来发自己的财，在别人手里或可行得通，在我张某人的手里，办不到。”

盛宣怀听了这话，满肚子里都是委屈。他很想细细地向这位想办洋务又不懂如何办洋务的总督大人说清楚：煤和矿是国家的财产，不错，但埋在地里，不挖出来利用就不是财富。商人固然是要谋利的，但他在谋利的同时，也为国家带来了利益，这种谋利，官府应当支持。集股就是把分散的闲置在民间的银钱融聚起来办事，这是一种很好的办法，尤其是国家银钱紧缺时，更要多采取这种形式来办大事。但是，他听说张之洞固执刚愎，这两年更以英雄自居，听不进别人的话，又眼见这种毫无商量余地的神态，知道再多说也无益，于是向郑观应使了个眼色。郑观应明白，说："大人百忙之际能抽空接见，杏荪兄和我都感激不已，不敢再多打扰，就此告辞了。"

说着起身。张之洞也起身说："盛道刚才说的这些，对湖北今后的矿务和创办铁厂都很有益处，本督理应感谢。到时，或许还会请二位专程到湖北来实地指导。"

盛宣怀忙说："指导不敢当。香帅今后若有用得着的地方，职道当尽力效劳。"

张之洞站着不动，对着窗外喊了一声："叔峤，代我送客人下船。"

目送盛宣怀、郑观应走出舱门后，张之洞背着手在船舱里踱步，脑子里总在想着：湖北的采矿冶炼之事，今后应当如何去办呢？

二　游方郎中给张制台泼下一瓢冷水：橘过淮南便成枳

粤秀轮慢慢靠近司门口码头时，早已等候着的湖北巡抚奎斌，带着武汉三镇各大衙门的官员立即走到江边来热情接待，接着又在总督衙门举行盛大隆重的接风酒会和交接仪式。所有从九品以上的官员们全都紧张热烈兴致勃勃地参加这些活动，丝毫也不以繁琐冗长、耗时伤神为意，有几个因阴错阳差没有收到请柬的低级官员，为没有出席这场盛会而忧心忡忡、惊疑不安，不知何故而失去了这个资格，十分担心头上的那顶小乌纱帽能否戴得下去，直到一两个月后见并无动作才稍稍安宁下来。就连年近古稀身患重病的藩司黄彭年也硬撑着病体应付着，待到两天的仪式结束后，他便重新躺到床上去了。

走进奎斌所布置的豪华气派的大签押房，张之洞的第一件事便是将那幅《古北口长城图》高高地悬挂在北面正墙上。这幅气势磅礴的丹青，从太原到广州，如今又随着主人来到武昌衙门。张之洞凝神看着，觉得自己既像那蜿蜒的长城，又像那高高耸立的关楼，心中很是自豪。他转眼看了看摆在房间正中央的那张宽大的案桌。案桌上已叠起尺余高的文册牍书。他顺手拿起放在最上面的一件，乃是军机处寄来的四百里急件。看收函的单子，已是十天前便到了武昌督署。出了什么急事，让军机处发这样的快件？张之洞边想边打开，几行字赫然跳进他的眼帘：

> 近来总督赴任，辄带亲兵营随行，既多靡费，且与制度不合。据传张之洞此次赴任，随带亲兵二百人，数量之多，骇人听闻。着张之洞将所带亲兵除酌情留一二十名外，其余皆遣回广东，不得有误。

张之洞万万没料到，以湖广总督身份第一次收到的上谕便如此令他窝火。他气得将军机处函件一推，离开书案，在铺着西域红长毛地毯的房间里急速地来回走动。

急步走了一袋烟的工夫，他的心情才略为平静下来，叫门外的衙役将桑治平请来。

一会儿，桑治平走进签押房，见张之洞的脸色灰黑黑的，知他心情有不快：“遇到了什么事，心里不舒服？”

张之洞指了指桌上的函件说：“你看看就知道了。”

桑治平拿起军机处的函件，很快浏览了一遍，轻轻地说：“这是我害了你。”

原来，从广武军中选拔一批军官带到湖北，这个建议是桑治平提出的。为显制军的威风也为了沿途的安全保卫，总督调动迁徙时往往带着一大批亲兵同行。近几十年来，已成惯例。奉到湖督令后，桑治平对张之洞说："广武军创办三四年了，请的是德国教官，德国陆军是当今最强的军队。广武军这几年在德国教官的训导下，很像个样子。若从广武军中的中下层军官中抽调一批优秀者，将他们编为一支亲兵队，带到湖北，再以这批人为骨干招募一支湖北新军，湖北新军便可以很快训练起来。"张之洞同意桑治平这个建议，遂委派桑治平、大根及已升为亲兵营都司的张彪到广武军去秘密地选派人员。于是桑治平、大根在三千广武军中挑选了一百五十名中下级军官，张彪则从亲兵营中挑出五十名自己的哥儿们，一共二百人，组成一个新的亲兵营，乘坐另一艘海轮，一路护送到武昌。原本一个很好的设想，突然被打乱了，是谁将此事捅到朝廷去了？

唉！张之洞在心里叹了一口气后想，子青老哥因病请假才几天，军机处便下这样的上谕！

他走到桑治平身边说："害了我的话，从何说起！你的主意，我至今仍认为是很好的。我气的是有人在暗中捣我的鬼。"

"只要你不后悔就好。"桑治平拧紧双眉说，"捣鬼是一定的，你在广东这些年，哪有不得罪人的地方？好在上谕并没有给你以处罚，只是令随行的亲兵遣回广东。我现在问问你，这些亲兵你是遣回还是不遣回？"

张之洞问："遣回怎么样，不遣回又怎样？"

"若是愿意遣回，那很简单，遵旨办事，将这些人都打发回广东，仍到广武军营去，我也没有话可说的。如果你不想遣回的话，下一步我们再商量。"

张之洞咬住牙关，绷紧着脸，思索很久后，从嘴里迸出两个字："不遣！"

"对，应该不遣！"桑治平脸上露出欣慰之色。

"你看下一步怎么办？"

"得想个办法应付朝廷。"桑治平将军机处的急函上下打量着，脑子里有了一个主意。“看这样行不行？”

“怎样应付？”

“你就给朝廷上个折子，说这些亲兵本是淮勇。他们不惯广东水土，宁愿回安徽原籍务农，不愿再回军营。现遵旨就地遣散，发给途费，让他们回原籍务农。朝廷之所以这样，不是因为广东少了二百号亲兵，而是怕你在湖北安置跟随已久的将士，只要这些人离开了湖北，朝廷就不会过问了。”

“来广东的淮勇，几乎没有几个能适应那里又热又潮的气候，都想回家，这个说法应付得过去。麻烦你告诉叔峤，叫他按此意思拟个折子。”

军机处寄来的这道上谕，提醒了张之洞，立即要做的事情除铁路、矿务、铁厂外，这组建湖北新军的事也不能拖延太久。若时机未成熟，可先办一所陆军学校，早日培养一批新式军官出来。

张之洞抛开上任伊始的不快，以比在三晋两广更大的热情投入事业。但他根本没有料到，朝廷将他从两广调到两湖所要办的头等大事，尚未措手便胎死腹中。

原来，李鸿章对朝廷否定津通铁路方案，赞同芦汉铁路方案，一直大为不满。在他认为，芦汉铁路方案是典型的好大喜功，不仅路线太长，花钱太多，更兼路况复杂，河南、湖北一带山多水多，还有一条黄河天堑要飞跃，兴建这样一条大铁路谈何容易！何况眼下铁路，首先不是为了利民，而是为了利于打仗。大清国的敌人是洋人，洋人对我皆有掠夺之心，而掠夺又分掠夺财物和掠夺领土之别，掠夺领土才是最可恨的敌人，有这种野心的一是日本，一是俄国，故而铁路首选地在华北东北，而不在腹心省份。朝廷被那个爱出风头善于论辩的张之洞所迷惑，真是令人痛惜！为津通铁路的修建，李鸿章已向外国银行借款二百万两，前期筹备已用去十三万两，现在这条铁路不建了，十三万两银子就白白地花费了，李鸿章对张之洞甚是恼火。

正在这时，一个机会给了李鸿章报复的借口。就在张之洞刚刚到达湖北的时候，俄国派遣一支军队进驻朝鲜。俄国这支军队对东北构成的严重威胁，引起满洲亲贵大臣的不安。李鸿章抓住这个机会，联合总理各国事务大臣奕劻一道上奏，请求缓建芦汉铁路，集中全力先办关东铁路，万一战火烧到满洲，可用该铁路迅速调兵遣将。朝廷立即接受这个建议，下旨停办芦汉铁路，而将兴建关东铁路一事交给李鸿章全权处理。

张之洞奉到这道旨令后，尽管对朝廷处理国家大事这等轻率随意深感不满，但他无可奈何。恰好一部分原本在广东订购的机器，已从美国运到武汉，办理铁厂一事便迫在眉睫，于是张之洞摒弃一切杂事，将满腔心血全都扑到这件大事上来。

不久，一个由张之洞亲笔题写的“湖北铁政局”招牌，在总督衙门大坪外的高大辕门楹柱上挂了起来，此事引起武汉三镇市民的格外注意。这个地方做了两百多年的总督衙门，衙门的主人前前后后换了几十个，从来没有哪位总督把另一个衙门的招牌悬挂在辕门上。两湖地区有哪一个衙门能有资格获此殊荣？年轻人觉得很新奇，对着矿务局的招牌指指点点，议论它的品衔和职权。许多人都认为这个充满洋味的“局”的品级一定很高，能够挂在总督衙门的辕门上，大概不会低于巡抚衙门。有人说能在这里谋个差事就好了。旁边立即就有人讥笑：到这里来谋差事，你懂洋文吗？你懂洋人学问吗？那人不再吱声，脸上现出几分沮丧来。

年纪大的人路过这里，都被这种怪现象所唬住。其中读书识字与官场多少有些往来的人则摇头叹息：这成何体统！一个临时办事的“局”招牌，怎能挂在一品衙门的辕门上，这不有损朝廷的尊严吗？何况这个局还不是通常的“救济局”“善后局”，而是什么“铁政局”。《说文解字》、《康熙字典》里都没有“铁政”二字，铁政是做什么的？有激烈的甚至骂道：这个张之洞崇洋媚外，标新立异，已没有丝毫清流气味了！什么不伦不类的铁政局，竟然挂在总署辕门上，要摘下砸掉才是！

骂归骂，恨归恨，但到底也没有哪个敢冒制台虎威，将铁政局的牌子摘下来砸掉。湖北铁政局的招牌，天天都堂堂正正地挂在高大的辕门上。在衙门二进西侧的几间宽大的房子里，由督办蔡锡勇协办陈念礽为首，包括当年在广东招来的十几个满腹西学的局员，天天都在紧张地忙碌着。

光绪十六年春末夏初的和暖季节，张之洞在蔡锡勇、陈念礽的陪同下，花了整整一个月的时间，亲到大冶及广济、荆门、当阳等地，实地考察这些铁矿和煤的开采情况。湖北丰富的煤矿蕴藏，更加坚定了张之洞筹办炼铁厂的信心。

机器早已运到武昌，但铁厂的厂址立在何处，却一直没有定下来。矿务局的意见：铁厂的两大主要原料是铁矿和煤，故毫无疑问，地址应当依这两大原料而定，或就铁矿或就煤。陈念礽认为铁厂可定在荆门、当阳一带的观音寺附近，此地煤极好，可炼出很好的焦炭，供铁厂使用。铁厂的用焦量很大，以节省运费来考虑，铁厂以靠近煤产区为宜。另一些局员主张铁厂立在大冶附近。理由是大冶产铁矿，且靠近长江，今后炼出的铁易于运出。两种意见都有道理，蔡锡勇认为这是一件很大的事情，应该由总督本人来最后定夺。

“毅若，谈谈你的看法？”

当蔡锡勇把选址情况向张之洞禀报后，张之洞想先听听这位督办的意见。

“我较为倾向于在大冶建厂。大冶铁矿含铁量高，冶铁的历史也很悠久，我们化验了前代大冶出的铁，质量不错。从前是土法冶炼，尚且能炼出好铁，现在我们用新式的洋法冶炼，一定会更好。至于荆州、当阳的煤，论煤质来说是很好，这不错，但没有炼过焦，不知道焦的质量如何。”

“你是说，大冶的铁矿能出好铁，是有把握的，而荆、当一带的煤能否炼好焦没有把握？”

“正是这样。”蔡锡勇继续说，“况且荆、当一带交通太不方便，铁矿运进固然难，今后炼出的铁块要运出来也是难事。若厂址在大冶，便只有煤运进的一次难。况且广济一带也有不少煤，若能从广济的煤里炼出好焦的话，煤的问题也可能得到解决，故我以为铁厂以建在大冶为好。”

张之洞听了蔡锡勇的话后，摸着满脸大胡子，好半天才说：“依我看，铁厂还是建在武汉三镇为好。”

“建在武汉？”蔡锡勇对总督的这个看法不能同意。“武汉既无铁矿又无煤，合适吗？”

“武汉虽无煤无铁，但它有一个最大的好处，交通方便。”张之洞其实早就在思考这件事了，蔡锡勇的意见使他对自己的思考作了一番反思，但他还是坚持自己的意见。“江汉舟楫之利，是不必再说了，还有铁路之利。你莫看眼下芦汉铁路让李少荃的关东铁路取代了，但过几年总是要兴建的。这条铁路非建不可，李少荃拿俄国吓朝廷，朝廷不得不改变主意；关东铁路建好后，朝廷一定会再建芦汉的。等芦汉建好后，我们再建粤汉。铁厂乃百年大计，眼光要放远一点，待芦汉、粤汉两条铁路建好后，武汉的铁便可以四面八方地运出去。”

蔡锡勇觉得总督的这席话也有道理。不过，芦汉和粤汉什么时候能建好呢？按照洋人办工厂的惯例，铁厂投产三年后就应当赢利，若不赢利就办不下去，倘若芦汉、粤汉十年二十年后才建好，亏欠十年二十年的铁厂还能坚持得下去吗？他把这个顾虑说出后，张之洞笑道：“你太过虑了，本督办铁厂，赢利不赢利，不是第一位的。第一位的是要用我们大清国的铁矿和煤，炼出我们大清国自己的好铁来。这个好铁要赛过洋铁，至少不比洋铁差，为我们大清国争下这口气。从我们的铁厂出铁后，中国就不进洋铁了，大家都用我们湖北铁厂的铁。你算过这笔账没有，这为大清国和湖北赢来的脸面，怎么能由钱来计算？”

望着总督神采飞扬的自豪之色，蔡锡勇也不由得受了感染，心想：倒也是的，中国受洋人欺侮太久了，长自己威风，灭洋人志气，不但是朝廷上下，也是全国百姓的共同愿望。不惜代价来办铁厂，即使在银钱上亏了，但在志气上是赢了。到底是总督，看得要比自己高远！遂点头说：“大人说得对！”

“还有，鄙人身为湖广总督，怎么能让一个铁厂因不能赢利而停产呢？我可以全力保证它的开支，藩库再没有钱，也要保证铁厂的钱。赢利不赢利，不是你们矿务局考虑的事。”

蔡锡勇想想也对：矿务局都是些技术方面的人员，把关的应是采矿、炼铁等具体的生产过程，至于赢利与亏损等事，是总督管的，不宜多插手。

“还有一点，办铁厂是鄙人又一桩大事，要时刻关注，一管到底。筹建时管，投产以后也要管，隔三差五，我就要去看看。若铁厂设在大冶，我怎么能常去看？不常去看，如何谈得上管？将它建在武汉，我在督署就能看见铁厂冒烟没冒烟。今后厂里的一点一滴，能逃脱我的眼睛吗？”

蔡锡勇终于被总督这种高度的责任心所感动，点头说：“好，就按您的意见，铁厂就建在武汉。只是武汉三镇这样大，厂址具体设在哪里呢？”

张之洞说：“过几天待我稍有空闲后，我们一起到三镇各地走走看看，选一个合适的位置；要么这几天你们先去看看，提出几个地方来，然后我再有目标的去看。”

“行。”蔡锡勇稍停片刻，又提出一件事。“铁厂里最重要的设备，我们还没有去买。现在各方面准备都已就绪，这个设备应该要开始订货了。”

“什么设备？”

“炼铁炉。”蔡锡勇说，“铁厂的最主要设备便是炼铁炉。”

“赶快订！”张之洞立即做出决定。“向哪个国家订好，美国，德国还是英国？”

“英国好。上次订购的机器也是英国的，干脆这炼铁炉也在英国订，英国人办事认真，放得心。”

“好吧！这事就交给你了，你去办。先订两个，越大越好。还有别的机器，也要考虑了。凡是所需要的，都赶紧造册，我写一封信给驻英公使刘瑞芬，叫他替我们一并在英国订购。我的目标是要在中国建一座世界最大的铁厂，超过洋人，至少要超过日本，在亚洲是第一。”

总督宏伟的气魄，果断的决力，使蔡锡勇激动不已。这个四十三岁的林则徐同乡，二十年前从广州同文馆走出之后，便为推行西学西技不遗余力。他一心一意希望落后贫穷的中国，能通过学习西方日渐繁荣富强。但他没有科举功名，尽管有一颗赤诚爱国心和满腹真才实学，官场的大门却一直对他死死地关闭着，他做不了官。在大清国，没有官就没有权，没有权就不能做事。多少年来，他始终只是在翻译、教习的位置上徘徊，空有一腔热血，却无洒处。看着那些实权在握的大官们一个个花天酒地醉生梦死，全不把国家大事百姓生计放在心上，看着国势一年年地衰弱、百姓在饥寒中挣扎，蔡锡勇只有愤恨叹息而已！

来到广东后，蔡锡勇亲眼看到张之洞是个与众不同的官员，他真心诚意办洋务，脚踏实地做事情。蔡锡勇感觉到自己多年来积蓄的学问有了用武之地，为国家效力的抱负可以得到施展，他热情万分地在粤督洋务科没命地做事。现在，看到总督居然有将湖北铁厂办成世界第一的想法，蔡锡勇怎能不为之兴奋万分！为了给张之洞节约时间，也为了给铁厂的筹建多尽一份力，蔡锡勇带领着矿务局的一批局员，先行在武汉三镇踏勘厂址。一个月后，他请张之洞看看由他们初定的几个地方，再做最后定夺。

六月中旬，正是一年中气温最高的时候。武汉三镇地处长江和汉水的交汇处，白天，火球似的太阳将两条江烧得热烘烘的，犹如即将沸腾的滚水。夜晚，余热还不断地从江面散发出来，将一股股热气挤进千家万户。又加之人口众多，车马繁华，武昌、汉阳已是十万户以上的都市，而汉口镇更是从宋代以来便与江西景德镇、广东佛山镇、河南朱仙镇并称天下四大镇。清代人口剧增，汉口镇汇集八方商贾，四邻游民，居住人数之多，为全国城镇所少见。武汉三镇集这地热人多于一身，于是成为长江沿岸大小火炉之最。

一到入夏，温度便一天高过一天地直线递增，人们的手中不仅拿着扇子，许多人还得要加上一条毛巾，以便随时擦去身上的臭汗。到处都是热的。路边的石头固然热得烫脚，连家中的桌椅板凳都热得不敢沾边。别的地方白天热，晚上较凉爽，武汉这地方，夜晚之热，丝毫不亚于白天。每天只在凌晨三四点钟时伴着一丝儿拂晓的凉风，才可勉强睡一两个钟头。因为热，心头烦；因为烦，人的脾气就变得暴躁。到处都可以看到吵架斗殴的，动不动便挥拳踢腿，拔刀相向，所以外地人都害怕不敢招惹。有两句民谚最是形象道出此地的民风人情：“天上九头鸟，地上湖北佬。”然而，奇怪的是湖北人尤其是武汉人，并不觉得这是在骂他们，反而以九头鸟自居，生发出一股令人畏惧的莫名自豪感。

就在这样的高温酷暑的时候，五十四岁的湖广总督每天戴着凉帽穿着绸衣麻鞋，在蔡锡勇、陈念礽、杨锐、大根等人的陪同下，亲自察看矿务局所看定的几个厂址。连日来，他已看过城外的武胜门塘角、武昌城东南的汤生湖和汉口城外的黑龙庙、青石桥、枣林等地。张之洞对这几个地方都不太满意。看着丈夫每天回来时那副疲惫不堪的神态，及换下那身湿了又干、干了又湿尽是汗味的衣裤，佩玉总是心疼地劝他：“这一把年纪了，不能跟年轻人样天天在炉火里煎烤，要么等秋凉时再去看，要么干脆交给蔡督办他们定下好了。”

张之洞则总是说，选择厂址是头一件大事，不亲自去看不放心，铁厂要加紧兴建，也不能等老天爷凉快了才办事。佩玉知道他的犟脾气，不再多说话。待张之洞洗完澡吃了饭后，叫他在竹凉床上躺着，吩咐春兰替他扇扇子。自己则弹几曲轻柔的古曲，让他好好休息休息。

这一天清早，他对蔡锡勇说：“你们所看的武昌、汉口几个地方，都不算太好，今天我们一道去汉阳看看。”

于是，一律便装简从的督署官员们，静悄悄地渡过天堑长江。来到汉阳城时，已是午后三点多钟，大家由临江门进了城。咸丰八年，张之洞来武昌看望胡林翼时曾经来过一趟汉阳。如今三十一年过去了，眼中的汉阳古城依旧是当年矮矮的店铺，窄窄的石板街，除开来来往往的人多些外，市容并没有多大的变化。张之洞正在叹息间，忽然感觉到一股凉风从西北边吹过来，浑身上下一阵舒服。抬头一望，原来不知不觉，太阳早已被满天黑云所遮盖，天色比刚才暗多了。大根说：“武汉这里的日头比哪里的都毒，想不到也有被乌云吞没的时候，再不要让它钻出来了！”

杨锐说：“要是下场雨就好了。”

话音尚未落，一阵大风吹来，立即就有豆大的雨点打在大家的脸上。大根兴奋地拍起手：“好啦，好啦，下雨了，老天爷，下久点，好让我们今夜睡个安稳觉。”

蔡锡勇说：“要找个地方躲躲雨才好。”

大家四处张望，陈念礽发现了一个好地方，指着左侧大声说：“那边有一处大院落，我们都到那里去。”

大家簇拥着张之洞快步向左侧走去。走到近处，张之洞高兴地说：“原来这就到了归元寺。早一会儿我还在想，这次要好好地到归元寺去看看。”

除张之洞外，其他人都是第一次到汉阳，遂兴致勃勃地说：“下雨了，反正也踏勘不成了，今天我们好好地看看这座江夏名刹。”

归元寺的确是一座名刹。它建于清代顺治年间，相对于那些汉唐时期的古寺来说，它的历史并不久远，但它的名气却很大。这一则是归元寺的规模宏大，殿阁很多，包括大雄宝殿、韦驮殿、天王殿、地藏王殿、藏经阁、大士阁等大小建筑几十座，且都一色的黄绿琉璃瓦，配上朱红色的楹柱、窗棂，显得分外的庄严肃穆，气象宏伟。二来归元寺在宏阔的大布局中又用心设计不少精巧细微的小院落小景致。如翠微峰、翠微井、梅花坛、凤竹亭等。这些地方小径曲廊清幽雅洁，是修炼、读书、疗疾、幽会的极好去处。归元寺将天竺国崇隆伟岸的佛学艺术与中国江南的园林景致融为一体，形成独具一格的建筑体系，在数以千计的华夏寺院中别树一帜，从而名播大江南北。此外，归元寺位于汉阳城里，汉口、武昌近在咫尺，使得它的香客众多。尤其是那些商贾们，因为商海风险难测，求神拜佛之风特盛。若遇有菩萨保佑发了财，则不惜将大把大把钱花在还愿上。焚香献礼自不待说，更有人修缮庙宇，重塑金身。故而，这归元寺一年四季信徒络绎，香火隆盛，殿阁佛像金碧辉煌。寺院也因此收入丰厚，僧众们也很富裕，大小和尚个个僧袍光辉，身躯肥胖，令那些普通庵寺的穷僧苦尼们艳羡不已。

刚一进门，便有知客僧走上前来。知客僧迎的各方来客多了，见这一群人虽没有轩车肥马跟从，却皮肤白净，举止斯文，知他们不是俗人。知客僧连忙叫来几个小沙弥，拿来脸盆布巾，给张之洞一行洗脸擦手，又殷勤地说："寺内有干净僧衣，若衣服湿了，可以换下来。"

陈念礽觉得若穿上僧袍，真是一件太有趣的事情，便说："有干净衣服最好，我们身上的衣服都湿了，正要换，你给我们拿五件来吧！"

张之洞心想，一个总督穿上僧袍像什么样子，正要阻止，却发现自己的衣服也已打湿，贴在背上，很不舒服，万一病了更不好，只得让他们去拿。一会儿，小沙弥捧来五件僧袍，大家都换上。陈念礽问知客僧："有镜子没有？"知客僧摇摇头说："寺院里从不用这些东西。"

"不要照镜子了，我给你看。"杨锐走过来，上上下下打量一番说："不错，蛮整齐的，若戴上僧帽，更像一个风流倜傥的美和尚。”

陈念礽笑着对大根说：“你更好，若剃掉发辫留下络腮须，那就是一个十足的花和尚鲁智深了。”

说得众人都笑起来。

知客僧把众人带进会客室，立刻有小沙弥送上香茶。外面早已浓云密布，大雨如注，凉风从窗外吹进来，大家都有浑身舒坦之感。

知客僧笑着说：“阿弥陀佛，菩萨保佑，这场大雨下得及时，万物都蒙它的恩惠。”

张之洞说：“武汉的热天真不好过，这要热到什么时候才凉爽！”

“要到大暑前后才慢慢凉起来。”知客僧望着张之洞说，“听施主口音，不像是本地人。你们是在汉口做生意，到寺里来求菩萨赐财，还是路过此地，顺便到寺里来看看？”

张之洞略为想了下说：“我们不是做生意的，也不是游客，是奉人之命来湖北采风的，要在武昌住几年。”

“采风”是什么？见多识广的知客僧一时摸不清这几个人的身份，也不便细问，便说：“雨看来一时停不住，我叫伙房预备下，晚上就请在这里吃一顿斋饭吧！敝寺也有干净客房，今夜就请诸位施主在这里过夜。”

张之洞见雨虽然比刚才小了点，但看起来一时半刻也停不了，众人脸上都有欣色，显然对吃斋饭住寺院这种新鲜事有兴趣，便点头同意了。

知客僧见有钱可赚，立刻来了兴致，一面吩咐小沙弥通知伙房，一面又忙叫上瓜子糕点，好好招待。

突然间，随风传来一阵中气甚足的朗诵声，大家侧耳倾听：

天连吴楚，地控荆襄，吞云梦之空阔，接洞庭之混茫。有大禹之镇石，留黄鹤之遗响。鲁肃墓长眠忠厚，孔明灯烛照愚氓。

万古悲愤，三闾魂魄今何在？千载知音，流水涓涓绕高山。灵龟伏北，金蛇盘南。遥望赤壁烽火昨夜息，又见小乔今宵宴周郎。险哉夏口，扼江汉之交汇；壮哉三镇，居九州之中央。

“好文章！”张之洞禁不住脱口赞道，“这是谁在朗诵，宝刹还住着攻读诗书的士子么？”

杨锐笑道：“莫不是一位待漏西厢的张秀才！”

知客僧嗔道：“施主取笑了，哪里有什么张秀才，那是一个年近花甲的游方郎中，敝寺住持虚舟法师的朋友。”

张之洞起身说：“游方郎中有如此雅兴，我们去见识见识！”

众人都跟着总督起身。大雨已停，天井里积满着一时流不走的浑水，对面的一个小院落里，站着一个身材矮小的汉子，双手捧着一张长长的纸条，背对着天井在全神贯注地欣赏着。显然，正是此人刚才情不能自已地朗读纸条上的文章。

“吴郎中！”知客僧对着那汉子叫了一声。

“啥子事！”那汉子操着一口四川话，边说边回转过身子来。

哎呀！这不是吴秋衣吗？他怎么会住在这里？张之洞揉了揉眼睛，又仔细地盯了一眼。不错，正是那年给他治病的吴秋衣！他快步上前，惊喜地喊道：“秋衣兄，你什么时候到汉阳来了！”

那人先是一愣，随即大声一叫：“是你呀，香涛老弟，巧遇巧遇！”

吴秋衣迎上来，松开一只捧纸条的手，重重地拍着张之洞的肩膀。张之洞把吴秋衣紧紧抱住。

“秋衣兄，离开京师后，一直在想你，不料一别就是八九年了。你这些年都还好吗？”

“好，快活得很哩！”吴秋衣爽朗地说，“你这些年来也好吗？”

“也好，也好，我们今夜慢慢谈！”

杨锐、大根与吴秋衣也是老熟人了，异乡重逢，都激动不已。

张之洞向蔡锡勇、陈念礽介绍：“这位吴秋衣先生是真正有道德有学问的处士。十六年前，有一次我在路上中暑，幸亏当时遇到他，不然早就没命了。”

原来是总督往日的救命恩人，蔡、陈对眼前这个干瘦矮小的半老头子肃然起敬。

张之洞笑着问：“秋衣兄，你刚才读的文章在哪里？”

“这里，这里！”吴秋衣立即兴奋起来，将手中的纸条扬了扬。

“黑底白字，原来是一幅拓片！”

“我上午从禹王矶上拓下来的。什么人作文不知道，什么人书丹也不知道，却真正的是好东西。”

吴秋衣不去问张之洞缘何到了此地，张之洞也不询问吴秋衣的近况，两个金石爱好者凑在一起，细细地品赏起这幅尺余宽、三尺余长的拓片来。杨锐等人也围过来欣赏。

“这文章做得真好。尤其是这两句：遥望赤壁烽火昨夜息，又见小乔今宵宴周郎。绝妙好文！”

“好文，好文，集豪雄与艳美于一身！”

“你看这字，学二王是学到骨髓里去了。”

“刻工也好，一点没有走样失真！”

“看来这文和字都出自平凡人之手，却比不少名家大家的强得多！”

“是呀！世上许多杰作妙品都出自民间无名之辈，他们不想扬名谋利，故反而能得物理之精奥，而那些沽名钓誉之徒，才得皮毛便迫不及待向世上夸耀，汲汲以求名利，反误了正业。老子说圣人为而不恃，为而不争，讲的就是这个道理。”

蔡锡勇、陈念礽静听着张之洞与吴秋衣的随口谈论，觉得很有意思。

谈了好一会子拓片，吴秋衣才问：“你怎么也到汉阳来了，是不是从山西调到湖北来做巡抚了？”

张之洞还未来得及回答，大根早在一旁大声说：“吴郎中你说错了，我家大人早在六年前就做了两广总督，这次是从广州到武昌来做湖广总督的。”

知客僧在一旁听得呆了：真的是湖广总督到寺里来了？岂不是活菩萨进了山门！他拉着杨锐的衣角悄悄问：“这位真的是制台大人？”

“不是真的，难道还假冒不成？”杨锐得意地撩起僧袍，将挂在腰带上的铜牌亮了亮。知客僧确知来的是现世菩萨，忙分开众人，对着张之洞连连打躬：“小僧肉眼不识金佛，适才多多怠慢。”又对身边的小沙弥下令：“快请方丈出来迎接贵客！”

一会儿，便见一位矮矮胖胖身披暗红袈裟的老和尚急步走来，知客僧忙将他带到张之洞面前。老和尚双手合十，深深地弯下腰说：“贫僧虚舟，不知制台大人光临，未能迎接，万望宽宥，请制台大人赏光，到方丈室一坐。”

张之洞笑着说：“暂借宝刹，以避风雨，多多打扰，甚是不安。”

厨头过来对方丈说：“斋席已备好，请客人入席吧！”

虚舟说：“把那年我从鸡公山上带来的猴头菌和运光法师送的武当山黑木耳拿出来，再做两样好菜款待制台大人。”

厨头得知今日的客人原来是制台大人，忙衔命回厨房赶紧张罗。

张之洞在方丈室刚刚落座，外面就喊入席了。只见云水堂灯烛辉煌，一桌丰盛的酒席早已摆好。虚舟将张之洞奉在上席，然后请吴秋衣右边相陪，自己在左边陪坐。又叫知客僧请蔡锡勇、陈念礽、杨锐、大根在客位上坐下。一张八仙桌，恰好坐得满满的。上座虚舟亲自把盏，下座知客僧把盏，频频劝着素酒素菜，殷勤备至。酒过三巡，虚舟问：“制台大人酷暑过江来到汉阳，想必有要事。”

张之洞说：“总督衙门打算筹办一个铁厂，在武昌、汉口看了几处厂址，不很满意，今天特为到汉阳来再次寻找。”

虚舟问：“铁厂大吗？”

张之洞说：“大概要十多二十顷地的范围。”

虚舟的心动了下，又问：“请问制台大人，这衙门要地给钱不给钱？”

“给钱。”张之洞应声答道，“如果真是好地，宁可高于市价我们也买。另外，住在这里的老百姓的损失，比如庄稼、果树、房屋，我们也要考虑到。”

“善哉善哉！”虚舟左手五指并拢，在心口上移动几下。“官府不与民争利，真正的青天大老爷。”

张之洞想，这归元寺每天接待南北香客、十方商旅，最是消息集散之处，方丈和知客僧无疑是民间的头面人物，可以借他的口来传扬传扬本督以洋务强国富民的施政大计。于是放下碗筷，正经八百地说：“法师是出家人，不管俗世之事，现在的俗世是又贫又弱，国势不振。但大海之外却有一批洋人，比如离我们最近的东洋日本人，离我们很远的英国洋人、美国洋人、法国洋人、德国洋人，他们都又富又强，老是欺负我们，凭借着手中的船炮从我们国家取走千千万万两银子。”

虚舟说：“贫僧虽是出家之人，但吃的稻粱，穿的衣服，无一不来自俗世，且天天与四面八方香客打交道，眼中所见、耳中所闻尽是世俗之事，贫僧何能离得了世俗？众生贫苦、洋人欺负这些事，贫僧心里也知道，不知大帅有何妙法解除众生之穷苦，抑洋人之强梁？”

张之洞说：“此事鄙人已思之甚久，最重要的一条路子便是把洋人那一套富强之术搬过来。我手下有好些个幕友都在海外生活很多年，他们都说洋人并不比我们聪明。他们的那一套只要我们肯学，很快就可以学好。鄙人要充分利用两湖的财富大办洋务，铁厂是第一步，以后还要修铁路，建枪炮厂，建织布局、纺纱局，还要办新式军队，办洋学堂，把这一切都办好以后，我们就跟洋人差不多了。两湖百姓的日子就好过了，我们的军队强大，洋人也不敢欺负我们了。”

对于张之洞勾画的这一幅美好的富强蓝图，六十多岁的归元寺方丈一点兴趣都没有，他在心里盘算的是另一回事：龟山靠汉水边有一块三十顷的荒地，是相沿已久的寺产，只是这里濒临汉水，每年都要遭受大水的淹没，低洼处甚至一年遭水淹达两三个月之久。因为这个缘故，那块地便荒芜下来，地虽大，并不能给寺里带来收益。前一任方丈是个精明人，他想与其荒芜下去，不如租给农人。于是他把这块荒地分成十多块，租给了十多户附近少田无田的农人，规定他们每年向寺里交十多二十担谷，其余的收成都归农人自己。寺里的要求并不高，租地农人乐于接受。从那以后，寺里每年可以坐收二三百担谷子，十多户农人又有了安身立命之处，荒地得到了充分的利用。虚舟心里想，归元寺的众僧吃饭不成问题，每年二三百担谷子对于归元寺来说不是太重要的事。那年虚舟在京师西山碧云寺挂单，看到碧云寺的五百罗汉堂，赞叹不已，心里起了一个念头：要是在归元寺也建一个这样的罗汉堂的话，不仅为佛门做了一桩大善事，同时也大为提高归元寺在天下丛林中的地位，作为办理此事的方丈，自然功德无量。但建一个五百罗汉堂，没有三五万两银子不行，归元寺哪里拿得出这笔巨款！此事在虚舟心里存着十余年，突然他看到了希望。

“大帅，当年白光法师建好归元寺后，还剩下一笔钱，大家都劝他到天竺国去买几尊玉佛和几百册贝叶经来供奉。白光法师没有同意，却拿这笔钱在龟山脚下买了一块三十顷的荒地。众僧都不理解白光法师如何要办这样的傻事。白光法师对大家说，诸位不知，这是武汉三镇一块最好的风水宝地，二百年后，有一位能人会在这里炼出乌金来，给归元寺带来百倍的好处。”说到这里，虚舟脸上流露出抑制不住的喜悦，“大帅今日来此寻找铁厂，正好从三个方面印证了白光法师当年的话。”

张之洞来了兴趣，笑着问：“哪三个方面？”

“第一，白光法师说的是二百年后的事，归元寺最后完工是在康熙二十二年。”虚舟左手指头弯了几弯后说，“到今年恰好二百零六年，这是第一个印证。第二，大帅是今日海内数一数二的能人，这是举世公认。”张之洞微笑着没有做声，大根自豪地说：“谁还比得上咱们家大人，连洋人都得举白旗投降。”

一句话说得众人都快乐地笑起来。

“白光法师说的是炼乌金，铁是黑的，不正是乌金吗？”

蔡锡勇说：“洋人是把铁煤称作乌金的。”

虚舟高兴地说：“这位老爷帮我证实了白光法师的话，如此看来，三个方面都应验了。这块风水宝地的确是专为大帅买的。”

虚舟的话说得大家都心痒痒的，张之洞也被他说动了，于是说：“明天一早，烦法师陪我们去看看！”

吴秋衣一直没有说话，这时也笑着说：“真有这么好的风水宝地，明天我也跟你们去瞧瞧！”

吃完饭，虚舟要将寺里最好的客房安排给张之洞。张之洞说：“好客房让我的幕友们去住吧，我今夜要跟我的老朋友住在一起，好好地聊聊。”

接着，他把那年因中暑偶遇吴秋衣的事说了一遍。虚舟很兴奋：自己的朋友竟然是总督大人的恩人，这真是一座通向两湖最高权力的桥梁。忙叫小沙弥好好打扫吴秋衣的房间，送上香茶糕点，临时又移来一张宽大的凉床。

夜里，在明亮的灯烛下，一对分别八九年的老朋友促膝细谈，互相叙述别后这些年来的情况。

“老弟。”游方郎中不客气地沿用着十多年的旧称，仿佛今日对面坐着的并不是建立过赫赫战功权倾一方的总督，依旧只是一个无实权的学官。

“席上，你对虚舟谈了一套富强之术。我问你一句话，你要对我说实在的，你就真的相信那会给中国带来富强吗？”

“老朋友，你是怎么看我的，”张之洞颇感意外地说，“我不相信，我为什么会努力去做？这样热的天，普通百姓能躲凉的都躲凉，我一个五十多岁的总督，在火毒的太阳下，一连走了几天寻访厂址。我若不相信，我为何要这样做？再说，虚舟法师乃归元寺的方丈，佛门之人，我若不信，我跟他瞎说什么，我也用不着以此博取他的几句赞扬之词。”

“老弟，你不要因我这句话而不高兴。”吴秋衣笑起来了，说：“我不是说你有哗众取宠的意思，我是想你颖悟过人，精通经史，这些年又出任封疆大吏，头脑应很明白，你没有想到洋人的那套在中国是行不通的吗？”

“我不是要把洋人的一切都搬到中国来，我只想学他们建厂修铁路办学堂练兵这些东西，有什么行不通的？你有何高见，我倒要好好听你说说。”

吴秋衣连连摇头说：“老弟，不是我说你，你是书生气太重了，你其实不懂今日情势。今日中国，处处都显露出末世的景象，就跟前明崇祯朝相差无几，朝廷能多保几年的命就是好事了，何暇来谈富国强兵！还不如安心做你的太平总督为好，不要存什么励精图治之志。”

国家弊病很多，这点，张之洞岂能不知，但决不是末世，怎么能拿大清跟前明崇祯朝相比呢？崇祯被李自成给翻掉了，洪秀全闹腾十多年，到头来还不是让朝廷给平定了吗？太后圣明，比无术多疑刚愎自用的崇祯强多了。张之洞素来对太后怀着感恩情怀，倘若说这话的不是一个老朋友，他早就要将他抓起来当反叛者处置了。这时，他压下心中的不快说：“秋衣兄，你这话说得过头了，我受太后皇上恩泽深厚，自当与朝廷休戚与共。太后皇上为国家宵衣旰食，我怎能不励精图治？”

吴秋衣敛容说：“你受皇家恩德，愿尽忠报效，此心诚然可贵，但可悲也在于此。你是一叶障目，不见泰山。”

“此话怎讲？”张之洞神情肃然起来。

“老弟，你想过没有，你办洋务，都靠什么人来办？还不是靠官场的这批人。今天中国的官场，已经烂得差不多了，清廉的官，实心办事的官，十个之中难得一个。这些年来，四川也新办了不少局厂，每办一个局厂，就增加一个衙门，培植一批官吏，徒为百姓增添负担，办成了什么事？老弟，你是官场上的人，不怕你见怪的话，我冷眼观察中国官场几十年，是越看越失望，越看越心寒。我的看法与你不同，今日中国的积贫积弱，不是没有洋务，而是中国有这样一个腐败贪婪懒散推诿又盘根错节官官相护的官场，这是中国的万恶之源，贫弱之本。古人早就知道橘迁淮北而为枳。好端端的橘，为什么变为枳了呢？就是因为水土不好的缘故。今日中国就好比淮北的水土，外国好比淮南的水土，洋务这东西在外国是可口的橘，一到中国来就变成酸涩的枳子。腐败的官场，就是中国成为淮北水土的根本原因。而这，你一个张香涛是无力改变的。所以，你纵有天大的才干，也成不了事。”

吴秋衣的话，不是没有道理，但他太夸大其辞了。官场虽不好，但一则还是有好官，二来也可以整顿，其他省且不管，两湖是掌握在自己的手里的，我难道就不能凭借朝廷赋予我的权力，整顿出一个清廉的官场来？难道就不能利用这官场办一番轰轰烈烈的洋务事业来？他冷笑着说：“事在人为，两湖就不能是淮南水土吗？何以就料定它必为枳呢？”

吴秋衣哈哈大笑，说：“好，老弟，我不和你争辩了。我们可以在这归元寺，在佛祖的面前打个赌，十年二十年后我们再见分晓吧！时间不早了，明天还得去龟山看地，吹灯睡觉吧！”

第二天一早，趁着气温还不太高的时候，虚舟带着张之洞一行连同知客僧、吴秋衣等来到龟山。

龟山古称翼际山，又名大别山，坐落在汉水与长江的会合之处。山不高，形状方方圆圆的，从高处看来，犹如一只巨大的石鼋伏在江汉两水之间，因此俗称龟山。

知客僧是归元寺里的才子，能说会道，登上龟山顶，便兴致勃勃地一一指点远近风光，把它介绍给即将与归元寺做成一桩绝大买卖的贵宾们。

“诸位大人老爷们，站在龟山上，武汉三镇风物尽收眼底。就在龟山前后左右，便有大家所熟知的名胜。诸位向东看，那一座直冲长江形如船头的大石块，就是有名的禹功矶。”

大家的眼睛都顺着知客僧的手势望去，果然在前面三四十丈远的江边，一块庞大的嶙峋怪石兀然矗立在水中，像一根拴船的石础，又像一段阻水的石堤，滚滚的江水在这里被激成飞溅的浪花。使人不由得想起苏东坡“乱石穿空，惊涛拍岸，卷起千堆雪”的名句来。

吴秋衣对张之洞说：“昨天我得的碑文就出自那里。湖北百姓为纪念大禹治水，在这禹功矶上建了一座禹王祠。还有一棵千年古柏，相传是大禹亲手种植的，另有元代建的禹王庙。此外还有一块很好的碑，名叫岣嵝碑，据说是大名士毛会建将衡阳岣嵝峰上的碑文，拓后再刻碑立于此处。”

张之洞问：“岣嵝碑文你拓下没有。”

“拓了。回归元寺后我拿给你看。”

“诸位请看，禹功矶上有一座亭阁。这座亭阁叫什么名字，贫僧一说出来，诸位大人老爷一定早已知道。”知客僧就像一个训练有素的导游似的，吊起大家的胃口。“它就是大名鼎鼎的晴川阁。”

“晴川阁！”众人不约而同地惊叫起来。有人已轻轻地背诵崔灏的诗来：“晴川历历汉阳树，芳草萋萋鹦鹉洲。”

“对，它就是唐才子崔灏诗中所说的晴川阁。”知客僧很懂得游客的心理，补充说，“鹦鹉洲在晴川阁的下游，已被水淹了。”

如同故友重逢似的，张之洞将那座童年时代便记于心中的亭阁，伫看了很久。

“诸位再向南看，有一片竹林，竹林里有一座墓，墓主就是那位帮孔明草船借箭的东吴谋士鲁肃。”

鲁肃墓！众人又是一声惊叹，一齐向南看去。只见临近山脚边，果然有一片清清幽幽的竹林，团团围在一起，墓冢、墓碑都看不见。

张之洞心想：鲁肃在世并未为东吴建立大功，只是以忠厚诚信出名，死了一千多年，人们还记得他，墓旁能长年有这一片翠竹陪伴，也足以自慰了。

“诸位再向左边看，那里有一座三层六面石塔，名叫石榴花塔，为何叫这个名字，这里有个来由。”知客僧面对着大家关注的目光，说出一个悲恸的故事来：“宋代时，汉阳有一个年轻的寡妇，虽丈夫死去多年，一直谨守妇道，对婆婆尽心尽孝。有一天，寡妇杀鸡给婆婆吃，婆婆吃后第二天便死了。各种谣言纷起，都说寡妇有意毒死婆母，婆婆的女儿向官府告状。官府判寡妇死刑。寡妇受此天大的冤屈不能表明心迹，临刑前，她摘石榴花一枝，插于石缝中。对着石头说，若婆婆真是我害死的，石榴花枯萎干死；若是冤枉，则石榴花开放茂盛。行刑的刽子手冷笑说，花插在石缝里，必死无疑，哪有茂盛的，你莫不是疯了！谁知寡妇死后，插在石缝里的石榴花果然开得茂盛灿烂，第二年春天还在石缝边的土里生出一棵小石榴树来。这棵小石榴树长大后，年年满树花果。大家怜悯这位蒙受奇冤的寡妇，于是为她建了这座塔，取名为石榴花塔。八百年来，一直香火不断。”

众人听了，都感叹唏嘘。

虚舟法师说：“寡妇的冤枉，是龟山的石头给她洗刷的，可见龟山是一座神山，一座灵山。在龟山办事，是会得到神灵保佑的。”

大根一向信神信菩萨，听了虚舟的话忙说：“法师说得有道理，若不是神灵保佑，石头缝里的石榴花哪有不枯死的道理！龟山这地方确实通灵性。”

“龟山灵杰之处还多哩！”仿佛龟山是知客僧的家园似的，带着自豪的神气，他又指着远远的地方说：“那里就是古琴台，俞伯牙摔琴谢知音的地方。”

高山流水，人世间美好的相知相遇的象征，竟然就源于龟山，出于脚下的这块土地。突然间，湖广督署的幕友们对这座并不高大的山岭顿生又敬又亲的情感来。这是一座多么逗人喜爱的小山啊！

张之洞的心也激动起来。大禹、鲁肃、伯牙、子期、晴川阁、石榴花塔，这一切在他的心里已构筑一幅动人心扉的图画。不用具体去踏勘那块荒地了，他已经在心里做出决定：铁厂就建在这里，有这么多圣贤神灵聚集，龟山当然是风水宝地，铁厂借着它的雄魂精魄，今后必将兴旺发达，震撼中外！

"大人。"虚舟见知客僧将龟山四周的名胜介绍得差不多了，适时地建议，"我们下山去看那块地吧。"

"好，你带路。"

众人跟着虚舟，顺着一条窄窄的山道从山顶下来，朝着汉水走去。没有多久，就来到属于归元寺所有的那块土地上。

"这一片都是。"虚舟用手臂在空中画了一个圆圈，把众人眼帘中所见的一大块河滩全部包进去了。"此处襟江带河，气象壮阔，地势平坦，一马平川，白光法师真正的好眼力。"

虚舟以自己的高度评价，再次为这块荒地预定基调。

张之洞极目远眺，但见这块三千余亩的大平川，约有一半属于河滩，上面布满沙砾，几乎不能种植树木庄稼，另一半虽是黑黄色的泥，却也大部分长着蒿草杂木，约有五六百亩地被辟为田土，上面正生长着庄稼和蔬菜。也有数百上千株果木。在田土与果木中可见稀稀落落的农舍，间或传来犬吠鸡鸣。张之洞虽看不出它的风水佳妙之处，但可以肯定其水路极为方便，且地势辽阔坦平，为今后建世界一流的铁厂提供了足够的条件。他已经默许了，不过还想听听幕友们的看法。

"毅若，你看呢？"

"大致尚不错。"蔡锡勇的眼光四处扫视一遍后说，"涨水时，工厂有一半会被淹。"

"筑一道堤，将汉水和长江的大水拦在堤外。"张之洞早已想到这一点。

陈念礽说："河滩一带地势低洼，容易积水。"

张之洞："可以把它填高。"

杨锐说："筑堤、填土这两项工程，将会耗资不小。"

张之洞胸有成竹："要建一座铁厂，当然花费会很大。银钱一事，由我来设法筹集。"

显然，总督的主意已拿定，大家不再提出异议了。大根却有新的发现："四叔，河滩填高以后，可以做一个很好的跑马场，今后骑兵可拉到这里来训练。"

受大根这话的启发，张之洞突然间又冒出一个想法来："花这么大的成本来做跑马场太浪费了，不如在这旁边再建一座枪炮厂，就用铁厂出的铁来造枪炮，省得再外运！"

大家鼓起掌来，齐声赞扬这个好主意。

虚舟知张之洞已是看定了，心里高兴至极，忙恭维道："大帅办事气魄宏阔，真不愧为让洋人举白旗投降的大英雄。富国强兵，扶正压邪，也是我们佛门的宗旨。这块荒地上能兴建铁厂、枪炮厂，真是一桩大慈大悲救苦救难的无量善事。阿弥陀佛，归元寺要为大帅此举办一场三天三夜水陆道场，祈求菩萨神灵保佑，诸事顺遂，功德圆满。"

虚舟这番话引起众人好一阵大笑。张之洞对方丈说："行，就这样定了，过几天，我派人到宝刹来具体商谈。"

"善哉，善哉！"法师合十作揖，欢喜无尽。

吴秋衣眼看着这一切，一句话都没有说。

五天后，从广州跟随张之洞来武昌、任职督署总文案的赵茂昌奉命来到归元寺，就这块荒地的交割与寺方代理人知客僧清心洽谈。

清心将这块荒地上所包括的水田、果木、池塘、房舍、人口、牲畜等列了一个眉目清楚的明细表，并且一项一项地说给赵茂昌听。清心不厌其烦地详尽叙述，赵茂昌耐着性子听了两个来钟点，实在厌烦了，便不客气地打断和尚的唠叨絮语："多余的话不要说了，直截了当谈价吧，你们要多少银子？"

清心心里想：昨儿个总督和幕友们一个个都客客气气的，这人官架子怎地如此大！他是个惯于和各方打交道的和尚，面对着赵茂昌的官气，一点儿也不在乎，脸上依旧笑笑地："好，总爷说得对，多余的话不讲了，贫僧就一项一项地报价。水田一千零二十亩，每亩作价七两五钱，共计七千六百五十两银子。土地八百二十亩，每亩作价四两，共计三千二百八十两。河滩地一千四百亩，每亩作价一两二钱，共计一千六百八十两银子。这三项加起来共一万二千六百一十两银子。另房舍二百二十五间，平均每间作价二十两银子，共四千五百两。池塘一百零七口，连所养的鱼在内每口作价四十两，共计四千二百八十两。另大小牲畜一千一百三十二头，平均每只作价一两，共计一千一百三十二两。另外尚有果木三千余株，平均每株三钱银子，共计九百两。这四项加起来一万零八百一十二两银子。七项总计二万三千四百二十二两银子。佛门一向与人为善，尾数的四百二十二两就让给你们了，我们只要二万三千两就行了。"

赵茂昌一边听一边心里不停地冷笑，当听到最后报出二万三千两的天价时，禁不住暗暗骂道：好一群贪得无厌的秃驴，还要说什么"佛门与人为善尾数相让"的话，真正地不知羞耻二字！钱庄伙计出身的总文案是个精明透顶的人，这些天他已暗地里对龟山一带的行市摸得一清二楚了。

他皮笑肉不笑地对清心说："和尚，你报的价也太离谱了吧。你不要欺负我们是外地人，不懂本地的行市，也不要把官府的人都当成傻瓜，银子随便由你拿。"

赵茂昌这几句话打中了清心的要害，他心里一阵发虚：看来这家伙不是个好对付的人，得小心点。知客僧满脸堆笑说："赵总爷，贫僧报的价有哪点不属实，你老尽管指教。"

赵茂昌脸上的假笑一丝儿都不见了，两道阴冷的目光盯着知客僧，以不容置辩的口气说：“你报的每一项都不属实。汉阳城郊最好的水田，也不过六两银子一亩。龟山这块荒地上的上等水田，在汉阳城郊的水田中不过中下而已，值不得四两，七百多亩水田平均作三两算都高了，就此一项，可见多报了一倍多的价。其余土地、果木、池塘、房屋，你都翻了一倍。说句实在话，本总爷早就给你把各项细账都算清楚了，满打满算，给你一万二千两银子就够意思了，没想到你们佛门这样黑心！

“阿弥陀佛，我佛大慈大悲。”清心嘴里不停地这样念着，其实是强压住心中的虚恐，同时也在思量着对策。正在这时，小沙弥过来请入席吃饭，清心借机中止洽谈，重新满脸笑容地说：“赵总爷，我们先吃饭，账目嘛，吃完饭后再慢慢算。”

赵茂昌顺水推舟地起身说：“好吧，吃完饭再说。”

席上作陪的，除方丈虚舟、知客僧清心外，维那清戒也来了。三个和尚殷勤劝酒劝菜，恭维话不断，把赵茂昌当成真身赵公菩萨一样供奉着。饭后，清戒亲自陪着赵茂昌参观藏经阁。藏经阁里藏着归元寺的镇寺之宝——三部天竺国的贝叶经。这三部贝叶经从不轻易示人，非达官贵人或佛门高僧不能一观。

清戒吩咐管藏经阁的和尚打开楠木书柜，将一部贝叶经取出，亲自翻开，讲叙给赵茂昌听。赵茂昌听不懂贝叶经上的经文，对那些青黄色的长椭圆形树叶也看不出个名堂来。清戒见赵公菩萨心不在焉，忙收起贝叶经，将他带到玉佛堂。玉佛堂是归元寺专为收藏发了财的信徒们，自愿捐献给寺院的佛像的殿堂。

这些佛像大部分是玉雕的，故称玉佛堂。有几座鎏金的佛像，还有一座五寸高的金佛像，是一位南洋巨富捐的，深藏在地下室里。为了对付赵茂昌，管堂的执事和尚在吃饭期间，便奉知客僧之命将所有鎏金佛像都赶紧搬走了，又将一座极普通的黑玉佛像，用一只四面镶着花格玻璃的精致梨木盒装了起来，摆在最为显眼的地方。

来到玉佛堂，赵茂昌兴致大增。他一座一座地细细看，又不停地用手这里摸摸那里摸摸。这种亵渎佛祖的行为，若是换了别人，一定会受到和尚们的呵斥。但今日此人便是佛祖，维那不但不予制止，反而随着他的手一起对佛像指指点点，议论玉的质地和色泽。

来到黑玉佛面前，赵茂昌立时被精致的玻璃框架所吸引，连连称赞这个架子好。维那笑着说：“赵总爷，这座佛像的玉质更好。”说完，吩咐执事和尚拿钥匙来将框架上的锁打开。

赵茂昌的手在玉佛身上摸了摸。他其实并不懂玉，心想在这样名贵的框架中的玉佛一定很贵重，便点头说：“这玉质是好。”

“赵老爷好眼力。”维那笑着说，“不瞒你老说，这座玉佛可不一般。它来自暹罗国的古都清迈王宫，是暹罗王的后裔送给寒寺的。这黑玉有一个专有的名字叫暹罗圣墨，黑玉是玉的精品，暹罗圣墨又是墨玉中极品。这座圣墨玉佛在清迈王宫供奉了近百年，后由国王赏赐给他一位宠妃生的儿子，从此离开王宫。六十年前，这位王室后裔来归元寺朝拜，将它送给了寒寺。这玉佛堂里所有的玉佛加起来，都不及这一座。”

赵茂昌的眼睛死死地盯着圣墨玉佛，贪婪的眼神毫不掩饰地流露着。维那知道鱼儿已经上钩，便笑容可掬地说：“赵老爷若是喜欢，就送给你老，为归元寺与总督衙门结一段善缘。”

见赵茂昌不说话，知已默许，便高声命令执事和尚：“把这座圣墨玉佛好好包起来，今夜由你护送，送到赵老爷府上。”

就在维那陪赵茂昌游藏经殿、玉佛堂的时候，知客僧和住持正在方丈室里密谈。见玉佛堂的事情办好了，知客僧亲来邀请赵茂昌去方丈室。

洽谈在方丈室里继续进行，只是寺方的代表已换成第一号人物住持虚舟法师。

“汉阳那块地就请赵老爷关照关照，二万三千两银子，委实没有多要。”虚舟法师说。

“没有这么多。”赵茂昌的态度依然和饭前一个样，只是说话时的声音柔和多了。“刚才清心法师报的每个细项都多算了许多，比如说牲畜平均每只算一两，这里的马虎眼就大得很。牲畜中有大牲畜，有小牲畜。我亲自查看过，一百一十户人家中，猪牛这些大牲畜加起来不过三百来头，其余的都是鸡呀鸭呀这些小牲畜，一只鸡鸭值得几个钱！清心法师按平均每只一两计算，这不明摆着是哄蒙人吗？”

虚舟法师听了赵茂昌这番话，心里又恨又佩服：恨这家伙拿了归元寺的玉佛，依旧不松口，佩服他精明能干。

“赵老爷，你是一个真正认真办事的人，贫僧十分钦佩你。”先给赵茂昌戴上一顶高帽子后，虚舟慢慢地说，“从每项的细账看，清心是报多了点，这没有瞒过你老的法眼。但总体来说，二万三千银子不算多，因为清心忘记告诉赵老爷了，这块地是二百多年前白光大法师看中的风水宝地，它今后会给铁厂带来十倍的兴旺，百倍的利益。”

见赵茂昌并不以这话为然，嘴角边似乎有着淡淡的讥笑，虚舟明白，这是个不受软功的强硬角色，到了这种地步，他不得不实话实说了。

“赵老爷，实话对你老说，出家人脱离了世俗，没有妻室儿女的拖累，也不想去巴结讨好别人，要钱财做什么？佛门第一戒的是贪。贪使人迷失本性，坠入火坑，乃作恶生孽之根。本来，张大帅办铁厂，龟山的那块地就送给总督衙门也无妨，只是寒寺将有一桩大事要兴作。”

见赵茂昌对这句话有兴趣，虚舟说话的劲头更足了。

“二十多年前，贫僧见京师西山碧云寺有一座五百罗汉堂，气象宏伟，实北地佛门壮观，可惜荆襄大地没有。遂对着佛祖立下宏愿，今生要竭尽全力，在归元寺也建一座五百罗汉堂，二十多年来也为此积下将近二万七千两银子。要建成这座五百罗汉堂非五万两银子不可。贫僧年近七十，来日已不多，不能再行募集，另外的二万三千两便只有靠出卖这块龟山旧地了。实话说吧，这块地连同上面的房舍、池塘、果木、牲畜大约可值一万二千两左右，加上好风水可增值银八千两，此外的三千两就是赵老爷你老送的了。这三千两银子的恩泽，贫僧会告诉佛祖听的，并由寒寺十位得道高僧为赵老爷念十天十夜祈福升官保平安经文，保佑你老大福大寿大俸禄，全家老小康泰顺利。”

见赵茂昌面色稍怿，虚舟略为压低了声音，却是一字一顿地分外清楚：“寒寺将打一个三千两银子的包封送给赵老爷，略表贫僧和寒寺全体僧众的感激之情。”

这句话，为什么不早讲，绕这大的圈子多费劲！赵茂昌不动声色地说：“按理说一万二千两都多了，风水宝地嘛，这是虚的，铁厂尚未建，投产更是三年五年以后的事，拿什么来证明？只是你们要建五百罗汉堂，需要银子用，才不得不哄抬行市。你早说清楚不就得了！赵某祖母、母亲都吃斋念佛，家里多年来也供奉过菩萨，既然是为五百罗汉堂做贡献，赵某人就认了你这个数。”

“善哉，善哉，阿弥陀佛！”虚舟忙捻着佛珠，念念有词。“赵总爷大恩大德，贫僧一定奉告佛祖。”

赵茂昌心里冷笑了几声，接着说：“但有一句话，我先给你说明白了，三千两银子的包封，是你们自愿给的，赵某人可没问你们要！”

“那是的，那是的！”虚舟忙点头。

“所以，不管以后什么人来问，你们都不能说。如果有人说出了，赵某人可不是好惹的。”

赵茂昌的厉害，虚舟已经领略了，忙说：“赵老爷放心，此事只是贫僧一人知道，归元寺众僧连同清心、清戒都不知。只要贫僧不说，谁人知道？贫僧感激还来不及，又岂会说出去！如若不信，我可以在菩萨面前起个誓。”

“不要起了。”赵茂昌起身说，“还有一点，你们另外再造一个细目，各项加起来是三万三千两银子，那一万两是赵某人核实后减下去的，懂吗？我走了。”

“懂，懂！”虚舟弯腰合十，恭恭敬敬地将赵茂昌送出归元寺门外。半夜时分，归元寺一个年轻力壮的和尚背着那座黑玉佛，悄悄地来到赵茂昌的家中。

听说赵茂昌将归元寺提出的三万三千两核减为二万三千两，张之洞连连称赞赵茂昌能办事，对这个从广东带来的总文案更加信任了。蔡锡勇和陈念礽拿出筑拦水长堤和填高低洼五十万土方的预算：长堤需银五万八千两，填土需银四万六千两，连同购地二万三千两，需银十二万七千两。

蔡锡勇问：“这个厂址，费用是不是太大了点？”

“不过十二万多两银子嘛，不算多。”张之洞满不在乎地回答。

蔡锡勇又提出一件事：“香帅，刘瑞芬公使来了电报，承造炼铁炉的利物浦工厂，要我们赶紧派人送铁矿样品到英国去。”

“为什么？”张之洞大惑不解。

“炼铁炉有两种。”蔡锡勇以专家的身份说，“一种是贝塞麦转炉，这种炉不能去生铁中的磷，一种是马丁炉，可以去磷。”

“为什么要去磷？”对冶铁技术一无所知的总督大人发问。

“铁厂炼出的钢含磷量若超过百分之零点二，则质量不高，许多对钢材要求高的工程就不能用，比如说，铺铁路的钢轨就不能用超过百分之零点二的钢材，因为容易断。所以要化验我们用的铁矿石，若含磷量不超过百分之零点二则订做贝塞麦转炉，若超过就用马丁炉。”

“大冶铁矿还没有开工哩，从哪里去找铁矿石？再说派一个人送矿石去英国要花多长的时间，岂不耽误了我的开工日期！”张之洞不耐烦了，看着铁政局督办一副为难的样子，心中说，到底是一介书生，没有办事的魄力。他断然说：“你给我回一个电报给刘瑞芬，说利物浦那家工厂目前做什么炉子方便，就给我们订下两座，越快越好。大冶铁矿石那么多，岂能只是一个成色？它的炉子能去磷，我们就用磷多的矿石，不能去磷就用磷少的矿石。退一步说，大冶的不行，中国这么大，还能找不到合适的铁矿！这是很简单的事，何须如此麻烦，这洋人就是死板！”

一向严谨的洋务督办虽觉得总督的话近于荒唐，但面对着板起面孔不容商议的神态，他一时失去了争辩的勇气，只好说电报上的第二件事：“他们要先交六万两银子的订金，刘公使叫我们赶紧汇银票去。”

“你告诉刘瑞芬，就说银钱一个子儿都不会少，请他先给我垫着，我即刻就汇过去。只是要快，铁厂明年夏天要开工，不能误了我的工期。”

“还有，电报上说两个炉子连运费，共需八十万两银子。”

“好，我知道了，到时一手交货，一手交银子。这个利物浦的工厂也是小气，我一个堂堂大清国的湖广总督，向他买东西还会少他的钱吗？这些洋人也太计较了！”

蔡锡勇笑道：“香帅，这就是洋人办事的习惯，事先双方都说清楚。你对他的货物可以提出各种各样的要求，他做得到就做，做不到就不做。他要的钱他也说清楚，你同意，这笔生意就做，不同意就算了。彼此一点不伤和气。我们这份电报拍过去后，他就会来一个合同，上面将双方的要求都写得一清二楚，双方为头的在上面签字，事情就这样定了，彼此不得反悔，反悔就要赔偿损失。哪像我们中国人，起先都是拍胸脯的君子协定，无只字凭据，到时出了事，彼此又互相推诿，都不承担责任。”

“洋人办事死板是死板点，但这种认真的态度还是可取的。”张之洞点点头说，“事先说清楚，白纸黑字，也好免得日后麻烦。待他们的合同来后，我来签字，你先把电报拍过去吧！”

办铁厂、枪炮厂，这都属于洋务兴作，从曾国藩咸丰十一年在安庆创办中国有史以来第一座兵工厂算起，到现在亦不过二十几年历史，其后不论李鸿章、左宗棠，还是沈葆桢、丁日昌等人创办的各种机器局、制造局，也几乎都是为军事服务的。由朝廷颁下专款，通过户部拨给总署，再由总署拨给办洋务的督抚。海军衙门成立后，总署的这个差事便移交给了海军衙门。

张之洞向朝廷上折，请求由海军衙门尽快拨下一百万两银子的专款。他知道掌户部的翁同龢不是一个好说话的人，军机处里，阎敬铭是离开多年了，堂兄这些年也年老多病，长期在家休养，不大问事，大权已逐渐落入最善迎逢又最喜揽权的孙毓汶的手里。孙毓汶身为军机大臣，却并不是个一心为国的人，一向置个人得失在国家得失之上。张之洞不愿意拿国家的银子和自己的人格去走这种人的门子，所以他估计这一百万银子的批复下来不是件顺畅的事。

但龟山的地要立即买下来，这迁移、填土、筑堤都得抓紧时间进行，买炼铁炉的订金也得汇，这几项银就得二十万两；大冶铁矿和新近确定的江夏马鞍山煤矿也必须尽快开工，眼下非得有四十万两银子不可。若坐等朝廷的专款，不知要推延到何时。性情急躁素来办事只争朝夕的湖广总督不能坐等，更何况神州第一大厂的巨大成就感，更在强烈地鼓动着他那颗好大喜功的雄心。他决定先要湖北巡抚拿出四十万两银子来。

按照朝廷的制度，总督对所辖省份的民政刑事虽有管理之权，但偏重于军事。这种制度，咸丰朝期间因战争的缘故，在江南一带则被改变了。因为当时这些省份里，用兵打仗成为压倒一切的大事，所有举措都得服从战争这个大局，故而当时的湖广总督、两江总督、闽浙总督乃至两广总督、云贵总督都拥有调动一切、指挥一切的权力。为了收指臂之效，所辖省份的巡抚、藩司、臬司便往往由该总督提名，朝廷照准不误。战争进行了十多年，朝廷过去的定制在江南各省被无形中破坏了。待战争结束后，已实行多年的制度便成了新的定制。张之洞做两广总督时，所面临的第一桩大事便是在越南的中法战争，这又是一场用兵打仗的大事，广东、广西的巡抚不能不听凭他的调遣。来到武昌后，张之洞也同样以这种心态对待两湖的抚、藩、臬。他以先前两广总督召见广东巡抚的架势，请湖北巡抚来督署有要事相商。不料，初与湖北地方大员打交道的张之洞，便碰了一个不硬不软的钉子。

三　病入膏肓的黄彭年冒死劝谏张之洞莫办洋务

张之洞到武昌后不久，湖北的巡抚就由奎斌换成了谭继洵。从小恪遵圣贤之教刻苦攻读“四书”“五经”，一心在科举功名上下功夫的谭继洵是湖南浏阳人，今年已经六十八岁，是个须发皆白的老者。

谭继洵二十七岁中举，三十七岁中进士，分发户部做主事，五十五岁才外放甘肃巩秦阶道，直到六十一岁时仍只是一个四品衔的中级官员。正当谭继洵叹息仕途不顺的时候，不料老来吉星高照，官运亨通。这一年，他被擢升为甘肃按察使，第二年又被擢升为甘肃布政使，今年又简授湖北巡抚。短短的七年工夫，谭继洵便直线上升为一省的封疆大吏，而且将他由苦寒边远的西北调到湖广。作为一个望七之年的湖南人，谭继洵自认为对朝廷的恩德粉身碎骨不足以报答。

二人在布置得十分精致的小客厅坐下后，谭继洵谦恭地说：“不知张大人叫下官来有何事。”

“谭大人，”张之洞也以很客气的称呼叫着。“铁厂的厂址已最后选定了，就在龟山的脚下，我看那地方很宽阔，以后在旁边还可再建一个枪炮厂。”

张之洞要在湖北办铁厂，谭继洵是知道的，他心里很不赞成。一来他墨守成规，对洋人有深刻的成见，并不认为洋人的那一套就是致富强的唯一之路。中国是礼仪之邦，还是得遵循历朝历代行之有效的清吏治、厚风俗、奖农桑、薄赋税等办法，那才是一条利国利民的康庄大道。洋人只重强权，不要义理，那只能胜人之口，不能服人之心，终归不是长治久安之策。二来在甘肃时，他深知左宗棠创办的兰州织布局、机器局、制造局等洋务，耗资大而收效微，管理混乱，连年巨亏的内幕。左宗棠是中兴功臣，又为朝廷收复了新疆，厥功甚伟。他不敢公开批评，只是私下里对同僚们说，洋务这码事，只能由洋人在他们国家里办，我们中国办不成。来到武昌，他听说张之洞要在湖北大办洋务，心里就着急，本想给头脑发热的总督泼点冷水，但转念一想，张之洞是个刚立下赫赫战功，又倔强自信、甚受太后恩宠的人，一定听不进去，于是打消了这个想法。只在心里暗自决定：他张之洞折腾让他去折腾吧，只要不损伤湖北就行了，我一个老头子，既犯不着与他唱对台戏，更不能与他同台共演一出明知要砸台的戏。

谭继洵以很不自在的笑容说："好啊，何时开工？"

"离开工还早哩！地还在归元寺的手里没有买过来，买来后还要筑堤、填平，还要买机器安装，一年后能开工就是好事了。"

唉，太平总督你不当，却要这样折腾做什么？谭继洵心里这样想，嘴里却说："好，到开工的时候，下官率湖北司道们都去祝贺！"

"祝贺是以后的事。"张之洞与僚属说话一向不喜欢兜圈子，因为他要办的事太多了，不愿意在这种虚委中浪费时间，遂直截了当地摊明："眼下鄙人有急务要求助于谭大人。"

"什么事，大人只管吩咐。"久为藩司的谭继洵已大致猜到了张之洞的所谓"急务"。

"实不相瞒，鄙人要向谭大人求助银子。"

望着张之洞的两道热切的眼光，谭继洵本想不开口却又做不到，只得应付着问："大人要多少银子？"

四十万两。张之洞正欲开口报出这个数字，转念一想，谭的年纪既比自己长十多岁，中进士又早两科，是真正的前辈，不能当寻常巡抚看待，宜逐项报明以示尊敬。于是改口："有几大项工程都急着要开工，一是买地，要付二万三千两，二是筑堤，要费五万八千两，三是填平，要费四万六千两，再是大冶铁矿和马鞍山煤矿开采，各要十万两，外加炼铁炉订金六万两。这五笔款加起来共三十八万七千两。鄙人万不得已，要向谭大人求助四十万两银子。”

果然是为了银子的事。谭继洵为自己的不幸猜中而深陷忧虑。谭继洵一到武昌，第一件事便是查看藩库的银子。账面上尚余五十万，要从中拿出四十万两出来，看似可以，但实际上是做不到的。一则，账目上的银两其中一半是数字，并不是白花花的纹银，这些银子还在各地税卡、牙行和县衙门里。自从战争以来，各省拖欠中央的银子，各省下属拖欠省里的银子，已相沿成习。他们应交的银两，有意压下数月半年不交，放在钱庄生息，这息钱便成为个人荷包中的私利。此风已成官场公开的秘密。二则存在藩库的二十几万两银子，已是八方伸手，立即就得发下去的。如洪湖水灾的救济款，德安干旱的救济款，施南、宜昌瘟疫医药款以及从监利到嘉鱼段长江防洪堤的加固款，这些都是早两个月前便应发下去，只是因为奎斌已调走，藩司黄彭年又病重不能理事，眼巴巴地等着谭继洵上任后早日发下。藩库仅存的二十几万实银都是救命的专款，岂能交给张之洞去瞎胡闹！怎样来搪塞这位偏爱大兴作的总督呢？一时间，老头子急得背上一阵津湿。

他决定实情相告。把湖北藩库的实际情况详细禀报后，谭继洵说：“大人办铁厂、枪炮厂，这是富国强兵的好事，湖北自应全力支持，下官也应当全力配合。只是湖北贫穷，灾害又多，实在拿不出一两多余的银子来。下官明天就叫藩司衙门一并送来账簿和各地请求救济的火急禀帖，请大人验看。下官若有半句假话，甘愿受大人制裁。”

湖北藩库只存五十多万两银子，这与当年张之洞就任粤督时，广东藩库所存银数差不多。这点张之洞相信。但有一半银子没入库，以及各地急需拨银的情况，张之洞却将信将疑。他也不便硬与湖北抚藩作对，去亲自验看，只得摆摆手说：“账簿不要送了，想必谭大人不会说假话。湖北的银钱出入，鄙人过段时期也会清楚的。”

张之洞这句不冷不热的话，说得谭继洵又不安起来，心里想：

这是一个不好对付的硬角色。谭继洵做了一世的官，从来不与上司顶撞，何况张之洞这样的人物，更是得罪不得，要把僵冷的场面缓和过来才是：“大人，过去左侯在兰州办制造局、火药局，都是朝廷总署拨下来的专款，数目大得很。”

张之洞明白巡抚的言外之意，冷笑着说：“铁厂今后需要好几百万两银子，湖北拿得出吗？两湖又拿得出吗？当然是朝廷专款。但铁厂办在汉阳，是湖北省的大事。你湖北省就坐视不理，一毛不拔吗？”

张之洞咄咄逼人的气势，使年迈拘谨的湖北巡抚颇为畏惧，细思藩库的银子又不是自己的家产，死命不给，得罪了这位总督，日后也不好相处。他的性格素来是息事宁人，何况办铁厂是朝廷同意的，在道理上张之洞也站得住脚。谭继洵犹豫一阵后，终于让步：“大人说的是，铁厂办在湖北，也是件给湖北大挣脸面的事。藩库里现存的实银，各地救灾款和防洪堤款我先照半数拨下去，余下的一半，估计不会少于十万，就全部给大人吧！虽然远远不够，但龟山厂址的筑堤和填平工程可以先动工。”

张之洞还以为这个老头子会一两银子都不肯拿，没想到转眼之间便同意出十万，也算是倾力相助。他转怒为喜，说：“谭大人，谢谢你了。”

第二天上午，张之洞正准备让赵茂昌去巡抚衙门拿银子调拨单，却不料周巡捕匆匆进来说：“黄藩台来到栅门口，刚出轿门便跌倒了，轿夫已把他背进北溟亭。他说有紧要事即刻见大人。”

黄彭年不是卧床数月、病入膏肓了吗，他有什么要紧事亲自来督署见我？张之洞忙放下手中的笔，立即向北溟亭一路奔去。

北溟亭是督署北面的一个小亭阁，四围栽种一些花草树木，夏天是一处乘凉休憩的好地方。时正酷暑，武汉三镇热得像个大蒸笼，七十二岁的老藩司黄彭年重病已大半年，不能上衙门办事，一般公文自有各科吏目照例办理，紧要的则派人送到他的府上，念给他听。他有气无力地交代几句后，再带回交相关人员按他的指示办理。近两个月，他大门都不出了，只偶尔在自家小庭院里坐坐，看看树叶看看天。昨天下午，谭继洵从督署出来后便到他家，一来看望，二来将张之洞办铁厂求助湖北以及已答应给十万的事告诉了他。黄彭年一听，气得顿时回不过气来，好一阵子才气息嘶喘地对谭继洵说："张之洞这是在胡闹，不能给他银子。"

谭继洵为难地说："我已答应了他，也不好收回。"

黄彭年说："明天我去拒绝。第一次若不硬点，他今后会诛求无度。朝廷的银子由他乱花我们管不着，湖北的银子不能听任他丢到水里去。"

谭继洵本就不情愿，让这个倔老头子去阻拦一下也好，但黄彭年病得如此重，能出得门吗？

"老方伯身体欠妥，还是让我去转达吧！"

"不，非得老夫亲自去不可。"

黄彭年说完这句话，便气喘吁吁。他闭目养神不再说话，巡抚悄悄地退出了。

原来，翰林出身的黄彭年是个死硬的洋务反对派，在当年办不办同文馆的大争论中，他就坚定站在大学士倭仁的一边，对倭仁"立国之道，尚礼义不尚权谋；根本之图，在人心不在技艺"这一套服膺至极，认为倭仁才是安邦治国的柱石之臣，奕䜣、文祥等人听信浮言，浪开同文馆，总有一天会把中国弄成和夷狄一样的论势不论理的野蛮之国，对后来曾国藩、李鸿章等人的大办洋务，黄彭年一直持反对态度。黄彭年为人方正刚直，操守清白。他治家严谨，独生子黄国瑾二十多岁便中进士点翰林，现正在翰苑做编修。父子均出身词臣，令官场士林钦佩。仗着这种声望，黄彭年决定以重病之躯入督署，不惜以死来谏阻这个任性使气的后生制台，至少要卡住这十万银子。

黄彭年晚餐特意多吃了几片鱼肉，天不黑就闭着眼睛强迫自己养足精神，以便明日出门办大事。第二天早上，他又喝了一大碗浓浓的关外人参汤。参汤喝下后，他觉得气力好多了，居然可以自己走进绿呢纱顶大轿。趁着早凉，轿夫们抬着他向督署走去。走了一半路时，他的感觉都还好，后来便渐渐地不舒服了。太阳越升越高，气温也越来越高，虽然是纱顶夏轿，但毕竟四面绿呢围着，气不能顺畅流动，老头子在里面热得难受。为了使他不受颠簸，轿走得极慢，到督署大门时已是辰末时分了。轿夫掀开轿帘，他刚迈步出轿，一股热浪迎面袭来，只觉得脑袋一晕，便昏倒在栅门口。轿夫忙将他背起，随行的仆人一手提着事先备好的药囊，一边嚷叫督署的人出来接应。

张之洞来北溟亭时，骨瘦如柴的黄彭年正躺在藤靠椅上，轿夫在轻轻地扇扇，仆人在给他喂汤药。他勉强吞了两口，睁开眼睛，见张之洞站在一旁，忙挣扎着要起身行礼。张之洞赶紧走上一步，制止说："老方伯，千万别动，这会子好点了吗？"

"好多了。"黄彭年答道，声音比游丝粗不了多少。

都病到这种地步了，还亲自到督署来做什么？张之洞大惑不解。他拉过另一把藤靠椅，紧挨着黄彭年坐下，轻声问："署里有冰镇的莲子汤，要不要喝点？"

黄彭年摆摆手。仆人说："黄大人再热的天也不吃冰镇的东西。"

张之洞又问："热茶可以吗？"

黄彭年点点头。督署衙役忙送上热茶，黄彭年喝了两口，气好像回过来了，灰白的皱脸上慢慢有了点血色。又过了一会，黄彭年觉得好多了，便对着仆人挥手："你们都走开点，我要跟张大人说重要的事。"

仆人带着轿夫离开北溟亭，督署的衙役也自动走开了。北溟亭里只剩下黄彭年和张之洞。一阵轻轻的南风吹来，亭外盛开的芍药、玫瑰微微摆动，长长的垂柳上贴着几只蜂似的小鸟，不停地在叶片上啄来啄去。黄彭年感叹地说："我有半年多没上督抚衙门了，上次来时，柳条儿都是光光的。"

张之洞说：“老方伯大安后，请常来这里坐坐聊聊。”

黄彭年脸色阴了下来，说：“我是好不了了，这怕是最后一次来督署了。”

“老方伯怎么这样想？好好将息，自然会一天天好起来的。”看对面这位藩司的气色，张之洞也知他活不多久了，但嘴里还是这样安慰着。

黄彭年轻轻地摇了摇头，没有说话。

“老方伯，这么热的天，再有什么大事，你也不必亲到督署来，可以叫我去府上看你嘛！”

“有一件大事，非我亲来不可。张大人，我是个要死的人，什么顾虑都没有了，也不怕得罪你。”黄彭年说到这里，停了下来，气在胸臆间运了运后说，“听说大人要在汉阳办铁厂、枪炮厂，大人的心意当然是好的，但我要对大人说出逆耳的忠言：请赶快打消这个念头吧，莫做这种劳民伤财的蠢事，洋务在中国是办不成的，也大可不必办。大人饱读诗书，自然知道治理中国，当用圣贤世代相传的古法，切不可让洋人坏了我华夏数千年来的名教纲常。”

原来是为了这件事！张之洞心中顿时不悦。若是换了别人，他必定会大声呵责。但眼下这个老人，是冒着死的可能在烈日酷暑下亲来督署，要当面说这番话，就冲着置个人生死于不顾这一点上，也不能责备呀！何况“名教纲常”也是张之洞自己心中的最高准则，“切不可让洋人坏了这个最高准则”，也是他的心愿。他压下心中的不快，露出微笑来说：“老方伯有什么话尽可照直说，凡对国家对百姓有利的忠言，再逆耳我张某人也不会怪罪的。”

“老朽知道大人当年乃京师清流砥柱，伸张正义，扶持朝纲，大人的那些奏疏真是千古流芳的瑰丽佳作，不愧国朝翰苑翘楚。”

这些话，张之洞听了很舒服。

“老朽也知道大人数为学台，凡督学之处皆奖掖学子，循循善诱，创办书院，惠泽士林。大人的这些功德，当今学子们谁不称赞！

老朽在好几个省的书院里都看到他们在读大人所著的《书目答问》，用以作为求学的指南。”

这些话，张之洞听了也很坦悦。

喘了喘气，老方伯又开了口：

“老朽还知道，大人外放晋抚时，禁罂粟、复农桑、查藩库、劾贪官，这些更令老朽敬佩。大人现在总督两湖，真两湖三千万百姓之福。老朽想大人宜以当年的血性整饬两湖官场，复兴旧日湖广粮仓，培育两湖学子，踏踏实实地为两湖做实事，切莫玩洋务这种花架子。谭抚台昨日答应的十万两银子，老朽恳劝大人千万莫接，那是湖北处水火之中的灾民所盼望的救命钱啊！大人积积阴德，切不可糟踏在洋务这种冤枉事上……”

黄彭年正要再说下去，突然双眼一阵翻白，急得张之洞大声叫藩台衙门的仆人。仆人同轿夫赶紧过来，一面扇扇一面掐人中，一面调药撬开嘴角强灌下去。张之洞眼看着这一切，真是又急又悯，又气又恨，万千愤怨如棉絮堵在他的胸口，一句话都说不出来。

他还能再说什么呢？说老头子无学无知吗？此人学富五车两榜正途，文章诗词盈箧盈筐。说老头子不谙世事吗？此人三十年来历任数省司道，政声甚好。说老头子完全是一派胡言吗？其中可圈可点可警可策的话不少。说老头子是一意孤行吗？京师和各省各地持他这种看法的人还是大多数。说老头子为私利吗？此人的话堂堂正正为两湖百姓没有半个字言及自己。他以一个行将就木的垂死病人来行尸谏，你还能说他什么！那十万两银子你还能动吗？张之洞为官三十年，还是第一次遇到这样的一个人。他怕老头子还要说下去，万一一口气接不上死在北溟亭里，传出去有多不好！见老藩台慢慢回过神来，张之洞略微放了心。他双手握起黄彭年冰冷僵硬的手，尽量做出一副极为诚恳的神态来说：“老方伯此行令我很感动，你说的话也不无道理，我谨记在心。湖北藩库的十万两银子，连提款的手续都还没办，就依照您所说的，分文不要，让它尽快拨到灾区和长江防洪堤上去。您放心回府吧，好好保养身体，过几天，我再到府上来请安。”

说罢，也不等黄彭年答话，便让轿夫背起。张之洞亲自护送到栅门外，看着他安坐在轿子里。直到轿子走到几十步远外，才抬着沉重的双腿回到签押房。

怎么办呢？当然不能听信黄彭年这个昏迈老头子的糊涂话去停办铁厂，但即将到手的十万银子却要不到了，一时从哪里去筹措钱呢？万般无奈之时，他只得打起军饷的主意来。

两湖地区共有绿营四镇，分别为镇筸镇、襄阳镇、宜昌镇、永州镇。嘉庆朝以前国库充裕，绿营的一切军饷军需款项全由朝廷负担，总督负责监督所辖省份的提镇大员，按要求开支，定期检查饷需发放情况。道光以后，帑银枯窘，绿营饷需常有拖欠，便不能不向地方索求，地方只得从上缴朝廷的地丁银子中拿出一部分来供应驻省绿营。太平天国平定后，江南练勇解散，不少人进了绿营。绿营臃肿，饷需愈加不足，更是明目张胆地向地方要。于是总督每年都要从所辖省的藩库提取相当多的钱粮来供应军营。这笔款子掌握在总督手里，但也是捉襟见肘，入不敷出。

张之洞叫负责这项事情的总署吏目，将账簿拿过来，整整盘算了一个晚上，好不容易从湖北宜昌镇绿营中挤出十二万两银子出来。第二天召来湖北陆路提督程文炳，跟他谈起这事。程提督叫苦不绝，满肚子委屈，直到张之洞再三保证海军衙门的银子拨下后立即给绿营补上，程提督才极勉强地答应了。

付出二万三千两银子给归元寺，把龟山的地买过来了。再付六万两银子给驻英国公使刘瑞芬，把两个炼铁炉订下。剩下三万多银子，一万留给筑堤和填土，一万给大冶铁矿，一万给马鞍山。三处虽可以开工了，但对铁矿和煤矿来说，这好比杯水车薪，并不起多大作用。

他想起了身为陕西巡抚的姐夫鹿传霖，要不要求姐夫向陕西藩库借一点银子呢？这些年来，郎舅书信虽然密切，但公私还是分得清清楚楚。身为湖督，却向姐夫借债，话很难说得出口。但是，再也没有别的法子想了，只有这一条可行的路了。他硬着头皮向姐夫陈述这一切，请求帮忙；为不使姐夫为难，他愿意付以钱庄利息，能借多少就借多少。二十天后他收到鹿传霖的来信。姐夫体谅他这一片苦心，但身为巡抚不好从藩库借银给内弟，只好请他的几个商界朋友帮忙，筹集了十五万两银子，打三张金花大银票夹在信里派专人从西安送来。有了这十五万两银子，虽可暂解燃眉之急，但与张之洞要办的宏图大业比起来，仍然是区区之数。海军衙门的拨款一直没有消息，久病的黄彭年却寿终正寝了。他的儿子翰林院侍读学士黄国瑾从北京赶到武昌吊丧。黄国瑾对父亲的去世伤心欲绝，一连十多天茶饭不思。白天忙于跪地迎接各方吊客，夜晚睡在灵堂里的草垫上。素日养尊处优体质单薄的黄国瑾受不了这个折磨，突然病倒了，但他还要坚持继续履行孝子的职责。在一次大祭奠时，黄国瑾带着病躯上灵堂，望着即将入土的父亲棂椁，他放声痛哭，不可收拾，不料昏厥在灵堂。待到大夫赶来抢救的时候，他早已跟着父亲的脚步走了。

这一下，黄府的丧事便更加悲痛也更加热闹了。武汉三镇的官场民间，处处在传颂着黄国瑾这个古今少见的孝子。各大书院均以这一生动的教材教育学子，各个家庭的父母也抓住这一难得的机会训诫子孙。将三纲五常当做立身之本的张之洞，既深为黄国瑾的孝行所感动，也深知借此教化风俗的重要性。他以总督之尊亲去黄国瑾的灵台致祭，又和谭继洵会衔朝廷，请求予以特别恩恤，并交付国史馆立传。原本对黄彭年反对洋务的行为很是反感，也因为他有如此孝子而予以宽恕了。

四　以包揽把持在湖北建国中之国

黄府的两台丧事折腾个把月后，一切又复归于平静。龟山及大冶、马鞍山的三处施工在热火朝天地开展，白花花的银子每天水一样地从库房里流出。眼看鹿传霖借的十五万两银子即将告罄，海军衙门的专款仍没有拨下，张之洞开始着急，心情也随之变得烦躁起来。不少僚属幕友都会无缘无故地遭到他的训斥，有几个性格刚烈的师爷受不了他的无礼，干脆请长假回家去了。桑治平这几个月一直在悉心教读二公子仁梃。唐夫人生的仁梃今年晋二十，仍没有中举，明年又逢乡试了，桑治平和他们父子心情一个样，盼望他明年乡试告捷。来武昌半年了，仁梃闭户不出，发愤苦读，学生如此用功，老师当然不能懈怠。办铁厂所遭遇的种种不顺，桑治平自然都清楚，他也正为东家的大事着急。

转眼到了初秋，荆襄大地令人难耐的酷暑已经过去，早晚凉风习习，正午时光也不很热了。趁着一天张之洞心情较好的时候，桑治平提起一桩他思之已久的事。

“有一个地方，我想你一定会愿意去的，今日有空，我陪你去看看如何？”

“什么好去处？”

“胡文忠公祠。”

张之洞果然立时来了兴致：“一到武昌，我就想去看看文忠公的祠，这些日子给铁厂弄得六神无主，差点给忘记了，亏你想起。”

“我已打听到在城南磨盘巷，但不知怎样走。”

“我知道去。”

桑治平惊道：“你怎么知道去？”

张之洞笑道：“你忘记了？同治七、八、九三年，我在湖北做学政，仁梃就出生在武昌城。”

桑治平也笑道：“真的哩，是我一时懵懂了。武汉三镇，你是二十年后又重游。”

张之洞说：“吃过午饭后，把大根带上，就我们三人去看看，再不要惊动别人了。”

吃过午饭，张之洞身着便衣，由桑治平陪着走出督署。大根照例身藏暗器，短衣绑腿，做仆人状紧随其后。三人一路穿街过巷，向城南走去。

武昌城北临长江，西门南门乃是通往湘粤大道的出口。东北一带乃码头所在地，货物集散，人员游动，场景喧腾杂乱，是脚夫、流氓、乞丐的麇集之处。武昌的商业繁华区在城南。这里店铺林立，百货充斥，街巷交错，人口稠密，配合商务活动而起的酒楼、妓院、戏园子随处可见。尽管三楚大地到处都是饥饿、贫困，但武昌连同对岸的汉口、汉阳城里，却又是畸形的繁华，银号金铺里尽皆肥马轻裘之辈，酒楼妓院中多醉生梦死之徒。

南门大街右边的一条窄窄的小巷便是磨盘巷，张之洞、桑治平来到祠堂前。只见一道一人半高的青砖砌成的四方围墙，围住一个小院落。院子正中是一座虽不高但占地也还宽阔的青瓦青砖木柱木梁的厅堂。一边有四五间低矮的小平房。院子里杂草丛生，几只母鸡在到处觅食，却并不见人影。

砖墙上泥浆剥落，砖缝中时见青苔壁虎，灰暗冷落中透露出浓厚的衰败之气。祠堂大门门额上的“胡文忠公祠”竖匾，也是油漆斑驳，蛛网四结，两边楹柱上依稀可辨当年曾国藩赠给胡林翼的联语：舍己从人，大贤之量；推心置腹，群彦所归。

他们进了祠堂。祠堂中间是一个大厅，东西两厢有着四间小房。大厅正中是一幅胡林翼的半身画像：圆形脸上微露着笑容，三绺稀疏的胡须挂在下巴和两耳之下，穿戴一品官服。画像被烟火熏得黑黄黑黄的。张之洞仔细地端详着，脑子里竭力回忆恩师的形象。他觉得这幅画像与恩师先前的模样相差很大，分明是有意美化了。像前砖砌的平台上竖立一座二尺余高的神主，上面写着：太子太保衔赠总督湖北巡抚胡文忠公讳林翼之位。两边还有一大堆高高低低乱七八糟的神主，显然是当时一批死在战场上的高级军官的牌位。能在死后入祀胡林翼祠，这是对死者的一种褒奖。

神主的前面是一个极大的长条形石炉，这是香炉，但上面连一根竹签子都没有。石炉与平台之间摆供果烛台的供桌也不见了。再看两边的厢房，只有一间空闲着，其他三间都堆积了篾箩、麻袋、木箱，看起来不是祠堂的厢房，倒是存放什物的仓库。这就是阔别二十年，一直在心中视为圣地的恩师祠堂么？张之洞呆望着眼前那座灰蒙蒙的胡林翼神主，简直不敢相信。二十年前做湖北学政的时候，他曾多次前来瞻仰过。那时的光景，仍记忆犹新，历历在目。

当年的胡文忠公祠可是城南一大景观。整个磨盘巷没有一个闲杂百姓居住。新湘军的三个哨官兵驻扎在此地。巷子里干戈林立，旌旗飘舞，一派兵营气象。胡文忠公祠里里外外整齐干净，油漆鲜亮，一年四季香烟缭绕，灯火长明，供果不断，凭吊者川流不息。那种崇高庄严肃穆的气氛，令人崇敬之情油然而生，不能不对祠主顶礼膜拜。

那时距胡林翼病逝不到十年，无论湖广总督还是鄂省三宪，不是出自湘军系统，便是与湘系有着密切关联的人。曾国藩还健在，湘军虽十裁八九，但从湘军中走出的人员仍占据着各省文武要津，尊崇胡林翼及千千万万为那场战争丢掉生命的湘军官兵，不仅是为了缅怀先烈，更是为了保障未死者的既得利益。当时异乎寻常的崇祀，是可以理解的，但仅仅只过了二十年，它不应该冷落颓圮至此呀！

张之洞的脑子里，突然间冒出胡林翼咸丰六年寄给他的题为《武昌军次》的七律来：

十万貔貅会武昌，天时人事两茫茫。
英雄热血吴江碧，丑虏妖氛楚塞黄。
虎帐夜谈窗挂月，霓旌晓发剑飞霜。
相期尝胆歼狂寇，愁看东南满战场。

这就是恩师从长毛手里夺回的武昌城，如今对待恩师的态度吗？当年跟随恩师光复武昌的湘军官兵，应有不少人仍在人世，统帅的祠堂尚且如此冷寂落寞，那些普通战死者的遗属境遇岂不更可悲？是人间无情，三十年的光阴足可以将赫赫战功冲刷得无迹可寻，还是当年那一时的战功本就不值得长留天地间？若说胡文忠公这样的人都不值得久传，那事功勋名还有追求的必要吗？

桑治平见张之洞无语久伫，知他必为祠堂的败象而神伤，景况之糟也出于他的意外。他悄悄吩咐大根出去买些灯烛果品来，顺便把守祠堂的人叫来。

一会儿，一个三十来岁拖着一只跛脚的男子进来，那跛子见到张之洞，跪在地上大声说："不知制台大人驾到，小人有罪！"

显然是大根刚才训了这人几句，又透露了张之洞的身份。张之洞望着跛子，问："你是守祠堂的？"

"是的，小人在这里守祠堂。"

"听你的口音，不像是本地人。你是湖南来的吗？"

"是的，小人是湖南益阳人。"

"你是怎么到这里来的？"

"回制台大人的话。"跛子心神已安定下来，按照官府的规矩回答，"小人名叫胡家信，是文忠公的远房本家。早先本是小人的伯父在这里看祠堂，小人一直跟父母住益阳乡下。八年前伯父去世，小人从益阳来到这里，接替伯父看祠堂。"

张之洞说："二十年前我来过这里，祠堂好像有四五个人在看，那些人呢？"

"回大人，"跛子答，"原本是有五个人，都是从益阳乡下投奔文忠公的。因在打仗中受了伤，或断手或残脚，蒙文忠公家人照顾，在这里看祠堂。官府每人每月发两吊钱，我的伯父是其中一个。刚开始几年，官府按月发，后来总是拖欠，也无人管。这样拖了三五年，有人呆不下去，走了。到后来，都走光了，只剩下我伯父一人。伯父打断了两条腿，离开祠堂无处可去。他靠着每年死皮赖脸向官府讨来的几吊钱勉强度日，临死时他叫我来接替。他说，好歹这里有几间房子可以安身，多少也有几吊钱，你可以再找点门路赚几个，总比在益阳乡下强一点。"

张之洞心想：怪不得祠堂弄成这个样子，连几吊薪水都不发，他怎么会用心来看管？湖广官府眼里，哪里还有文忠公一丝半点地位？

张之洞指了指房里堆的杂物问："那是些什么东西？"

跛子瞥了一眼后忙说："回大人，这些东西都是别人寄存在这里的货物，小人也是没有办法，靠收几个租钱过日子。"

张之洞在心里叹了一口气，又问："我记得二十年前祭堂上有一尊胡文忠公的泥木塑像，怎么不见了？"

跛子答："原本是有塑像的，四年前，一群绿营兵喝醉了酒，在祠堂打起架来，把文忠公塑像打得一塌糊涂。小人禀告官府，官府不闻不问。小人拿不出钱来为文忠公重塑，只好用一吊钱请个画匠画了一幅文忠公的像。"

原来如此！相对于官府的淡薄无情来，这个跛子还算是有点情义。

这时大根捧着一大把香烛果品进来了。桑治平说："张大人要祭奠胡文忠公，你把灵台左右清理一下，再把那间厢房打扫好，烧点开水，也让张大人坐下歇一歇。"

"是，是。"跛子答应着出了门。

片刻工夫，跛子重新走进来对张之洞说："请张大人到外面院子稍坐一会，小人把这里打扫一下。"

张之洞、桑治平走出祠堂。只见院子里已摆好一张小四方桌，方桌上摆上了茶点，旁边放着四条凳子，张之洞等人坐下。跛子带着一个二十多岁的小伙子在屋里忙碌着，才一袋烟工夫，当张之洞、桑治平再次走进祠堂时，与刚才大为变了样：灵台上的大大小小的神主已重新摆过，这些神主围绕着胡林翼的牌位，按大小高低井然有序地分立两旁。三十多年前，这些人都一个个活生生地恭立在主帅的旁边，议论战事，等候将令，而现在，统统成了一座座木牌子，怎能不使人感慨唏嘘！

抬头看胡林翼的画像，四周的蛛网也给抹去了，只是黑黄黑黄的烟灰尘土无法清除。这是岁月留下的积淀，岂是人力所能揮抹？长形供桌也不知从哪里拱出来了，上面尽是斑斑驳驳的油渍裂缝。大根带来的各色瓜果已被几个碟子装好，石炉已摆正，上面摆起了燃着火光的白烛黄香，烟雾袅袅，香气弥漫。有了这一股迷迷蒙蒙遮遮掩掩的烟雾气，祠堂仿佛立时神秘起来、崇高起来。恩师的祠堂应当长年四季都是这个模样才对。张之洞喃喃自语，从石炉里拈起三根线香，跪在临时摆好的棕垫上，向着胡林翼的画像和神主磕了三个头，然后挺直着腰膀，默默祷告：

"恩师在上，托祖宗神灵保佑，托恩师之福，弟子今天终于能以两湖之主的身份前来祭奠。祠堂这般冷清，想必您在天之灵深受委屈。弟子既为两湖之主，就不能眼看这种景况继续下去，务必重修祠堂，改换旧貌，让恩师神主面前日日鲜花供果，夜夜烟火缭绕。愿恩师在天之灵安息，愿恩师庇佑弟子在两湖的事情顺利成功。"

张之洞祷告完毕起身。桑治平也拈了两根香，跪在棕垫上，向胡林翼磕了三个头。

这时，跛子在旁边说："厢房里已摆好茶水，请张大人进去歇息。"

那间唯一没有堆放杂物的厢房被打扫得干干净净，刚才放在庭院里的那张小方桌，连同桌上的茶点及矮凳都端了进来。大根和衙役在祠堂外面游弋，桑治平将厢房门虚掩后，坐到小方桌边，向张之洞建议："我想应把这个祠堂好好地扩建一番，我看了围墙外边的情况，不需要动迁民居，便可将范围扩大两倍。"

张之洞说："扩大两倍，有这个必要吗？我只想把它修缮一下，再给文忠公塑一个金身泥像，取代那幅画像。"

"塑个身自是应该的。我建议扩大两倍，不仅仅为了尊崇胡林翼，还有另外一层意思。"桑治平端起茶碗，悄悄地说，"武昌城里应当有一座贤良寺。"

一提起贤良寺，张之洞立刻就想起那座花木掩映的小别墅，想起清风阁里与堂兄的亲切密谈，想起在那里初识桑治平。京师贤良寺可不是一座单纯的驿馆，它是一个负有特殊使命的政治场所。联络声息，秘密会谈，安置绝密人物，包括中枢要员的暂时隐栖，都是贤良寺的职责。倘若武昌城里也有一个这样的处所，那真是太好了。要是单独建，自然引人注目，招人非议，将它隐于胡文忠公祠堂里，便有诸多方便。望着桑治平眼内闪烁的神采，想起他突然提出的来祠堂的动议，张之洞突然悟到：桑治平是不是有什么重要的话要在这里对我说。于是兴奋地说："将文忠公祠堂扩建为类似京师的贤良寺，这是一个好主意。仲子兄，我们很久没有好好地说说话了，关于这件事，我想你一定有不少新的想法。祠堂内外无碍事之人，就不妨敞开胸怀来谈谈。"

"这几个月来，我走遍武汉三镇，深感此地江山形胜，风水绝佳，是个出大才干大事的地方。怪不得古时杜预、羊祜，今世胡林翼、罗泽南都在此地建立了不世功勋。朝廷放你到武昌来做湖督，真是为你提供了一个极好的舞台，若善加利用，杜羊胡罗之功亦可再出。"

"武汉三镇是个军事要冲，要说建军功，的确是个好地方。"张之洞轻轻叹了一口气说，"我们现在要办的是洋务，怕不见得有多少优势。腹省干线眨眼间就吹了，铁厂这事，看眼下情形，也不知何年才能建起，胡罗之功，怕是难以后继。"

"不然。"桑治平断然说，"武汉三镇气势很好，是英雄豪杰的发祥之地。依我之见，铁厂一定可以建成，腹省铁路过几年也会开工的。今日天下形势，已是外重内轻、强枝弱干，为有志督抚提供了做大事业的可能。但督抚要做大事业，一要占据重镇。海内重镇，京师之外，当数保定、江宁、广州、兰州几处。武昌地处腹心，交通便捷，素有九省通衢之称，更有其他重镇不及之处。胡罗以此成大业，非惟人和，更仗地利。二是要长时间的经营。本来治理一方水土，没有一段长时间是不行的，勾践说越国要强盛，当十年生聚十年教训，需二十年时间。自古以来，朝廷为防地方大吏培植亲信形成自己的势力，故而频繁调动，这就使得地方大员们不能有所作为。当然朝廷本来就不指望疆吏有所作为，只要稳定秩序，交粮交税就行了。近世于此有些变化。”

张之洞双目炯炯，显然对此极有兴趣。

“前朝前代不去说，就拿国朝来说，督抚在一个地方任职十年以上极为少见，近几十年来则打破了这个常例。左宗棠从同治五年起任陕甘总督，直到光绪六年，一任十五年。李瀚章同治六年起任湖广总督，直到光绪八年，一任十六年。李鸿章从同治九年起任直隶总督，直到今天已在直督位置上坐了整整二十年。”

先前对此没有留心，经桑治平这一指出，倒真的是这么回事。李鸿章还不到七十岁，身体硬朗，直督这个位置说不定还有十年八年坐，一坐这么多年，的确罕见。

“李瀚章本是庸才，只是沾着乃弟的光，才有这好的命，他辜负了两湖给他提供的条件。若说左宗棠、李鸿章，真是得亏了长期稳定，才在兰州和保定做出令世人刮目相看的业绩。而陕甘、直隶也便真正成为大清国的国中之国了。”

“国中之国”！张之洞猛然想起阎敬铭那年在榆次驿馆的深谈，他说胡林翼之所以成就事功，第一条便是将湖北变成国中之国。

张之洞兴奋起来说：“仲子兄，我知道了，你今天之所以让我来文忠公祠堂，就是让我重温文忠公当年将湖北建国中之国的历史！”

“对呀，就是这个意思！建国中之国。”桑治平再次将这四个字强调了一下。

张之洞说：“建国中之国，按你的说法，除占据重镇外，还要有长时期的经营。但这点掌握在朝廷的手里，并不是由自己所能决定的。”

桑治平说：“掌握在朝廷手里是不错，但人为之力要起作用。我想长期固定在一个地方的最大可能，便是不断地在这里兴办大事。”

张之洞笑道："你我不谋而合了。"

"铁厂是件大事，要办多年。铁厂粗具规模后，就办枪炮厂。再办织布厂、纱厂、制麻厂，过两年就得把腹省铁路再提出来。你张香涛在两湖热火朝天地办大事，朝廷满意，不想调，你经办的事情别人插不进手，也不能调，这不就长期经营下去了！"

张之洞说："我为了强国富民，要大办洋务，你为了要让我长保湖督，也要大办洋务，这是应了一句老话……"

"殊途同归。"桑治平替张之洞点明了结穴。

二人对视着，哈哈大笑起来。

"但是眼下困难太多了，银钱紧绌，工匠缺乏，湖北抚藩臬三大衙门都不支持，铁厂还不知什么时候能办得起来。"

"银钱、技师都是困难，但最主要的困难还在于湖北省。"桑治平收起笑容，严正地说，"当年胡林翼带兵打仗，若没有官文的支持，则事事难成。因为官文是制军，军事上的事由他做主，情势迫使胡林翼要出下策笼络官文。今日你要兴作，没有湖北抚藩的支持，也很难成事，因为钱粮在他们手里；即使海军衙门同意拨给你银子，这银子也要由湖北藩库出，只不过在上缴的数目中划出这部分罢了，这已是近几十年来的通例。所以，归根结底还得靠湖北。"

张之洞不怿地说："文忠公当年以认官文姨太太为干妹的做法，其心可悯，但这点我张某人做不到。谭继洵由姨太太扶正的夫人，今年也只四十几岁，但要我认她做干妹，我无论如何不会这样做。"

"香涛兄，你也太拘泥了！"桑治平失声笑了起来，"官文是满洲亲贵协办大学士，又是从荆州将军调到武昌的湖广制台，无论从哪个方面来说，都在胡林翼之上。谭继洵怎么能跟他比，何况如今你身为制台，也不能低这个格。你难道不记得那年阎丹老对你传授的胡林翼治鄂秘诀吗？"

"你是说'包揽把持'这四个字？"

"对。胡林翼要达到的目的无非是包揽把持。手腕可以不同，只要达到这个目的就行。你无需效胡氏故伎，眼下有一个极难得的机会，若利用得好，也可达到这个目的。”

张之洞移动了一下身子说：“你仔细说。”

“这个机会便是因黄彭年的去世而造成的鄂藩缺位。”桑治平喝了一口茶，不紧不慢地说，“若新任鄂藩与你同心同德，湖北的阻力就要小得多。”

“你说得很对！”张之洞觉得自己的心扉被打开一点，一束阳光射了进来。

“趁着朝廷尚未定下人的时候，提出一个鄂藩的人选来。你心里有合适的人吗？”

张之洞默默地在心中将平日贮藏的人才夹袋调了出来，一个个地排列着。“我看还是王之春这个人比较合适。此人器局开张，热心洋务，办事干练，与盛宣怀、郑观应等人也很熟，今后可以借助这层关系与洋人打交道。”

“王之春是个做事的人。”桑治平与王之春同赴越南考查，对他比较了解。“还有一点，他是你在广东一手从雷琼道提拔为臬司的，这次你又将他擢升为藩司，他自然是对你忠心耿耿。”

张之洞一边思忖一边说：“广东方面情形也较为复杂。巡抚一职一直由游智开护理。游智开已过七十，最近又病得厉害，他向朝廷具折请开缺回籍，估计朝廷会接受。若王之春不离广东，极有可能升藩司。让王之春自己挑，跟李瀚章，还是跟我，他自然会愿意跟我。王之春要是来湖北了，谁又去广东呢，也得帮朝廷物色一个来。”

桑治平沉思片刻说：“我有一个主意，推荐臬司成允去广东做藩司，这有两个好处。一则成允是世铎的远亲，世铎会愿意帮他，他自己京师门路也熟。若你向他表示要荐举他去广东做藩司，他一定会倾力在京师活动，促成此事，王之春从广东调来湖北事就好办多了。二来可腾出鄂臬一职，再招来一个同心同德的人。谭继洵虽对洋务不热心，但此人是个本分君子，且年老气衰，干不了大好事，也干不了大坏事。他不过是求平安无事保头上的乌纱帽而已。若藩、臬齐心支持你，他也不会从中作梗，上次他最后还是同意拿出十万银子来，便是最好的说明。”

“这样移动一下，我得力助，成允得升官，一石双鸟，好极了！”张之洞兴奋地说，“臬司我已有一个好人选。江西义宁人陈宝箴，十多年前我在京师就认识他。此人器宇宏阔，能办实事，我多次向朝廷保举过他。三年前在浙江按察使任上被人无端弹劾，现在京师赋闲，正好让他到武昌来顶成允的缺。”

“你此时保荐陈宝箴，无疑雪中送炭，他自然感激不尽。”

“那就这样定了，这道折子得赶快上。”

二人正要起身，走出厢房，突听得祭堂里有人在似吊非吊似哭非哭地喊道：“润芝先生，为了一点蝇头之功、萤火之名，你五十岁就死了，值得吗？”

张之洞轻轻地说：“好像是吴秋衣在说话。”

“这是个极有趣的人，我去会会他。”

“不要打扰他，且听他说些什么？”

两人侧耳听时，只见沉寂一会的祭堂里，又响起了浓重的四川口音：“润芝先生，我是四川的一个布衣小民，久闻您的大名，这次来武昌，特为到此来看看你的祠堂。世上都说你是个了不起的人，你自己也一定以伟男子自居，殊不知，都大谬不然。”

张之洞听了这话，眉头皱紧起来。桑治平却因此更增加了兴趣。

“你若不死的话，今年还只有八十岁，正是儿孙满堂、四世同乐的时候。春风观花，冬日晒背，与邻下棋，含饴弄孙，人生有几多乐趣可供八十老人享受。你却为筹谋粮饷，为调和人事，为算计别人，为卫护爵禄而日夜不安，终于呕血而死，连个一男半女都没留下。你以为你是为了朝廷百姓，而今，朝廷依旧腐败，百姓依旧困苦。你以为你是为了自己的身后之荣，而今才过三十年，你的祠堂便已颓废如此，冷清如此！再过三十年，怕连这个祠堂都不复存在了，谁还知道有你这个胡宫保胡文忠公！人生只有这一回，你不舒心畅气快快活活地过日子，偏要天天提心吊胆、寝食不安，用三十年阳寿换取这一座冷庙、半幅画像，你值得吗？我的润芝老前辈呀！”

祭堂的大声喊叫停止了，从脚步声听得出，说话的人正在向门外走去。桑治平说：“我们出去和他聊聊吧。这个老朋友是个有自己头脑的人。”

张之洞凝神片刻说：“让他走吧，不要坏了他的情绪，改天我们再到归元寺去看他。银子还没消息，我现在最想的是这桩事，不知是卡在户部，还是卡在海军衙门？”

第四章 / 参劾风波

一　为获取信赖，候补道用高价从书呆子手里买来一部《解读东坡》

为兴办汉阳铁厂请款的奏疏移到户部很长时间了，翁同龢有意压着不办。

翁同龢的侄子翁曾源与张之洞为同科鼎甲。故翁同龢与张之洞非但无个人嫌隙，反倒多一层情谊。张之洞与翁氏叔侄关系一向不错，但几年前却决裂了。

这原因是因为张之洞的开禁闱赌。出身阀阅世家的翁状元十分注重性理品操。广东赌徒的眼睛居然会盯住乡试，这令翁同龢不可思议。乡试乃朝廷抡才大典，神圣而清高，怎能与赌博挂上钩？翁同龢坚决主张取缔这种非法赌博。后来广东官府严令禁止，翁同龢是十分拥护的。张之洞以清流出身的两广总督，居然可以为了几个钱冒天下之大不韪，解除这道禁令，让罪恶之赌在广东再次泛滥，这哪里算得上圣门之徒，这又怎么配做总督？所以尽管张之洞有关外之捷，翁同龢仍不喜欢他。他的请款奏疏移到户部后，翁同龢公然对下属说："暂时压一压，看他张之洞又会想出什么点子来。"

直到成允四处在京城活动，帮成允说话的人来到醇王府，说起湖北的事情和张之洞办铁厂的艰难时，重病中的醇王派人给翁同龢带去他的口谕：户部不要在用款上为难张之洞，他在湖北办洋务不易，要支持。

翁同龢不敢不听醇王的话，于是同意给汉阳铁厂拨款二百万。另外附带两个说明：一是这笔款子即为铁厂的全部拨款，今后不再追加；二是银子从光绪十六、十七两年湖北应上交给户部的四百万两铁路筹款中扣除。正是桑治平所预料的：羊毛出在羊身上。

由于张之洞的力荐，也由于成允本人在京师的得力活动，更因为醇王的支持，张之洞所期望的人事安排完全达到了预期的目的：王之春从粤臬升调鄂藩，陈宝箴官复原职，放湖北，成允升调粤藩，皆大欢喜。

有了热心洋务的湖北藩、臬的帮衬，又有了户部允准的银子，张之洞决心步胡林翼的后尘，利用荆襄江汉这块广袤的土地，大力兴办洋务，把汉阳铁厂建成世界第一流的钢铁工厂，既为朝廷立一个强国富民的样板，也为自己在千年史册上留个美名。

龟山脚下成千民夫在填土筑堤，一派热火朝天的景象。大冶铁矿、马鞍山煤矿沉寂多年后又开始热闹起来。附近的百姓都知道，新来的张制台在这里采矿挖煤了。这时，铁政局督办蔡锡勇又将阎敬铭早已看好的徐建寅引进湖北。

徐建寅的父亲徐寿，是近代中国一位著名的科学家、工程师。早在咸丰十年，曾国藩在创办中国第一个洋务工厂——安庆内军械所时，徐寿就与因翻译《几何原理》而出名的数学家华蘅芳应聘来到安庆。在这里，徐寿造出中国第一枚开花炮弹，研制中国第一艘蒸汽轮船。后来徐寿又和华蘅芳一起来到上海江南机器局，创办中国第一个翻译机构——江南译书局，翻译一批化学物理等西洋书籍，并培养了一群中国最早的洋务人才。徐建寅为徐寿的次子，从小受到严格的家庭教育和良好西学熏陶，勤奋好学，中西会通。他在江南机器局、福州船政局、天津机器局做过事，又作为使馆参赞驻德国一年多。其学识和能力均不在乃父之下，现刚四十出头，正是年富力强的大好时光。他和蔡锡勇一样，虽出没于达官贵人之间，却不受官场污染，潜心于自己的学问技艺，故与蔡锡勇成为好朋友。湖北正需要徐建寅这样的洋务人才，徐建寅也正需要湖北这样的洋务舞台。张之洞久仰徐寿大名，对徐建寅十分礼遇，当即委任他为湖北铁政局会办，并请他负责大冶铁矿的勘查、开工等事宜。湖北铁政局原有蔡锡勇、陈念礽等一批洋务骨干，现在又得了徐建寅，力量大为加强。但铁政局及其下属的铁厂、矿区有着大量非技术性的事情，如银钱管理、文案、后勤等等都需要得力的人去办，更迫切需要一个总管这方面的人才。

赵茂昌看出铁厂将是一个奇货可居之处，他请求张之洞派他去铁厂。张之洞说："你是督署的总文案，你不能去铁厂办那些事，那些事好比当年胡文忠公打仗的后路总粮台，得有一个阎丹初式的人去做。你帮我物色一下，找个能干又可靠的人出来，你今后可以代表我或是代表督署去铁厂稽查，好比朝廷派出的钦差大臣一样。"

赵茂昌听了这话，打消做铁厂粮台总理的念头。他寻思着今后以张之洞的私人代表身份更好，既不负实际责任，又可以坐得大利，物色一个人来代替，倒的确比自己出任更好。

有赵茂昌这种眼光的人，在湖北官场中不少，尤其在候补官这一群体中更多。当时湖北有候补道、府、县及佐杂近八百人，他们的顶子都是用钱买来的，十之八九也是想以此赚取更多的钱。但这个生意也不好做，赚大钱的固然有，偷鸡不着蚀把米的也常见。现在武昌来了个张制台，这个张制台要办铁厂、办枪炮厂，要开煤矿、开铁矿，他一纸奏折，就招来二百万两银子，而且据说这银子今后还要源源不断地从户部国库、从洋人银行里引来，白花花的银子将会像海水一样的流入湖北，流入武昌城。张制台兴办这么多的洋务衙门，给死板老套的官场平添成百上千个自古未有的职位。这职位一天到晚跟银子打交道，顺手将几百两银子放进腰包，简直如游泳时张嘴吸口水样的顺当容易。今日拿印把关，明日便可暴富！据说张制台办洋务造出的铁块、钢材将可以跟洋人媲美，各省都会来购买，洋人也将来订货，日后黄金白银会堆得山一样的高。所有在洋务衙门里做事的人都可以按官职大小每年分红，多的可达数万，再少也比一个县令的俸禄要多。

张制台真个是财神菩萨呀！这些个以发财为唯一追求又无实际职守羁绊的候补官员们，除极少数脑子尚未开窍者外，个个都想削尖脑袋向新办的湖北铁政局里钻。

现任的道府知县与候补官相反，因为官运正好，既有银子，又有前途，几乎没有人想进洋务局所。张制台办的洋务，看似热热闹闹，但成败尚不可预料，绝对犯不着为了一个会办、协办、总办等野码头官来换朝廷钦赐的乌纱帽。

不过，这些大人老爷们有着众多的七姑八姨内侄外甥。他们没有官职，他们比一般百姓更想发财——因为他们有一个可依赖的权势。这中间的不少人也有这个慧眼，知道进了洋务局所便是与洋人沾上了边，既可以发财，又可以攀上高枝。于是纷纷托自己做官的亲人前去联系。于是，候补官场与裙带官场相汇合，一时间，湖广总督衙门、湖北铁政局以及汉阳铁厂、大冶铁矿、马鞍山煤矿筹办处的门槛都几乎踏破。亲自来的，托人关照的，各个衙门的大人老爷打发人来递条子的，络绎不绝。洋务还没办起来，到这里来求发洋财的、混饭吃的就如苍蝇逐臭般地蜂拥而至。

铁政局的督办蔡锡勇、会办徐建寅、协办陈念礽等人都是科学技术人员，既不善于应付，也厌烦于人事，便把这件事统统推给总督衙门。张之洞让总文案赵茂昌接待这些人员，但发下一句话，所有进入洋务局所的候补官员以及所有股处部门负责人都得由他一人定夺，任何人不得擅自做主。张之洞力图严把这道关口，杜绝无能而贪墨之徒混进他所主办的洋务局所。

张之洞这个决定虽然使一部分人望而却步，但更多人并没因此而胆怯，他们在寻思对策，以便顺利通过张之洞这道关口。他们不约而同地看中了督署文案处，特别是看中了总文案赵茂昌。张之洞高高在上，不能随便接近，赵茂昌却容易交往。张之洞日理万机，政务纷杂，不可能对所有欲进洋务局所的人透彻了解，他只能通过赵茂昌的介绍。赵茂昌这一关才是真正的关口。就这样，赵茂昌的家几乎成了集市。他精于此道，方方面面都应付得圆熟。

在湖北省四十余名候补道中有一个名叫栗殿先的人，籍隶江苏丹阳，父亲在丹阳城里开着一个丝绸铺，家道殷实。栗殿先二十多岁中了秀才，以后十年间三次应举均不第。其父花四万两银子为他捐了一个道员，五年前分发湖北。栗殿先科场上虽不顺，为人却八面玲珑，做事精明能干。仗着这个本事，五年来他在湖北候补官道中算是最为走红了。他先后办过三次长江堤工。这是湖北省内最大最肥的优差。栗殿先办堤工，看起来堤修得结实美观，账面上也做得干干净净，不露贪污挪用的痕迹，实际上三次堤工下来，他悄没声息地将三十万银子转到了自己的腰包。他又知道财不能独发的道理，从中拿出五万两发给身边几个贴近的下属和分管一些重要部门的吏目，又从中拿出十万两银子出来打点湖北省和武昌府、汉阳府的有关衙门，把事情做得四面八方都顺顺溜溜。既办了事，又捞到了银子，还得了好口碑，真正是个官场中的奇才异能。

张之洞来到武昌不久，他就跟督署新班子中的不少人混熟了。丹阳与常州相隔不到百里，口音接近，赵茂昌与栗殿先一见投缘，谈起家常来，又知道彼此原来是亲戚。栗殿先的一个远房姑妈嫁到常州，做了赵茂昌表兄的太太，栗殿先立即叫赵茂昌为表叔，赵茂昌也一口就应了。栗殿先极望能在督署中巴结上一个有实权的人物，赵茂昌也期盼在湖北官场中有一个可靠的心腹，两人一拍即合。短短的一两个月内，栗殿先不断地给赵家送古董、稀奇洋钟、洋呢，打银票包封，近一万两银子的礼金来到赵茂昌的家中后，两人的关系便亲密得跟一个人似的了。

栗殿先一眼就看出铁政局是个强过堤工十倍的好差事，心里对此已经琢磨很久了。张之洞将为铁政局物色一个主管后勤的协办一事委托给赵茂昌时，赵茂昌也想到，栗殿先是一个最合适的人选。在一个酒酣耳热的晚上，赵茂昌向栗殿先说出这个想法。栗殿先听了心里一阵狂喜："表叔，如果您替侄儿谋了这个差使，侄儿这一辈子就是您的孝顺亲儿子。"

赵茂昌笑着说："我有三个儿子，不缺你这一个。你今后只要不忘表叔，一个心眼跟着表叔就行了。"

栗殿先立即说："表叔于侄儿恩同再造，今后办什么事，表叔只要发个话，侄儿赴汤蹈火万死不辞。"

"赴汤蹈火的话以后再说吧！先去弄一份扎实的履历表来。"赵茂昌拿起一根牛骨牙签，在牙缝中剔了几下后说，"履历表里要把哪年进的学，哪儿科考举人，都要写得详详细细。张大人看中的是读书人，你虽然没有中举，但场屋里进出个几次，也是一个读书人了。"

"是的，是的。"候补道员恭敬地听着总文案的指教，犹如现任道员听制台的训话一样。

"履历表还要详详细细地写好到湖北来办了哪些差，这些差办得如何。张大人看中的是做实事的人，你办的差事越多，他越看重。"

"是的，是的。"栗殿先连连点头。

"还有，"赵茂昌又剔了两下牙缝，"武昌城里几大衙门的爷们都要关照一下，不要拆你的台。张大人是个办事实在的人，他会派人去查访你履历表上写的真伪如何。"

栗殿先的额上冒出一丝热汗，脸上堆满感激的笑容："表叔是真的疼侄儿，侄儿照办。"略停一会，他又试探着说："表叔，您看侄儿要不要向张制台表示表示一下？"

“不要！”赵茂昌放下牙签，坚决地说，“张制台这人脾气有点怪，您若去表示什么，这事立刻就吹了，说不定今后连别的差事你也捞不到。”

捐班道台背上沁出一阵冷汗，忙说：“表叔教导的是，教导的是。”

赵茂昌的眼睛盯着桌上的那支牙签看了半天，慢慢地说：“你不要给张制台送礼，但你若给他送一件另外的东西的话，那这桩事成的把握就更大了。”

栗殿先眼一亮，赶紧问：“什么东西？”

赵茂昌慢悠悠地说：“张制台一向喜欢吟诗作赋，过去做史官学台时，每年都要写个上百首诗。自出任山西巡抚来，政务太忙，没有时间写诗了，但每天夜里睡觉前一定还要读上几首唐诗宋词。”

“哦，我明白了。”栗殿先接话，“表叔是要侄儿送几本宋刻元錾的唐诗宋词。”

“不是。”赵茂昌打断栗殿先。“宋刻元錾的唐诗宋词就如珍宝古玩一般，你送给他，和送重礼不是一回事吗？这东西送给那些明里不要钱心里要钱的人最好。但张制台不是这种人，你送他这个，他一样会训斥你。”

“那又是什么东西呢？”栗殿先摸了摸光溜溜的头顶，一时想不出来了。

“张制台于唐宋诗人中最喜欢苏东坡。他亲口对我说过，凡所到之处，若该地有东坡的遗址旧迹或祠堂之类，他一定要去凭吊，感受苏东坡的灵气。你若是能写一部关于苏东坡的书送给张制台，那他一定很高兴，会认为你是一个很有才学的人，立刻就会重用你。”

这可是给自认为天下无难办之事的候补道台，出了一个大难题。漫说他过去的读书生涯，只不过是在四书文应制诗里打转身而已，何曾读过几部真正的学问之书？李杜韩欧苏辛等人，也不过闻其名而已，并没有认真去读过。要他去写一部关于苏东坡的书，这不是叫描红郎去保和殿里考书法吗？退一万步说，即使能写，写一部苏东坡的书，又谈何容易，没有两年三载的时间能写得出吗？两三年后铁政局协办的位置不早被人占去了吗？栗殿先愁眉苦脸地说出自己的难处。

赵茂昌冷笑道："亏你是个会办事的能人，脑袋瓜子怎么这样不开窍！"

"请表叔点拨侄儿！"知道督署里这个真正的能人心里已有高招，栗殿先忙恭敬地请求。

"哪里要你自己去写！武汉三镇里的书呆子多的是，你也不用到处找，就到经心书院里去就行了。那里有的是喜欢苏东坡的人。你先找一个出题的人，出它十个题目，然后再找十个人来，每人按题作文，不要一个月一部书就出来了。这些书呆子大多清贫，你只要出高价，他们自然会乐意连文带名一并卖给你的。"

"好极了！"候补道台不得不佩服督署总文案的过人聪明，他起身谢道："侄儿永世记得表叔的恩德。"

一个月后，一部题作《解读东坡》的大书，由赵茂昌亲自送到张之洞的面前。张之洞翻开这部装裱精美、字迹端秀的书，一口气连读了两篇文章，心里十分舒畅。张之洞喜欢东坡，已到了偏爱的程度。在外放晋抚之前，他也曾有过为东坡写一部书的念头，但因他太热衷于时务的缘故，不能长时期潜心静研，书当然无法写成。做了督抚，一天忙忙乱乱的，连一首诗都难以吟了，更何况著书立说？

"写这部书的栗殿先，好像是个捐班道员。"

"是的，是的。"赵茂昌忙说，"他来过督署两次，只是没有机会见到您。"

"一个捐班能有这等学问，也真的不错。"张之洞感叹着。"你跟他熟吗？这人在湖北办过些什么差？"

"卑职与他打过几次交道。他来湖北五年了，办过十多件差事，在公安一带办过三年河工。"赵茂昌说着，从袖袋里取出一个手本来，递了上去，"这是栗殿先的履历本，请大人看看。"

张之洞慢慢地翻开栗殿先的履历：祖父拔贡、父亲秀才，本人年纪三十七岁，二十二岁中的秀才，先后参加过己卯、壬午、乙酉三科乡试，皆不售，三十二岁以捐班分发湖北。张之洞在心里说，此人读书人家出身，十年间进过三次乡闱，圣贤之书想必烂熟于胸，不第是命运不济，比起那些连贡院大门都没进过的捐班来，要强得多，怪不得他能写得出研究苏东坡的书来。他继续看着：办过放赈、施药、筑堤等事。还管过税卡、稽查过私盐、暗访过命案等等，张之洞合上履历卡，对赵茂昌说："这倒是个会读书也会做事的人。"

赵茂昌说："卑职见过湖北候补道府，少说也有三四十名，这个栗殿先，可说是最出类拔萃的。依卑职看，不但湖北候补官员中无人可及他，就是现任的道府中也少有人比得上。大人叫卑职注意为铁政局物色一个协办，卑职留心观察，这个栗殿先是个最适合的人了。"

张之洞说："明天上午，你带他来让我见见。"

晚上，当赵茂昌把张之洞要接见的事告诉栗殿先时，他欢喜之余，又不无担忧："表叔，你是知道的，这部苏东坡的书是请人捉刀的，万一张制台要跟我深谈苏东坡，那不会露马脚了吗？"

赵茂昌笑了笑说："你看看，到底是偷来的锣鼓打不得的，着急了吧！这就要看你临场表演的本事了。现在是有这个运，就不知你有这个命没有。"

栗殿先急得头上冒汗，央求："表叔得帮侄儿一把。"

赵茂昌说："这是当面见真相的时候，怎么能帮你？莫非叫张制台不见你了？"

"不是这个意思。"栗殿先情急智生。"侄儿把这部书也读熟了，若张制台问起苏东坡一般的事，侄儿也答得出点，怕的是他提出什么古怪的问题来。侄儿求表叔帮一个忙。表叔事先准备好一件别的事情等着。到时张制台问的事侄儿答不出来了，便用双手正一正衣领，这是个暗号。表叔见了这个暗号，赶紧就用准备的事来岔开，最好就此让张制台打发侄儿走。表叔帮侄儿这个忙，好比救侄儿一命。”

赵茂昌哈哈大笑：“亏你也想得出这个点子来，真是个乖角儿，就不知到时能不能哄得过。哄得过是你的命大，哄不过就自认倒霉了。”

第二天，栗殿先准时来到督署。他在小客厅里足足恭候一个小时后，才被赵茂昌引进张之洞的签押房。坐下后，湖广总督将候补道员仔细打量了一眼，面孔虽说不上端正，两只眼睛却聪明灵动。张之洞指着案桌上的《解读东坡》一书，略带笑容地问：“这部书是你写的？”

“是卑职写的。来到湖北之前，卑职一心读书，故有时间可以写文章。”栗殿先虽有点心虚，但回答的口气还是肯定的。

张之洞又问：“古今诗人多得很，你为何独独写苏东坡？”

栗殿先答：“卑职家从祖父到父亲一直到卑职本人都喜欢苏东坡。卑职七八岁时，就能背他的‘大江东去’，到了十二三岁，就对他的前后《赤壁赋》爱不释手。长大后更知苏东坡不仅诗、词、文章写得好，而且字、画也很好，更为超过别人的是，苏东坡一生历经坎坷而始终旷达乐观，真正的了不起。故卑职从二十岁起，便下决心要好好为苏东坡写一部书，花了十年时间才完成。听说大人也喜欢苏东坡，故托赵老爷呈送一部给大人，恳请大人点拨赐教。”

栗殿先对苏东坡的喜欢缘由与张之洞完全一致，这几句话将他与候补道员的距离拉近了许多。早在广州的时候，张之洞便因功高位尊而逐渐改变了过去与僚属平等相待的态度，常常是一副居高临下的神态，说起话也满是教训、斥责的口气，尤其对候补官场的那些人更是如此。来到湖北之后，这种毛病更加剧了，以至于两湖官员们见到他都有点战战兢兢的，而眼下，因为这部《解读东坡》，他不再把栗殿先当手下的候补官员看待，而是把他当做一个有学问又爱好相同的文友了。

“‘大江东去’和《赤壁赋》都写得好，但本部堂更喜欢他闲适的心态。他有一首小词，通过眼中所见的常景，用农夫村妇都能听得懂的口语，说出人生的大道理。这可是真胸襟真本事。栗道，这首词你背得出吗？”

不料，交谈还没开始，便给问住了。栗殿先急得浑身发热，想给坐在一旁的赵茂昌来个暗号，又想这么早便结束了会谈，绝不会给张之洞留下一个深刻的印象。如此，辛辛苦苦的谋划不就白费了吗？暂且敷衍敷衍下。“苏东坡这方面的诗词很多，容卑职过细地想想。”

“不要想了，我背给你听。”张之洞抚着胡须，兴致盎然地背道：

山下兰芽短浸溪，松间沙路净无泥。萧萧暮雨子规啼。
谁道人生无再少？门前流水尚能西。休将白发唱黄鸡。

张之洞真是个可人！栗殿先禁不住在心里呼叫起来。湖广总督的这番摇头摆脑的吟诵，不仅解了候补道员的困境，而且让他充分领略了一个真正的苏轼崇拜者，陶醉于苏词艺术境界后那种文人的真性情：不存自我，化去尊卑。

“大人记性超人，卑职不胜佩服！”栗殿先连连称颂，恨不得鼓掌欢呼。

张之洞抚须的手放下，说：“苏轼为什么自号东坡，后人有多种说法。栗道，你主哪一说？”

栗殿先仅知唯一的一个说法，还是他估计到张之洞会考问这个题目，昨夜临时将捉刀人从经心书院请来询问的。他为自己的先见之明暗自得意，遂侃侃而谈：“苏轼自号东坡的缘由，后人考证有多种，卑职认为源自白居易的东坡诗较可靠。苏轼敬重白居易，尤其喜爱白居易作的东坡诗，其中《步东坡》一诗他曾多次书写赠人，《步东坡》写道：朝上东坡步，夕上东坡步，东坡何所爱，爱此新成树。在黄州时，他新建的房子落成。他在新房大厅四壁上画满大雪，署其名为东坡雪堂，以后便以东坡自号。”

张之洞点点头说：“不错，此说最有道理。他的名作如前后《赤壁赋》等都写在黄州东坡雪堂。”

栗殿先毕竟是个老于世故的官吏，他知道若总等着张之洞的发问再回答，必然很容易露马脚，不如反客为主，拣些自己知道的说给他听，将他的思路引到自己所想好的线路上来，则可收取融洽谈苏的好气氛。他努力追忆在与这部书的捉刀们聊天时所听到的故事，终于让他想起了一个，于是以一个苏轼研究者的身份谈着：“苏东坡在东坡雪堂里吟诗作文，勤奋读书，为后世留下许多佳作，也留下不少佳话。”

“哦。”果然，张之洞对“佳话”来了兴趣，“说给我听听。”

“有年冬天的晚上，雪堂外面下着大雪，刮着寒风，天气非常寒冷，苏东坡在雪堂书斋里读杜牧的《阿房宫赋》。东坡很喜欢这篇赋，高声朗诵了一遍又一遍，全然忘记已是半夜三更，也全然忘记外面的风雪。他自己不冷不要紧，却苦了书房外两名值夜的老兵。他不睡老兵也不能睡，两个老兵又冷又困，实在受不住了。一个老兵说，这文章写得有什么好，值得这样反反复复地读，害得我们跟着受苦，何人写的，真是造孽！另一个说，我听了半夜，没听出什么味道来，只有一句说出我的心里话，‘使天下之人不敢言而敢怒’，这句话正合你我两人的心思。当时东坡的小儿子苏过正在旁边的一间房里用功，听到了两个老兵的对话，第二天告诉父亲。苏东坡笑道：‘这汉子不枉跟了我这么久，见识倒真还不错。这句话不正是《阿房宫赋》的点睛之语吗？他看得多准！可惜不会写文章，若是会写文章，不在我之下。”

张之洞笑着说：“近朱者赤，近墨者黑，跟东坡跟得久，耳濡目染，也成了半个文人。东坡三个儿子，个个文章出众。特别是你刚才说的小儿子苏过，不仅文章好，绘画也得乃父之风。”

栗殿先突然又想起捉刀者说起的苏过的一个故事来，忙接下说：

“苏过被人称为小东坡。据说宣和年间，他游京师时寓居景德寺僧房。正是盛暑时节，忽然有一天，有几个人抬着一乘小轿来到景德寺，声称奉旨来请苏小东坡。苏过不敢抗拒，只好上轿。轿四周深色帘子遮住，轿顶敞开，上面有一把凉伞遮着太阳。几个人抬着轿子快步如飞，苏过坐在轿中，两旁的景物一点也看不到，只觉耳边风声阵阵，人如在云雾中飞腾。”

张之洞听得入迷了，禁不住插嘴：“莫不是上界神仙来请他？”

坐在一旁的赵茂昌也笑了起来。

栗殿先继续说：“大约走了十多里路，轿子停住。苏过走出轿，面前是一条长长的走廊，一个内侍前来迎接；走过长廊后，来到一座小殿堂。一进殿堂，只见风流天子徽宗皇帝已坐在那里等候他。徽宗身穿黄色袍子，头戴青平冠，几十个宫女环侍左右。苏过不敢仰视，忙跪下叩头，一会儿，便觉四周异香扑鼻，冷气逼人。他侧着眼睛看了看周围，原来殿堂里积冰如山，一阵阵香雾从冰山上喷出，真有点像是来到神仙境地。”

张之洞笑道：“这位道君皇帝也不是凡夫俗子，说不定他此刻正在哪座仙观里参拜祖师爷哩！”

“苏过正在惊疑之际，皇上开口了：你是苏轼的儿子，听说善画窠面，这里有一堵新砌好的白壁，你给它画一幅画吧！苏过起身，来到左侧一堵粉墙边，各种颜料早已调好。他思索一会儿，然后挥笔画起来。一个时辰后，画好了。但见滔滔海浪中有一座陡峭山峰，山峰上长满青松翠柏，松柏中露出一座道观，通向道观的是一条羊肠小道。小道上有一个道士在拾级攀援，那道士背上背了一药袋。徽宗皇帝看后称赞不已，亲自拿起笔来题了几个瘦金体：崂山道士采药图。苏过为皇帝高超的领悟力所佩服。皇帝赐他美酒一壶。他喝了这壶酒后，浑身轻快有飘飘欲仙之感。内侍扶他上轿，一会儿又回到景德寺。苏过仿佛觉得像做了一场美梦似的，仔细闻闻嘴唇，只见酒香犹在，知不是做梦，是真的。”

“这故事有趣！”张之洞显然被这个传说所吸引，停了一会说，“有一个有名的故事，说有人评苏轼与柳永的词的不同处。东坡的词，当关西大汉执铁绰板唱‘大江东去浪淘尽千古风流人物’。柳永的词，当十七八岁妙龄女郎执红牙板，唱‘杨柳岸晓风残月’。这是说苏词豪放，柳词婉约。其实苏轼的诗词有豪放一面，也有婉约一面。栗道对苏轼钻研颇深，你能否对本部堂说说，苏轼的豪放风格继承了前人哪些人的长处，对以后南宋的词风有哪些影响，他的婉约之风又体现在哪些名作上？”

张大人对东坡的兴趣真是太浓厚了！赵茂昌听到张之洞提出这样大的一个问题来，心中暗暗吃惊：这样的题目是可以再写一部书来的，漫说栗殿先是个冒牌货，即便那些对苏轼真有研究的学究们，要答出这个问题来也不容易，看来备用之物该出手了。这时栗殿先早已将衣领正了两次，正在焦急不堪之际，看到赵茂昌的脸转过来了，忙向他投去求救的眼神。赵茂昌会心一笑，从左手袖里掏出一沓纸来，走到张之洞的身边说：“这是辜汤生昨夜里交给我的一沓译稿，并特别指出英国的《泰晤士报》已报道湖北将建世界第一大型铁厂的消息，正在伦敦休假的俄国皇太子表示要在明年访问中国，期间一定要来武昌拜访铁厂的创办人。”

“哦，这样重要的消息，你为何不早说！”张之洞一把接过辜鸿铭的译稿，一边看一边说，“栗道，你先回去吧！关于豪放和婉约的事，我们下次再谈。”

如同奉到特赦令似的，候补道员从囚室里解脱出来。他赶紧起身，向张之洞深深地鞠了一躬，又特为向赵茂昌报以感谢的微笑，然后匆匆走出督署签押房。

二　归元寺状告湖广督署总文案

俄国皇太子明年将来武昌的消息，给张之洞带来很大的兴奋。

铁厂还在筹办之时，便引起世界的瞩目，建成投产后，必定更会引起世界的震动。一定要抢在俄皇太子来华前建好，让他看看由湖广总督张之洞创办的铁厂是如何的气派壮观，借这位大国太子的口去传播四方，既扬我中华国威，又扬我张之洞的大名。他给铁政局的督办蔡锡勇下达命令：一定按世界最高的规格建汉阳铁厂，厂的占地面积要最宽，炼铁炉要最大，烟囱要最高，配套设备要最齐全，机器要最新，一切从最好要求，不要小气，不要省俭。二要加快进度，明年秋天要把大致规模弄出来，要让俄皇太子有东西可看。至于银钱，由他来筹措，不必分心。为了让蔡锡勇、徐建寅等人一心一意投入建设，铁政局里银钱调配开支、文案拟办收发、人事安排协调以及差事调拨委派等等，将专门由一批人员来办理，另设一个铁政局协办总理这一大摊子事，此协办正是献《解读东坡》而捷足先登的候补道栗殿先。

栗殿先不愧是个能干人。他上任没几天，便将蔡锡勇为之头痛的大小事务一手包揽了过去，并为蔡锡勇、徐建寅及另一协办陈念礽等人加派仆人、轿马、车夫、厨师，将他们的日常饮食起居料理得妥妥帖帖，又在龟山厂址的最南端划出一块地，拟给他们每人建一幢小洋楼，为的是方便今后的办事。栗殿先这些举措，很快便得到蔡锡勇等人的赞赏，他们在张之洞面前称赞新来的栗协办能干会办事。张之洞为自己的慧眼识才而高兴。

不久，栗殿先向张之洞呈递一份汉阳铁厂机构设置构想。他有意将由徐建寅、陈念礽所管辖的技术部门空缺，而将他所管辖的部门则构想得甚是周到。这些部门，分为五股：收支股、稽核股、物料股、商务股、卫生股。每股下设四至五个处，如收支股里有五处：筹银处、外国银行处、发放处、账房处、复核处。每处设主审办一人，副审办二人，处员若干，下辖二至三室，每室则设室头一人，室员若干人。如此则诸事分门别类，职守清楚，股处各司其职，各负其责，整个铁厂的后勤管理则纲举目张，井然有序。

张之洞见了这道禀帖，欣然赞同，吩咐栗殿先照此办理，只是强调股处两级的负责人员，必须呈报详细履历单，由他审核，其委任状由他签署，并盖上湖广总督的紫花大印，以示郑重并抬高任职者的地位。

栗殿先捧着张之洞这道命令，大肆施展他的用人行政之长才。他的候补官场的朋友们，拜把结义的兄弟们，各种场合结识的哥儿们，远的近的转弯抹角的亲戚们，他依照亲疏厚薄，特点长处，予以不同的安排。他将那些能够造得出一张像样履历表的人安排在股处两级的主副审办上，交给张之洞去审查。张之洞查看那一沓沓手本，似觉个个都清清白白的，从出身品级经历到所办的差使，看不出栗殿先在挑选人员和安排职位上有什么不当或徇私之处，几乎一律照准。至于那些拿不到台面上的，则安置在股处室里做办事员。这些人张之洞概不过问，栗殿先连一点手脚都不必做。赵茂昌也在其中安插了一大批私人，栗殿先自是一切照办。张之洞也会自己做主安排一些他认为可靠能干的人，栗殿先当然不敢违抗，一一遵命。但过一段时期，他若发现此人对他不利，便会不露声色地将此人调动一下，或支出办差，或明升暗降，总之，被整的人心中明白，又都说不出口。没有多久，栗殿先控制的后勤几个股处便被办成大大小小的衙门，各级官府惯常的衙门作风：敷衍、推诿、拖欠、散漫、不负责任以及讲排场、铺张奢华等等都在股处中滋生蔓延开来。属于技术部门的机器股、化铁股、制钢股、化验股，也纷纷效尤。这些股的主办人员也一个个包揽私人，拉帮结派，一个原本只需要十几个人的铁厂办公部门，很快便高达三百多人，许多人占着一个位子，只拿薪水不干事，更多的则是一桩事每个股处都沾边，既都要行使自己的职权，又都不承担自己的责任。

中国官场一切根深蒂固的恶习痼疾，不上半年工夫便深深地缠住了这个新生的汉阳铁厂，蔡锡勇、徐建寅、陈念礽等人对此种局面深为头痛，但又毫无一点办法。

不过，铁厂的兴建工程仍在按计划进行。河堤早已建好，厂址也早已填平，炼钢厂、轧钢厂、钢条厂、电机厂、翻砂厂、修理厂等主要工厂也在次第兴建。从英、美等国购买的各种机器远渡重洋，从吴淞口进入长江，然后溯江而上，源源不断地运到临江门码头，搬运到龟山脚下。大冶铁矿、马鞍山煤矿在徐建寅的指挥下，也在加速建设中。张之洞隔三四天便要亲自来一趟铁厂工地，看着工地上一片忙忙碌碌的景象，听着蔡锡勇谈着各种问题，眼见龟山脚下这块土地上正在日新月异，蓬勃发展，他心里高兴。尤其是听粟殿先报喜不报忧的禀报，他更是得意。现在，他要腾出手来办一件所到之处必办不可的大事——创办学堂，促进学政。

位于武昌营坊口都司湖畔的经心书院，是同治八年张之洞任湖北学政时创办的，二十多年来，这所学堂为湖北培养上百名举人进士，但近年来，却有日渐衰败之象。大前年都司湖涨水，浸坍了一部分斋舍，至今也没修缮，几个有名望的先生去别省任教，于是到经心书院来读书的学子也减少了。张之洞来到这里视察，见自己当年倾注极大心血办起的这所书院，被弄成如此模样，犹如眼见自己长大的儿子没有成器似的，心里十分难受。检查原因，一是这些年学台无能，巡抚不重视，拨下的经费不足；二是书院的山长不是一个热心教育的人，他更大的兴趣是混迹官场，时常出没于官府举办的各种活动中，而不是传授学问作育人才的人师之头领，因而招致一些正派教习的不满，终至弃他而去。

张之洞决定整顿经心书院。他辞退那位热心社交而不热心教学的山长，将所赏识的梁鼎芬从广东端溪书院请来出任经心书院的新山长。梁鼎芬这几年在广东办端溪书院，积累了不少办学经验，又受风气影响，头脑里增添许多新式学堂的观念，他在察看了经心书院后，向张之洞提出一个宏大的计划。

"香帅，这都司湖水光潋滟，四周草木葱茏，是个办书院的极好地点，依学生的直感，此地今后可出大人物。"

张之洞笑道："这地方本是我亲自选定的，可惜这二十年来书院没办好。现在由你来接办，希望能应你刚才的话，在你做山长的时候，书院出一两个大人物。”

梁鼎芬听了这话，浑身热血沸腾起来，说：“香帅如此看重学生，学生一定要鞠躬尽瘁，把书院办好，不负香帅的期望。”

“好，书院的山长就应该都有这种想法。多出几个举人进士，自然是办书院的目标，但真正的还是要作育能办事的人才。许多举人进士其实只是书呆子，‘四书’‘五经’背得很熟，八股文也做得好，但处事却不行，官也做不好。办事为政，还得有真才实学才行。你今后掌书院要多在这些方面下功夫，尤其注重发现和培养那些有卓异才干的人。今后书院若出一两个曾文正公、胡文忠公那样扭转乾坤的大人物，你这个山长也就不朽了。”

张之洞的这番期待更激发梁鼎芬的热情，他在心里将原先的计划又作了一番扩充：“香帅，学生想将经心书院作一番大的改造，办成一所全国最大最新的书院。”

张之洞办事一向喜以天下第一作为自己的目标，梁鼎芬也能有这个心思，这是他所最为欣赏的。他微笑着问：“全国最大最新的书院，这个想法很好，我支持你，你有些什么举措呢？”

“学生想首先得把这个书院的规模扩大，至少扩大一倍，其次得把教学门类增多。经心书院目前只有经学、史学、理学、辞章学四门，学生想在这四个门类的基础上再增经济学和西学两个门类。在西学里开设算术、天文、地理、测量、化学、矿冶等科目。”

“这个想法好，”张之洞打断梁鼎芬的话，“铁厂、枪炮厂办起后，很需要西洋人才，今后这方面的人才要大量培养。你去聘两个常年西学教习，铁政局的洋匠们也可以兼兼课。”

“有香帅的支持，学生的胆子更壮了。第三个想法是要用高薪聘请全国最有名的各科教习。”

“书院办得好不好，关键的一点就得看有没有好教习。你用重金聘名宿，我同意。”

得到这句话，梁鼎芬的底气更足了，“香帅同意，学生便可放心去做。眼下最大的问题就是银子。学生思忖着，最要紧的是修缮旧房，新建斋舍，最少得要七八万两银子才能动得手。学生想请香帅拨下这笔银子。”

张之洞摸着胡须思考片刻说：“七八万两银子一时拨不出，先给你三万，你拿去用着，我慢慢再调拨。”

“有三万银子，也可以先动手了。”

梁鼎芬满意地起身告辞。

一个月后，他兴冲冲地告诉张之洞一件事，武昌茶叶商会会长表示该会愿意为经心书院捐款二十万两银子，没有别的要求，只是希望书院每年能为茶商子弟留十个名额。

茶商的要求并非无根据。早在二三十年前的战争时期，朝廷就用“增广名额”的办法来奖励捐助军饷。每个省的乡试中式名额是有定数的，不能增多。军饷紧绌时，这也成了朝廷一条生财之道：全省多捐一百万两银子，则扩大乡试文武名额各一人，多捐二百万两，则扩大文武名额各两名，并成为定例，永久不变。这其实和捐款买顶子是同一回事：用名器来换银子。

中国官方历来奉行重本抑末的方针。本即农，末即商，重视农桑，压抑商贾。对商人有很多限制，有的朝代甚至规定商人只能穿什么颜色的衣服，戴什么式样的帽子，使得商人在公众场合抬不起头来。虽然这种带有羞辱色彩的政策实行并不久，但对商家子弟入学做官则历代都限制得很严格。清末，由于西风传入，这种现象大有改观，然在传统守旧人的眼里，商贾总与奸诈连在一起，商家子弟进书院也多有阻力。武昌茶叶商会希望用二十万两银子来换取十个弟子名额，正是基于这样的背景。

张之洞说：“武昌茶商愿意拿二十万两银子来资助书院，这是很好的事，十个名额不多。”

停了一会，又说：“我想，此事还可以做得更好点。让武昌茶商会与湖南茶商会联系一下，他们也可以照这个样子，捐二十万两银子，也给湖南每年十个名额。还有，今后每年湖北、湖南两省各捐一万五千两银子，作为书院膏火费和贫寒子弟的资助费。如此，还可以再增广十名，两省各五名，一共三十名茶商子弟。另外，为表示对商界的支持，书院每年还特为增收十名为国家出大力的两湖商家子弟。”

梁鼎芬高兴地说：“两湖商人真要把香帅当活佛供奉了。”

张之洞也为自己这突来的灵感高兴起来。他激动地站起身来，一边快速踱步一边说：“节庵，我看把这事还办完美点。我身为两湖总督，理当为两湖百姓谋利益。这书院既已为两湖茶商招收子弟，不如干脆从湖北一省的局限中走出来，向两湖全体百姓敞开大门。建好后的经心书院，每年向湖北、湖南两省择优录取一百名士子。”

梁鼎芬不由得击起掌来：“妙极了，这才真的是两湖总督的决策，这样看来，斋舍还得扩大一倍。”

张之洞兴致大增：“一不做，二不休，索性将这所书院取名两湖书院。”

“好，这名字气魄大。”身为山长，梁鼎芬当然希望自己所执掌的书院规模越大地位越高越好。只是经心书院呢？他问：“经心书院不要了吗？”

二十多年来，张之洞先后亲自创办亲自命名的书院，除湖北的经心书院外，还有四川的尊经书院，山西的令德堂，广东的广雅书院。无论做学台还是做督抚，所任之处，他皆以建书院厚文风为本分。他对书院的关爱，甚至胜过自己的亲生儿女。决不能让经心书院消亡！“我们再找一块地方，把经心书院搬个家。经心书院的所有师生都搬过去，都司湖这块地方就全部交给你，由你办一所全新的两湖书院。”

新旧衔接，无疑有许多烦恼事。这一决定，顿将这些烦恼一扫而光，如同一个开国皇帝重整江山，所有的陈规陋法将可彻底扫除；如同一个开荒农夫新辟田园，所有的沟渠界限都可重新布置。梁鼎芬对未来的两湖书院怀抱着美好的憧憬。

都司湖畔的两湖书院，与隔江相望的龟山脚下的汉阳铁厂，都在热火朝天施工着。眼看着自己胸中的宏图正在变为眼中的现实，张之洞几乎每天都在亢奋中。他压根儿也没有想到，就在这时，一场大参劾的风暴正平地而起，猛烈向他袭来，直将他头顶上的大红珊瑚顶子吹得摇摇晃晃，差不多就要滚下跌碎了。

这场大参案，近因是因为湖南的茶商捐款事，远因却是十年前的山西清理库款案。

与湖北茶叶商会会长不同，湖南的茶商会长赵恒均是个守旧而吝啬的人。这个靠贩卖南岳云雾茶起家的衡山人，出身于一个贫困的农家，没有读过书，靠漂学而识几个字。凭着精明和过人的节俭，他的财富年复一年地递增，终于成了湖南的第一大茶商。他每年的销售量和利润将近全湖南茶商的五分之一。因为此，他被推举为湖南茶叶商会的会长。湖北茶叶商会为捐款事给湖南茶叶商会发了一封公函，赵恒均看了这封公函后，心里很不舒服。湖南要捐二十万创办费，以后每年还要捐一万五千膏火费，按他的占全湘五分之一的财产比例，要第一次拿出四万两，以后每年都要拿出三千两。这好比割去他肚皮上一块大肉、放掉他胸膛里半碗血！

他无论如何都不情愿。况且他从自身的体验中领悟到，发财致富与读书做文章并没有什么联系。多少满腹诗书的酸腐们一辈子穷困潦倒，连妻子儿女都养不活。他一天学堂都没进，却金玉满堂，妻妾成群，做生意靠的是盘算精明，把握行情，外加运气。这些本事，哪本圣贤书能教给你？圣贤们说什么正其谋而不言其功，守其义而不言其利，若信了这话，岂不老本贴光，家当败尽！

他的大儿、二儿都只读过三年书，在略通文理、会写字记账之后，便跟着他进入生意场，走江湖，闯码头，十岁小儿子虽然还在私塾读书，但他也绝没有让小儿子进书院苦读经史的想法。

赵恒均本想拒绝湖北茶叶商会的邀请，但此事其他茶商也知道了，大部分人都认为是好事。武汉三镇是大都市，让子弟去那里上正正规规的大书院，求之不得，尤其是这还意味着茶商的地位大大提高，捐这个款值。没有多久，一笔银子便凑上来了。几个犹豫不决的茶商见众人踊跃，也将自己的那一份银子拿了出来。这样一来，便逼得作为会长的赵恒均只得忍痛割肉出血。二十万两银子是送到武昌去了，但赵恒均好长时间心里一直不舒服。

这时，他收到粤海道容富的请柬：小儿定于下月初八成婚，请大驾光临，使容门增辉。

赵恒均接到这份请柬犯愁了好几天。容富请他吃喜酒，不过是个幌子，敲他点银子，才是真正的目的。不独容富，这也是当时官场的普遍风气。娶媳、嫁女、生子、寿诞、丧亲这些大事，自不待说，此外，只要能沾上边的，如进学得功名、擢升、调迁、三朝弥月、娶小死姨太太等也决不放过，早早地发下请帖。尤其是那些有求于他们而又有钱财的，如商人，则更是盯紧的目标。找出花名册来，按名单发帖，不会漏掉一人，即使远在外省，也不能幸免。一场酒席下来，一笔横财就进了屋，依官位高低所握实权的大小，进益不等：少则几百两，多则上万两。

赵恒均实在不愿赴这个喜宴，一则破财，二来耗时费神，但他不能不去。他每年两三万担茶叶通过粤海关道的手里出关漂海，容富的手稍微卡一下，他就得多付七八千两银子的关税。所以每年过年的时候，他都要亲自到广州向容富拜年，然后再打上一两千两银票的红包。容富高兴地接下了，他才松一口气：今年茶叶过关将不会遇到多大的麻烦。倘若容富脸露不悦，他就要思考着，还要寻个什么借口补一张。容府讨媳妇，这是多大的喜事，能不去吗？舍不得出血也得出呀！他拿出一张千两大票来用一个红纸袋装着，想一想，觉得一千两少了，于是咬了咬牙，又拿出二百两的一张中票添上，然后叫小儿子在红纸包上写上一句恭贺的话。喜期十天前，赵恒均带着红包南下五羊城。

初八那天，容府张灯结彩喜气洋洋，高车驷马，盈门盈巷，酒席足足摆了八十桌。赵恒均在容府的客人里只能算是下等里的上档。席次安排在六十几号，和他共席的是来自广西、江西、福建的几个和他实力差不多的商贾。几杯酒喝下去，商贾们都吐起苦水：江西的瓷商叹瓷器卖不出去，福建的桂圆商叹年景不好，桂圆果小汁涩，卖不起价。赵恒均也向他们诉苦，不仅诉生意场上的苦，而且借这个机会，把这段时期压在胸口的闷气尽情地宣泄。他添油加醋，信口开河，把湖北茶叶商会的信改为张之洞督署的公文，又借此指斥这是张之洞的个人勒索，并想象汉阳铁厂、枪炮厂的兴建款里一定有不少类似的勒索款。说到情绪激动时，加上烈酒的冲击，他索性破口大骂张之洞做湖督以来的大肆兴作，名为富民强国，实为害民祸国。赵恒均借酒使气的这番话，那几个商贾们听听也就算了，并不太当一回事，不料内中另有一个人却在认真地听着，并一一记在心里，此人是新娘子的娘家仆人。而这新娘子的娘家不是别人，正是张之洞做晋抚时所参劾的原山西藩司葆庚。

十年前，葆庚因贪污赈灾款被革职查办，锁拿进京，本被判发配新疆。家里为他上下打点银子，结果保释出狱就医。再过一年，发配一事便无声无息地消失了。他怕在京师招人议论，便买通在盛京守皇陵的睿亲王后裔，宁愿去盛京守护太祖太宗，借以赎罪。守陵是个极寂寞极冷清的苦差使，一般人都不愿意做。葆庚的请求很快得到同意。到盛京后不出半年，便做了小头目。三年过后，居然头上换了一顶水晶石四品顶戴。葆庚并不甘心一直过这种半流放式的生活。也是他的机遇好，那时海军捐款正在热潮中，他向海军衙门捐了五万银子，又找人替他到醇王府里活动，居然堂堂正正地升了个太常寺卿。太常寺是掌管朝廷祭礼的衙门，权力虽不及六部，地位却也崇隆，班列九卿，算得上朝廷的大官了。经过六七年的卧薪尝胆，当年的贪官葆庚又官复原品。然而对张之洞的仇恨，他却一直没忘记过。只是张之洞正受太后、醇王的宠爱，官运隆盛，他奈何不得罢了。

容富也是正白旗人，十多年前两家就订了娃娃亲。葆庚出事后，容家没有断这门亲事，葆庚心存感激，趁着请假养病的时候，便亲自送女儿南下完婚，以此答谢亲家的情谊。

陪同南下的仆人佟五在山西时就跟着他，深知主人恨张之洞入骨。当天晚上，佟五便将在酒席上听到的话一五一十地告诉了主人。

别人骂张之洞，就好比是在代他出气，葆庚心里快意无比。赵恒均此举给葆庚一个很大的启示：张之洞做湖督不久，便有人恨他骂他，他在广东做了五年粤督，恨他骂他的必定更多。好不容易来一次广东，何不借此机会广为搜集张之洞在广东的秕政，向朝廷告一状，能参劾更好，即使不能参劾，也杀一杀他的威风，出一口多年来积压胸中的怨气。

他先把赵恒均请进容府，要他详细说一说为两湖书院捐款的事。

见容富的亲家堂堂太常寺卿对他优礼有加，布衣赵恒均受宠若惊，在得到葆庚不说出他的名字的保证后，湖南茶商会长将酒席上的话，当着葆庚的面细说了一遍，又无中生有地捏造湖北增收盐税、洋药税，以供张之洞办厂办矿，沽名钓誉。待赵恒均告辞后，葆庚将他的话全部用笔记录在案。

赵恒均提供的情况使葆庚进一步增强了信心。他于是在亲家府里住下来，专心致志寻找张之洞粤督五年间的种种谬误。功夫不负有心人，通过两个月的努力，前山西藩司终于替他的仇人找来不少罪名。葆庚将它分为几大类：

一倨傲荒政。司道大员拜会，都需排期等候，待到来时，有等一两个时辰不见，有的甚至白等一天。至于候补州县，几乎一概不见。平时起居无常，号令无时，群僚皆苦病之。

二任人无方。有喜爱者一人兼职十数，有不喜者则终岁不获一面，而其所赏识者大多轻浮好利之徒。

三勒索挥霍。凡家有厚资者，必定借机勒索，逼他们自认捐献，或自认罚款，多者甚至有上二十万的。所收之款名曰办公事，实则挥霍浪费。粤省殷实之家多有不满者。

令葆庚欣喜的是，除张之洞外，他的两个亲信王之春和赵茂昌的许多劣迹，也在掌握之中。若说张之洞本人的这些罪名有的尚属莫须有的话，王之春在粮道期间安装电话线时的七八万两银子的账目不清，及赵茂昌在办理闱赌时的贪污行径，则是多有人反映，且证据确实。而这两个人，张之洞对他们依畀甚重，调任湖督时，又将他们随调武昌。张之洞对王之春、赵茂昌即便够不上狼狈为奸的话，至少也有失察之责。葆庚怀揣这一沓重要材料，兴冲冲地告别女儿和亲家，回到北京。

这时，王定安也恰好住在做小京官的儿子家，得知昔日的老上司从南方回来后，便去看他。

王定安不是判了十年监禁吗，怎么可以随意走动？原来，王定安只坐了一年的班房，便通过曾国荃的关节保释出狱。曾老九保他出来的目的，是要他写一部湘军史乘。先一年，王闿运受曾纪泽之托，几度寒暑、数易其稿的《湘军志》雕版付印。因为王闿运意在立信史，故对湘军许多重要将领多有微辞，又对曾国荃焚烧天王府的做法颇为不满，因而对老九的战功只轻描淡写，并未着意渲染。

尽管文人们对《湘军志》评价甚高，但以曾老九为首的一批湘军将领却大为不满，甚至骂它是谤书。书生王闿运如何是位高权重的武人们的对手，最后，《湘军志》落得个焚书毁版的下场。

为了消除《湘军志》的影响，曾国荃保王定安出狱，另写一部为湘军将领，特别是为他本人评功摆好、歌功颂德的《湘军记》。王定安感激曾国荃为他消去监禁之灾，遂把一生的才学全部抖落出来。他也顾不上史德与史识，完全按老九的要求，历时三年，精心炮制一部二十二万字的大作。曾国荃看后非常高兴，亲自为之作了一篇序言，称赞王定安“少负异才，不谐于俗，由州县历监司，所至树立卓卓”，公开为王定安平反昭雪，恢复名誉。又说他，“龉龁于时，偃蹇湖山，行见以著述老，人多惜之。然鼎丞不穷。夫名位煊赫一时，而文章则千载事也。韩愈氏所谓不以所得易所失者，其斯之谓乎！”既为他的罢官坐牢抱不平，又吹捧他的《湘军记》可千载不朽。

前人文章之不可全信，此又为典型一例。然王定安则多亏了这部《湘军记》，又早获自由，又得到一笔优厚的润笔，又仗它招摇欺世，在东湖老家的日子过得很悠闲。光绪十六年，曾老九在两江总督任上辞世，他专程去江宁痛哭了一场，而后便彻底丢掉东山再起的念头。这次因为儿子给他添了一个小孙子，满心欢喜，特为从湖北赶来祝贺，也借此看看昔日的朋友，特别是葆庚。

畅叙多年来的别情后，葆庚将在广州的特大收获告诉了王定安。

“好，我们要好好地合计合计，做一篇大文章，将张之洞弄臭。”

十年后的前冀宁道也绝没忘记旧事，对张之洞的仇恨将伴随着他的一生。

“鼎翁，”葆庚将他从广州带回来的全套材料交给王定安。“你足智多谋，你仔细看看，琢磨琢磨，看如何办最好，需要花的钱，由我出。”

“行。”王定安摸着愈加尖瘦的干下巴思索着说，“皇上亲政两三年了。听说皇上遇事不大情愿听太后的，要自己做主。皇上特别相信翁同龢。张之洞过去仗着太后和醇王的宠信，才敢于那样跋扈嚣张，现在醇王已死，西太后归政，我们得摸摸皇上和翁同龢的态度，若皇上和翁同龢不像太后和醇王那样，那我们就好办了。”

“还是你计虑得深远。”葆庚点点头说，“朝廷内部的事由我来打听。”

葆庚于是很留心这方面的动态，但所获不大。几天后，大理寺卿徐致祥邀请他去听戏，不料，做客徐府时却很轻易地得到他所要的消息。

徐致祥和葆庚同为九卿，彼此很熟，他们有一个共同的爱好，即听戏听曲子。若听说哪个戏园有唱得好的戏子，他们就会请来家唱几曲堂会，届时会将一班同好邀来一起听。两人常常互相邀请，听完后照例设饭局，边喝酒边论戏，大家都觉得这半天过得很快活。

这天，葆庚在徐府听的是新从安徽来到京城，在大栅栏三庆班唱老生的程继宗，据说是程长庚大哥的后人。程继宗唱了几个老生名段，如《草船借箭》《空城计》《捉放曹》等，这几段老生戏唱得苍劲低回，韵味十足，大家不时击掌叫好。吃了晚饭诸票友各自告辞回家时，徐致祥又特为将葆庚留下来聊天。

“葆翁，我给你说一桩有趣的奇事。近日大理寺收到一份状子，告的是湖广总督衙门的文案赵茂昌，这倒不奇，奇的是告状的人乃汉阳归元寺的和尚。大理寺的官吏都说，和尚告官员，而且直接告到大理寺，这真是罕见的怪事。”

这不仅是奇事，简直是喜从天降，正要找张之洞的把柄，这把柄不就送上来了吗？他压住心头的狂喜，笑道：“噫，真正是少见的趣事。这和尚是归元寺的方丈吗，他告赵茂昌什么状？”

“不是方丈，是监院。”

佛寺名曰世外净土，其实和俗世官场一样的等级森严。凡粗具规模的佛寺都有严格管理制度，寺里地位最高的僧人为方丈，方丈之下为监院，监院负责管理寺内一切事务，犹如总管。接下来依次为负责接待的知客僧，负责纠察的僧值，负责僧客的维那，负责膳事的典座，负责客房的寮元，负责方丈室事务的衣钵和负责文书的书记。自监院之下至书记，号称八大执事，各司其职，上下分明。

“这监院名叫清寂。”徐致祥兴味极浓地说下去，“清寂在状子上说，湖广总督衙门总文案赵茂昌奉总督之命，购买归元寺寺产办铁厂。赵茂昌与归元寺方丈、知客僧、维那互相勾结，从中牟取暴利。赵茂昌接受了方丈的贿赂三千两银子，而方丈、知客僧、维那又从卖得二万三千两银子里分别私吞一千两、六百两和四百两，方丈、知客僧和维那拿了这笔黑心银子在寺外买私宅、养女人，败坏寺规。归元寺众僧愤恨不已，请大理寺做主，严惩这批不法之徒。”

葆庚拍手大笑：“有趣有趣，和尚买私宅养女人，归元寺是海内名刹，出了这等事，真是大新闻。老兄，这个清寂不仅告了官员，也连和尚一起告了。”

徐致祥也笑道：“大理寺原本不受这种状子，但同僚们都兴致很高地接收了。一是和尚告官及和尚内讧都颇为有味，二来为那个监院着想，事情牵涉到湖广总督衙门，湖北还有哪个衙门敢受理这个诉讼？他来上告大理寺，也是不得已。”

葆庚试探着问：“和老，这牵涉到湖广总督衙门的事，你就不怕惹麻烦吗，张之洞那人仗着关外大捷的功劳，现在是眼睛长在头顶上，老虎屁股摸不得！”

“我跟张之洞同在翰林院多年，我怕什么？他张之洞的底细我还不清楚吗？哼。”徐致祥从鼻子里冒出的这一声“哼”，十足地表露他的心态。“张之洞这些年太得意了，我得在他的头上敲几下。”

徐致祥的确与张之洞在翰苑共事多年，与张佩纶、张之洞等人一样，他也是个喜欢上疏言事的人。但他缺乏张佩纶的精辟和张之洞的稳重，易于冲动，好出风头，常常事情尚未全部弄清便急着上折，生怕人家抢了头功似的。故而他上疏虽多，影响大的却极少，当时以李鸿藻为首领的京师清流党也不怎么看重他。同为言官，眼看张之洞名满天下，而自己却声名远不及，他心里总免不了有点酸酸的。这种酸妒感随着张之洞的仕途大顺而愈加浓烈。

更重要的是，他与张之洞在洋务一事上所持观点大相径庭。光绪十年，在中国要不要修建铁路的大争论中，徐致祥连上了两道措辞激烈的反对奏疏，被斥为荒谬，予以降三级处分。事隔四年，关于铁路的讨论再次展开，张之洞力主修建，并提出先建腹省干线的主张，徐致祥仍持反对论。

徐致祥在朝廷高层中并不乏支持者。去年，他的处分被撤销后，立即擢升大理寺卿。他因此并不把时下正走红的张之洞放在眼里。归元寺这桩事，无论于公于私，都令他快意无比。

徐致祥的态度很令葆庚欣慰。他思忖着：纠弹张之洞的事若由此人出面，则是很合适的，只是还得再摸摸他的底。

“张之洞是国家重臣，此事要谨慎点才是。”

徐致祥说：“这我懂。有人说，这两年曾国荃、彭玉麟也相继辞去，老一辈的中外大臣，只剩下李鸿章、刘坤一，一个坐直隶，一个坐两江，这天下第三位总督便是坐湖广的张之洞。他是后起之秀，要不了几年，领海内疆吏之首的便是此人了。敲他的头，我当然会谨慎。实话对你说吧，葆翁，若没有可靠的支持，我也不会轻举妄动。”

“此人是谁？”葆庚的肥大圆头凑了过去。

“翁同龢。”

“噢！”葆庚的小眼睛睁得圆圆的。他知道眼下国家的大权，名为握在二十一岁的皇上手里，实际上是皇上的师傅翁同龢在操纵着。他没想到，张之洞在朝中竟有这样的对头。看来，张之洞的风光日子不会太久了。

“为归元寺和尚告状一事，我专门去翁府拜谒过翁师傅。他没有丝毫迟疑地对我说，这个状子大理寺要受理。莫说赵茂昌只是湖广总督衙门的总文案，就是湖广总督本人又怎样？贪污受贿，天理不容，即便普通百姓告状也得受理，何况出家人？若不是有十足的把握，料想他们也不至于走到这一步。你去办吧，有什么难处只管找我好了。”

这真是踏破铁鞋无觅处，得来全不费功夫。张之洞呀，张之洞，你也会有今天！葆庚暗暗在心里得意着。

“和老，翁师傅支持，其实就是皇上的支持，再也没有别的顾虑了。”葆庚小声说，“你有这个决心，兄弟我当助你一把。”

“葆翁如何助我？”

“张之洞这个人其实不可怕。他色厉内荏，外强中干，看起来好像是个能干的有操守的总督，其实大谬不然。我这次从广州回来，亲自听到有关他在两广任上的不少荒谬。至于那个赵茂昌，更是一个坏透的小人，两广人恨之入骨。还有原广东臬司王之春，也是个贪财厚敛之辈。张之洞对他们都信任有加，大肆包庇，前年又将他们调到湖广。”

“好，这些你都有证据吗？”徐致祥巴不得有人能给他多提供些关于张之洞过失的证据。

“有。明天请和老放驾到敝寓去坐一坐，我把从广州带来的东西给你看。我还有一个朋友，是当年曾文正公和九帅的文胆，此人极有谋略，又工于文章，我叫他来跟您一起琢磨琢磨。”

第二天，徐致祥应约来到葆府，王定安早已在此恭候，葆庚为他们二人彼此作了介绍。然后便一边看广东方面的揭发，一边讨论着如何办理。最后，徐致祥决定暂时把归元寺的状子放一放，擒贼先擒王，先给张之洞上一道严厉的参劾。树倒猢狲散，只要张之洞被弹劾，赵茂昌的事也便迎刃而解了。当晚，徐致祥再次来到翁同龢府，把张之洞在两广失政的事向翁作了详细禀报，翁同龢毫无保留地予以支持。

几天后，由王定安起草经徐致祥修改润色，并由他具衔的参折，由外奏事处送到内奏事处，由内奏事处呈递到年轻的光绪皇帝手中。

三　为早诞皇子，翁同龢向光绪帝献蛤鹿冷香丸

光绪皇帝今年虽只有二十一岁，登基却有十七年了，已超过咸丰、同治两朝的年月。他的老祖宗曾有过在位六十一年、六十年的纪录。传说尧、舜在位百年以上，但那只是传说而已，并没有确凿的证据。真正有记载的在位时间最长的皇帝，就是光绪的这两位祖宗，不仅在位时间长，而且治国有方，康乾盛世比起历史上任何一个太平盛世来说毫不逊色，这是爱新觉罗氏的骄傲。四岁登基的载湉，若活到

七十岁的中寿，光绪的年号便可写到六十六年，无疑将刷新祖宗的纪录。但他的亲近王公大臣及随侍左右的太监宫女们，面对着皇上单瘦的身材、苍白的面容，尤其是他终日郁郁不乐的神态，大多对此不抱乐观态度。

身材单瘦，面容苍白，都好理解。他的祖父道光帝、父亲醇王都是身子骨单瘦的人，故而这“单瘦”是遗传。他从小生长在深宫，未经风雨少见阳光，苍白也是正常，唯有这郁郁不乐从何而来？身为九五之尊，拥有四海之地，怎么可能还有忧郁？原来，光绪的忧郁，源于慈禧。是慈禧做主，将他由一个普通的王子抬到真龙天子的座位上，然而又是这个慈禧，将这个真龙天子严格地控制在自己的手中，不容许他有任何身心的自由。

慈禧是个性情刚硬权力欲望强的女人，担心自己一手扶植起来的皇帝，在长大亲政后不听她的话，于是在小皇帝入宫的第一天起，她就不以慈母而以严父的面孔出现在小皇帝的眼前。慈禧相信经过十几年的严厉训斥、苛刻管教，小皇帝便会习惯成自然地怕她服从她。其实，慈禧没去想，她的这一套教育方式的结果是会因人而异的。若遇到一个性格倔强、好斗好胜的人，这种方式所收到的效果或许将适得其反：被教者长大后将会对教育者充满反叛，甚至是仇恨的心理。若是一个性格懦弱胆小怕事的人，则将效果显著。不幸的是，堂堂大清帝国的天子恰恰便是后者，已亲政两三年的光绪皇帝，仍旧像先前一样地对太后毕恭毕敬，不敢违背丝毫。

慈禧归政后秋冬住养心殿，春夏住颐和园。住养心殿时，光绪每天晨昏定省，跪拜如仪。住园子时，光绪一个月去一次叩见请安。遇有重大事情，则随时请示。慈禧对此很满意，而光绪心里并不很情愿。光绪性格虽懦弱，却并不蠢，从小熟读史册，见前朝前代哪个帝王不是君临一切，生杀予夺，自己也是一个皇帝，却要受一个老妇人的摆布，他如何能心甘？表面上的恭顺与内心的不情愿，这个巨大的反差，造成了他一天到晚的郁郁寡欢。

这只是其一，令光绪心情郁郁的还有另外一件大事。

三年前，光绪大婚，这不仅是光绪本人的大事，也是朝廷的大事。年满十三岁至十八岁的满蒙大臣家的女孩子都在挑选之列。经过层层审看之后，带进宫直接让光绪见面的有十多个。他独独看中了江西巡抚德馨的女儿，想立她为后。他的生母醇王福晋尊重他的选择，但他的嗣母即慈禧却不同意。其实，别人挑选，光绪面审，这些都是形式而已，慈禧早已为光绪准备了皇后。这皇后就是她的侄女——晚一辈的叶赫那拉氏。在慈禧的眼里，皇后，与其说是光绪的正妻，不如说是后宫的女主，最高外戚群的诞育者。她怎么会让这个天字第一号的好处落到别人的家里！但光绪不爱小那拉氏，他心里很不舒服。一个普通的男子都有选择妻子的权利，他身为一国之主，却没有这种权利。他不能否定慈禧的决定，只是提出退一步的要求：让德馨女儿为妃。而慈禧深恐德馨之女进宫后会夺去光绪对她侄女的爱，竟连这个要求也不同意。光绪无奈，只好立侍郎长叙的两个女儿为瑾妃、珍妃。德馨女儿被迫拒之于宫门外。

但小那拉氏其实也是一个很不幸的女人：作为妻子，她一生没有得到过丈夫的喜爱，甚至连做母亲的权利也没有得到。作为皇后，后宫事无巨细都在她的姑母掌握之中，她无权过问，更谈不上处置裁决。二十年后，作为太后，她更是与巨大的耻辱连在一起。就是她，抱着六岁的末代皇帝溥仪，悲痛欲绝地将逊位诏书交给袁世凯。大清王朝立国二百六十余年，终于在她的手里给断送了。

她是一个亡国的太后，是爱新觉罗家族的千古罪人！

光绪帝的这种忧伤，只有一个人最清楚最怜恤，此人不是他的父亲醇王，而是他的师傅翁同龢。

人世间男子汉的荣耀，翁同龢给占尽了。他生于宰相府，长于书香中，状元及第，仕途顺达，千人羡慕，万人崇仰。同治皇帝十岁时，他便奉两宫之命，授读弘德殿，直至同治帝亲政。光绪登基的第二年，他便奉旨在毓庆宫行走，授读五岁小皇帝。翁同龢学问好，诗文书法尤佳，又勤勉尽职，慈禧很是看重。授读的当年他便由内阁学士升户部右侍郎，第四年又升都察院左都御史。光绪五年授刑部尚书，又改调户部尚书，不久又入军机处。恭王下台，军机处全班被撤时，其他人都罢黜，他却被指派为上书房授读，两年后又补户部尚书，官复原职。

然而，作为一个男人，翁同龢有一个绝大的遗憾：无儿无女。晚清名臣中胡林翼也无儿无女，但胡虽无儿女，年轻时的风流香艳却够他一辈子回味。翁同龢自小循规蹈矩，无半点狭邪游之劣迹，从同时代人骂他“天阉”中可知，他是先天性的缺乏男性功能。可怜一个风光无限的状元帝师，夜半更深之时，他内心的痛苦有多么巨大！他的这种痛苦有谁能替他排解？世人都崇拜权力，渴望做权力顶尖上的人物，当我们从“人”的角度来平视光绪帝、后及其师傅这些尖顶上的人物后，便发现他们也有许多的苦恼和遗憾。这多多少少可以让那些权力崇拜者的头脑清醒些。

正因为缺乏生儿育女的能力，他对五岁起便在自己身边受教长大的光绪皇帝便充满了更为深厚的爱心。他常常会不由自主地将小皇帝当作自己的儿子，他的师傅情中不知不觉地渗入慈父爱。身处于父母难见、嗣母冷酷环境中的光绪帝，也自然而然地把师傅当成了最为亲爱最可信任的人。尽管聪明的光绪帝知道宫中顾忌甚多，心中的苦恼郁积太盛的时候，他也会向师傅叙说。翁同龢深知皇上苦恼的根源，但他决不能点破，只能转弯抹角地加以宽慰，以“孝顺”这个大道理来启沃皇上，让他化去怨尤的心理基础，以效法祖宗、做英明有为天子等祖训来增强他的心志，引导皇上跳出儿女私情小框框，把思绪转移到宏大目标上来。光绪皇帝爱戴师傅，相信师傅，也依恋师傅，亲政以来，他事无大小都要跟师傅商量着办理。

徐致祥这份参劾张之洞的折子已放在书桌上两个时辰了，光绪从头到尾一字不漏地看过一遍。他很是赞赏徐致祥的这种凛凛风骨：敢于维护圣道，捍卫朝纲，抨击不法，主持正义。亲政不久的年轻皇帝还不知世事的复杂和他手下臣工的表里不一，他很容易被折子上的那些冠冕堂皇的文字所迷惑，认为凡能做豪言壮语的人，必定是豪杰；凡能替朝廷说话的，必定是忠臣；凡能攻击贪污揭发违法的人，必定是奉公守法的清官。所以他对徐致祥很有好感。但他也很为难。尽管他对许多臣工尚不太了解，对张之洞却是清楚的。除开早年的清流和在山西肃贪禁烟不说，因为那时他还小不管事，然则打赢谅山一仗，就足以让他钦敬。那时光绪已是十四岁的少年了，在师傅翁同龢的熏陶下，很有一番保卫祖宗江山抵御外敌入侵的雄心壮志。张之洞作为两广制军，打败了法国人，将道光爷以来四十年间受洋人欺侮之仇给报了，少年光绪何能不兴奋？何能不对张之洞记忆深刻？再说张之洞学洋人的长技，办洋务，光绪也是赞成的。他年轻，少成见，对于一切新鲜的事物都有兴趣。造枪炮轮船，架电线修铁路，洋人靠这些富强了，我们为何不能学？在光绪的眼里，张之洞是个挺会办事的能干人。把他参了，岂不是对国家不利？

他吩咐身边的小太监去请翁师傅。翁师傅一时来不了，他无心看别的折子，又把徐致祥的参折拿过来，拣其中重要的部分再看了起来：

> 湖广总督张之洞，博学多闻，熟习经史，屡司文柄，衡鉴称当。昔年与之同任馆职，深佩其学问博雅，侪辈亦相推重。该督当时与已革翰林院侍讲学士张佩纶并称畿南魁杰。

光绪点点头，心里想：徐致祥并不否定张之洞的一切，过去是同寅，关系不错，这次参他，看来不是出自私怨。

> 不料年前，荐擢巡抚，晋授兼圻，寄以岭南重地，而该督骄泰之心由兹炽矣。

光绪自思，官高功大，渐萌骄泰，前朝这种人多啦！翁师傅常教导说，满招损，谦受益，看来张之洞忘记了这条古训。

下面徐致祥从懒见僚属、任人轻率、敲索富家几个方面叙说了张之洞的不是。又说王之春佥壬，掊克聚敛，报复恩仇，夤缘要结。另赵茂昌是细人，官场上多有谄媚赵以钻营差缺。张之洞倚此二人为心腹。这些，光绪都记得清楚不再看下去。

跳过这些，再看看张之洞到湖广后是如何荒谬的：

> 该督创由京师卢沟桥至湖北汉口之说，其原奏颇足动听，迨奉旨移督湖广，责其办理，该督奉命即爽然若失。明知其事必不成，而故挟此耸动朝廷，排却众议，以示立异。铁路不行，则又改为炼铁之议。以文过避咎，乞留巨款。今日开铁矿，明日开煤矿，此处耗五万，彼处耗十万，浪掷正供，迄无成效，又复百计弥缝，多方挡求，一如督粤时故智。

光绪皱了皱眉头，此一大段文字，其实并无贪污勒索实据，只是说不该办铁厂、耗资过多而已。这也能作罪责吗？

最后一段文字，若就文论文，文采和气势都很好。光绪五岁发蒙，八岁开笔，翁师傅耐心指导他如何起承转合，如何设辞修饰。但光绪生就的缺乏才情，无论怎样诱导，文章总是写得干巴枯燥，没有味道。但他知道“言而无文，行之不远”，故又对能写好文章的人很是佩服。徐致祥的整个折子虽然文字平平，然而这结尾一段却写得甚好，他拿起折子，禁不住高声念起来：

> 臣统观该督生平，谋国似忠，任事似勇，秉性似刚，运筹似远，实则志大而言夸，力小而任重，色厉而内荏，有初而鲜终。徒博虚名，无裨实际，殆如晋之殷浩。而其坚僻自是，措置纷更，有如宋之王安石。方今中外诸臣章奏之工，议论之妙，无

有过于张之洞者。作事之乖，设心之巧，亦无有过于张之洞者。此人外不宜于封疆，内不宜于政地，惟衡文校艺，谈经征典，是其所长。昨岁该督祝李鸿章寿文有云，度德量力，地小不足以回旋。夫以两湖幅员之广，毕力经营，犹恐不足，而嫌其地小，夷然不屑为耶？该督之狂妄，于此可见一斑。

“皇上，您在朗诵谁的好文章？”

光绪正读得起劲，翁同龢已走进毓庆宫小书房。光绪亲政后，为表示对师傅的感谢，特为准许翁同龢在平时免去跪拜礼节，还是如同过去授读时一样：向皇上鞠个躬就行了。当下，翁同龢走进来，一边鞠躬，一边笑眯眯地对着皇上说话。“皇上万几之暇，尚能不废吟诵，老臣欣慰至极！”

“师傅请坐。”

翁同龢在光绪对面坐了下来，立即便有小太监托来一个十分精致的黄地白龙上盖下托小茶碗。光绪将手中的折子递给翁同龢：“这是刚送上来的一道参折，朕见他文章不错，便不觉失声念了起来。”

“参折？”翁同龢接过折子。“谁参谁？”

“大理寺卿徐致祥参劾湖广总督张之洞。”

翁同龢将折子展开来，从袖口袋里掏出一副西洋进口老花镜戴上，急速地看了起来。徐致祥的参折说上就上了。他到底参劾张之洞一些什么呢？

“就是为了它而将师傅请过来。”待翁同龢看完折子后，光绪说，“师傅看这事宜如何处置为好？”

翁同龢放下折子，取下老花镜，嘴唇紧闭，面容端肃。光绪盯着师傅这副神态，突然之间，似乎发觉师傅已经衰老了。师傅今年才六十三岁，头发胡须便全部白完了，胖胖的面孔上长满大块大块的老年斑，身体臃肿，步履龙钟，一切神态都仿佛古稀之年的老人。光绪知他无子，心里想：莫非是为此事而忧愁成这个样子？一丝怜悯之情油然而生。本想和他聊聊家常，劝慰劝慰，但光绪平日知道师傅端庄严肃，轻易不言琐事，更何况今日请他过来是商讨参折的大事，更不宜以别事分心，只得在心里叹了一口气，打消这个念头。

思索好长一会子，翁同龢终于开口："老臣为皇上有徐致祥这样的骨鲠之臣而贺喜。"

犹如先前听师傅授读一样，光绪瞪着两只虽神采不足却也清纯可爱的眼睛，凝视着师傅，听着他那夹杂点江南口音的北京话。师傅说话总是不疾不徐，和蔼清晰，光绪很喜欢听。

"张之洞历任史官学政，外放巡抚，擢升总督，朝廷对他的恩眷之隆，依畀之盛，可谓少有人能及。外放这些年来，张之洞虽实心做过不少好事，却也办了不少有损朝廷威仪的荒唐事。"

翁同龢打开茶盖，一股清香沁出水面，他浅浅地呷了一口，继续说下去："老臣常听人说起张之洞的闲话，如在山西时率性提拔官员，擅自派兵丁下乡以拔罂粟为名骚扰百姓。尤其在粤督任上擅开闱姓赌，以官府名义将朝廷抡才大典与市井无赖的赌博连在一起。辱没朝廷，斯文扫地，再无过于此事。一个总督居然可以为了几个钱，做出这等事来，实不可思议。那时我就想上折弹劾，只是因为越南战事未了，为大局着想，只得隐忍下来。"

所谓"为大局着想"是翁同龢临时想起的托辞。其实，翁同龢之所以没有上折参劾，是因为顾及着慈禧太后。他知道这些年张之洞的飞黄腾达，无非是因为慈禧恩宠器重的缘故。从晋抚擢升粤督，完全是慈禧对张之洞的格外重用。慈禧正要用他捍卫国门，你却去参劾他，老太太能高兴吗？一旦犯了老太太的虎威，你能有舒心日子过吗？何况那时他刚从军机处被撵出来，正冷着哩！其次他也顾及着醇王，他知道醇王一直是支持张之洞的。第三他也顾及着张之万。张之万四朝老臣，眼下正受着宠信，协办大学士兼工部尚书，又新进了军机处，成为名副其实的宰相，得罪了这个老头子，也不是件好事。就这样，书生出身的翁同龢虽对张之洞亵渎斯文甚为仇恨，却隐忍不敢发。

现在太后归政住颐和园，醇王也已去世两年多，张之万老迈多病很少过问军机处的事，更重要的是自己一手授读的皇上已亲政几年了，一句话，今非昔比了。翁同龢认为，应该通过皇上的名义更多地推行自己的主张，实现从早年起就树立的一匡天下的宏伟抱负。

“近年来张之洞仗着战功，骄慢倨傲之心日益严重。他在广东的那些所作所为和到湖北这两年来大肆兴作，好大喜功，老臣多次听到来自两广两湖人士的议论，老臣心里也有看法。徐致祥不畏权势，不惑于假相，敢于上这等参折，确为难能可贵。老臣以为，徐致祥此举应予支持，此折不能留中而让它悄没声息地淹了。”

光绪点点头，明白了师傅的意思，这与他的想法也大体相符。但他还是有所顾虑：“师傅，张之洞为国家立过大功，又是太后信任的重臣，折子若不留中，又该如何处置为宜呢？”

这两三年间，凡遇军事外交及大臣升黜调迁这些大事，光绪都要事先跟师傅在毓庆宫密商，这既是他对师傅的极端信任和尊重，也是借此进一步学习为政之道。在这一方面，光绪远胜他的堂兄同治。同治皇帝载淳酷肖其母，在上书房读书期间便不安于书卷，时常偷偷外出冶游，亲政后更是摆出一副天子架势，不但李鸿藻、翁同龢这些师傅的话不再对他起作用，甚至连自己生母慈禧的话他也阳奉阴违。亲政不久，轰动全国的就地处决安得海的圣旨就是由他亲手颁发的。载淳十九岁上死去，帝王事业还刚刚起步。倘若天假他几十年，或许可以成就一番可圈可点的帝业，也或许会是个刚愎自用、将天下苍生当作手中玩物的暴君。与秉赋刚烈的同治相比，性格懦弱的光绪这种谦逊稳重的态度很令翁同龢满意。他常常会将自己的两个皇帝学生作些比较，尽管光绪有不及同治之处，但整体来说要好得多，翁同龢对光绪寄予着极大的希望。因此，每探讨一件事时，他都会有意识地对之作详尽的剖析，以便使年轻的皇帝，通过对一桩桩具体事情的分析，逐渐掌握处理军国大事的技巧，提高办事的能力，早日成熟起来，做一个有大作为的英明天子。

眼下，这道参劾又是一个极有代表性的例子，翁同龢清了清有点老化的喉嗓，耐心地对着光绪说："皇上处事的稳重态度，老臣心里很是欣慰。皇上居九五之尊，一言可以兴邦，一言可以亡国，所以深沉稳重，自古以来便是人君的第一等好品质。皇上正在朝这个方向努力，老臣欢喜无极。"

这一番话，是两朝帝师翁同龢在上书房几十个春秋里常常说的话。这就是循循善诱，启沃帝心。

"皇上深沉稳重，固然是第一等品质，但不等于该办的事不办。皇上仁厚慈爱，这是大清之福，也是天下臣民之福，此乃为人君之基础。然为人君者更需有高于臣民的仁慈，方能成就大业。高于百姓之仁慈，谓之大仁大慈，它不以一人一事为考虑，而是怀抱社稷，着眼长久。古人云'计利当计天下利，成名宜成万世名'者，此之谓也。"

翁同龢深知自己的学生秉赋懦弱，又备受压抑，遂先从这里入手，因人施教。

"世事纷乱，人心难测，自古人君，当威临天下，以严厉治国。张之洞受两朝特达之恩，蒙太后破格简拔，更应勤于王事，为督抚表率。但他不知检束，日趋骄慢，荒怠政事，宠信小人，皇上对张之洞非加以抑制不可。"

翁同龢端起光绪赏赐的极品龙井，抿了一口，顿觉神志清朗，于是侃侃说下去："此时借徐致祥的参折，抑一抑张之洞，老臣以为有三点好处。一可以张皇上君威。皇上亲政以来，还没有处分过二品以上的大员，一些宵小之徒便误以为皇上一味宽容。此次严惩张之洞，可以昭示天下臣工：祖宗之法不可轻慢，朝廷之政不可荒怠，皇上天威不可冒犯。让大小臣工知道，皇上将秉列祖列宗之志，励精图治，中兴大清。"

这番话光绪听了很是舒心。自小起，师傅便叫他以列祖列宗为榜样，洗刷几十年来的朝纲疲沓之风气，但他不知从何处着手，现在寻到了其中的一条：严惩大员以示威厉。

本来，翁同龢可以顺着这个意思说下去，说出下面的话来：亲政之前，朝廷大权在太后手里，内外臣工并未将皇上看得很重，现在正宜趁机昭示天下，大权已从太后转到皇上手里来了，过去受太后恩宠者应赶快改换过来，投到皇上的门下，才有将来的锦绣前途。但这些话他不能说。恪守以孝治天下的儒家信徒翁同龢，深知不宜这样开导皇上，以令皇上生出不孝之心，做出不孝之事，何况太后对他本人及他翁氏家族一向也是恩德深重的。二来他也不敢这样说，太后最忌讳有人在她和皇上之间说什么。当年同治是她的亲生儿子，她尚且时时提防，有好几个臣子就以“离间骨肉”的罪名遭到重惩。何况光绪并不是她的亲生，她岂不防范更严？出入宫中几十年的翁同龢，十分清楚宫闱内部的争权夺势，远比外间来得神秘而残酷。说不定这毓庆宫里就置有太后的耳目，万一有什么风声传到她耳中，那还得了！翁同龢说到这里，立即转弯：

“这第二，可以挽救张之洞。张之洞有学问才干，也会做事，朝廷不愿意看到他自己毁了自己。皇上趁早敲敲他发热的脑袋，让他改邪归正，今后还可以为朝廷办事。第三，皇上此举，也是对徐致祥的鼓舞。扶持正气，遏制邪道，历来为人君者的本职。奖励什么，惩处什么，这是引导社会风尚的最好方法。参劾张之洞这样的人，皇上都支持，还有谁不能参劾？史官言官们必定会额手称颂，高歌皇上圣明，今后他们上疏纠谬就更有兴致了。”

“翁师傅，是不是叫御史台派几个御史微服到两广和武昌去私访，查实徐致祥折子里说的事？或是朕派两个钦差到南边去，以示朝廷对此事的重视？抑或干脆让内阁拟一道旨，叫张之洞来京陛见，要他向朕当面说清这些事？”

“皇上天纵睿智，一时间便有了三种处理方法，而且都在可行之列，老臣心里真是高兴呀！”

翁同龢这句话不全是客套，他是从心里希望光绪有能力，有才干，因为这中间有他的不可抹杀的一份功劳在内。“只是，还可以有别的更为妥帖的办法，容老臣细细地想一想。”翁同龢凝神望着那只精致的景德镇官窑中的神品茶碗，思索片刻说，“御史微服私访好是好，但时下御史台没有几个脚踏实地的人，大多为轻率躁动、沽名钓誉之辈，老臣一时真的还想不出可以派出京师办这等大事的人。钦差当然也可派，但影响太大，除非大的命案、盗案或谋逆之案，一般通常不派，为的是免去众口嚣腾、人言啧啧，不成事反而坏了事。让张之洞进京陛见也可，但湖广重镇，两三个月里没有总督在位也不合适。谭继洵庸懦，做鄂抚都已吃力，署理湖督更是难以胜任。老臣想，此事可密谕两广总督李瀚章和两江总督刘坤一。命李瀚章就地查清张之洞在广州的事，刘坤一派员去武昌查出张之洞在湖广的事。李瀚章和刘坤一都是文宗爷简拔的老臣，忠于朝廷，赤心任事，他们两人是张之洞的前辈，即便此事今后让张之洞知道了，他也不可能对他们怎样。”

六十三岁的状元师傅对着二十一岁的皇帝学生，在传授为政之道时，使用了他惯常的表里不一的方式——在堂堂正正的言辞背后隐藏着他的真实意图：借钟馗打鬼。翁同龢很想就徐致祥参劾之际将张之洞整下去，但又不能留下痕迹，此事需借别人的手来打倒张之洞。他知道，张之洞在朝廷重臣中有好些个对头，第一个便是李鸿章，这是过去张做清流时所结下的宿怨；尽管李母八十寿辰时张有寿文，今年李本人晋七十张也有寿文，但这只是虚与委蛇，不是真心。李瀚章作为李鸿章的亲哥哥，一向对自己的二弟马首是瞻，二弟的对头也是他的对头，用他来对付张，岂不是绝好的借刀杀人？光绪七年，张之洞上疏参劾过刘坤一，彼此之间一定结下了怨仇。现在用刘坤一来查张之洞在湖北的表现，岂不是又借了一把杀张的刀子？

翁同龢深以自己老辣的为政手腕而得意，但他既不将自己的真实意图挑明，也对自己这种口是心非表里不一的做法没有丝毫的内疚，他认为这样做都是对的，都无可指摘。

对于皇上，必须用圣贤之道、周孔之礼，用堂堂正正光明磊落的论说，引导他走尧舜文武的正路，至于那些只可做不可说、只可权不可经的策术手腕，即属于权谋的那一套，他这个做师傅的绝对不能说，只能让他从历代史册中去揣摸，从实际政务中去领悟，能达到哪种地步，这就全靠他的天分和悟性了。

光绪接受师傅的建议，模仿咸丰、慈禧处理奏折的办法，用指甲在折尾处着力掐了两下，绵软的折子上留下了两道深深的痕迹：这是重要的，即刻要办的折子，过会儿内奏事处的太监来收拾文书时，会对此类奏折特别请示如何办理。

“翁师傅，今天请您过来，就为这事，现在您可以再去忙别的事了。”

说罢，像往常一样地站起身来，亲自送师傅出书房门。翁同龢对皇上这种不忘师恩、优礼有加的表现，发自内心地感激。他赶忙起身告辞。见皇上面容憔悴，他突然想起了一件大事。

“皇上，您一天到晚太累了，要多休息保重。这不只是为了您一人，而是为了祖宗传下来的基业，为天下亿万臣民。”

翁同龢情动于中，不由得语声哽咽起来。

光绪颇为感动，拉着师傅的手说：“朕会知道爱惜身体的，师傅放心，倒是师傅年岁大了，要多多保重。”

正是初秋天气，光绪已穿上薄薄的丝棉夹袄，手却还是冷的。

“皇上，夜晚读书不要太晚，要早点安歇。对皇后、嫔妃要多施恩泽，皇上不仅得为太祖太宗延续子孙，还得为穆宗皇帝接继香火，担子重着哩！”

同治十三年十二月初五日，慈禧在立载湉为皇帝的懿旨中就讲明载湉承继文宗显皇帝大统，并为穆宗毅皇帝继嗣。光绪未来的皇子将兼祧同治和光绪，故而多多益善。可是光绪大婚三年多了，身边有一后二妃四嫔七个女人，却未见一个女人怀有身孕，包括慈禧在内所有王公亲贵，都在关注着这桩大事。二十一岁，不算太年轻，当年顺治、康熙都是十四五岁时便诞育皇子了。大婚三年，不算太短，后妃七人，不算太少，至今没有阿哥、公主，看来是皇上本人身体欠佳。从小看着皇上长大对皇上怀有一种父子之情的翁同龢，更比旁人多一层焦虑。他从自己青壮年时期常服用的十几味药中，请高明郎中精选五味酿成一味药丸，名曰蛤鹿冷香丸，将蛤蚧、牡蛎、蝾螈、海马、鹿鞭碾成粉末，以杏花村百年陈酿调和。此药曾送给十个婚后多年不育的男子吃过，其中有七人的太太已怀孕，证明这种药有奇效。翁同龢以极为严肃的神态，极为真挚的语调将此事告诉光绪，最后以不容分辩的口气说："老臣明天就亲自带二十颗蛤鹿冷香丸来，皇上早晚各服两颗，一个月后可见效果。坚持服三个月，后妃们必定会早怀龙子。"

望着翁同龢双眼中流露出的慈父般关爱，光绪浑身上下荡漾着热流。他点点头，以示同意。

四　看到袁昶的密信后，张之洞头晕目眩虚汗直冒

半个月后，设在江宁的两江总督衙门收到内阁寄来的密谕："着即派人去武昌密查上奏。"另附徐致祥的参折抄件。两江总督刘坤一阅后，对这件棘手之事颇觉为难。

六十二岁的刘坤一，也算得一代人才。咸丰五年，正当曾国藩统率的湘军，借攻克武汉三镇之军威挥师东下的时候，二十五岁的新宁廪生刘坤一率领百十个团练投奔刘长佑。贡生出身的刘长佑早两年已招募了一支人马，跟着江忠源闹得挺热火。他比刘坤一年长十二岁，却是刘坤一的族侄，见到这位年轻的族叔英气勃勃，满心欢喜。刘坤一不以叔辈自居，却以后进之礼师事刘长佑。刘坤一悟性极高，几仗打下来，便把两军对垒这些事都弄熟了。那时，曾国藩、左宗棠等人目光盯着长江下游太平天国都城，对湖南广西一带无暇顾及，刘氏叔

侄抓住这个空当，在湘桂之间连打几个大胜仗，很快便壮大了自己的力量。咸丰十年，湘军创始人曾国藩还在以一个兵部侍郎的空衔客悬虚寄的时候，刘长佑便做了广西巡抚，两年后三十二岁的刘坤一也做了广西藩司，再过三年代替族侄做了广西巡抚，成为当时最年轻的封疆大吏。而这时，刘长佑早已做了三年的总督。

刘氏叔侄不声不响地经营后方，没有几年便相继登上督抚高位，人们不得不佩服这两个新宁秀才在打仗、做官这两码事上都要高出时人一筹！

光绪元年刘坤一做了两广总督，光绪五年调任两江。刘坤一是个聪明绝顶的人，因为连年征战，身上留下多处刀枪创伤和疾病，治事稍多，便感倦怠，于是不管是做巡抚还是做总督，他都只管大事不问小事。小事让别人去做，他自己腾出大量的时间用来吃喝玩乐。声色犬马之事他样样喜欢，甚至对鸦片烟，他也极有兴趣。但是他的头脑清醒，军国大事一点都不含糊，袍泽们说他是大事不糊涂的吕端，他亦欣然受之。

就因为此，光绪七年，张之洞参了他一本，说他“暮气深重，政务倦怠”，两江重地，不可贻误，请派兵部侍郎彭玉麟为江督，以便刘坤一安心养病。朝廷居然接受了张之洞的建议，将刘坤一内召，就此免去了他的两江总督之职，由彭玉麟署理。刘坤一以后便一直以筹防军务为名空悬着。就这样一过十年，待曾国荃在光绪十六年秋天去世时，他才再次出任江督。重回江宁的刘坤一吸取先前的教训，各方面都检束多了。鸦片烟也戒了，明显荒唐的事也不做了，一个中兴功臣能这样也就不错了，他因而获得舆论称赞。

刘坤一当然恼恨张之洞。不是张之洞的参劾，他如何会丢失十年江督？不过，靠军功起家的刘坤一，在心灵上与张之洞有一个相通之处，那就是面对洋人的欺负，都持不妥协不示弱的态度。尤其令刘坤一感慨的是，张之洞居然在粤督任上，部署中国军队在越南大败法人，为中国军人长了脸面，为大清帝国赢来声威，对于这点，深明大义的刘坤一钦佩不已。这种惺惺相惜之情，大为冲淡了他对张之洞的恼恨。

握着内阁寄来的上谕，刘坤一陷于两难。细细地揣摸旨意，似为倾向徐致祥一边，若不照办则违旨；若遵旨派人去武昌认真密查，则张之洞的湖督难保。身任督抚十多年的刘坤一知道，真要细查，哪一个督抚都经受不起，随随便便即可找出几个足够弹劾的失误来。真的把张之洞劾掉了，对朝廷也并非是好事。

他将平日信得过的江宁藩司瑞章找来商量。全国几大总督，除直隶、四川两总督身兼军民两政外，其他总督都重在军政，故无藩司一职，唯独两江总督下面设了一个江宁藩司，掌管江宁府的钱粮收入。这或许是因为有一个专为朝廷服务的江宁织造局在江宁府的缘故。这个皇家制衣店每年亏空极大，需要有一笔银钱来弥补。如此看来，江宁藩库应是朝廷设在地方上的一个小金库。

瑞章是个满人，由宗人府外放江宁。他一向注重朝廷内部满蒙亲贵的动向，虽在江宁，却与京师联系不断。瑞章同刘坤一一样，也认为这是一件很棘手的事情。思索良久，他突然想起一个人来。

“岘帅。”刘坤一字岘庄，故而大家都尊称他为岘帅。“前些日子新任安徽徽宁池太广道的袁昶，是由京师外放来的。他在京师做户部员外郎，兼总理各国事务衙门章京，是个通达时务的人，对朝廷近来情势一定很清楚，何不悄悄地请他到江宁来商量商量。”

“此人你先前认识吗？”刘坤一问。

“认识，我们有过多年的交往。”

“可靠吗？”

“这是一个实诚君子，十分靠得住。”

“那你就派一个人到徽州去接他来吧！”

徽宁池太广道管辖着安徽省长江以南的徽州、宁国、池州、太平四个府和广德州，俗称皖南道，是安徽一个辖地广阔地位重要的分巡道。当年慈禧的父亲惠征就死在皖南道任上。故同治、光绪两朝，皖南道为朝廷所关注。皖南道员通常是被认为将要走红发迹的官员。正因为如此，四十六岁的员外郎兼章京袁昶从北京来到徽州时，心情极好。他知道这是朝廷对他的重视，预示他今后的仕途会顺利宽广。

袁昶这几天恰好在省垣安庆办事，江宁藩司府的来人很快在怀宁客栈找到他。听说是刘岘帅有要事相商，便立即乘快船离安庆赴江宁。安庆至江宁行的是下水，第二天午后便到了下关码头。袁昶在来人的陪同下，先进藩司府会见瑞章，二人寒暄一阵后，便分别坐上大轿，一前一后地来到位于城内东南角的总督衙门。在全国所有督抚衙门中，江宁城的两江总督衙门最为壮阔。这是因为此处曾经做过十余年的太平天国天王府。洪秀全动用数千万两圣库银子，为他这个天父次子在人世间修造了一座最为豪华宏丽的宫殿，后来虽然被曾国荃的吉字营为毁灭打劫金银的证据而焚烧，但基础和部分烧不坏的建筑还是存在。节俭总督曾国藩没有在江宁住几天，便来了手脚阔绰的总督李鸿章。李鸿章将被火焚的房屋全部恢复，做起了舒舒服服的无其名而有其实的金陵王。以后的历任江督便沾了李鸿章的余荫。刘坤一也是个大手大脚的人，光绪十六年重主江宁后他又将江督衙门彻底翻修一遍。如今的督署，更是气魄宏伟，金碧辉煌。

袁昶是第一次来到两江总督衙门，他边走边看边想：除开紫禁城，这怕是海内最大的一座建筑群了，恭王住的和珅旧宅也不及呀！

刘坤一性情豪爽简易，虽是首次接见袁昶，也没有穿官服，而是一袭宽大的便服。他对正要行大礼的皖南道挥挥手说："不必拘礼，请坐吧！"

待袁昶坐下后，他笑着问："袁观察是几时到的皖南？"

"回大帅的话，职道是上个月中旬到的徽州，原拟下个月专程来江宁拜谒大帅，不知大帅有事要召见，职道失礼了。"袁昶拘束而恭谨地回答。

"不，不。"刘坤一又挥了挥手。"我是临时请你到江宁来一下，并不是因为你的职分内的事。"

不是我的职分内的事，那是什么事？袁昶在心里紧张地思索着。对这位从战火中厮拼出来的制台，书生出身的袁昶是久仰其名，又怀着三分敬畏之心的。

“袁观察是哪里人，什么时候进的京？”

刘坤一并不急着谈正务，却跟这位矮矮胖胖的下属聊起天来。

“职道是浙江桐庐人。光绪二年中进士后即分发户部做主事，职道鲁钝，直到光绪十二年才升为户部员外郎，十四年兼总署章京。”

袁昶三十岁中进士，做了十六年的京官，还只是一个四品衔中级官员，迁升的确不快，比起这位仅只用十年时间便从一个廪生做到一省巡抚的上司来说，责备自己“鲁钝”并不为过。其实袁昶并不鲁钝，他只是为人做事太过于实在拘泥，不善于看风使舵罢了。这种性格不仅妨碍了他的迁升，更不幸的是八年后，在义和团大动乱中他因此忤逆慈禧而被丢了脑袋。

刘坤一笑着说：“皖南道是个要缺，你好好做几年，前途大着呢！”

袁昶忙说：“以后还要多多靠大帅的栽培。”

瑞章一旁插说：“岘帅是个活菩萨，在他手下做官，只要尽心尽力，迁升快得很。”

瑞章这话一石两鸟：既吹捧了刘坤一，又暗示袁昶，要好好为刘坤一效力。

袁昶明白瑞章的意思，赶紧接话：“职道初任地方官，没有阅历，职道一定会遵瑞大人所说尽心尽力去做，倘若有不周到之处，还望大帅宽谅。”

“好，好！”刘坤一曼声应道。“瑞方伯说，他在京师时便与你相识，说你是个实诚君子，又对京师各方情势熟悉，所以特为请你来一趟江宁，有一件事情要听听你的意见。”

袁昶下意识地紧张了一下，刚来两江，便有什么大事要听我的意见，莫不是发生在京师里的事？

刘坤一对瑞章说："你对袁观察说说吧！"

"是这么回事。"瑞章干咳了一声后说，"内阁给岘帅寄来大理寺卿徐致祥的一份参折，并转达上谕，要大帅派人去密查。因为你刚从京师来，又在户部和总署做过事，对京师及各省的情况都熟悉，故岘帅叫你来一起商量商量，这事要怎样办才最合适，你先看看徐致祥的参折吧！"说着，从旁边的茶几上拿起一沓折好的纸递给袁昶。袁昶接过，展开来看。

袁昶刚看了一句开头的话，便立时眼瞪大起来，心突突地狂跳了两下。原来，刘坤一和瑞章都不知道，袁昶是张之洞的门生！

同治六年，张之洞以翰林院编修的身份充任浙江乡试副主考，这是他日后漫长的学官生涯的第一站。浙江是人文荟萃之地，历代才子不少，张之洞以能典试浙江为荣。三场紧张的考试结束后，各房考官开始忙碌的阅卷事宜。送到房官手里的试卷经历了三个过程，即先由弥封处糊名，再由誊录所用朱笔重抄一遍，最后由对读所校读。房官阅读的朱卷虽不是士子的亲笔，但与士子的墨卷完全无异，只是没有了名字。这一系列复杂过程的采取，全都是为了一个目的：防止房官阅卷时徇私。

这天，张之洞去各房检查房官的阅卷，见各房官都极为认真，他很满意。来到第十三房时，房官请他坐下，拿出一份试卷对他说：这份卷子上错了一个字，但文章写得极好，卷子推荐还是不推荐？张之洞说，我看看。他坐在房官身旁将试卷认认真真地看了两遍，思索良久后说，从错这个字来说，卷子不宜推荐出房，但从文章来看，此子才识俱佳，实为难得。十年寒窗，三更灯火，熬进贡院不容易，错字出于疏忽，而文章能达到这一步却难，我看还是推荐出房。有副主考做主，房官大胆将这份试卷推了上去。在最后审定时，张之洞又向正主考张光禄陈述了这个看法，张光禄亦同意。就这样，这份卷子被列为前茅，到张榜填名时才知道出自桐庐袁昶之手。袁昶向房师谢恩时，房师把这个过程讲给了门生听。袁昶对张之洞感激不已，在他面前重重叩了三个响头。

当下，袁昶匆匆将徐致祥的抄件和上谕看完一遍后，第一个想法是，应尽可能地帮恩师一把！

他定了定神，对刘坤一说："不知岘帅要向职道垂询什么？"

刘坤一说："我和瑞方伯都住在江宁，对京师的事情较为隔膜，想问问你，徐致祥这个人，你熟悉吗？"

"职道认识。因为同是江南人，说起话来，彼此都觉得有亲切感。"

"这人怎样？是个谨慎的人，还是那种喜欢风闻奏事的人？"刘坤一盯着袁昶问。

袁昶心里想：这是个关键的问题，徐致祥的性情如何，显然关系着这份参折的分量轻重。他从容地说："徐致祥是个老前辈，职道虽然对他谈不上很熟很了解，但在京师时，也常听到人说起他。都说他是属于那种易于冲动的人，俗话说见风就是雨，这位老先生颇有点这样的性格。故而他的折子虽多，先前太后听政时，并不把他的折子看得很重。"

刘坤一没有在意，瑞章却听出"先前太后听政时"这句话的画外之音了。他揣摩：看来这事是皇上的决定，太后并不知道。

"另外还有一点。岘帅和瑞方伯都知道，徐致祥是坚决不同意修铁路的，在这件事上他竭力反对张之洞。他的反对修铁路的折子，不知岘帅和瑞方伯读过没有。他说修铁路一坏风水，二惊吓祖宗，明白人读后都窃笑不止。正因为明摆着的太荒谬，故朝廷降了他三级。"

这几句话对刘坤一很起作用。戎马十余年的刘坤一，在战争中亲身领略洋人枪炮的威力，他是力主向洋人学习制造术的人。刘坤一心想：看来这个徐致祥是个不明事理又办事轻率的人。这道参折在他的眼里已大为跌价了。

瑞章问："袁观察，你离京那会子，太后是住在园子里还是住在宫里？"

袁昶答：“太后每年三月中旬到九月中旬住园子，其余时间住宫里。我是六月下旬离开京师的，那时太后还住在园子里。现在是八月，要到下个月才回宫。”

瑞章又问：“听说皇上每个月都到园子去一次，向太后请安。是这样吗？”

“是这样的。”袁昶说，“除请安外，皇上也将这个月来的国家大事向太后禀报，太后也会很有兴致听。据说间或也会说点自己的看法，皇上都会照办。皇上天性纯孝，亲政以来，没有听说在处理军国大事上与太后有不协之处。”

刘坤一说：“皇上为天下臣民做了一个好榜样。”略停一会，又问：“湖北藩司王之春这个人，袁观察知道吗？”

袁昶答：“此人我没见过。在总署办事时，倒是常听同僚们说起过他。大多数人说他热心洋务，器局开朗，有办事才干。也有人说他精明苛刻了点，易于得罪人。”

“赵茂昌呢？”瑞章问。

“不知道。”袁昶摇摇头。“一个总文案官职太低，京师官场怎么会说起他？”

袁昶说的是实话。

要问的大致都问了。刘坤一起身说：“袁观察，谢谢你了，老夫还有点事要办，先走了。你和瑞方伯在这儿聊聊天，晚上，老夫陪你在署里吃顿便饭。”

袁昶忙起身打躬说：“谢岘帅。”

“袁观察，我们今天谈的是一桩秘事，你回安徽后，不要对别人说起。”待刘坤一出门后，瑞章特别向袁昶叮嘱一句。

“职道明白。”

吃完饭回到瑞章为他安排的客栈后，袁昶心里一直不能安宁。他没有想到，张之洞这样热心办实事的人，居然会有人攻讦，而且上谕的意思竟然偏向攻讦者，他为当年的副主考感到委屈。他觉得应当把此事告诉张之洞，使他有所准备，又想起瑞章的郑重嘱咐，左右为难。在床上辗转大半夜后，感恩报恩之情终于占了上风。他点燃蜡烛，给张之洞写了一封长长的信，转述上谕及徐折的要点，请恩师早划对策。

第二天，他离开江宁回安徽。到了安庆后，吩咐在怀宁客栈等候他的仆人赶忙去武昌，把这封装在盖有皖南道官印信封里的密信，亲自送到湖广总督张之洞的手里。

四天后，这封密信到了张之洞的手中。安徽皖南道怎么会有这种信给他，他深为奇怪，拆开信读完后，才知是二十多年前的门生袁昶写的。同治六年到光绪二年整整九年时间里，袁昶困于会试，自觉乏善可陈，所以也没有写信给张之洞，师生之间断了联系。光绪二年，袁昶中进士分发户部，恰好张之洞结束四川学政回到北京，二人又恢复了联系。户部事多，袁昶又是务实的人，一天到晚忙忙碌碌，故在京师期间二人过从并不甚密。光绪七年张之洞外放山西后，几乎又中断了联系。不料袁昶近日已外放皖南道！读完信后张之洞的第一个感觉是：袁昶是个讲义道的学生，二十多年前的那段惠而不费的恩情居然死死地记在心里。私泄这等机密之事，万一被朝廷知道了，轻则断送前程，重则下诏狱。在只讲利害不讲情义的今天，能有这种古道热肠，真是罕见。典试浙江能得这样的门生，也算是平生一幸事了。张之洞提笔给门生写了一封短短的谢函封好，将袁的仆人唤进来，将信连同桑治平刚从鄂西带回的一包黑木耳一起交给他，叫他带给主人。然后又拿出四两银子出来打发。袁家的仆人千恩万谢地告辞走了。

张之洞坐在牛皮太师椅上久久地凝视着袁昶的这封密信，胸中的怒火在一阵阵灼热地燃烧。它炙烤着他的心，令他愤怒，令他委屈，也令他痛苦！

他没有想到，这份参折竟然出自徐致祥的手！他们在翰苑共事多年，经常在一起谈国家大事，谈经史诗文。这个江南老才子尽管比张之洞大几岁，却对张之洞格外殷情称赞，时常出格恭维他可比古之张良、谢安，有治国安邦大才，可惜屈于翰林院。不料就是这个人，今天居然说他只可衡文，不可从政！

身为大理寺卿，怎么可以不要任何实据，只凭几句传闻之辞，便给别人定下这等严重的罪名！这不是深文周纳吗？这不是存心要把人往死里整吗？

外放这十一二年来，自己为山西、两广和湖广做了许多好事，在越南战争上为国家赢得声望。对于这些，徐致祥他可以闭眼不视，只字不提，却把一些谣传当作宝贝，无端罗织罪名。徐致祥究竟要达到什么目的呢？张之洞真恨不得将他揪到面前来当面质问，狠狠地扇他两个耳光！

世上人本是良莠不齐，徐致祥要这样无事生非，也拿他没法。令张之洞最为委屈的是，朝廷怎么竟然也会看重他这篇可耻的谤文！又是发上谕，要刘坤一密查，又是发抄件，让两江的官员们去阅看，这不明明认为徐致祥的参折有合理之处吗？徐致祥荒谬不明事理，朝廷难道还不知我张之洞？皇上还不明白我对国家社稷的一片赤诚之心？这等破烂的折子，不掷回斥责、留中淹掉便够意思了，居然要刘坤一来武昌密访，皇上和朝廷对我张之洞怎么如此不相信？

这样想来想去，一阵揪心之痛令张之洞头晕目眩，手心直冒虚汗，终于瘫倒在太师椅上。一会儿，大根进来斟茶，见四叔双目紧闭，脸色苍白，吓得叫道："四叔，四叔！"喊了几声后，张之洞睁开了眼睛。

"四叔，您不舒服？"大根捧起张之洞的左手，在他虎口处略微用劲压了一下。"好过点吗？"

张之洞轻轻地点点头，有气无力地说："你背我回后院去躺躺！"

见大根背着丈夫来到后院，佩玉大吃一惊，忙放下手中的活计，快步走过来，连声问："怎么啦，怎么啦？"

大根答："四叔有点不舒服。"

佩玉摸了摸张之洞的额头："哪里不舒服？"

"胸口闷。"张之洞轻声答，脸色已比刚才好些了。佩玉铺好被子，又和大根一道将张之洞的外衣裤脱去，让他好好地躺着。"要不要请医生来瞧瞧？"佩玉问。

"不用。"张之洞轻轻地摇摇头。又对大根说："你不要对别人说我病了，免得大家都来探视，耽误了办公。有事找我的，叫他明天再来。你出去吧，我一个人安静躺躺。"

大根出去了。佩玉则守候在床边，看着张之洞微微地闭上了眼睛。她心里想：早上吃饭时还好好的，到押签房办公还不到一个时辰，怎么会突然病得这么厉害？她深情地盯着睡中的丈夫，猛然觉得来武昌这两三年，他比过去更显苍老了。还只有五十五六岁的人，须发差不多全白了，面孔瘦削，衬托出那颗比常人略大的鼻子更显硕大。她知道，这都是因为办铁厂的缘故。丈夫为铁厂耗费的心血太多了。来到武昌之后，洋务成了他的最大的事情。佩玉记得有天晚上，丈夫因户部同意拨下二百万两银子而特别兴奋。他对她谈起自己的洋务理想：先办铁厂，把铁厂办成全世界第一流的厂子，让洋人看了惊叹。然后再办枪炮厂，办纺纱厂，办织布局。还要办发电厂，让老百姓的家里都点上像总署衙门一样的电灯！提起电灯，佩玉就会想起儿子满月的那一夜，两广总督衙门里突然亮起了百十个电灯泡，像天上的星星落到人间似的，房间里每个角落都亮堂堂的，一根针掉到地上都找得到。要是让每户老百姓家里也有一颗这样的夜明珠，该多好呵！她握着丈夫的手说："您做的是大好事。真的到了那一天，百姓要怎样感激您哩！"佩玉看到，一向很少笑的丈夫脸上绽开了孩子似的灿烂笑容。

一眨眼工夫，佩玉过门来便是八个春秋了，准儿已经十六岁，大姑娘了。在她的悉心指导下，准儿的琴早已弹得很出色了。她常常夸准儿青出于蓝而胜于蓝，比她强得多。准儿却说，只有形似而神不似，韵味还没有把握住，再说，凤凰还没下来听我的琴哩，还差得远。准儿一直把凤凰听琴当作自己的最高目标，这使张之洞和佩玉听了又好笑又欣慰。张之洞对女儿说，要想凤凰从天上下来听你的琴，可不是件容易的事。凤凰极少，弹琴的人极多，它只能去听弹得最好的人的琴，继续努力下去，活到老，弹到老，到了成老太婆时，凤凰就会飞来听你的琴了。说得大家都笑起来。佩玉自生了仁侃后，又生了个儿子仁实。张之洞忙，家里的事全然没有精力顾及，佩玉除开料理丈夫的饮食起居外，还要关注着读书的二公子仁梃和待字闺中的准儿，以及自己生的两个稚子，一天到晚也够累了。

前些日子，张之洞对佩玉说，桑治平的夫人柴氏这两年卧病在床，担心自己哪天会先走一步，牵挂着女儿的婚事。佩玉说，桑家的燕儿是个好孩子，也有十七八岁了，有好婆家的话是该找一个的。张之洞说，我心里倒有一个，你看合适不合适？佩玉问是谁。张之洞说，你看仁梃怎么样？佩玉抚掌笑道，平日里没想到，你这一说，倒真是挺合适的一对。由学生转为女婿，桑先生第一个高兴。张之洞也笑道，这是你说的，还不知燕儿母女怎么想的。佩玉说，我打包票，燕儿母女一定喜欢。张之洞说，准儿也有十六七岁了，也到该出阁的年龄了，你为她想过这事吗？佩玉说，我在心里早看好了一个人。张之洞问，谁呀？佩玉说，洋务科的陈念礽。我看是个可成大器的男子汉，你看怎么样？张之洞喜道，你的眼光真不错，论人品才干，念礽自是幕友中最出色的人才，只是年龄要比准儿大十来岁。佩玉说，只要准儿自己愿意，大一点没有关系。佩玉准备找一个机会，好好跟准儿谈谈，不想丈夫突然病了，看来这事得往后推推。

下午，佩玉还是将常来督署看病的汉口名医孙大夫请过江，给张之洞瞧瞧。孙大夫过细诊了半天脉，没发现什么大毛病，便开了三剂舒心顺气的药，先吃吃看。连服两剂药，又沉睡三四个时辰的好觉，第二天早晨，张之洞感觉好多了。他要大根请桑治平、杨锐、梁鼎芬三个人到督署后院来。

五　当王之春亮出盐政账目单时，准备大干一场的李瀚章立刻软了下来

桑治平很快就到了。他走进后院的客厅，一眼看到张之洞满脸病容，惊道：“怎么啦，病了？”

张之洞苦笑道：“我昨天在床上躺了一天，胸口被棉絮堵了似的，手脚无力，昨晚服两剂孙大夫开的药，今天好多了。”

桑治平问：“好好的，怎么病了，什么病？”

张之洞小声说：“其实我没有生病，是让人给气病的。”

桑治平觉得奇怪：“谁还有这个本事，气得总督大人生病？”

“你先看看这封信。”张之洞将袁昶的信递给桑治平，说，“过会儿节庵和叔峤两人来，你就别说我昨天气病的事。他们两人是学生辈，不要让他们笑我太没胆量。”

桑治平接过袁昶的信，笑道：“人无气不立。该气愤的事还是要气，气得病倒也是正常的，不能说没有胆量。”

张之洞说：“年轻人面前还是不要说，给我点面子。”

桑治平不做声了，全神贯注地看起皖南道的密信来。难怪令素日气壮如牛的制台病倒，这是一份多么令人憎恶的参折啊！朝廷中怎么竟有这等容不得别人能干的小人？皇上的这道上谕也荒唐得可以。

桑治平如此在脑子里嘀嘀咕咕的时候，梁鼎芬和杨锐一前一后走进了客厅。待他们坐下后，张之洞说：“大理寺卿徐致祥告了我一状，皇上要两江的刘坤一来密查我。”

梁、杨二人听了这几句话，都惊愕不已。

“你们看完桑先生手里的信，自然就清楚了，请你们过来，是想听听你们的看法。”

桑治平把信递过来，梁鼎芬接过，杨锐凑过脸去，迫不及待地和两湖书院的山长一道看起来。

“岂有此理！”三十五岁的杨锐依然年轻气盛，信还未全部读完便禁不住叫了起来。

三十一岁的梁鼎芬比杨锐性格沉稳些，他扶了扶鼻梁上的黑框近视眼镜，说：“袁昶这个人，我在京师见过一面，那时他在户部做员外郎，却不知道原来是香帅的门生，是及门的还是私淑？”

张之洞淡淡地答：“他是我同治六年典试浙江时中的举。”

“哦。”三个人几乎同时说了一声。

桑治平说：“此人难得！”

杨锐仍是气愤地说：“江宁派人来密查，就让他来好了，我们人正不怕影斜，脚正不怕鞋歪。”

梁鼎芬思索好一会儿说：“香帅一心为国，尽人皆知，徐致祥上这样的参折简直是丧心病狂。王藩台也是一个少有的大才，骂他聚敛，也没有道理。不过，我在广雅时，也曾听人说过，王藩台精明过分了点，难免招人怨谤。赵总文案也有人说闲话，说他与包闱赌的彭老板金钱上有点牵扯。所以，依晚生之见，不能轻视徐致祥这份折子。”

张之洞不喜欢梁鼎芬说的话，沉下脸说：“不要听信谣传，王之春、赵茂昌我了解，没有什么事。”

梁鼎芬一怔，本想再说下去，赶紧打住了。

张之洞转脸问一直没有开口的桑治平：“你说说，这事该如何对付？”

桑治平思忖片刻后说：“我倒是赞同节庵的说法，不要太轻看了徐致祥的这道参折。徐致祥诚然是个嫉贤妒能的小人，但他住京师，说的却是广东和湖北的事，我想一定是有人在中间挑唆，怂恿徐致祥出面。这是一。其次，徐致祥的这份参折能得到皇上如此重视，一定是有人在背后支持，支持他的人非同小可。”

张之洞眼睛盯着桑治平，脸绷得紧紧的，没有吱声。杨锐、梁鼎芬也都全神贯注地听桑治平的分析。

“这挑唆的人和支持的人，我们今后慢慢地去查访，眼下最主要的事是寻求对策。我倒以为，刘坤一那边会好说话。他既然找袁昶商议，而袁昶又冒险给我们通风报信，估计袁昶在刘坤一面前会尽力将此事冲淡。刘岘帅为人不拘细节，不是那种阴险害人的人，料定他不会太过不去。倒是有另一个人要引起我们的特别注意。”

“另一个人？”张之洞轻轻地重复这句话。脑子里在迅速地寻找这个人。杨锐也在努力地思索着。梁鼎芬脑子里突然浮出一个人来，莫非是指他？但事关重大，刚才又受了训斥，他不敢贸然讲出口。

“徐致祥的折子说的大多是广东的事情，上谕既然叫刘坤一来武昌密访，依我看，必定会叫两广总督李瀚章在广州就地查访。李瀚章这个人倒是要认真对待的。”

梁鼎芬心中一喜：果然让我猜中了！

张之洞点点头说：“仲子兄分析得很有道理，徐致祥的抄件也同样会往广州寄一份。李瀚章虽与我无直接嫌隙，但李鸿章与我多年政见不合，做哥哥的定然向着弟弟，倘若无端生出些是非来，也是件麻烦的事。”

桑治平忙接下这个话头：“正是这个话。苏东坡的名言：横看成岭侧成峰，远近高低各不同。同是一座庐山，从左边看或是从右边看，从上面看或是从下面看，就不相同。世界上几乎所有的事都是这样的，从不同的角度就会看出不同的结果来。比如说广东开禁闱赌那件事，理解的会说是为筹军饷而迫不得已，不理解的会说是拿国家抡才大典来赌博不体面，倘若遇到要存心为难你的，他便会说，这是亵渎圣贤，有辱斯文。所以，对一件事情的叙述，叙述者本人的心思如何关系大着哩！”

张之洞体会出桑治平话中的含义。看来广东那边是一定收到类似江宁的寄谕。粤省更不容忽视，如何对付清流党的箭靶子的老兄呢？见桑治平看着自己，嘴角边动了两下却没有发出声来。他明白，这位当年古北口的隐士可能有什么秘密话要说，碍于杨锐、梁鼎芬二人在场，不便开口。正在这时，赵茂昌推门进来，对张之洞说："大人，铁政局会办徐建寅先生来信说，马鞍山煤矿有不少老百姓挖小煤窑，对煤矿干扰很大。他请大人将此事与谭抚台商议，叫巡抚衙门向江夏县打招呼，要江夏县颁发一道禁令，禁止附近百姓擅自挖煤。"

张之洞借这个机会对杨锐说："叔峤，你回文案室去，先给徐会办代我回一封函，说这事马上就和谭抚台商议，一定要制止乱挖小煤窑。"

杨锐答应着即刻起身。张之洞又对梁鼎芬说："节庵就也先回书院去吧，你好好想想，明后天再到我这里来谈一谈。"

待众人都离开后院小客厅后，张之洞问桑治平："他们都走了，你要说什么就说吧！"

桑治平笑道："你怎么知道，我有话要背着他们说？"

张之洞笑道："我察言观色，知道你有只能对我一人说的好主意。"

"刚才节庵说的，有关王之春和赵茂昌的闲话，不瞒你说，在广东时，我也听说过。当然，王之春是个能干人，大的方面还是可信赖的，不过，若是广东有人跟他过不去，不检点的事两三件堆在一起，也就很碍眼了。"

"你是说，王之春和赵茂昌都经不起访查？"张之洞刚刚放松的脸又绷了起来。

"是的。"桑治平面色严峻地点点头。

"怎么办呢？若有谕旨下来，李瀚章肯定会去办的，他和刘岘帅不同。"张之洞心里忧虑起来。

"有办法。"一个想法在桑治平的脑子里形成了。"我们来它个针锋相对。"

"怎么个对法？"

"这件事交给王之春去办。"桑治平指着袁昶的密信说，"这里也提到他王爵堂，不妨让他看看。他看后保证坐不安了，心里急得很。”

“让王爵堂去上疏为自己辩护吗？”张之洞的脑子里充满了怀疑。

“不是的，本人辩有什么用！”桑治平压低了声音，“这件事，你完全不出面，由我来跟王爵堂说，叫他背地里查一下子李瀚章督鄂时的老账。同治七年到光绪八年，李瀚章在武昌做了十五年的鄂督，难道他十五年间就一清如水，没有一点事？那年我在子青中堂那里，亲耳听他说过湖北的盐政弊端大，官方走私是公开的秘密。湖北官方走私食盐，若没有李瀚章的同意是绝对行不通的。我看就叫王爵堂专门细查那十五年的盐政，就会查出大的问题。那时叫他悄悄地到广东去一次，当面去见李瀚章，把这事告诉他。说是你派他来的，问他此事如何了结。”

张之洞高兴地一拍大腿，霍地站起来：“仲子兄，这是个好主意！世人说李家积累的财产，可与乾隆朝的和珅相比。李瀚章任鄂督十五年，还真不知道他刮去了多少民脂民膏。再说这事让王爵堂去办也合适。只是，要他保密，不能让谭敬甫知道了。”

“这我知道。谭敬甫那人是担当不了一点事情的。”桑治平稍停一会又说，“你想过没有，此事若是太后当政的话，会不会出现？”

张之洞思索片刻说：“至少太后不会叫人来武昌密查，会直接问我本人。”

“皇上对你并无成见，看来是有人在影响着皇上。”

“你说的是翁同龢？”

“很有可能。”桑治平凝神说，“那年开禁闱赌的事，他就从中作梗。自从他执掌户部来，处处为难，铁厂的银子他有意压下大半年才批，这些年他对你的作为干扰不少。我估计这事极有可能又是他在作怪。”

“若是翁同龢存心跟我作对，我也真拿他没办法。”张之洞面色忧郁地叹了一口气，“自古权臣在内，无立功于外者。这种事不幸让我碰上了。”

“也不必这样悲观。”桑治平劝慰道，“从前曾涤生在外带兵，皇上、太后身边掣肘他的人还少吗？他虽然也常有这种叹息，毕竟还是立功于外了。”

张之洞说：“曾涤生的家书家训，我读过多遍，他那种履薄临深、战战兢兢的悲苦心绪跃然纸上。只求不得罪东家好来好散，一个中兴第一名臣居然抱这种心态，令人怜悯。曾涤生晚年习黄老之术，一味委曲求全，这点我做不到。我修身不到家，性子又急躁，怕难得像他那样。”

“曾涤生那样压抑自己，我看也不可取。尽人事而听天命，不要管那么多，能做到哪一步就是哪一步，问心无愧就行了。”

张之洞说：“我正是你说的这种态度。我努力去做，他权臣要干扰就让他干扰，我也不去巴结他，祈求他。大不了做不成事，我就去读书作文吟诗词。赤条条来，赤条条去，随心任性地在人世间走一遭，这才是大丈夫！”

“壮哉！”桑治平不由得由衷赞叹，“不过话又说回来，巴结祈求大可不必，但如果能遏制权臣，不让他得逞，那就更好了。我看此事还得想办法让太后知道，由太后来制止，才确保无事。否则，尽管刘岘庄和李筱荃都不说坏话，翁同龢若存心要整的话，还是会想出别的主意来的。”

“怎么让太后知道呢？醇王爷也不在了。”说到醇王，张之洞心里好一阵难受。几多难事，都是靠的他才办成了，真正是恩重如山啊！可惜，他去世时连祭灵的机会都没有。“也不能去找子青老哥。他年迈体弱，不好让他为此事跑园子去见太后。”

“是呀，怎么样才能把这个事情传到太后的耳朵里，让她出面说两句话就好。”桑治平自言自语地，他一时也想不出一个好办法来。

两个人都托着腮帮子想着。忽然，桑治平的脑子闪过一道光亮：

“上个月，曾有一道为太后治病向各省求良医妙方的上谕，当时你跟我商量过，我劝你不要去理它。为太后献医本是一件冒风险的事，治好了，赐你几百两银子，这几百两银子对你无用；治不好，或者万一出差错，那就吃不了兜着走了。”

张之洞说：“是的，我和你的看法一样。你现在重提此事，是不是想利用荐医的机会给太后送口信。”

“对，我是这样想的。”桑治平望着张之洞说，“你有合适的好郎中吗？”

“好郎中是有。”张之洞想起了一个人。“不过，即使是我极力推荐的好郎中，要能得到太医院的通过面见太后也是很难的事。再说，他就是见到了太后，又怎么能跟太后说起这事呢？退一万步，他能说，太后愿听，他拿什么做凭证呢？总不能把袁昶的信拿给太后看吧！”

是的，张之洞说得有道理，面见太后不易，见面时也只能瞧病不能言及国事。看来，这条路不通！桑治平在心里思索着，还有别的路可走吗？

让徐致祥的参折见邸报！桑治平突然间想起了这个办法。太后一定会看邸报的，看了邸报就会知道这件事，但这也有不相宜处。因为一旦上邸报，也就通报全国各省了，张香涛会同意丢这个脸吗？况且引起大家议论，影响之辞就会变为真事，反为不美！

还有什么别的办法可想，别的路子可走呢？一向主意较多的桑治平陷于思路困顿之中。张之洞也在努力搜寻着旧日京师的僚属友朋们，希望能找到一个可递口信的人。一个个的人名出来，又一个个地被否定。蓦然间，桑治平想起一个人来。

“如果能让李莲英把这个消息转告给太后，那也是一个很好的途径。”

张之洞摇摇头说：“这条途径也不好。莫说我不愿意通过他传达此事，即使愿意，李莲英这个人，你又如何能去接近他？我在京师十多年，从来没有这条道上的朋友。”

张之洞的断然拒绝，使得桑治平在失望之中又不乏对张之洞的敬意：毕竟不愧是清流出身，不愿降格去阿附太监总管，比起别的督抚来，人品上还是要高一等。但这事该怎么办呢？

张之洞说：“你先去和王爵堂谈对付李筱荃的事。太后那里，眼下看来没有合适的人，只有等待机会了。”

真是天助张之洞。过两天，一个绝好的机会降临他的头上。这天上午，他接到来自西安的信：他的姐夫陕西巡抚鹿传霖定于下月初七日启程前往京师陛见皇上。

张之洞看了这封信后，欣喜异常。将事情的原委告诉姐夫，请他在陛见皇上后再去颐和园向太后请安，就这个机会面奏太后，这比别的任何一条路子都来得可靠而便捷。苦苦思索几天后的一个难题，终于由一个偶然的机遇给妥善解决了。这个事情给张之洞一个很大的启发：外放十年了，京师官场日渐隔膜。长此下去，外官是做不好的，必须有一个非常信任的人处在朝廷要害部门，才能探知朝廷中一些不为外人所知的内幕。由谁来做这个事呢？仁权久居北京，对朝廷内外情势有些了解，但他不宜做这种事。一则因为他是自己的儿子，易于招人注意，二来他为人拘束，这种事也办不好。正思忖间，杨锐推门进来，悄声地对张之洞说：“我这几天帮助王藩台清查李筱荃鄂署任上的盐政，查出了不少事，至少有三百万两银子去向不明，估计都流入他的腰包了。过两天再核实清楚后，我将陪王藩台去一趟广州，向李筱荃摊牌。有这一招，谅他不敢在徐致祥这件事上与我们为难。”

张之洞微笑着点了点头，猛然想，就让杨锐去充当这个角色，他一定可以胜任。

“叔峤，你不要陪王藩台去广州了，我交给一个新的任务，你去京师，并且今后就长住在那里，不回来了。”

“这是怎么回事？”杨锐瞪大眼睛望着张之洞。他觉得老师的这个决定太突兀也太费解了：长住京师做什么？

“坐下吧，我慢慢地对你说。”望着杨锐那虽早已而立却仍充满青春朝气的神态，张之洞将请鹿传霖面见太后的想法告诉了自己的得意弟子，然后神情严肃地对杨锐说：“我有一个很重要的计划，即安置一两个完全可靠的人在京城做事，以便更多地得到一些朝廷内部的消息，随时与我保持着联系。你是最合适的人，我请你去担当这个角色。”

见杨锐依然满脸惊疑，张之洞怡然笑道：“叔峤，你不要紧张，也不要有什么不安。我蒙同治、光绪两朝圣恩，又是太后特别超擢的总督，我对朝廷，对太后皇上忠心耿耿，别无二志。我让你去京师呆着，决不是要你做什么间谍之类的勾当，也不会叫你做违背朝廷律令的事，只是希望有一个我十分放心的人在京师多了解一些情况。这次若不是刘岘庄恰巧叫袁昶去商议，我们至今还蒙在鼓里。若有一个手眼宽阔的人在朝廷，也就不至于这般被动了。”

杨锐明白了老师的意思，他为难地说：“大前年，我听恩师之劝，回四川乡试，好容易中了个举人，却又没有考上进士。我眼下无官无职，在京师冠盖中简直微不足道，我能为您做什么呢？”

张之洞说：“这些我都想到了。你去京师后在仁权那里住下来，然后去拜访子青老相国。我有一封书信交你带给他，他会安排你进内阁，做一个中书舍人。中书舍人官位虽不高，但位置重要，你在那里可以接触上至大学士、各省督抚将军，下至京师各衙门的小官吏，可以获得许多别人轻易得不到的东西。你把中书舍人做好，到时，我会想办法通过别人的手来提拔你。”

听了这话，杨锐心里很激动。杨锐一边在湖广督署幕府里做文案，一边也在努力准备会试。前年他没考上，杨深秀却以晋阳书院山长的身份中了进士，分发吏部。这使杨锐既羡慕又自责，并暗地发誓，下科一定要考上。一旦进内阁做中书舍人，身在京师官场，参加会试有许多有利条件。若没中式，以一举人而有此地位，也是极好的待遇。中书舍人既有进士出身，也不乏举人出身的，并不妨碍迁升。

这实在是求之不得的好去处。只是杨锐对自己肩负的重担仍有顾虑："恩师，进内阁做中书舍人，这是学生梦寐以求的位置，只是学生资质鲁钝，能力有限，深恐有误恩师的重托。"

张之洞安慰说："我一生教过许多学生，也阅历不少官场士林中人，一个我所熟悉的人，他有多大的才干，能做多大的事，我心里是有数的。你若实在不是这块料子，我也不会让你去。你不相信自己，你要相信我，放心去吧。鹿抚台初七从西安出发，他的随从多，走得慢，你一个人，单骑匹马无牵无挂走得快，估计他到彰德府时，会在二十八九。今天初十，你用半个月的时间，争取在二十七八日左右赶到彰德府，与他会合。若万一在彰德府错过了，你就继续往前赶在顺德府、正定府一带与他会合也行。退一万步，就是在保定府与他见面也行，只要赶在进京城前见到他就行了。"

杨锐说："这点请恩师放心，我明天收拾下，后天出发，二十五六日我一定会赶到彰德府，在那里等鹿抚台的车骑。"

十二日，杨锐带着张之洞的信离开武昌北上。十五日，王之春也带着两个随从，离开武昌南下。李瀚章到广州任两广总督时，王之春还在广东做藩司，彼此很熟悉。王之春到广州的第二天，便轻易走进督署大门，得到李瀚章的接见。

李瀚章今年六十九岁，但并不太见老，他的五官脸型都与二弟颇为相像，个头却矮了两三寸。李瀚章书读得并不好，功名只是一个拔贡。他的父亲李文安是曾国藩的同年，二弟又是曾国藩的唯一入室弟子，因为有这些背景，他获得了曾国藩的信任。曾国藩创办湘军伊始，正是用人之际。曾氏用人，最看重血缘、师生、同乡这些关系。曾国藩亲自向朝廷请求，将他分发湖南。咸丰四年李瀚章来到湖南署理永州县令，曾国藩要他在东征局办粮饷。李瀚章办事勤勉，为湘军东征部队供应粮饷出力甚大，得到曾国藩的器重，很快便升为江西赣南道，再迁广东督粮道。李瀚章官运极好，一路亨通，由道员升按察使，再升布政使。同治四年，入仕十一年的李瀚章便擢升为湖南巡抚，到了同治七年便升为湖广总督。从那以后直到光绪八年，李瀚章在湖督任上前后呆了十五年。其间有四次暂时离开武昌任职别地，而代替他总督两湖的则是他的二弟李鸿章。那时，二李的母亲还健在。十五年之间，她稳居武昌督署不必离开，因为无论是前任还是继任，都是她的儿子。李老太太享受的这种殊荣，普天下父母找不出第二个。在那种母以子贵的时代，一个女人做到这种份上，也可谓风光至极，无以复加了。

论功名，李瀚章连个乙科都未中，论军功，他连战场都没上过，但他则在短短的十三四年里，完成了从七品小县令到正二品大总督的仕途。在承平年代，这是很多进士翰林一辈子都做不到的事，在那个战争年代，也是没有军功的文人所终生望尘莫及的。但李瀚章做到了。曾国藩的提携，李鸿章的赫赫功勋，固然都是他飞黄腾达的重要原因，而李瀚章本人的能耐也是决不可忽视的。

李瀚章的能耐，只是四个字：精心做官。他一辈子的心思都不在如何做事上，而是用在如何做官上。官场的那一套已被他琢磨得精熟烂透，运作得炉火纯青。他的一生几乎无任何骄人的德政可言，然而一生却顺利亨通，节节高升，差不多没有遇到任何挫折坎坷。说他是官场中的福人也可，说他是官场中的庸人也可，他的的确确是中国封建官场中的出色代表。

十天前，李瀚章就接到了与刘坤一几乎完全一样的内阁来函：一道上谕、一份徐致祥参折的抄件。上谕中的话略微不同的是“就地查访”，而不是“去武昌密查”。

出于对清流的厌恶和对张之洞的嫉妒，李瀚章接到这份内阁来函后暗自欢喜。他立刻派人去奉旨查办。有几个受过张之洞训斥的道府官员闻讯后，主动来督署控诉张之洞对他们的无礼，更有不少多次乡试未中的老秀才提起开禁闱赌来便义愤填膺，痛骂张之洞是此事的罪魁祸首。查访的结果对王之春也不利。他在彭玉麟手下做湘军营务总管时期，以及做雷琼道时期，都有人怀疑他在账目上不清白。还有人揭发他在清泉老家置良田五百亩，在衡州府里有店铺七八家，他的这些家财来路都经不得过细盘查。至于赵茂昌，则有住澳门的王姓闱赌老板揭发他私受二万两银子，又有新会商人梁某揭发他敲诈其家祖传的琥珀念珠一串，价值八千两银子。李瀚章准备将这些写成扎扎实实的奏折，将张之洞狠狠地治一下，出出他们兄弟多年来压在胸口的一腔闷气。

当王之春在他的面前，出示一份同治七年至光绪八年湖北盐务往来账目细表时，他的那一股与不法之徒抗争的凛然正气立即消失殆尽。在湖广总督张之洞的眼中，他自己正是一个不折不扣的不法之徒。擦干额头上的虚汗，定定心后，李瀚章也将上谕、徐致祥的参折以及他奉旨查办的实录，全部拿出来交给王之春。王之春不能不从心里佩服张之洞、桑治平的高明。他面不改色地对李瀚章说，这都是小人的诬陷。并感叹，替朝廷办事太不容易，宽则玩忽职守，重则招致怨恨，张大人和他本人都深知这一苦处，故在查盐务账目发现这些疑点时，并不急着上报户部，而是特为来广州咨询李大人。李瀚章表示，深谢张大人的好意，天下官场一个道理，小人也是处处都有。于是，两人心照不宣，彼此的裂缝都相互弥补了。最后，李瀚章说，奉旨查办，没有查出一点事来也不好交代，且赵茂昌的劣迹证据确凿，不便推卸。王之春也同意抛出赵茂昌，接受这个丢卒保车的决定。

一个月后，两江总督刘坤一、两广总督李瀚章先后给朝廷作了禀报，两个折子几乎由一个模子里出来的：张之洞为官勤谨，王之春办事有方，徐致祥所说皆影响不实之词，经访查均无实据。督署总文案赵茂昌不洽舆情，物议颇多，受贿情事严重，应予革职查办。

与此同时，鹿传霖也到了北京。陛见之后，受慈禧太后召见于颐和园。慈禧知道鹿传霖与张之洞的郎舅关系，谈话之间不免问到张之洞。趁着这个时候，鹿传霖将徐致祥奏参之事向慈禧作了禀报。慈禧笑了笑对鹿传霖说，言官多喜风闻奏事，张之洞做过多年言官，应该懂得，不必放在心里。过些日子，光绪进园子请安，慈禧随意对他说了一句听说徐致祥参劾张之洞，此事不要看得太重。光绪听了一怔，他没有想到深居颐和园的太后居然已知道此事，而且态度很明确地偏在张之洞一方。他回宫后告诉翁同龢。翁同龢本想借这个机会狠狠地杀一杀张之洞锋芒毕露的骄矜自得之气，看到刘坤一、李瀚章的奏报，特别是探知太后的意思后，便只得打消这个念头，吩咐内阁拟一道上谕下发：武昌湖广总督衙门总文案赵茂昌，违法渎职，现已查明敲诈受贿，即行革职永不叙用。

被史家称为“徐致祥大参案”的这一事件，就这样虎头蛇尾地收了场。这是张之洞仕宦生涯中一场有惊无险的风波，更是近代中国官场史上一个极具典型意味的案例。

第五章 / 外宾访鄂

一　马鞍山乡民把洋矿师打得伤筋断骨

受贿勒索这种事，张之洞一向十分痛恨，赵茂昌的这些不法行为，倘若在平时由他来办理，撤职固然不可免，很可能还要籍没家产，投入监狱。但想到赵茂昌此次被劾，是因为他张之洞的缘故，且这些事也没有一一去查实，故对赵茂昌心存悯恻。虽遵旨革了赵茂昌的职务，但又专门为赵置了一桌饯行酒，叮嘱赵回原籍后务必息影乡居，等两三年后再来。赵茂昌感激总督的这番好意，表示今生将死心塌地为张之洞奔走效力。

张之洞是个情绪易受波动的人。徐致祥大参案，弄得他几乎半年不得安神，最为委屈愤慨的时候，他甚至想挂冠而去。张之洞的这种心绪，大大影响了龟山脚下铁厂的兴建速度。只是因为有蔡锡勇、陈念礽这些铁政局的督办、会办们在顶着，包括煤矿、铁矿在内的整个铁厂兴建工程才没有停工。但有不少必须尽快办的事因此而拖延，造成工程近五十万两银子的损失。这笔巨大的损失该由谁来负责呢？能由徐致祥负吗？维护朝纲，纠弹渎职，是大理寺卿的本职，徐致祥没有责任。是光绪皇帝和翁同龢的责任吗？查访实情，整肃吏风，是在上者的治国正务。光绪和翁同龢也没有责任。是张之洞的责任吗？墨守成规者最不易出差错，勇闯新路者总难免要遭挫折，几成人世定规。一心为国的人反遭攻讦，庸碌无为者仕途顺畅，这叫人如何想得通！他张之洞不是圣人，情绪波动似难深责，他又能承担多少责任呢？

半年后，张之洞才从阴影中慢慢走出来，重又投身于以铁厂为主的洋务事业中去。

不料，没有多久，马鞍山煤矿一场矿局与乡民的斗殴案，又将张之洞推入了是非漩涡。

马鞍山北距武昌城八十里，属于江夏县地面。江夏县没有县城，县衙门就设在武昌府城里。马鞍山乃秃岭，树木不多，野兽也不多，自古以来便是一座无主的荒山。二十多年前，李鸿章做湖广总督时，曾聘请三位英国矿师在湖北境内踏勘矿务。英国矿师在马鞍山的仙女岭脚下发现了煤矿，并组织人员开采。半年后，李鸿章离开武昌，他的哥哥李瀚章入主湖广衙门。李瀚章对洋务不感兴趣，英国矿师因此离开马鞍山，刚刚开始的湖北采煤业半途而废。英国矿师临走前，指着井边剩下的几座煤堆，对前来看热闹的乡民说，你们把这东西拿回家去，它可以当木柴用。

这堆东西，散状的像黑黑的泥沙，块状的又像烧焦的锅巴，它能当木柴用？能煮饭炒菜、烧水取暖吗？乡民们半信半疑地挑回家去，按照洋人教的办法去做，果然炉子里生出熊熊的火焰来。这黑家伙真好，它既有木柴的功能，又比木柴经烧，且没有烟，也好搬运贮藏。在事实面前，乡民们信了洋人的话，都来搬取，井边的煤堆很快便被挑尽烧光。于是有聪明胆大的，便自己下到煤井里去挖，居然也挖到了煤。煤挖多了，除自己用外，还可以卖给别人，住在仙女岭附近的十几家农户便这样最早地发了一点洋财。消息传出去，引来不少前来淘黑金的人。马鞍山的山前山后，岭脚坡腰，便布满了用锄头铁锹打井挖煤的庄稼汉。原本被视为一无可取的寂寞荒山，顿时变成可以发家致富的热闹宝库。到后来，那些本钱大能力强的人便将煤井越开越大，越开越多。本钱少能力弱的，便来投靠他们。前几年，马鞍山一带便形成周、张、沈三大集团。三家分割地盘，各自发展，俨然成了马鞍山的主人似的。江夏县衙门见马鞍山挖煤有利可图，便在此地设了一个税卡，一百斤煤炭收十文钱。三个老板本不情愿，但一想到既向官府纳了税，也便取得了官府的认可，今后则可以名正言顺地占据这块地盘，子子孙孙传下去，于是接受了官府的征收。江夏是个穷县，有了煤税这笔收入后，这几年从县令到衙吏，个个都从中得到厚薄不等的好处，故而都希望马鞍山这个现状能长久维持下去。不料张之洞要办汉阳铁厂，城门失火殃及池鱼，马鞍山的好梦被搅了。

徐建寅带领的包括两个洋匠在内的一批人马来到马鞍山，映入他眼帘的是一大群忙碌而杂乱的挖煤运煤的乡民，从小在严格的科学技术氛围中长大的徐会办，不由得双眉紧皱。他内心为这个场面而痛苦：这哪是在采煤，这是在掠夺大自然，是犯罪的行为！必须立即制止这种纷乱的状态。这不仅是为了日后的矿务局，作为一个科学家，徐建寅更本能的反应是：要保护大自然赐给人类的充裕财富，让它更好地为人类服务，更长久地为人类造福。

徐建寅代表煤矿局，与周、张、沈三家商量，要他们立即停止一切采煤行为，以便对马鞍山作全面的探测、评估和机器采挖井点的选定。周、张、沈三家的代表不作丝毫考虑便断然拒绝。徐建寅见直接找挖煤者行不通，便去找江夏县衙门。县令吕文魁明知道理上说不过煤矿局，但马鞍山煤窑是县衙门的一个金库，他实在不愿意就这样被夺去。吕县令采取了中国官场上一个惯用而有效的措施：拖延不办。他嘴上应付着答应调解，实际上没有任何行动。马鞍山无序采煤照常进行，县衙门的税卡也照常收税。两三个月过去了，一点动静都没有。这段时间里，煤矿局只得在仙女岭以外山岭上勘查，但勘查的结果是蕴藏量不大，从煤层的走向分析，大量的煤埋在仙女岭地下。徐建寅无法，只得具函禀报张之洞，请总督出面。因为牵涉到江夏县的民事纠纷，按理当由省巡抚衙门出面敦促武昌府衙门去处理，于是张之洞叫文案所拟文咨湖北省巡抚衙门。

赵茂昌被撤后，总文案便由梁鼎芬兼任。他将书院事委托给总教习，自己长住衙门。湖北巡抚谭继洵接到由梁鼎芬起草的咨文，匆匆看了一眼后，便将它置于往来函件柜里。咨文在柜子里冷冷地躺了半个月后，谭抚台才将它重新拿出来，又看了一遍。

之所以一搁便是半个月，主要还不是抚台公事多的缘故，而是因为他对张之洞的这一套主张和作为不感兴趣，内心深处抱着一股抵触情绪。他一不相信洋人的那一套能在中国扎根结果，二不相信张之洞这种劳民伤财的事能办得长久，但张之洞是总督，又得到朝廷的支持，谭抚台奈何他不得。藩司王之春、臬司陈宝箴也都附和着张之洞，于是谭继洵在三大宪台中便显得较为孤立。不过，府县中却不乏支持他的人，他因此相信自己的看法不是错误的。

谭继洵虽不公开反对张之洞，也不得罪王之春和陈宝箴，但他一再叮嘱他的两个助手：张制台所办的事，并不是职分内应办的事，也不是我们湖北应办的事，他要办，我们不阻挡，但我们要守定一个原则，即湖北不能为他的事拿银子。当然，湖北应当上交的银子若户部公文明言转给他，我们还是照给，只是湖北不能再为他筹银。张之洞也不苛求谭继洵，只要他不阻挡王之春将户部明文规定的银子转过来就行了。两三年来，因为有王之春、陈宝箴从中斡旋，张之洞与谭继洵虽然主张不合，却也相安无事。

毕竟是总督衙门来的公函，毕竟是他巡抚应办的公事，谭继洵打发巡捕将武昌知府召进衙门里来商议。武昌府的衙门也设在武昌城里，位于巡抚衙门三里远的西南角，与三里外东南角的江夏衙门一起，和巡抚衙门组成了一个等边三角形。

尽管把江夏县令召来谈话更为直接，但不是特殊情况，巡抚不直接找知县谈。江夏归武昌府管，巡抚跟武昌知府谈，武昌知府再去和江夏知县谈，这是官场的规矩，不能乱了套。

举人出身的知府涂炳昌也是个六十出头的老头子，此人三次会试不中，以大挑身份放的知县，做了二十多年的知县、同知，终于在须发皆白的时候熬到一个四品衔的知府。他十分珍惜这顶闪着宝蓝色光泽顶子的大盖帽，生怕它哪一天无意间被风吹了下来。涂炳昌没有才干，也不想做出什么政绩，如果不是做官，不管在哪一个行当里混饭吃，他都绝对是一个平庸得毫不起眼的小角色。他做官只有一个诀窍，那就是毕恭毕敬地听上司的话，不折不扣地奉行上司的旨意，至于上司的话是对还是不对，他从不去考虑。

涂知府坐着蓝呢大轿来到巡抚衙门，巡捕马上引导他进了会客厅，一会儿谭继洵就过来了。谭继洵是个和气的人，一向不对下属摆架子。两个老头子彼此客气一番后，涂知府挺直腰板问："大人唤卑职过来有何事吩咐？"

谭继洵将总督衙门的公函递给涂炳昌说："你先看看这个。"

马鞍山煤窑的事，涂炳昌听江夏知县说起过，那是一件很小的事情，他听过也就过去了。现在竟然与总督办的铁厂联系起来，那就成大事了，得格外慎重。对于牵涉上司的事情，不管事情本身如何，在涂知府看来都是大事要事，都得认真对待。他的"认真"，就是遵循上司的意旨去办。

"大人，这桩事如何处理，您下个命令，卑职照办就是了。"涂炳昌边说边双手将公函递回给谭继洵。

谭继洵接过公函，随手将它放到书案上，右手指在瘦瘦的下巴上摸了好长一会，才慢慢说道："这是件棘手的事情，吕县令也有禀帖给我，说煤窑已由乡民开采二十多年，养活了近三百户人家，不让开采，断了他们的生计，情理上说不过去。张大人要办铁厂，铁厂要烧煤，煤得由马鞍山出。张大人的这个计划，朝廷同意了，户部还专门为此拨了银子。如果不让煤矿局来包揽，张大人那里也不好交代。这事难着哩！”

“是的。大人说得对，这是件难事。”涂炳昌满脸同情地望着瘦弱的上司。这情景，酷似两个老妇人在聊家常：一个诉说家里的烦恼事，另一个无力帮忙，只能时不时地说些同情话来安慰。

“涂太守呀，我们两个都是过花甲的人了，说几句老头子的心里话吧！”谭继洵将摸下巴的手放下来，搁在大腿上，两眼昏昏花花地望着武昌府的当家人。“其实呀，这世上有许多事或者不需做，或者不必做，或者不急着做，辛辛苦苦、忙忙碌碌地苦干着，到头来成者少，不成者多。即使成了怎么样？时过境迁，转眼就变了味。还有呀许多事，也谈不上什么成不成的，做和不做是一回事，多做和少做也是一回事。我们都是上了年纪的人了，过后一想，都是瞎忙一通。年轻人血气盛，总以为拼命去做就一定好，殊不知世事大多不是这样的。回过头来看看走过的路，你说说是不是这个话？”

谭继洵的这段感慨，道出了人生的部分真谛。除开那些过去成就辉煌现在仍然雄心勃勃的个别人外，大多数的老头子都会程度不等地有此同感。涂炳昌本就是一个不干事的平庸人，对这番话的认同更为深切更为真挚。他几乎认为巡抚的话就是为他平庸的过去在作注脚，或者说更加证明了他其实就是一个有着大聪明的先知先觉。涂炳昌发自内心地说：“大人，您这是真正的参悟大道之言。人生百年，许多烦恼、许多痛苦其实都是自己找来的。古人早就说过，世上本无事，庸人自扰之。明明是无事生事的庸人，还硬要说自己是大有作为的英雄。”

谭继洵又找到了一个知己，兴致立时高涨：“涂太守，你说得好，如果是一个老百姓，倒还罢了，无事生事，累的苦的还只是自己一人，至多是连累妻儿亲友；若是做了官，尤其是做了大官，乃至一国之主，跟着他受苦受累的就多了。比如说秦始皇吧，他好大喜功，好端端的日子不让大家过，他要修什么长城，从东到西一万多里，死的人不知几十万，后人说长城不是砖砌的，那是老百姓的白骨砌的。涂太守，你是个读书明理的人，你想想，那长城真的能挡住什么入侵的敌人吗？千军万马要过来，几块砖头能挡得住吗，无非是要为他秦始皇留下一个政绩罢了。”

“大人说得对，要说挡住关外敌人，长城那是一点用都没有的。秦始皇之后，不是朝朝代代都有夷狄入侵华夏吗？”涂炳昌赶紧顺着抚台竖起的竿子往上爬。

“再说王安石吧，本是一个极幸运的人，天分高，仕途顺利，操守也好，文章诗词更是出色，好端端的做个太平宰相，岂不是让天下后世景仰不已！却偏无事生事，想出什么青苗均输等等新法，最后弄得自己罢相谪居，被人视为奸蠹不说，还害得老百姓受尽折腾。回过头来看看，王安石的什么新法，什么改制，又何必要去做？”

“是的，大人说得对极了。王安石若安分守己做官的话，凭他的聪明才干，一定是历史上少有的名宦。”涂知府又顺竿爬着。

“哎，”谭继洵叹了一口气，“还是张养浩说得好：‘兴，百姓苦；亡，百姓苦。’说到底，还是老百姓在受苦哇！”

“是，是。”涂炳昌连连点头。抚台大人这一番谈古的话，已让为官多年的知府老爷摸到了头绪：原来谈古的目的在于论今，他很可能是说张之洞办铁厂办煤矿局是无事生事，其结果是苦了老百姓。

“不扯远了。涂太守，今天把你请来，就是为的马鞍山煤窑的事。我对你说句心里话，张大人要在湖北办洋务，我是不大赞成的。我说句不中听的话：劳民伤财，最终无济于事。这话虽不中听，日后必会证明的。老百姓生活苦，寻点活路不容易，何必要和他们作对哩。但这话现在不能对张大人说，他正在兴头上，朝廷中又有人撑腰，这话他哪里听得进？我请你来，是要请你这知府来出个两全之策，既不拂张大人的意，又不伤着江夏老百姓利益，你有什么好主意吗？”

果然给猜中了，涂知府心里暗喜，但是抚台出的显然是个难题：有什么好的两全之策，能两边都不得罪呢？出点子、想主意，对于这个年迈的武昌知府来说可不容易，做了二十多年官老爷的他，从来是很少自己出主意的。他搔了搔大盖帽下稀疏的白发，想了好长一会儿，也拿不出一个自个儿满意的主意来，不能老这样干瞪眼瞧着，总得开口呀！

"大人，卑职想最好的办法是让煤矿局到另一个地方去采煤，马鞍山这个地方维持老样子不变，如此两方都不得罪了。"

"这算什么主意！"谭继洵不觉干笑了一声。"你以为两方都不得罪，这不明摆着得罪了张大人吗？"

"哦，不错，得罪了张大人。这个主意不好。"涂炳昌的眼珠子转了几圈后说："要么这样，把乡民已挖的煤全由煤矿局买下，然后乡民撤除，马鞍山交给煤矿局来经营。"

"这可能也不行，煤窑老板们会不同意；再说，拿钱的是老板，几百名乡民从此以后丢了饭碗！"

抚台又一次否决后，涂知府的肚子里便再也没有点子了。"大人，卑职一时想不出好办法，容卑职回去后再细细想想。"

"慢点。"涂炳昌的两个点子都不理想，但给了谭继洵以启发，何不将他们捏合起来，一道来做这桩事呢？"涂太守，我倒有个想法。"

"大人，还是您的办法多，您说出来，卑职照办就是了。"他多么希望抚台再不要兜圈子了，早点发话，他再把这话传给江夏县，让吕县令办不就得了！

"我看是这样，马鞍山煤窑还是交给煤矿局，不过，现在的这个摊子得全由煤矿局管起来，沈、周、张三个老板给煤矿局当小头目，所有在煤窑上做事的乡民通通都留下给煤矿局做事。至于具体事宜，由他们两家去深谈，我这个巡抚不管，你这个知府也不要管，就连江夏县衙门也可不管，让他们自己去办。"

“好，大人这个办法最高明。”谭继洵的话刚落，涂知府就迫不及待地叫好。“煤矿局办起来，总要人做事，让现在的这批人去做，轻车熟路，再好不过了。即便人多点开支大点也不要紧，反正他们有的是户部的银子。娘的奶子人人有份，朝廷的银子，大家都用得。”

“涂太守既然同意，这事就麻烦你去办。”

“大人放心，卑职会办得熨熨帖帖的。”

涂炳昌回到知府衙门里，将这一套程序不走一丝样的重新操持一遍。他派人召来江夏县令吕文魁。吕县令坐一顶黑呢轿子，穿一身乍看起来与知府没有多大区别的官服，摆起全套排场来到知府衙门，涂知府把谭巡抚的话传达了一遍。吕知县听后，心里不大情愿：若照巡抚的意思，马鞍山煤窑乡民的财路虽未断，但县衙门的财路却断了，只是这话他又不能说，因为这笔税收他是瞒了上面的：知府不知，巡抚更不知。吕县令说不出反对的理由，只得答应照办。

吕县令由于心里不乐意，回到县衙门后就有意把这事压着，直到半个月后才把煤窑三家老板召来衙门，传达从知府口里听来的巡抚命令。谁知，三家老板都不同意这个处理办法，因为他们压根儿就不想让总督派来的煤矿局在马鞍山落脚。他们是马鞍山的山大王，要做土法挖窑的大老板，不愿做洋法采煤的小工头。

吕文魁正要借他们的不愿合并而从中牟利，但他又不能怂恿他们公然抗拒巡抚的命令，于是说了句你们看着办吧，便把他们打发出了衙门。

煤窑三家老板从吕县令的口中，揣摸出省府县的态度并非是要他们让出，他们有了底。仗着背后有硬后台撑腰，三家老板决定遵循抚台的旨意，同意与煤矿局合伙，但把价码抬高：三家老板都做煤矿局的协办，所有在煤窑上做过事的乡民一个不能裁，全部进煤矿局，他们的最低收入不得少于二两银子一个月。这个方案煤矿局显然不能接受，那么责任就在煤矿局一边。谈判不成，马鞍山一切照旧。这正是他们所要达到的目的。

徐建寅原以为官府会全力支持煤矿局，不料三家煤窑老板竟然神气十足地前来谈判，说是奉巡抚之令，合伙开发马鞍山，并将他们的方案抢先公布。

徐建寅面对着有恃无恐的三个煤窑老板，气得一句话都说不出来。

徐建寅得其父徐寿真传，为人处世、治学办事完全和父亲一个样。他相信科学技术才是致人类于幸福的唯一途径，中国不如西洋，关键是在科技上不如，中国的出路，也唯有在发展科技上。因此他和父亲一样，不愿当官，厌恶官场上的人事应酬和相互倾轧，只求在一个安稳单纯的环境中从事科技操作或西洋图书的翻译。徐寿在安庆内军械所和江南机器局翻译馆里度过其一生的重要岁月，他的成就也就是在这种环境里完成的。徐建寅从小跟随父亲在江南机器局的翻译馆读书翻译，后来在李鸿章办的金陵机器局做事，虽有候补道的空名，但那是空衔，他实际没有做过一天官。不入官场，徐建寅得以保住心灵的宁静，但因此也不懂社会上的复杂人事关系。

在徐建寅看来，这是件很简单的事：山是国家的山，煤矿是国家的煤矿，马鞍山小煤窑的乱挖乱掘完全是一种无政府的行为。二十多年已非法获利不少，不处罚已经是很宽容了，现在煤矿局代表国家来此作机械化挖掘，完全是行使国家应有的权利，乡民的小煤窑，理应无条件地立即停止撤离。哪有什么合伙的道理？何况还要提出如此苛刻的条件，岂不是荒唐至极，无理取闹！

徐建寅一口拒绝，谈判破裂。徐建寅一面向总督衙门禀报情况，一面决定对仙女岭下的煤层分布情况作采样调查。

这天午后，煤矿局的两个英国矿师亨利、斯维克在与陈念礽一道从美国回国的梁普时的带领下，背着机器、标杆、记录板来到一个无人工作的小煤井旁，他们想利用这个废弃的煤井来做采样调查。三个人开始竖标杆、安机器，一边作现场记录。

金发碧眼高鼻子的洋人，叽哩哇啦的洋话以及闪闪发亮的洋玩意儿，立时招来了许多正在挑煤的乡民的围观。这些远离都市一辈子不出山沟的乡民面对着这一风景，比看要猴戏还要来劲、有趣。这时沈家煤窑的账房郑烟鬼过来，他突然发现这是一个很好利用的机会。

“你们看，就是这几个家伙要来霸占仙女岭，把我们赶走，他们若是得逞，兄弟们的饭碗就要敲砸了！”

“他妈的，他们若是敲砸了老子的饭碗，老子就敲碎他们的狗头！”

说话的汉子姓鲁，他上有多年卧病在床的八十老母，下有四个嗷嗷待哺的幼小儿女。鲁家无一分田，全凭卖苦力度日，这几年靠着煤窑一家人才能半饥半饱；若没有煤窑，他就陷入绝境。煤窑对他来说简直是性命攸关。

“洋人有什么资格在我们中国的山岭上动土。哼，瞎了他们的狗眼！他们想把老子赶走，老子先要赶走他们！”说话的是个姓胡的年轻人，他也是全仗煤窑来养家糊口的人。

“你们知道他们是些什么人吗？”郑烟鬼胡乱编造，“这两个洋人我在汉口见过，他们都是洋教堂里的，专干些挖小孩心肝眼珠、奸淫女人的事，这会子又到我们这里来装神弄鬼骗人。”

这些乡民虽没有见过洋人，但是洋教堂欺侮中国人，诱骗中国人进教堂，女人进去被奸淫，小孩进去后则被挖掉心肝做药丸，挖出眼睛化水银，这些话他们倒是听说过几十年了。洋教堂在他们的心目中就是座魔鬼窟，洋教士就是吃人害人的魔鬼。现在居然就有这样的两个魔鬼在眼前，而他们又的确在做着伤害自己的事，乡民的胸膛里开始燃起仇恨的怒火。

“打死这两个洋鬼子！”姓鲁的突然发出一声怒吼。

“还有那个汉奸，也不能放过！”姓胡的连忙响应。

说话间，姓鲁的、姓胡的两个人同时冲出人群，向洋匠们奔去，郑烟鬼忙对身边的人说：“你们都上去帮忙呀，洋鬼子身上没带洋枪，不要怕！”

于是众人都一窝蜂似的跟了上去，正在工作的矿师们吓懵了，从乡民愤怒的面孔和大声的吼叫声中，他们知道来者不善。

梁普时对两个洋同事说：“他们是来打我们的。他们人多，我们打不过，只有快快跑回去！”

三个人背起探测器，拿着标杆跑步下山。在姓鲁的和姓胡的率领下，十几个乡民跟着后面直追，一边高叫：“打死这几个狗日的！”

三个人一边跑着，一边回头看，只见他们越来越近，接着便有小石头从身边呼呼飞过。突然，一块石头砸中了背机器的亨利的大腿，他随即倒在地上。姓鲁的冲上前来，便是一脚，踢在他的背上。亨利痛得在地上打滚，肩上的机器掉在地上，几个乡民用石头将探测器砸得粉碎。姓鲁的正要再用拳头打亨利的头时，亨利已从地上爬了起来，两人立时扭成一团。梁普时见状，便对斯维克说：“你赶快跑回去叫徐会办派人来，我来救亨利！”

斯维克扔下记录板，蹽起长腿，飞快地跑下山。梁普时刚回头跑几步，便被姓胡的追上了。姓胡的夺过他手中的标杆，“咔嚓”一声就把它断成两截，然后挥舞起手中两截断标杆劈头盖脸地向梁普时打来。梁普时未及帮亨利的忙，自己早已被打得鼻青眼肿，满脸是血。幸而斯维克跑得快，这时已跑到煤矿局驻地，见门边两个持洋枪的卫兵，便用极生硬的中国话高喊：“鸣枪，鸣枪！”

两个卫兵顺着斯维克跑来的方向看时，只见半山腰上一片混乱，便知道出事了。两个卫兵立时拔出洋枪来，对空放了几枪。

枪声惊动徐建寅，忙带着煤矿局的所有员工向闹事的地方跑去。枪声也吓坏了闹事的乡民，郑烟鬼大叫一声：“洋枪队来了，兄弟们回去吧！”

乡民们扔下亨利和梁普时，四处逃散了。

徐建寅率领众人跑上来，见躺在地上的亨利和梁普时血肉模糊，伤势沉重，痛心已极。两人被抬回煤矿局后，立即上了担架，由徐建寅亲自护送回汉口治疗。第二天傍晚两人被送进英国人在汉口办的一所小医院，由于抢救及时，亨利和梁普时虽伤筋断骨，但无生命危险。

徐建寅这时才松了一口气，过江来到总督衙门，向张之洞禀报这件事的前前后后。

张之洞听完禀报后，气得发抖，手掌在茶几上狠狠地击了一下，骂道："这些个目无王法的刁民，全部给我抓起来，严惩不贷！"

徐建寅说："煤窑老板口口声声说合伙办矿，是巡抚的命令。若真的是巡抚下了这样的命令，这命令本身就是错的，助长了他们的威风。"

张之洞气道："把谭敬甫喊过来，我倒要问问他，说过这样的混账话没有！"

徐建寅听到这句话，吓了一跳：不管谭继洵这事办得多么不好，他到底是一省之主，怎么可以叫他过来当面责问呢？倘若总督和巡抚争吵起来，自己不就成了是非的挑起者吗？徐建寅知道常有督抚不和的事，他生怕因此而造成武昌城内的督抚不和。徐建寅的顾虑不是多余的，督抚不和的事，不但时常有，近几十年来简直成了普遍现象。造成这种现象的出现，首先要归咎于朝廷。当初，这种制度的设立，便含有相互牵制的一层内容在内。总督正二品，巡抚从二品，品衔虽有差别，但巡抚并不是总督的僚属，相见时行的是平礼。总督主管军事，巡抚主管民政。但军、政常会纠缠在一起，且共处一城，面对着同一省，于是纠葛就产生了。有清一代同城的督抚，如两广总督与广东巡抚，云贵总督与云南巡抚，陕甘总督与甘肃巡抚，闽浙总督与福建巡抚及湖广总督与湖北巡抚之间便常有麻烦事出现，不和谐的居多。到了太平天国时期，军事压倒一切，督、抚都管同一桩事，于是用兵省份的督、抚之间闹意见的就更多。

当下徐建寅想到这里，忙说："大人请息怒，暂时不要谭抚台过来，我先去他那里，向他禀报这件事，顺便问问煤窑老板所说是否属实。"

张之洞想了想说："也好，你去向他禀报也是应该的，不过，此事我得有个态度，铁厂煤矿局毕竟是我在办理。"说完，他抽出一张信笺来，提笔写道：

> 敬甫中丞台鉴：马鞍山乡民殴打煤矿局矿师，几至出人命大案。据煤矿局会办徐建寅言，煤窑老板坚持要与煤矿局合伙经办。马鞍山乃国家山岭，非某姓之私产，煤窑老板在马鞍山无任何办矿权利，岂能合伙经办？合办云云，非痴人说梦，即无理取闹。盼速查清此事，严令煤窑限日撤除，并惩办肇事者。

张之洞将这封信递给徐建寅说："本想给谭抚台一个面子，让他来办理。不料此公糊涂，酿成大事。现在再不给他余地了，就叫他这样办。"

徐建寅虽觉张之洞以一总督对巡抚写措辞如此严厉的信，略有点过分，但一想到谭继洵的无能，又觉得不过分了。他接过信，向张之洞投过敬佩的目光，心想：办大事还得真要张制台这样的气魄才行！

二　思想不羁而又心绪愁苦的贵公子

看了张之洞的信，听了徐建寅的禀报后，谭继洵大吃一惊，心绪十分复杂。他既痛恨马鞍山乡民的野蛮无礼：殴打矿师，砸烂机器，无论如何都是说不过去的。又埋怨武昌知府和江夏县令办事不力：他们一定是没有把他的意思原原本本地传达，不知在哪一个环节上走了样，才激起乡民的愤恨。同时又对张之洞信函中的不客气很是不快：论年龄、论科名都在你张之洞之上，你张之洞怎么可以就凭着品衔高一级，对我说这等亢厉不恭的话呢？

送走徐建寅后，谭继洵为着这件事恼恨至极，一个整夜没有睡好觉，第二天上午便觉得有点头重脚轻。他强打起精神，把武昌知府再次唤进巡抚衙门。谭继洵阴沉着脸，以少有的峻厉口气对涂炳昌说：“你看看张大人这封信吧！”

涂炳昌看完信后，才知马鞍山闹出大事，张之洞为此发了大火。他与谭抚台打了三年多交道，一向都是和颜悦色的，今日第一次见他这个模样，知道抚台大人心里也大为生气了。他颤抖着双手将信函还给抚台：“马鞍山刁民竟然殴打矿师，卑职实在是不知道。江夏县出了这等事，卑职有责。大人看此事如何处理，卑职一定照办。”

“唉！”谭继洵跺了跺脚，重重地叹了一口气。“都怪你们无能，辜负了我的一番好意！”

“是，是，卑职无能，卑职无能！”涂知府检讨不迭。

“我原想把他们捏合在一起，双方都得利，没想到煤窑上的人竟然动起武来，打伤人，尤其是打伤洋人，这事就麻烦了。张制台信函上的话虽然难听，道理上还是他的对。事情到了这般地步，再没有合办的余地了。你去告诉吕文魁，叫他亲到汉口去看望两个被打伤的矿师。吕文魁切莫以为这是代人受过，拒绝去汉口。涂知府，你要他心里放明白点，除开作为县令责无旁贷这点不说外，要知道打伤的是英国洋人，倘若惹怒英国大使馆，告到朝廷那里就不得了啦。他吕文魁的县令做不成是当然的，只怕你我也不得安宁。”

涂知府心里猛然生出一股恐惧感来。这几十年里，与洋人冲突的事还少了吗？本来是一件芝麻大的小事，一下子就闹成大事。本来是洋人理亏，到头来都是中国人的不是。朝廷不管三七二十一，先办了自己的官员和百姓再说。洋人可是惹不起的呀，何况这事明摆着是马鞍山的乡民不对。涂知府忙说：“大人指教的是，卑职不但叫吕文魁去，而且卑职也陪同前往，一道去慰问受伤的洋矿师。”

“你就不要去了，事情出在江夏，江夏县令去赔礼就行了。”谭继洵继续说，“还有，要吕文魁尽快通知马鞍山煤窑撤除，再不要说别的话了，那块地方只有全部交给煤矿局，才可以大事化小，小事化了。”

“是，是，卑职一切照办！”

江夏县令吕文魁本不愿意过江去看望被殴打的煤矿局矿师，认为这是降了他堂堂县太爷的格，但当涂炳昌指出此事将可能导致一个新的洋案后，吕文魁也害怕了，连忙答应。第二天亲自过江到汉口，寻到那家英国人办的医院，看望亨利、梁普时，代表江夏县衙门说了许多赔不是的话。又对守候一旁的徐建寅表示，三天之内一定将马鞍山煤窑撤除，并查办肇事者。

这时，江夏县丞钱乃昌向总督衙门上了一封密函，将吕文魁收取马鞍山煤窑税银作小金库一事禀报张之洞。钱乃昌揭发吕文魁并非为了公义，纯粹是出于平日相处不合的私怨。他知道马鞍山的事一定使张之洞对吕文魁极为不满，于是趁此机会落井下石，既泄了私愤，又讨好总督，最好是促成张之洞罢掉吕文魁，由自己来坐正堂，那就更是求之不得了。

果然，张之洞接到这封密函后十分恼怒，立即派衙役去江夏县传令，命吕文魁明天一早来督署听候训话。

吕文魁接到命令后心里很是惶恐。他知道，殴打洋匠一事能大能小。若以渎职失责酿成地方洋案而论，只需一道奏本，头上的七品顶戴便立时丢掉；若不上告朝廷，则一点事都没有。而这告与不告，全操在总督张之洞一人手里。现在没有别的法子，只有求张制台宽恕这一条路了。第二天一早，吕县令诚惶诚恐来到总督衙门。门房认识他，忙客气地将他带到候见厅，坐定后门房告辞。宽大的候见厅只坐着吕文魁一人，他的心像鼓槌似的上下急跳：张制台会说些什么呢？我又该如何回答呢？

不知不觉，枯坐了个把钟头，却不见值班的衙役过来召唤，吕县令有点急了。他眼睛盯着门口，希望能逮住一个人替他传传话。又过了半个钟点，好容易看见一个衙役，立刻走上前去，对衙役说：“我是江夏县吕县令，奉张制台之命来衙门，已等一个半钟头了，烦你转告一声。”

那衙役虽不认识吕文魁，见他穿着正七品官服，知不是假冒，于是脸上堆着笑容说："吕太爷您坐好，我这就去转告。"

一会儿工夫，衙役出来了，说："吕太爷，张制台现在正跟襄阳镇的总兵说着话，请您等一等。"

吕县令心里不快，却不敢发作，只得重新坐下耐心地等着。这一坐又是一个多小时，仍不见任何动静。可怜一个平时在江夏县境内耀武扬威的县太爷，一个人冷冷清清地在总督衙门候见厅枯坐了三个小时，没有人搭理，也没有一口水喝。正窝着一肚子火的时候，只见一个气宇轩昂的武官在几个戈什哈的簇拥下，热热闹闹地从候见厅门口走过。吕文魁心想，这武官大概就是襄阳镇总兵了，看来，张制台与他的谈话已结束，这下该轮到我了。他正了正衣冠，挺直腰板坐着，等待衙役前来导引。又过了一会，刚才那个衙役来了，手里提着一个竹篮子。

"吕太爷，张制台已回后院吃午饭去了，您将就在这里吃一点吧！"

像是得到提醒似的，一听到"吃"字，吕文魁的肚子立马便咕噜噜地响了起来，一股强烈的饥饿感冲口而出。竹篮打开，一大碗米饭，一小碟豆腐，一小碟萝卜，一小碗青菜汤。显然，这不是款待客人的酒菜，而是衙门工役的便饭。吕县令又是不快，但肚子饿得厉害，只得受了。悄悄地问衙役："张制台吃完午饭后一般做什么？"

衙役答："没有定准。有时他会在后院散散步，有时他会躺下来睡一睡，有时他会见客，有时碗一丢就进签押房办公事。"

吕文魁心想，说不定张制台吃完午饭后就会召见。他匆匆吃了饭，也不敢到候见厅外走动，压下性子又坐着等。

坐了许久，依然不见动静。他弄不清此时张之洞在做什么，想想也可能午睡了，便干脆背靠着墙壁闭目养起神来。眼睛虽闭紧，心神却安宁不下，于是掏出小怀表来，睁眼一看，已指向二点一刻。他想，即便午睡，也应起床了，为何没有动静呢？往日候见厅里客人不断，偏偏今天再不见第二人，偌大的候见厅，只有这个吕县令一人孤孤单单。想到这里，吕文魁心里不免生起满腔怨恨来。正在这时，候见厅外响起一阵响亮的皮鞋声，吕县令定睛一看，三个粗壮的洋人趾高气扬地从门口走过。他下意识地一惊，莫不是外国领事馆的人来会见张制台？若是使馆的人，多半与马鞍山一事有关？这么说，真的酿成了洋案，洋公使们到总督衙门交涉来了！看来事情严重了！吕县令如此一想，心马上怦怦乱跳，背上冒出虚汗，刚才的怨恨早已飞到爪哇国外，全身已被恐惧包围得严严实实。

吕文魁在恐惧中淡忘了时间，反倒没有枯等的难受了，直到衙役再次来到候见厅时，他才知道已是傍晚。衙役说："吕太爷，晚上张制台要请洋人在花厅吃饭，就不能见您了。张制台发下话：他明天一早要出衙门到铁厂视察，只是在临出门前有半个钟头的空隙，吕县令要么回县衙去，明天一早再来候着，要么就在客房里睡一晚，明早见。回还是不回，由太爷您自己定。"

回自家住，当然舒舒服服，但不知张制台明天什么时候出衙门，来早了，怕衙门未开，来迟了，有可能见不到。住这里，苦是苦一点，但明天早上决不会误事。在候见厅冷坐了一整天的吕县令，此时仿佛突然开了窍：张制台今天是有意惩罚我，也在考验我，他是在看我的态度。

"请你转告张制台，为了明天能顺利得到召见，卑职今晚就睡在总督衙门客房。"

"好，那我就带吕太爷去客房吧！"

第二天一早，天还没亮，吕文魁就起床盥洗，然后一人坐在候见厅等候。刚到七点钟，衙役就将他带到张之洞的面前。

张之洞冷冷地盯着吕文魁，好长时间不说话，盯得吕文魁的两只腿直打哆嗦。"吕县令，有人说你是马鞍山事件的幕后支持者。"

吕文魁吓了一大跳，忙分辩："卑职不是支持者，卑职是办事不力。"

“你不要急于辩解。”张之洞打断吕文魁的话。“我问你，马鞍山三家煤窑每年交县衙门三千两税银，是不是真的？”

吕文魁犹豫了一下，答道：“有这回事。”

“这笔银子用到哪里去了？”

“大多数用在修路补桥、赈灾恤贫等事情上。”吕文魁回答得麻利，像是真这样做似的。

“哼！”张之洞冷笑一声。“既然是在做好事，为何不见你禀告知府和巡抚。”

吕文魁不做声。

张之洞厉声道：“据本部堂所知，这笔税金并非用在百姓上，而是用在官场上了。正因为有这个好处，你才庇护三大家煤窑，阻挠煤矿局。本部堂本想参掉你这个县令，看在你态度尚好，暂不罢你的官。你回江夏后将历年来所得马鞍山税金报一个明细账单来，听候核查。另外，罚三大煤窑一万五千银子，一家五千两，限十天内交齐。这一万五千两银子，本部堂一两不要，完全交给煤矿局，用于开发马鞍山煤井。若十天内办不了这件事，你摘下翎顶来见我！你去吧！”

吕文魁木然听完这段训话后，垂头丧气地走出总督衙门。

傍晚，张之洞回到衙门，徐建寅已在这里等候好一会子了。他告诉总督，他上午去巡抚衙门，表示对谭抚台处理马鞍山一事的谢忱，得知谭抚台因此事已气得生病卧床。张之洞本对谭继洵很是不满，一听说老头子为此而生病，心里顿时对他宽谅了许多。沉吟片刻，他把儿子仁梃唤了进来。

二十二岁的张仁梃长得比父亲略为清秀点，在师傅桑治平多年教导下，他不仅学问根基打得扎实，而且器局开阔，眼光远大。张之洞对这个二儿子很满意，认为他比大哥仁权要强得多。

张之洞对儿子说：“你去准备几样瓜果糕点，明天一早去巡抚衙门，代我去看望谭抚台。谭抚台年纪大了，又生着病，你不要在那里坐得太久了。看一看，转达我的问候，说几句安慰的话就回来。让大根陪你去。”

张之洞还是第一次派儿子代他出门看望人，怕他年轻不懂事，遂仔仔细细地吩咐着。

仁梃感觉到父亲对自己的信任，突然间有一种已长大成人的感觉，兴奋地领下了这道父命。

第二天一早，大根陪着仁梃来到巡抚衙门。门房见是总督的二少爷来问候抚台，十分殷勤。抚署总文案出来接待，又亲自陪着来到谭继洵的卧房。谭继洵得知后，硬是挣扎着起床亲自接见。他见仁梃长得一表人才，举止也很得体，甚是高兴，对张之洞的这番举动也颇为心暖。

为了答谢总督的心意，待仁梃走后，他把自己的小儿子叫过来，吩咐儿子明日到督署去代他谢谢张制台。谭继洵的这个小儿子不是别人，正是日后感天动地泣鬼神的一代人杰谭嗣同。

谭嗣同虽贵为巡抚公子，年纪轻轻却经历过许多不幸。若说起人生幸福来，他远不及一个普通人家的孩子。

谭嗣同同治四年出生在北京，那时他的父亲正在户部做山西司员外郎。谭嗣同有两个哥哥，两个姐姐，母亲徐氏为父亲的发妻。他出生的那年，父亲纳妾卢氏，卢氏比丈夫小二十三岁。在谭继洵的眼里，十八岁的小妾远比四十出头的发妻漂亮动人，他的爱心几乎全部转到卢氏的身上，而卢氏又是一个心胸狭窄的自私女人。从此，原本和谐的家庭埋下了多事种子。

嗣同七岁那年，大哥回浏阳完婚，因为嫡庶不和，徐氏有意借儿子完婚之机离开北京。嗣同与二哥留在父亲身边读书。徐氏走后，卢氏便把平日积压在心里的怨恨向嗣同兄弟发泄。嗣同年幼，更成了卢氏经常打骂的对象，卢氏又在谭继洵面前大说他的坏话，使得他失去了父爱，小小的年纪，便开始懂得以少言寡语、含恨忍痛来应对世事。一年后，徐氏从浏阳回来，见到小儿子骨瘦如柴、木讷呆滞，伤心痛哭。七八岁年纪，正是一个人性格形成的重要时期，这一年的精神创伤为谭嗣同特立独行的性格奠下了基础。

光绪二年春天，北京流行白喉。出嫁不久的二姐染上此病，随后，母亲徐氏和长兄也染上了，五天之内，三人先后去世。十二岁的谭嗣同也感染上了。他在床上昏死三天三夜，竟然苏醒过来，留下一条命，父亲因而又给他取了个“复生”的名。这段家庭惨故给谭嗣同打击极大，多少年后，每一提及此事，便欷歔流泪。不久，二哥护送母亲及大哥的灵柩回浏阳安葬，并留在家乡主持家务。嗣同仍住京师读书。从那以后，后母卢氏便将谭嗣同视为眼中之钉，想方设法虐待他。谭继洵公务繁忙，不理家事，在卢氏的挑唆下，也不喜欢这个死里逃生的儿子。

谭嗣同痛失母亲，又缺少父爱，只有书籍伴随着他孤单寂寞、伤感多愁的心灵。如此环境，促使谭嗣同逐渐形成桀骜不驯，愤世嫉俗，厌恶旧秩序，渴望冲决罗网的叛逆性格。

他在父亲送他诵读的《闱墨大全》上愤怒地批道“岂有此理”四个大字，却以大量的精力阅读各种不上台面的杂书。就在这个时候，他结识了北京镖局的镖师大刀王五。大刀王五是个回教徒，从小与父母失散，在浪迹江湖中长大。他武艺精熟，尤以善使大刀出名。谭嗣同与他交往，不仅从他那儿学到武功和江湖义气，也由此获知生活的艰辛及社会的复杂。

不久，谭继洵外放甘肃巩秦阶道。谭继洵在甘肃十二年，这期间谭嗣同不断往返浏阳与甘肃之间。他从名师读书，深究天人之际，又喜与边塞将士往来，纵马狩猎。在多次南来北往的过程中，他深深地体会到国家的贫弱、政治的腐败和百姓的艰苦，强烈的济世救民愿望，就在这跋涉奔波餐风宿露的日子里萌生了。

张之洞听说谭继洵派儿子谭嗣同过来答谢，满心欢喜，他早就想见见这位不寻常的后生辈了。张之洞知道谭嗣同，是听杨锐说起的。杨锐听他的那班年轻朋友说，当今天下有四大名公子。战国时期的四大名公子：孟尝君、信陵君、平原君、春申君，在历史上一直是美名传颂。当今也有这等公子？杨锐怀着极大的兴趣问这四大公子分别是谁，于是朋友告诉他，这四公子即丁日昌的儿子丁惠康，吴长庆的儿子吴保初，陈宝箴的儿子陈三立，另一个便是谭继洵的儿子谭嗣同。陈宝箴虽在武昌，但陈三立却在京师，而谭嗣同却近在咫尺，怎能失之交臂？喜交朋友的杨锐务必要结识。托人介绍，杨锐认识了谭嗣同，果然一见倾心。谭嗣同也喜欢杨锐，彼此成了知心之交。有一次闲聊天时，杨锐对老师说起了谭嗣同，说谭抚台的这个公子书读得如何好，诗文做得如何好，尤其可贵的是豪侠仗义，武艺出色，堪称文武双全。张之洞听了心里一动，读书做诗文不奇怪，难得的是以一抚台公子而有武功。武功这码子事，本是八旗子弟的特长，时至今日，连八旗子弟都不习骑射了，一个汉家高官的公子居然好此道，实为罕见。想不到平庸懦弱的谭继洵，竟然会有如此卓荦不凡的儿子！张之洞真想见见，但总没有机会，不料今日他自己来了。

张之洞吩咐安排在小书房接见。张之洞与人相见通常安排在客厅或茶厅，倘若为他所喜欢，或愿与之深谈的人，则安排在小书房，至于与他关系特别密切的人，如桑治平、杨锐、辜鸿铭等人，他有时也会在签押房里直接交谈。

当下张之洞离开签押房来到小书房里。只见一个人早已在此等候着，见他来，立即起身，垂手肃立。张之洞注目看这人年纪约莫二十七八，中等略偏矮的单薄身材，清癯的面容上镶着两只微觉凹下的双眼，那双眼睛中流露出的是忧郁思虑的目光。张之洞知道这便是谭嗣同，他丢掉素日的倨傲，主动打着招呼："是谭公子吧，请坐，请坐。"

"张大人，晚辈向您请安。"谭嗣同操着一口纯正的京腔说着，同时向张之洞深深一鞠躬，然后落落大方地坐下。

"哦，你的官话说得真好，在北京住过几年？"张之洞从小在贵州长大，父亲说的又是一口南皮话，他的官话其实说得并不好。常与他打交道的人官话都说得不好，尤其是衡阳人王之春、义宁人陈宝箴，那一口带着浓厚家乡腔的官话，既难听又难懂，乍然在武昌听到这样纯正的官话，犹如久喝浑浊水，突然饮到清泉似的舒畅。

“我出生在北京，一直长到十三岁，才第一次回浏阳老家。”

“哦，怪不得。”张之洞点点头，用父辈的慈爱望着这个名气不小的年轻人。“你是老几，今年多大了，成家了吗？”

“我有两个亲哥哥，还有一个嫡堂哥哥，故家人都呼我老四。今年二十八了，早已娶妻，岳父名叫李寿蓉，署理过汉黄德道，前些年奉调去了安徽。”

“哦，你还是李道台的女婿。”张之洞随口问，“令堂身体健朗吗？”

“先母已去世十多年了。”谭嗣同一提起母亲，就想起当年家里同时摆着三口棺木的惨景，语声不由得哽咽起来。

这孩子天性纯良！张之洞心里想着，便不再问他的家事了。“令尊的病好些了吗？”

“好多了！”谭嗣同诚挚地说，“家父深谢大人遣公子问候的一片好意，特意叫我一来答谢，二来告诉大人，他今日好多了，明天便可以起床办公务了。”

“不要那么急，令尊高龄，应当多休息几天，待痊愈后再办公不迟。”

“家父说，昨日公子送的厚礼，他却之不恭，受之有愧。特命我给大人回赠一架鹿角。这是家父做甘肃藩司时一位朋友送的。西北梅花鹿角养精提神，更要胜过他处产的鹿角。”谭嗣同说罢，从椅背后提起一个大布包来。他打开布包，露出一架二尺长的黑褐色长满绒毛的梅花鹿角，他起身双手奉上。

张之洞面对这份贵重的礼物，颇觉为难。他平生不喜欢别人送礼，尤怕送重礼，绝大部分礼品他都婉拒不接。但处于眼下情势，这份重礼，他真的不便推辞，推辞则意味着拒绝巡抚的好意，今后督抚共事便更难了。想到这里，他微笑着说：“好吧！令尊的这番厚礼我也不能拂逆，我收下了，你回去后代我多多致谢。”

“谢谢大人赏脸！”

“杨锐多次在我面前提起你，说你文武双全，豪侠仗义，我为谭抚台有你这样的佳儿感到高兴。”张之洞充满爱抚的目光和蔼地望着谭嗣同，他这话完全出自内心。本想再说一句“可惜我没有这个福气”，话到嘴边又噎下去了。

“大人夸奖了。杨叔峤是个实诚君子，前两天我还收到他从京师寄来的信，说是在内阁做中书感觉沉闷，还不如在武昌。武昌虽忙碌，但有生气，日子充实得多。在内阁做事，心情烦，连读书的情绪都没有了。”

提到读书，张之洞听杨锐说过，谭嗣同在名儒欧阳中鹄的指导下，已经研读完毕《船山遗书》，便问：“听说你用整整一年的时间，通读了王夫之的书，有什么特别的体会吗？”

“船山先生的书体大思精，晚生自以为尚未能入其门槛，不过也有点体会。晚生以为，船山先生隐居著述四十年，无非是要向世人阐述他的一个信念，即人当与时共进。”

张之洞读书，除经史外，偏重于诗文，对子书不很喜爱。曾氏兄弟在江宁刻印的《船山遗书》，他当时作为湖北学政，也蒙金陵书局赠送一部，但他只读过其中一小部分。常听人说船山书最精彩的部分在于“气”、“理”、“道”、“器”、“知”、“行”方面的辨析，而船山隐于山中著书立说，最隐秘的目的乃在于伸张民族大义；甚至还有人私下里说，曾氏兄弟打下南京后，急于刻印船山的著作，实际上是想借此洗刷自己助满压汉的罪过。当然，张之洞对此类私下臆测决不相信。

至于说船山学说的宗旨是阐述人应与时代同行这个说法，倒还是第一次听到。这是船山的本意，还是这位超脱凡俗的公子的自我见解？船山有副名联：六经责我开生面，七尺从天乞活埋。船山可以在六经中别开生面，年轻人也可以从船山学说中别开生面，且听他的解释吧。张之洞微笑着说：“你的领悟力真是过人。船山数百万言殚精竭思的著述，让你一句话就钩玄提要了。”

谭嗣同不好意思地笑了一下说：“晚生读书是奉行五柳先生的榜样，好读书而不求甚解，很可能钩提的不是船山的玄要，不过我以为当如此去理解船山的学说。”

张之洞想：研究船山的这种方法或许不可取，若论经世致用，则未尝不是通者之识。张之洞读书，历来最重这个“通”字，而千千万万的读书人恰好不懂这点，变成迂腐不通；倘若迂腐不通，读书再多也无用。这就是孟夫子所说的，尽信书，不如无书。

“四少爷，你给老夫说说你对与时同行的认识吧！”

“张大人，晚生以为，与时同行不仅仅是船山学说的宗旨，而且是古往今来一切英雄豪杰成就事业的根本之途。一个人，不管你有多大的本事，倘若与天作对，与时作对，则必然碰得头破血流，一事无成。衡之前朝前代，此种人不胜枚举，只是他们没有看到这一点罢了。”

张之洞为官几十年，敢于在他面前如此大言荦荦的年轻人很少。是身为巡抚公子，一向自大惯了？还是初生牛犊不怕虎，不识深浅反而易于放言高论？抑或是真正不同流俗，惊异的只是别人，在他自己却是自然而然的流露？张之洞边听边默默地想着。

“就拿眼下来说吧，我们正面临着一个巨大的变化。合肥相国虽然有些事做得不惬人意，但他的头脑还是清醒的。他有一句话说得最妙不过。他说中国正处在三千年一大变局之中。一个‘变’字最是深刻地概括今日国家的局势。既然局势变了，一切也应随之而变。有句本不是晚辈应该说的话，但久蓄于胸，平素无机会一吐，今日在大人面前，尽管有可能受狂妄之讥，我还是忍不住要说出来。”

“什么话，你说吧。”张之洞和蔼地鼓励。

“大人，以晚辈所见，当今中国最大的问题便是因循守旧，而不知变革维新。”

“变革维新”！“变革”与“维新”本是两个古老的旧词，现在由年轻的谭嗣同加以组合吐出，让五十五岁锐意进取的湖广总督为之一震。他开始对眼前这个名公子另眼相看了。

“这一点在官场最为突出，湖北官场尤为典型。不瞒大人说，家父便是一个因循守旧的人。这句话，晚辈也曾当面对家父说过，家父也承认这一点，说像他这样经历和年岁的人，还是因循守旧最为保险。”

张之洞不由得笑了起来，说：“足下父子能这样倾心交谈，实不容易。”

“这种交谈太难得了，只有在他心情极为舒畅时才可偶尔言之。家父一生很少舒畅，他总在忙碌忧虑中度过。不是晚辈袒护，像家父这样的人，当今官场还不太多见，最多见的是武昌知府和江夏县令一类人。他们真的是曾文正公五十年前所说的推诿、颟顸式的官员。大人要在湖北办洋务大事，依晚辈愚见，最主要的还不是缺资金，最主要的是要如何对待一大批这样昏瞀的官吏。”

这番话使张之洞又是一震。他先是对谭嗣同这种狂放的姿态颇为不满。最主要的不是什么而是什么这一类的话，只有子青老哥、阎丹老那样的人才可以说的，作为二十多岁的子侄辈，岂可当我之面说这种话？拘谨重礼的谭敬甫，怎么生出这样一个不知天高地厚的儿子来。真是咄咄怪事！然而转念一想，这个年轻人说的也有道理。近来令他气闷、愤慨，甚至沮丧的两件事，又的确都是因为官吏的昏聩而造成，并不是因为银钱的缺短。张之洞不得不佩服谭嗣同目光的犀利。从心底里来说，张之洞是喜欢这种人的：玫瑰虽有刺，但有好看的花朵，蔓藤尽管柔顺可亲，却一点用处也没有！

他放下架子，以一种近乎平等的姿态问：“你说的有道理。依你看，老夫来湖北办铁厂、办矿务局，湖北官场和民间究竟是支持的人多，还是不支持的人多？”

谭嗣同没有立即回答，他思索半晌后说：“大人若要听我讲实话的话，湖北省无论官场和民间对大人办的事，理解和支持的都是少数，大部分人都在观望。当然，黄鹤楼上看翻船的人也不多。”

张之洞凝神抚须，望着谭嗣同没有吱声，心里却在仔细掂量这几句话。

“不过，大人不必因此而有所顾虑，从古以来雄图伟业都是由少数几个先知先觉做起，然后再得到多数人的襄助，最后才有普天之下的响应，蔚成大举。比如孔夫子创立儒家学派，又比如天竺国的释迦牟尼创立佛教，都是这样的。晚辈是完全赞同大人的这番事业的，只是因为家父一再要晚辈参加今年秋天的恩科乡试，不然，晚辈早就回到原籍浏阳去，仿效大人办两件大事。”

张之洞很感兴趣地问：“回浏阳办两件什么大事？”

“仿效大人在两湖书院设置西洋学问的做法，回浏阳办一西学馆，以算学、天文、测量等为主，招收几十个聪颖子弟加以培植。”

“好。”张之洞立即答道，“你这个想法太好了，我先向你预定，你培养多少我接收多少，我这里正需要这样的人才。”

谭嗣同高兴地说：“有大人支持，我办西学馆的兴头更足了，也不愁没有人来就读了。”

“第二件呢？”

“我的老家浏阳是个山区，田少山多，老百姓生活艰难，世世代代浏阳人都认为贫苦是命，改变不了。自从大人决定在江夏开煤，在大冶采铁后，我就想起十年前看到浏阳县志上记载，普迹寺僧人从明代嘉靖年间起，便在后山下挖一种黑石块当木柴用来烧水煮饭，一直到康熙末年，黑石块用完了，才烧柴。现在我想，那里的石块不就是煤吗？”

“不错，那一定是煤。”张之洞大为高兴起来，“铁政局的洋矿师说：有的煤就在表层，叫露天煤，普迹寺的黑石块很可能就是露天煤；露天煤烧完了，他们不知道往深里挖。你的想法很好，看来你们浏阳会有大量的煤。”

“我就是这样想的。”谭嗣同脸上泛起真情的光彩，“所以，我想请行家去我们浏阳查勘，说不定除煤外，可能还有铁、铜等矿石。我们把这些地下的宝藏挖出来，不就给浏阳百姓带来财富了吗？”

“好好，我支持你。你什么时候去，我叫铁政局派两个英国矿师陪你去，帮你查勘。若有的话，今后就在浏阳再建一个煤矿局，由湖南巡抚衙门来负责办。若他们不热心的话，你再找我，我来办。挖出的煤就运到武昌来炼铁，无非就是远一点，多点运费而已。”

这番话顿时把两代人的心拴到一块。谭嗣同心里涌现出一股多年来少有的痛快，他敞开胸怀对张之洞说：“大人，晚辈跟你说句心里话，这办算学馆、开矿，我以为尚是第二位的事，要使老百姓富裕，国家强大起来，第一位的是要变革维新。变革维新的榜样便是西洋各国，开矿炼铁造机器制枪炮等等是具体本事，当然要学习，更要学习的是他们的政令法律，也即是说我们要来一次新的变法，变革祖宗成法。如此，中国或许有希望。否则，任何好的技艺到了中国来都会变味，犹如橘变成了枳。”

“变法”，一听到这个词，张之洞立即想起了车裂的商鞅、放逐的王安石、鞭尸的张居正，这可不是随便谈论的话题！谭嗣同布衣青年，他可以童言无忌，身为封疆大吏对这等大事是不能随便说的，他决定转一个话题：“橘过淮北则为枳，这是一个很有趣的故事，我们以后再说。老夫听杨锐说，你文思敏捷，为文下笔千言，吟诗七步成篇。”

“叔峤夸奖了。”谭嗣同笑了笑说，“不过，若是不以太高的标准来要求，随便吟一两首还是可以的。”

“好。老夫就试试你如何？”张之洞指了指对面书架上的西洋座钟，“你就当着我的面，用一刻钟的时间吟一首七律。”

“请大人赐题。”谭嗣同毫不含糊地说。

张之洞略思片刻：“就以眼前之景为题，吟一首《登黄鹤楼览武汉形势》吧！”

“晚辈领题了。”谭嗣同说完这句话后便不再吭声，呆坐在木靠椅上，面无表情，两只略为下陷的眼睛死死地盯着那座鎏金发亮的洋钟。张之洞望着瘦小的谭公子，觉得他眼下这个神态决不像达官贵公子的模样，那木讷的面容，像是内心愁苦的入定僧；瘦小的身材，像是终年饥饿的放牛娃；那微凹的双眼，像是荒山坡上的两只小洞穴。张之洞越看心里越不好受：这孩子要么是心灵上蒙有常人所没有的极大创痛，要么是体内藏有未察觉的暗疾隐病，或许难保永年……

“大人，晚辈借你的纸笔用用。”正在张之洞胡思乱想的时候，谭嗣同已起身了。

“好，好。”张之洞也跟着起身，指着书桌上的文房四宝说，“你写吧！”

谭嗣同来到书案边，提起笔来，蘸了墨后，在一张空白信笺上龙飞凤舞地写起来。张之洞跟在他的身后看，一边轻轻地念着：

黄沙卷日堕荒荒，一鸟随云度莽苍。
山入空城盘地起，江横旷野竟天长。
东南形胜雄吴楚，今古人才感栋梁。
远略未因愁病减，角声吹彻满林霜。

谭嗣同放下笔，拿起诗笺，双手递给张之洞：“大人是诗界巨眼，晚辈献丑了。”

“不错，不错。”张之洞接过诗笺说，“这首七律通篇都不错，尤其首联两句最好。前人说陈思王最攻起调，看来你写诗学的是曹植一路。接下三联略嫌伤感了点。年轻人嘛，虽有点坎坷挫折，毕竟年富力盛，前途远大，宜乐观激扬为好。这种忧思重重的风格，大概也是受曹植的影响吧！”

谭嗣同说：“大人所论极是。我在吟诗的时候，仿佛觉得自己就是一只孤单失群孤立无援的小鸟，随着浮云在莽苍苍的天际上吃力地飞呀飞呀，不知何处是归宿。”

“喔！”张之洞敛容望着谭嗣同，一时无语。他做学政多年，学生数以千计，像这等身处富贵之家而忧心忡忡的年轻人还是第一次遇到。他原本想叫仁梃与嗣同交个朋友，以便仁梃有一个文武兼资的同龄榜样，但此刻打消了这个念头。他怕这个思想不羁而心绪愁苦的抚台公子给儿子带来不利的影响。

这时，梁敦彦急匆匆地走进来，附着张之洞的耳边悄悄说了几句话。只见张之洞脸色陡然阴沉下来，对谭嗣同说：“四少爷，老夫有急事要办，对不起了。回去后转达对令尊大人的谢意，请他多休息几天，待病完全好后再办公事不迟。”又对大根说，“你送送谭公子。”

三　古老的苏格兰情歌，勾走了辜鸿铭的魂魄

送走谭嗣同后，梁敦彦又回到小书房，关起门来将刚才说的事对张之洞说了个详细。原来，他说的这件事发生在辜鸿铭的身上。

自从谅山大捷前夕，辜鸿铭从香港来到广州，进入两广总督幕府以来，已经在张之洞身边八九年了。从两广到湖广这八九年间，他的身份是翻译科主办。主要做的事情，一为充当总督衙门与广州、汉口的英、美等国领事馆的联络与翻译，二是检索每天送到衙门里的各国洋文书报，将重要内容摘录出来交给张之洞。张之洞对此事很重视，每天清晨起来的第一件事，便是阅读辜鸿铭昨天为他准备的洋文报刊摘录。辜鸿铭的本职事情做得很好，无可挑剔，但他的缺点很多，常常成为幕友们议论的对象。

要说辜鸿铭这人，也可真说得上总督衙门一道独特的风景。首先是他的那副中西结合的古怪模样引人注目，这点自不必提了，单就他那一身打扮那一副神态，也格外地招人议论。

他一年到头穿长袍马褂戴瓜皮帽，他说他走遍全世界，唯有这种

服装最高雅最舒服。这一高论博得周围人的一致赞同。但大家看不顺眼的是他脚下穿的不是人们通常穿的厚底布鞋，而是地地道道的洋人穿的皮鞋。

另一特色便是一根西洋拐杖不离手。中国人非老者不策杖，辜鸿铭初进督署不过二十几岁，便一天到晚提着一根拐杖，很令人看不惯。同寅问他，他回答说拐杖不是为帮助走路，是一防歹人，二防恶狗。久而久之大家也看出了，他其实也不是防歹人恶狗，而是故意做出一种异于别人的做派。

每天早晚两次，人们可以看到一个身材瘦高，两肩后仰，右手拿一根不停晃动的手杖，脚底下不停地发出“踏踏”响声，一副趾高气扬眼中无物的怪人，不用问，此人即辜鸿铭。他那高视阔步、不加检束的神态，与幕友房里所有其他人的谦卑收敛、彬彬有礼形成鲜明的对照。辜鸿铭刚来的那一段时期里，大家都不喜欢他，很少有人跟他交谈。

但后来，幕友们慢慢发现他的许多可爱之处来。首先是他特别的勤勉敬业。他每天都是最早来，最晚走。他一天做的事比谁都多，却从无一句怨言。再则是他特别的坦诚直爽，表里一致。他有话当面说，从不背后说人的不是；说起话来是清水观鱼、竹筒倒豆，既不掩饰，也不留几分。凡事说了就过去了，不藏心里，不记仇恨。尤其令人佩服的是，他的中国学问的进展之快，使得幕友房的许多耆宿惊叹而自愧不如。

刚进督署那阵子的辜鸿铭，不要说中国学问了，就连中国话也讲不地道，写出的中国字来，不是少腿，就是缺胳膊，要边看边猜才能认全。幕友们在一起闲聊时，常常会说起前代旧事，本朝掌故，辜鸿铭听了很有趣，但他插不上嘴，因为他几乎不懂中国历史。大家也会津津乐道唐贤的诗宋人的词，辜鸿铭常会为那些美丽的诗词而入迷，但他也不能置喙，因为他知道的前人诗词很有限，至于同僚们的诗词唱和酬答，他更是沾不上边。

他终于认识到，离一个真正的中国人，他还差得太远，尤其在这人文荟萃的总督衙门，更有一种自惭形秽之感。辜鸿铭是个极为好强的人，既然回到中国，既在督署做事，就要做一个名副其实的中国士人。他不能容忍自己这种被人讥嘲落在人后的状态。十多年的西洋求学史，使他对自己的天赋和才华有充分的信任，他决心在很短的时间内迎头赶上。他更坚信只要有个三五年的攻读，他就可以在中国学问上，超过周围这一批自认为才学满腹的书生们。

有人告诉他，求中国学问，不用找别人，身边的总督便是中国学问的泰斗，无论经史子集，无论文章诗词，他都是当今海内少有的大家。于是进督署半年后的一天，他走进签押房，问张之洞，欲探中国学问之宝，路在何处。张之洞送他一套自著的《輶轩语》，说你先读读这本书，一个月后再来找我。

辜鸿铭将《輶轩语》捧回，每天傍晚从督署回家后便挑灯夜读。全书不到三万字，他反反复复读了十遍，大部分都能背下来。这部为四川学子撰写的书浅近平易，语言流畅，很好诵读。每天晚上，仿佛张之洞手执教鞭，就站在他的面前，对他讲士人的德行、人品、志向，讲读书作文，讲经史，讲诸子百家，一步步地将他领到中国学问的门槛边。他想象里面一定是一片花香鸟语、祥云景星的极乐世界，他急盼张之洞带他早日跨过门槛去领略其间的万千风物。

一个月后，他将《輶轩语》送还给张之洞，请求总督再予赐教。于是张之洞又送给他自己的另一部著作《书目答问》，对他说，两个月后再来见我。

一连六十个不眠之夜，辜鸿铭沉浸在《书目答问》之中。他敬佩总督的博览群书，好学深思，他又惊叹自己的祖先原来为他准备了如此多的文字财产。他愧疚自己的浅薄无知，却同时又在这一望无际的汪洋大海面前困顿迷惘：这么多的书如何读，莫说一辈子，就是十辈子也读不完呀！至于穷究深研，更是无从下手。茫茫书海，舟楫何在，航线何在，彼岸何在？绝顶聪明的中西混血儿被自家的学问所震慑了，从一向狂傲自信的心中生出几分恐惧感来！

张之洞听完他的这一番感慨后，对他这种渴求上进的心甚是满意。他看出这是一个罕见的值得培植的人物：此类人不是通常意义上的英才，颇为类似古代的王勃、李贺，是异才鬼才，不常出，不易见，乃可遇而不可求。张之洞在《书目答问》列举的二千二百余种书中圈出五十个书目来，其中包括十三经、二十四史、老、庄、韩、荀、楚辞、文选及李、杜、苏、韩等人的诗文。笑着对他说，这是你五年的功课，把这五十种书读懂读熟，你的中国学问的基础就打下了，但这还不等于你就是一个有见识有本领能办大事的人。在中国，读熟读懂这五十种书的数以万计，但其中真正能做大事的却微乎其微，这中间有一个关键的环节，就是读通了还是没有读通。能不能通，通到什么程度，这不仅在勤于阅读，更在于有没有天赋。古人说运用之妙，存乎一心。这存乎一心之妙，不关乎后天的学习，而在于先天的秉赋。你先不去管这些，先去读吧。每一个月可到我这儿来一次，我抽出半天来为你传道授业解惑。

从那以后，辜鸿铭就一头扎进中国文化的经典。每隔一个月，他便带着平时所积累的各种问题，向张之洞请教。张之洞每问必详尽作答，毫无倦意。每次都让辜鸿铭满脑袋疑惑而来，一肚子欢喜而去。冬去春来，星移斗转，辜鸿铭在中国学问的海洋里扬帆猛进，破浪前行。

或许是因为从小漂泊海外，亲身感受过异域的冷漠，因而爱国情感比国人更强烈；或许是熟谙西方文化，深知其炫人光芒下的阴暗面；也或许是一种天生的本性，促使他易于认同、乐于皈依东方精神，总之，辜鸿铭一旦进入中国经典后，就完全被她博大的胸襟玄妙的智慧迷人的魅力所折服。就像多年浪迹江湖、饱受辛酸的游子回到母亲温暖的怀抱，憩息于宁馨的家园，辜鸿铭在这里得到了无穷无尽的乐趣。他不仅认为华夏文化是世界伟大的文化，甚至认为是西方不能望其项背的文化。他毫不掩饰自己的这种认识，到处都说，逢人便讲，以至于到了偏执极端的地步。

那正是洋学问仗着坚船利炮，以它磅礴不可阻挡的气势向东方涌来的时候；是朝野上下竭力巴结讨好西方列强的时候；那也是崇洋媚外情结在年轻一代的心里悄然滋长的时候。辜鸿铭以在海外二十多年，通晓十国洋话的身份而表现出的这种态度，令人惊讶，使人不可理喻。但张之洞对之特别欣赏。他常常当着众幕僚的面夸奖辜鸿铭，不仅夸他敬业勤学，更夸他这种崇尚中国学问的态度。张之洞对幕僚们说，不要看我张某人天天在办铁厂、买洋人机器，看我口口声声在说向洋人学习，其实我学习的只是洋人的技艺，是拿来为我所用，要说真正的学问，西方岂能比得上我泱泱中华。我们的学问好比长江大河，他们顶多只是湘江汉水，我们好比是汪洋东海，他们顶多只是云梦洞庭；我们好比参天大树的主干，他们顶多只是一些枝枝叶叶而已。

有了总督大人的支持，辜鸿铭的这种态度更为坚定了。也由于辜鸿铭以亲身经历在总督面前揭露西方的薄弱短处，同时也更使张之洞认为自己对中西文化的这种比较是正确的。

现在辜鸿铭已把中国的学问拿下来了。幕府的师爷，无论是谈经史还是谈诗文，他辜鸿铭都可以与他们谈得融洽而深入。由于他的过人聪明和机警，他常常会冷不防地出些怪点子来卡住那些侃侃高谈的师爷们，让他们突然噎住以至于翻白眼，于是他和周围的人便会捧腹大笑，其乐无穷。人们早已不敢小视这个辜洋务了，他不仅是个中西杂交的混血儿，他更是一个中西会通的学者。

除了满腹中西学问外，人们发现他还有一个独特的性格：风趣幽默。在中国的士人中，不乏学富五车的耆宿，不乏博古知今的通人，不乏七步成诗的捷才，更不乏刚正严谨、矜持稳重的君子，但少见风趣幽默的快乐人。这或许是中国文化的特征，然而，这的确是一个缺陷。

公务闲暇，辜鸿铭常常会将他自己所编造，或从外文书报上看到的有趣故事说给大家听，又时常会发表一些惊世骇俗的怪论，成为众人饭后茶余叙说不休的谈资。

有一天午饭后，众师爷在院子里晒太阳，一边喝浓茶抽水烟，一边天南地北瞎聊天。辜鸿铭对众人说，我在洋人的报纸上看到了一则趣谈，诸位要不要听。师爷们见辜洋务要说外国人的故事，立刻来了兴致。大家围在他的身边，敦促他快讲。

他说有个英国人叫濮兰德，曾在总税务司赫德手下做过几年录事司，平时爱给英国报纸上写点中国风土人情，但大多是皮相之见，无甚看头，只有近日写的一篇议论中国官员衣服上的黼黻小文颇值一读。濮兰德说，西洋跟中国打了几十年的交道，为了打通中国市场，西洋费了很大的力气，耗费数不尽的军饷。在战场上西洋每战每胜，中国不是对手，但是到后来与中国官员办交涉，却又每一次都处于下风，反而是中国获胜了。这是什么缘故呢？西洋人纳闷不解。要说中国官员的才智胜过西洋人吗？他们一个个都木木讷讷笨头笨脑的，即使叫这些人去给西洋人看门都胜任不了。要说中国官员品行胜过西洋人吗？他们一个个都虚伪贪婪，见钱眼开，人品实在卑污。但就是这种无才缺德的人，为何西洋的钦差领事一和他们相遇，便心里恐惧，惶惶不安，最后在中国人步步进逼中不由自主地步步后退，使本来该得到的好处大大减少呢？西洋许多专家研究来研究去，都不得其解。最后让这个濮兰德给解开了。原来，这是中国官员衣服上的黼黻在作怪。他说中国官员衣服上的那些奇奇怪怪的花纹，其实都是人所不识的咒语。这些咒语包围着一个个不同的动物图案，一旦与外国人谈判，这些咒语便会自动驱使动物图案发出磨牙般的尖刻声音。这种声音使得谈判的西洋人头脑发胀、神态昏乱、恐惧发抖，宁愿吃点亏早点结束谈判，摆脱痛苦。濮兰德说，他问了许多有过和中国官员谈判的西洋领事钦差，都说听到过这种令人恐惧的磨牙声。所以，他向西洋各国政府建议，今后，若与中国官员们谈判，不准中国官员穿他们的官服，要他们改穿我们的窄袖短衣，耸领高帽，他们的鬼魅伎俩就无法施展，我们在谈判桌上就不会吃亏。

众师爷听后都开怀大笑。他们明知这是对洋人的调侃，却乐意用来暂抚被洋人伤害的心灵，求得一时虚幻的自慰。

又有一天，一位年轻的师爷在做事的时候，突然放了一个响亮的炸屁，安静的文案房经此干扰，立时不安静了。隔壁房间的辜鸿铭也听到了，他端起一杆紫铜小烟壶慢慢地踱过来，对众人说，我说个故事给你们听——

有个西洋人名叫轨放得苟史，是个研究格致学的专家。因为听说近年来中国南方各省常患瘟疫，死了许多人，他心里怜悯，想把瘟疫病源找到，对症下药，抢救得此病的无辜中国人。他游历瘟疫盛行的几个省份，详细调查研究，最后终于弄清楚了。轨放得苟史说，中国的疫症来源于狗屁。狗之所以放屁，是因为狗得了病。而狗之所以得病，是因为狗吃了不该吃的东西。这些东西在狗的肚子肠子里发热作烂，狗性本凉，凉热相杂，则成结滞之病。狗一得此病，五脏六腑中的污秽之气便不能下通，积久为毒，郁而成气，毒气从狗的肛门里排出，则成了狗屁。狗屁蔓延，瘟疫发作。

众师爷听了这个故事，笑得前俯后仰。那位年轻师爷笑后说：“辜洋务，你是骂人不着痕迹，骂我放的是有毒气的狗屁。”

辜鸿铭却正色道：“年轻人，你理解错了，这位轨放得苟史先生的故事，不是骂放屁的，而是讽刺今日中国做官的人。他的本意是说今日中国百病丛生，皆由管理者不当，而这些管理者都是些狗屁不通的人。”

幕府师爷们大多有点真才学，只是官运不济，不能自己掌印把子，嫉妒之心由此而生。想得到而又得不到，所以对于官场，他们比普通百姓更为反感，故而他们听了辜鸿铭这个“狗屁不通”的故事十分开心，广为传播。没有多久，武汉三镇的官场里都知道西洋有个研究狗屁的轨放得苟史的人。

辜鸿铭便这样常常给周围那些拘谨有余、放松不够的师爷带来乐趣，慢慢地大家也就不把他的古怪高傲太当成一回事，而愿意与他往来。

后来，幕友们又发现辜鸿铭的另一大缺点：贪女色。他已经有了妻子，并且为他生了一个女儿。两夫妻感情很好，但这并不影响他在外面拈花惹草。好女色，这是男人的常见病，本不奇怪，奇怪的是辜鸿铭喜欢的不是在容貌上，而是在脚上。兴许是在西方时间久了，从小长到大，他没有看见过缠足的女人。一踏上故国的土地，看到的都是裹成三寸金莲的女人，走起路来，一步三摇，颤颤巍巍。在辜鸿铭的眼里，这简直是人世间最美妙最不可言状的形态，相比起来，西方女人那种大步流星的动作，就显得非常的粗野，缺乏美感。他的太太的脚比一般女人的脚都要小，故他特别喜欢。他在外面寻的那些花花草草，也都是些长相一般而脚特小的女人。辜鸿铭并不隐瞒他这种独特的嗜好，也不在乎别人对他的讥笑，我行我素，任性所为。关于男女之间的结合，辜鸿铭还有一个奇怪的观点：一个男人娶几个女人是天经地义的。男人好比茶壶，女人好比茶杯。一把茶壶必须配几个茶杯才合适。反过来，一个茶杯配好几把茶壶就不合适了。辜鸿铭的这个比喻貌似有理，其实荒诞，但它新鲜有趣。一经出口，立时传遍三镇，很快又传到海外，成为当时中国的一句名言。这次梁敦彦告诉张之洞的事，就是因为女人而引起的。

三个月前的一个假日，辜鸿铭过江到汉口去玩，信步闲逛到江汉关旁边，被一栋乳白色的小洋楼吸引住了。这小洋楼上下两层，外形酷似苏格兰的民居风格，辜鸿铭猜想它的主人一定是位英国人。

洋楼用一铁栏杆围着，沿栏杆的是一排三尺来高修剪整齐的油绿女贞树。女贞树旁种着十多株郁金香。时正初夏，郁金香枝上绽开一朵朵美丽的花儿。鲜花翠叶围绕着乳白色的墙壁，组成了一幅色彩谐调的图画。这曾经是眼中再熟悉不过的风景了，不料今日在汉口的长江边见到。辜鸿铭久久地伫立在铁栏杆外，望着这一切，昔日苏格兰群岛的风光顿时在脑海里复活：小小的山包上长满了柔软的青草，草中点缀着各种黄白红紫小野花；一阵轻风吹过，青草低伏，野花摇晃几下后又挺直起来，让人觉得那不是小花，更像上下飞舞的彩蝶。远处是无边无际的蔚蓝大海，雪白的飞絮飘浮在与海水一色的天幕上，亮丽得如同刚从田里摘下的棉花。几只小鸟欢快地穿过头顶，落在一幢造型怪诞的小楼顶上，发出啾啾的叫声。一阵悠扬的歌声从远远的海滩边飘了过来，辜鸿铭仔细地聆听：

夏日的和风吹动着我的丝裙，
我来到河边放一只纸船，
船上载着我写给他的信。
远行的河水啊，
请你将信送到福思湾，
让他知道我有一颗火热的心。

秋天的果园到处是一片亮晶晶，
我摘了一只苹果亲了又亲。
远飞的大雁啊，
托你将一片苹果送到福思湾。
那红红的果皮是我的唇印，
那香甜的果汁，
是我们成熟的爱情。

又是露莎在唱歌。露莎是一个牧羊少女，她每天早上迎着朝霞，唱着牧歌，将一群绵羊赶到山坡下吃草。每天傍晚她追着夕阳，唱着牧歌将羊群赶回家。露莎的活泼可爱，引起了正在爱丁堡大学求学的辜鸿铭的注意。十九岁的辜鸿铭风度翩翩情窦初开，他终于爱上了这个牧羊女，牧羊女也喜欢这位炽热似火的外国学子。每天一早，辜鸿铭走出学校大门，在路边迎接前来牧羊的露莎。傍晚他又特为送露莎走一段很长的路程，直到看见露莎的家门才返回。他们唱情歌小调，谈爱情诗篇，说庄稼收成，讲校园生活。他还对她谈那遥远而亲切的槟榔屿，谈自己从没去过却神往已久的东方古国。在异国他乡枯索的求学岁月里，温柔多情的露莎给辜鸿铭带来多大的慰藉和欢乐啊！他暗地下定决心，毕业后，寻找一个工作赚了钱后就来娶露莎。岂料两个多月后，露莎流着眼泪告诉辜鸿铭，她的父亲说他是个中国人，中国贫困野蛮，男人头上拖着猪尾巴，女人脚裹得小小的，不能嫁到那里去，逼她嫁给一个小厂主的儿子。露莎不能违背父亲的意志，明天就要离家出嫁了。露莎动情地说，她将永远记住这段珍贵的感情，永远不会忘记他。辜鸿铭怔怔地听着，不知说什么是好。露莎父亲的态度强烈地挫伤了这位混血儿的自尊心，在他的潜意识中，或许那时便种下了厌恶西洋渴望回到自己家乡的心思。从那天以后，辜鸿铭再也没有见到过露莎了，但露莎给他的爱情和分别时的深吻，却永远留在他的心中，铭心刻骨，永志不忘！

突然，江面上飘过来几滴雨点，将辜鸿铭从往事的追忆中苏醒，他奇怪地发现，那首露莎喜欢唱的情歌，还在被人唱着。他明白过来，原来是身边的歌声把他带回了爱丁堡大学时期的那段浪漫岁月。他定定神，发现这首苏格兰情歌是从小洋楼里传出来的。这就对了，这楼上一定住的是苏格兰人。你看这房子风格，这周边的环境，都在告诉你主人的国籍。是的，这里应是汉口的英租界。

“外面的先生，你听了好久的歌了，你能听得懂吗？”阳台上出现一个年轻的女子，她挥着手与楼下的辜鸿铭打招呼。

“听得懂，听得懂！”辜鸿铭快乐地回答。“你唱的是苏格兰古老的情歌《牧羊歌》。”

“你是英国人？”女人定睛看了一眼辜鸿铭，突然改用英语问道。

辜鸿铭觉得稀奇，那女子明明是一个地地道道的中国人，怎么可以说出英语来？难道她在英国留过学，或许她根本上就是英籍华人？

“不，不是，我是中国人，我在苏格兰爱丁堡大学读过四年书。”

“哦，太好了。”那女子显然也很兴奋。“天下雨了，先生，你要不要到我这里来躲躲雨，我们一起聊聊。”

辜鸿铭是个见了可爱的女人便情绪亢奋的男人。一个中国女子能唱英国歌，说英国话，素昧平生却如此大方地邀请他进屋，这有多可爱！辜鸿铭浑身血液奔腾起来。他高兴地说：“谢谢您，谢谢您，您开门吧，我就进来。”

一会儿，一个女仆出来，把铁门打开，辜鸿铭进了洋房一楼的客厅。客厅宽敞明亮，厅内的摆设完全是英国式，墙壁上挂的是鎏金雕花宽框大油画。正打量间，刚才在阳台上说话的年轻女人下楼来了。那女人显然给脸上补了妆，又换上一件合体的黑底金花丝绒旗袍，虽不很漂亮，却生动光亮。尤其令辜鸿铭兴奋的是，那女子有一双特小的缠足，走起路来袅袅婷婷，摇摇晃晃。辜鸿铭立时被她彻底俘虏了。

“欢迎您来做客，请问先生尊姓大名。”在女仆端上咖啡的时候，女主人有礼貌地问着。

“见到您，我很高兴。我姓辜，名鸿铭，字汤生。”辜鸿铭不知这女子结婚与否，在“太太”和“小姐”之间拿不定主意，干脆用“您”来称呼。

那女子笑笑：“我看您的模样，以为是英国人，却原来是地道的中国人。”

“不道地。”辜鸿铭笑着说，“我父亲是中国人，我母亲是英国人，我是个混血儿，用中国话来说，是个杂种。”

那女人大笑起来，露出一口洁白的牙齿，连声说：“先生是个很有趣的人，很有趣的人。请喝咖啡。”

“我应该怎么称呼您？”放下咖啡杯后，辜鸿铭问。

“我叫苏巧巧，是一个完完全全的中国人。我的丈夫是个英国人，他叫费格泰。你叫我费太太吧！”

“费太太。”辜鸿铭赶紧恭维，“您的苏格兰民歌唱得很好。调子唱得准，歌词也唱得很清楚。您的英文很好，您一定在英国住过多年。”

费太太莞尔一笑：“我一天英国也没去过。这歌是我丈夫教我的，除了这首《牧羊歌》外，我还可以唱几首英国小调，但我的英国话说得不好，只能说几句简单的。”

“费太太真聪明，没有去过英国，能唱这么好的英国歌，太不容易了。请问费先生是在领事馆做事吗？”

“不，他是做生意的，上个月回英国去了，要两三个月后才回来。”

辜鸿铭心里怦然一动，想着：这两三个月里如果我能天天伴着她就好了。

“费太太，您刚才唱的《牧羊歌》我也会唱，我唱给你听吧！”

“好，好！”辜鸿铭正要唱的时候，她又突然说：“等一等！”

费太太转身走进房里，出来时手里抱了一把三尺来高的琵琶：“我来给你伴奏。”

这太有趣了。中国的琵琶为苏格兰的情歌伴奏，辜鸿铭还是第一次遇到。费太太信手弹了两句，果然从琵琶弦上听来的西洋曲子又别有一番味道。辜鸿铭按捺不住满腔的激情，在费太太的客厅里引吭高歌起来。那纯正道地的苏格兰语言，那深厚雄壮的男中音，伴随着清脆激越的古老的中国琴韵，真是动听极了。

辜鸿铭在这栋小洋楼里足足呆了两个小时，出来时兴犹未尽。回到家里，费太太的小脚、琵琶弦上流出的《牧羊歌》时时在他的脑中浮现，如同一把火在心中燃着，烧得他心神不宁，浑身燥热。苦苦地熬过三天，他实在熬不住了，便去找协理总文案梁敦彦请假。梁敦彦那年和陈念礽等人入督署时，被安置在电报房。梁为人朴实不爱出风头，在电报房一呆两三年，并不受重视。有一天傍晚，京师总署突然来了一份紧急电报，电报房里所有的人都已不在了，唯独梁敦彦一人在房里读书。张之洞便叫他翻译，梁很快便译出来了。张之洞很高兴，跟他多聊了几句，这才发现原来梁是一个十分勤奋敬业的人，第二天便撤换原电报房的头目，让梁敦彦代替。不久又提拔他做了协理总文案，协助总文案梁鼎芬主管洋务、翻译两科。梁准了假，辜鸿铭匆匆过江来到汉口。他先去珠宝行里花一百多两银子买了一根珍珠项链，项链的中部还悬着一块翠绿暹罗宝玉。他把它藏在衣袋里，然后敲开费家的铁门。费太太见到他，也同样很高兴，说了一阵话以后，辜鸿铭邀请费太太到英租界一家英国人开的餐馆里吃晚餐。在跳跃的烛光下，在亮闪闪的刀叉间，他们边吃边聊，谈得十分愉快。

辜鸿铭趁兴拿出项链来，恳切地请求费太太收下。费太太并没有讲客气就收下了，并当着辜鸿铭的面把它戴在颈脖上。辜鸿铭很高兴。夜很深了，过江的轮渡也早已停开，费太太邀请他今夜住在她家，辜鸿铭大喜过望。这夜，他和费太太恩爱缠绵了大半夜。第二天，他坐在首班过江渡船上，想起昨夜的事来，心里又喜悦又有点害怕。这女人不是别人，她是英国商人的太太，倘若被那英商知道，他决不肯罢休，就此收场罢。但是到了傍晚，辜鸿铭又心猿意马起来，神差鬼使般地再次渡过长江来到英租界，费太太早已精心妆扮在家苦等了。辜鸿铭知道后，暗暗责备自己的胆怯。从那以后，辜鸿铭隔不了两三天就要过江与费太太幽会，原先的怯意早已丢到九霄云外。辜太太知道丈夫有了新的外遇，却奈何他不得。辜鸿铭为女人舍得花钱，辛苦挣来的银子源源不断地流入费家。

四　偷情的辜鸿铭被英国商人扭送到领事馆

相处时间久了，费太太说了实话，原来她并不是费格泰的太太，只是他的情人。她原是苏州窑子里的妓女，被费格泰看中赎出来的。至于费格泰，也不是个正经商人。二十多年前，他以一个无业游民的身份从英国来到中国投靠戈登，编在戈登的洋枪队里。后来戈登回国，洋枪队解散，费格泰便留在中国。那时中国官场的几个大人物急于借洋务自强，费格泰抓住这个机遇，利用自己能讲中国话、熟悉中国官场的有利条件，往返英美与中国之间，做起军火生意来。他从中牟取暴利，很快发了横财。费格泰在英国有个太太，在上海、广州两处各置一个家，包一个女人，这栋小洋楼连同苏巧巧在内是他在中国的第三个家。苏巧巧说她其实并不爱费格泰，他又老又丑一点不可爱。苏巧巧还告诉辜鸿铭，这一两年来，费格泰都在与湖北铁政局做生意，铁厂所需要的各种重要机器，都由他经手，到英国去订货。此时的辜洋务已对铁厂机器都不感兴趣了，他的兴趣只在苏巧巧一人身上，他唯一的愿望就是费格泰晚一点从英国回来，最好是永不复返，让他长享与苏巧巧的偷情之乐。

正所谓乐极生悲，离苏巧巧告诉他费格泰返回中国的日期还有半个月的一个深夜，正当辜鸿铭和苏巧巧两人在床上翻云覆雨的时候，费格泰突然回来了。辜鸿铭赤条条地被当场抓住，他羞愧得无地自容。苏巧巧被费格泰狠狠地揍了一顿，嘤嘤哭泣。费格泰将辜鸿铭捆绑起来，第二天一早送到英国驻汉口领事馆。辜鸿铭操一口熟练的英语和领事馆的领事谈话，承认自己对不起费格泰先生，愿意受惩罚，并说自己曾在英国留学，又在湖广总督衙门洋务处做事，今后可以帮费格泰先生的忙。

英国领事和费格泰听后颇为吃惊。他们本能地意识到这是个奇货可居的人物，便马上招来一个摄影师，给辜鸿铭拍了不少照片，以便留下不可否认的真凭实据，然后解开捆在他身上的绳索，对他以礼相待。英国领事和费格泰在另一个房里商量好半天后，对辜鸿铭说：“我们准备释放你，但要总督衙门派个有身份的人前来领取，你看叫谁来？”辜鸿铭想了想，觉得叫梁敦彦来最合适。一来他是协理总文案，翻译科归他管辖且又懂英文，二来他为人宽容厚道，好说话。

就这样，一封发给湖广总督衙门协理总文案的短函到了梁敦彦的手里。他觉得这是件很棘手的事情，便过来请示张之洞。

当得知辜鸿铭是与人偷情被逮到英国领事馆，而那女子的丈夫又是英国人的时候，张之洞很是恼火，狠狠地骂了一句："混账东西！"

"香帅，英国领事馆很可能会在辜鸿铭身上做点文章，要我们答应些什么，他们才会放人。"梁敦彦一副愁眉苦脸的模样。

"噢，很有可能。"张之洞思忖一会说，"辜鸿铭做了缺理的事，后果应由他一人承担，与我们无关。念及辜鸿铭人才难得，如果对方要他赔偿一笔款子，他又拿不出的话，一万两之内，我们可以替他付，以后从他的俸金中扣还；若超过一万两，则不能答应。"

梁敦彦领了张之洞的钧旨，匆匆过江来到汉口英国领事馆，副领事莱姆出面接待。梁敦彦请求先看看辜鸿铭。莱姆领他走到另一间房子，只见辜鸿铭一手端着咖啡杯，一手拿着一本英文杂志，正在悠闲自得地看着。梁敦彦又好气又好笑，斥道："汤生，你倒没事儿似的，香帅为此事很生气哩！"

辜鸿铭若无其事地对协理总文案说："费格泰的女人苏巧巧自愿跟我好，按英国法律，治不了我的罪。我不会去坐班房，大不了要我出点钱，出就是了，我自认倒霉；何况苏巧巧并不是他的太太，只是情人而已。之所以请你来，可能是他们不相信我是督署的，要你来验证下，麻烦你证明一下我的身份。钱我自个儿出，我想我不会给香帅添太多麻烦！"

"好吧，你看你的杂志吧，我去跟他们谈判。"见辜鸿铭没有受到虐待，心情也好，梁敦彦放心了一大半，既然他自己愿承担一切责任，这事就好办多了。

莱姆见梁敦彦仪表轩昂，操一口流利的英语，对他颇为客气，请他坐下，侍者又给他端上咖啡。梁敦彦说："这是一件遗憾的事。辜鸿铭先生是湖广总督衙门的一位洋务幕僚，他平日生活失于检点，以至于有这次对不起费格泰先生的事情出现。我奉张制台之命协理幕友房，辜先生是我的下属，我负有管教不严之责。我今天以他的上司身份向费格泰先生赔礼道歉，请贵副领事代为转达。”

莱姆笑了笑说：“梁先生这种态度很好，我很欣赏，我会将你的话转告给费格泰先生。但费格泰对此很气愤，领事馆也认为我们大英帝国的子民在贵国受到侮辱，我们有责任为他做主。”

莱姆虽然面带笑容，但从话里看出他的态度强硬，不好打交道。梁敦彦在美国学的是工程建筑，既不懂法律，又没有外交经历，办这种事还是第一次；只是因为他毕竟在美国留学多年，见过世面，一般的常识性的知识还是懂得的，湖广总督衙门这块牌子也给了他一些胆气。他努力让自己镇定下来，从容地说：“费格泰先生的心情我们可以理解。我刚才见到辜先生，他对我说的两点很重要，请贵副领事注意到：一，那位女人是自愿与辜先生相好的；二，那女人并不是费格泰的太太，只是他的情人。”

“不。”莱姆脸上的笑容没有了。“费格泰先生坚持说苏巧巧就是他的夫人，他这次回国另一目的就是办理与他原先太太离婚的事宜，一旦办妥，就会与苏巧巧女士正式登记结婚。照此情况，苏女士应视为费格泰先生的太太。另外，我也要告诉梁先生，据苏女士亲口所说，你们的辜先生多次对她进行勾引，她并不情愿，也就是说她不爱你们的辜先生，苏女士是被强迫的。”

莱姆的这番话显然是不能成立的。苏巧巧既未与费格泰有婚约，就不能视作太太。她是一个成年人，有独立处理事情的能力，勾引、强迫之类的话不能自圆其说。但是梁敦彦从一开始便抱着理亏的心态踏进英国领事馆，又听莱姆这样说，自思将苏巧巧视作费格泰的太太也有道理，只是对“强迫”一说作了反驳。

莱姆说：“强迫一说虽有点勉强，但苏女士对她丈夫痛哭流涕表示悔恨这是事实，至少说明她不爱辜先生。正因为此，大英帝国领事馆将不把辜先生带上法庭，为了两国的友好关系，愿意慎重处理此事。”

老实的梁敦彦听到这话，立时感到松了一口气，忙说："贵国领事馆的好意我们心领了，不知你们将打算怎样来处理此事。"

"也不知是谁已把辜先生的事透露出去了，今天上午已有几家西方和日本报纸的记者要到领事馆采访，并想为辜先生拍几张照片。因为辜先生在欧洲留学多年，现在又是张制台所器重的洋务幕友，也算是贵国一个有头脸的人。出了这种风流案子，最是记者求之不得的新闻，发表出去，记者出了名，报纸也出了名。"莱姆一边说着，一边从桌上的雪茄盒里抽出一支雪茄来递给梁敦彦。

"谢谢！"梁敦彦摇了摇手，说，"副领事先生，事情没有处理好之前，请你们不要接待那些招惹是非的记者。"

莱姆划一根火柴，将雪茄点燃，自己吸了起来。"辜先生在敝国爱丁堡大学读过四年书，也可以算是我们大英帝国培养出来的人才。再说，张制台对我们也很友好。为了辜先生的脸面，也为了两国的友谊，我们没有接待那些记者，不想把这桩事扩散出去。"

梁敦彦又忙着道谢。

"我们与张制台合作了两三年，我们很想与张制台继续友好合作下去。张制台办铁厂，办枪炮厂，办煤矿，我们都很支持。这两年，费格泰先生和其他几个英国商人，都为湖北从英国买回不少机器。我们想请湖广总督衙门保证今后所有的大型机器都从英国购买，而不从别的国家购买；当然，我们会确保质量和提供优惠的价格。"

梁敦彦想：这两年来铁政局都在与英国做生意，也没听说出什么大问题，只要机器好，向美国买、德国买和向英国买是一回事，他们无非是想和我们把生意做下去，这条件也不算苛刻。于是点头说："我想是可以的。"

"这一条是我们英国领事馆的想法，还有一条是费格泰先生本人提出的。"莱姆弹了弹雪茄灰，不紧不慢地说，"费格泰这次带了二十万两银票回伦敦买轧钢机，但发现厂家生产出的机器质量不合要求，厂方重新制造，需要半年时间才能出厂。如此，有违与铁政局签的合约。费格泰希望铁政局看在他的面子上，不以违约处罚厂方，同意半年后再将机器买定运回，这二十万两银子他已预先交给了厂方。”

梁敦彦想：这事也怪不得费格泰，费格泰能坚持机器须达到设计要求，这也是他对铁政局负责的表现；现在辜鸿铭做了对不起他的事，给他一个面子不追究英国厂家，也是可以说得过去的。于是说：“这事我看也可以。”

“好。”莱姆高兴起来。“我们已草拟了一个文件，请你带回去，让张制台在这上面签个字，我们即刻放辜先生。”

莱姆从抽屉里抽出一张纸递给梁敦彦。梁敦彦接过，看上面有中英两段文字，说的是同一个意思，至于辜鸿铭偷情被逮一事则没有写。梁敦彦觉得毕竟是英国领事馆拟的东西，还算得体面。便没有再说什么，将它带回督署。

下午，梁敦彦把这个文件送给张之洞。张之洞看后，两条粗短的浓眉立时紧皱起来。

“这两条都很厉害。第一条是要把我们捆死在英国人身上，今后别的国家就是机器比他的好，价格比他的便宜，也不能买，所有买机器的钱都由他们赚。”

“香帅说的是，但现在为了赎辜鸿铭出来，只得签字了。且卑职想，这两年我们大部分机器都是从英国买的，英国货也还行。再说，英国在长江沿线经营几十年了，我们今后做事免不了要跟他们打交道，保持友好是很重要的。何况，今后真有别国的机器比英国好，我们变通一下也还是可以从那个国家去买的。就凭这一张纸把我们锁住也不可能。”

“唔，这条就依了他吧！”张之洞指着中文部分的第二段说，“你知道费格泰在这中间要的花招吗，他估计汤生拿不出多少钱，所以不叫汤生赔钱了，将这笔钱转移到铁政局的头上。”

梁敦彦说：“这点我没细想，请香帅说明白。”

“当初合约上说，若延期三个月，厂方赔偿损失百分之五，延期半年，赔偿损失百分之十，百分之十即二万。这二万银子费格泰是要叫厂方出，只是放到他的腰包里去了，这是一。第二，这二十万银子他或许是存入银行，或许私自去放高利贷，或许自己拿了去做短期买卖。总之，这二十万便由他使用半年。他多则可凭此赚一二万，少也可赚七八千。为了赎回辜鸿铭，我们损失了二三万银子。哎，这个不争气的辜汤生呀！”

梁敦彦很佩服张之洞的精明，但他已在莱姆面前表了态，生怕张之洞不同意，便说：“汤生是不争气，但事已至此，也没有别的办法可想了。若不同意，他们会把这事通过洋人的报纸捅出去的。对湖广总督衙门，对铁政局也没有好处。再说，汤生这人也确实是个少见的人才，经此番风波，他会更感激香帅的。今后罚他加倍做事，将功补过。”

张之洞板着脸孔，好半天才开口：“我不在这样的文件上签名！”

梁敦彦急了：“香帅就宽恕他这一次吧，我为他求您了。”

“我不签名，不是说我不宽恕他。”张之洞面孔依然紧绷。“你在这上面盖个湖广总督衙门的官印吧。你去对英国领事馆说，说不定哪一天张大人奉旨调到别的地方去，不做湖广总督了，签名有什么用呢？盖官印更好，以后不管谁来做湖广总督，谁来办铁厂、办洋务，都照此办事，买他英国的机器，不更好吗？”

梁敦彦不敢和张之洞争辩，只得盖上湖广总督衙门的紫花大印，又过江到了英国领事馆。好在莱姆不计较这个，收下盖了印的文件后，便叫他把辜鸿铭带回去。一路上，梁敦彦将这个经过告诉辜鸿铭。辜鸿铭既为自己闯下这个祸而愧疚，又深为感谢张之洞对他的宽恕。

一回到督署，辜鸿铭便来到签押房，向张之洞坦陈自己的过失，并表示对他的谢忱。

张之洞冷冷的目光端详辜鸿铭半天，一直不做声，直看得辜鸿铭心里发凉，浑身不安。

“不必谢我，要谢你就去谢梁崧生吧！”

这一句话犹如一瓢凉水浇到辜鸿铭的头上。他知道总督大人已十分恼火他，再呆下去，彼此都会不舒服。

“那我就告辞了。”

辜鸿铭说完这句话，转身便走。

“你慢点走。”

辜鸿铭转过身，重新来到张之洞身边，垂手侍立。

“早几年我就听说你有狭邪行之癖好，你的太太因为此受了很多委屈。这次不仅你本人脸面丢光，也使我们湖广督署蒙受羞耻。这些你都清楚，我也不再多指责你了。”张之洞觉得有点疲倦，他拿起鼻烟壶，在鼻孔下来来回回地移动几次，感觉精神比方才好多了。

“汤生，你是个天分极高聪明绝顶的人，但自古以来，天分极高的人往往干不成大事业，聪明反被聪明误。这中间有着许许多多的缘由，一时给你讲不清。你曾经问我，汗牛充栋的中国书籍中，是否也有一本书能让人读后一通百通。我过去没有告诉你，是怕你今后只读一书而废除其他书。高高的塔尖，要靠宽阔的塔座作为基础，参天大树只能生长在丰厚的土地上，一通百通境界的到来，不是只靠一本书，它要立在博览群籍吃透百家的基础上。今天，我要告诉你这一本书了。这一是你已打下中国学问的基础，二是你的确尚未通，在立身处世这桩大事上，你远不是一个通人，所以才沉湎于这种鸩酒之乐中。”

听说果然有一本能使人一通百通的宝书，而且此刻就得知，辜鸿铭大喜至极。昨天的羞辱仿佛已过去了几十年，他以一种往常少有的恭顺态度说：“大人请赐教吧！卑职永世记得大人的教诲之恩。”

张之洞冷笑一声，说：“这本书并非秘书，而是人人皆知，个个尽晓的六经之首《周易》。”

"《周易》！"辜鸿铭不由自主地复述一遍。

"是的，《周易》。"张之洞严肃地说，"《周易》想必你读过多遍，你读没读通，通到何种地步，这我就不知道了。我今天告诉你，这是中国群书之首，经典之最。你以这个认识再去读它十年八年，或许大有进步。孔子五十读《易》，以至于韦编三绝，又说假我数年，于《易》可彬彬矣。以圣人之资，五十岁读此书，还说要读几年之后才能明了其中的奥妙，你天资再高也高不过孔子，故读十年八年不为多。"

辜鸿铭静静地听着。

"以我读《周易》的经验，当先读《系辞》。《系辞》文不长，但字字千钧，每一句都够你细细咀嚼，好好体会。比如说开篇几句：'天尊地卑，乾坤定矣；卑高以陈，贵贱位矣；动静有常，刚柔断矣；方以类聚，物以群分，吉凶生矣。在天成像，在地成形，变化见矣。'这短短的几句说尽万象万物最本质的东西，乾坤、贵贱、刚柔、吉凶、变化，你过细想想，天地之间，有哪一事哪一物能离开这些范围，弄清了这些，世事不就通了吗？"

辜鸿铭听得入神了。

"光《系辞》就是一座取之不尽、用之不竭的宝藏。随便再说几句吧。你在西方很多年，应当知道西方教民天天讲喜乐，讲博爱，但如何能做到内心喜乐至诚博爱？我看他们的《圣经》没有说清楚，我们的《系辞》却说清楚了。乐天知命故不忧，安土敦仁故能爱。八个字：乐天知命，安土敦仁。就能做到喜乐、博爱。"

辜鸿铭早已将《圣经》读得滚瓜烂熟，《系辞》他也读过，但他就没有这样比较过。真的如总督所说的，《圣经》拉拉扯扯地讲了许多故事，也没有让人弄懂如何做到喜乐博爱，而《系辞》这两句话一锹便挖出了泉水！辜鸿铭仿佛被一根魔杖点化似的，心里明亮了许多。这《周易》的确是中国学问之巅峰，一定要认真攻读不可。

"书你自己以后慢慢地读，细细地领悟，我就不多说了。我只提醒你注意《系辞》中的一句话：‘作《易》者，其有忧患乎？’许许多多读《易》的人都忽视了这句话，其实这一句最为关键。为什么有这部《周易》出来，这部《周易》为何引起圣人的高度重视，为什么《周易》说尽了人世间一切至微至隐的道理，全部奥妙都在这‘忧患’二字上。汤生，愿你读通《周易》后，从此能有一个新境界，不要沾沾自喜于才子，要做一个通人。”

张之洞的这番话使辜鸿铭甚为感动。他体会到张之洞玉成他的一片苦心，从而心里更感到愧疚。带着赎罪的心情，辜鸿铭决定将一件久藏的秘密说出来。

“张大人，我告诉您一件事。”

“什么事，坐下说吧！”张之洞想这种时候要说出的事一定非同一般。

“那个苏巧巧曾给我说过这样一桩事。她说费格泰有一次曾经很得意地跟她说，汉阳铁厂财务处的那批官员都是混账东西，既贪婪又无知。这两年跟他们打交道的过程，光招待他吃饭的银子就不少于千把两，他其实吃得很少，每次都借他的名，全处十几个人都来吃，一顿饭就二三十两，全部由账房处报销了。而且一个个都索贿，见到洋货就眉开眼笑，办事就一路顺利。费格泰常常从英国买一些便宜的小礼品送他们，他说这是鱼饵。一个鱼饵可以钓一百倍的大鱼。最坏的是收支股的主办蒙索。这两年做的百万两银子的生意，他至少吃了十万两银子的回扣。不过费格泰所得更多。费格泰往往在财务处面前抬高价格，在厂方面前压低价格，他起码从中赚了三四十万两银子。按这样的计算，一百万两银子，用来买机器的其实不过五十万两左右。而在英国，完全不是这样，一百万两银子，至少有九十万两用在机器上。费格泰有次冷笑道，中国的洋务是绝对办不成的。中国的官员不是在办洋务，而是在发洋财。”

“不是在办洋务而是在发洋财”，这话让张之洞的心怔了一下。对铁政局和铁厂的微词，张之洞已听到不止一次了。微词较多地集中在银钱方面，比如回扣、受贿、索礼、浪费等等方面，收支股蒙索的闲话最多。有人说他是栗殿先的拜把兄弟。还有人说他与革职的赵茂昌关系密切。赵茂昌为他牵线，在上海的钱庄里替他开户头。铁厂的公款都存在那个钱庄里，利息则归他们两人私有。前不久，有一件事也让张之洞记忆犹新。

一天，郑观应忽然来到总督衙门门房，说是刚从下江来，请求能让他见一见总督大人。门房报告后，张之洞请他进来，郑观应还带来一位三十多岁的年轻人。他向张之洞介绍，此人名叫张謇字季直，是江苏南通人，曾在直隶提督吴长庆手下做过多年西席，仰慕香帅，尤其敬服汉阳铁厂的筹办，特不远千里从上海来到武昌，想去铁厂看看，今后拟在原籍也做点洋务事业。张之洞早就听说吴长庆家里有个博学的西席，见张謇儒雅轩昂，气度不凡，果然与传闻相符，张之洞很高兴与他相见。交谈一番后，得知他真的见识不俗，便要梁敦彦陪郑观应和张謇去看看铁政局和铁厂。晚上，又在督署宴请他们二人，请他们谈谈参观的体会，尤其希望他们能直率地指出些不足。

郑观应和张謇说了许多恭维话，张之洞听了很高兴。张謇还提出一个建议，说湖北的棉花和苎麻海内闻名，应该利用这个有利条件，在武汉建纱厂、纺织厂和制麻厂。纱织业工艺简单，耗资较少，但赢利很快，正可以用此赢利来弥补铁厂的亏损。张謇的建议给张之洞很大的启发：是的，应从速将纺织业发展起来。在张之洞的再三要求下，两位没有进过官场染缸的明白人给铁政局和铁厂各自提了一条意见。郑观应说，铁政局和铁厂人浮于事的现象严重，过于讲排场。参观者只有二人，陪同的人将近四十，且品级都不低，光候补道就有十来个，都有随从、跟包，侍候在旁，完全是衙门做派。郑观应建议，铁政局和铁厂非技术性的管理人员，可以三成裁掉二成，这样不仅撙节开支，且办事减少纠葛。他去过西洋不少国家，看过他们的工厂、矿区，他们管理人少效率高。张謇说在参观的过程中，他随便问了问身边的人，便发现铁政局和铁厂存在一个不容忽视的问题，即裙带风严重。所问的人，都是因亲属关系而进来的，有的一家堂亲表亲六七个都在这里做事。可见此地有任人唯亲之弊。任人当唯贤而不唯亲，这是历来办事取得成效的根本一条，请总督大人力刹这股风气。

张之洞听了郑观应、张謇两个人的意见心里也动了一下：看来铁政局和铁厂需要整肃整肃。但过后一忙，此事便又忘记了。现在，辜鸿铭说的英国商人的这些话，同样暴露出铁政局所存在的严重隐患，是非得要动手解决不可了。但眼下铁厂的建设正在紧张时期，江夏煤矿在顺利开工中，大冶铁矿的矿石也已在大量开采，急切希望铁厂早日竣工投产。尤其是另有一件大事，更使得铁厂务必不能受丝毫的干扰。想到这里，张之洞对辜鸿铭说："你说的这事我知道了，你就再也不要跟别人说起。我会腾出手来处理的。你这几天冷静地回想一下这件事，检讨检讨，但愿能接受此次教训，痛改前非。过几天，我要跟你谈一桩大事，茶馆说书人有句话，说是淘尽三江五湖水，难洗今日满面羞。你今日也是满面之羞了，这桩大事里面有三江五湖水，就看你能不能淘尽它，为你洗刷羞惭。"

聪明过人的辜鸿铭却被总督这番话浇得满头雾水：何来的三江五湖水，又怎地洗去我的满面羞？

五　俄国皇太子将要参观汉阳铁厂，这可是一桩扬国威振民气的大事

张之洞说的这桩事，就是去年辜鸿铭从英国《泰晤士报》上看到的俄皇太子访华的事。总署已正式来文通知，今年十月俄国皇太子尼古拉将要来武汉参观汉阳铁厂。十天前杨锐从北京发来一封密信。杨锐信上说：俄国皇太子访华一事，朝廷看得很重。这不仅因为俄皇年事已高，太子不久即将即位，还因为这位皇太子对中国较为友好。俄国是个军事强国，又是一个野心勃勃的贪婪之国，他一直觊觎我国东

北和西北与之接壤的广阔领土，千方百计地欲将它占为己有，对中国威胁最大。难得有这样一位对中国友好的太子，倘若跟他建立友谊的话，无疑要减轻来自东北和西北的领土威胁。因此朝廷准备趁俄皇太子访华之机，予以倾心结纳。俄皇太子早已知道武汉正在兴办铁厂，他要亲自来看看。杨锐说，这无论是对恩师本人，还是对湖北的洋务，都是一个千载难逢的好机会，比如可以借此向户部多要点银子，确保铁厂到时完工等等，好处多得很。

张之洞接信后立即给杨锐回了信，告诉他，有关俄皇太子访华的事，今后凡有所知，尽量详细报告；武汉这边，会做好充分准备，将这位皇太子接待好。

俄国皇太子将来武汉参观汉阳铁厂，这对张之洞来说，不啻是一个难逢难遇的福音。无论于国于己，都要牢牢抓住这个机遇，把这篇文章做得珠圆玉润，花团锦簇。

对俄国这个国家，张之洞早在京师做洗马小官时，便因为伊犁谈判而对它有过深入的研究，越研究越服膺林则徐当年流放新疆时所说过的一句话：俄国是中国的心腹之患。林则徐这话说得最为深刻中肯。防俄，是应该传之于子孙后世的长久国策。固然日本也对我国，尤其是关东一带有领土野心，但毕竟国小力不强，还加之隔着海洋，不像俄国，千里边界线上，任它铁骑长驱直入，真是可怕。至于英、美、德、法这些国家，张之洞心里清楚，它们对中国的伤害，主要体现在生意场上的不公平交换，并没有领土要求，早两年英法联军打进京没多久便撤退的事实是最好的说明。从那时起，防患俄国而利用英、美、德、法的外交策略，便在张之洞的脑子里形成。这实际上是“远交近攻”的中国传统外交策略，在新形势下的运用。张之洞认为这是一个很简单明白的事理，但当轴者往往看不清楚。海防、塞防之争便暴露出这个问题。李鸿章主海防，重在防日本，左宗棠主塞防，重在防俄国。在张之洞看来，根本无须争论，海防也好，塞防也好，都很重要，要同时并举，这是因为不管是俄国，还是日本，都是对中国领土垂涎三尺的强国，都需要认真对待，只是在什么时候应该特别强调哪一点罢了。

如果说十多年前，张之洞虽看事明了却没有权位，不足以影响国家外交方略的话，那么今日，身为湖广总督的洋务后起之秀，则要积极参与这场事关重大的中国外交活动，决心以自己的实力对中俄关系以影响。

与杨锐的想法不同，对俄皇太子参观铁厂这件事，张之洞第一个反应便是要借铁厂来扬我国威。俄国也好，其他西方强国也好，这几十年来在我们面前耀武扬威，无非是因为他们国力强大，武器精良，倘若我们能在这方面显示出自己的实力的话，必然可以杀一杀他们的威风。钢铁业是西方工业界的龙头，也是他们强大国力的重要基础，而中国恰恰于此一片空白。汉阳铁厂的兴建不仅填补了这个空白，而且它是以世界第一流的规模为目标，是一个巨型钢铁厂。它将在显示中国发展的潜力同时，也以这种巨大的存在明确告诉外国人：中国已经为自己的工业奠定了雄厚的基础，要不了多久，就可以迎头赶上西方列强。

张之洞还想到，光有铁厂还不够，正在筹建的枪炮厂也要加快速度，赶在俄皇太子来汉之前建成投产，让这位未来俄国皇帝亲眼看一看咱们大清帝国自己制造出来的枪炮子弹，从此以后，不要在边界线上再生是非，老老实实地和平相处。

在西方，俄国是个疆域宽阔的大帝国，一向处于很重要的地位，俄皇太子眼中所看到的铁厂和枪炮厂，必定会通过他本人及他的随从人员，以各种途径传播给西方各国。他们去说比我们自己说要好得多，更能增加分量。如此，汉阳铁厂和枪炮厂就成了威慑洋人的重要武器，就成了捍卫大清的护国神祇。作为铁厂和枪炮厂创办者，我张某人就成了洋人关注的大人物，成了大清国的英雄，今后外交内政，什么事都好办了。

想到这里，张之洞兴奋万分。傍晚，他特为邀请桑治平到家里来小酌一杯，向好友谈及这件事和自己的想法。桑治平也同样欣喜不已，他似乎从中看到自己半生为之奋斗的理想，就要通过这位好友的手予以实现。想起贤良寺与张之洞的初识，想起古北口的应允出山，想起这十余年来谋划计议、南北驱驰，表面是报知遇之恩，其实从骨子里来说，是在为自己年轻时失落的抱负而奋斗。啊！这是多么令人欣慰的事：辛苦十多年，终于看到结出硕果的一天了。

桑治平建议张之洞动员一切力量，确保在俄皇太子来汉之前做到铁厂出铁、枪炮厂出枪炮，拿出铁家伙摆在他们的面前，要胜过千百万言的外交辞令！同时接受杨锐的建议，立即给总署上道条陈，请他们大力支持，拨款一百万两银子。张之洞欣然接受桑治平的这两个建议。

第三天，由铁政局出面，召开铁厂、枪炮厂、煤矿局、铁矿局的高层会议，张之洞在会上发表重要的讲话。他以总督兼湖北洋务督办的身份要求所有高级管理者与全体匠师、工人一道，努力拼搏，务必确保在俄皇太子来汉前出铁出枪。犹如三军统帅向将士们发出征伐号令似的，张之洞从宣扬国威、振作民气、展我才华等方面，谈到这次提前出铁出枪的重要意义，纵有天大的困难也要克服，沉舟砸锅，背水一战。张之洞的讲话铿锵有力，慷慨激昂，说到动情之处，他声泪俱下。总督有声有色的动员令，把全体与会者都给感染了。

他的话刚一结束，大会堂里立时响起雷鸣般的掌声。

最先站起来，以极为热烈的情绪表示完全拥护坚决照办，提前出铁出枪一定能实现的，就是铁政局协办兼铁厂后勤部门主办栗殿先。他情绪似乎比总督还要激动，爱国之心似乎比总督还要强烈，他代表后勤部门全体人员向督署保证，从明天起开始加班加点，昼夜苦干，拼死拼活为国争光，为张大人争气。张之洞对栗殿先甚为满意，频频向他投去赞许的目光，心里想：栗殿先真是一个好官员，平时虽有失检点之处，关键时刻却能挺身而出顾全大局，难能可贵。栗殿先讲完后，张之洞带头为他鼓掌！

栗殿先受此殊荣，脸上红光满面，喜气洋洋。紧接下来的便是收支股主办蒙索。他的高调表态，也赢得了张之洞的带头掌声。于是其他股处头目见此情景，都纷纷站起来，一个接一个地表示完全拥护，坚决照办。张之洞都一律带头为他们鼓掌。但是，提前投产的关键部门——技术股处的头目却没有哪个站起来响应。此外，还有一个最为重要的人物——铁政局、铁厂的真正灵魂蔡锡勇，却一直紧闭嘴唇。他表情严肃，对每个人的发言都认真倾听，脸上却没有一丝兴奋的表现，心里也没有一点想发言的冲动。协理总文案梁敦彦看着这情景有点着急，他不敢去惊动蔡锡勇，径直走到铁政局协办兼铁厂技术部门主办陈念礽面前，悄悄地对他说："你站起来说几句吧，张大人很想听听你们技术部门的看法。"

陈念礽一直处在矛盾状态中。从一开始听张之洞的演讲，他便有心跳血涌的感觉。后来见各股处的头目一个个起身发言，赢来了一阵接一阵掌声，二十八岁的青年陈念礽心里躁动不安。他很想也站起来说一席话。他有很多话要说，说他在美国求学时如何亲身感受到美国人对中国的歧视，如何因此而立下学好本领报效国家的壮志，后来又如何突然中断学业，被朝廷强行召回国，回国后赋闲乡居，所学的知识一无展布之时，那种报国无门的苦闷是如何的沉重；自从遇到张大人，参与张大人的洋务大业后，这些年来如何努力奋发，尤其是铁厂开办以来更为他施展才干铺设一个宏大的舞台，无论是为国尽力还是酬答张大人的知遇之恩，都应该倾注全力，促使提前投产的目标顺利实施。他相信他的这些肺腑之言，会比其他发言者更为动情更为精彩，更会赢得张大人的鼓励，赢得满堂热烈的掌声。真情实感与年轻人的激情相互激荡，使得陈念礽满脸通红，浑身燥热不安，几次想站起，侧过脸去看一眼蔡锡勇，他又失去了这个勇气。一来他觉得自己虽是技术部门的主办，但技术部门掌舵人是蔡先生，他是老前辈，他不发言，一个年轻轻的后生辈怎能僭越？二来作为一个受过严格科学训练的工程技术人员，陈念礽也觉得提前投产这种事，不是说大话就可以做到的。许许多多具体的困难，都得脚踏实地去解决，能不能提前投产，他没有把握。

现在，协理总文案来催促，又说张大人很想听一听技术部门的看法，一种受宠信的荣耀感在激励着陈念礽，他突然来了勇气，刷地从座位上站起，激动地说："刚才张大人说我们办铁厂，办枪炮厂，办铁矿煤矿，以及今后办织布、纺纱各种厂子，富民是我们的重要目的，而强国却显得更为重大。我完全拥护张大人的这个讲话，他说到我陈念礽心坎里去了。我在美国留学八年，对国弱受欺负、国强才有尊严的感受，可以说比在座各位都要强烈。我想俄国皇太子要来武汉看铁厂枪炮厂，参观是个幌子，他的真实目的是来查看。一看我们是不是真的有这样的厂子，是否谣传。洋人瞧不起中国，他心里对我们有没有能力办钢铁和兵工是持怀疑态度的。二看厂子的规模到底如何，够不够对他们形成威胁。我对洋人很清楚，他们历来是欺弱怕强，重实力不讲情义。厂子现在已在建，我们不怕他看，问题是要把规模弄大，并要实际出产品，这才能镇服他们。所以我们一定要遵照张大人的旨意，不管有多大的困难，也要抢在俄国皇太子来之前，把规模建起来，把产品生产出来。这不只是一个投产的事，这更是一个扬我国威长我志气的壮举！"

"说得好！"陈念礽的话刚一讲完，张之洞便忍不住大声喊了一句。总督大人的这一反常举动，把大家都弄得惊讶了。其实，这才是张之洞的本色。十多年前做清流时，他与他的朋友们便常常这样使情任性，高声喊叫，毫不掩饰地表示自己的态度，只是后来出任封疆，他才努力压抑自己，力求做出一副矜持稳重的大员神态来。今天他见这位年轻人是如此理解他的心情，如此真心实意地与他配合，不禁喜从中来，情不能已。

当大家回过神来后，会堂里立即响起了暴风骤雨般的掌声。陈念礽激动万分，脸上神采飞扬。他在坐下的时候，特意瞥了一眼蔡锡勇，却看见蔡督办仍然是刚才的面无表情，两只手硬硬地下垂，一个巴掌也未拍。陈念礽心里陡然凉了一下。

散会之后，他便被蔡锡勇叫到一旁。蔡锡勇轻轻地却是语气严厉地训道："你瞎起哄什么？张大人是总督，自然要说些威风呀、志气呀一类的话。后勤、财务那些人不学无术，他们邀宠固荣的手法，便是讨好上司。至于办不办得成，他们根本就不会去想；他们不懂技术，真的办不成与他们也毫无关系。你是受过严谨科学训练的人，怎么这样无头脑！从现在算起到俄皇太子来汉，只有三个月时间。三个月建成投产，这不是烧得说昏话吗？你是技术部门主办，别人没有责任，你可是千斤重担挑在身上，到时没有兑现，看你如何交代？千夫所指，不疾而亡！念礽呀念礽，你太不晓事了！"

蔡锡勇说完这番话后，气呼呼地甩手走了。这边陈念礽呆呆地站着半天回不过气来！

铁政局、铁厂好比前方战场，前方战场的取胜不能缺少后方仓库的支援，这后方仓库的锁钥便握在巡抚谭继洵、藩司王之春、臬司陈宝箴等人的手里。

第二天，张之洞又在湖广衙门议事厅里，举行隆重的大会，邀请的便是谭继洵、王之春、陈宝箴，再加上盐法道、粮道、兵备道、汉黄德道、汉阳知府、武昌知府等人。昨天的演讲，他今天又重讲了一遍，因为听众都是颇有从政之道的高中级官员，张之洞的神情没有昨日的激动，议事厅里的反响也远不如昨日会堂里的热烈。张之洞演讲的主要内容是两个字：筹款。户部的银子半个月二十天到不了，投产在即，一天也不能延误，湖北省务必要紧缩各项开支，在十天内筹出一百万银子来，户部来银后再归还。除开王之春、陈宝箴表示努力想办法、积极筹措外，与会者再没有第三人发言。众道府大眼瞪小眼，大小眼睛又一齐望着巡抚大人。自从马鞍山煤矿事件之后，七十岁的谭继洵对洋务一事在原先的"冷淡"之上更增加一层恐惧感。他现在对洋务是避之唯恐不及，听到儿子称赞铁厂时，他也会想到自己是不是老了，跟不上潮流了？他有时甚至还萌生致仕回籍的念头，只是因为卢氏、王氏、魏氏三个小妾坚决反对，他才不敢说解甲归田一类的话。他近来身体不大好，神志懒散，对于张之洞的那一套一点兴趣都没有，俄皇太子来汉也罢，铁厂、枪炮厂竣工投产也罢，似乎都与他无关。至于银子，他有一条规定，不能随便拿出来给张之洞。洋人的那些黑机器，在他的眼里就好比无底黑洞，任你多少银子也都填不满，而且一点回音都听不到。来督署后得知总督的用意，他便抱定一个宗旨：不说硬话，不表硬态。

大家都不再说话了，场面颇为尴尬。张之洞便勉强挤出一丝笑容来对谭继洵说："谭大人，你看有什么法子可想，能凑出百把万两银子来吗？"

隔了好长一会，谭继洵才开口说："湖北银钱一向匮乏，这点张大人您是很清楚的。这十天半月，莫说筹集百万两银子，就是二三十万也很难呀！"

张之洞的脸刷地沉了下来，极不高兴地说："谭大人，你是湖北之主，铁厂也好，枪炮厂也好，都设在湖北。早日竣工投产，不只是我张某人一人的事，也是为湖北为您谭大人脸上贴金的事。您莫推辞了，无论如何要筹集百万银子出来，待户部银子一到，即刻如数归还。"

谭继洵心里冷笑道：户部的银子还是天上飞的一只鸟，你就把它当作桌上的一碗菜了！到时没有银子下来，我湖北还不是白白地赔了一百万？但望着张之洞那张峻厉的面孔，听他带刺的话，他知道这话决不能说，否则真要把这个任性的名士制台惹得恼羞成怒不可。他压下心中的不快，使出他惯常的圆滑做派。

"大人的厂办在湖北，的确是给湖北的脸面上贴了金子，谭某人理应支持，只是一时要拿一百万，这实在是强人所难。湖北的钱粮，都在爵堂方伯的手里握着，他又是一腔热血愿尽力设法，此事大人你就交给爵堂方伯好了。只要他拿得出，谭某人决不半点为难，尽数借过大人便是了。不过，爵堂方伯也要替湖北负责，请铁政局出示一张借条，此张借条便存入藩台衙门吧！”

谭继洵要了个缩头术，把挑子撂给了王之春。王之春当然也知道，湖北要在短期内筹集百万银子，是件根本做不到的事，但是他刚才说得坚决，毫无保留地支持督署的决策，此时又怎能改口呢？王之春是个聪明人，他早已看出洋务在中国很快就会是一桩最时髦的事，中国只有全盘学习洋人的技艺，才会有出路。

从私人感情来说，他与张之洞也渊源极深。无论于公于私，他都要坚定不移地站在张之洞的一边，即使筹不到百万，也要硬着头皮，竭尽全力去筹措四十五十万的。当下王之春笑着说：“既然谭大人这样相信我，我就尽力去办吧！也希望各位道府予以支持。”

在座的各道府见谭继洵发了话，王之春又接过了挑子，便一个个开口“好说好说”，但心里都在想：我们的那点银子金贵得很，怎么能给你铁厂去糟蹋？肉骨头打狗，有去无回的事，要做你王爵堂去做吧！

尽管铁政局的督办蔡锡勇对这一宏伟决策没有把握，但铁厂和枪炮厂上上下下已经掀起了声势浩大的建设高潮，一座座厂房在日夜修建，一座座烟囱在天天加高，一架架机器在快速安装，一船船煤铁在不断地运来，两个紧挨的工厂工地上，一派热火朝天、人声鼎沸的景象。

尽管湖北省的最高长官谭继洵以及大部分道府态度消极，但王之春、陈宝箴支持有力。王之春掌管银钱藩库，陈宝箴控制江湖黑道，生财都有路子，半个月便筹集到五十五万银子，保证了施工不致中断。然而，户部却一点响动都没有。

原来，户部的态度正如谭继洵预料的：根本不把张之洞的设想当一回事。户部现在是翁同龢的一统天下，满尚书熙敬不过挂个虚名而已。撇开翁同龢对张之洞的成见不说，户部多年来便是在捉襟见肘的狼狈处境中过日子，国库收入年年减少，除救荒赈灾等常务外，铁路、电线、购买洋枪洋炮这些新的开支年年增加。慈禧虽然住进颐和园三四年了，但园工并未停止一天，浩繁的开支常使书生气颇浓的状元公心疼。他翁同龢即便有点铁成金之术，也应付不了每天雪片似飞来的索银奏报和四面八方的巨大开销！

看到由外奏事处转来上面批有“户部阅”朱批的湖广奏折，翁同龢只是淡淡一笑，对着身边的司官说，一个俄国皇太子来顺便看一看铁厂，就值得这样小题大做兴师动众吗？张香涛做了十多年的督抚了，还不改当年好出风头的旧习，真是拿他没法子！说完，将它存入柜子中，再没有下文了。

一个月了，还不见户部的批文下来，张之洞急得不得了，发四百里快函给杨锐，叫他打听下户部的消息。杨锐通过在户部做员外郎的一个朋友得知：奏折在户部给淹了。接到杨锐的回信后，张之洞气得大骂：“翁同龢是个误国的权臣！”

户部这条路给堵了，总还得再设法弄些银子来呀。借！万般无奈之下，只有这一个办法了。向谁去借呢？姐夫鹿传霖那里已借过一次，不好意思再开口了。

桑治平告诉他，当年他提拔的太原知府马丕瑶已擢升广西巡抚了，可以请马帮帮忙。张之洞想想也是，但广西是个穷省，比山西好不了多少，不能叫别人太为难。便写封信给马丕瑶，请他酌情腾借十五万。即使马丕瑶答应借，缺口还很大。放眼海内各省，再没有哪个巡抚过去于自己有特别交情了。

王之春说：“官银借不到，干脆借私银算了。”

张之洞说：“你是说到票号去借？总督衙门向票号去借钱，传开去会成为百姓的谈资，不合适。”

“不向票号借，向私人借。”

“商人的银子都在周转中，叫他马上拿出几十万来怕不可能。”

王之春笑道：“也不向那些商人去借，他们都胸无大志，鼠目寸光，即使一次拿得出，他也不会借给你，他怕你不还他。到时你是总督，他又不敢跟你打官司，与其将来吃亏，不如现在不借。”

张之洞摇了摇头说："爵堂，这我就弄不清楚了，不是票号又不是商人，还有什么人家里藏着几十万两银子等着你去借？"

王之春依旧笑笑地说："有一个人，中西结合，亦官亦商，海内一大能人奇人。我想香帅如果向他去借，定然不会碰壁。"

"这人是谁？"张之洞一边摸着胡须一边想着。"你是不是说的盛宣怀？"

"正是他。"王之春哈哈笑起来，"香帅不是说过，那年您从广州来武昌，船过上海时，他专门从天津赶来，跟您谈起湖北的煤铁矿藏的事吗？现在湖北煤铁遇到困难，我看他不会袖手旁观的，您不妨试试。"

"叫他借三十万，他拿得出吗？"

"我想他拿得出。"

"好吧，试试看吧。"张之洞说，"现在只剩下这条路了。"

"还有一条路可走。"王之春颇有成竹地说，"官银私银之外，尚有洋银可借。"

"啊，是的，你提醒了我。"张之洞的心情开朗起来。"马丕瑶、盛宣怀那里若借不到的话，我们就向香港汇丰银行去借。只是湖北的关税收入不如广东，担保的条件不硬。"

"我们握有一个很硬的条件呀！"

张之洞一喜："你说的是什么？"

"香帅，"王之春的双眼里闪着亮光，"我们可以拿今后炼出的钢铁来担保哇！"

"爵堂，你真有办法。"

张之洞拍了拍王之春的肩膀快乐地笑了起来，心想：这人心眼儿真是活络得很，可惜，两湖这样能办事的官员太少了！

没有多久，马丕瑶回了亲笔函："十五万借款单理应遵命照办，只是广西实在贫困不堪，千方百计，才只凑出九万两，剩下六万两当再过两个月筹措。敬希宽谅。"

张之洞知马丕瑶是个实诚君子，便回函说有九万已很感激了，广西穷困，剩下的六万不必费神了。

至于王之春推荐的借主，其为人则远比马丕瑶要复杂得多。住在天津的盛宣怀，此时已升任天津海关道兼津海关监督和中国电报总局督办，轮船招商局督办，集中国最肥的官缺和最赚钱的洋务企业头目于一身。他上得李鸿章的宠信，下靠包括郑观应在内一批人才的襄助，精明强干，长袖善舞，把个亦官亦商的事业做得轰轰烈烈红红火火。若论个人资财而言，说他富甲天下并不过分。早在二十多年前他便看中了湖北的煤铁，知道那都是能发大财的好东西。那年专程去上海拜访赴任途中的张之洞，便是冲着那些黑金子的，若张之洞同意，让他来办更好，即使不同意也给张之洞备一个案。所以当后来张之洞谢绝了他的要求后，他并不后悔此行。这几年来，他一直以极大的兴趣关注着龟山脚下的那座铁厂，不止一次地感叹张之洞的见识和魄力不仅远在一般平庸督抚之上，而且骎骎然直追李鸿章。张之洞比李鸿章年轻二十多岁，如此看来，执明日督抚牛耳，领将来政坛风骚的，岂不正是这颗冉冉而升的新星么？盛宣怀多么想和张之洞拉近关系，可张之洞不像李鸿章，清高而自负，难以靠拢。

去年郑观应陪同张謇从武汉回到上海后，又到天津去了一次，向盛宣怀谈起了铁厂的状况。这位《盛世危言》的作者眼光比世人尖利高远，如同他能从常人眼里的盛世背后看出潜在的巨大危机一样，他也看出了表面风光的铁厂背后存在的许多弊端：衙门做派，无人真正负责，人浮于事，铺张浪费严重，技术工匠缺乏，管理涣散，整个铁厂好比一只蒙着虎皮而没有血肉的假老虎。郑观应预料这个铁厂很难办得成功，今后不是负债累累，便是中途夭折，难有别的好出路。盛宣怀尽管没有亲自去看，但他相信郑观应的分析不错。这正中了他的预见。盛宣怀办了二十多年的洋务，也与许多外国企业家有深交，积自己的经验和别人的研究，他清醒地认识到，洋务这个从洋人那里传过来的玩意儿，只能按洋人那套办法去做；若只知从洋人那里移来机器和技术，而不把洋人成功的管理措施移过来，所谓的洋务便徒有外壳而没有内质，徒有皮毛而没有灵魂。张之洞把铁厂办成今日这个样子，恰恰是因为他不懂这个道理而沿用官场一套的缘故。

当然，铁厂尚未建成投产，存在的这些弊病目前还不至于形成大的障碍，也只有郑观应这样的人才看得出。正在兴头上的张之洞可能根本发现不了，即使看出些，估计他也不会太重视。有一次他跟李鸿章略微说了说。李鸿章冷笑道，张香涛那人一贯大言欺世，他办铁厂，炼不炼得出钢铁是次要的，他图的是虚名。

盛宣怀知道李、张二人成见甚深，李鸿章说的是挖苦话。铁厂即便今后办不成功，但张之洞本人的气魄还是可嘉的。盛宣怀对张之洞在湖北办的洋务局厂仍投入很大的关注。

现在这位号称理财能手的湖广总督因银钱的困窘，来向他借钱了。通常人面对借钱的事都头痛，盛宣怀对张之洞的借钱却是高兴得很。这主要还不是因为张之洞日后会取代李鸿章而预为张本，而是因为他看准汉阳铁厂不管是成是败，都会是一个巨大的存在。他乐意插手其间。

接到张之洞的借款信函，他的第一个反应是干脆送他三十万两，不要还了。但转念又想，是不是太巴结了，李鸿章知道后又会怎样看待自己呢？如此赠送好比捐款，自己不成了慈善家吗？四海之内，盼望捐款的人千千万万，你今后如何应付？要不，不要张之洞的利息？想想也觉得不妥，无息贷款在国外是用来扶助贫穷，建铁厂并不属于此类。最后盛宣怀决定按票号利息的一半借三十万银子给湖北。这是属于低息贷款的范畴，彼此之间既显示友好又不至于伤自尊心。

张之洞接到盛宣怀的信后，果然大为高兴。

经过两个多月的突击抢建，两个主要厂：炼生铁厂与炼熟铁厂都已初步建好，炼生铁厂已安装好购自比利时的高炉两座，炼熟铁厂也已装好购自英国的搅炼炉一组四座。其他如机器厂、鱼片钩钉厂、造铁货厂、轧钢轨厂已经基本建成，烟囱已高高地竖起八座，大冶的铁矿石、马鞍山的煤也在工厂空坪上堆起了六座小山。又配备大小斗车四十五辆，各种料车大平板车四十辆，还有载重吊车四辆。张之洞每隔八九天要亲自来铁厂视察一次，对工厂的进度很满意。每次来他都要赞扬蔡锡勇一番，鼓励他再接再厉。蔡锡勇虽有一肚皮不合时宜的话，面对着热情似火的总督，只得把它藏在肚里不说出来。看看离预定日期只有一个月了，蔡锡勇实在忍不住要说话了，因为面临的许多难题非得要总督本人才能解决。

又一次视察完毕后，蔡锡勇将张之洞请到督办办公室里，焦急地说：

“香帅，有几件大事，非得请示您定夺不可。”

“什么事，你说吧！”张之洞一边摇扇子，一边说。

“这都是刻不容缓的事情。”蔡锡勇拿手巾擦了擦额头上的汗，说，“最大的是炼钢厂的两座高炉。因风的缘故，已停在香港半个月了，就是明天启航，也要二十天的时间才能到汉阳，这两座高炉是装不好了。没有高炉，所有其他附属机器都装好，也不能称之为炼钢厂；当然，也就更遑论炼钢了。”

其实，炼钢厂才是整个铁厂的真正核心。停在香港的两座高炉，是利物浦机器厂专为汉阳铁厂设计建造的贝塞麦转炉。为造这两个炉子，该厂花了一年的时间，得知俄皇太子将来汉阳的消息，铁政局即刻发电报给驻英公使馆，由驻英使馆再电告利物浦必须在九月中旬运至武汉。工厂日夜加班，按期将这两座高炉运上船，驶出了爱尔兰海，预计两个月后可抵达龟山，却不料受阻于风。

老天爷不合作，张之洞真是一点办法都没有。他沉吟良久后说：“炼钢厂的事先搁着，其他的事呢？”

“炼铁用的是焦炭，不能直接烧煤。前天我们将马鞍山煤炼出的焦炭进行化验，结果证明不合格，马鞍山的煤不能用。”

这可真是桩大事。辛辛苦苦开采出来的马鞍山煤却不能用，而且直到这个时候才发觉，张之洞恼火起来：“当初大家都说可以，为何现在又用不得了？”

望着张之洞峻厉的目光，作为一个技术上的最高决策人，蔡锡勇觉得自己有不可推卸的责任。他语气沉重地说：“这事卑职有责任。当初化验时用的煤是早些年英国矿师提的存煤，几项大的指标勉强合格。这一年来大量的煤是从另外的煤井出的，外表看来没有区别，以为可以用，没有提前再化验，这是我的失职。”

这个问题可就大了。马鞍山的煤不能用，今后怎么办呢，又用哪里的煤呢？张之洞的心也立刻沉重起来。总结教训，寻找出路是以后的事，当务之急是要应付俄太子。

“有补救的办法吗？”

“有。”蔡锡勇肯定地回答。“我已访到上海码头上存有五千吨德国威斯伐利亚焦炭。这是世界上顶好的焦炭，开平煤矿的上等好煤都炼不出这样的焦炭来。”

“那就赶快去将它全部买来！”张之洞断然拍板。

“只是价格贵了点。”蔡锡勇嘴里有点嗫嚅。

“怎么个贵法？”

“一吨焦炭，要二十两银子，与买一吨生铁的价一样。”

张之洞吃了一惊，如此说来，我还开什么铁厂炼什么铁，不如拿银子直接去买铁好了，今后若长期用二十两银子一吨的德国焦炭来炼铁，岂不是白白地将朝廷银子化为水，给天下人一个大笑话！这种事决不能长期做，但眼下救燃眉之急也只得这样了。“那就先买一千吨吧，对付过这一次，以后再说。”

燃料的事算是解决了，蔡锡勇略微松一口气。

“还有一件事，炼生铁厂的高炉昨天检查时，发现有一座炉子的炉底风口至炉身中部有一道半寸宽的裂缝。这道裂缝若不堵死，则不能使用。”

“有办法可以堵死吗？”

“有是有，但我们这里不行，一是没有这个技术，二是缺堵缝的材料。用电报与停泊在香港的利物浦厂运炉子的船联系，船上说他们有办法。技师和材料都有，但至少要二十天后才能到达，不知来不来得及。”

张之洞说：“这不要紧，若来得及更好，来不及我就用一个炉子。有一个炉子出铁，我也是竣工投产了。”

到底是总督，魄力宏阔，不像自己这样拘泥，蔡锡勇放心了。

“香帅，这两个月来卑职全副精力都用在铁厂上，昨天陈念礽才告诉我，枪炮厂无论如何不能投产。”

“为什么？”张之洞又是一惊。

“江南制造局不愿卖机器给我们，说多余的机器一个都没有。”

“这一定是李少荃在刁难！”张之洞愤愤地说。

枪炮厂本是订的德国克虏伯厂的机器，但要明年春天才能交货，赶不上迎接俄皇太子，于是张之洞临时决定就近去上海，从江南制造局里转买。江南制造局是李鸿章在同治四年署理两江总督时，在上海创办的一家机器厂，后来逐步发展成为中国最大、设备最为齐全的军工厂，专造枪炮子弹，厂里的所有设备都是从英、美、德等国家买来的。张之洞估计匀一点出来给湖北没问题。谁知他想得简单了，机器是可以匀得出的，但他们不愿意匀，因为他们不希望看到今后有一个强大的对手出来，与他们竞争，这正好比同市之贾一样的心态。江南厂虽然一直与李鸿章关系密切，但这事他们并没有请示李鸿章，由督办本人做的决定。张之洞因为跟李鸿章不和，便怀疑他在作梗，其实错怪了李鸿章。

“怎么办呢？”不管是谁在刁难，反正机器落空了，铁政局的督办很为此事心焦。

张之洞一时也没办法，说：“炼钢厂的事，枪炮厂的事，这两件事你就别操心了，我来处理。你现在赶紧买一千吨德国焦炭回来，再精选几千吨好铁矿，先在生铁厂试炼两次，只要生铁厂能流出铁水来。就算大成绩了。”

“您说得对，是得先试验试验，这是顶重要的。”

“还有，”张之洞想起了一件事，“你安排栗殿先他们去做一件事，把铁厂和枪炮厂的环境好好布置一下，路要拓宽铺平，买一些花草树木来栽上。几个主要的工厂厂房都要用石灰粉刷好，尤其是你们督办、主办那座楼更要装饰好。此外还要布置好一间宽大的接待室，以供客人休息谈话，这间房子要豪华气派些。”

“好。”蔡锡勇说着，正要起身，张之洞又想起一件事，说：“给铁厂枪炮厂的所有员工每人做一件新褂子，到那一天都穿上。”

“需要这样吗？”蔡锡勇神色迟疑。“这要花一笔额外开支的。”

“多花点钱不要紧，显示我们湖北铁政局的气概是最重要的。”张之洞拍了拍蔡锡勇的肩膀，得意地笑起来。

六　在爱国之情的鼓动下，铁厂枪炮厂以高昂的热情造假

金秋十月，是中国大地的收获季节，也是一年中最为美好的时期。从南到北，到处一片果熟香飘，天碧水澄，尤其是地处荆楚要塞的武汉三镇，告别了为期三四个月的难耐暑气、滚滚热流，人们如同从蒸笼热锅中挣脱出来似的，有一种喜获新生的感觉。仿佛只有这个时候，才能有点心情来享受造化和历史给这座名城的慷慨赐予。

武汉三镇其实是有它的独特魅力的，仅仅一条滔滔长江就给了它无限的蓬勃生机。在秋日碧净如洗的天际下，江面显得格外的宽阔壮观。那是华夏之母博大丰厚的胸襟。江水东去，波光叠映，那流的是她的香甜乳汁。你看那龟蛇二山隔江相望，犹如两个护江之神，兢兢业业，恪尽职守，历千秋万代而不老。再看那禹王矶、黄鹤矶，更是两座镇江之宝，将河妖水怪压在流沙之下，不让它们兴风作浪，保佑

这一段河道良田受惠，舟旅无惊。

今天，三镇江面上将要迎接来自欧洲的远方贵宾。一大早，特使桑治平和总督衙门的代表梁敦彦率领着一批人马，登上装饰一新的购自英国的神女号舰艇，开出江汉关下游三十里处的白沙湾等候。

十时整，张之洞率领着湖北省抚藩臬三宪、各道府官员以及驻守湖北两镇的总兵副将等一批高级文武，蟒袍鲜明、翎顶辉煌地来到汉阳门码头。文武官员们个个形容整肃，如临祭祀一般，一改往日聚会时高声大语夸夸其谈的混乱，偶尔的交谈也只是附着耳朵的窃窃私语。倒是张之洞神态自若，一副举重若轻的大将风度。一切他都准备好了，该弥缝的也已弥缝了，正如技艺高超的伶人渴望在高规格场合中献艺一样，张之洞盼望的也正是在高规格人物的面前展示他的洋务政绩。今日的中国是土不如洋。地方上的堂堂道府，不如一个传教士；京师威风凛凛的军机大臣，可以被西洋公使的一句胁迫之辞听得两腿发抖。毫无疑问，不久便要加冕的俄皇太子，正是眼下中国境内规格最高的洋人。铁厂、枪炮厂让此人来参观，其影响程度甚至高过太后、皇上的驾临。自认为湖广地窄不足以供其回旋的张之洞，是多么希望能借这次朝野瞩目中外关心的机会，大展一下他的雄图远略。他笑着和坐在一旁的辜鸿铭聊天："汤生，你没有在俄国住过，俄国话是怎么学来的？"

"我在爱丁堡大学读书的时候，学校要求除英语外，还要修三门外国语，我就选修了拉丁语、希腊古语和俄语。有人说，你是中国人，汉语本身就是一种外语了，何必还要多修三门欧洲语。我说我喜欢语言，班上有几个俄国同学用俄语交谈，我听起来挺有味的。"

这几个月来，辜鸿铭为了做好这次接待的翻译事宜，除了阅读大量有关俄罗斯的文献及俄国皇室资料外，还特别注意加强口语的温习，尽可能做到流畅准确，完美无憾。

"我们中国有很多方言，都不好懂，我做了五年粤督，还是听不懂广东话，外国也有方言吗？假若这个皇太子说方言呢，你听得懂吗？”

辜鸿铭笑了起来，说：“这点外国跟我们中国也差不多。同一个国家，同一个民族，因地域不同，语音也会有区别，比如说美国南部的语言跟北部就有明显的不同，但是不像我们国家方言之间的差距大。另外，他们也像我们中国一样，有官场通语，有上流社会交际语言。就拿俄国来说吧，首都圣彼得堡的上流社会里，便有一种他们习惯的言语声调，你要进入上流社会圈，先得把那套言语声调学好，不然你一开口，就露了马脚。别人会讥笑你是土包子，瞧不起你。至于在俄国宫廷，则以讲法语为时髦。俄国皇室成员，法语都很好，这位俄国皇太子曾在巴黎求学五年，能说一口流利的正宗法语。”

张之洞感到奇怪：“他们为什么这样抬高法语？”

“法语被公认为是世界上最严谨的语言，它的一个词一个字就只能有一种解释，没有歧义。所以世界上两个国家订合约，除他们各自的文字外，还要有一份法文本作为共同的依据，万一今后遇到分歧，则以法文本为准。”

“噢。”张之洞点点头说，“订合约用这种文字很好，但若用这种语言写诗，则会变得单调。诗无达诂，一个字一句诗，包含的内容越多越好，若一百个读诗的人，能得出一百种不同的感受来，那这一首诗就是最好的诗了。”

从外国的语言文字谈到自己擅长的诗文，张之洞的兴致大为高涨，对着旁边一群洗耳恭听的高级官员，侃侃高谈起来：“汤生，你读过李商隐的无题诗吗？那些诗真写得好，浓艳绮丽，扑朔迷离。沧海月明珠有泪，蓝田日暖玉生烟。汤生，你知道玉溪生这两句诗要说的是什么吗？”

“不太清楚。”在这样一种场合下，张之洞居然还有如此闲心吟起李商隐的情诗来，辜鸿铭既为总督好整以暇的气度所钦服，又深感诗文在其心中的分量之重。他心里暗暗想：或许，舞文弄墨才是这位大帅的本色。

“所以，后人有‘诗家总爱西昆好，独恨无人作郑笺’的叹息。过几年我致仕回籍，不做别的事，专门来做玉溪生的笺释。”

“大人做义山诗的笺释，那将是诗坛上功德无量的事。卑职也最爱读义山诗，到时我来给大人做助手。”王之春兴致勃勃地插话，半是实话，半是讨好。

张之洞听了这话很高兴，指着王之春对辜鸿铭说：“王藩台的诗写得不错，你今后可拜他为师学写诗词。”

当着众人的面夸奖自己的诗才，王之春很为总督给他面子而感激，忙说：“论诗，自然是香帅独步天下，无人可及的。汤生要学诗，还是拜香帅为师为好。”

辜鸿铭说：“我早想学诗了，只是没有遇到好老师。藩台称香帅独步天下，香帅称藩台诗写得不错，看来，二位大人都是诗坛射雕手。我今天当着众位面，就拜二位大人为老师学诗词，你们可不要推辞。”

说罢，起身，先向张之洞作了一个揖，又向王之春鞠了一躬。张之洞和王之春都快乐地大笑起来。因辜鸿铭这个举动，原先拘束的气氛一下子变得活跃起来，于是三三两两谈诗谈文谈洋人。有一个见多识广的巡抚衙门幕友便谈起俄国皇室秘闻来，悄悄地告诉大家：百年前俄国有个女皇名叫叶卡捷琳娜，统治俄国三十多年，开疆拓土，功劳最大，她的面首成百上千，数都数不清，武则天跟她比起来，那是小巫见大巫。这些官员大都昧于外事，对海外一向孤陋寡闻。这俄国皇室的风流故事让他们听得津津有味，如同吃了西洋大餐似的一快朵颐，纷纷催促这个幕友再多讲一些西洋宫廷艳史。正在这时，有人指着远处江面说：“俄国皇太子来了！”汉阳门码头接官厅顿时安静下来。

三艘军舰从下游溯江而上，慢慢地越驶越近。人们看清楚了，在前面领航的是湖北的神女号，后面两艘的船头分别写着保民、测海，那是南洋水师舰艇。前后两舰的桅杆上高高飘扬着杏黄色的大清三角龙旗，中间保民号的桅杆上并列飘着两面旗帜，除龙旗外，还有一面白蓝红三色旗，那是俄国的国旗。于是人们知道，俄皇太子是在这艘舰艇上。

长长的汽笛鸣叫声中，神女号引导保民号、测海号缓缓地靠近汉阳门码头，张之洞站起身来，谭继洵、王之春、陈宝箴也跟着起身。张之洞在前，其他三人在后，都迈着蹒跚的外八字步伐，踏过临时铺上红地毯的跳板，走上保民号，辜鸿铭跟在张之洞的身旁。梁敦彦忙用英语对客人们说了几句话，客人们立时起身，走出豪华气派的特等舱。

张之洞这一举动，是他的一时兴起。原来的安排是：俄国皇太子在桑治平、梁敦彦的陪同下，由舰艇上下来，张之洞等人在码头上等候；当客人的脚一踏上码头时，主人立时迎上前去。不料，张之洞一时高兴，竟然忘记了事先的约定，亲自走上船来。

刚一登上保民号，张之洞便发现两旁分别站着八个身着戎装的高大洋人。他想到这很可能是俄国皇太子的卫士，一时间他不知道如何与这些卫士打招呼，再看这些卫士，也都面面相觑，神色紧张，一个个木桩似的立着。显然，他们也不知上来的是什么人，该如何对待。

辜鸿铭见状，忙向领头的那位胸佩两排勋章的人走去。他估计这是卫士长，用熟练的法语对此人说："这是我们的最高统帅，你们应以迎接贵国元帅之礼对待。"

卫士长点头，对着两旁的卫士叽哩咕噜高声说了几句。卫士长的话音刚落，全体卫士立时双脚紧靠，发出一声干脆利落又整齐响亮的皮靴相碰声，然后十六只右手同时举到右脸太阳穴上。卫士长转向张之洞，又叽哩呱啦地说了几句话。辜鸿铭小声对张之洞说："俄皇太子的卫士向大人行军礼致敬，刚才说话的是卫士长。他说皇太子殿下卫士长四品武官伊万诺夫向最高统帅报告，一切准备完毕，请最高统帅检阅。大人您可以挥动右手对他们微笑致意！"

张之洞正在为局面的尴尬而犯难，不料辜鸿铭一句洋话便马上解决了。他轻轻举起右手，面带微笑地挥动着，两旁的俄国卫士笔立着纹丝不动，右手像被钉死在太阳穴上似的，目送张之洞一行缓缓走过。张之洞虽说做了七八年的制军，多次检阅过绿营兵士，但外国洋兵在他面前毕恭毕敬地举手行礼，有生以来还是第一次。一种极大的自豪感满足感油然而生，心里不免对辜鸿铭涌出感激之情来：若不是他的临机应变，何来这种荣耀！

此时，梁敦彦陪着客人已走了过来，双方在相距一步距离的地方停下来。梁敦彦对身边的一个洋人说了句英语，那洋人走出半步；张之洞估计此人是太子了，便也走出半步。梁敦彦介绍："张大人，这人便是俄国皇太子尼古拉殿下。"

张之洞微笑着说："欢迎皇太子殿下光临，武汉三镇蓬荜生辉。"

说话的同时，将客人仔细看了一眼。这位俄国皇太子大约二十五六岁年纪，身材足比张之洞高出一个头，淡金色鬈发在阳光下闪闪发亮，皮肤白净得比扑上粉的中国女人还要好看，高高的鼻梁上是一对灰亮的眼睛，合体的黑色西服中最为显眼的是领下那根红底黑条领带，浑身上下透露出一股逼人的高贵之气。中国制军心里暗暗喝起彩来。张之洞亲眼见过成年的同治皇帝，若拿同治帝与眼前的俄国皇太子相比的话，除开那一身价值数万两银子的龙袍要比他的西服华贵外，论长相，论气概，不知要输到哪般田地去了。一刹那间，张之洞有一丝自卑的悲哀，但很快便过去了。

皇太子指着旁边那个比他矮半个头的人说了一句洋话，梁敦彦一愣，他听不懂。梁敦彦只懂英语，刚才在船上彼此都是用英语交谈，没有障碍，现在见到张之洞，皇太子认为这是正式的外交活动开始了，遂改用俄国宫廷所视为高雅而正规的法语。见梁敦彦在一旁发呆，辜鸿铭轻轻地对张之洞说："皇太子在介绍他的表弟。他表弟是希腊维德森公爵的儿子，名叫凡纳。希腊公爵，相当于我国亲王，您可叫他凡纳世子。"

张之洞微笑着打招呼："一路辛苦了，凡纳世子，欢迎你！"

说话间也用心看了下这位希腊世子：年纪约为十六七岁，一头火红色的头发，一对蓝色的眼睛，一脸尚未脱尽的稚气，笑容中略带腼腆。

当辜鸿铭用流利的法语翻译的时候，尼古拉太子和凡纳世子都用一种惊讶的眼神看着他。他们倒不是惊讶辜鸿铭的法语娴熟，而是惊讶眼前的这个怪人：乍一看是个中国人，瓜皮小帽，长袍马褂；细看又不像，眼睛灰蓝，眼窝深陷，鼻梁高耸，皮肤雪白。两个洋兄弟口里不说，心里都在嘀咕：这到底是个中国人，还是个西方人，张总督的身边怎么会有一个这样的怪人？

"张制台，一向好吗？"这时，从尼古拉太子后面突然走出一个人来，大大咧咧地对张之洞笑着打招呼。

张之洞看时，这人二十多岁年纪，五短身材，身穿一袭石青色单龙江水海牙亲王服饰。他心里一惊：这多半是滚单上所写的肃亲王，刚才一时怎么忘记了他，没有先打招呼，真是不应该！

桑治平忙介绍说："这位是代表朝廷陪同俄皇太子的肃亲王。"

张之洞忙向肃亲王行大礼："下官失礼了，请王爷海谅。"

肃亲王哈哈笑道："贵客远道而来，自然应该先见客人。我一向于礼仪疏略，不必介意。"

这位年轻的肃亲王名叫善耆。光绪七年张之洞离开京师时，他才十二三岁，是个终日不出王府门的读书郎。张之洞不认识他，自是情理中事。肃王是满人入关之时封的八大铁帽子王之一，第一代肃王是太宗皇太极的长子豪格。传到善耆这一代，已经是第八代了。善耆这个人官做得并不大，但在中国近现代史上还是一个颇有名气的满人，使他成名的是两件事。一是二十年后，他在做民政部尚书时宽待谋杀摄政王的汪精卫，颇得革命党的好感。二是他生了一个汉奸女儿川岛芳子。此人以格格身份国色之姿而甘心认贼作父，充当日本间谍，干尽了损害中华民族的坏事。据说抗战胜利后，判川岛芳子死刑，执刑者因她的绝顶美貌而心乱目眩，以至于忘记开枪。

此时的善耆虽贵为亲王，但在王室中并无地位。他似乎也无从政野心，热衷的是吃喝玩乐，尤其对皮黄戏感兴趣。不仅喜欢听，而且自己也能唱。他常邀一批名伶进王府唱戏，自己也粉墨登场，和伶人同台演出，称兄道弟，并不摆王爷架子。俄国来的是太子，理应皇阿哥陪同，但大内至今尚无一个皇阿哥，只得从王府中遴选，二十六岁的善耆既是亲王又爱玩又无实际职守，自是最佳人选。

张之洞见过善耆后又将谭继洵、王之春、陈宝箴介绍给客人，三人分别和客人打过招呼后又都拜见善耆，主客之间寒暄几句后，张之洞便陪他们下船。在精心收拾好的驿馆里休息用过餐后，便按预定计划参观铁厂和枪炮厂。

午后，神女号载着俄皇太子、希腊世子和肃王等人，由张之洞率领的湖北高级文武陪同，浩浩荡荡地横渡长江，向着江北汉阳的龟山脚下驶去。刚刚靠近码头边，一阵阵震耳欲聋的鞭炮声，便从龟山脚下接连不断地响起。随即，一股股青灰色的硝烟向四面八方扩散，直冲山顶，很快，草丛树木之间便弥漫着雾似的烟气。俄太子和希腊世子还是第一次看到如此壮观的燃放鞭炮的场面，他们仿佛亲临炮声隆隆的战场似的，涌出一股强烈的新鲜感和刺激感。鞭炮声刚过，锣声、鼓声、铙钹声又接着响了起来，咚咚声、哐锵声有节奏地交错着，彼伏此起，热闹欢快。俄皇太子望着这些顷刻之间便能把喜庆气氛造得这等浓烈的中国乐器，极感兴趣。就在这一片闹腾中，张之洞陪着贵客们走下神女号，来到欢迎的人群面前。铁政局督办蔡锡勇走上前来，用流畅的英语致欢迎词，随后按照西方的礼节，两名可爱的小女孩向俄皇太子和希腊世子献上鲜花。两位洋王子十分高兴，手捧鲜花向众人挥舞。通往厂部的临时用黄沙铺平的大道旁，站立着二百名手持洋枪的大清士兵，他们正是张彪统率的督署亲兵营。看着二百杆在阳光下闪着幽幽蓝光的新式步枪，俄皇太子刚才的满脸笑容顿时失去，不由自主地整了整领带，小心翼翼地一步步迈着，直到走出兵戎队后，才觉得一颗心平静下来，又恢复先前的笑脸。

“尼古拉殿下，我们已经到了铁厂的厂部。”张之洞不无自得地指了指前方。

当听完辜鸿铭的法语翻译后，俄皇太子开始扫射这一片他还在圣彼得堡皇宫里便得知的闻名世界的汉阳铁厂。啊，真是个闻名不如亲见，从小起便以贫困落后孱弱受欺的形象留在他脑海里的古老中国，竟然会有这等气势雄伟的钢铁厂！

此时，十几个巨大烟囱的顶部正黑烟冲天，一座座小山似的矿石边，各种斗车正在忙忙碌碌地装货奔跑，大大小小高高低低的厂房里不时传来机器轰鸣声。厂区内，一条条平整的马路纵横交错，来来往往的员工人人身着统一的工装，并不在乎外国的皇储在身边走过，不露声色地做着自己的事情。尼古拉太子四处扫射了一下，估计铁厂的占地面积不会小于二百公顷。他也曾在本国及欧洲其他国家看过不少工厂，从铁厂的规模来说，在俄国可算是大工厂，在英法德等国中，也排得上中等偏大的位置。一边走着，督办蔡锡勇一边给俄太子介绍：这是钩钉厂，这是轧钢厂，这是化验室，这是抽水房，这是钢轨厂，这是修理房，这是绘图房，这是机器房。俄太子不停地点头，开始还能记得几个，到了后来，各种厂呀房呀在他脑子里打混，最后连一个名词也没记下。至于希腊世子，他跟着表兄来中国，只是想看看风景，吃吃中国饭菜，对厂房机器，他一点兴趣都没有，一路上东张西望，根本就没有听蔡锡勇在说些什么。蔡锡勇带着客人和主人一大帮子人马，从这个厂房里进，从那一个厂房里出，但见座座厂房都在紧张地工作，机器隆隆，马达声声，一派生产繁忙的模样。蔡锡勇兴致勃勃地一一介绍，张之洞是满腔热情地要向客人展示自己的政绩，他们并不觉得太累，首先疲劳不堪的是谭继洵。走了一半便发觉今天来铁厂十分失策，几次想不走了，找个地方歇歇，但他又是个拘于礼仪的人，这种场合下，那种举动他又做不出，于是只好咬紧牙关，拖着两只如同灌了铅块的老腿，勉强跟着队伍。再一个深觉劳累的是肃亲王善耆。从小养尊处优长大的善耆，出生以来没有走过这么多的路，更何况他的兴趣只在演戏听曲的玩乐上，做日常正经事，一点劲都提不起。这个机器那个厂房在他眼中，枯燥乏味至极，若按他的性子，早就要躺倒不走了，但作为朝廷的代表，他到底不好意思如此失礼，也只得硬着头皮挺着。

穿过十几间厂房车间后，来到了最主要的工厂——炼生铁厂了。一走进厂房，两个丈把高的炼铁炉便矗立在众人眼前，好像两座乌黑的铁塔，又好像两个大肚子黑金刚，顿时把客人和主人都吸引住了。一个年轻人走过来，问蔡锡勇身边的陈念礽："可以出了吗？"

"出。"陈念礽点了点头。

那年轻人走过去，对着围在两个铁炉旁边的工人们一挥手，只听见"哐啷"一声，两个铁炉的肚子突然开了，露出两个脸盆大的圆孔来。就在同时，两股沸腾铁水从铁炉的肚子里冲出来，直向炉子底座旁边的两个大铁桶里倾泻。溅起无数火花，犹如点燃了冲天花炮，又像夏夜的繁星坠落人间。这两股铁水火红火红的，就像火焰山逃出的两条赤龙，又如同老君八卦炉里流出的两道丹液，带着巨大的热量、灼人的光焰，直向周围的人群冲来，七八尺远外的参观者都受不了它们的强大迫力，情不自禁地向后倒退。

俄皇太子为这两条源源不断的熔化铁水鼓起掌来。本已疲惫不堪的谭继洵和善耆见到奔流的铁水后，也因高兴而振作起来了。张之洞见两个铁炉首次展现在外人面前，便能有这种壮丽非凡的表演，心中十分得意。他自豪地告诉客人："高炉一天一夜可出铁水八次，日产生铁五十吨，现在还在试产阶段，再过段时期，日产量可达一百吨。"

"好，好！"俄皇太子频频点头。"了不起，了不起！这样的炼铁厂有几座？"

蔡锡勇说："炼生铁厂目前只有一座，设计有三座。每一座两个高炉，第二座明年开工。第三座后年开工，全部建成后，日产生铁五百吨。还有一个炼熟铁厂，设计安装搅炼炉二十座，分为五组，已安装好的一组，今天也在炼铁，我们过去看看。”

“炼钢厂呢？”希腊世子突然插了一句话。在冶金领域里，这位十七岁的世子要比他的表兄知识多些。他知道，生铁、熟铁与钢是不同的，铁厂的关键在于炼钢厂。

真是哪壶不开提哪壶。对于这次参观，铁厂的心腹忧虑就在于炼钢厂。铁厂里真正见成果，让人看了喜悦的就是生铁、熟铁、炼钢三个厂，因为它们都是滚滚红流，可以造成一股夺目的气势。本来，铁厂因另一个炉子出现裂缝，只有一个炉子可出铁水，幸而从英国来的工匠在五天前赶到，将裂缝补上，于是有了今天的两个炉子出铁。熟铁厂有一组搅炼炉可以工作，勉强能对付过去，但炼钢厂是无论如何都不能投产，怎么办呢？万一客人提出来要看，如何回答？若说炼钢炉尚未装好，作为一个以炼钢为主要目标的铁厂，这不等于说铁厂尚未建成吗？不以实相告，又如何糊弄过去呢？

在铁厂这个有着三千员工的特大号工厂里，如果说有本事能炼出钢的人没有几个的话，那么，玩花招变戏法弄虚作假的人却多得很，并没有费多大的力气，办法就出来了。

蔡锡勇指着相距三十多丈远的一个厂房说：“钢厂就在那儿，我们去看看吧！”

王之春不知内情，心想：不是说从英国买来的炼钢炉还没有安装吗，带客人去看什么呢？

蔡锡勇带路，善耆和张之洞等人簇拥着尼古拉太子和凡纳世子来到钢厂。一进厂房，众人都觉得奇热无比。原来，环绕着一个高大的显得有点灰蒙蒙的炼钢炉旁边砌着十几个洋砖炉子，每个炉子里都燃烧着熊熊的焦炭火，炉口边的焦炭都已烧得红艳欲滴。那情景，仿佛当年后羿射下的红日全都落到这些炉子里来了似的。顷刻间，所有的人都汗如雨下，燠燥难耐。善耆是个虚胖子，此时里衣全部汗湿透了，心里在咒骂：这是个什么鬼地方，就像下了油锅似的！谭继洵已热得口焦唇燥两眼昏花，真恨不得立时走出这个炼狱。尼古拉和凡纳也有点纳闷：为何此处要摆这么多火炉子，它们作什么用？思忖间，两人身上早已大汗淋漓了。他们都穿着紧身的衬衣，系着紧紧的领带，外面的黑呢西服也都扣得整整齐齐。尽管热得浑身极为难受，但身份和教养都不允许他们有丝毫解衣扇风状，心里却巴望早点结束这个活受罪。

蔡锡勇微笑着对大家说："很抱歉，这一炉钢还要半个小时后才能出炉，请诸位稍稍等候。"

善耆、谭继洵等人听了这话，心里叫苦不迭，参观的人群中已有好几个人忍不住这酷热，走出厂房门。辜鸿铭把这句话翻译给俄皇太子听，太子的眉头皱了起来，看了看他的表弟，那神态更为不安。他抬头看了看火门，然后轻声对辜鸿铭说："这里太热，就不要等它出炉了吧！"

辜鸿铭一样地热得难耐，便借此机会说："那我们就出去吧！"

希腊世子巴不得这句话，忙说："不看了，到外面去透透风。"

辜鸿铭走到张之洞的身边，转达两位客人的意见。张之洞立刻满脸笑容，高声说："应客人要求，我们现在出去透透风，半个小时后再来看钢水出炉。"

众人如同领得大赦令，从死亡线上获得新生似的，纷纷走出钢厂。一股秋风从汉水上刮过，穿过龟山的花木草丛，来到铁厂，轻轻地抚摸着这群中外参观者。大家仿佛有生以来第一次享受这样的快乐，第一次觉得凉风的可爱。

蔡锡勇趁热打铁，对两位贵客说："枪炮厂就在铁厂的旁边，我们去看看吧！"

从心里来说，尼古拉、凡纳不想再去看枪炮厂了，此刻他们最大的希望是洗澡换掉湿衣服，躺下休息休息。但这一内容是早就由他们自己提出的，又不好意思拒绝，便只得遵照安排，穿过铁厂的右侧门来到枪炮厂。

枪炮厂的占地面积虽只有铁厂的一半，但仍然是一个很大的工厂。这里也有五六个高大的烟囱和十来个厂房，蔡锡勇依旧精神抖擞地一一向客人介绍：零件厂、子弹厂、运输处、修理部……但包括两位客人在内，所有的参观者都已没有刚才的兴致了。

当蔡锡勇提出一一看时，尼古拉太子说：“只看看组装成枪的那个厂吧！”

蔡锡勇说：“好，那我们去看看装配厂。”

众人于是径直来到枪炮厂里的最大厂房。一进厂房，便看到一排排崭新的步枪摆在工作台上。蔡督办指着枪支介绍，这些枪都是我们厂造的：这是仿造的英国毛瑟枪，这是仿造的德国克虏伯枪，这是仿造的英国波利枪。太子和世子既不是带兵的将领，又不是做枪炮买卖的军火商人，根本就不懂这个枪、那个枪的，只得胡乱点头叫好。陈念礽在一旁用英语补充：“铁厂大门两旁卫士手中的枪，也全都是我们这个枪炮厂自己造的。”

尼古拉太子的眼睛睁得亮亮的，刚进门时那种肃杀的气氛给他留下了很深的印象，凭直感，他觉得那些枪的杀伤力不小。他抬起头来将车间前后左右看了一眼，车间里摆了几十座工作台，每座工作台上都摆满各种枪上的零部件。穿着一色工装的工人都在忙碌着，熟练地装配枪支，“咔嚓、咔嚓”的清脆响声从各个角落里传来，把一个装配车间弄得像演兵场样的杀气腾腾，随时都会有刀出鞘、弹出膛的厮杀局面出现。

尼古拉太子心里想：用不着再看了，这里正在生产仿欧美各国的最新枪支，估计仅这个车间一天装配一千支枪不成问题，若照此推算，年产量将有三十万支以上，三年下来便足可以装备一个国家的军队了。如此一想，年轻的俄国储君不禁生出几分敬畏之心来。

其实，这个洋太子完全被中国人给蒙了。

枪炮厂虽然建成了厂房、烟囱，安装了不少机器，还有近一千号员工和十来个洋匠，但正经制造枪炮子弹的机器，从英、美定购的还没有运来，向江南制造局买又没有买到，这些枪支子弹怎么能生产得出来？尽管若干年后汉阳枪炮厂红得发紫，曾经在一段相当长的时间里成为中国第一号兵工厂，它所制造出的数以百万计的汉阳造，二十年后成为反清革命志士手中的精良武器，四十年后又为抗日战争立下汗马功劳，然而，在当时，它确实还只是有其名无其实。

今天展现在洋太子面前的这一切，全是湖北绿营的表演，这幕戏由已升为参将衔亲兵营头目张彪一手导演。他将亲兵营三百五十名兵士全部派到枪炮厂。其中二百名士兵荷枪列队迎接客人后，便分散在厂部各处巡逻站岗，一方面防备意外，确保安全，一方面也制造出一种凛然不可侵犯的气氛，给俄皇太子一点精神上的压力。另外一百五十名便全派到装配车间。在驻防武汉三镇的绿营处，张彪收集了二千杆新式步枪，一大半摆在厂门进口处做样子，一小半被换上工装的士兵拆开散在工作台，然后在客人来的时候，再一支支地装上。这些士兵为此训练了半个月，明知这是在弄虚作假，但在一种“灭敌人威风，长自己志气”的宣传鼓动下，一个个心中充满着爱国的激情，仿佛大家所做的正是一桩捍卫国家尊严、打击洋人嚣张气焰的庄严神圣的大事，与平日的虚假蒙骗有本质上的不同。

从枪炮厂出来后，尼古拉太子怀着很大的敬意，一本正经地对张之洞说：“总督先生，您所创办的钢铁厂是亚洲的第一大钢铁企业，整个亚洲，再也找不出第二个这样的工厂了，就是我们俄罗斯，甚至包括欧洲大陆，也很少有几个在规模上能与此处相比的钢铁厂。一年多的时间里能造成这样大的钢铁厂，您毫无疑问创造了东方的奇迹。您是当之无愧的中国英雄，我佩服您，我要向世界宣扬您的成就。您的枪炮厂也很了不起，一年造出的武器可以装备一个集团军，三五年后贵国所有的军人手里拿的都将是您造出来的枪炮，您对中国的贡献太大了！”

辜鸿铭把这些话一字不漏地翻译出来。张之洞听后无比兴奋激动，一种扬眉吐气、宏图已绘的豪情勃然兴起，嘴里却有节制地说道："太子殿下夸奖了，无论铁厂，还是枪炮厂，都还在刚刚起步的阶段。太子殿下下次再来的时候，我们的事业将会更宏大，更兴旺。"

第二天上午，由肃王善耆和藩司王之春及协理总文案梁敦彦等人陪同，客人游览了武汉三镇的名胜风景。下午四时，以湖广总督衙门名义所举办的盛大宴会在晴川阁举行。

离铁厂大约五里处的龟山东端，巨石突兀嶙峋，直劈长江波浪，这便是禹功矶。它上面的禹王祠、禹柏、岣嵝碑等，都是武汉三镇有名的前人遗迹，尤其令人流连的是，此处占尽山川之胜。风和日丽之时，登禹功矶，眺望对岸高耸的黄鹤楼、雄踞的黄鹤矶，眼中长江之水滔滔东去，一泻千里，随风起伏的波涛上白帆片片，江鸥点点，真令人心旷神怡，豪情满怀。远在明代，范仲淹的十一代孙范子箴出任汉阳太守时，便在禹功矶上建了一座二层楼房，四面皆空，设茶坊酒店于上层，刻唐贤宋人诗词于楹柱，以利客人坐在桌上便可感受猎猎江风，极目楚天形胜。范太守极喜崔灏《登黄鹤楼》中的"晴川历历汉阳树，芳草萋萋鹦鹉洲"句中的"晴川"二字，将此楼命名为晴川阁。得知俄皇太子要来武汉后，晴川阁便定为设宴之地，予以重新修缮。

此时，武汉三镇罕见的盛宴已经摆开。首席上一张大圆桌，第一号客位坐的便是两年后登上沙皇宝座的尼古拉太子，左手边坐的是肃亲王善耆。肃王既是接待尼古拉的主人，又是光临武汉的贵宾。挨着善耆坐的是谭继洵，以下王之春、陈宝箴、桑治平。第二号客位坐的是希腊世子凡纳，凡纳之下依次坐的是梁敦彦、蔡锡勇。与尼古拉对面相坐的是今日宴席的主人湖广总督张之洞。为便于翻译，辜鸿铭坐在太子和世子之间。团团圆圆的席上，可谓客人尊贵，主人高雅，满桌陪伴者尽皆三楚精英，华夏俊才。

今天上席的全是地道的鄂菜。这鄂菜虽不列中国的八大菜系，算不上名菜，却也自有它的味道。突出的特色是味重色香，讲究的是火候工夫，尤以煨汤名闻海内。湖北的煨汤用的是不上釉彩的黑土瓦罐，将要煨的新鲜食物洗净，连冷水一道装进瓦罐，水平罐口。先用猛火煮三滚，这时瓦罐的水溢出三成。再上各种调料平罐口，将罐口盖好用石头压紧，然后再用温火慢慢熬，一直熬到汤只有三成为止。此时，打开罐口，浓香扑鼻，倒出的汤鲜美可口，喝下肚去，浑身舒泰，留在嘴里的余香，三日不散。而且这种汤什么都可以煨，贵到山珍海味，贱到萝卜红薯，一样地都可以煨出超过原味三分的汤来。

今天，主人为客人精心选择了四个煨汤：长江喜头鱼（即鲫鱼。鲫与吉谐音，吉字乃喜字之头，故称喜头鱼），汉水甲鱼，洪湖莲藕，郧阳木耳猴头菌。尼古拉贵为俄皇太子，自小吃的是西餐大菜，奶酪面包。莫斯科冻牛肉，巴黎烧蜗牛，伦敦烤乳猪，罗马大羊排，一直被他认为是世界上最好吃的名菜。今日喝了武汉的这四道煨汤，一口口香鲜美味直沁心脾，把他心中的四道名菜统统压了下去，嘴里不断吐出他今天上午刚学会的中国话："好，好！"惹得众人一齐开怀大笑。

凡纳世子也将这些中国菜吃得津津有味。

辜鸿铭拿起桌上的酒壶，给两位贵客斟上，然后对尼古拉说："酒怎么样？好喝吗？"

"好喝，好喝极了！"与所有的俄国男人一样，尼古拉太子也十分爱喝酒，今天的酒和煨汤都令他觉得异常新鲜有味。

"比贵国的伏特加如何？"

"比伏特加要香醇，进口时的感觉也比伏特加要好。"尼古拉以行家的口吻答。

"俄国的伏特加不好喝。"希腊世子直爽地插话。"伏特加除酒性烈外，没有别的味道。"

他朝着太子说："我怀疑你们的伏特加就是白水兑酒精。"

尼古拉并不以凡纳贬低伏特加为意，笑着说："比起中国的酒来，伏特加是要差些，我这一路上喝的中国酒都比伏特加好。不过，我们俄国人喜欢喝伏特加，就是看中它的酒性烈，一瓶伏特加喝下肚，勇气一下子就来了，什么事都敢做，死都不怕。”

辜鸿铭笑着说：“这就是酒的作用，我们中国自古就有烈酒壮起英雄胆的说法。”

尼古拉指着酒壶问：“这酒叫什么名字？”

“东坡万寿春。”辜鸿铭答。“东坡就是中国古代的大诗人苏东坡，他曾被贬在湖北黄州。他喜欢喝酒，也精通酿酒的技术，他把他的酿酒术传给黄州百姓，世世代代黄州百姓都酿这种酒，为纪念他，取名为东坡万寿春。”

尼古拉点点头。他不懂中国文学史，也不知道苏东坡是谁。

这时，一个妆扮俏丽的年轻女艺人，抱着一把琵琶走了上来。这是宴席上安排的一个内容，既请俄皇太子欣赏中国的艺术，也为酒宴助兴。女艺人是湖北汉剧的名伶。湖北汉剧虽不是一个很大的剧种，却是与眼下走红京师的皮黄戏有着血缘联系。它是皮黄戏的源头之一，腔调优美，很受江汉一带百姓的喜欢。

女艺人向客人优雅地行了一个礼，然后坐下，轻轻地拨弄丝弦。清脆的过门调奏响后，晴川阁里的所有杂言细语都停了下来。两位欧洲贵宾还是第一次听这种乐声，觉得十分美妙动听。女艺人开口唱了起来。歌喉甜润柔美，歌曲婉转多变，两位客人都为之深深吸引，只可惜，他们听不懂唱的是什么。女艺人退场后，尼古拉请辜鸿铭翻译出来。

辜鸿铭说：“她唱的是用汉剧腔调谱的一首很有名的诗。诗的作者是一位神童，他在十三岁的时候写出一篇很受人喜欢的文章。这首诗写在这篇文章结尾处，这位神童在中国家喻户晓，他的名字叫王勃。”

“王勃。”尼古拉用生硬的腔调模仿辜鸿铭的话。

从这两个字里，张之洞听出刚才辜鸿铭是在给客人讲叙王勃的事，他笑着说：“王勃的《滕王阁序》是靠一位神仙的帮助才得以问世的。滕王阁开宴席的前一天，王勃还在距南昌府七百里的江面上，根本无法赶到。夜里马当神吹来一股风，将他的船一夜之间送到南昌府。第二天上午，他如期到滕王阁，于是有了这篇美文和这首好诗。”

辜鸿铭忙把总督的这段话翻译给尼古拉听。尼古拉睁大着眼睛问：“真有这样的事吗？总督先生说的神仙真的有吗？”

听了辜鸿铭的翻译，大家都哈哈笑起来。

善耆插话：“这个人太聪明，可惜，寿命不长。二十七岁那年坐船不小心，落水死了。”

辜鸿铭又把善耆的话翻译给俄皇太子。

皇太子感慨地说：“我们俄国也有这样一个诗歌写得好的神童，他活得也不长，只有三十多岁。他不是落水而死的，他是因为夫人爱上了别人，他跟那人决斗，被那人用子弹射死的。他的名字叫普希金。”

这回轮到在座的中国官员睁大了眼睛，一个个在心里嘀咕：这是怎么回事？自己的老婆偷了野汉子，反而还要跟野汉子决斗，被他打死？这俄国怎么就是这样的怪风俗！这位神童普希金真是冤里冤枉丢掉了一条命。把野汉子扭送官府法办呀！或干脆，休了她再娶一个呀！在咱们中国，这是再简单不过的事了，决不会要把自己的命搭上。夷狄真是夷狄，一点礼仪都没有！善耆、张之洞、谭继洵等人都在心里冷笑着。

“他在十四岁的时候写出一首轰动俄国上层社会的名诗。”尼古拉太子怀着对俄罗斯诗歌的太阳无限崇敬的心情，情不自禁地用俄语背诵起《皇村怀古》中名句来：

瀑布好似明珠串成的小河，
从乱石堆成的山包上泻落，
水中的仙女在平静的湖面溅起缓缓荡漾开来的水波。

一座座宏伟的宫殿安静肃穆，
一个个圆形的拱顶直耸云霄。
地上神仙在此把逍遥岁月度过，
这里是俄国雅典娜的神庙。

座上的中国人，包括精通英文的梁敦彦也听不懂俄皇太子嘴里念的是什么，但从他专注虔诚的神态中可看出普希金及其诗歌在他心目中的地位。待辜鸿铭将它用中文翻译出来之后，张之洞、王之春这两位中国官场中的大诗人都很失望：这哪是诗，只不过一段有韵脚的话而已！

“太子殿下。”辜鸿铭用法语对尼古拉说，“这首诗是普希金的少年之作，此时的他尚不太懂世事，故而对叶卡捷林娜女皇倍加崇敬，赞扬她为俄国的雅典娜。据我所知，成年以后的普希金，对叶卡捷林娜的丰功伟绩却不以为然，十年后，他再写皇村的时候就只写风景，不谈历史了。”

俄皇太子没有想到，这位翻译竟然对普希金有如此多的了解。他以三分惊奇七分挑战的神态对辜鸿铭说：“看来，辜先生对普希金很有研究，不知你刚才说的十年后的皇村诗能记得一两句吗？”

“我可以全部背诵给你听。”辜鸿铭得意地笑了笑，然后用纯正的俄语背道：

美好的盛情与往日的欢乐的守护者啊，
哦，你啊，
槲树林的歌者早就熟悉的保护神，
记忆啊，
请你在我的面前描绘出那些我用心灵生活的迷人的地方，
还有那些我曾经热爱过，我的感情在那儿发展成长的树林，
在那儿，我们童年和最初的青春融合在一起，

在那儿，由于受到大自然和幻想的抚养，
我认识了诗歌、欢乐与宁静……

“辜先生，请不要背下去了。你的俄语和你的记忆力都令我惊讶不已，佩服不已。你对普希金诗歌的热爱，更让我感激。普希金是我们俄罗斯的骄傲，我没有料到在中国，能遇到一个普希金的热爱者。你爱普希金，就是爱我们俄罗斯，我太谢谢您了。”

俄皇太子激动起来，话说得恳切而真挚，他的态度也让辜鸿铭激动：一个懂得珍惜自己文化的民族，才是真正强大的民族！

太子用俄语说完这番话后，又伸出大拇指，用中国话说：“好，辜，好！”

张之洞等人从俄太子的神情和这三个中国字里已听出辜鸿铭和客人谈得十分融洽，并且赢得了客人的赞扬，这正是宴会所需要的气氛。于是，他乘机举起酒杯来，对客人说：“为了中国和贵国的友好，请太子殿下干了这一杯。”

“好！”听了辜鸿铭的翻译，尼古拉一口把杯中的酒喝干。

“吃菜，吃菜！”善耆拿起匙子给太子和世子各舀了一勺汤。

凡纳悄悄地用希腊语对尼古拉说：“辜先生的法语和俄语都说得很好，不知他会不会说希腊话。”

谁知，这两表兄弟的悄悄话让正在斟酒的辜鸿铭听到了，他立即改用希腊语笑着对凡纳说：“我当年在爱丁堡大学读书时，主修的是希腊文，法文和俄文还在其次。”

凡纳大吃一惊，对辜鸿铭准确的希腊语很感意外。他不好意思地说：“辜先生，你真是语言奇才，一个中国人，能说这么多欧洲语言，举世少见。”

辜鸿铭继续用希腊语说：“古希腊是欧洲文化的发源地，我研究欧洲文化，不能不懂希腊语，古希腊神话和荷马史诗一直令我景仰。我虽说离开欧洲十年了，但荷马史诗，我还能背诵一些。”

“真的？”希腊世子兴奋地说，“那你背两句《伊利亚特》给我听听。”

“行。”《伊利亚特》是荷马史诗中的最重要的一部，辜鸿铭略微想了想，背道：

赫克托耳回答说：
保卫特洛亚是我的职责，
有关战争的一切，
都是我分内的事，
如果我赫克托耳像懦夫一样逃离战场，
岂不要被特洛亚的英勇的儿子们
和穿着长袍的妇女所耻笑。

“背得好，背得好！”凡纳到底年纪小，快乐得竟然鼓起掌来。

众人虽听不懂希腊话，见辜鸿铭的一通洋话博得世子的掌声，猜想他一定用卓越的表现获得了客人的欢喜。希腊虽是小国，但他既是俄国的亲戚，也就不能轻视，也不能排斥眼前的这个十多岁的贵族子弟，有执掌希腊王权的可能性。想到这里，善耆带头，大家也轻轻地鼓了两下掌。

尼古拉来中国一个月了，从北京到天津到上海，沿途与不少翻译打过交道，像辜鸿铭这样的语言天才和记忆大师，他还是第一次遇到。这个怪模怪样的中西混血儿赢得了他发自内心的敬重，他从西服上衣口袋里掏出一只怀表来，对辜鸿铭说：“很高兴在中国遇到你这样了不起的人才，我愿与你交个朋友。这块怀表，是父皇所赐，送给你聊表我的诚意。”

说完双手递了过来。

这是一块小酥饼大的镶着名贵钻石的瑞士怀表，是瑞士国王送给尼古拉的父亲亚历山大三世的国礼。尼古拉二十岁生日时，亚历山大三世将它送给了儿子。在夕阳的照耀下，这块瑞士名表闪烁着五彩宝石光，将在座所有人的目光都吸引过去了。

面对着这份价值昂贵的礼物，辜鸿铭犹豫了一下。回国近十年来，他深深感觉到中国的等级观念远过于西方，尤其是官场上。“官大一级压死人”，这话是一点都不错的。今天的这个官方宴席，论地位则肃王善耆最高，论实权则总督张之洞最大，这块怀表，送给他们两人中任何一个都可以，却不能送给他这个没有品级的幕友翻译。如果接下，便立即有失礼之过。但是，人家皇太子的一番诚意，又怎能不接受呢？辜鸿铭毕竟聪明，稍一犹豫，便接过来用法语说了声“谢谢”，然后捧着怀表来到张之洞的身边，利用双方都听不懂的有利条件，对他说：“香帅，俄皇太子在上海时就听说您是很有名的诗人，他又仰慕中国书法，现在他特为送这块他父皇送给他的怀表给您，希望您送给他一首亲笔写的诗。”

张之洞听了辜鸿铭的这番话后，心里为俄皇太子看重他的诗和书法而高兴，便说：“我可以送他一首诗，但不必拿这么高的代价来换。”

辜鸿铭正想再说两句，善耆一把从他的手里拿过怀表说：“张大人，你不必客气了，这块怀表是真正的皇家珍宝，多少银子都换不来。他既然愿意，你何不乐得收下。”说着，仔仔细细地把玩起来。

和当时京中所有的王公贵族一样，善耆也是个西洋钟表迷，家中英国的、法国的、德国的、瑞士的钟表堆了两屋子，坐的、立的、挂的、大的、小的、圆的、方的，各种形式的都有，但这种正经八百的外国宫廷珍品却没有。他对这块怀表喜爱至极，只是碍于身份和客人的面子，不好意思问张之洞要。

张之洞已看出了善耆的心思。善耆既然喜欢，不如收下转送给他，这种人跟他贴近亲乎总是有用的，说不定哪天他就成了御前当差王大臣，也说不定哪天就成了军机处领班，于是笑着说：“好，你跟跑堂的说一下，叫他们摆出一张桌子来，弄好笔墨纸砚，我今天就在晴川阁赋诗一首。”

辜鸿铭马上把这个话翻译给俄皇太子，又说总督先生的诗如何如何好，书法如何如何精妙，说得俄皇太子满心欢喜。

一会儿，一切都准备停当。

听说张大人要赋诗了，主席、陪席上的吃喝全部停下来，大家满怀兴致地要一睹这难得的盛况。

张之洞的确是个出色的诗人。他喜爱吟咏，也勤于吟咏，十二三岁时便能写出很好的诗来，直到外放晋抚前三十年间，他写过上千首诗。他景仰苏东坡，诗文写作也走的苏氏路子。豪放洒脱，不过于斟字酌句，而注重整篇的气势雄健。他推重唐风宋骨的诗风，自己素日的创作则偏重于宋人风格，用字质实，造语浑重，用典精切，立意独创。京师诗坛，从翁方纲开始，一直流行学人之诗，重肌理格调。张之洞的诗以厚重宽博的特色甚合学人胃口，故最为官场士林看重，所作诗歌广为传诵。自出任山西巡抚后，政务繁忙，诗兴索然，十多年间他一首诗都未写过。有时，清夜扪心自问：一首诗文不作，哪里是翰林出身者所为，岂不与军功捐班同流了！一早醒来，盈尺簿书、烦杂钱谷又等着他去处理，中宵萌生的一点诗意立刻荡然无存了。

此时，面对着雄阔壮美的三楚风光，想起洋务事业的粗具规模，多年消失的诗情突然在张之洞胸中涌冒出来。吟一首吧，让这位俄国的皇太子将它带回俄国，带到沙皇的宫廷中去，让他们知道中国有一个张之洞，有一个正在做富国强兵实事的湖广总督，从今以后，不能对中国有非分之想。是的，这诗非写不可，这还不只是我张之洞个人的诗，这关系到中俄两国之间的大事。想到此，他认为也应该为那位希腊世子写一首，其意义也一样的重大。他对王之春说：“爵堂，我多年未作诗了，诗路枯窘，我会勉强凑出一首来，还有一位希腊贵客，不能冷落他，你就代我做一首送给他。我们一道来应付这个差事。”

王之春正要借这个大场合展现一下他的诗才，遂满口答应。

在大家殷殷期待的目光中，张之洞终于走到桌子边，提起笔来。尼古拉太子、凡纳世子忙过来观看，善耆、谭继洵、辜鸿铭等也围了过来，只有王之春正在遥望长江西头的那一轮血色落日，搜肠刮肚地构思着。

善耆很高兴，不顾王爷之尊，一边抚摸着手中的怀表，一边大声念着出现在宣纸上的诗句。

海西飞轪历重瀛，储贰祥钟比德城。
日丽晴川开绮席，花明汉水迓霓旌。
壮游雄览三洲胜，嘉会欢联两国情，
从此敦槃传盛事，江天万里喜澄清。

张之洞刚收笔，王之春便得意地走过来说："香帅，我的诗也出来了，也是一首七律，与香帅不谋而合。"

"好极了，你念我写。"

张之洞拿过另一张宣纸，随着王之春抑扬顿挫的吟诵声，纸上又现出张之洞一行行遒劲的书法来。

乘兴来搴楚畹芳，海天旌旆远飞扬。
偶吟鹦鹉临春水，同泛蒲桃对夜光。
玉树两邦连肺腑，瑶华十部富缣缃。

停了一下，王之春接着念："汉南司马展雄图，多感停车问七襄。"

张之洞手中的笔停住，说："八句诗句句都好，就是这'展雄图'三字改一改，我都快花甲之年了，还展什么雄图，雄图让你们后生辈来展吧。"

王之春说："大人不老，正是大展雄图的时候。"

张之洞摇了摇左手，右手下又现出两行诗来。将王之春所吟的诗句作了小小的改动：

汉南司马惭衰老，多感停车问七襄。

写完后，又分别在两首七律的左侧写上“赠俄国皇太子尼古拉殿下。”“赠希腊公爵世子凡纳帐下。”

张之洞对两位贵客说：“诗虽写好了，但要裱糊才能悬挂。”

善耆忙说：“这事就交给我吧，我叫人裱好送给他们。”

张之洞借机笑道：“那就有劳王爷大驾了，俄皇太子所赠的这块怀表，就请王爷笑纳，算是我的借花献佛。”

“好，这是你张制台的盛情，却之不恭，我收了。”

善耆边说边将手中的表放进衣袋里。晴川阁内外，响起一片笑声，中外贵客皆大欢喜。

七　江湖郎中从武当山带来九截罕见的焦桐琴材

俄国皇储尼古拉太子与希腊公爵凡纳世子离开武汉不久，英国人办的中文版《字林西报》，便以重要位置连续两天报道俄皇太子一行在武汉三镇参观的情况，着重介绍了汉阳铁厂和枪炮厂，称赞汉阳铁厂是亚洲第一大钢铁企业，又说汉阳兵工厂年产新式步枪三十万支，而这些赞誉用的都是俄皇太子的原话。并随文刊载了好几幅工厂正在生产的实况照片，又详细报道了晴川阁的盛宴，而且刊登了张之洞赠送给两位贵宾的诗。

《字林西报》是一家很有权威的报纸，西方各国公使对于中国的事情，一般不相信从北京发出的京报，认为那纯是朝廷的御用工具，反而相信设在上海的《字林西报》，说它公正，不存政治偏见。因为洋人看得起，朝廷便跟着看得起。于是，这家外人办的报纸，反而比中国人自己办的报纸更有分量，说的话更算数，真令中国人尴尬难堪。不幸的是，这种现象竟然延续多年，成为近代中国诸多悲哀中的一个。

《字林西报》的这篇报道，特别是它对汉阳铁厂、枪炮厂以及湖广总督张之洞的赞扬，立即在海内海外朝野上下引起轰动。朝廷中过去有些人经常指摘张之洞好大喜功、挥霍靡费，现在也缄口不言了。支持他的人，遂借机赞扬张之洞办的是强国富民的实事，为国家争了脸面，应当大力支持。这些人明显占了上风，户部下文，允许张之洞从上交盐课中截取八十万两银子，用于铁厂和枪炮厂的兴建。英国、法国、德国驻汉口领事馆都派人前来总督衙门，商谈如何将本国的机器卖给湖北。英国领事馆仗着辜鸿铭的那段往事明显地占了优势。他们又主动提出低息借二百万港元，以江汉关关税作抵押，这无疑是雪中送炭的得力之着。

有了八十万盐课和二百万洋款，张之洞真个是如虎添翼，借长袖而起舞了。第一步，便是将筹措多年的织布局厂房兴建起来。

早在两广总督任上，张之洞在筹办铁厂的同时就酝酿建广东织布局，并拟以向闱赌商派捐的办法来筹款，先一年派捐四十万两，第二年派捐五十六万两。银子还没有收上来，张之洞便奉调武昌。李瀚章不愿办铁厂，也不想办织布局，于是张之洞连铁厂一起将织布局迁到武昌。

因为湖北经费紧张，必须仰仗广东的银子，张之洞遂与李瀚章商议，粤鄂共办织布局，广东省以九十六万两银子捐款作为股份入局。但李瀚章对织布局能否赢利无信心，反复磋商后同意拿出五十万两银子入股。张之洞不得已在湖北东挪西借，又凑了三十万，才将英国机器的订购款付清，去年机器已运到武昌来了。但一则缺经费，二则忙于铁厂、枪炮厂分不过心，于是这些机器便只好锁进仓库。这下好了，张之洞从中拿出五十万两银子来，立即在武昌城文昌门外兴建厂房。

接下来，张之洞便着手创建纺纱厂。湖北天门、潜江一带历来便是有名的产棉区，所产棉花量多质优。民间纺纱工艺粗糙费时，好棉花却得不到好的使用。那年张謇、郑观应向张之洞建议，棉花是湖北一大财富，不利用太可惜了。现在织布局办起了，棉纱便有了固定的销路。用湖北的棉花纺湖北的纱，用湖北的纱织湖北的布，再将这些布匹向各省销售。纺纱、织布两局都赢了利，又可以补贴铁厂和枪炮厂，还可以办别的事，这是一条正经八百的生财致富之道。于是挨着织布局的旁边，一座规模宏大的厂房又动工兴建了。

这时，上海有个丝业巨商黄佐卿，看中了张之洞是个有气魄办实事的官员，他极想将已在江南开创并收效甚好的蚕丝事业，借张之洞的权力在湖北发展，于是从上海来到武昌，提议与湖北合办缫丝局：湖北官方出银八万两，他出银二万两，所得利润同样八二分成。张之洞欣然赞同。于是湖北缫丝局的厂房便在武昌水果湖旁边也热气腾腾地兴工了。黄佐卿又向张之洞建议，湖北苎麻种植面广，将这项资源开辟出来，也是一件利国利民的好事。张之洞也采纳了他的建议，委托他派人去日本购买制麻机器，物色技师，一待缫丝局建成投产后，便来全力筹建湖北制麻局。

张之洞雄心勃勃，希望通过布、纱、丝、麻四局的建立，在湖北形成一套用洋机器生产的纺织工业体系，既直接造福于湖北农人，方便全国百姓，又将开中国新式纺织风气之先，使沿袭几千年的手工织布，从农人家中走出来，变为大量生产的社会商品。

随着洋务事业的蓬勃发展，张之洞越来越感到洋务人才的短缺。他和蔡锡勇等人商量，在铁政局旁边兴建一所洋务学堂，取名自强学堂。聘请蔡锡勇兼任学堂总办，以陈念礽为提调、梁敦彦为总教习，聘请所有从美国回归的留学生为教习。自强学堂设方言、格致、算学、商务四科。以方言为基础科，方言科以西文为主，分英文、法文、俄文、德文四门。

因为布、纱、丝、麻四局的原料均来自乡村，农学已成为一门必须研究的大学问，又因为铁厂枪炮厂急需一批操作工，张之洞又相继办起湖北农务学堂和湖北工艺学堂。

这期间，炼钢炉已安装好，枪炮厂的机器也全部从美国、德国等国家运来，铁厂和枪炮厂名副其实地投产运行了。

短短的一年多时间里，湖北的重工业、轻工业从无到有勃然兴起，新式学堂由少到多全面兴办，以汉阳铁厂为代表的湖北洋务事业如一股大潮，冲击着一向保守闭塞的荆楚官场士林、城镇乡村，引起各界震动，从而使得两湖风气大变。它又如一道虹霓，闪耀着七彩光亮，高悬在江汉天穹，备受朝野内外、东西南北的瞩目，成为时论舆情的热点、府衙廛市的谈资，或誉或毁，或慕或嫉。总之，都不能轻觑小看，更不能无视它的存在。

看着这一切，身任十余年艰巨的张之洞心中泛起一股自得自慰之感，也就在这时，他突然有了一种疲倦感。

佩玉对丈夫说："早该歇歇了，即便是一尊罗汉，这样没命的辛苦，也要闹出病来的。趁着休闲的这些日子，把孩子们的大事给办了。我看你，都把这事丢到脑背后去了吧！"

这怎么可能呢？仁梃、准儿的母亲都不在了，娶妇嫁女的大事，理应由他这个做父亲的一手操持。早在徐致祥参劾案之前，他和佩玉就商量过小儿女的婚事。参劾风波平息后，张之洞正儿八经地将此事提出来，分头与桑治平夫妇、准儿和念礽谈起，令他欣慰的是大家都没意见。

桑家夫妇喜欢仁梃是意料中事，连准儿都相中念礽的人品才学，不嫌他大自己十二岁，张之洞对女儿的择人眼力甚是满意。

于是张之洞和桑治平商量，决定先订婚，两年后再结婚，一则是四个年轻人中三个都尚小，过两年正好，二则因为张之洞曾托付吴秋衣办的事，还得过两年才有消息。

原来，小儿女们订婚的先一年，在吴秋衣离开武汉准备继续漫游天下的前夕，张之洞托老友为他寻觅几块好琴材。吴秋衣问他做什么用。他说准备几张琴，今后儿子娶妇、女儿嫁人，不送银钱，每人送一张琴。吴秋衣拍手笑道："好个高雅的总督，这礼物再好不过了。"两人约好，三年后的中秋节前再在武汉相会，吴秋衣一定设法带几块好琴材来。

现在离三年约期只有两个多月了，那个浪迹江湖的郎中还记得这件事吗？无论吴秋衣返不返武汉，琴材有没有觅到，今年秋季是一定要将小儿女们的大事办了的。

就在中秋节的前几天，归元寺的小沙弥给总督衙门的大门送来了一封总督亲启的信。张之洞拆开信一看，原来是吴秋衣的亲笔，说是三天前已重返武汉，现仍住在归元寺里，已觅到上等琴材，欲送上衙门，请定一个时间。

张之洞想，让一个江湖郎中进衙门来找他总不太合适，便随手写了两句话：定于明天傍晚在归元寺会面，纯是朋友晤谈，万不可惊动寺院僧众。封好后交归元寺的小沙弥带回。

次日傍晚，身着便装的张之洞与桑治平、大根三人悄悄地来到归元寺。此时，山门已关，香客和游人都已散去，喧嚣浮躁也随之被安宁清静所代替。薄暮之中，鼓声在沉沉地响着，依稀可见香炉中的余烟尚在袅袅升腾。佛祖和众菩萨罗汉的金身塑像，在暮色苍茫和霭霭香烟中，比起白日来更为神圣庄严。

闹市中的归元寺，大概只有这个时候，才真正像一座丛林禅院。四年前，监院上告方丈与知客僧合谋私卖龟山寺产的事，后来因为将赵茂昌与张之洞搅和在一起了，湖广衙门也无人来追查，方丈听到风声后，便赶紧破土动工兴建罗汉堂。

罗汉堂一动工，一则说明钱是用在正路上，二则众僧的兴趣便都转到工程上去了，三则工程一开工，一天好几百人吃饭，好酒好菜跟着进来，厨房热气腾腾的，全体僧人也都沾了油水。这样一来，方丈和知客僧得到拥护，监院反倒孤立了。没多久他便灰溜溜地一个人外出云游，至今未归。三年后罗汉堂建成，但再无钱给五百罗汉塑像，只好将堂空着，以后有了钱再说。僧众们看着这间空殿堂，也不再有什么意见，有人建议将殿堂收拾好，下雨下雪天，大家干脆到这里来活动活动，聚在一起聊聊天练练拳脚也好，于是众皆拥护。罗汉堂就变成了和尚堂，泥菩萨暂时让给活菩萨快活快活。

张之洞一行从西侧门进寺院，经过空空的罗汉堂，来到云水堂东边的一间宽大禅房里，吴秋衣早已打扫干净，烧好热茶在等着他们。

“秋衣兄，你黑瘦多了，三年来走了不少的地方吧！”大家坐定后，张之洞笑着问。

“我是跋山涉水餐风宿露，面孔自然黑瘦。你做官当老爷，怎么这几年也黑瘦多了！”吴秋衣望着张之洞，爽朗地笑起来。

张之洞说：“我这个官老爷做得决不比你这个郎中轻松，又要烦心费神，又要视察各个局厂，怎么不黑瘦？”

桑治平说：“做官比做云游客难多了，秋衣兄虽然肤体黑瘦，但头发却没有白。你看张大人，都已经须发如银了。”

“哎！”吴秋衣叹了一口气。“像他这样的官自然难做。不过话说回来，普天之下，又有几个张香涛？你看官场上的那些大小角色们，哪个不养得白白胖胖的，五六十岁的人，乌纱帽下的辫儿一根根油光水滑的，香涛你也是自找苦吃呀！”

“不说这些了。”张之洞是个倔强人，不高兴听这种泄气话。“秋衣兄，说说你这几年的经历吧。你的上等琴材是哪里寻到的。”

“我把琴材先拿给你看吧！”

“过会儿吧！”张之洞不想让吴秋衣觉得他到归元寺，就是冲着琴材而来的，他来这里主要是看老朋友，听老朋友说话的。“我们好好聊聊，过会儿再看。”

“好吧！”

静寂的归元寺云水堂禅房里，昏暗闪烁的豆油灯下，吴秋衣对老朋友叙说这三年来的经历。他略去了许多寻山问道的细节，着重讲访古拓碑寻觅琴材的过程。

吴秋衣那年离开武汉后，顺着长江东下，沿途的名山胜水、文物古迹耗去了他半年的光景。次年早春，他从江宁登岸，一路北上，辗转来到京师。在广安门内白云观住了四五个月，然后离开京师南下。今年初，他从南阳卧龙岗走出，穿过邓州境内的豫鄂交界口孟家楼，返回湖北境内，来到他向往已久的著名道教圣地武当山。

武当山方圆八百里，是华夏名山之一。它以七十二峰、二十四涧、十一洞、十池、九井、三潭闻名海内，尤其令道人们神往的是，此地有历代道教名人活动的遗迹和众多建筑宏大的道观。相传汉代的阳长生、唐代的吕洞宾、五代的陈抟、宋代的寂然子、明代的张三丰都曾在这里修炼过。

特别有趣的是此处还有闻名天下的武当派拳术。修炼者以静坐为主，然久坐血脉必不畅通，对身体不利，必须辅之以拳脚活动，又因为身居深山荒野，防盗防兽都要靠自己，于是以强身健骨、护卫僧寺为主要目的的武术操练便在各大佛寺道观里开展起来。出家人心里宁静，且无家室之累，做事比世俗易于专精，故此中常出高手。积数百年之功，佛道两家在拳术上各自冒出一个尖峰，这就是佛家的少林派和道家的武当派。

少林拳以阳刚劲健为风格，代表北人的豪气，武当拳以柔韧绵致为特色，体现了南人的灵气，各有所长，难分轩轾。少林、武当不仅在方外领了风骚，更在俗世武林中压倒各路豪杰，成为习武者的圣地。

但吴秋衣不习拳，他来武当山不是为了学武当拳，而是来感受这块道教圣地的神圣氛围。当年他在青城山建福宫坐观的时候，武当山有一个中年道人名叫幻化子来到四川，在建福宫住了两个月，与吴秋衣很是投缘，吴秋衣还陪他一道游了峨眉山，据说现在已经做了紫霄宫的道长了。看望幻化子，叙叙别情，也是吴秋衣武当山之行的重要目的。

紫霄宫在天柱峰东北展旗峰下，是武当山诸宫观中规模最为宏大的一座。它依山而建，层层崇台上修筑大小殿堂楼宇二三十处。中心建筑紫霄殿面阔五间，重檐九脊，翠瓦丹墙，梁柱之上，遍绘彩画。殿顶藻井，赫然浮雕二龙戏珠。殿前平台宽阔，楹柱高大。殿内供奉玉皇大帝及真武、灵官诸神。整个宫殿气势宏伟，富丽堂皇。吴秋衣没有想到此等大山深沟之中竟有如此殿堂，把它比之如人间仙境，实不为过。

主掌紫霄宫的幻化子见故人千里迢迢来看他，喜出望外，异常热情地接待他。二人各自讲叙这十多年来的情况，议论人世种种烦恼，畅谈方外无尽玄妙，心中都非常喜悦。幻化子陪同老友踏遍武当的峰峦洞涧，领略造化赋予此地的鬼斧神工，不知不觉两个月便一溜烟过去了。

吴秋衣想起张之洞的所托，两年多的南北云游，直到现在还并没有发现一块好琴材。再过三个月便是中秋约期了，如何向故人交代呢？吴秋衣心里不免有点焦急。

他想武当山乃是神山，这里一定长有上等好材，倘若此处都寻不到，天下还有哪个更好的地方呢？于是，从第二天开始，吴秋衣游武当，就不再以欣赏山水道观为主，而是以寻找良材好木为目的。

武当山的树木，尽管多得无数，但二十多天过去了，吴秋衣并没有发现特别奇特的适于做古琴的树木。吴秋衣只得求助于老友。紫霄宫主听了他的话，面色顿时凝重起来，他指责老朋友不应该插手政事，尤其不应该与这种达官贵人深交。官民之间有一道不可逾越的鸿沟，达官与布衣绝不可能有真正的友谊。他不会把你当作真朋友，你也决不可视他为知己。至于江湖，则更是自成一个世界，与官场其实是水火不相容的。吴秋衣明白幻化子的心思，只说了一句张之洞与通常的庸俗官吏不同后即不作更多的解释。他说重然诺讲信义，乃我辈立身之本，话既已说出口，不能不努力去办。

幻化子赞同他这一句话，想了想对他说，天柱峰北麓，在金锁峰与磨针涧之间有一块平坡地。唐代贞观年间，均州太守姚简祈雨于武当山。祈祷完毕，五条墨龙从天而降，霎时大雨倾盆，足足下了一个时辰，均州方圆百里内旱情顿消，这一年五谷丰登人欢马叫。姚太守感激龙王爷恩德，在平坡地上建一祠堂，取名五龙祠，并在祠堂后院种下十几株梧桐树。

到了宋真宗大中祥符年间，此地又遭遇百年一遇的大旱。掌祠的上乙真人应四方乡民之请，焚表哀告上天，求五龙再显，为民造福。黄表刚焚完，五条黑龙再次降临此地，兴风作雨化除旱象，万众欢呼之余，惊讶天神的灵验。然更为令人惊讶的是，第二天清晨，正当旭日东升之时，有五只彩凤从天际飞来，落在后院梧桐树上，约停了半个时辰后才飞走。上乙真人感激龙凤呈祥，遂将五龙祠改名五龙灵应观。

元至正十年，又见彩凤降落梧林。掌观三清道长奏报朝廷，惠宗皇帝加封此观为大五龙灵应万寿宫。明代永乐十一年，彩凤第三次降落，成祖亲自为此观赐兴圣五龙宫。自那以后到现在四百多年过去了，再没有见过五龙下降、彩凤栖梧的奇观。吴秋衣甚为惊诧，真有这样的事吗？幻化子拿出一册陈旧的《武当山志》来，果然上面都记载得清清楚楚。吴秋衣相信了。梧桐为制琴良木，但梧桐树到处都有，若不是格外的奇异，则未见得可造超凡绝伦的美琴。五龙宫的梧桐曾引来过凤凰，想必不是凡种。

次日一早，幻化子陪同吴秋衣来到天柱峰北麓，在五龙宫后果见一片梧桐。时值仲夏，但见梧桐树棵棵干挺枝秀，叶片硕大碧绿，高大的三丈有余直插青天，稚嫩矮小的幼树也不少，枝叶之间，时闻各种鸟雀的欢快叫声，给静寂的武当山增添许多生命的机趣。但偌大一片梧桐林，何木曾栖彩凤凰？前代凤凰落脚处，至今安在哉？面对着满眼有过不凡传闻的良木，吴秋衣又不知所措起来。

幻化子说，再住个把月，静待祖师爷的旨意吧！吴秋衣瞪大眼睛望着老友，迷惑不解，但他还是安心住下来。这一天半夜，天柱峰一带突然电闪雷鸣，狂风大作。幻化子和吴秋衣均被惊醒，他们走出房间，站在屋檐下观看天色。一会儿，他们看见北麓五龙宫附近火光冲天，借助偶尔的闪电，还可见团团升起的浓烟。幻化子说，一定是雷劈了老树，说不定这场雷火烧在梧桐林上，你的琴材可以定了。吴秋衣虽觉得有点玄乎，却实在喜欢这种与夜半惊雷联系在一起的选材经历。

天亮时，雨停了，吴秋衣和幻化子便急急跑到五龙宫梧桐树林边。果然，昨夜的天火烧在这里，几株特别高大出众的梧桐遭此惨祸，被烧得浑身乌黑，令人心痛。幻化子绕着树林四处寻找。一会儿，他拉着吴秋衣的手说，你跟我来。吴秋衣跟着他走了几十步，眼前出现一棵特别粗壮劲挺的梧桐。吴秋衣这时才发现，满坡桐林，似乎就数这棵最为伟岸。幻化子指着树梢头说，你看那上面。吴秋衣抬头望时，只见这株梧桐的梢顶往下，约有三分之一的树干被烧焦，眼下正冒着丝丝青烟，而下部三分之二的树干却完好无损。幻化子兴奋地说，要找的琴材就是这棵，这真是绝妙好树，可遇而不可求，这就是祖师的旨意。

吴秋衣望着这棵树梢被烧的梧桐，忽然间大悟过来，惊奇地说，这不就是焦桐吗？真正是老祖的恩赐！吴秋衣说的焦桐，源于《后汉书》上一则有趣的典故。当年，妙识琴理的东汉名臣蔡邕在吴地游览，夜宿一农人家，见他家的灶火特别旺烈，木柴的炸裂声又非常动听。蔡邕赶紧将灶中的木柴抽出来，原来是一根老桐木，忙将另一头正燃着的火熄灭，请人将此桐干制成一张古琴，果然音色出奇的美妙。而这张琴的尾部尚有焦纹，蔡邕将此琴命名为焦尾琴。

幻化子说，此木生在武当山上，得历代祖师之灵气，曾栖凤凰，现又被天火烧焦一部分，真是天底下难遇难求的绝好琴材。幻化子叫来几个火工道人，将此木从根部锯下扛到紫霄殿。幻化子谛视良久说，此木高大，可裁成九截，制琴九张。我本想留下几把，但看来这是上天专为张之洞安排的，我不能冒领。整木不好搬移，就在这里裁好。我打发个徒儿，背着送到谷城。到谷城后，再雇一只船沿着汉水南下，半个月可到汉阳。

“哎呀，秋衣兄，你竟然给我带来了如此焦桐木，快拿出来让我们开开眼界。”张之洞听到这里，实在按捺不住满腹的好奇心，打断了江湖郎中的长篇叙说。

“好，好。”吴秋衣笑吟吟地答应着，从里屋搬出九块长约四尺，宽约八寸，厚约三寸的木板来。

张之洞和桑治平、大根都围过来，一人拿起一块细细地看了起来。桐木块略带褐黄色，木质细密，纹路清晰。桑治平虽不是操琴高手，却也喜欢琴瑟管弦，他用手指头叩了叩木板，立时发出一种幽深绵渺的声音来。他又闻了闻，除开一股淡淡的桐香外，果真有一丝儿焦味，看来这位吴郎中没有说假话。他对张之洞说：“这确实是制琴的极品桐木，寻常不易得到。”

张之洞对这几块木材也非常满意，笑着对吴秋衣说：“你的这位道友也知道蔡邕焦尾琴的典故，可见他读过《后汉书》。一个方外人能喜读史书，确乎难得。”

吴秋衣说：“幻化子虽是道长，却酷爱读书，除道家典籍外，史书、诗文杂集他都爱读。每隔三年则外出云游半年，虽不插手俗世，但天下大事、民生疾苦都了如指掌。”

桑治平感叹地说：“这才是真正的得道者。老聃、庄周，表面上看都是韬光养晦，遁迹山林，其实心里一刻也没有忘记人世间的生老病死、忧愁疾苦。老聃说民之饥，以其上食税之多也。这话说得有多中肯綮！紫霄宫主得道家真谛。”

吴秋衣笑道：“桑先生真是幻化子的知音。实不相瞒，他虽在武当修道，但也是香涛兄的治下，他对香涛兄这几年总督湖广的情况也很清楚。他这次除送香涛兄九截异桐外，还为你未来的九张琴命了名。”

“有这事？”张之洞显然很高兴。“你将这些名字都告诉我。”

吴秋衣说：“幻化子依次将九张琴命名为：澄怀观道、山水清音、兰馨蕙畅、窈窕深渺、仙露明珠、惠风和畅、鹤鸣九皋、淡泊明志、天下和平。”

吴秋衣每念一个名字，张之洞便点点头，心里已将名字记下来了。九张琴名念完，桑治平微笑着说：“有意思，紫霄宫主学问不浅！”

吴秋衣说：“幻化子对我讲，张制台是大学问家，为他的琴取名，有班门弄斧之嫌。幻化子也不过是玩玩而已，并不是要香涛兄就采纳。”

“我全都采纳。”张之洞说，“这名字取得有多好，既深得乐理之妙，又一派仙家风味，我哪里想得出！只是我得把它的次序调换一下。”

“怎么个调换法？”吴秋衣问。

“你的朋友是道家中人，他把澄怀观道当作第一要务可以理解。但第一号琴我将自己留下，并传之张氏长房。我张氏世受国恩，当和国家休戚与共，和百姓命运相连，所以我得将原排第九的天下和平与澄怀观道对调。你有机会的话，可将我的这番意思转给你的老友，望他谅解。”

“幻化子本是戏言！你却如此认真，我想他不但会谅解，而且会感激。”

桑治平也说：“这样调换一下最好。其实，无论是道家还是佛家和儒家，最终的目的都是为了天下苍生百姓，天下太平是老百姓的最大愿望。以牧民为职责的一方疆吏，更是应该时刻把这一点放在心上。香涛兄这一调换，正体现社稷之臣的本色。”

张之洞笑说：“你的这位武当山长也不是一个庸常的出家人，他既对世事人生一切了然，也跟你说了些什么心腹话吗？拣几条可以对我们俗人说说的，说出来听听，也好得点启示。”

桑治平想起过去作为一个局外人常有许多看法，这十年来置身事内，反而显得迟钝了，便说：“当局者迷，旁观者清，秋衣兄，你和紫霄宫主都是局外人，一定会有不少真知灼见，说说吧！”

吴秋衣想了想说：“世俗间认可的正事谈得少，我和幻化子谈道典、谈山水较多，偶尔也闲扯过几句。给我印象深的，是他说过这样一些话。”

张之洞和桑治平都认真地听着。

“他有次说这几十年来，国家的元气亏损很大。一亏于洋人的入侵，二亏于长毛和捻子的作乱。这还不是主要的，主要的是亏于吏治的腐败。朝野内外的大小官员十之八九为自己的私利，为社稷苍生着想的不到十分之一，国家的各级权柄都在这些人的手里，这个国家的元气还不亏吗？”

张之洞不由自主地点了点头。这话虽不中听，但说的是实情。他不得不佩服这个方外人眼光的冷峻尖利。

“还说了一些，但那些话我估计你不能听，所以我也不说了。”

什么话不能听？这句话反而刺激了这个一向好强的总督大人，他偏要听听：“你说吧，没有我不能听的话。”

“好，那我就说了。我有言在先，你可不能怪我。”吴秋衣略停片刻后说，“幻化子说，大清的朝廷可能保不久了。”

张之洞下意识地打了一个冷颤，这可真是大逆不道的话，怪不得他不肯说，但既已开了口，还是让他说明白。

张之洞不露声色地说：“他有什么根据呢？是观天象吗？”

“不是天象是人事。”吴秋衣平静地说，“胡骑凭陵，内乱频仍，官吏腐败，民不聊生，这些都不说了，他只说两件事。”

深夜的归元寺云水堂禅房，死一般的寂静。

“第一件，辛酉年英法军队打进北京，咸丰帝离京出逃，结果死在热河行宫。自古君王离京师出逃，乃国之大不祥，何况还死在外边。这不是亡国之兆是什么？”

张之洞和桑治平彼此对望了一眼，都不能说什么。是的，他们又能说什么呢？这是三尺童子都知道的事，只是谁都没有将它与“亡国”连在一起来思考罢了。

“第二件，同治帝未及弱冠而崩，没有留下一男半女。今上大婚四五年了，也没见生下一男半女。从开国以来直到道光帝，哪一朝的主子不是在这个时候已子女成群了？皇嗣式微，正是国家式微的象征。”

这也是明摆着的事情，只是人们都不从这方面去想罢了。

其实，世界上许多事理，稍微往深层去多想一想，就会大不一样。珠宝很可能只是被一层浅浅的土灰所掩盖，稍稍动下手，或许就能得到；但人们习惯于常规常情，就是不愿意去拨开这层土灰。真的是天不佑大清吗？张之洞突然感到一丝恐惧。

桑治平问：“他还说了些什么？”

吴秋衣望着张之洞说：“他也说到了你。对这些年在湖北办的大事业也颇有微辞，你想听吗？”

“怎么不想听？”张之洞打起精神来说，“兼听则明，顺耳逆耳的话都要听。”

“幻化子说，张制台这几年在湖北确实辛苦，又是办局厂、又是办学堂，从洋人那里引来了许多新名堂。张制台用心当然好，想让中国跟洋人一样地富强起来，只不过恐怕是竹篮打水一场空。”

吴秋衣看了一眼张之洞，见他眉头皱得紧紧的，知他心里不高兴，但吴秋衣还是觉得应该叫他清醒清醒，不要让脑子热得发了昏。

“幻化子说，张制台可能认为引来的是洋药，能让中国祛病补神，但在我看来，或许不是洋药，只是洋服而已。穿起这套洋服，粗看起来跟洋人一样的体面了，风光了，但经不得细看；细细一看，洋服里面原来是个病入膏肓、骨瘦如柴的人。若是痼疾不根治，再好看的洋服穿在身上也精神不起来。所以幻化子说，中国寄希望于张制台的，最关键之处不在辛苦办局厂办学堂，而是在想办法根除中国积淀已久的沉疴。幻化子以为除中国之病的良药当在变法。若张制台借助自己崇高的声望和地位，能辅佐皇上来一番大变法的话，中国或许能有一线希望。如此，张制台于中国的贡献，则要远过于办洋务。”

幻化子把局厂学堂比作洋服，很令张之洞不舒服，但听下去，也觉得那位武当山道长的话不无道理。铁厂也好，自强学堂也好，毕竟是一枝一叶的事，律令法规才是国家的根本。根本不变，枝叶再好，也不足以改变全局，但变法是何等重大的事情，岂可轻易言之！在中国的史册上，变法总是与杀头流血、放逐充军、身败名裂等等苦难悲惨联系在一起。紫霄宫的道士可以高谈疗疾、放言变法，武昌城里的疆吏哪能随便言及此等事情?

但是，幻化子的这几句话也开启了张之洞的心扉：中国积弊已久，元气伤尽，欲图富强，的确不能只靠洋务一途，是得从根本大计上去考虑。然一动根本，又谈何容易啊!

他起身对吴秋衣说：“夜深了，我得回去了。谢谢你和幻化子给我寻到这样好的焦木，还得谢谢幻化子的这一番旁观之言。你这次在归元寺多住段时期，下个月小儿女婚嫁，若不嫌弃的话，我请你过去喝杯淡酒。”

吴秋衣忙说：“这是府上的大事，我自当前去祝贺。”

第六章 / 署理两江

一　亘古未有的中西合璧婚礼，在湖广总督衙门里举行

九九重阳节这一天，是张之洞和桑治平商定好为两对小儿女：仁梃和桑燕、念礽和准儿的大喜日子。张之洞不想因儿女的婚庆惊动武汉三镇的官场，更不想看到官场上常见的情形，即借办喜丧大量收取别人的贺礼的事出现。他一向以廉洁自律，如今身为湖广之主，更要为官场立一榜样。他和桑治平都主张一切从简，不邀请三镇任何官吏，就连总督衙门里面的官吏们也不请，为了表示对幕友的尊重和感谢，决定破例为督署全体幕友摆三桌，其中两桌是洋务幕友，但有一条规定，不得送一文钱的礼物。幕友们领下总督的情，但又觉如此太过分，便委托铁政局督办蔡锡勇前去转述他们的意见。

蔡锡勇对张之洞说："二公子成亲，大小姐出阁，两台喜事一起做，这真是总督衙门难逢难遇的大事。各位幕友能躬逢盛典，又蒙特

为赏脸宴请，众人都备觉荣光。大人不收贺礼，以身作则，杜绝官场时下流行的不正之风，幕友们都很能理解且极为赞赏。只是幕友们既吃喜酒，却一文钱礼物都不出，于情理太相悖。大家说，总督这样规定，我们都不好意思去吃喜宴了。”

张之洞说：“虽说是喜宴，我其实是借这个机会表示对大家的谢意。各位幕友多年跟随我，不嫌我的粗疏不周，也不嫌衙门薪少事烦，实在难得。”

蔡锡勇说：“梁崧生有个主意，他说念礽在美国多年，对美国人结婚仪式的庄重简朴很称赞，尤其称赞他们在婚典上互赠戒指、彼此祝福这一节。崧生说，二公子和大小姐的婚典上不如加上一个洋程序：互换戒指，当着父母和众位亲友的面说一句表白的话。这两对戒指便由我们全体幕友出。四个戒指，二十多个幕友，摊下去，一人摊不上一两。这实在不能算礼物，只是借此表示个意思，造出个气氛而已。香帅看如何？”

张之洞说：“西洋人这个仪式好，又简单，又意义深远，我很欣赏。接受各位幕友的建议，加上这个洋程序，四个戒指的礼物我也接了。我们都没有见过洋人的婚礼，送戒指时要讲些什么话，你得先拟好。”

张之洞欣然接受大家的主意，这种从善如流的气度令蔡锡勇喜慰。他笑道：“外国人在互赠戒指时，彼此说，亲爱的，我一辈子都爱你。”

张之洞也笑道：“这话有点肉麻，除念礽外，其他几个孩子都说不出口，改一句吧！”

蔡锡勇想了想，说：“洋人的婚礼上还有一个程序，是男女双方向着证婚人盟誓。誓言通常是这样一句话：无论是贫贱还是富贵，无论是健康还是患病，我都终生爱你，决不改变。”

“这句话好！”张之洞打断铁政局督办的话。“男女结合，携手相伴，开始漫长的人生。生活中最大的考验，往往在贫病贵贱四字上。有贫穷患病而被抛弃的，也有因富贵而变心的。洋人这句话概括得好，比‘一辈子都爱你’这几个字更要实在些。”

“那我们就将它移植过来，作点改变，把这句话作为他们互换戒指时的盟誓。”

“行，就这样定了。”张之洞快乐地说，“这就叫做中西合璧，华洋会通！”

九月九日傍晚，总督衙门松竹厅成了两对新人的婚礼庆典场所。松竹厅跟平时一样，并没有多加修饰，只是在朝南的正面墙上贴了两个大大的红纸剪的“囍”字，外加四根一人高的龙凤花烛。张之洞和桑治平作为家长出席了婚礼，今晚的婚礼仪式的家长中，还有一位地位低微的人物，那就是念礽的母亲秋菱。

一个月前，与小儿子一起住在香山城里的秋菱，接到大儿子的来信，信上告诉妈妈，婚期已确定在重阳节，请妈妈早点到武昌来。秋菱接到信后，喜得成天合不上嘴。她没有做多少准备，在小儿子的陪同下，立即动身，一路颠簸辛劳地来到了武昌城。

这些年来，儿子跟着总督张之洞，在桑治平的悉心照顾下，从广州到武昌，做了不少大事情。每当读到儿子那些充满着欢快的信件时，秋菱总是止不住热泪流淌：儿子终于出息了，他辛辛苦苦在美国学的洋学问终于在中国派上了用场。秋菱不去过问铁厂、枪炮厂究竟对中国有多大的作用，儿子学以致用，心情舒畅，她就万分满足了。儿子很孝顺母亲，每年总要寄回不少银票，但秋菱除拿小部分给小儿子外，大部分都存了起来，好将来给儿子成亲时用。快三十的大小伙子了，还没有成个家，做母亲的能不替他着急吗？她有意要为儿子在广东老家寻一个，儿子每次都说，不着急，男儿三十年方少，还早呢。侄儿都快要发蒙念书了，他还说早。秋菱想：兴许是在美国受的影响，听说洋人都是立业在先成家在后。儿子要学洋人的样，母亲也拿他没办法。后来，儿子来信说：张大人看上了他，要把大小姐许配给他，已订了婚。

秋菱得到这个喜讯后，心里又喜又忧。

喜的是儿子终于定了亲，而且定的是总督的大小姐。女子有了婆家，这一生就有了归宿；男子娶了媳妇，一颗心就有了拴系。母亲多年来心中最挂牵的事终于放下了。被张大人看中，招为乘龙快婿，这说明儿子的确很优秀。在乡里乡邻之间，为母亲争了大脸面。

忧的是媳妇是个千金小姐，她会不会在丈夫面前居高拿大，不尽妇道？她看不看得起这个婆母，尤其是当她知道婆母是丫鬟出身的小妾后，会是怎么看待的？

秋菱想到这里，心里很不是滋味。其实，娶媳妇还是娶小户人家的好：实在。男子汉大丈夫靠自己的本事立身处世，能到哪个地步就到哪个地步，不需要依仗岳家的势力。当然，她知道儿子的人品，儿子不是那种存心攀高枝的人。总督看上了他，把自己的大小姐许配给他，他也没有理由坚持不答应呀。

哎，秋菱叹了一口气，这真是命里注定她今后那段情缘要遭遇太多的磨难。

原先，秋菱是想在念礽成亲后与他住在一起的。与大儿子一家共享天伦之乐，固然是她作出这个决定的原因之一，但最主要的是因此而能常常见到桑治平，与他说说话，聚一聚，聊慰几十年来的相思之苦。那年香山城的巧遇，给秋菱带来的喜悦决不是言语和文字所能表达得出的。八九年来，对重逢的回忆，成了她心中一口时常涌冒甜水的泉眼。但现在，媳妇是个这种身份的人，今后怎好和谐相处？看来，武昌是不能长住了！

结婚典礼开始前，大根代表四叔邀请秋菱堂前就座，与张之洞并列接受新人跪拜。秋菱一时惶急，推辞着不肯上去。她觉得自己无论如何不能与总督大人并排相坐，她也不能面对着督府中那众多饱学师爷，接受他们的祝福。正在为难之时，桑治平走了过来，秋菱临时有了主意。

“表哥，我不上去了，你代替我吧！”

“那哪儿行？”桑治平感到意外。

“怎么不行！”秋菱说，“你是念礽的表舅，完全可以代替我！”

“表舅”，秋菱说出这两个字时脸红了起来，桑治平也一时间心跳血涌，定了定神后，他笑道：“秋菱，如果你今天没来，我以母舅的身份接受他们小两口的跪拜，也可以说得过去。但你来了，而且是张大人亲自邀请来的，怎么可以不出面而由我代替呢？”

见秋菱还有点紧张，桑治平恳切地说：“秋菱，张大人是个通达平易的人，他既然挑中了你的儿子，他当然会看重你这个亲家母。你今天上去跟他并坐，接受儿子媳妇的跪拜是天经地义的，张大人心里会很高兴；你不去，他反而心里不高兴。他已经来了，正望着我们，你不要再推辞了，快去吧！”

秋菱抬眼望去，果然见张之洞已经坐在大堂正上方右边的椅子上。照习俗，婚典上，男方的家长坐左边的上位，女方的家长坐右边的下位。秋菱见张之洞并不因自己是总督而特殊，将左边的上位虚席以待，心里颇为感动。她不再犹豫了，整了整衣襟，在大根的导引下，向大堂上方走去。

见秋菱上来，张之洞忙起身，指着身边的太师椅，微笑着说：“亲家母，请这边坐！”

秋菱红着脸说：“张大人，你是湖广总督，我是一个平民百姓，不好和你并坐！”

张之洞正色道：“亲家母，你这话见外了，念礽和准儿成了亲，今后我们便是一家了，哪有什么总督和百姓的区别，彼此都是亲家，一样的身份。”

“张大人言重了。”秋菱嘴里这样说，心里还是很高兴的。毕竟做过京师相府的丫鬟，见过大人物和大世面，秋菱一旦就座后，心里也便安宁下来。趁着婚典尚未开始，张之洞主动和亲家母拉起了家常。

“准儿七岁便没了娘，虽有个做官的父亲，其实是个苦命的孩子。”张之洞满含深情地说着，话语中带有几分对自己未尽好父责的内疚，对出嫁女儿的不舍。“今后做了亲家母的媳妇，我想你会像待女儿一样待她的。”

在秋菱的心目中，堂堂湖广制台，一定是个威严峻厉、缺少情意的刚硬男人，却不料他对女儿也有这样深的慈爱之情，与普通老百姓并没有什么两样。顿时，她觉得自己的心与制台大人的心一下子拉近了许多。她本是一副多情的柔软心肠，听了这话，不禁对即将过门的儿媳妇添了几分怜悯，说：“自小失去娘亲的孩子，最是可怜的，女孩比男孩又尤为可怜。小姐这些年来内心一定很孤寂，我只有两个儿子，没有女儿，对小姐，我会看得比儿子更加金贵。”

“拜堂后，准儿就是你陈家的媳妇了，你要直呼她的名字，不要再叫小姐了。”张之洞的脸上并没有多少喜色，倒是抑郁重重的模样。“因为从小没了娘，我不免娇惯了她，身边的仆人自然更是捧着哄着，准儿身上少不了富贵人家子弟的娇骄之气。过门之后，倘若有对婆母不孝，对丈夫不顺之处，亲家母还要多多管教才是，切不可因为她的父亲是总督的缘故，而有所顾忌。”

这几句话说得秋菱心里十分熨帖，看来张大人的确如桑治平所说的，是个通情达理的人。她心中的顾虑大大地减少了，忙说：“小姐在大人的教导下，自然是知书达理、聪慧贤淑的，陈家也不知哪一辈子积下了阴德，能迎进这样高贵的媳妇。”

张之洞浅浅地笑了一下，正要再和亲家母好好聊一聊，担任今晚司仪的梁鼎芬走了过来，对张之洞说：“桑先生到哪里去了？”

张之洞左右看了一眼，说：“他刚才还在这里，怎么一会儿就不见了。你叫大根去找找他！”

“来了，来了。”

正说着，桑治平大步地走进厅堂来。原来，就在秋菱和总督聊天的时候，桑治平趁着这个短暂的空闲，急忙去幕友堂换了一套新衣服。再次出现在秋菱面前的桑治平令她眼睛猛地一亮，只见他身穿一袭银灰色的上等苏绸夹里长袍，套一件黑色苏格兰绒呢马褂，头上戴着与马褂同料制的瓜皮帽，帽子的前额上嵌了一块拇指大的深红鸡血玉。最令秋菱注目的是脚底下那双黑布厚底新鞋。秋菱一眼就看出来了，这鞋是她给他纳的。那年他们重逢于香山，他从她二十四双布鞋中拿去的那一双。他一直珍藏着，直到今天，在如此特别的场合中当着她的面第一次穿上。只是，这是一双棉鞋呀，重阳节穿棉鞋，岂不太招人瞩目？

秋菱的心猛地剧跳起来，周身的血在奔腾着。

她满怀深情地打量着眼前这个与自己并坐的督署首席幕友：已过半百的他依旧挺拔而潇洒，似乎与三十年前的肃府西席没有多大的变化，只是两鬓时隐时现的白发，记录了这段漫长的岁月沧桑。她心里偷偷地想着：倘若三十年前，她与他能拜堂成亲，让他今天名正言顺地做新郎官的父亲，那这人世间该有多么的美满。想到这里，一股兴奋而羞涩的笑容飞上她的脸庞，不觉微微地低下头来。就在这个时候，桑治平也在看着她。在桑治平的眼里，今夜的龙凤烛光下，身穿吉服的她依然身段匀称，面容姣好，尤其是那双含情脉脉的杏眼，仍是当年的温柔明亮，与肃府时期的那个小妹妹没有任何不同！

“节庵，开始吧！”

当桑治平在张之洞的右手边的空椅上坐下后，张之洞对梁鼎芬说。

武昌知府近日出缺，正眼巴巴盯着这个位子的两湖书院山长兼总文案，今晚荣膺这个重要的职务，心里格外兴奋，这意味着总督没有把他当外人，也将意味着有补武昌府缺的希望。他今天也把自己装扮一新，十分卖力，临时从书院调遣十来个能干的学子，把婚庆典礼所应该办的事办得有条有理、熨熨帖帖。

参加今晚婚礼的除开二十多个幕友以外，就是衙门里较有点头脸的衙役和仆役。遵照张之洞的指示，武昌官场上的人一个没请，因为张、桑、陈三家都不是本地人，除开念礽的弟弟和佩玉的父母，也几乎没有别的亲戚。四五十位客人将松竹厅的里外坐得满满的，人人都怀着喜悦亢奋的心情参加这难得的庆典。

在一阵鞭炮唢呐声中，大家所翘盼的今夜主人公们终于从后院走到前厅来了。

首先走出的是张府二公子仁梃和桑家的小姐燕儿。

仁梃穿着玄色长袍天青马褂，头上戴一顶宽檐烟色呢帽。他原本瘦小单薄，今天这套新衣服一穿，平时不大起眼的二公子突然变得抖抖擞擞、神采飞扬起来。仁梃右手拉着一条三尺多长中间扎成一朵大牡丹的红绸带，绸带的那一端便是新娘子桑燕。桑燕身穿大红衣裙，头上罩着一方鲜红头巾。她个子高挑，看起来似乎比仁梃要高出小半个头。现在她静静地站在夫君的身旁，宛如给松竹厅再增加一根火红的大蜡烛：鲜红明亮，光艳照人。客人们在心里想着，一旦头巾掀开，眼前必定是位倾城倾国的绝代佳人，这张公子真是百世修来的福气。有年轻好胜的幕友不免有点嫉妒：看仁梃这副嘴脸模样，若不是生在总督家，他能娶得到这样的美人吗？哎，这真是人强强不过命！秋菱也一直在盯着桑燕看，默默出神：好一个漂亮的小姐，真个是有其父必有其女，不知道自己的媳妇比不比得上？正在遐想之际，又一对新人走上前厅。这一对新人的出现，立即使满座嘉宾沸腾起来，几十双眼睛一齐聚焦在这对新人身上。

原来，这对新人的装束一反祖祖辈辈中国新婚的传统打扮。

只见新郎念礽身穿一套铁灰色毛哔叽洋服，里面雪白的衬衣领口上结着一条流光溢彩的红缎领带，头戴一顶黑色高筒绅士帽，脑后那条粗大的发辫不见了，脚上着一双雪亮的黑色牛皮鞋。再看新娘，却更令人骇然：穿在身上的是一袭雪白洋裙，又长又宽的裙脚足足在地上拖了三四尺。白皙的脖子上挂着一串粉色珍珠项链，在烛光中熠熠闪烁，尤其令人惊异的是：新娘没有罩头巾，那经过精心装扮的更加美丽的面孔、那盘成高髻满是首饰的乌黑头发，一览无余地展露在众人面前。幕友们一阵阵高声喝彩，衙役、仆役们满脸诧异，两只眼睛紧紧地盯着两个新人。若不是平日见惯了的熟人，他们真怀疑前面站立的是两个洋人。

秋菱也惊呆了：儿子穿洋服，她倒不陌生，过去在美国留学时，寄回来的照片上通常穿的都是这种服装，而媳妇的这等美貌亮丽，使她大为欣慰，至于如此大方庄重、敢于不罩头巾而拜堂成亲，则又令她大为意外。她转过脸去看了看亲家公，只见张之洞微笑地看着女儿女婿，似乎对这样的穿着非常满意。

“一拜天地！”松竹厅里响起梁鼎芬高亢的带着厚重广东腔的官话。

两对新人对着皓月在上的夜空深深地拜了一拜。

“二拜父母！”

仁梃、燕儿小两口走了过来，向着张之洞和桑治平双双跪下，叩了一个头。张之洞笑着说：“亲家，仁梃做了你十二年学生，从今日起，是学生又兼女婿了，你可要替他多尽一份心哦！”

桑治平望着眼前的新郎官，心里自是欢喜不尽。十二年来，朝夕相处，小窗课读，十岁少年郎今日成了真正的男子汉，桑治平对仁梃的感情，早已超过通常的师生情谊。张之洞的话提醒了他：如今家已成了，业如何立呢？总不能老做读书郎吧！张家的二公子今后该以什么作为自己的事业？

桑治平也笑着说：“是呀，仁梃该自立了，过些日子我要和他谈谈立身建功名的事。你做父亲的应该先替他谋划谋划。”

接下来，念礽和准儿也在秋菱和张之洞的面前跪了下来，恭恭敬敬地磕头。张之洞端坐不动，秋菱见准儿向她行这样的大礼，心中颇觉不安，身不由己地站起来，一边说着“不敢当，不敢当”，一边忙扶着准儿，让她起来。张之洞也赶紧站起来，扶着秋菱的肩头说：“亲家母，你坐着。她是你的媳妇，向你磕头，是理所当然的，怎么能说不敢当？你不要扶她，她年纪轻轻的，自己能起来。”

说得秋菱又高兴又有点不好意思，只得又回到椅子上坐好。看着儿子和媳妇双双站起，弯腰侍立一旁，她心里甜蜜蜜的。二十多年来的含辛茹苦，仿佛由小两口的这一拜而全部补偿了。

念礽没有向桑治平跪拜行大礼。他至今也不知道，这个平日以表舅相称的人，竟然就是自己的亲生父亲。

桑治平以无限深情看着眼前光彩夺目的儿子，心里有着一股从未有过的快乐与欣慰之感。这些年来，面对着日渐成为湖北洋务栋梁的念礽，桑治平多少次想亲口对他说一句：孩子，我就是你的亲父亲，你是我的亲骨肉。但他牢记秋菱的叮嘱，话到嘴边又强咽下去了，并且决定一辈子都不对儿子说出这个真相。

儿子做了张之洞的女婿，无疑为他今后西学长才的施展提供了更为宽广的舞台。这是儿子的造化，也是他的安慰。对照儿子看看自己，桑治平有一种深切的落伍感。岁月在推移，时代在前进，导中国于富强的学说看来不应再是管仲与桑弘羊之学了，而应该是西洋之学。在这方面，自己一窍不通，如今的弄潮儿应是儿子一辈了。“且把艰巨付儿曹”，桑治平的脑子里突然冒出曾国藩的父亲的这句名言来。是的，自己该歇息了，富民强国的理想，也只有念礽他们才可以去实现。

“夫妻同拜！”

梁鼎芬有意把声音拖得长长的，以示他的尽职尽责。在悠长的拖音中，两对新人面对面地互相弯了弯腰。

对于中国人来说，所谓拜堂成亲，便是通过这样的三次礼拜后，从此就将命运结合在一起，人们都祝福一对新人同甘共苦，生儿育女，白头偕老，携手走完未来漫长的人生之途。

松竹厅里的半数宾客都以为婚典就要结束了，有的正准备离席，过一会儿再去闹洞房。这时，只见梁鼎芬突然又高声叫起来：“请梁崧生先生上来，为新人赠送婚戒。”

这是什么礼节？正要离席的宾客们赶紧又坐下，满是兴趣地等待着新的花样出现。

一向注重仪表的梁敦彦经过剃发修须整齐装束后，今夜益发显得精神干练。他一手托着一个五彩织锦方盒快步走到前厅，对着满厅宾客说："衙门众幕友为祝贺二公子与桑小姐、念礽和大小姐的大喜，凑了点钱，打了两对纯金戒指，委托我出面，赠送给他们。洋人结婚的时候，有一个双方互赠戒指的仪式，我今夜受众人之托，禀请张大人的同意，为两对新人主持这个洋仪式。"

总督大人的娶妇嫁女，居然要插进一段洋人仪式，这可是从来没有过的稀奇事儿，顿时，满厅的男宾女客们个个兴致沸腾开来。

两对新人事先已知道了这个额外加的程序，他们同样也满怀着新奇之感来参与。

现在，梁敦彦走到新人们的面前，对着四张充满喜悦和羞涩的笑脸说："我来为你们主持互赠婚戒的仪式。"

说着走到仁梃两夫妻面前，从一个织锦方盒中拿出一对金戒指来，将其中那个小巧点的戒指交给仁梃，再将另一只较粗大的戒指交给桑燕。然后大声说："仁梃，不论今后是富贵还是贫贱，是健康还是患病，你将始终如一地爱着燕儿吗？"

仁梃的脸涨得红通通的，憋了好半天，才吐出两个字来："是的。"

仁梃这个尴尬的表演，招来满厅快乐的笑声。

"好！"梁敦彦点点头。"那么，你把手中的戒指给燕儿戴上。"

司仪的话说了好长一会儿，两个人还是一动不动的，底下的人在起哄了："二公子，给新娘子戴上呀！"

仁梃越发不好意思了。

梁敦彦只得走拢去，轻轻地对仁梃说："二公子，快戴吧！燕儿在等着你呢！"

又对蒙上头巾的燕儿说："把右手伸出来吧！二公子要给你戴戒

指了！”

燕儿什么也看不见，还以为仁梃真的已伸出了手，于是把右手慢慢地抬了起来。仁梃见新娘子已抬起了手，遂鼓足勇气，握住燕儿的手，战战兢兢地将手中的戒指给她戴上。

“好！”满厅一片喝彩声，热闹的婚礼场面出现了一个新的高潮。

接下来，梁敦彦又对桑燕说：“燕儿，不论是富贵还是贫贱，不论是健康还是患病，你将忠贞不贰地爱着仁梃吗？”

桑燕不做声，只是重重地点了两下头。

松竹厅又是一片笑声。

“点头就是答应了！”梁敦彦姿态宽容地对待新娘子。“那么，你就把手中的戒指给仁梃戴上吧！”

过了第一关后，仁梃就不再像刚才那样拘谨了，只稍停一会，就把左手伸了出来。桑燕磨蹭着，已戴上戒指的右手再次伸了出来，两个手指捏着一只戒指。梁敦彦见状，忙拉起仁梃的手，有意碰了一下桑燕的手，头巾下的桑燕脸一红，匆匆地将戒指塞在仁梃的手心里，自己的手急忙又缩了回来。

梁敦彦笑道：“新娘子看不见新郎的手指，可以原谅。我来替她给戴上吧！”

于是从仁梃手中拿过戒指，给仁梃戴上，欢快声嬉笑声响彻厅内外。

这时，梁敦彦又走到念礽小两口面前。

念礽面带微笑，坦然迎接着梁敦彦。准儿事先有着几分紧张，怕临场不能适应，刚才亲眼看着仁梃和桑燕的示范，心里也便有了底，不太慌了。

梁敦彦从另一个织锦方盒里取出两只同样的戒指，以同样的方式分给了这两位新人。他先对念礽重复一遍说过的话，念礽早有了准备，一等司仪的话刚落便挺直腰板，朗声答道：“矢志不渝，永远相爱。”

说完，立刻朝新娘伸出双手来，那神态颇像邀请她共襄盛举似的。准儿抿着嘴笑着，也大大方方地伸出一只手来，念礽稳稳当当地将戒指戴在新娘的无名指上。

秋菱看在眼里，甚为儿子这种大丈夫的豪迈之举而自豪。

轮到准儿了，她也比燕儿来得爽气，声音虽不大，却痛痛快快地用上一句惯用的吉祥之语：“一生相伴不分离。”接着，利利索索地将手中的戒指戴到新郎的手指上。

这对小夫妻的表演赢得众人的赞扬，有人在小声地说：到底是穿着洋装的人，都通了洋人的气，行起洋礼来也大大方方的。

梁敦彦还未下来，梁鼎芬又出现在前厅，扯开嗓门喊道：“现在是婚典的最后一道仪式，恭请张大人作为新人父母的代表，训话致辞。”

张之洞一向不注重穿戴，平时在衙门里办事，都是穿着宽大松软的绸布袍服，非郑重官场交往及跪接圣旨等场合，他一律不穿官服。今天场面虽隆重，但因为是儿女辈的婚庆，所以他依然如往常一样穿一套半新半旧的川绸长袍。他缓缓地站起来，以素日难得见到的浅浅的笑容说：“我先代表念礽的母亲和桑燕的父亲，谢谢各位幕友、各位宾朋前来参加今夜小儿女的婚典，给了他们很大的脸面。诸位心里或许都在笑话老夫，怎么能为小儿女举办这样不伦不类的婚典，张某人是不是糊涂了？”

宾客位上传出轻轻的笑声。

“早两天，听说崧生谈起洋人婚礼上有一个互相起盟及互赠戒指的仪式，我认为很好，采纳了他的建议，同意加进今夜的传统婚仪中去。男女婚嫁，这是人生的第一桩大事，无论是我们中国，还是东洋西洋，大家都看得很重，都会对新人献上美好的贺辞。我们中国人有许多祝福之辞，都很好，但依我之见有两个不足之处。”

众人都聚精会神地聆听下文，看这位学问渊博、识见过人的总督，会对世代相传的美好祝辞挑出什么毛病来。

“一是都说好话，比如多福多寿啦，儿孙满堂啦。二是空话，比如说吉祥美满啦，福寿绵绵啦。其实呀，一旦组成一个家庭，今后面对的，决不仅只美好的一面，艰难一面是避免不了的，也常常会有苦难和不幸伴随着。”

说到这里，张之洞想起自己三次丧妻的往事，心头骤然沉重下来，不少客人已在默默点头：总督说的是实话！

“当毅若跟我谈起西洋人的不论富贵还是贫贱，不论健康还是患病，都始终如一的誓辞时，我一听就觉得他们说得实在，既不偏颇，又不空泛，比我们那些祝辞强。结婚成家后，百年人生中，会有许多事情来考验两个人之间的情谊，其中最为重要的便是这贫贱疾病的考验，经受了这种考验，其他的都好说，所以我同意将洋人的这个仪式引进来。这正像我们办铁厂、办枪炮厂、办布纱麻丝四局一样，洋人真正好的东西，我们要敢于学习，敢于引进，不要怕人指摘，怕人笑话。”

真正是个洋务总督，三句话不离本行，才说到婚礼，又联系到办局厂的事了。幕友席上的蔡锡勇连连颔首，对着一旁的辜鸿铭说：“张大人说得对，家事、国事其实是一个道理！”

辜鸿铭神气活现地说：“治大国如烹小鲜。朝廷是大厨房，督署抚署是中厨房，府县是小厨房。”

“不过，话得说回来，这里面还是有个本末主次的问题。”张之洞语气一转，继续说道，“正如我们引进洋人的机器技术，建铁厂、枪炮厂，目的还是为了我们大清国的富强，至于我们自己的立国之本，即华夏的纲纪伦常则不能受洋人的冲击。今夜小儿女的婚典上，虽然加了互赠婚戒及起誓的程序，甚至于念礽和准儿都穿上了洋服，但几千年来的三纲五常、夫责妇道决不应该改变。”

张之洞转过脸，望了一眼女儿，然后回过头来继续说下去：“比如说准儿，可以穿洋人的衣裙，也可以不戴大红罩巾，这些西洋的装扮都很好，但是她还是得谨守我们中国女人的原则，三从四德，孝敬婆婆，相夫教子，主持中馈。不能像洋女人那样抛头露面，干预政事，甚至置丈夫和儿女不顾去自己出风头！若那样，就是颠倒了本末，混乱了主次，我是万万不会同意的。”

梁鼎芬带头鼓起掌来，松竹厅内也跟着响起一片热烈的掌声。无论是满腹学问的幕友，还是不识之无的仆役，全都对总督的这一番话表示认同，也对今天这个别开生面的婚典表示认同。

夜晚，在众人闹腾洞房的欢乐时刻，张之洞带着佩玉将山水清音琴赠给仁梃夫妇，将兰馨蕙畅琴赠给念礽夫妇，勉励他们继承祖母遗志，莫坠家风，琴瑟和谐。两对小夫妻从父亲手里接过这别致而寓意深远的珍贵礼物，心里甜美无已。

没有几天，总督衙门里这场中西合璧的结婚典礼和总督本人区分中西主次本末的讲话便传遍了武汉三镇，有人赞赏，也有人摇头，还有的人则从中感悟到一种新的启发。

二　赵茂昌给张之洞送上一个经过专业调教的年轻女人

儿女的婚事办得圆满而富有新意，尤其是借联姻加深了与桑治平的友谊，又笼络了一个对自己对国家都极有用的洋务人才，张之洞的心里甚是喜悦。

文昌门外的织布局开工半年多了，有工人二千五百名，纱机三千台，布机一千台，机器都是从英国进口的，又特为从英国高薪聘请十名技师，负责传授织布技能和机器的维修。半年间，张之洞到织布局去过七八次，见运转的机器一次次增多，织出的布也越来越好，心里满是喜悦。上个月，送来的样布细密光亮，一点也不亚于进口的洋布。他高兴地对总办候补知府莫运良说：“湖北省有一千七百万人口，平均一个人一年扯一尺布，就是一百七十万丈。如果按二钱银子一丈的价格算，织布局一年就可得三十四万两银子，除去成本和一切其他费用，至少可得三成利润。这样算来，光是湖北一年，织布局可获纯利十万两，再加上湖南省，人口和湖北差不多，都在湖广衙门的管辖下，我张某人鞭虽短也可及。照湖北省一个样，再加上十万，就是二十万。目前，中国有织布局的仅只上海，它不可能把其他各省的生意都抢过去，我们要跟它争夺，不说多了，每年销四五百万丈布没有问题，至少又可获利三十万两。这样一来，织布局一年可获利五十万。莫知府，你想过没有，你的财产真正大得很，要不了几年，织布局就会富可敌国了！”

听了张之洞这一盘算，莫运良也大大地开了窍，咧开嘴笑道：“织布局赚的这些银子，还不都是张大人您的吗？卑职不过为您走脚跑腿罢了。”

张之洞说：“当然，这银子不是你的，但也决不是我的，除开织布局本身的发展外，剩下的都要通通交总督衙门。我张某人私人不会挪用一钱银子，这笔银子都要用到湖北的洋务上去。眼下，缫丝局也已开了工，急需大量银钱，这银钱暂时向外国银行去借，今后还指望织布局去还哩。莫知府，你得加把劲，好好努力呀！”

莫运良忙说：“卑职决不会辜负大人的期望，一定要把织布局办好，多织布，多赚钱。但湖北的棉花不够好，洋技师们说，这对织出的布匹大有影响。”

张之洞不解地问：“湖北天门、潜江一带的棉花是出了名的，洋技师都说不好，中国哪里还有好棉花？”

“是的，卑职也是这样回答洋技师的。他们说，不错，整个中国的棉花都不是最好的，最好的棉花出在美国。美国的棉花产量既高，纤维又长，织出来的布又好看又耐用。卑职说美国的棉花再好，我们总不能从美国去买棉花吧，那要多大成本。他们说，可以从美国买棉种呀，有了美国的种子，一样也可以在中国长出好棉花来。”

“买美国的棉种！这倒是个好主意。”张之洞眼睛一亮。“引进好棉种，这不只是为我们织布局好，也可以为普天下的中国棉农造福。”

“好是好，但实行起来并不容易。”莫运良胸有成竹地说，“湖北的棉农，世代种自己的棉种，都习惯了，要他们改种洋人的棉种，他们一下子不会接受，担心收成不好。不过话又说回来，棉农的顾虑也是有道理的，万一种不好怎么办？棉农一家老小一年的生计就押在棉花上，因此不能采纳。”

“橘过淮河而成枳。”张之洞像是自言自语地念着，沉吟片刻说，“这样好了，先试验一下，从美国买进一批种子来，不收钱，送给棉农，让他们去种。到了秋天，织布局负责全部买过来。若一亩收的棉花比往年少，也按往年一样地给足钱，若多，则酌量多给一点；若真好的话，我们下次就多买，棉农也会乐意种，你看呢？”

莫运良说：“大人这个主意好，但织布局眼下未赚分文，这银子从哪里出？”

张之洞说：“银子由我想办法，你先去张罗。”

莫运良满意地离开督署去筹办此事。

接连几天，张之洞又去看建在北门口的纺纱厂。纱厂的厂房眼看就要建好了，但是在英国订购的纺十支纱至十六支纱的一千台纱机，则无钱去买回。郑观应来信说，上海有个商人愿意先期投资八万银子，条件是今后优惠卖给他纱布。张之洞接受这个条件，一千台纱机很快就买回了。

织布局、纱厂、缫丝局这些事办得都很顺利，张之洞这些日子来心情颇好。这天晚饭后，他对佩玉说：“准儿出嫁了，听不到她的琴声了，你也好久不弹琴，这衙门后院都快跟前面的大堂差不多，听不到一点欢快声了。弹一曲吧，大家也轻松轻松。”

佩玉也快四十了，她在广州生的仁侃七岁多，天天跟着一位塾师在西厢房读书，来武昌生下的仁实也有四岁，有一个奶妈在专门照看。佩玉这两年来身体不太好，有点虚胖，琴的确很少弹，特别是准儿出嫁后，她常有一种空落落的感觉，抑郁之情常会无端冒出，近来有件事在困扰她，她不知该不该向张之洞提出，见张之洞今日心情很好，她决定试试看。

佩玉略略打扮了一下，端坐在琴前，敛气凝神片刻后，一曲悠远绵长的琴声，从她的十指与琴弦间流泻出来。这是一首张之洞很喜欢听的曲子。还是在两广总督任上时，有一天，时任雷琼道员的王之春说，琼州府有一个双眼失明的老人，善吹芦笙，吹出的曲子极为动听。他听过好几次，自认平生所知善奏乐者没有超过此人的。说得张之洞动了心，叫他下次来广州时将这个老人带来。不久，王之春果然将这个老人带来了。原来是个又黑又瘦又矮的瞎老头，且不会讲汉话，是个土著黎族人。瞎老头给张之洞吹了三首芦笙曲，果然好听极了。待瞎老头走后，佩玉对丈夫说，她也在房间里悄悄听了，有一种空渺幽冷的感觉，如果将它略作点改动，会是一首很好的琴曲。她要张之洞明天再把这个老头请进府里来，再听听。张之洞赞成她的意见。第二天，瞎老头在后院，对着佩玉吹了一天的芦笙，傍晚离开时，佩玉已将他的曲谱全部记录下来。佩玉花了一个多月的时间，将老头所吹的七八首曲子融合起来，编成一支琴曲。她弹给张之洞听，张之洞击节称赞，又给它取了一个名字，叫做《月照琼岛》。过些天，准儿也学会了，也弹得很好。眼下，一曲弹毕，张之洞叹道：“这首《月照琼岛》真是让你越弹越精了。”

佩玉说：“有三个多月没有弹了，手指都有点不灵便。这首曲子，准儿比我弹得更好。”

“准儿也弹得不错！”张之洞有一个多月没有见到女儿了，真有点想念。“过两天，叫准儿回来一次，你们娘儿俩合奏一曲《月照琼岛》。”

“好啊！”佩玉欢喜地说，“这些日子我还真惦念她呢！”

“那个黎族老艺人，是一个天才的乐师。我想，他很可能就是传说中的钟子期一类的人。”张之洞呆呆地陷于一种情感中，一个人自言自语地絮叨着，“人世间有不少逸才隐士，他们有着人所没有的才艺技能，由于各种原因，又往往被埋没，被遗弃，不为世所知所用。我常常想：一个督抚，一个府县，若能将自己辖境内那些被埋没遗弃的人才发掘出来，置于适当的位置上，这个督抚府县也就做好了。那个黎族老艺人，我很想把他叫到广州来，可惜第二年他就死了，我一直为此事遗憾。”

佩玉笑了笑说：“四爷这番心意，当然是仁者之心。野无遗贤，能者在职，这是从古以来负有责任心的执政者所企盼的德政。不过，我倒有些不同的看法，并不是一切逸才都要为世所用，还要看是哪方面的才。”

“噢，你这话倒有意思。”张之洞很有兴趣地看着佩玉那双眼角虽有皱纹、眸子却依然光亮的眼睛。

“有些逸才他本就志在人世济世，只是时运不好，无人赏识，流落在江湖山野，在位者若能发现他们，给予重用，那是他们的福气，比如前代的姜子牙、诸葛亮等人就是这类。有些人，他的才艺是天赋灵性的产物，虽然可以娱人，但更多的是自娱，他们的过人之处，也只是因为在长期孤独寂寞的环境中，自己全心全意地体悟探求而得来。庄子说：用志不纷，乃凝于神，承蜩驼背人的绝技是这样得来的。倘若一旦把他置于以追求名利功用为目标的热闹场合中，他的心就浮了，神也分了，技艺也就再不会上进的。比如那个老艺人，多亏在琼岛那种荒凉的地方，若是年轻时就到了广州、京师的话，就决不会有那样高的芦笙技艺。我想这大概就是王冕不愿意做官、文徵明不愿意应聘的缘故。”

“你说得有道理！”张之洞点点头。“还可以为你补充一个例子，我的布衣之交吴秋衣，他也是乐意漂泊而不愿住官衙的人。”

见张之洞的心情这样闲适，佩玉鼓起勇气，将那件心事说了出来。

“四爷，有一桩事，我犹豫了很久，一直不敢说，我今天想对你说说。”

“什么事，你说嘛！”

“假若不当的话，你就当我没说一样。”

“行，究竟什么事，这等郑重？”佩玉这种吞吞吐吐的神情，倒使得张之洞自己先郑重起来。

“一件这样的事。”佩玉慢慢地说，“四爷知道，我的父母没有儿子，只有我一个女儿，父亲为没有儿子而视为终生的遗憾。两年前，父亲在武昌城里偶尔遇到山西老家的一个人，彼此认作乡亲，关系不错。年前，这个老乡要回汾州去，父亲托老乡到他的家乡去看看，打听一下家里还有些什么人。上个月，这个老乡回来，还给我带来一个堂弟。这个堂弟是我父亲的嫡堂弟弟的儿子。父亲见到这个侄子很亲热，把他当自己的儿子看待，很想留他在武昌。父亲跟我说过几次了，要我跟大人说说，给他在武昌城里谋个差事。父亲说，张制台办了很多局厂，随便在哪个局厂给他寻一个吃饭的差事都行，只图在他身边呆下来，日后死了，也有个儿子做捧灵牌的孝子。我知道你的脾气，是决不为自己的亲属谋差事的。当年南皮老家两个侄孙远路赶来谋事，硬是打发他们回去了。张家的亲属都不能安置，何况咱李家的人呢？所以我一直压着没给你提。前天，父亲又说起这事。看着父亲那副苍然神态，我实在又不忍，只得冒昧地说出来，四爷如果以为不妥，就当我没说一样。”

佩玉低下头，不再说下去了。

原来是件这样的事！张之洞在心里舒了一口气。

这在别人看来简直是微不足道的小事，佩玉却这等郑重其事地对待，张之洞的心中不免生出一丝怜悯之情来。他知道，这是源于他近于苛刻的治家规矩。

清流出身的张之洞一向痛恨官场的贪污受贿，过去做言官时，遇到有官吏贪污受贿的情事落入他的手中，他疾恶如仇，非得纠劾不可。外放督抚后，他考察手下的官吏也以贪与不贪作为一条分界线，贪污者即使能干，他也要处罚直至罢黜；不贪者，即使平庸，他也心存曲全。为此他以身作则，并严厉告诫家人，凡身外之钱财货物，一分一毫不能收受。自从到武昌大办洋务局厂以来，他又发现了湖北官场的另一种不正之风：一方面是不少官员们背后攻讦他办洋务是崇洋媚外、靡费银钱，将国家的银子像水一样地花，毫不心痛，另一方面他们又看到局厂有利可图，纷纷将自己的三亲六戚介绍到局厂来任职或做工役。张之洞对此大为恼火。他三令五申，严命把守进入局厂的关口，无奈把关的人便是犯禁的人，把一张张盖有湖广总督衙门紫花大印的禁令看做与扔在垃圾堆的废纸并没有多大的区别，最后只是苦了他自家。那些从贵州山区、从南皮老家千里迢迢赶来武昌欲谋一席之地的亲友们，无一不乘兴而来，败兴而归。有时，看着那些失望的脸色，他心里也曾动摇过，但想起自己这里若开一个口子，到了办事的官吏那里，就是溃决一道长堤，风气的败坏便将不可收拾了。

但是今天，面对着佩玉这种诚惶诚恐的神态，张之洞却有些犹豫了。

不说佩玉这些年来对他照顾体贴，为他生了两个儿子，就看在两个老人的分上，他也有点不忍心拒绝。佩玉的父母都是七十左右的人，这些年虽随着女儿由北向南，又由南向北，但二老谨守本分，不以督署至戚自居，从不招惹是非。因为没有儿子，过继侄儿为子；因为要留住嗣子，希望能在武汉三镇谋一差事，这实在是不过分的要求。南皮老家的侄孙可以打发他们回去，而这个从山西远程来依的李家嗣子，无论从哪方面来说，若是让他失望回去的话，都近于残忍。

何况，近来还有一件事，张之洞在心里盘算着，还要求得佩玉的支持才好。这事是赵茂昌引起的。

在那年徐致祥参案中，赵茂昌失掉了督署总文案的职务，他的其他兼职也相应一并给丢了，他不得不怏怏回到江苏武进老家。

在张之洞的眼里，赵茂昌是个能干人，替他办成不少事，虽然时常会有些闲言碎语传入他的耳中，但他不以为然，哪个人没有缺点？办事越多的漏洞就会越多，得罪的人也会越多。那次查出的一些诸如受贿用私人的事，有的不能确凿坐实，有的虽是事实，但赵茂昌立即痛快承认，受贿的银子也即刻照赔。张之洞对官员受贿向来痛恨，所以他并不为赵茂昌讲情，将他开缺回籍。但他心里是隐隐有一股对赵茂昌的同情：因为此事完全出于别人的报复，赵茂昌其实是因为自己而中箭落马的。

离鄂前，他对赵茂昌说："你是能干会办事的，这点我知道，你安心回武进去住住，好好反省反省。你还年轻，今后大有前途，回家后常给我来来信，过几年后说不定我还要起用你。"

赵茂昌向张之洞深深地鞠了一躬，感激不尽地离开了武昌。

经过多年煞费苦心的经营，赵茂昌已在家里买下了良田上百亩，置起红砖青瓦大房几十间，是当地方圆几十里数一数二的大财主。倘若安心家居，赵茂昌的日子是可以过得又舒服又安静的。但是，赵茂昌不是安于乡间的人。他渴求权势，追求风光，时刻企盼东山再起。他记住张之洞的话，常常写信给老主子，问候起居。他绞尽脑汁，思索着用什么办法来讨得张之洞的欢心，早日回到湖广总督衙门里去。有一天，家人对他说，东庄的穷秀才秦老三过世后，老婆秦穆氏带着三个女儿一个儿子，家里穷得经常揭不开锅。秦穆氏四处托人，为大女儿寻一个殷实人家，若是富贵之家，即便做个小妾也可以。赵茂昌心里一动，叫秦家的大女儿来看看。第二天，秦穆氏带着大女环儿上了赵家。赵茂昌见环儿长得端端正正，年纪只有十八岁，又认得几个字，颇为满意。他对秦穆氏说，一时尚无好人家，环儿暂且在我家做做事，慢慢等待机会。

说罢，拿出四吊钱来送给秦穆氏。秦穆氏千恩万谢地收下，直把赵茂昌当恩人看待。

环儿在赵家做起女仆来。赵茂昌细心观察，见环儿聪明伶俐，手脚勤快，心里欢喜。他要把环儿当一件奇货来经营。他左思右想，该给她寻个什么人家呢？突然一天，他脑子开了窍：还要四处去寻找吗，现在不是有一个极好的人家摆在那里！赵茂昌想的这户人家就是武昌张府。

张之洞身边只有一个女人，且这个女人以妾的身份而居夫人之位，赵茂昌对此甚为不解。以张之洞的地位，完全可以娶一位门第不差的未婚小姐过来，做执掌内政的正室夫人，也可以三房四房一个一个地把姨太太买进府门，别人也不会有闲话：哪一个做大官的不是妻妾成群？张之洞这种与常人不同的做法，反倒使大家觉得奇怪。赵茂昌自然不敢去过问总督的家事，不过有一点他深信不疑：没有哪个男人不爱女人，越是英雄越爱美人，俗话说英雄难过美人关；不是难过，而是压根儿就不想迈过！张之洞尚不到六十岁，还是男子汉的英雄时期，他就难道不爱美人？多半是因为他太热衷于事业，没有心思去想这档子事罢了。倘若有人为他寻到绝色佳人，又热心为他张罗筹办，他难道就会拒之门外？赵茂昌相信张之洞决不是坐怀不乱的柳下惠。

但是，毕竟张之洞多年来身边只有一个女人，他显然不是那种酷好女色之徒，办这事得小心谨慎，切不可鲁莽。长期跟随张之洞的赵茂昌，深知这位制台大人好比一匹烈马，倘若马屁没有拍到点子上，说不定会招致铁蹄踢掉自己的门牙。

七月底，在张之洞五十七岁生日前两天，赵茂昌特地坐洋轮来到武昌，给老主子祝寿。张之洞对生日一向淡然处置，不过家人团聚一起吃餐饭而已，从不对外声张。赵茂昌作为总文案，当然知道总督的生日，但先前他也不便送礼祝寿。这次身份不同，他给张之洞送了礼，礼品是一支经过特殊处理的高丽山参。一个老郎中曾教他一个秘方：寻十只五寸长的雄性海马，焙干碾成灰，再将半斤罂粟壳也晒干碾成灰，拌和这两种灰，将其溶解于清水中，置人参于此溶液中浸泡三个月，晾干后长期保存。这种人参，在补元益神壮阳增精上远胜一般人参，对中老年男人有奇效。赵茂昌服过几支，果然不谬。

赵茂昌神秘兮兮地说："这支人参非比一般，于身体的好处妙不可言，您不妨试试。"

张之洞年来常感精力不支，极想通过补品来提神培气。赵茂昌这个马屁可真是拍到点子上了。他痛快地收下。于是，两人的话题便从调补精力延年益寿开始了。赵茂昌将精心编造的故事，绘声绘色地说给张之洞听。

“武进太平桥有个老头子，今年一百零二岁了，依然耳聪目明，身体硬朗，平时生活起居，不要人照顾。今年春上，我特为拜访过他，真是名不虚传。”

“你问过他的长寿之道吗？”张之洞果然对此极有兴趣。

“问过，我去的目的也就是想从那里学学长寿之道。”赵茂昌正正经经地说，“老头子说，许多人都问这个，其实我并没有长寿之道，与大家一样地过日子。说来你们还不相信，我中年之前身体并不好，四十来岁头发就白了不少，一年到头，小病小痛也很多，不像是个能享高寿的人。六十岁以后，反倒一天天强壮起来。不怕你老弟笑话，我六十二、六十四、六十六连添三个儿子，今年最小的儿子都已三十六岁了。”

张之洞听到这里也笑了起来，问：“他六十岁以后接连生三个儿子，那他的老婆多大年纪？”

“我也这样问过老头子。”赵茂昌见张之洞兴致如此浓厚，说话的劲头更足了，“老头子说，五十八岁那年死了婆娘，原本不再娶了，独自过了两年后，实在耐不住孤寂。这时恰好有两个苏北逃荒母女来到太平桥，母亲得急病，无钱医治，女儿宁愿卖身救母，做仆做妾都行。别人都怂恿我，我的儿孙也没意见。这样，我就将那个十七岁的女孩子买来续了弦。从那以后，身子骨倒是越来越好。不然的话，我怎么会在以后八年里连得三个儿子？兴许是我积了什么阴德，老天爷要让我老头子人丁兴旺。说到这里，老头子哈哈大笑起来。”

张之洞说：“六十多岁老翁生儿子的事也是有的，只要女人年轻，这不是怪事。只是身体越来越好，又居然活过百岁，倒是稀罕事。”

“香帅，卑职想这或许就是采补的作用了。”赵茂昌望着张之洞，眼神里似乎看不出半点淫邪的味道。

博览群书的张之洞自然知道，古代房中术中的采补一说，即年老男子与年轻的女子交合，则可以强阴补弱阳；反之，年老的女子与年轻的男子交合，则可以强阳补弱阴。据说武则天晚年面首极多，其实是想以阳之强补阴之弱，企求长寿。张之洞对这套采补之学将信将疑，听赵茂昌这么说来，采补真的可起作用了。

他说：“采补一说由来已久，老年男子讨小妾的也不少，也并不见得人人有效果，这老头子怕是命好吧！”

“香帅说的有道理。卑职后来请教太湖边一个老郎中。他说这要看女子的血气如何，若女子血气特为旺盛的话，就可以收强阴补弱阳之效。老郎中说得不错，那个老头子的续弦如今也年过花甲了，身体仍然强壮，看来那女人属于强阴一类。”

张之洞笑道：“是你亲眼所见的事实，也不由我不信了。”

赵茂昌以一种半开玩笑半当真的语气说：“香帅，假若能遇到一个合适的女子，我来为你张罗此事如何？”

武进老头的实例的确有很大的说服力，张之洞巴望强健，也希望长寿。他满口应道：“好哇，你能找到这样强阴的年轻女子吗？”

赵茂昌收起笑语，一脸诚挚：“香帅，我赵茂昌受您多年的大恩大德，现在是开缺回籍之身，您仍不嫌弃，我即便肝脑涂地也无以为报。我要竭尽全力为您办好这事，就算是对您的一点孝敬。”

赵茂昌是如此感恩戴德，张之洞倒有几分感动了。

他是一个恩怨分明的性情中人。想起身边这么多僚属幕友，都受他恩惠甚多，就没有一个人这样真心真意知暖知痛地为他着想；还只有赵茂昌，不忘旧恩，不忘故主，实实在在地替他办事。他也想到赵茂昌可能是要因此图起复或是求什么别的。即便如此，也不是使坏心。人家真的对你好，你也应该回报回报，过两年风声平静后，是可以再用的。张之洞由衷地说：“竹君，难为你一番孝敬之心，我知道了。”

赵茂昌大喜，立即离开武昌，顺流放舟，赶回武进。他不急着把环儿送去，他要再好好调教一番。

离武进不远的扬州，是由来已久全国闻名的调教女人的地方。此处并不教女人读女四书、列女传之类的典册，也不教女人三从四德、妇道女规的圣贤之教，它教的是女人应该如何服侍男人，如何博得男人的欢心。卖弄风骚、吹拉弹唱、梳妆打扮、挑逗撩拨等等，凡此种种能打动男人的心，撩起男人的性的本事，都得教授。扬州有专门调教这种女人的场所。这种女人有一个古怪名称，叫做“瘦马”。有学者研究，“瘦马”源于唐代著名诗人白居易的一首诗：“莫养瘦马驹，莫教小妓女。后事至目前，不信君看取。马肥快行走，妓长能歌舞。三年五岁间，已闻换一主。”“瘦马”出门后或进妓院，或进歌楼，或做小妾，都比别的歌女妓妾要强得多。

大约在唐代时，扬州瘦马便开始出名；到了清代，由于盐商的麇集，扬州瘦马达到了鼎盛时期。赵茂昌将环儿带到扬州城，选了城里最负盛名的严媒婆家，交下一百两银子，限三个月把环儿调教成一个人见人喜的瘦马。三个月达到这个标准，本来是做不到的事，但严媒婆贪这一百两银子的厚利，便一口答应下来。

三个月后，赵茂昌去扬州城再见环儿时，果然见环儿变得丰腴白嫩，在一身光鲜合身的衣裙衬托下，显得更加妩媚，尤其是她的眉目神态、举止言行，样样比先前大不一样，让人看了舒心畅意。除开吹箫奏琴一时不能见效外，她还能唱得十几支好听的曲子。又会跳舞，舞动起来，彩袖飘舞，很有几分寺院壁上画的飞天模样，直看得赵茂昌着了迷，真有点后悔，不该答应了给张之洞。先知道环儿能变得这样可爱，早该自己收了做第四房姨太太的。想起今后的官宦前途，赵茂昌硬了硬心，带着环儿上了船。

赵茂昌在黄鹤楼客栈住下。第二天便去拜见张之洞，当天晚上，张之洞在客栈里见到了环儿，顿时吃了一惊。张之洞并不是一个贪恋女色的人，也不是见异思迁的轻薄汉，但作为一个充满活力的男人，容貌美丽姿态曼妙的女人，却不能不令他欢喜爱慕。他想起自己的三任妻子和现在身边的佩玉，在令人一眼便心迷意乱这点上，还不能与这个女人相比。他是个从不逛妓院吃花酒闹狭邪游的人，他不知道，这种让人心迷意乱的本事，正是卖笑女的特长，而从扬州教坊里走出来的瘦马，更比别处技高一筹。

张之洞十分满意。赵茂昌请他连夜将环儿用一顶青布小轿抬进总督衙门。张之洞想了想说，过两天吧！“过两天”的原因便是得先跟佩玉打个招呼。

与佩玉有十年的夫妻情意了，今天再置一房姨太太，居然连个招呼也不打，张之洞心有不忍。他正琢磨着拿一桩什么事来补偿佩玉，不想佩玉倒自己求上来了。想到这里，张之洞说：“老人家的心意我很理解，有一个嗣子在他们身边，也可以为你省许多心。明天，你叫你的弟弟到我这里来一下。我看看，给他个什么差使合适。”

张之洞如此爽快地答应，令佩玉颇感意外，她立即高兴地把这事告诉了父母和堂弟。

第二天，佩玉的堂弟李满库怯生生地来到督署签押房。

“坐下吧！”张之洞放下正在写批文的墨笔，招呼着站在一旁的李满库。

“小人是来听大人吩咐的，不敢坐。”

上身僵硬、两腿微微打颤的李满库巴不得早点坐下，但他嘴上仍不由自主地说出这句话来。李满库是个乡下人，到武昌来以前，从来没有见过官。现在一下子见到总督大人，他如何不胆怯！尽管知道，总督是堂姐的丈夫，但堂姐是妾，而不是夫人。按礼制，妾的娘家人是不能算作丈夫的戚属的，庶子的外婆家只能是嫡母的娘家，而不是生母的娘家。老实本分的李老头也一再告诫嗣子：不能将自己当作总督的小舅子看待。正因为此，李满库对张之洞一口一声“大人”，而称自己是“小人”，同时也不敢坐。

“坐下吧。”张之洞很能理解李满库的心态，脸色和气地说，“你是佩玉的堂弟，现在又做了李家的嗣子，与别人不同。你不要拘束，坐下好好说话。”

李满库见张之洞这样和和气气地跟他说话，大为感激，犹豫一下，也便在身旁的一方小木凳上坐了下来。

张之洞仔细地看了一眼李满库，见他也还长得清秀顺眼，便说：“你读过书吗？”

“小时候，跟着塾师念过三年书，后来地里收成差，就下地干活，没读书了。”李满库说的虽是山西腔，但鼻音不太浓重，也较之一般山西乡下人的话易懂。张之洞估计他不大像个死守老家的乡巴佬。山西人有经商的习惯，不少男孩子读了几年书，初识字，会打算盘以后，便不再读书了。待到十五六岁，便跟着亲戚朋友学做生意，天南地北跑码头，极少数幸运的，就这样跑出一个大商人来，绝大多数不过是借此养家糊口而已。

“也做过买卖吗？”

“十七岁那年，跟着村里的一个远房大伯跑了三四年码头，后来，大伯折了本，我也就回家了。”

果然不出张之洞所料。他知道这三四年跑码头是一段很重要的经历，可以长眼界，学知识，比起那些从未出过家门的乡下人来说，李满库肯定要强得多。

“后来又做些什么事？”

“在家种了两年地，又到外村一家票号老板的账房里做了四年的小跑腿。”

“好，好。”李满库虽有点紧张，但话说得流畅清楚，张之洞对李满库的经历颇为满意，心里已有了主意。“今年二十几了，娶了媳妇吗？”

“二十六岁了，前年娶的媳妇。”

张之洞点点头说：“好，明天大根带你到织布局去做事。”

“谢谢大人的恩典！”李满库大喜，忙离开凳子，连连鞠躬。

“织布局是个大有出息的场所，好好干，会有前途的。但先得从最苦最累的事干起，不可投机取巧。”

“是，是。”李满库连连点头哈腰。

“满库。”张之洞站起身，以亲切的语气说，“你要知道，本督办了这多洋务局厂，还从没有招一个三亲六戚的，要说因裙带关系进局厂的，你是第一个。这完全是看在你的嗣父李老先生的分上。佩玉不能常在二老的身边，你这个做嗣子的不要辜负了二老的期望，要尽人子之责。”

“大人请放心。”李满库说，“大人的恩德和教导我都记住了，从今往后，我对嗣父嗣母，会比对我的亲生父母更亲。”

“你去吧！”

张之洞目送着李满库走出签押房，心里想，虽然因李满库而破了自己的规定，但此举却谢了佩玉的父母，而且也为环儿的进府铺平了道路，还是值得的。此时的张之洞没有想到：缺口既然打开了，日后就会越来越大，南皮的远亲、贵州的近属，以后一个接一个地前来武昌投靠，就再也不可能像先前那样理直气壮地辞谢了，只好陆陆续续地予以安排。上行下效。总督如此做，司道府县更明目张胆地走私，滥进乱进之风本已成灾，到后来，更坏得不可收拾。一个个、一群群、一批批莫名其妙的人，皆因沾亲带故的关系涌进各个局厂。局厂仿佛成了一口永远舀不完的粥锅，只要挨得上边，尽可放心大胆、肆无忌惮地拼命舀。张之洞更没想到，就是这个老实巴交的李满库到织布局后，被旁人以总督小舅子的身份看待，后来居然和别的一批蛀虫一道，硬是把个好端端的织布局给彻底弄垮。

第二天，李家二老亲自来向张之洞表示谢意，佩玉也因了却老父的一桩大心事而格外高兴，趁着这个极好的气氛，张之洞将环儿的事告诉了佩玉。佩玉先是一愣，很快也便想开了：他身为总督，三妻四妾本可听他的便，莫说自己身为妾，就是八抬大轿抬进来的正室夫人，总督丈夫要纳妾，她能阻止得了吗？与其无谓地吵闹，不如欢欢喜喜地接纳，为自己日后留一条退路。

佩玉平静地说：“我年龄大了，身体不好，照顾不周，你身边早就该添个人手了。什么时候进府，这个事交给我来办，我要把它办得热热闹闹、风风光光的。”

“千万不要热闹风光！”佩玉这个态度，反而让张之洞心中有些歉意。他急切说，“纳进一个小妾哪能热闹风光，越平淡越好。”

“房子总得布置一下吧，床呀，梳妆台呀，这些也得置办吧！”佩玉似乎比他本人还要热心。“三天吧，给我三天的时间，我会和大根夫妇把这事操办得熨熨帖帖的。”

张之洞感动得拉起佩玉的手，涨红着脸说：“佩玉，你这样的贤惠，真不知叫我如何感激你为好。她年轻不懂事，进府后凡事还要靠你指点关照。至于家事，还是像过去一样，一切由你为主，决不会让她插手的。”

佩玉不吱声。张之洞发现自己滚烫的双手所握的，竟是一只从冰窟里取出的玉如意，炽热的心立即凉了多半！

三　正当朝廷内外忙于为慈禧祝寿时，北洋水师全军覆没

环儿进府后，果然给年近花甲的张之洞注入一股强大的生命力，仿佛真的年轻了许多似的。特制的人参，也让他恢复了消逝多年的青春活力。他叫赵茂昌如法炮制，再多送一些来。不久，环儿怀孕了。这消息让张之洞惊喜万分，他因此而对自己充满了更大的自信，并将这种自信倾注于洋务事业中。

铁厂每天炉火熊熊，铁水奔流，以日产量一百吨的速度生产着，给总督衙门带来极大的喜悦。枪炮厂也全面投产。所有的机器设备全

都是委托驻德公使许景澄在柏林买的，尽管货款高达一百七十余万两，比原定的价格高出一倍多，但张之洞还是狠下心，从各处腾挪借补，按时如数汇去。现在，用这些设备生产出的七九式步枪、口径六至十二厘米的各种陆路快炮及过山快炮都已成批出厂了。抚摸着那些冷冰冰黑幽幽的枪炮，听着随从们“与德国人造的毫无区别”的恭维话，张之洞心里甚是得意：“可惜子药和铜料还得从德国进口，哪一天这些东西我们自己也能制造，本督就十分满意了。”随从们立即说：“这有何难，马都有了，还怕没有鞍子！有张大人掌门，过两年，我们再在旁边建一个子药厂、一个铜厂，所有材料就不再从德国买了！”

说得张之洞哈哈大笑起来。

织布局里生产的布匹已开始在湖北省行销，张之洞耳朵里听到的也是销路畅通的好消息。纱厂已经出纱了。缫丝厂的厂房不久也可以竣工。制麻局也在规划中。武昌城里的洋务局厂，可谓蒸蒸日上，前景远大。

相继办起的四所实业学堂：自强学堂、算学学堂、工艺学堂、矿业学堂，也开始招生了。每所学堂收的学生并不多，在三十至五十人之内，但录取严格，待遇优厚。每所学堂开学那天，张之洞必定前去训话，殷殷告诫学子们珍惜青春年华，学会实际本事。尽管世家子弟都不屑于进这种实业学堂，但清贫的农家学子却为读书期间的丰厚待遇和结业进局厂的高薪前程所吸引，对实业学堂趋之若鹜。湖北的通都大邑穷乡僻壤，很快便都在谈论这些亘古未有的洋学堂，贫寒人家子弟在这里发现了另一种晋身之途。从此以后，随着这种新式学堂的大量开办，“学而优则仕”的独木桥，被多种多样前景美好的宽广道路所取代。人们不必都挤在入仕做官的唯一通道上，科学技术、工业商贸，众多的领域都可以让人充分展示其聪明才智。做得好，一样的出类拔萃，一样的财富滚滚，一样的获得地位，一样的显亲扬名。士人的观念一旦改变，整个社会的观念也便随之改变。一个新的时代，随着洋务局厂和实业学堂的兴办，便这样不可阻挡地来到了古老的神州大地。

下午，张之洞正在签押房里审阅嘉鱼县的禀帖。

三个月前，蔡锡勇向张之洞建议要各县将该县的物产一一查明禀告总督衙门，以便摸清家底，为湖北进一步发展洋务实业做准备。蔡锡勇特为对总督说：在西洋发达国家，这都是各省各县所必备的资料，许多国家是由政府出面派专人逐处查核的。鉴于铁政局目前人手不够，先由各县自查自报，然后再由铁政局派出专人有针对性地去核实。张之洞欣然采纳，立即以督署名义下发公函，要各县照办。

嘉鱼县令姚希文接到这份公函后，将刑名师爷、他的远房兄弟招来商议。

“老八，你看这事咋办？”

姚县令将公函递给了师爷。师爷看了看，嘴角边露出一丝冷笑，说：“这张制台真是个爱热闹的人，无事生事，这事咋办？老爷，你就召集一批人到各乡各都去访查呗！”

姚县令说：“你说得轻巧，我到哪里去找一批这样的人？还要各乡各都去访查，这开销要多大？我嘉鱼县哪有这些冤枉银子！”

“张制台把省衙门折腾个人仰马翻，现在又来折腾各县衙门了。”师爷摸了摸肥得流油的腮帮，慢慢地说，“这事有两种办法：一是实办，一是虚办。”

姚县令问：“实办是怎么办法，虚办又怎么办法？”

师爷说：“实办，就是派人下去实实在在地查访。人手、银钱缺乏，就少派人，派两三个；也不全部去，到几个重点乡镇，虽不是全部查清，但也是实在地做，这就叫实办。”

姚县令说：“就这，我也不想做。莫说这也得花二三百银子；再说，查出了又有什么用？这洋务时髦，我姚某人不想赶。”

“那就虚办。”师爷语气肯定了。“那就一个人都不派，过两个月，老爷请几个老嘉鱼人来聊聊天，问问情况，然后我再写个禀帖交人送到武昌去就行了。”

姚县令高兴地说：“就照你说的虚办，虚办。”

过一会儿，他又兴奋地说：“老八，其实也不要再找人去查访了，我早就听人说过，嘉鱼就是《三国志》中的火烧赤壁之处。为何叫赤壁，是因为山崖是红的，为何山崖是红的，是因为有铜铁等矿石。咱们嘉鱼有的是矿藏，先把这一条报上去。”

“老爷，千万莫报这一条！”师爷忙摆手打断姚县令的兴致。

“为何？”

“老爷，你想想看，那张制台的兴趣正在炼铁炼铜上。一听到嘉鱼有铜铁矿，立刻就会关注嘉鱼。这以后，候补道府会一批批来嘉鱼考查，矿师洋匠会一队队来嘉鱼踏勘。你老爷是今天送人，明天又要迎客，驿馆的酒席会像流水似的开。你要劳多少神，伤多少财？倘若折腾几个月，要是说这里没有铜铁矿，那张制台的脾气，是要把老爷你骂个狗血喷头，你再也莫想在他手里升官；若是有，那今后在这里安营扎寨，无穷的烦恼你等着吧！”

姚县令摸摸脑袋苦笑说：“你说得也对，那我们报些什么呢？”

师爷想想说：“你就报：咱们嘉鱼的特产是池塘里的王八，山丘里的野鸡，江河里的大肥虾……”

“哈哈哈！”姚县令不禁开怀大笑起来。“老八，真有你的！”

张之洞审看着嘉鱼县的这份禀帖，心中颇为不悦。三个月的期限已到了，十之五六的县并没有按要求上报，少数几个像嘉鱼这样有禀帖的县，说的物产也都是些瓜果、鱼虾之类，只有一两个县提到煤铁等有用矿藏。张之洞哪里知道，几乎所有的府县，对督署公函抱的都是嘉鱼县的心态，或敷衍塞责，或干脆不理睬。

正在这时，门吱的一声推开了，环儿端了一碗刚熬出的人参汤进来。张之洞随口问：“怎么今天你自个儿送来，桃红呢？”

往日一天上午下午各一次的人参汤，都是由小丫鬟桃红送的。

“桃红到街上买针线去了，不能再等她了。”

环儿边说，边将人参汤送到张之洞的手边："快趁热喝了吧！"

随着环儿的靠近，一片鲜亮、一股异香一齐向着张之洞扑来，他禁不住抬起头将环儿看了一眼。是不是环儿难得有一次到签押房来，她今天怎么这样格外用心妆饰打扮：本来乌黑的发髻更黑亮，本来白皙的皮肤更细腻，本来姣好的身段更妩媚。喝了一大口人参汤的张之洞胸腔里顿时燥热起来，他眯着眼睛对环儿说："你坐到我的腿上来。"

在扬州瘦马馆里专门培训了三个月的环儿，有着一身风骚技艺，面对着又老又忙的湖广总督，她常有英雄无用武之地的叹息。今天怎么啦，日头打西边出来？环儿又惊又喜。张之洞一把将她抱了过来，放在自己的腿上。他一边摸着环儿的手，接着满口花白胡须便向环儿粉脸上凑了过来。环儿心里乐滋滋的，甜蜜蜜的。张之洞身上的血越来越燥热，一股火在五脏六腑里猛烈地烧着，将他的头烧得昏昏的晕晕的。他已忘记了这是办理公务的签押房，他也忘记了窗外正是红日高照的朗朗青天，他不能按捺自己浑身骚动的欲火，急急忙忙地伸手解开环儿上衣的纽扣。女性的本能让环儿一下子清醒过来，悄悄地说："大人，这是签押房哩，我们回上房去吧！"

"不要紧！不要紧！"张之洞边说边不停地解，犹如一个十天半月没吃饭的饿汉似的。

环儿羞得满脸通红，浑身上下早已没有一丝力气，任凭张之洞胡乱地动着。眼看上衣的纽扣已全部打开，正要脱去时，却突然门被推开，冒冒失失闯进来的辜鸿铭被眼前这一幕给惊呆了。

张之洞满腔烈火遭遇这一瓢冷水，又恨又怒，扭过脸吼道："什么人，给老子滚出去！"

环儿慌忙离开张之洞，双手死劲地将松开的上衣抱住，低着头与辜鸿铭擦身而过，奔出门外。

辜鸿铭已回过神来，快乐地拍掌大笑："张大人，你太可爱了，太了不起了，我今天算是看到了一个真正的男子汉！"

张之洞又好气又好笑，恶狠狠地骂着："你还不滚，再在这里多嘴，我要割掉你的舌头！"

辜鸿铭乐呵呵地说："好，好，我走，我走，让你定定神。"

不料，辜鸿铭刚出门，张之洞又喝道："回来！"

辜鸿铭又转过身站在门边。

"你找我有什么事，说吧！"

"也没有别的大事。"辜鸿铭笑嘻嘻地说，"我是来告诉你，我和吉田贞和好了。我心里真高兴，想和你分享我的喜悦。"

吉田贞是辜鸿铭一年前纳的日本小妾，他很宠爱她。三天前，吉田贞为了一件小事和辜鸿铭怄气，这几天里把自己的房门关得紧紧的，既不让辜鸿铭进门，也不和他说一句话，弄得辜鸿铭蔫头耷脑，没精打采，成天愁眉苦脸的，做什么事都提不起神来。前天，张之洞要他译一份公文给英国驻汉领事馆。他哭丧着脸说："香帅，我这两天无心思做事，译不好。"张之洞问他为什么没心思，他将此事说给张之洞听，末了说："香帅，你帮帮我的忙，让吉田贞与我和好，我加班加点酬谢你。"

张之洞心里笑道，这个混血儿真没出息！让个小妾整得这样惨兮兮的，说出来也不怕别人笑话。说了句"我帮不了你的忙"后走了。

今天居然和好了，还要来与我分享喜悦，这小子也够有趣的。想到这里，张之洞的恼怒消去了多半："你拿什么去讨好她的？说给我听听。"

"不是讨好，我是用我的妙法。"辜鸿铭得意地说，"昨天傍晚，我从衙门里回到家后，吉田贞的房门还是紧闭着。我在屋外徘徊好久，真是无计可施。我走到窗户边，踮起脚来，想从窗口看看她。结果人没看到，却看见桌上那个金鱼缸，顿时来了灵感。"

张之洞被他唾沫横飞的叙述给吸引了，认真地听着。

"金鱼缸里养着三条金鱼。这三条金鱼是她从日本带来的宝贝，爱得不得了。就从这里下手。我忙去后院找来一根细竹竿，又从太太房里寻了一根针和一根细线，很快做成一副钓鱼竿，挖了一条小蚯蚓挂在钓钩上。然后人站在窗外，将钓竿从窗口里伸进去，直伸到金鱼缸上。钓丝垂进鱼缸，小蚯蚓在水里乱动，引得三条金鱼一阵嘴馋，一条鼓眼黑金鱼一口吞下蚯蚓。我心里高兴极了，忙将钓竿一抬，黑金鱼被我钓到了半空，禁不住哈哈大笑起来。就在这时，门打开了，吉田贞气呼呼地冲了出来，嚷道：死鬼，死鬼，你快放下！我趁这个机会，溜进她的房里，整整一夜再不出来了。就这样，和好了。”

说罢，自己捂着肚子笑个不停。张之洞看着辜鸿铭这副乐不可支的天真相，也被感染着心情舒畅起来。他心里想着：天底下不乏聪明人，但聪明人往往机心多，难以相处；天底下也多无机心的人，但此辈又往往愚昧无知。像辜鸿铭这种绝顶聪明而又无机心、闯荡四海而又天真单纯的人真是少之又少。幕府有个这样的人物，繁杂枯燥的簿书日子该增添多少生趣啊！从此，张之洞对这个有趣的混血儿更多了几分亲近感。

生命力陡增和洋务的兴旺，让张之洞处在欣欣然中，对蔡锡勇、陈念礽等人禀报的实际困难，总是以三军统帅般的果决魄力和宏阔气概予以断然处置。

蔡锡勇说，马鞍山的煤含硫磺过多，炼出的焦煤成色不高。张之洞便问，哪里有合适的煤？蔡锡勇说，直隶开平的煤较好。张之洞立即说，那就从开平去买煤。蔡锡勇说：运费太多。张之洞说，不必考虑这些。于是，铁厂便以高出马鞍山七八倍的价从开平买煤。成本开支一时骤增。

陈念礽遂禀报丈人，眼下厂里经营甚是困难，每日化铁炉出生铁一百吨，则亏本二千两银子，一月下来，化铁炉就亏损六万两。湖北官场上不少人都说早知如此，不如买洋人的钢铁，还要不了这多银子。张之洞开导女婿，万事开头难。眼下铁厂未走入正道，产量低，自然成本高，以后日产量增大，铁的质量提高，能够与洋人的铁一样好卖了，成本自然就降低了。这尚在其次，最重要的在于我们中国人自己能用洋法造出铁来了，这个意义就非比寻常，这将大大激发我们中国人的自强信心。我们不能永远靠买洋人的成品过日子，万一哪天与洋人交恶了，他不卖给我们怎么办？再者，我们办铁厂，重在开风气之先，要借此影响全国十八省；倘若我们遇到困难就退缩，那别人就再也不敢跟上来了，洋务实业何年何月才能进入中国？

陈念礽觉得丈人的话说得对，的确应该想得多看得远，于是再也不提亏本的事了。

有一天，辜鸿铭气呼呼地走进签押房，对着张之洞大声说："香帅，这铁厂办事越来越不像话了。"

"什么事得罪了你？"

张之洞知道辜鸿铭办事一向使气任性，很难与人共处，不待他开口，心里早已多半认为，又是这位怪脾气的混血儿在自个儿招是惹非了。

"香帅，你看看，有这个理没有？"辜鸿铭从头上抓下瓜皮帽，青色的头皮、后脑勺的大辫子，与镜片后面那两只灰蓝色的大眼睛配在一起，显得极不和谐。

"我六天前跟铁厂的协办刘候补道说，过江到英国驻汉口领事馆会见新来的领事詹姆士先生，顺便向詹姆士打听目前英国的钢铁行情，请他派一个人与我一道去。这本是一次礼貌性的见面，只需铁厂派一位主管行销的科员同去就行了。不料刘道说，拜访英国的新领事，可是一桩大事，我们得好好计议计议。他们一议便议了五天，昨天上午派人接我到铁厂。刘道认真地对我说，朝廷派往英国的公使是侍郎级的官员，那么英国派驻我国的公使的级别也应如此看，侍郎在京师为正二品，外放则为巡抚级。驻汉口的领事比公使低一级，也应相当于我们湖北的两司。按礼仪，新领事来后，我们铁厂第一次正式拜访，应请藩台大人和臬台大人一道去，才显得郑重。但他们忙，请不动，铁厂应去最高官，即请蔡督办。但蔡督办这些天有病，也不能去，就得由本道代行。但本道只是协办，官阶也只是四品，不能相敌。与各位商议后，决定再加派两位知府级处办、四位知县级科办，七个人的品级累积起来，大致应与英国领事的级别差不多了。负责行销的吴科员只是一个从九品，他只能作为随员跟从。本道一再叮嘱吴科员，你虽是随员，但实际事是你办，你一定要好好听，回来好好写一份帖子留下备蔡督办和各位会办、协办、监督、襄理老爷们传阅。就这样，刘道带了一行十余人浩浩荡荡、排场十足地陪我过江去了汉口领事馆，把人家詹姆士吓了一大跳，还以为我们是上门找麻烦来的，忙叫卫士荷枪实弹以待。香帅，你看看，一件极小的小事，却被他们办得这样复杂而烦琐，您看铁厂还像不像话！”

不料，张之洞哈哈大笑起来，连说了几句“有趣有趣”后，对辜鸿铭说：“一个道员，两个知府，四个知县，加起来敌一个两司，刘道这个算法，确实新鲜少见。是不是相敌，谁也说不准。但是，汤生，你也不要太气愤，这也说明刘道办事的认真。中国是礼仪之邦，在外人面前更要体现礼仪之邦的风范来。对此，我还是欣赏的。我对他们说过，铁厂也好，枪炮厂也好，就是织布局、纱厂也好，虽是洋务局厂，也要比照我们衙门的规格办。铁厂的督办是蔡道，协办是刘道，在我们的心目中，它就相当于我们的道员级衙门。织布局的总办是莫候补知府，我就是有意将织布局比铁厂低一个级别，相当于我们的知府衙门。纱厂的总办廖候补知县又低一级，它就是知县衙门。要这样，才有个上下等级的区别。别尊卑，明贵贱，这是圣人为我们制定的治国大纲，也是我们中华民族礼仪的精华之所在。我们办洋务，也要用这个办法，否则就会乱了套。汤生，你要理解刘道的用意，不必生气。”

辜鸿铭听了张之洞这番话，倒也不知再说什么是好。这些年来，他在张之洞的具体指导下，用心攻读全套儒家经典，对中国文化有了较深的理解，知道总督的话没有错，整个儒家学说，就是建筑在亲疏尊卑、上下等级的基础之上。用圣人的话来说，便是“正名”。名不正，则言不顺，言不顺则事不成。但会见一个领事，要如此烦琐，他却不能赞同。此事至少影响了办事的效率，耗费了许多不相干人的精力时间。不办事的人堂堂正正地坐在台面上，真正办事的人则只能一旁侍立，这算什么？在西方，是绝对不会出现这种场面的。

他退出签押房，将总督关于洋务局厂也要按朝廷设的衙门规矩办的这一番训示，告诉幕友堂的众人后，那些读“四书”“五经”、办刑名钱谷的幕友们，则一致赞扬总督的治理洋务有方。他们说，无规矩则无方圆，在中国办洋务局厂不遵中国的礼制，那怎么行？还是香帅有办法！那些读洋文西书的洋务幕友则纷纷表示难以接受。他们认为，局厂好比是大作坊，作坊是要出产品的，怎能以衙门视之？英美德法这些国家在办局厂方面已有一整套行之有效的管理办法，应该连同机器技术一道引进来。若机器技术是西洋的，管理则是中国衙门式的土办法，这洋务实业能办得好吗？但这是他们私下议论时的忧虑，谁也不敢去向总督提出。用中华礼仪、圣人之教来办洋务，这是何等堂堂正正冠冕堂皇！你一个中国人，还能不遵中国的礼教？

张之洞如此劲头十足地在湖北大力兴办洋务，雄心勃勃地立志要在三五年时间里把湖北变成海内第一洋务强省，不料，一场大仗突然爆发。这场意外的战争给中国带来巨大的影响，成为改变近世中国命运的一个转捩点。这场战争，便是有名的甲午海战。

这年十月，是慈禧太后的六十大寿。早在去年开始，朝廷便已大张旗鼓地筹办万寿大典，并增加恩科乡试和恩科会试。又指令各省必须为老佛爷的万寿捐银送礼，用于颐和园的扫尾工程和大典的开支。当时，这道廷命下到湖广衙门时，辜鸿铭正在张之洞的旁边，他看到后笑了笑说：“香帅，西方有一支人人都会唱的生日歌，一人过生日，大家都唱这首歌向他祝贺。太后过生日，我来为她献一首生日歌，烦你替我奏报给她如何？”

张之洞说：“你先把歌词念给我听听。”

辜鸿铭眨了眨灰蓝眼睛，摇头晃脑地念道：“天子万年，百姓捐钱。万寿无疆，百姓遭殃。”

一旁的梁鼎芬、梁敦彦等人都掩口笑了起来，心里说：这个混血儿好大的胆子，竟敢当着张大人的面咒骂太后，岂不要被他训个半死！

想不到，张之洞不仅未骂，反而也跟着笑了起来，笑后拍拍辜鸿铭的肩膀，说："你这个生日歌，只在此处唱一遍算了，到外面去瞎唱，我可保不了你。"

各省都从藩库里挤出银子来应付着，有的省趁机将此摊派到各府县去，弄得怨声载道。又有几个哗众邀宠的官员，居然提出全国所有食朝廷俸禄者，捐一月薪金出来为太后祝寿以尽孝心。朝廷抓住这个典型大加赞扬，而朝野官吏们却恨不得将这几个马屁精食肉寝皮。

光绪皇帝也全副身心地扑在万寿大典上。亲政不久的小皇帝既要借此酬谢慈禧的大恩大德，博取以孝治天下的美名，同时也要以此讨得老佛爷的欢心，换取在她手中握了三十多年的至高无上的权力。没有想到，辽东半岛之外朝鲜国的内乱已演变为内战，国家正处在危急之中。

史传商末箕子子孙所开创的朝鲜国，自古以来便是中国的藩属国。到了清末，国力衰弱，自身都难保，哪有精力来顾及朝鲜？而隔海相望的日本，通过明治维新之后，国力日益强盛，苦于国土逼仄，急欲向外扩张，朝鲜和中国的东北便成为他们垂涎三尺的地方。那时年幼的朝鲜国王李熙乃由旁支入继大统，他的生父大院君李罡应摄政。李罡应素来仇恨外人，主张闭关自守。朝鲜政界中有一部分人亲近日本，与李罡应积怨日深。王妃闵氏娘家乃朝鲜累世勋旧，其父兄想通过国王来执掌大权，于是借李罡应政敌的力量来攻击他，李罡应被迫交出权力。不久，李罡应又借军方之力发动兵变，打垮闵氏家族的势力，重新执政。变兵焚烧了日本驻朝鲜公使馆，公使仓皇出逃回国。朝鲜举国大乱。中国驻日公使黎庶昌急电天津，请北洋军队抢在日本兵入朝之前先行赶到，以免朝鲜落入日本人的手中。时李鸿章正丁母忧，张树声署直督，遂遣吴长庆带淮军旧部入朝平乱，设计诱捕这次内乱的大头目李罡应，并将李罡应押到中国予以囚禁，恢复了国王的权力，朝鲜内乱迅速平定下来。在这次平定过程中，有一个人凭借着过人的识见和勇敢，为诱捕李罡应立下头功，此人就是时年二十五岁的袁世凯。

袁世凯的叔祖袁甲三当年在安徽与太平军作战时，吴长庆的父亲吴廷襄正在家乡庐江办团练。一次，吴廷襄被太平军所围，情形危急，打发人向袁甲三求救。袁甲三的儿子袁保恒不同意救援，侄子袁保庆则主张发兵。袁甲三一时拿不定主意。三天后庐江被太平军攻下，吴廷襄战死。吴长庆接统庐江团练，他恨死了袁保恒，却与袁保庆结成金兰之交。袁保庆是袁世凯的嗣父。袁世凯不好读书，向往走父祖辈的军功之路。光绪七年，他投靠以提督身份驻军山东登州的吴长庆。吴长庆念旧情，收留了他。吴见袁年纪尚轻，安排他与自己的儿子们一道读书，那时吴家请的塾师即张謇。十多年后的张謇得中状元，名扬天下，但那时还只是一个默默无闻的穷秀才。张謇慧眼识人，他看出袁世凯书虽读得不好，但办事极有主意，是一个练达能干之才。第二年朝鲜事起，吴长庆奉命东渡，亟需办事的人，张謇力荐袁世凯。吴长庆破格委任袁帮办前敌军务。于是，袁世凯利用这个机会，充分施展了自己的才能，很快便崭露头角。

光绪十年，吴长庆离开朝鲜回国，留下三个营分别由提督吴兆有、总兵张光前及前敌营务处袁世凯统领。三个人中独袁世凯看出朝鲜国内亲日派日渐坐大的趋势，对朝鲜政局的前途甚是担忧，多次将这种忧虑密报李鸿章。李鸿章一向重视日本，故对藩属国中的朝鲜的关心胜过越南，命令袁世凯密切关注局势的发展。

不久，果然爆发邮局谋杀案。亲日派挟持国王李熙，矫诏杀害亲华的辅国大臣，掌握朝鲜大权，并议废立。这时，支持李熙一派的发动勤王之师，并恳请中国驻防营援助。袁世凯等人率清兵冒死救出李熙一家。此事虽很快平息，但中国与日本结怨更深。不久，中国驻朝鲜商务委员陈树棠内召回国，受李鸿章器重的袁世凯接替其职。此后，袁世凯成了实际上中国驻朝鲜公使。年轻气盛的袁世凯主张对朝鲜采取强硬态度，不行则废除李熙，置监国，或干脆将朝鲜改为中国的一个行省。但李鸿章不同意，依然维持着惯常的对朝政策。到了光绪二十年，朝鲜爆发了东学党之乱，乱兵达五六万之多，朝鲜局势再次面临危急。李熙请求袁世凯帮助平乱。此时日本也借口保护使馆，调兵入朝。

袁世凯将此变故急报李鸿章。李鸿章派直隶提督叶志超及太原镇总兵聂士成选淮军劲旅一千五百人，由海军提督丁汝昌派军舰护送入朝参战。与此同时，日本已陆续派兵五千余人，由陆军少将大岛率领先行进入朝鲜，朝鲜的各重要海口均有日本军舰、炮舰停泊。由于中国军队的参战，东学党之乱很快平息。清廷吁请中日同时撤兵，但日本借口改革朝鲜内政，拒绝撤兵。其用意十分明显，那就是借此使朝鲜脱离中国而成为日本的属国。日本一再威逼李熙驱逐中国军队，并屡屡向中国驻军和使馆挑衅。此时，袁世凯已离朝回国，当面向李鸿章报告朝鲜危在旦夕的险恶局面。李鸿章一直希望依靠英国、俄国的干涉调停，避免与日本交火开战，到这时才醒悟过来，战争不可避免，然则为时已晚了。六月下旬，他派总兵卫汝贵统率六千余人进平壤，提督马玉昆统率二千余人进义州，以便援助孤悬牙山的叶志超部。日本军舰集结牙山口外，企图拦阻中国军队登岸。二十三日，中国兵舰济远、广乙为迎护高升号运兵船，驶近牙山口外之广岛，日本军舰吉野、浪速、秋津横海袭击，首先开炮，中国兵舰被迫还击。甲午中日战争便这样揭开了序幕。

广乙、济远不是吉野等舰的敌手，开战不久，便重创而逃。随后而来的高升号遭吉野炮击沉没，船上九百五十名清兵全部被抛向海中，七百多人殉难。接下来，叶志超与日兵在成欢交战，叶部大败；却以大胜欺骗李鸿章。李据以入奏，叶志超反获嘉奖。八月一日，中日两国正式宣战。中日两军在平壤再次交战，清军又败，总兵左宝贵壮烈殉国。八月十八日，中日两国兵船在黄海大东沟海面上激战。

这是中国海军自成立以来所遭遇的第一次，也是最后一次大战役。这一仗打下来，北洋舰队致远、经远、扬威、超勇等舰被击沉，广甲号自毁，来远号重伤，以邓世昌为首的海军官兵死伤达千余人。

日方吉野号等五艘战舰受重伤，死亡人员也有六百之多，两相比较，中国损失更为惨重。

九月下旬，日军开始从陆路进攻中国辽东。清军在日军的凌厉攻击下节节败退，九连城、安东、海城、盖平等城相继落入敌手。

与此同时，另一路日军在联合舰队护送下，从花园口登陆，很快攻陷大连、旅顺。日本在旅顺进行灭绝人性的大屠杀，全城人几乎杀绝。最后有意留下三十六人，作掩埋尸体的劳力用。

中国海陆两军的惨败，日本军事力量的强大及其对中国百姓的残暴，引起中国朝野的巨大震惊和愤恨，许多人都把责任归咎于北洋海军和淮军的最高统帅李鸿章，翰林院三十五人的联名参折，代表了当时全国人民的这种愤怒心情。参折痛骂李鸿章“昏庸骄蹇，丧心误国”，指出李鸿章有“迁延坐误”、“任用私人”、“奸欺蒙蔽”、“卵翼小人”、“媚日贪利”五大罪状，吁请朝廷严惩李鸿章，勒令其离开天津。认为“李鸿章一日不去北洋，则三军之气一日不能振作，溃败之局一日不能挽回”。

与此同时，一股请求恭王复职的呼声弥漫朝廷。先是户部侍郎长麟上疏请起用恭王，但折子被留中不发。接着，工部侍郎李文田与京师一批官员又联合上折，再次请求恭王复出。此折经军机处上奏时，礼王世铎带领全班军机大臣合词启奏慈禧请恭王出山。但是，这道大折与长麟、李文田等的奏折一样如石沉大海，没有回音。十天后，协办大学士李鸿藻、翁同龢在召对时，又恳切请求恭王出山。同样，此事亦遭慈禧的一口拒绝。

正在阖朝为之失望的时候，突然传出老佛爷同意恭王复出的喜讯。

文武大臣们既感到欣慰，又颇觉纳闷：是谁有如此大的本事让老佛爷天心回转？不久，从内务府传出消息：老佛爷的回心转意，是因为皇上三番五次跪求的结果，而皇上之所以如此态度坚决，是因为他最为宠爱的妃子珍妃的竭力怂恿。

珍妃，这个中国两千年封建帝制中最后一位因干预政事致使命运悲惨的皇贵妃，她的名字便这样从后宫中最初走了出来。

于是，外官也渐渐对皇上的后宫私生活有了较多的了解。

光绪不喜欢太后强加给他的皇后小那拉氏，皇后仗着姑妈的权势，也不把光绪看在眼里。被封为珍妃的长叙次女美丽单纯，得到光绪的宠爱。珍妃姊妹在娘家时，家中请的塾师是有名的才子文廷式。比起汉家闺女来说，旗人家的姑娘在家里的地位较高，可以和兄弟们一起读书。因此，珍妃和她的姐姐瑾妃从小便受到良好的教育。又因跟着父辈去过不少城市口岸，眼光较之一般女孩子也大为宽阔。这也是珍妃能得到光绪喜爱的原因。

也有从敬事房太监那里悄悄传出的消息，说皇上乃天阉，皇后与瑾妃因而不爱皇上，并成天为自己的苦命而忧心忡忡，没有笑脸，惹得皇上见了她们也快乐不起来。但珍妃不这样，她对皇上的天阉浑然不觉，一天到晚无忧无虑，脸上总是挂着天真的笑容。皇上怎能不喜欢她？太监、宫女们也个个乐意跟珍主子相处。敬事房的人说，这才是珍妃得皇上欢心的真正原因。

外臣对此虽不能辨底细，但有一点证明敬事房的话有道理。皇上大婚五年了，正式册封的妃嫔有七位，一天到晚围绕在他身边的宫女二三十个。二十多岁的年轻人，身上也看不出别的毛病来，就是没让身边的任何一个女人怀上孕，不是天阉是什么？

慈禧十年来一直对恭王疏远冷淡，全班军机大臣的合词上奏，元老重臣的恳求都不起作用，还有谁敢再说话？普天之下，除开光绪一人外，再无第二个了。现在太后的态度改变了，是不是珍妃的怂恿且不去管它，光绪本人顺应舆情，希望老伯父出山力挽败局振作朝纲，却是不争的事实。

四　复出的恭王感叹：即便贵为皇伯，也不能没有权力

说是老伯父，奕䜣其实也并不是太老，今年不过六十二岁。当光绪十六年十一月醇王去世后，在皇帝的嫡亲父辈中，他又的确是硕果仅存且唯一寿过花甲的老前辈了。他得到皇帝的尊重和依赖是理所当然的。然而，皇帝没有想到，他的这位伯父已经难以承受这份尊重和依赖了。

恭王府西院书房里，恭王半躺在从德国进口的俯仰自如的牛皮沙发上，身上盖了一件黄缎绣花薄棉被。初冬的阳光透过宽敞的玻璃窗，照在他干瘪的脸上，一双略显小的眼睛微微闭着。王府的太监宫女们以为他睡着了，不敢再走进书房来，只在窗外蹑手蹑脚地来回走动，以备王爷的不时召唤。

其实，恭王没有睡。自从领了出山的懿旨后，他连夜晚睡觉都不安稳了，何况这一天中最好的上午辰光！

恭王奕䜣退出权力中心已经整整十年了。刚退政时他深感委屈、失意和愤懑，甚至觉得这二十多年来的秉国当政的经历如同做了一场梦似的，他给昔日的心腹同僚写诗坦陈心曲："吟寄短篇追往事，一场春梦不分明。"在夜阑更深的时候，他有时会突然浮出奇怪的念头：假若当年不站在太后一边，而站在肃顺一边，那情形又是如何呢？凭着肃顺对曾国藩的一贯信任和曾对肃的感知遇之恩，江南局面的快速厘清应该也是没有疑义的。肃顺固然跋扈嚣张，但他的才干也的确是朝中少有的。办事轻重缓急，他还是能分得清的。他至少不会在库帑紧缩的时候，提出修复颐和园的计划。尤其是当恭王想到继统续位的大事时，他更加痛心。倘若他与肃顺联手的话，同治死后，这九五之尊绝对会落到恭王府，而不会流失到老七家。唉，天命固然不可预测，这人事又哪里是可算计得到的？

思前想后地过了几年，日趋老境的恭王渐渐地心思平和了。国家大事，他索性一概不管了，安下心来在豪华舒适的王府中读书写字、

赏花听曲，以艺术之美来充塞心灵；山珍海味，歌舞宴乐，以醇酒与妇人来最大限度地获得感官的愉悦。欢乐只在今宵，王府即是天堂。当年一心追求权势欲建赫赫功业的恭王，再也不存任何雄心壮志，决定充分地利用宣宗爷皇六子的天赐福分，在短暂的生命中尽享人世间种种欢快乐趣！

他以乐道堂主人的署名写下了不少诗篇，结集于《萃锦吟》前后篇中。随意从前后篇各挑一首来加以对比，都可以看出他十年赋闲期间的心态变化。如前篇中的一首七律："纸窗灯焰照残更，半砚冷云吟未成。往事岂堪容易想，光阴催老苦无情。风含远思翛翛晚，月挂虚弓霭霭明。千古是非输蝶梦，到头难与运相争。"诗中流露的是前议政王对世事无情的幽怨心曲。再看后篇中的一首五律："超然尘事外，已得六年闲。欲契真如义，情生造化间。澄心坐清境，深户掩花关。味道能忘病，不知忧与患。"这里则是今日乐道堂老人对人生真谛的初步领悟。

此刻，初冬的太阳已升得很高了。京师第一王府在冬阳的照耀下，暖意融融。斜躺在西院书房沙发上的恭王，微觉身上有一丝燠热。他掀开黄缎被，离开牛皮沙发，走到窗边的书案前。窗外，夏日里那些茂盛繁荣红绿相间的丁香花海棠叶早已凋零脱落，只剩下褐黄色的瘦弱枝干，给人以衰飒老残之感，而甬道两旁的雪松，却依旧苍茂劲挺，颇具豪杰气概。恭王凝神注视着这往日天天相见的冬景，此时却让他有种异样的感觉。值班太监见王爷已起身，忙端了一杯新泡的江南龙井进来放在书案上，然后悄没声息地掩门退出。

恭王端起茶碗来啜了一口，就势在书案边的高背软椅上坐下。四天前，养心殿东暖阁里与太后叙话的情景又浮现在眼前。

自从在醇王葬礼上，与慈禧和光绪帝说了几句话外，整整四年了，彼此没有再见过面。当值大太监掀开厚重的棉帘，恭王一眼见暖阁正面的大炕上，太后、皇上分坐在短几的两旁。他弯腰走上前去，正要在炕前正中铺着的软垫上跪下时，光绪忙说："六伯免跪。"

慈禧也说："六爷，今儿个不是叫起，这是一家子人叙话。按照家人的礼节，皇帝还要向您行礼哩！我看，都免了，彼此都去掉这个客套。请六爷就在对面的椅子上坐下吧！"

慈禧这种温婉贴心的话，恭王已经好多年没有听到了。他记得同治初年江南尚未底定时，慈禧常常用这种语气跟自己说话。但到后来，温婉渐渐变成威严，贴心渐渐变成隔阂，再不是叔嫂间亲热融洽，而是君臣间的上下尊卑了。恭王在心里品味了一番后，便在对面雕龙刻凤的檀木大靠椅上坐下，立时便有太监送来一碗香气四溢的热茶。

"好几年不见了，六爷身子骨还好吗？"慈禧的声音依然如旧清脆动听。

"托太后、皇上的福，老臣这两年还没生过大病。"恭王答着，就势将对面的嫂子仔细地瞧了一眼，心里微微一惊：也是六十岁的老太太了，怎么还依然是面色红润，发髻乌黑，她是如何保养得这般好的？想起自己，只比她大得两岁，就如此多病多痛、血亏气衰的，上天太眷顾这个逞强任性的女人了。

"一向瞎忙，这些年也没去瞧瞧你。"慈禧也端起矮几上的茶碗来，轻轻地移动盖子，右手小指上的三寸纯金护指高高地翘起，浅浅地抿了一口后，又几乎没有一点声音地将茶盖盖好，放回矮几上，然后拿起膝边的素底绣着一支兰花的绢巾，轻轻在唇边上印了一下。整个动作在从容、优雅中又透出几分高贵气。"光绪十五年皇帝大婚后，我对他说，你已经娶媳妇了，是个大人了，老百姓家的儿子娶了媳妇都要当家理事了，何况一国之主的皇帝！我为你操了十多年的心，现在累了老了，也该歇息歇息，园子里也修好了两个宅院，我就搬到那里去住。军国大事，你一切自个儿做主吧！"

恭王静静地听着。他知道慈禧的这些话的确都曾经说过，他更知道，慈禧这些话是言不由衷的。

"不料，七爷不肯，说皇帝虽然大婚，但还是年轻，肩膀嫩，担不了这副重担，要我再训政两年。我说，两年前，我就要皇帝亲政，是你说再训政两年待皇帝大婚后再亲政，你自己说的话，你忘记了，你就不怕累坏了我？七爷说，看在祖宗的面上，你无论如何要再帮他两年。我说好吧，就看在祖宗面上，再帮一下。今后国家的重大事情及二品以上官员的任命，我过问一下，其他事我不管了。夏秋两季我住园子，冬春两季住宫里。住宫里，也不要有事没事都来麻烦我，得自个儿历练，早早担起这副重担来。”

恭王仍然默默地听着，间或微微点头，他知道慈禧为什么要说这番话。她是在皇伯面前表明自己的苦心：这几年皇帝亲政的名不副实，不是因为她想揽权，而是皇帝亲生父亲的一再拜托。恭王心里冷笑着。

“今年春上，朝鲜出了乱子，害得我们不得安宁。我原本在城里过完春天后，仍回园子过夏天，皇帝和王公大臣都一再要我留在养心殿。我想也是，打仗这码子事皇帝从来没经历过，怪不得他心虚。七爷也不在了，我不忍心眼看着他受这个苦，就留下了。”

恭王心里想：皇帝怎么啦，一句话都不说，任凭着太后一个人在絮絮叨叨。十年前，他当国时，常常这样三人对坐商讨国家大事，皇帝也总是难得讲一两句。那时恭王总把他当小孩子对待，也希望他多看多听少说，但现在已经是二十四岁的人了，怎么能还是像小孩子样，只听不说呢？即便是他平庸无能的父亲，那年半夜带兵在密云抓肃顺，也还没有二十四哩！看来，皇帝连平庸的父亲都不如，他难道是个樗驽下材吗？

恭王瞟了一眼坐在矮几另一边的侄儿。四年不见了，却跟四年前的模样没有多大差别，仍然苍白瘦削，神色不旺。通常的男人，婚后都会日渐向成熟粗壮的方向发展，可他结婚五年了，依旧还是一个没有长成人的孩子相，想起五年来后宫没有传出一星半点喜讯，恭王陡然心惊：莫非他天生不是一个真正的男人！唉，祖宗百战沙场，九死一生，靠千千万万尸骨换下来的这座汉人江山，怎么就会落在这样一个孱弱不全的人的手中？不要说圣祖高宗的强壮后裔数以百计，就连恭王府、惇王府里都有上十个精精神神的汉子，偏偏就让他来坐江山，这难道是天意吗？一股闷气堵住胸口，恭王顿时全身不舒服。

“中国和日本开仗以来的情形，六爷自然是知道的。李鸿章的海军不中用，世铎领的这班军机也没了主意，我对皇帝说，你六伯的病应该早已痊愈，请六伯出来帮帮忙吧！”

恭王听了这话很不舒服。十年前他本没有病，生病云云，纯粹是为了遮掩世人耳目。他终于开口了：“老臣病体实未痊愈，不能再当重任，以免误了大事。”

一直没有吱声的光绪急了：“六伯，阖朝王公大臣都盼望您出来挽救危局，您就出来帮帮侄儿吧！”

慈禧两道精心描画的柳叶眉略微皱了一下，她对儿皇帝的这副神态甚不满意。恭王推辞一下，就急成这个样子？明明说的是我叫你请他出来，为何又说成阖朝王公大臣的请求？也不能说“挽救危局”的话，真个是情急失态。载湉呀载湉，你真是太令我失望了。

“六爷，”慈禧平和地说，“皇帝没临过大事，一有风吹草动，就心慌意乱，咱们不帮衬帮衬他，行吗？”

恭王见侄儿那副发自内心的企盼神态，本已心动，想起慈禧三番五次不理睬王公大臣的请求，心里又有气。他冷冷地说：“有太后在坐镇，有礼王和军机处诸大臣在运筹应对，老臣实无必要再来插手，且一衰弱老翁，亦于事无补。”

光绪生怕就此散了场，心里又急了：“李师傅、翁师傅都说，国家正在危急存亡之秋，非六伯出来，不能安定国本。六伯，您无论如何都要出山呀！”

真正一个大孩子！恭王为侄儿的纯真而欣慰，也为他的忧国之心而感动，对他的孱弱和不成熟生出几分怜悯和宽恕来，再推辞不就，似乎有点不忍。

“六爷，莫说我在此坐镇的话，我也是万不得已。”慈禧望着奕䜣，语气显然比刚才要硬了些。“国家遇到这样的大事，你侄儿年轻又从没经历过，怪不得他这样心急。我自然有责任帮他渡过难关。六爷，你身为宣宗爷的嫡子，文宗爷的亲弟，皇帝的亲伯父，你能眼看着祖宗江山受到危害而不动心吗？你能眼看着你侄儿遇到难事而袖手不顾吗？这江山眼下固然是皇帝他在坐，难道与你六爷就无关了吗？你可是皇帝父辈中健在的唯一之人啊，他不求你求谁？倘若国家有什么闪失，六爷，你今后如何对得起列祖列宗的在天之灵？”

慈禧的话虽然直硬了点，但的确句句在理，掷地有声。这个时候，还去跟她计较十年前的恩怨，不是显得自己太狭窄了吗？若坚不出山，不仅难以面对这位不失赤子之心的侄儿皇帝，也会使李鸿藻、翁同龢等一班大臣寒心，实在地说，也有愧于列祖列宗。想到这里，恭王决定摈弃前嫌，临危受命。

“太后，皇上。”奕䜣以诚恳的语气说，“不是老臣有意推辞，委实是年老气弱，只能在王府养老以终天年，不宜出入廊庙担当重任，且当年越南之事十年来一直未曾忘记，深恐再误国事。既然太后皇上不嫌老臣衰迈无能，老臣只能豁出老命，再作冯妇了。”

望着光绪脸上露出灿烂的笑容，慈禧心中冒出一丝酸意，她转过脸对他说：“朝政是你在管，你跟你六伯说说，请他做些什么？”

光绪挺挺腰板，轻轻地假咳一声，郑重其事地说：“朕请六伯重领军机处，兼管总理各国事务衙门，并添派总理海军事务衙门，会同办理军务。”

不仅恢复原来的军机处领班大臣的旧差使，连醇王生前所领海军、总署衙门也一并交付，可谓将政事外交军事全盘委托了。恭王感觉到了侄儿的诚恳，也暗暗惊异嫂子的大方：难道她真的自认无法应付眼前的局面吗？

他站起身，弯下腰说：“老臣领旨。”

“六伯请坐。”光绪伸出一只手来向下压了压说，“六伯年老，有病在身，就不要入朝当值了，一切事都在王府办，军机处、总署、海军衙门的人上王府来向您请示。”

慈禧笑了笑说：“六爷，大清的事，都托付给你一人了。”

“谢太后、皇上。”恭王严肃地说，“老臣只是尽忠效力而已，大清的事，还是由太后、皇上做主。”

领了旨的恭王，与嫂子、侄儿细细地商讨起眼下的战事来。

直到正午时分，奕䜣才离开养心殿。杏黄大轿刚在恭王府大门口停下，王府长史宽龄便走了过来，轻声说：“礼王已在小客厅等候多时，军机处、总署、海军衙门各位大人都有名刺递来，请求王爷安排时间接见他们。”

恭王“唔”了声，没有说话，便走出轿门，踏上光洁如玉的大理石台阶。

奕䜣来到上房，大福晋带着一批侧福晋早已恭候着。大福晋把奕䜣迎入室内，急着问：“太后怎么说的？”

奕䜣面色如常地答：“领军机、总署和海军衙门。”

大福晋一听，满面喜色，乐滋滋地说：“恭喜王爷！”随即向后面传话：“给王爷端来热水，上银耳羹！”

一会儿，一个丫鬟端着一盆热水，后面跟着个小丫鬟，双手捧着一条雪白的西洋毛巾。大福晋亲自将毛巾浸在热水里，拧干后递给丈夫。恭王接过，擦了擦脸和双手。又进来一个丫鬟，双手捧着一个掐丝珐琅银碗，碗里搁着一把精巧小银勺。大福晋从丫鬟手里接过银碗，走到丈夫面前百般温柔地说：“累了大半天，趁热把这碗银耳羹喝了吧！”

恭王喝了两口后，随手交给身边的丫鬟。平日最得恭王宠爱的五侧福晋走了过来，对着紧随身边的贴身丫鬟说：“去房里把王爷的宽袍拿过来，给王爷更衣，让王爷躺会儿。”

恭王摆了摆手：“不要更衣，我还要见礼王。”

大福晋劝道：“王爷辛苦了，歇会儿吧，别把自己给累坏了！”

恭王说：“礼王已在府里等候很久了，不好叫他再等下去。”

说完对宽龄说：“你请礼王到东院议事厅等我，我一会儿去那里与他会面。”

又对大福晋说：“你叫大伙儿都出去，让我安静片刻。”

大福晋对众人挥了挥手，大家都退出门外，只有她和五侧福晋留在房里，以便伺候。

奕䜣的确很累了，原本什么人都不见，回府后便躺下休息，但现在坐等的是接他手之后领了十年军机处的礼亲王世铎，他不能不见。

奕䜣闭着眼睛，默默地坐了一刻钟后，起身离开上房，向东院议事厅走去。

“王爷！”从窗口看到恭王的身影时，世铎便忙着起身，来到议事厅门边等候。

“礼王，劳你久等了。”恭王一边打躬，一边对世铎说，“请上坐。”

“王爷，您就叫我世铎吧！”世铎虽比奕䜣年长三岁，但按辈分却是孙辈。

“哪能那样，坐吧！”

二人在议事厅花窗下的梨木镶贝太师椅上坐下，宽龄亲自为礼王上茶。

“王爷端坐，世铎恭喜王爷，贺喜王爷。”

世铎起身，整了整衣冠，矮矮胖胖的身躯眼看就要跪下去，奕䜣忙起身拦住：“礼王，你这是做什么，快请坐！”

世铎坚持要拜，奕䜣高低不肯，二人推推搡搡地客气了半天，世铎没有拜成，重新坐定。

“王爷，您这一出山，是慰天下臣民渴望云霓之心呀！世铎我盼星星盼月亮终于盼到了这一天。”世铎端端正正地坐着，两手放在膝盖上。“不是在王爷面前表功，世铎为请王爷复出，单独跟太后说过两次，又率领全班军机给太后上过奏章一次，也是太后怜恤世铎等的苦心，终于准了奏。”

世铎说是不表功，其实是明显地在表功，但他也没说假话，的确多次奏请过，奕䜣对这些也清楚，说："礼王和众军机的心意我领受了，但我乃是罢黜之人，这些年来一直在王府养病，外间的事情也不清楚，实在是于国事无补，辜负了礼王和众位军机的厚望。"

"王爷，您太谦退了，普天之下，谁不知王爷的经纬大才。"世铎白白胖胖的脸上现出万分诚恳的神色。"甲申年，越南的事，责任实不在王爷，都是徐延旭、唐炯等人不中用。至于世铎我，更无半点想领军机的心。我自知无能，向无大志，只求这一辈子不出差池，保住祖宗传下来的这顶铁帽子，死的时候，能安安稳稳地传给儿子，我就心满意足了。是七爷三番五次地劝说，也是不得已领了这个差使，这十年间实在是没有什么作为。现在王爷再来领班，我是谢天谢地谢祖宗，这个担子算是平顺地放下了，明天起我就可以安心乐意在家养鸟听曲逗孙子了。"说罢，咧开嘴笑了起来。

奕䜣面露微笑，极有兴致地听着世铎的话。对于这位排行孙辈的老礼王，奕䜣是清楚的。在高层次的黄带子中，世铎的确是个庸才。他不爱读书，不爱骑射，也不甚关心军国大事，他喜欢的是养鸟喂狗，打牌听戏，伶人美女，吃喝玩乐。只是世铎有个好处，他的所有这些作为，都只在他的王府里进行，他和他的几位公子都没在市井上留下劣迹。而且世铎爱交朋友，也愿意给人帮忙，故而在红黄两带子中间，他有好的口碑。身为一个铁帽子王爷，世铎如此行事，也算是王公中的大好人了。所以甲申年，慈禧和奕𫍽请他出来领军机处，大家都没有反对的意见。奕䜣知道世铎这番话是真诚和虚假各兼其半。他无政治野心，对交出军机处大权的失落感不大；他平庸无才，应付不了眼下的局面，急于摆脱，这都是实情。但他做了十年的军机处领班，尝了十年握国家实权的味，从中获取了无数的甜头，真的让他立即就回家去抱孙子，他能甘心？再说，十年间的军国大事，他几无不插手的，一时就完全摆开他，也不合适。还在从紫禁城回王府的路上，恭王坐在轿子里就开始思索着他所面临的第一桩大事：如何处置世铎和那几位军机大臣。一种是学十年前慈禧那样，将现在的军机处连领班全行罢黜，以报当年的仇恨，出出胸中这口闷气。刚一想到这层，奕䜣便下意识地摇了摇头。这样做不明摆着是报复吗？朝野中外，不会都说你心肠狭小、肚量偏窄吗？尤其是太后，她第一个会不舒服。当年那样做，是她的主意，今日你以牙还牙，矛头不是指向她吗？往后还得和她同事，得罪她并不是好事。全班罢黜，行不得！但对现在这个军机处，奕䜣实在是不能接受。世铎不说了，排在第二位的大军机张之万八十好几了，已在病床上躺了两三年，军机处的大小事都不过问，这种随时都会过去的衰翁，为什么还要让他占住位子不放？

还有一个额勒和布，也是甲申年大变中上来的，也是望八的人了。四年前中过风，虽留住一条命，但时常神志不清。这种人还留在军机处做什么？军机处乃朝廷最高办事机构，日理万机，需要的是最精明最能干的人才行。世铎真是糊涂得可以，把个军机处当成了崇老院、怡养所，荒唐不荒唐！这两个人无论如何得让他们退出来。但他们都是元老级的人物，又没有大错失，只能用体面的方式退出。可以给他们一个特殊的荣誉，如授紫缰、准予紫禁城骑马等。只是不能马上实行，得过几个月再说。排名第四的孙毓汶与第五的徐用仪，这次被清流骂得厉害，声称要撵出军机处。奕䜣也对他们无好感。特别是孙毓汶，不仅擅权专横，更兼人品卑下，纯粹是靠走老七的门路才进的军机处，世人骂他是醇王府里的一条狗，奕䜣对他更是厌恶。孙、徐是得赶出军机处，而且是越快越好，为了慎重起见，暂且隐忍一下，过两个月再说。世铎为何急着要跟我会晤，其实也就是想探一探关于他本人及军机处其他人的处置，刚才这番话，不是说得很明白吗？

奕䜣想到这里，笑着说："我十年不问国事了，这乍一当差，还真不知从哪着手哩。你还得帮帮我！"

正是奕䜣所猜的，世铎之所以在恭王被召见的当天上午便急忙赶来恭王府，并耐着性子在小客厅里坐等了一个多小时，完全为了探一探恭王对他带领的军机处如何处置的口风。昨夜，当确知太后今上午召见恭王的消息后，孙毓汶、徐用仪悄悄来到礼王府。孙、徐二人知道舆情对他们不利，希望能通过世铎来保持在军机处的位置。二人凑了四十万银子给世铎，请他出面在恭王面前说说情。世铎说："假如我还留下，就为你们说说；假若我都留不下，你们也只好卷铺盖了。"今天来恭王府，世铎带上了这四十万银票，但他不想轻易出手，若没有一点希望，这四十万不白白掷了，如何向他们二位交代？

世铎一时还弄不清楚这"帮"字的含义，但至少没有立即赶他下台的意思，还有一线希望在。他想再进一步探探。

"王爷言重了！"世铎将前身向恭王那边倾过去，一副虔诚谦卑的模样。"世铎世受国恩，又蒙太后、皇上和王爷的眷顾，在此危急之时，为国家出力，为王爷效命，是我的本分，岂敢当一'帮'字！"

世铎说到这里，有意停下，看看奕䜣的表情，见他带着笑意在倾听，遂将昨夜挖空心思想好的"引饵"抛了出来。

"这次和日本的战事，军机处和李少荃都认为处理的关键在于以夷制夷，俄国和英国都不情愿让日本一国独吞朝鲜，所以他们有可能会站在我大清这边。俄国公使巴鲁诺夫和英国公使莫顿与我的私交都很好，他们对我是无话不谈，我为他们在中国办过不少好事。俄国的皇后曾私下委托巴鲁诺夫为她寻觅一颗大珍珠。巴公使寻觅不到，请我帮忙，结果我在福州为他找了一颗，当作礼品送给了他，巴公使感激不已。要解决与日本的战事，必须仰仗俄英两国公使。王爷和他们会谈的时候，若用得着我，我一定乐意效劳。"

世铎这个"引饵"太诱人了。"以夷制夷"，原本就是过去奕䜣办外交的绝招。自从得知有复出的可能后，他就在考虑如何来解决与日本海战事，想来想去，还只有重新拿起"以夷制夷"的法宝。世铎既然有这样的好关系，何不就让他来办理此事？看来世铎至少这段时期不能离开军机处。

“礼王，你不要急着歇肩撂挑子，许多事都还要你一起来办。英俄两国公使，这些天我就会约见他们，还要烦你先去疏通疏通。这样吧，”奕䜣轻拍了一下茶几，作出一个决定：“明后天我亲奏太后、皇上，让你留下，和我一起来领军机处吧！”

果然上了钩！世铎心中一喜，口里却说：“战争失利，我负有很大责任，军机处领班这个差使，我干不好，王爷才是世所瞩望，我退出，也好让王爷重建军机处。”

奕䜣已听出世铎的话中之话了，立即说：“军机处，我不会重建的，还得依靠各位大人共渡艰难。”

这句话让世铎一惊，看来孙毓汶、徐用仪都有救了，忙笑着说：“军机处的各位同寅都托我先向王爷恭喜道贺，他们都递来了名刺，随时等待王爷的召见。”

奕䜣说：“不必一一来了。过些日子，待我与总署、海军衙门打过交道后，再请各位放驾到王府来，我们一起见个面。”

“好。我这就把王爷的意思告诉他们。”世铎说到这里，随即又特意补充一句：“军机处各位盼着王爷出来，可是望穿双眼呀！”

说罢，自个儿先笑了起来。

奕䜣也笑着说：“谢谢各位大人的厚爱。国家多事，太后、皇上心里焦虑，全靠各位军机为国排难，为太后、皇上分忧。”

“主忧臣劳，主辱臣死，自古皆然。各位军机蒙太后、皇上圣恩，虽肝脑涂地，不足为报。”说着，世铎从左手袖袋里取出两张银票来，恳挚万分地说：“王爷复出，宫里宫外的打点，骤然剧增。这些年，恭王府也没有别的收益，这四十万两银票，请王爷笑纳，以备眼下急需。”

奕䜣没有想到，刚一复出，就有世铎这样身份的人一次便送上如此重的礼银，说是巴结也可，说是贿赂也可，说是雪中送炭也可，奕䜣心里顿然有一种舒帖的感觉。皇阿哥出身的奕䜣也与其弟奕譞一样，并不是一个贪财爱货的人，从小到大他不缺财货，也体会不到财货的重要。因此，恭王府并不专事聚敛。然而，到了同治初年，他刚领军机处后不久，便发现议政王大臣的双俸亲王银子都不够使用，他奇怪地问王府长史。宽龄告诉他，每次进宫见太后，王府得准备五百两银子，用来打点宫内各处太监，光李莲英一人至少得二百两。奕䜣怒道：我进宫见太后，办的是国家大事，为什么要打点宫里的太监？长史苦笑道，王爷有所不知，宫里的太监并不明里问你要银子，但你若不给好处，他就想方设法给你设置障碍，弄得你处处不痛快，有时还得误事。奕䜣道，这成什么话！我非得禀告太后，革掉这个陋习不可。长史说，这个陋习由来已久，也不是本朝才有的，太后自己也知道。那年左侯从西北回来，要进宫见太后，不知这个规矩，在朝房里干坐了一个时辰。左侯脾气大，在朝房里嚷起来。一个同在朝房的侍郎将陪同左爷上朝的杨昌濬叫到一边，悄悄地告诉他：塞三百两银票给当值太监就行了。果然，银票刚塞，便叫起，杨昌濬偷偷告诉左爷：这是三百两银票的作用。左侯老大不高兴，气鼓鼓地，见到太后不说别的，先说这事。不料太后却笑着说，宫里太监穷，只得向外官打点秋风，只是不能要这么多。也是你们这些做外官的给惯坏了，一个比一个多，把他们的胃口撑大了，现在连我都禁不住了。左侯听了，张开嘴巴说不出话来。王爷您说这个陋习破除得了吗？奕䜣摇摇头，无话可说。长史又说，还有宫里来传话报信的，也必得打发他们，看地位高低和传话的内容：地位高的、传的话重要的要给一百两，地位低的、传个一般话的至少也得二三十两。除宫里外，还有与各国公使馆。那些洋人，也都是要钱要物的，这项开支，也不比打点宫里的少。

奕䜣开始懂得钱财的重要了。

俸薪不够开销怎么办呢？去贪污吗？去卖官吗？如此做，奕䜣又觉得不合适。带着这个疑问，他去请教做过直隶总督、大学士的岳丈桂良。桂良告诉他，外官的俸银低应酬多，银子一般都不够用，故不少官员贪污受贿；但大部分官员是用另一种办法来增加收入的，那就是收门包。登门求见，先递银子来。到家门来求见，多是为了私事，故愿意出。现在各省督抚两司，一直到府县州厅都收门包，这已是人人皆知的私密。只是你先前不任事，没有多少人上恭王府来求你罢了。现在，恭王府是京师中握有实权的第一大衙门，每天来登门求见的人多得很，完全可以定出一个门包制度来：多大的官得给多少银子，有急事加倍。奕䜣总觉得这门包收得不体面，这不是公开索贿吗？桂良正色道，既然太后都允许宫里的太监收打点费，为什么你恭王府收点门包就不行呢？况且你是拿这笔钱去应付宫中的敲诈，这不算你恭王的受贿。只是要派可靠的人管好这笔钱，不能让门房私吞了。

奕䜣采纳岳丈的主意，公然在王府里收起门包来。这后来自然成了众人指摘的口实。不过，恭王也的确是靠了这笔收益才能应付宫中和洋人的。他一时还没有想到这点，经世铎一提，立即意识到此刻确需大批银两，但奕䜣还是下意识地谢绝。

世铎做出一副推心置腹的神色："不瞒王爷说，这笔银子也不是我的俸禄和养廉费，这也是这十年来门包的积蓄。今后王爷来领军机处，许多开销就不用我出而是由王爷出，这笔银子理应转给王爷。"

见奕䜣还在犹豫，世铎爽快地说："若王爷还觉得不合适的话，这笔银子就归我借给王府用，以后王府再还给我好了。"

世铎有意不说出孙、徐二人来，一则是要自己独得这份功劳，二则孙、徐目前口碑不好，怕说出来恭王更加不敢接。

见世铎这样说，奕䜣只得收下，一边说："我叫宽龄写个借条给你。"

"改日吧，改日吧！"世铎忙起身。"王爷累了大半天，我又打扰了这么久，实在不应该，我这就先告辞了。王爷有什么事要召我，我随传随到。"

奕䜣目送着矮胖臃肿的世铎摇摇晃晃地走出王府，想起赋闲十年来门庭冷落，今日一旦复出，登门送钱的、递名刺求见的便络绎不绝，从今往后，这门前便天天轩车如流水，驷马如游龙，送银子送财货的，将会在门房口排成长队。他在心里长长地叹息一声：权力呀，你是一个多么重要的东西，哪怕是贵为皇伯，也不能没有你！

正在窗前遐想着，宽龄进来禀道："王爷，李中堂李鸿章已在候客室里等候。"

"哦，李中堂来了！"李鸿章是他今天约的第一个客人，他转过脸对宽龄说，"你带他到西院大客厅里去吧，我换上衣服就过去。"

五　恭王府里，败军之将一吐苦水

恭王府里无论是客厅、议事厅还是书房，都有中式西式两种，视客人的身份与爱好分别安置接待。外国客人来访，都安排在西式客厅，但也有例外。比如海关总税务司赫德，是一个标准的英国人，但此人二十岁来中国，已在中国谋事四十年，自称爱中国胜过爱英国，对中国古老文化酷爱不已。赫德每次来恭王府，奕䜣都安排在中式客厅里相见，而且事先还得特别布置一番，把中国气味营造得足足的。同样的，本国客人来访，则安排在中式客厅，对于那些爱好洋玩意儿的，则安排在西式客厅。恭王知道李鸿章是一个仰慕西洋的人，常将他请到西式客厅或西式书房相见。李鸿章在充满异国情调的客厅里刚刚落座，奕䜣便进来了。

"李鸿章向王爷殿下跪安。"李鸿章弯腰作揖，左手端着一顶镶着大红珊瑚顶子的大盖帽。

奕䜣忙扶住李鸿章的手臂，说："中堂免礼。"

说罢，注目望着眼前这个正遭受各方指责身处困境的四朝元老。与春天见面的那一次相比，李鸿章明显地瘦了、憔悴了，头发胡须上又多铺了一层霜。七十一岁的前淮军首领，原本腰板挺拔硬朗，如今已现出几分佝偻之态了。

“中堂也老喽！”

奕䜣从心里深深冒出这句话来，然后拉着李鸿章的手，一起在松软的绒沙发上坐下，关切地问：“近来都还好吗？”

“唉，再不济也得挺过来呀！”李鸿章仿佛百感交集，一时不知从何说起似的。“现在王爷复出，一切都有指望了。”

奕䜣感受到一种与世铎不同的真正的情谊。事实上，他和李鸿章的关系的确非同一般。

这种不一般的关系，不但因为他们二人相交年代的久远，更因为他们彼此之间对国事看法的投缘。当咸丰皇帝还在世的时候，年纪轻轻的奕䜣便以器局开张而获誉于朝，与著名的能干大学士、军机大臣文祥相契合，在对汉人领兵和与洋人打交道这两件大事上，总是持开明的态度，与那些顽固守旧的满蒙亲贵们截然不同。他早期信任湘军，后来又倚重淮军，这使李鸿章对他感激。尤其在洋务事上，奕䜣与李鸿章的观点几乎完全一致，即尽力维持和局，以便徐图自强。从这个观点出发，他们主张在国内大办洋务，与洋人宜友好合作，信守合约，尽量不挑起事端，一旦有事也先立足于调和，尽量利用各列强之间的利益关系来求得平衡。因此他们常常遭到守旧势力和清流人士的指摘，但他们一直坚信自己的这一套才是真正有效的治国方略，而反对者的论调不是有意唱高调哗众取宠，便是未亲历艰难不知深浅。在李鸿章眼里，奕䜣是他在朝中的强大奥援和靠山。在奕䜣眼里，李鸿章是朝廷的干城和柱石。共同的观念和相互的依赖，使得他们成为少有的官场上的知心朋友，他们可以在自家的小房子里推心置腹地谈论国事和人事。

十年前奕䜣被罢黜后，李鸿章顿感失去了一个强大的支持。毕竟有着几十年不同于一般的关系，退居于王府的奕䜣和依旧显赫的李鸿章并未中断联系，逢年过节，彼此常有书信问候，李鸿章间或也会去王府看望奕䜣。

今年四月，李鸿章在渤海海面检阅北洋海军。那是他一生中最为出风头的几天。他坐在从德国进口的快艇里，在万顷碧波的海面上乘风破浪，检阅那一艘艘气派庞大装饰一新的铁甲战舰。这是一支多么威武的海上雄师啊！

李鸿章的巡视快艇每经过一艘战舰边，该舰管带带领全体水手列队站在甲板上，一齐对空鸣枪。此时汽笛长鸣，声震四周，管带手挥两色小旗，向北洋海军的最高统帅打出问候、请安的祝语。然后进行放炮打靶、快速前进、急速转弯等各种实战演习。这时的李鸿章，激动的心情，就如眼前的波涛一样起伏不定。二十年的含辛茹苦、惨淡经营，今天终于有了这样一支强有力的海军。我李鸿章对大清的贡献前无古人，不但在朝野内外是第一大功臣，就是在洋人面前也有头有脸，今后可以和他们直起腰杆说话了。

回京师向慈禧禀报后，李鸿章特为去了一趟恭王府，一是去看看老朋友，二是对他说说这次海上阅兵的盛况，也让他高兴高兴。他告诉前军机领班，北洋海军吨位目前排名世界第八，我们所防备的对手日本只排名十四，若说北洋海军对付英法等国尚有困难，但对付蕞尔小国日本来说是绰绰有余的。奕䜣固然高兴，但也提醒李鸿章，北洋海军毕竟没有经历过实战，真正的战斗力如何，要在实战中才能看得出来。带兵多年的李鸿章自然知道这一点。回到天津后，李鸿章命令北洋海军官兵努力加强实战训练，但大多数官兵并不把这道命令放在心上。北洋舰队的绝大部分管带，是由福州船政学堂毕业又留学过英国的高材生，聘的教官，均为欧洲人，水手是从陆师中十里挑一选出来的精壮汉子。这支洋味十足的舰队，从官员到士兵，从来就有一种很强的优越感，习惯于高待遇高享受，没有吃苦耐劳的传统。作为军人，他们也很少有为国赴难马革裹尸的心理准备。因阅兵有功而得到朝廷赏赐的北洋舰队的官兵们，并没有意识到不久以后，就与一衣带水的近邻有一番毁灭性的海上恶斗。

但李鸿章身边的外籍军事参谋们有所预感。他们告诉这位北洋大臣，日本举国上下在发愤图强积极扩军备战，目标对准朝鲜和中国的东北。日本海军的吨位虽不及中国，但战舰上的武器装备精良、训练有素，必须切实防范。他们并告诉李鸿章，英国船厂最近造出一艘时速二十三海里为目前世界第一的四千吨巡洋舰，如果将它买下来，可以大大加强北洋舰队的力量。李鸿章很想把这条巡洋舰买下来，但此前他为买舰的事多次碰壁，心里仍有余悸。犹豫很久，他想起这次检阅太后高兴，或许趁着这个时候容易获准，便鼓起勇气再次上奏，请朝廷为北洋舰队拨银一百四十万两，其中八十万两用于购买巡洋舰和培训驾驶人员及水手，另外六十万两用于加强和更新各舰艇上的大炮。不料没有多久，户部便将这纸奏议驳回，说是太后万寿大典在即，所费浩繁，一切其他开支都得停止，北洋舰队买船添炮事着庸勿议。李鸿章看到批文后，叹息不已。很快这艘巡洋舰便给日本买去，取名吉野，成为日本舰队的主力。就是这个吉野号，在大东沟海面上的战役中耀武扬威、凶猛狠恶，终于使得北洋海军败下阵来。李鸿章满脸愁怨，无处诉说，满腹苦水只得往肚子里咽。今天，在奉旨复出的多年上司兼老友面前，北洋海军的最高统帅真想好好地说说，要把含在喉咙里多年的那块骨头一吐为快。

李鸿章虽然对洋家伙感兴趣，但与盛宣怀不同。盛宣怀是尽可能地洋化。屋子里的摆设，使用的东西，服用的药物都是洋式的，只要与外国人在一起，他就一定穿西装戴礼帽拿文明棍。平时的饮食，他也喜欢吃西餐喝咖啡，唯一的遗憾是他不会说洋话。李鸿章却不这样。他喜欢洋人的家具用具，如钢丝床，如沙发，如手表，他也喜欢服西洋进口的药丸。但他在任何场合下决不穿洋服，也决不以不会说洋话而遗憾。至于饮食方面，他更是顽固地保持家乡的老传统，抽水烟袋，喝黄山茶，吃油腻味重的皖菜。奕䜣知道他的习惯，特为吩咐家人给他上府里常备的祁门红茶。

喝了两口茶后，奕䜣将谈话切入正题。

“李中堂，今天请你过来，是想请你说说北洋海军的实际情况。初夏阅兵时，你对北洋海军抱有很大的期望，为何世界吨位排行第八的反不及排行十四的？是偶尔的失误，还是实力不敌？还有，这次打了败仗，北洋海军有多大的损失，目前在威海港修整的舰艇还具有多大的力量，能不能跟日本再决一战，胜负的结果将会是如何？李中堂，我们相交近四十年了，你应当相信我，请你务必对我说实话，这是我们与日本的决策的基础。”

奕䜣敛容正色说的这番话，虽然含有责备的意思，但李鸿章并不感到难堪，因为他们是多年的相知，更因为奕䜣的话诚恳、实在。李鸿章是个做实事的人。他深知，诚实的话即使不顺耳，也比那些顺耳的虚假话要强过千百倍。在这一点上，醇王奕譞与他的六哥便有很大的区别。奕譞的致命弱点便是不务实，喜欢说过头话，办过头事。李鸿章遇着奕譞这种顶头上司，有苦说不出，还不得不违心顺着他。奕䜣的平实态度，让李鸿章心里有一种踏实的感觉。他正好借这个话题向奕䜣说一说这些年来的实情。

“王爷，您这个话问得很好。多年来，我就想对您说说，只是您既已退隐王府，我也不便以这些俗事来烦恼您。现在王爷既领军机，又领总署和海军部，我有这个责任要将这些年的事情如实禀告王爷。只是请王爷耐着性子听下去，莫嫌我人老话啰唆。”

奕䜣笑道：“你说什么，说多少，我都愿意听，中午就在这儿吃饭，我还要陪你喝两杯哩！”

“谢谢王爷的美意。”李鸿章喝了一口祁门红茶，脸色端凝地说了起来。“要说我们大清的海军，不是我当面在王爷面前说好话，实实在在地是在王爷的手里草创的，又经王爷的特别照顾而粗具规模的。”

奕䜣轻轻地点点头。为了取得奕䜣的更大同情，李鸿章有意回顾起往事来：“早在咸丰十一年，曾国藩提出购外洋船炮的建议时，王爷便奏请以关税款来购买外洋小兵轮，命广东、江苏等省督抚募内地人学习驾驶，又命已租的美国轮船两艘配上炮械，驶赴安庆，交曾国藩调遣。中国人指挥外国炮船，应从这里开始。”

奕䜣插话说："还是你的老师曾国藩有远见，早在咸丰十年便奏请学习洋人造炮制船的技艺。我还记得他的折子里说得很清楚：目前资夷力以助剿，得纾一时之忧；将来师夷智以造炮制船，尤可期永远之利。曾国藩真正是见高识远，老成谋国。"

奕䜣如此称赞他一生所敬重的恩师，这让李鸿章心里甚是舒帖，忙说："曾国藩的这个想法还得靠王爷您的玉成，若不是您紧接着奏请皇上设立总署及添加南北口岸关税，哪有日后洋务之事的出现！"

"你说的也是实话。"奕䜣若有所思地说，"若将后来的各项洋务举措比作一台大戏的话，曾国藩的动议，我与文祥及我的岳父大人的会衔奏折算是拉开了这台戏的帷幕。"

"王爷比喻得真好！"李鸿章不失时机地赞扬一句，继续说下去。"同治元年曾国藩在安庆试造小轮船，同治四年在上海建制造局，五年朝廷任命沈葆桢为船政大臣，七年，江南制造局造出恬吉号兵船，这是我们大清第一艘战船。"

"这恬吉还是你的老师亲自取的名字。我记得他对我说过，恬吉二字寓含的是四海波恬、厂务安吉之意，他还亲自坐着恬吉号从江宁到采石矶。"

"是的，王爷好记性。其实曾国藩那时身体已很衰弱，他之所以那样高兴，像年轻人一样兴致勃勃地登船试航，是因为他从恬吉号的身上看到大清徐图自强的希望。"

"不错！"奕䜣的心里充满了对辞世二十多年的那位社稷之臣的无尽缅怀。

"这一年，瑞麟向英国订购六只船，又向德国订购一只。八年，船厂又造出一只取名万年青的兵舰。到了光绪四年，便有沈葆桢奏定各省每年协款四百万两，南北二洋各分二百万，专用来发展海军，用十年的时间建成北洋南洋和粤洋三支海军。这时多亏王爷出面说服沈葆桢，不要将有限的银子平分，应先集中精力建好北洋，然后再建南洋、粤洋，这样才保证北洋有较多的银子办事。"

奕䜣笑了笑说："沈葆桢那个倔老头，把他的那个南洋看得很重，非要平分不可。不是我去劝说他，只怕别人是说服不了的。"

"正是王爷所说的，沈葆桢倔得很，那一年也是为了银子，硬是跟曾国藩对着干，最后还是曾国藩让了步才罢休。"李鸿章继续他的大清海军史的简要回顾。"北洋海军就凭着这笔银子，在七八年时间里陆续在英国和德国定购铁甲船两艘、巡洋舰五艘、鱼雷艇六艘，再加上上海福建两船厂所造战船十五艘，于是有了像模像样的北洋舰队。我又在天津办了一所水师学堂，请闽省侯官人严复主持教务，培养海军各种技术人员。"

"严复这个人我见过。听人说，他的英文书写能力比英国人还强，有这事吗？"奕䜣对严复表现出少见的兴趣。

"有很多人这样说。"李鸿章答，"这是一个绝顶聪明的人。他是福建船政学堂的第一届学生，以第一名的成绩毕业，曾在军舰上实习五年，后又到英国海军大学留学五年。他与别人的不同之处，是在海军大学里留学时，不仅研习海战的战术，还研习欧洲各国的政治、经济等学问。有一次，他跟我谈了一个晚上的话，他说我们不仅要学洋人的技术，还要学洋人的国家管理办法，而且这比技术还重要。我看这人是个很有头脑的人。过几天，我把他从总教习提升为总办。"

"严复多大年纪了？"

"今年刚满四十。"

"喔。年纪还不大，今后说不定有无量前途。"已过花甲的皇伯近年越来越感觉到"年富"才是真正的财富，纵有金山银山，一旦人死身亡，便全都化为乌有。他停了一会，说，"光绪十年前的北洋、南洋的旧事我还记得。十年后我不当政了，第二年海军衙门建立。照理说，应该发展得更快，为什么不像大家所期望的那样呢？"

"唉！"李鸿章从胸膛里重重地吐出一口气来。"王爷，您有所不知，我难呀！"

奕䜣两只略为浑浊的眼睛盯着这位谤谳四聚的北洋大臣，认真地听着他的下文。

“光绪十二年，朝廷设立海军衙门，太后命醇王爷总理其事，命庆郡王和我为协理，又命善庆为帮办。我当时看到这道上谕，因设立海军衙门的喜悦一下子减了许多。”

“为什么？”奕䜣颇有兴致地问。“你跟我都说过好几次要由朝廷出面办个海军衙门。有人还说，张佩纶积极倡议此事，是受到你的指使。”

十年前，张佩纶因马尾之役被革职充军，在西北荒原一住四年才获赦回籍。李鸿章赏识他的才华，家里刚好有一个寡居的女儿，便将四十岁的鳏夫张佩纶招为女婿，并留在身边做幕僚。一个当年视李鸿章为浊流的清流骨干，如今却成了依靠李鸿章栖身的上门女婿，不要说昔日友朋耻笑，想必张佩纶自己心里也决不会好受。真可谓此一时也，彼一时也。然则张氏的违心曲己，也正好说明一种世情：对于大多数士人来说，“清高”只能建筑在舒适的生存基础上，失去了这个基础，要再保持“清高”则十分不易。张佩纶的命真的不好。甲午海战后，李鸿章大受攻击，张佩纶也因此受到牵连，不少人指斥他应负“参谋失误”之责。张佩纶成天如缩头乌龟般地躲在家里，忍气吞声地接受各方谴责而不敢做声。

“没有，这是有人存心挑唆，张佩纶那样爱管闲事的聪明人，还要我来指使吗？合北洋、南洋、闽洋、粤洋为一洋的事，他是可以想得到的。”李鸿章喝了一口祁门红茶，继续说，“朝廷同意设立海军衙门，这是我企盼多年的事，我当然欢喜，但委了这一大堆人来办，令我为难了。由醇王爷来牵头，这是出于太后的重视。海军是要与洋人打交道的，醇王爷对洋人的态度，王爷您是知道的，我真怕有些事与他讲不清楚。”

对于自己的七弟，奕䜣是再了解不过了。他轻轻地摇了摇头，嘴角边露出一丝苦笑。

“醇王爷倒也罢了，中间还夹一个庆郡王，后面又跟着一个善庆，这事可不更难办了？”

李鸿章说到这里，有意停了一下。对于庆王奕劻和善庆，他有着满肚子的牢骚要发。这两个人都是看中海军衙门的时髦和银子，不知费了多少心机才弄到这个肥缺，哪里是办事的人！可是，现在他们都还与他共着衙门办事，还是不说为好。

“我打听到曾纪泽英国公使任期已满，请求朝廷让曾纪泽进海军衙门。醇王说，曾纪泽是个最合适的人，张之万也推荐了他。于是我给他写信，请他赶快回国。”

“曾纪泽有乃父之风，可惜天不假寿。”奕䜣叹息。

曾纪泽回国后，出任海军衙门帮办，不久又兼任兵部侍郎、总理各国事务衙门大臣，眼看将要为国家担当更大的责任，却不料四年前以五十二岁的英年早逝，朝野均为之惋惜。

“是呀，那几年的海军衙门多亏了他在支撑。唉，为他的去世，我难过了好些日子，我为国家哭，也为自己哭，我一直把曾纪泽当亲兄弟看待。”

以曾国藩待李鸿章的恩德，奕䜣相信李鸿章说的不是假话。

“海军衙门有曾纪泽在支撑着，我也极想利用它为大清的海军做点实事，但事实上，我和曾纪泽的想法都是一厢情愿，我们根本没有力量按自己的意愿办事。现在看来，不办海军衙门还好，有海军衙门，反而成了海军扩建的最大阻力。”

“这话从何说起？”奕䜣微微睁大眼睛问。

“光绪十二年未建海军衙门前，北洋、南洋每年都还购船添炮。自从光绪十二年海军衙门建立后至今，八九年间，北洋、南洋再未购买一只外国兵舰，连炮台都没有增加几座。今年初夏海上阅兵后，王爷谆谆告诫我，要加强实力。这真正是金玉良言。回天津后，我即与洋技师商量购买英国刚下水的全世界时速最快的巡洋舰，结果户部未批，这艘舰让日本买去，这次海上作战成了我军的克星。现在想起来，真正追悔莫及！”

奕䜣惊道："从甲申年解甲归田后，我就不再过问国事。李中堂，你刚才说海军衙门设立以来八九年，海军没有添购一艘兵船。这桩事，我还是第一次听到。海军衙门没建之前，每年尚有各省协助建海军的四百万两银子。建了衙门后，不要说再增拨银子，就原先的四百万，总得照常协解。八九年里有三千多万两银子，这是一笔巨款，不买军舰火炮，拿它做什么去了？李中堂，你可要好好跟我说说。"

李鸿章望着脸色憔悴的军机处领班，心里想：恭王呀恭王，您是真不明白，还是想从我的口里套话？这件事不但朝中百官晓得，连京师百姓都晓得。您不做军机大臣，到底还是皇上的亲伯父呀，何况还有一个女儿荣寿公主天天在太后的身边，您怎么可能一点都不晓得？

李鸿章犹豫着，不知怎样开口，心里将措辞仔细掂量一番后，重重地叹了一口气，试探性地说："王爷有所不知，海军衙门设立的前一年，颐和园的园工便已开始了。"

不料奕䜣冷笑了一声后，说了一句令李鸿章颇感意外的话："他们之所以要挤掉我，就是为了好放开手脚做这桩事。"

李鸿章虽说是领三殿三阁之首的文华殿大学士，但他未入军机，一直往返于保定和天津之间，做他的直隶总督兼北洋大臣，他实质上只是一个外官。京师里的事，他当然也是知道的，但毕竟不太明就里。他也听说过慈禧与恭王失和的主要原因是因为园工而起的：慈禧要修建，恭王反对，冲突便产生了。恭王并不因慈禧的不悦而让步，故慈禧对恭王积怨愈来愈深，遂借越南的战事而罢黜恭王。恭王的这句话，证实了过去的传闻，而且从话外之音里还可以感觉到并不因如今的东山再起而冰释前嫌。这样看来，下面的话便好说了。因为恭王不是不知道，而是要从我这个海军衙门会办的口里掏出对园工的不满，使他得到满足感，获得一种"让历史来证明"的回报感觉。李鸿章本就有一肚子怨气，正因无处发泄而郁闷，眼下，正可以对这位多年的知交一吐衷肠。

“王爷这话使我明白了，为什么太后当初要让醇王爷和庆郡王、善庆来管海军衙门，他们是要让海军衙门变成颐和园的金库。海军衙门开办不久，醇王爷便对我说，没有太后，就没有大清的今日，没有太后，也没有皇帝和李中堂你的今日。我们都要知恩图报。再过四年，皇帝要大婚，大婚后太后就要归政。归政后太后想到园子里去住，园子现在哪里能住得人？为此，皇帝和我都很着急。太后这一点小小的要求，我们都不能满足，良心上也说不过去。我问醇王爷，要我李鸿章拿多少银子出来给太后修园子，我决不含糊。醇王说，不是叫你个人拿银子，我是跟你商量下，听听你的意见。海军每年有协款四百万，眼下我们的船炮都大致齐备了，用不了这么多钱。我想从四百万里腾出二百万来给园工用，剩下二百万足够海军开支了；再说，还有不少人愿意报效海军，海军衙门还可以从那里得到一大笔银子。”

李鸿章端起杯子来喝了一口茶。

杨宗濂开海军报效先例，正是他一手操持的。这事，他当然不想对奕䜣说，故有意借喝茶的机会停停，调整一下心绪。

李鸿章放下茶碗，继续说：“我心里想，醇王爷是皇上的生身之父，皇上的江山，还不就是他的江山？办海军，说到底也是为了他父子的江山。他既然把太后的颐和园和皇上的江山摆在一个位置上，我们做臣工的也无可奈何了。我说，王爷要这样，就这样吧。谁知，后来曾纪泽告诉我，不止挪用二百万，而是将各省协款几乎都拿到园子里去了。曾纪泽气得不行，我也没料到。转念我想，园工最迟到十四年底要完工，就算全部挪过去吧，也只有两年了，就算这八百万孝敬给太后吧，咱们今后还是有银子办事的。我反倒劝曾纪泽说，别跟善庆这班人怄气了，统统地让他们挪吧，到了光绪十五年，太后归政，住到园子去后，他们就没有借口了。谁知，事情不是我所想的这样简单。”

李鸿章看了一眼奕䜣，只见他铁青着脸，紧闭着嘴唇不做声。李鸿章知道奕䜣心里既愤恨又痛苦，他很可能在恨恨地默骂自己的七弟是在拿天下的银子讨好太后，以保障他醇王府里的天子龙椅能坐得安稳无忧。

“没想到，归了政太后住到园子里后，园工不但没有结束，反而更红火了。善庆给醇王、庆王出主意，说外面有传言海军衙门的银子都用到园子里去了，不如干脆将两桩事合为一桩事办，倒可以堵好事者之口。庆王问如何合法。善庆说，园子里有一个现成的湖，我们将它再拓宽挖深，湖面辽阔，太后必定欢喜。这是园工的事。然后利用这个大湖来做海军的演习场所，在湖边建一所海军操练学堂，将天津的水师学堂移一部分到这里来。善庆的话还未说完，庆王便拍起手掌来，笑道，这个主意好极了，我们干脆将操练学堂的牌子挂在园子大门口去，对外就说扩湖是为了操练海军，这样就可以名正言顺了。湖上再架座桥，好让太后散心；山上再建个喇嘛庙，好让太后参拜。醇王对这个设想也很满意。当时老臣正在天津，未参加这个会议。事后，曾纪泽写信告诉我，他对善庆这个馊主意极为反感：园子里挖个池塘出来能练海军吗？这不存心让外国人笑话我们太无知了？善庆正因得到醇王、庆王的夸奖而飘飘欲仙，哪里听得进曾纪泽的话，反倒讥讽他，说有意见为什么不在会议上提，你有胆就直接跟醇王、庆王去说。曾纪泽为人胆小谨慎，他心里不愿意又不敢说，怕醇王庆王不喜欢，更怕恼了太后。受善庆这一抢白，于是内火上来，一忧成病。据曾家的人说，曾纪泽后来早逝，就因为怄了善庆的气。”

奕䜣冷冷地插话：“难怪善庆这人不得好报，外放福州将军，第二年便掉到闽江里淹死了。”

李鸿章“嘿嘿”干笑了两声后，接着说：“这个主意一采纳，园子里的工程就更热火朝天地兴建起来，规模更宏阔，新的建筑更多，一直到现在都还没完工。每年海军的协款大半部分调去园工都还不够。那年醇王又对我说，园子的银子不够了，总不能半途而废吧。太后六十万寿日也快到了，再怎么说，也要在庆典前把园子弄得基本上像个样子。你身为天下督抚之首，还得请你出个面，给各省督抚写封密函，干脆跟他们讲明白：要他们尽快向海军衙门捐款，多多益善，正款办海军，息银给园工，算是他们对太后的孝敬。我也不便反对，只好照办。半年期间，又捞得七八百万两银子。结果，连息带正款，全部都花在园子里了。我原先总以为挪海军银子去办园工，纯是因为醇王为感激太后的缘故，虽不妥当，但毕竟用心正大。后来我才知道，内务府在这里面起了很大的作用，他们要借此捞银子。有这股力量在后面，我李鸿章是决无能力抗拒的，便只有睁一只眼闭一只眼，顺其自然了。”

奕䜣自嘲地说：“算是被你看出来了。这也是有人竭力倡议修园子的重要原因。我一再阻拦，断了他们的财路，所以才有甲申年的天怨人怒。”

内务府职掌内廷事务。宫中一切事，举凡吃饭、穿衣、营造修缮、婚丧喜庆以及执事人员的赏罚升降等等，全部由内务府管理。晚清的内务府，是全国最大的腐败衙门，卖官鬻爵，贪污中饱，敲诈勒索，瞒上欺下，什么龌龊无耻的事都敢作敢为。他们仗着老佛爷这把大红伞的遮盖，外官纵有冲天怨气，也拿他们无可奈何。内务府敛取钱财的门路尽管很多，但最保险、获利最多的一条路则是营造修缮。宫中办工程三七开由来已久，大家见怪不怪，没有人会出来举报其间的中饱情事。内务府乐意兴建土木，其源盖出于此。

“就这样，八九年间，海军衙门三千多万两银子，至少有两千万两流失了，这流失的银子，多半进了内务府上下里外人的腰包，少半用在园工上，买船买炮的钱就再也没有了。翁同龢接替阎敬铭掌户部后更是明文宣布，北洋舰队十五年内不能增加一艘兵船。翁老三处处与我作对，他是公报私仇。害我李鸿章是小事，害了国家才是大事，翁老三真是罪不容诛！”

李鸿章向奕䜣叙说这些年来的海军衙门的事，有对善庆的谴责，对奕劻的不满，甚至连对醇王、太后也颇有微辞。但都没有情绪化，唯独说起翁同龢来，便气愤愤的，仿佛要把海战失败的责任都推在翁同龢一人身上似的。这是因为翁家与李鸿章有一段很深的陈年过节。

那还是同治元年的时候，翁同龢的大哥同书还在安徽做巡抚。安徽那时正是所谓的四战之地，湘军与太平军、捻军在这里展开激烈的角逐。翁同书不谙军事，先是丢掉了临时省垣定远，后又因处理苗沛霖一事不当酿成大乱，丢失寿州。两江总督曾国藩对翁同书极为愤恨，遂不顾翁家的显赫地位，予以参劾，吩咐幕府文案起草奏稿。文案拟了几稿，曾国藩都不满意，最后让李鸿章拟。李拟的奏稿甚得曾的满意，其中“臣职分所在，例应纠参，不敢因翁同书之门第鼎盛，瞻顾迁就”这句最得曾的赏识，称李深得做文章的“辣”字诀。果然，两宫太后得了曾国藩的参奏后，不能因翁心存身为大学士、三朝元老而宽恕他的儿子，翁同书被定为“斩监候”。翁家因此而大乱，古稀之年的翁心存又急又恨，终于一病不起，当年冬天去世。翁同龢与他的二兄翁同爵为营救大哥上下奔走，好容易才保住翁同书一条命，却又被充军新疆。这件事让翁同龢一生死死牢记，并因此对曾国藩和李鸿章存下永远不可化除的深仇。

翁、李之间这段过节，奕䜣知道，但说翁对李是公报私仇却有失偏颇，遂有意淡化。“翁同龢掌户部，虽不如阎敬铭那样会理财，但他也有一个长处，会省俭。他不仅压北洋舰队的银子，各省各部向户部要银子，他的态度是一样的，能免就免，能省就省，实在不能免省的，他也要削减一半甚至到六成，要人家节俭着去办。为此得罪了不少人，这些人都骂他铁公鸡。对于园工，我知道他也是不同意的，只是拗不过老七罢了。”

奕䜣说的也是事实，李鸿章不再在这点上纠缠。“翁同龢既然不给北洋舰队买船，他就应该知道我们海战的实力并不强大，但他又一个劲地鼓吹打仗。据说皇上这次下的宣战令，就是受翁同龢的鼓动缘故，太后其实还是主张持重的。虚骄浮躁，哗众取宠，身为帝师而走清流一路，我最是讨厌。”

李鸿章的这番话引起了奕䜣的同感：是的，海战的失败，翁同龢同样负有不可推卸的责任。他估计李鸿章还会将翁同龢骂下去，遂将话题扭正："李中堂，还是回到我一开始的话题上。你说说，北洋舰队目前还有多大的实力，我们与日本这场战争的前景到底会如何？"

李鸿章沉默片刻后说："大东沟一战，北洋舰队损失惨重，致远、经远、扬威、超勇、广甲沉没海底，这五只铁舰，已不复存在。来远、靖远、定远受伤严重，另有镇远、济远、平远、广丙、镇南、镇中六艘各受伤程度不等，现已经修复，全部开回威海卫港，加上大东沟未出战之威远、康济，共尚有兵舰十一艘，另有蚊炮艇六艘，合起来十七艘战船，再加上鱼雷艇十二艘，若舰炮得力，士气高昂，尚可一战，只是……"

李鸿章稍停一会，才接着说："大部分铁舰虽经修复，但威力大减，经此挫折，从将官到士兵情绪低落，估计短期内难以出海作战。"

"喔——"奕䜣拖着声音，下意识地点点头，两只不大的眼睛盯着李鸿章问："依你的看法，跟日本这场仗是继续打下去呢，还是尽早坐下来谈和呢？"

这是一个绝大的难题！要说继续打下去，北洋舰队的情况刚才已经说了，短期内简直无战斗力。有情报说，日本的陆军大将山县有朋正在调兵遣将，麇集朝鲜，拟过鸭绿江，进犯中国辽东。从平壤失守的情况来看，驻守在辽东的中国陆军也绝不是日军的对手。打下去，中国只会失败得更惨，损失更大。然则能言"和谈"吗？李鸿章想起这两个字，胸膛里便仿佛有一股冷气灌进似的。

从北宋末年以降，中国的士大夫在对外交战中就十分忌讳"和谈"二字。七百余年来，有一种观念在士人之间约定俗成：谁主和，谁就是懦夫、胆小鬼，甚至是卖国贼；谁主战，谁就是勇士、英雄、爱国者。所以，一旦国遇外患，总是主战呼声一浪盖过一浪，调子一个比一个唱得高，尤其是那些清流们，他们既不知己，也不知彼，自己既没有办事的实际经历，又知道真的打起仗来，也不会上前线亲冒矢石，倘若出了什么事，他们也不负任何责任。于是，他们主战的喊声比谁都响亮，以此博得国人的赞赏，同时也借以打击那些真正做实事但又与他们有冲突的人。作为多年来众矢之的的李鸿章，早已看透了清流的这一套伎俩，对之深恶痛绝，但他又无可奈何。七百余年来积习而成的国情，你一人能改变得了吗？百无办法的时候，他也只能绕着躲着。而今，他苦心经营二十多年、耗费国家数以千万计银两的北洋舰队惨败于敌手，他的声望已降到了一生的最低点，他再提出“和谈”一事，岂不招致更大的举国唾骂吗？何况，宣战谕旨是皇上经太后同意颁发的，他李鸿章能唱反调吗？即便在恭王这样相交四十年的上司面前，李鸿章也不敢冒这个天下之大不韪，只得硬着心说：“战与和，这是国家的头等大事，老臣已疲惫昏聩，这事得由王爷与太后、皇上来决定。”

恭王知道李鸿章的难处，不过，他已从李的神色中探到几分底细，遂不勉强。看看已到中午，便中止谈话，请李鸿章吃午饭。饭后李鸿章告辞回贤良寺，奕䜣也不挽留。他必须好好午睡一下，下午四点钟还有一个重要的约会。

六 东山再起的恭王，欲以战和两手应付危局

三点三刻，奕䜣被叫醒，来到王府二进院子南面的中式客厅。这是自和珅时代起，中经庆王时代，直到恭王手里都一直是王府最重要的会客场所。整个客厅的布置，是纯粹的中国风味。

檀木雕花高背椅，镶着黑纹大理石的木茶几，博古架上摆着价值昂贵的各色古董。这一切都显示着浓郁的中国式的审美情趣。尤其是墙上所悬挂的三代帝王墨宝，更凸现了客厅主人的高贵地位。

东面墙上挂的是嘉庆帝送给其兄庆王永璘的字，上面是四个楷书：棠棣之花。取的是《诗经・棠棣》篇的首句。笔势于端庄中微显

锋芒，流露出那位越过众兄而取得帝位的颟顸的得意之态。西面墙上挂的是道光帝赐给奕䜣的一句话：节俭为天下至美之德。字体规矩而略显笨拙，极像那位龙袍上打补丁、又瘦又黑又精力充沛的“老土”皇帝。北面正墙上，悬挂的是一幅画，画的是三支飘逸的兰草花。上款题了八个字：花中仙子，草中极品。下款题为：皇六弟鉴园主人清赏。字迹清秀俊逸，正是那位文采风流的文宗爷的手迹。这幅字画原本挂在东面，北面挂的是奕䜣的祖父嘉庆的那幅字。那年奕䜣四十大寿，正是慈禧与奕䜣关系最为密切的时候，慈禧带着小皇上同治亲临恭王府祝寿，在客厅闲聊家常。慈禧一时兴起，指着东边的字画说：那是我跟文宗爷合作的，我画的兰花，文宗爷题的款。满座人忙站起仔细欣赏这幅字画，一个劲地恭维这几笔兰花画得神极妙极，慈禧很高兴。第二天，奕䜣就叫人将这幅字画与祖父的字换了个位置。第三天，慈禧与奕䜣谈完国事后，若无其事地说，正面墙还是应该挂老祖宗的字，我与文宗爷的字画依然挂回原处。奕䜣听了，忙说，就这样最好，就这样最好！一边说一边背上直冒冷汗：我府上昨天的事她怎么今天就知道了，而且如此在乎！从此，这幅画挂在正中的位置再不能移动了。自那以后，也再没听慈禧说起挪回原地的话。

奕䜣刚落座，他所约会的两个客人便被宽龄导引了进来。走在前面的那位白发苍苍、颤颤巍巍，人未进门先就干嚎：“王爷呀！想不到老朽还有见到您复出的一天！”一边说一边摇摇晃晃地跨过门槛，刚进门，便又急着要下跪，奕䜣忙快走前一步，双手扶起说：“李师傅，担当不起，担当不起！”跟在李师傅后面的是一个虚胖臃肿的老头子，也跟着喊着：“王爷呀！可盼着这一天了！”说罢抬起手直抹眼泪，趁着奕䜣扶李师傅的时候，忙双膝跪在地上，对着奕䜣的脚磕了三个响头，慌得奕䜣忙说：“翁师傅，请起，请起！”忙着走了过来，双手将他扶起。

这两个老头子对奕䜣的感情显然非礼王和李鸿章可比，看起来，奕䜣此次的复出与他们似有着切身相关的利益，不然不至于如此动情。他们是什么人呢?

原来，被称作李师傅的就是京中大老七十五高龄的李鸿藻，被称作翁师傅的便是与李鸿章嫌隙甚深的翁同龢。李鸿藻做过同治帝的师傅，翁同龢做过同治、光绪两朝帝师。清代皇室对帝师特别优渥。从皇上到文武百官，对做过帝师的人均以师傅相称，以示尊崇。对于军机处，奕䜣采取暂时只增补不罢黜的策略，他首先想到要增补的，便是十年前因自己的原因而退出的那几位军机大臣。当时共进退的有四位，其中大学士宝鋆，工部尚书景廉都已去世，在世的只有李鸿藻、翁同龢了。李、翁二人虽仍分别为礼部尚书和户部尚书，但在不在军机却有很大差别。自己既已复位，当然也要让他们复位，何况这次他们二人也为此出力甚多。所以，在堆成小山般请求接见的文武大臣名刺中，恭王将李、翁的名刺挑出来，排在仅次于李鸿章的第二位，并特为安排在中式传统客厅里予以会见。

三人坐定后，李鸿藻还在用手抹着他那两只昏花的老眼，嘴里喃喃地说：“我可活到这一天了，终于看到王爷您再领军机处了。我就明天死，也瞑目了。”

李鸿藻这句伤感的话自有他的真情在内。这十年来，他不仅丢了军机大臣，也因清流凋零、盛况不再而丢了清流领袖的地位，心中常有苍凉之情，年愈老而此情愈炽。

奕䜣忙说：“李师傅，您可不能说这样的话，我还要多多借重您哩！”

“我不行啦，我老啦！”李鸿藻摇了摇白花花的大脑袋，摸着银似的长须说，“平壤失守的消息传到京师，我心里急了。国家到了这种地步，礼王爷看来是无能为力了，扭转乾坤只能靠王爷您。我当天晚上便坐轿去叔平府上，请他和我会衔奏请恭王复出。我这副老脸没有面子了，要借重叔平在皇上面前说话的分量。”

“老中堂言重了！”翁同龢忙插话，“我跟老中堂是不谋而合，正准备第二天上他的府上商议这事，不料老中堂夤夜来了。这天夜晚，我和老中堂一起就拟好了折子，一直忙了大半夜。我不能让老中堂连夜回去，就请他在我家里委屈睡一睡，第二天中午才让他回府。”

李鸿藻说：“这是我四五十年来第一次在别人家里过夜。”

奕䜣知道这两个自己过去的老搭档，互相之间一唱一和地说这番话的真实用意，遂不再转弯子，直接亮出了底牌：“甲申年因我的无能而使两位师傅受牵连，十年来我每想起此事，便于心戚然。这次二位力荐，我心中甚是感激。年纪老了，身体又衰弱，本不应出山，但二位师傅的好意我不能拂。再说，我不出山，二位的军机，谁来恢复？二位都官佚崇隆，不在乎一个军机，但这不是兼不兼差的事，这是恢复名誉的大事。”

“王爷这话说到点子上了。”一向视名节胜过生命的前清流领袖忙插话。

奕䜣会心一笑：“所以，领下谕旨后，我第一个想法便是请二位师傅进军机，还像十年前那样，咱们一道办事。”

“谢谢王爷的美意，只是我已老迈了，不能胜任军机要任。”李鸿藻心里非常兴奋，表面上却依然谦逊着。

“我看李师傅就莫推辞了，国家正处多难之时，只能当仁不让。”相较李鸿藻来说，身为光绪第一号参谋的翁同龢就爽快得多了。“王爷未出山之前，我和李中堂早已参与了礼王的军机处会议，但有没有这个名位还是大不相同的，名不正则言不顺。有了这个名位，我们今后也可以打叠精神来，名正言顺地办事了。”

“翁师傅说得好。我一面奏请太后、皇上，你们就一面办事吧！”奕䜣脸上露出一丝难得的笑容。“今日请二位来，除告知二位恢复军机的事外，就是请大家商量两件大事。”

两个老头子肃然听着。奕䜣脸上的笑容早已没有了。

“我打算设一个督办军务处，负责调遣全国各路军队，以应付眼下的危局。两位师傅以为如何？”

这显然是要将全国兵权集于自己的手里，两个在宦海浮沉了一辈子的老官僚岂能不知？

李鸿藻忙说：“军务事权不一，难收指臂之效。目前形势紧迫，的确急需设立一个号令全国的督办军务处。王爷所想极是。”

“设立督办军务处很有必要。”翁同龢也赶紧表态，并干脆点明要害，“而且督办大臣非王爷您莫属。”

奕䜣说：“这个事，自然不能推给别人代劳。我来做督办，请庆郡王做个帮办，两位师傅和荣禄、长麟一起来做会办。”

荣禄是步军统领，进督办军务处说得过去，而长麟是户部侍郎，与此挨不上边，这显然是奕䜣对他的酬劳，奖励他在“复出”一事中的卖力。按照通常情况，这半年来战事的实际统帅李鸿章应该进这个军务处，但却没有。翁同龢不觉心中一快，默默地说了一句：做得好！

李鸿章夸耀世人的殊荣——汉大臣独一无二的三眼花翎，正是翁同龢在平壤失守后竭力坚持下而拔掉的。他知道，李鸿章恼火他，到处对人说他是公报私仇，几十年过去了，还没有忘记那道参折。翁同龢自认不是李鸿章所说的那样，在对外事务上，翁同龢和清流首领李鸿藻一样态度强硬，与李鸿章的务求和局针锋相对。在处世上，翁同龢恪守士人的传统道德，以道义相交，淡若清水，而李鸿章则不择手段，拉帮结派，隐然在国中形成一个“北洋派系”。这都让翁同龢反感。耗费上千万两银子经营的舰队却不堪一击，不处置他这个统帅，何以平民愤？翁同龢自觉他对李鸿章的纠弹无愧于公理，决不是公报私仇。他当即对奕䜣说：“王爷考虑得周到，翁某自当听候差遣！”

李鸿藻摸了摸胡须说：“不知王爷对礼王的军机处如何安置？”

奕䜣立即答道：“全班不动，照常办事！”

李鸿藻一愣。翁同龢说：“孙毓汶、徐用仪二人的弹章不少。战事失误，他们二人要负大责任，不宜再在军机处。”

奕䜣笑了笑：“眼下是非常时期，应同舟共济，战事之后再说。”

李鸿藻明白了奕䜣的用心，说：“张中堂、额中堂都已老病在家休养多年了，我也老迈，翁师傅事多，孙、徐二位又不惬人口，军机处得有一个年富力强、干练有为的人来顶着日常事务。”

奕䜣问：“李师傅的话极对，不知夹袋里现有合适人选吗？”

“叔平，你有人吗？”李鸿藻转脸问翁同龢。

“一时还没有。”翁同龢知道李鸿藻一定是早有一个人在，才会提出这个动议的，别说一时真的没有，就是有也不能抢了他的生意。

“叔平那里没有，我这里倒是有一个，现正做礼部侍郎的刚毅。”

奕䜣问：“就是当年平反葛毕氏冤案的那个刚毅吗？”

“正是。”李鸿藻点了点头。

葛毕氏案件，许多人可能不知道，若换一种叫法：杨乃武小白菜案件，那便是家喻户晓的晚清一桩大冤案了。

当时，刚毅身为刑部郎中，案子正落在他的手里。这桩冤案的受审、平反过程中，刚毅出力甚多。他也因此而获得慈禧的赏识，从那以后官运亨通。刚毅现年五十七岁，在卿贰大员中算是年轻的了。

“刚毅办事精明干练。这一点，在老朽看来，朝廷中少有可及的。让他进来，做个走脚跑腿、拟旨传命的打帘子军机，是最合适不过的了。再说，他这次为王爷的复出出力不少，可以信赖。”

刚毅是满人，一向在六部做实缺官，不曾听说他与清流有过什么往来，这些年里是不是与李鸿藻建立了特殊关系？不过，对刚毅办理葛毕氏案件，奕䜣还是清楚的。他那时正在执政，和慈禧一样，也很称赞刚毅的能干。军机处除开自己和额勒和布是满人外，其余全是汉人，出于制衡，也免得满蒙亲贵说闲话，再起用一个满人也有必要。想到这里，他说：“刚毅确为能干，过两天召见时，待我禀报太后、皇上后再定。”

见窗外的天空已渐趋暮色，两位老头显然不会在府中过夜，有一桩大事必须抓紧时间商量。奕䜣望了李、翁二人一眼，神色严峻，声音低沉："二位师傅处于海内人望的地位，有桩事我不得不先听听你们的看法。"

见奕䜣如此庄重严肃的神态，李、翁二人突然有一种石头压胸的沉闷感，心里在琢磨：他会说出件什么事来呢?

"对于倭寇这次悍然进犯朝鲜和我国，我们当然应该与之战斗，所以皇上对日宣战是对的。不过，我们也得做两手准备，若再打败仗，失地丧土，那怎么办？我们总得想个主意才是。辽东距北京并不太远，万一倭寇打到北京，难道我们能叫太后和皇上再来一次庚申年的热河秋狝不成？今天对着两位师傅说腹心话，我们既要做力战的准备，也要做最坏的估计。到了临近最坏的时候，我以为我们还是不要忌讳和谈。"

奕䜣说到这里，双目注视两位白发老头。见他们都面色端凝，嘴巴紧闭，知他们对"和谈"二字仍固守偏激，遂把口气变得缓婉一些："当然，我们不是那种兵临城下的和谈，更不是让我大清去向倭寇求和，我的意思是先要做准备，还是以往我的老法子，以夷制夷，俄国和美国都愿意充当调停的使者。"

"王爷快不要提俄国了，这俄国老毛子太令人气愤了。"翁同龢忍不住插嘴。

"什么事，翁师傅你说说。"奕䜣问。

"一个月前，我曾奉太后之命悄悄地去了一趟天津。"翁同龢将脸向奕䜣、李鸿藻面前凑过去，小声说，"这是一桩极绝密的事，回京后我只跟太后一人禀报过，此外没有对第二个人说，今天我就对王爷和李中堂说说吧！"

什么绝密事？奕䜣、李鸿藻凝神端听。

翁同龢轻轻地将上个月发生的事说了出来。

原来，就在平壤失守、黄海海面上北洋舰队失利的严峻时刻，慈禧想再过二十天便是自己的六十大庆典礼，她希望自己的万寿节在和平的日子里度过，故盼望与日本的战争能早日结束。由外国公使出面来调停，是最能保全脸面的事，她想到了俄国。

早在光绪十二年，英国侵占巨文岛的时候，李鸿章曾与当时俄国公使拉德仁在天津谈及中俄双方对朝鲜半岛安全的保护一事。李鸿章表示，中国不会变更朝鲜政体。拉德仁表示，俄国不会侵占朝鲜土地。当时，双方都只这样说说，并未签约。后来，英国退出巨文岛，李鸿章、拉德仁就不再提这个话了。中日战争爆发后，俄国眼见日本犯占朝鲜，大为不甘心，于是俄国公使喀希尼与李鸿章旧事重提，表示俄国依然承认光绪十二年的口头承诺，协助中国保护朝鲜。慈禧听说回国休假的俄国公使喀希尼已假满回任，来到天津，便要翁同龢亲自到天津走一趟，见一见这个俄国公使，就说朝廷请俄国出面调停中日战事。

但翁同龢死守南宋以来中国士人的原则：不言和谈，何况自己是天子近臣，一向主战，亦不愿此事披露后遭士林的唾骂。慈禧一定要他去，对外严格保密，对天津官场，则以向李鸿章口传谕旨为借口。翁同龢无奈，只得衔命出发。

他装扮成一个普通百姓，带着三个仆从，趁天未亮离开北京城，坐一条小舢板船取道通州，再沿北运河南行。第二天夜里抵达天津城外，再乘小轿进了北洋通商大臣衙门，向李鸿章传达太后的谕旨。李鸿章第二天便到俄国驻天津领事馆打听。原来，公使喀希尼并未回任，从俄国回来的是参赞巴维福。巴维福和李鸿章照面后，明确表示喀希尼在国内无权，他说的话不能算数，俄国不便为此关说。李鸿章大为失望。翁同龢急忙赶回北京，向慈禧禀报。他因此对俄国人十分厌恶。默默听完翁同龢的这段长篇陈述后，奕䜣问：“俄国人为何这等出尔反尔？”

翁同龢说：“这个嘛，一时也说不清。洋人贪利，不讲信义，也可能他们认为日本强悍，自己敌不过；也可能是本国有麻烦事牵累，无力应付外事；也可能如巴维福所说，喀希尼公使对李鸿章说的话，只是他个人的意愿，而他本人在国内已无权，说话不算数。总之，我们以俄国的态度来看，不能指望洋人，洋人是不会真心帮我们的。”

“翁师傅说得有道理。”奕䜣点点头说，“不过，洋人既然贪利，我们便可以利嗜之。他们的目标是利，间接也帮了我们的忙。俄国既不可信，李鸿章说美国公使田贝愿意来调停。以我过去与洋人们打交道的经验，还是美国人比较实一点。你们看，美国那里是不是可以试一试？”

翁同龢不做声。李鸿藻看出奕䜣还是没有放弃他一贯的以夷制夷的外交路数，他现在领军机、领总署，大权在握，要怎么做自然可以怎么做，提出来商量，这是给我们两个老头子的脸面，要知趣才是。想到这里，前清流派首领摸了摸胡须，摆出一副国之大佬的架势，缓缓地说：“我中华谋国之道，原本秉承文武遗绪，一张一弛。故战、和两端都应执于手中，张以促战，弛以言和，如此方可厝国家于磐石之上，处暴风骤雨中而不动摇。王爷今日执掌中枢，国运时局，都在王爷的把握中。王爷在努力备战的同时，又在思量外国调停一路，真正是计出万全，允执两端。有王爷掌大清之舵，这是国家之幸，百姓之幸。老夫以为俄国既然不行，可与美国公使事先联系，早作安排。”

翁同龢睁大着眼睛望着李鸿藻：老头子不是一贯强硬，主战不主和吗？不是一向对洋人深具戒备吗？为何改变了主张，是年老气衰，没有气概呢？还是打定主意尾随恭王，以求死后饰终隆重呢？他在心里摇了摇头，嘴巴仍闭着。

奕䜣笑了笑说：“就按李师傅的话办，先得跟美国公使联络联络，早作准备。时候不早了，还有一件事，我也想听听二老的意见。”

奕䜣喝了一口茶说：“督办军务处设立后，第一件事便是调遣人马出山海关对付倭寇，你们看调哪部分兵力为好？”

翁同龢说：“近几十年来，湘淮两军支撑着大清的天下，这几个月来参战的人马，都是淮军班底，足见淮军已不可用。各省督抚中也有请调出关作战的，唯湖南巡抚吴大澂最为激昂。他所依仗的无非是湘人之斗志，可见湘军余威未尽。眼下六十六镇中，南方尚有十余镇的将官是湘军出身的。我看可调湘军出关，取代淮军。”

李鸿藻说：“叔平所说极是，舍湘军外无能战者。”

奕䜣若有所思地说：“调湘军出关，就这样定了。谁来做出关湘军的总统领呢？吴大澂总不行吧，他没有打过仗，别省将官大概也不会服他。可惜曾国荃去世了，不然由他来领军最合适。”

“有刘坤一呀！他也是湘军中一员宿将。论资格，健在的湘军将官中数他最老了。他是两江总督，论官衔也最高，由他领军最合适。”翁同龢忙插话。

奕䜣说：“翁师傅和我想到一起了。环顾各省军营，领湘军的还非刘坤一莫属。只是他也快七十了，精力还济吗？”

翁同龢说：“精力听说还行。当然，骑马冲锋是不行了，要的是他的资望地位。他只需坐镇关外，出谋划策就得了。”

“那就这样定了，由刘坤一统领各路湘军，出征山海关。”奕䜣停一下说：“两江总督是要职，不可空缺，刘坤一这一走，由谁接任？”

“由张之洞来接任吧！”李鸿藻立即说，“我常听人说，今日十八省督抚，论声望，数直隶总督李鸿章第一；论资格，数两江总督刘坤一第一；论才干，数湖广总督张之洞第一。李、刘、张如今是鼎足海内的三督。两江要地，依老夫愚见，还只有调张之洞才压得住。”

翁同龢心里又嘀咕了：这老头子竟如此顾念他的旧日同党，把张之洞抬得这样高。“海内三鼎足”，这个说法我怎么没听说过？将张之洞排在第三位，人家两广总督李瀚章排第几？翁同龢虽不喜欢张之洞，但当着李鸿藻的面，他也不好直接反对，只得转一个弯子：“王爷，刘坤一带兵出关，只是暂时的，不宜开缺他的江督一职。他在江宁十多年了，人地两宜，仗打完了还得让他回江督原任。张之洞去江宁，只能是署理，不能说是接任。”

“对，署理，叫张之洞以湖督身份署理江督。”

奕䜣见窗外已暮色苍茫，遂起身说：“今日劳累二位师傅大半天，受教良多。天色已晚了，我也不留二位在府里吃饭了。我这里有两匣南海燕窝，分送给两位师傅，就抵这餐饭吧！”

李鸿藻、翁同龢高高兴兴地从长史宽龄手里接过燕窝，奕䜣亲自送他们出客厅门外。

上午还是阳光灿烂，下午却突然变天了。望着密云不开的灰黑色天空，刚刚复出的恭王心中怅惘起来。他不知道与日本这场战争的结局到底会怎样，也不知道十年来已被老七、世铎等人搅乱的朝政将如何厘清。他更不知道三十年前，与曾国藩、文祥相期的“徐图自强”能不能有实现的一天。“受任于败军之际，奉命于危难之间”，他嘴上喃喃念着，心里想：今日的我与当年的诸葛亮不是同一处境吗？可惜我早已没有诸葛亮当时的青春年华了，朝中也缺乏刘玄德那样贤能诚恳的君主。唉，奕䜣深深地叹了一口气，望着昏暗的夜空出神，好半天才无端地冒出一句话来：这天怕是要下雪了。